GLENNA McREYNOLDS

Schild und Feder

Buch

Mit ihm hatte sie zuallerletzt gerechnet – und sie wartete nun schon ihr ganzes Leben auf ihn. Dabei stand doch geschrieben, ein Prinz würde kommen, ein Weiser, ein Krieger, ein Heiliger. Und nun dies: ein Dieb, ein ganz gewöhnlicher Dieb, mit einer Vorliebe für Gold und Wein. Die Priesterin Avallyn ist entsetzt. Wie konnte sich die alte Schrift nur so irren? Dennoch ist Morgan ab Kynan der Einzige, der sie in die Vergangenheit führen kann, zurück in die Zeit, in der alles begann, zurück in das Wales des 12. Jahrhunderts. Ungeachtet der tödlichen Gefahren brechen Morgan und Avallyn zu der Reise auf, denn nur Avallyn hat das geheime Wissen, einen großen Magier zu retten, dessen Tod die Verwüstung und Vernichtung der ganzen Erde mit sich bringen würde …

Autorin

Glenna McReynolds wurde bereits mehrfach als Autorin ausgezeichnet. Ihre Bücher eroberten in den USA sofort die Bestsellerlisten. Glenna McReynolds lebt mit ihrem Mann und zwei Kindern in den westlichen Rocky Mountains.

Von Glenna McReynolds sind außerdem im Blanvalet Taschenbuch erschienen

Kelch und Schwert. Roman (35227)
Stein und Efeu (35299)

GLENNA McREYNOLDS

SCHILD UND FEDER

Roman

Deutsch von
Elke Bartels

BLANVALET

Die Originalausgabe erschien unter dem Titel
»Prince of Time«
bei Bantam Books, Random House Inc., New York.

Umwelthinweis:
Alle bedruckten Materialien dieses Taschenbuches
sind chlorfrei und umweltschonend.

Blanvalet Taschenbücher erscheinen im Goldmann Verlag,
einem Unternehmen der Verlagsgruppe Random House.

Sonderausgabe September 2002

Umschlaggestaltung: Design Team München
Umschlagmotiv: Jean-François Millet
Druck: Elsnerdruck, Berlin
Made in Germany · Titelnummer: 35848
ISBN 3-442-35848-5
www.blanvalet-verlag.de

1 3 5 7 9 10 8 6 4 2

Für Katie und Chase.

Von all den Millionen von Wörtern,
die zu einem sinnvollen Ganzen
zusammengefügt werden mussten,
hast du mir das Allerbeste eingegeben – Mom.
Und dafür danke ich dir.
Du erfüllst mein Leben mit Liebe.

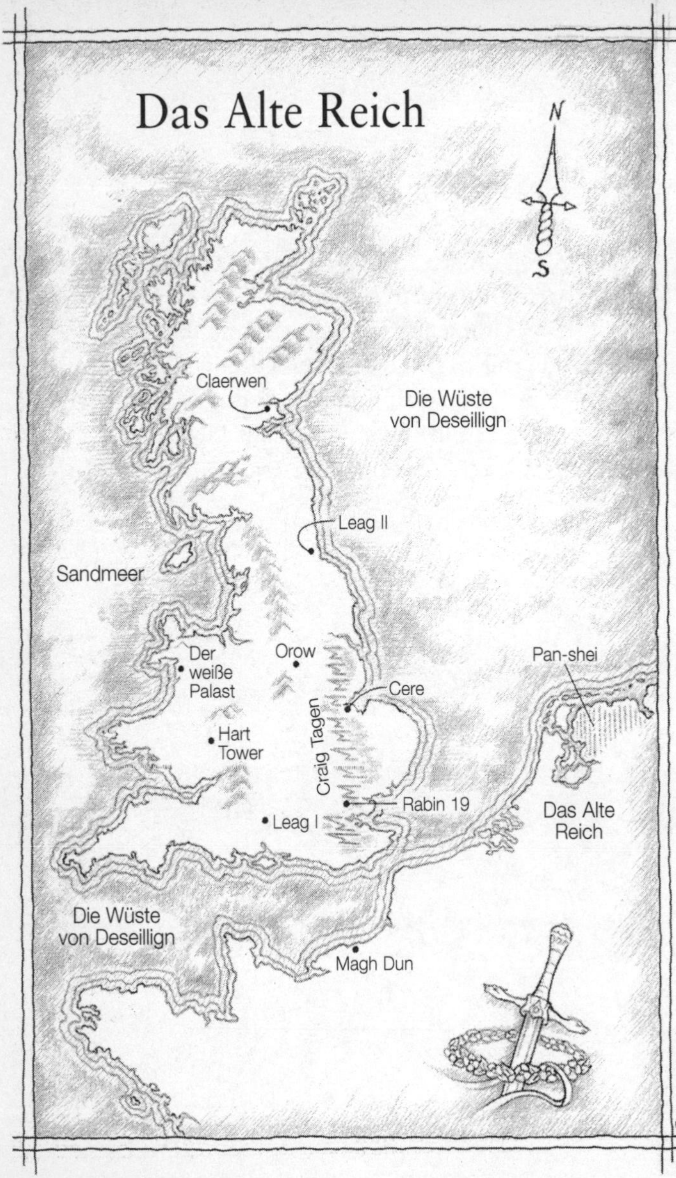
Das Alte Reich
N
S
Claerwen
Die Wüste
von Deseillign
Leag II
Sandmeer
Der
weiße
Palast
Orow
Pan-shei
Cere
Hart
Tower
Craig Tagen
Rabin 19
Das Alte
Reich
Leag I
Die Wüste
von Deseillign
Magh Dun

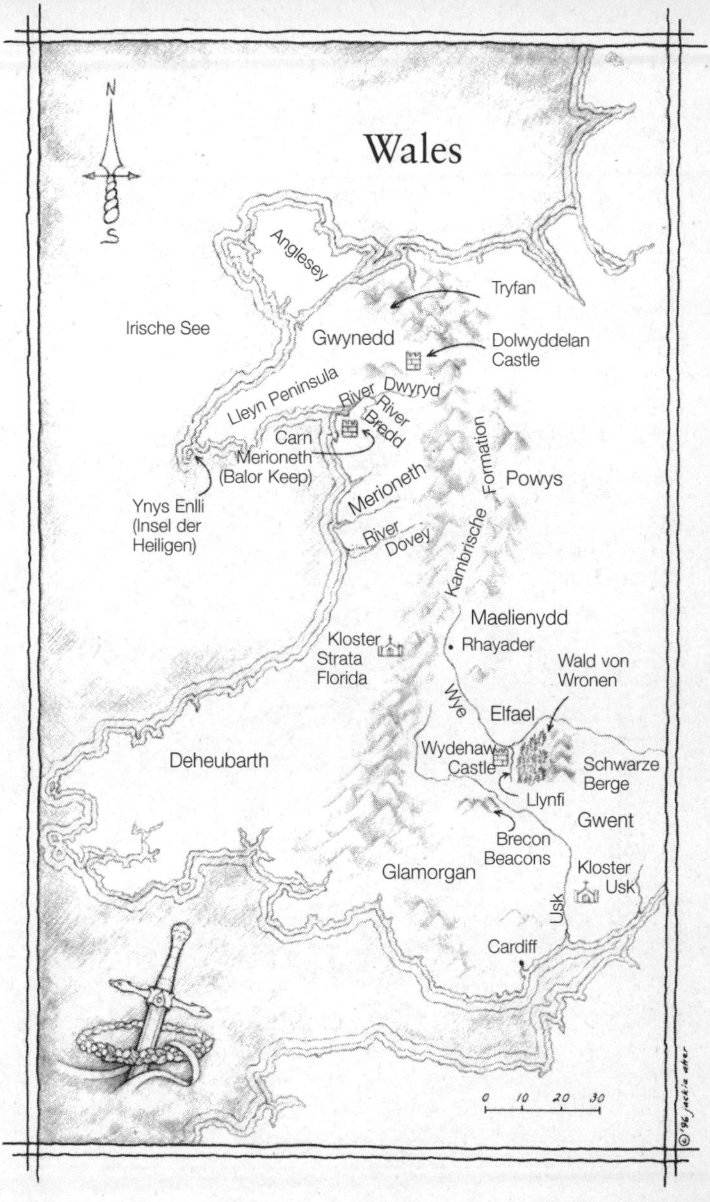

Wales
N
S
Anglesey
Irische See
Tryfan
Gwynedd
Dolwyddelan Castle
Lleyn Peninsula
River
Dwyryd
River
Bredd
Carn
Merioneth
(Balor Keep)
Ynys Enlli
(Insel der
Heiligen)
Merioneth
Kambrische Formation
Powys
River
Dovey
Maelienydd
Rhayader
Kloster
Strata
Florida
Wald von
Wronen
Wye
Elfael
Wydehaw
Castle
Schwarze
Berge
Deheubarth
Llynfi
Gwent
Brecon
Beacons
Glamorgan
Kloster
Usk
Usk
Cardiff
0 10 20 30
© '96 jackie aher

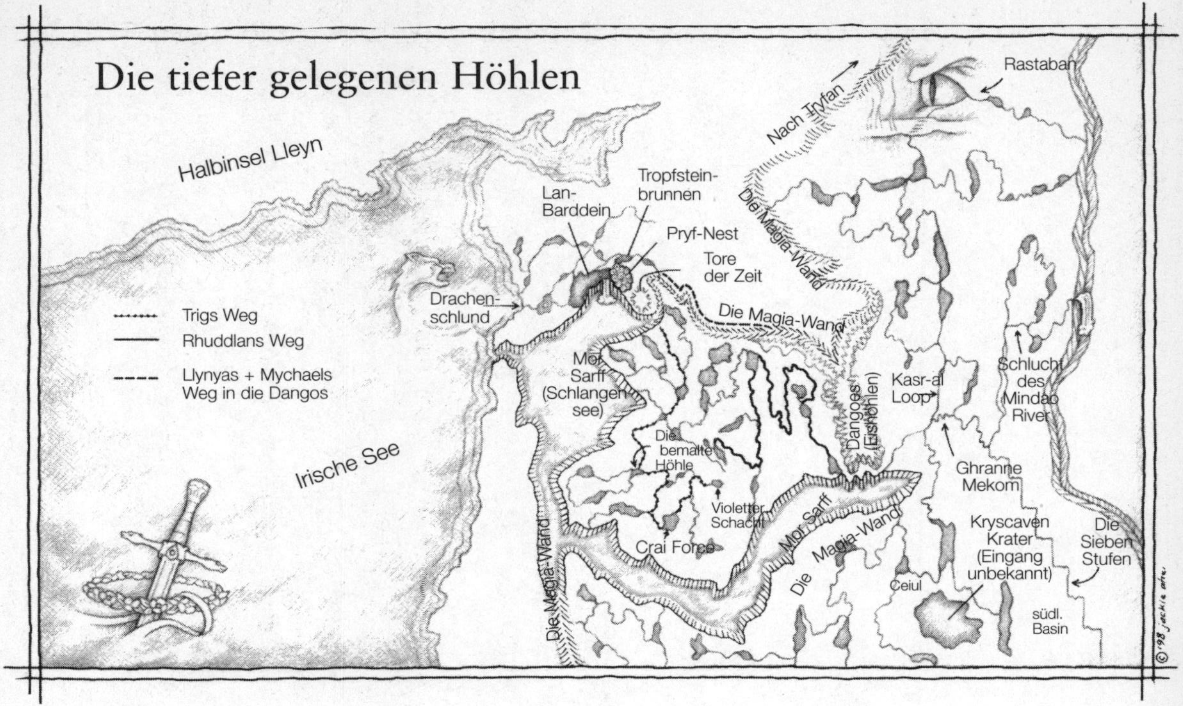
Die tiefer gelegenen Höhlen
Halbinsel Lleyn
Irische See
Trigs Weg
Rhuddlans Weg
Llynyas + Mychaels Weg in die Dangos
Drachen-schlund
Lan-Barddein
Tropfstein-brunnen
Pryf-Nest
Tore der Zeit
Die Magia-Wand
Nach Tryfan
Rastaban
Mor Sarff (Schlangen-see)
Die bemalte Höhle
Violetter Schacht
Crai Force
Mor Sarff
Dangoes (Eishöhlen)
Kasr-al Loop
Schlucht des Mindao River
Ghranne Mekom
Kryscaven Krater (Eingang unbekannt)
Ceiul
Die Sieben Stufen
südl. Basin
© '98 jackie aher

Personen

Das Alte Reich

Morgan ab Kynan – *ein Dieb*
Seine Schar von Männern:
Aja – *der Hauptmann*
York
Wils
Robbi
Jiang
Ferrer – *eine Zeit-Reiterin*
Jons – *ein Zeit-Reiter*
Corvus Gei – *der Kriegshetzer*
Vishab – *eine Hexe*

Claerwen, Tempel der Weißen Frauen des Todes:
Avallyn Le Severn – *Priesterin der Gebeine*
Palinor – *Priesterin der Gebeine, Hohepriesterin von Claerwen*
Dray – *Hauptmann der Sha-shakrieg-Nachtwächter*

Der Weiße Palast:
Au Cade – *Königin von Deseillign und der Sha-shakrieg*
Tamisk – *ein Magier von den Ilmarryn*

Aus der Vergangenheit

Cerdiwen ab Arawn – *Zauberin*
Dain Lavrans – *Magier*
Mychael ab Arawn
Llynya – *eine Liosalfar*
Madron – *eine Druidenpriesterin*
Naas – *Seherin der Quicken-tree*
Moira – *Heilerin der Quicken-tree*
Trig – *Hauptmann der Liosalfar*
Nia – *Kriegerin der Liosalfar*
Math – *Krieger der Liosalfar*
Shay – *Lord von Liosalfar*

Die Verlorenen Fünf:
Ailfinn Mapp – *Prydion-Magierin*
Rhuddlan – *König der Quicken-tree*
Owain – *ein Waliser*
Wei – *ein Liosalfar*
Varga – *ein Sha-shakrieg*

Die Sieben Bücher des Wissens:
Sjarn Ve La – *das Violette Buch der Sterne*
Elhion Bhaas Le – *das Indigoblaue Buch der Elfenlehre*
Prydion Cal Le – *das Blaue Buch der Magier*
Treo Veill Le – *das Grüne Buch der Bäume*
Chandra Yeull Le – *das Gelbe Buch der Chandra*
Gratte Bron Le – *das Orangefarbene Buch der Steine*
Fata Ranc Le – *das Rote Buch des Schicksals*

Prolog

Mönchskloster Sonnpur-Dzon
Berge des Mittleren Königreichs

Im schwindenden Licht eines mittwinterlichen Abends hoch oben in den Bergen von Dhaun Himal trotteten die Mönche von Sonnpur-Dzon über einen gefrorenen, von Schnee und Eis bedeckten Klosterhof. Der bitterkalte Wind, der heulend von den Berggipfeln herunterfegte, peitschte die Säume ihrer Kutten und machte die geschützte Umgebung der Abendandacht zu einem Ziel, das es mühsam zu erreichen galt. Hinter den Mönchen kämpfte sich ein halbes Dutzend Novizen, in graue Kapuzenumhänge gehüllt, durch den immer heftiger werdenden Sturm, um ihren Herren in die Versammlungshalle zu folgen. Ein Bettelmönch in schwarzer Kutte bildete die Nachhut.

Unter seiner tief ins Gesicht gezogenen Kapuze spähte er aus zu Schlitzen verengten Augen in die Ferne. Dunkle Wolkenungetüme rasten über den Horizont, führten die Nacht gen Westen über eine öde, scharfkantige Landschaft aus grauem Fels und steilen Abhängen. Er wandte den Blick vom Horizont ab und ließ ihn über die mit Türmen und Zinnen bewehrte Mauer schweifen, die die einzelnen Klostergebäude miteinander verband. Fackelträger wanderten oben auf der Brustwehr entlang und strebten zu den Kohlenbecken, die das einzige Tor von Sonnpur-Dzon flankierten. Zu beiden Seiten des Tores ragten steinerne Türme aus den Kohlenfeuern auf, jeder von einem Furcht einflößenden, aus Stein gemeißelten Drachenkopf gekrönt.

An jedem Abend während der zwei Wochen, die er nun schon in dem Kloster war, waren die Feuer bei Sonnenuntergang angezündet worden, um Flammenzungen aus den steinernen Drachenmäulern herausschießen zu lassen. Dann pflegte sich Rauch aus den Nüstern der Bestien zu kräuseln, und die Nachtwächter ließen die Dragon Hearts erschallen. Die voll tönenden Schwingungen der riesigen Kupfergongs erzeugten ein Echo, das durch das gesamte Tal unterhalb des Klosters hallte und jeden in Hörweite zum Gebet rief – obwohl es nach allem, was der Bettelmönch bisher beobachtet hatte, nur selten vorkam, dass man auch nur eine Menschenseele im Umkreis von hundert Meilen um den Ort herum antraf, geschweige denn in Hörweite der Drachengongs.

Er ließ seinen Blick abermals nach Westen schweifen, sah die letzten, blassen Strahlen der untergehenden Sonne. Die Männer, die sich in dieser Nacht noch außerhalb der Klostermauern aufhielten, würden ganz sicherlich nicht in frommer Andacht auf die Knie sinken, wenn die Gongs ertönten. Denn sie waren seine Männer, und der Klang der Drachengongs war ihr Signal, die Mauer zu erstürmen. Er hatte seine freie Zeit zwischen den täglichen Gebetsversammlungen und Meditationen dazu genutzt, um nach dem schwächsten Punkt von Sonnpur-Dzon zu suchen, und er hatte ihn schließlich in den Schächten und Feuerrosten eines uralten, nicht mehr benutzten Hypokaustums gefunden. Die letzten beiden Nächte hatte er damit verbracht, diese Gitterroste aufzubrechen und sich einen Weg von einer Ebene von Mönchszellen zur nächsten zu bahnen, indem er durch die beheizbaren Hohlräume unter den Fußböden kroch, bis er schließlich auf das letzte schwere Gitter gestoßen war, das in die Nordmauer eingelassen war. Mit dem

Aufbrechen des letzten Verschlusses hatte er einen Weg von der Außenwelt bis in das Herz von Sonnpur-Dzon geöffnet und somit die letzte Abwehrmaßnahme des Klosters zunichte gemacht.

Sonnpur-Dzons versteckte Lage fernab von aller Zivilisation war die erste und beste Verteidigung des Klosters gegen ihn gewesen. Selbst nachdem man ihn der Existenz des Klosters versichert hatte, hatte er noch über drei Monate gebraucht, um dessen mögliche Lage einzugrenzen, und dann noch weitere sechs Wochen strapaziösen Reisens, um in das Gebiet zu gelangen. In der höchsten Bergregion auf Erden hatte er schließlich Sonnpur-Dzon gefunden, an die steil abfallenden Flanken und zerklüfteten Gipfel des Dhaun Himal geschmiegt. Kein Pilger, den nicht die Not oder eine Mission dazu zwangen, kam jemals dorthin. Der nächstgelegene Vorposten befand sich ganze neunhundert Meilen weiter südöstlich, an der Küste.

Der zweitbeste Schutz des Klosters war die Armut gewesen. Der einzige Reichtum von Sonnpur-Dzon hatte in Seligkeit bestanden, erreicht durch Frömmigkeit – bis vor sieben Monaten, als die Mönche in den Besitz einer kleinen goldenen Statue gelangt waren, hoch geschätzt und heiß begehrt von einem Händler im Westen.

Auf Grund von geflüsterten Gerüchten hatte sich der Händler schließlich an ihn um Hilfe gewandt. Er wiederum war wegen einer beträchtlichen Menge Goldes nach Sonnpur-Dzon gekommen, mehr, als jede kleine Goldstatue seiner Ansicht nach jemals wert sein konnte, außer vielleicht auf den westlichen Märkten des Alten Reiches, der größten Lasterhöhle im Orion-Ausläufer der Galaxie.

Trotz der ursprünglichen Schwierigkeiten, den Ort überhaupt zu finden, war es die Art von Arbeit, die ihm zusagte – unkompliziert und im Voraus bezahlt –, selbst wenn die Verschlüsse an dem Hypokaustum minderwertige und schlampig gearbeitete, carillionische Vorrichtungen gewesen waren und die Gitterstäbe aus einer überraschend widerstandsfähigen Metalllegierung bestanden hatten. Er war auf Schlimmeres gefasst gewesen. Um den Heiligenschrein im Klosterhof zu knacken, würde noch einige Feinarbeit erforderlich sein, aber Feinarbeit war die Spezialität seines Hauptmanns.

Ein Stück weiter vor ihm blieben die in safrangelbe Kutten gehüllten Mönche und die Novizen plötzlich stehen und wandten sich zu den Drachentürmen um. Es begann wieder zu schneien, und die Flocken vermischten sich mit dem Gestöber, das der Wind von den schneebedeckten Bergkuppen herunterwehte. Die Fackelträger auf der hohen Mauer hielten ihre brennenden Fackeln an die Kohlenbecken, und lodernde Flammen schossen von den Becken hoch, und die steinernen Drachen spuckten Rauch und Feuer in den schwarzen Nachthimmel. Die Drachengongs wurden geschlagen, und die Mönche und Novizen warfen sich auf die eisüberkrusteten Pflastersteine des Hofes und stimmten einen Lobgesang auf ihre Götter und himmlischen Beschützer an.

Er warf sich gemeinsam mit ihnen zu Boden, ein wahres Bild der Frömmigkeit, und seine Stimme verschmolz mit den ihren zu feierlichem Gesang, höchst unschuldig, obwohl er in dieser Nacht ihre Statue stehlen würde. Ob die goldene Figur eine geheiligte Reliquie war oder nicht, spielte für ihn keine Rolle, denn die Drachengötter von Sonnpur-Dzon waren nicht seine Götter. Er hatte seinen Gott in der Vergangenheit verloren.

Bei der Erinnerung daran entschlüpfte ihm ein leise gemurmelter Fluch, der die Lobeshymne unterbrach. Er hatte zwar seinen Gott verloren, nicht aber seine Talente. Er war noch immer fingerfertig und leichtfüßig, wenn auch nicht mehr leichten Herzens, noch immer geistig wach und schnell von Begriff, Eigenschaften, die ihm in der Vergangenheit gute Dienste geleistet hatten und die ihm in dieser seltsamen und gefährlichen Zeit, in die er dank jener verfluchten Wehr-Würmer hinabgestürzt war, das Leben gerettet hatten. Er war noch immer ein Anführer und Befehlshaber, auch wenn keiner seine Abstammung kannte; noch immer ein Prinz und Herrscher, obwohl sein Land nicht länger existierte.

Er hatte seine Familie und seine Freunde verloren, die Gebirgsbäche und Täler seiner Jugend, jede Frau, die er jemals geliebt hatte, und beinahe den Verstand, aber er hatte nicht seinen Namen verloren. Er war noch immer Morgan ab Kynan, und er war noch immer der Dieb von Cardiff. Bevor die Sonne wieder aufging, würden die Mönche von Sonnpur-Dzon wissen, dass er unten ihnen gewesen war.

Das letzte Echo der Drachengongs wurde vom Sturm davongeweht, und die Mönche erhoben sich wieder. Als sich die lange Reihe der Hauptversammlungshalle näherte, verlangsamte Morgan seinen Schritt, blieb unauffällig hinter den anderen zurück und glitt verstohlen in die Schatten eines Getreidespeichers. Der Schlafsaal der Novizen, um diese Stunde leer, lag links von ihm, seine Türen waren durch schwere gestreifte Vorhänge verdeckt. Eine Leiter, die von dem Lagerhaus zu der Klosterküche hinaufführte, lehnte an der Wand zu seiner Rechten. Andere Mönche durchquerten den zentralen Hof auf dem Weg zu der Halle, strömten von überall her, wo sie sich für die kurze abendliche Andacht niedergeworfen hatten.

Morgan wartete, verborgen in der Dunkelheit, den Rücken gegen die Steinwand des Schlafsaals gepresst, bis die Mönche vorbeigegangen waren. Als sie alle im Versammlungssaal verschwunden waren, kletterte er die Leiter hinauf. Oben angekommen, lief er um einen hölzernen Vorbau herum und postierte sich auf der Südseite des nächsten

Gebäudes. Der Geruch nach gerösteter Gerste, der aus einem mit einem Ledervorhang verhüllten Fenster drang, bestätigte seine Position neben der Küche. Er hatte jede Abzweigung in dem Schachtsystem des Hypokaustums gekennzeichnet und so einen Weg markiert, damit sein Hauptmann, Aja, ihm folgen konnte. Der Junge hatte den untrüglichen Instinkt eines Jagdhundes, der sich durch die verwinkelten Gänge eines Dachsbaus gräbt, und würde den Rest seiner Männer auf keinen Fall in die Irre führen. Wenn Aja sie antrieb, müsste selbst der Ungeschickteste des ganzen Haufens in der Lage sein, in zehn Minuten bis in die Klosterküche vorzudringen. Die Mönche würden bis dahin schon tief in ihre Gebete versunken sein.

Morgan warf einen Blick auf seine Uhr, dann ließ er seinen Blick zu dem Schrein in der Mitte des Hofes wandern. Ein Vorhang flatterte in dem Eingang des Tempels, der das Monument trug, und in den Türsturz waren grimmig aussehende Dämonen eingemeißelt. Die Statue befand sich im Inneren des Tempelraums, ein Drache, aus rötlich schimmerndem Gold geschmiedet, der auf einem Bett von Schlangen schlief, ungefähr fünfzehn Zentimeter lang, jedoch ohne schmückende Edelsteine. Er und Aja würden das Ding gemeinsam rauben. Selbst an einem so entfernt gelegenen und schwer zugänglichen Ort wie Sonnpur-Dzon hatten sie ein Sicherheitssystem zusammengebastelt, um ihren neuen Goldschatz zu schützen. Nach dem, was Morgan davon gesehen hatte, dürfte Aja jedoch keine Schwierigkeiten haben, das Kraftfeld zu neutralisieren. Der Trick würde darin bestehen, die Alarmvorrichtungen zu demontieren.

Schlangenbetten und Drachen, Feuergötter und Dämonen – die Zukunft hatte sich als ein Ort voller seltsamer Religionen und Götzenanbetung entpuppt. Ein guter Teil der Bevölkerung, einschließlich der Ordensleute, betrieb einen schwunghaften Handel mit geweihten Artefakten, um ihre

Taschen zu füllen und sich gegenseitig übers Ohr zu hauen. Da das Eigentumsrecht mehr durch den tatsächlichen Besitz als durch einen Herkunftsnachweis bewiesen wurde, war es eine lukrative Zeit für einen Dieb. Wenn man noch die politischen Machenschaften und die Wohltaten der Gönnerschaft hinzunahm, gab es nur wenige im Alten Reich, die nicht in irgendwelche unlauteren Geschäfte verwickelt waren. Was die riesige Provinz des Mittleren Königreichs anbelangte, so hatte Morgan dort keine Menschenseele angetroffen, deren Leben sich nicht um die eine oder andere Religion drehte, wobei die Drachen-Sekte von Sonnpur-Dzon schon eine der obskureren war. Abgesehen von den paar hundert Mönchen in dem Kloster und dem Händler im Alten Reich, der ihn, Morgan, angeheuert hatte, hatten nur sehr wenige Leute jemals von dem Ort gehört. Zum Glück hatte er diese wenigen aufgestöbert.

Drachengötter. *Es ist doch nicht zu fassen!* Morgan schüttelte den Kopf.

In seiner Welt hatte es nur einen Gott gegeben, den christlichen Gott, für den er gekämpft hatte, den Gott, für den er fast gestorben wäre, den Gott, der ihn letztendlich im Stich gelassen hatte, als er in jene sich ständig verlagernde Höhle der Würmer geraten war, die ihn in eine andere Welt entführt hatten, weit fort von seiner Heimat und allem, was ihm lieb und teuer gewesen war – weit fort von der Zeit, in der er gelebt hatte.

Während er in der eisigen Dunkelheit wartete und sich die Temperatur dem Gefrierpunkt näherte, kämpfte er gegen seine Erinnerungen an. Vor seinem geistigen Auge bunt schillernd und immer lockend, waren sie ein Sirenenruf in die Vergangenheit, in das Leben, das er geführt hatte, bis er bei einem schicksalsträchtigen Kampf in das Zeit-Wehr hinabgestürzt war.

Wales, flüsterte eine Stimme in seinem Kopf, *Land der*

Cymry, der wilden, klaren Flüsse und idyllischen Wälder, in tausend verschiedenen Grünschattierungen gemalt; Land der sanften Hügel und der Sonnenaufgänge, die goldene Streifen durch den Horizont webten; Land der Harfen, der Poesie und des Krieges.

Immer Krieg.

Er fluchte abermals und wickelte sich noch fester in seinen Umhang. In seinen Erinnerungen würde er ganz sicher keine Erlösung finden. Dort erwarteten ihn nichts als Schmerz und Sehnsucht. Er warf erneut einen prüfenden Blick auf seine Uhr. Noch fünf Minuten. Mit etwas Glück würden er und seine Männer wieder in dem Hypokaustum verschwunden sein, bevor irgendeiner der Mönche auch nur ahnte, dass ihr Schatz gestohlen worden war. Wenn nicht, und wenn Alarm ausgelöst wurde, würden sie allesamt über die Mauer fliehen müssen. Jiang und Robbi würden Greifhaken, Kletterseile und Wurfleinen dabei haben. York und Wils brachten die Feuerwerkskörper für das Ablenkungsmanöver mit, ein paar mit Schwarzpulver gefüllte Böller, die garantiert genug Rauch und Funken erzeugen würden, um ihre Flucht zu tarnen. Morgan hatte die Anweisung erteilt, dass keiner von seiner Laserkanone oder seinem Karabiner Gebrauch machen durfte. Gegen Diebstahl hatte er keine moralischen Bedenken. Diebstahl war das, was ihn zu Anfang am Leben erhalten hatte, als er das erste Mal durch das Zeit-Wehr gekommen war. Jetzt, zehn Jahre später, war es noch immer das, was ihn am Leben erhielt, aber bei Massakern zog er eine Grenze, und die Mönche waren unbewaffnet. In den zwei Wochen, die er nun schon in dem Kloster war, hatte er reichlich Zeit gehabt, um etwaige versteckte Waffen zu finden, und es gab keine – bis auf das Langschwert, das unter seinem Umhang verborgen war, eine kalte Klinge aus Stahl, geschützt durch die Lederscheide, die über seinen Rücken herabhing, das einzige Stück aus seiner

Vergangenheit, das er immer bei sich trug. Mit einem Griff aus Elfenbein versehen, sein Heft mit goldenen und silbernen Einlegearbeiten verziert, auf seiner Klinge eine runische Zauberformel eingraviert, war das Schwert nach dem altberühmten König eines Landes benannt, das, genau wie sein eigenes, nicht mehr existierte – Scyld, König der Dänen.

Ein plötzliches Aufflackern von Licht lenkte seinen Blick gerade rechtzeitig zu dem Küchenfenster, um Wils durch die Öffnung schlüpfen zu sehen. Aja war bereits draußen, nicht mehr als ein Schatten, der an der Wand entlangglitt und durch das Schneegestöber langsam auf ihn zukam.

Morgan lächelte. Der Junge war so lautlos und geschmeidig wie eine Katze.

Robbi kam als Nächster, gefolgt von Jiang und York.

Wils war buchstäblich ein einarmiger Bandit, der seinen linken Arm eines Abends bei einer bewaffneten Auseinandersetzung in einer Gaststube im Alten Reich verloren hatte. Morgan hatte den Mann trotz seines Handicaps in seine Truppe aufgenommen, zum Teil deshalb, weil Wils mit seinem einen Arm schneller mit einer Flinte war als die meisten Leute mit zwei Armen, und auch deshalb, weil Wils ihn bei ihrer ersten Begegnung beinahe mit einer Gaunermethode reingelegt hätte, so raffiniert erdacht, dass Morgan zu dem Schluss gekommen war, dass es besser wäre, sich mit dem Mann zusammenzutun und ihn für sich arbeiten zu lassen, statt ihn gegen sich zu haben. Robbi, Wils' jüngerer Bruder und ebenfalls ein geschickter Dieb, folgte seinem älteren Bruder, wohin dieser auch immer ging.

Das dritte Mitglied der Gruppe, Jiang, war ein Typ berufsmäßiger Herumtreiber, manchmal in Morgans Truppe und manchmal auch nicht, je nachdem, in wessen Bett er gerade lag oder wer die Zeche zahlte und wie groß die Diebesbeute war, auf die Morgan es abgesehen hatte. War sie zu klein, war Jiang nicht interessiert. War sie zu groß, lehnte er ebenfalls ab, weil er die Risiken für zu hoch erachtete. Ihr derzeitiger Auftrag war die Ausnahme gewesen. Sie hatten einen saftigen Preis ausgehandelt, den sie zur Hälfte im Voraus kassiert hatten, bevor sie das Alte Reich verlassen hatten, um in die Berge des Mittleren Königreiches zu reisen, und außerdem war Sonnpur-Dzon keine Festung, in die einzudringen besonders schwierig und riskant gewesen wäre. Leicht reinzukommen, leicht wieder rauszukommen und leicht verdientes Geld, so hatte Jiangs vergnügtes Resümee des Unternehmens gelautet. Trotz des Wetters hatte er mit seiner Einschätzung bisher nicht allzu falsch gelegen.

Der letzte Mann stieg durch das Fenster und schlich lautlos an der Wand entlang. Riesig und ungeschlacht, war York ein Bandit bis ins Innerste, mit einem harten Gesicht und einem noch härteren Herzen. Er war zum Sterben verurteilt und wurde im halben Sonnensystem gesucht, und auf seinen Kopf war eine Belohnung ausgesetzt, die von Van dem Niederträchtigen gestiftet worden war, einem lunaren Kriegsherrn von üblem Ruf – Grund genug für Morgan, um York in seine Bande aufzunehmen. York hatte ein paar Mal Streit mit Vans Skraeling-Horden gehabt, Truppen von Tiermenschen, ebenso viehisch und brutal wie widerlich, und Morgan hatte sich gedacht, dass jeder, der es wagte, sich mit Van anzulegen, ein Gewinn für seine eigene Branche sein würde.

Morgan blickte zu seiner versammelten Bande hinüber. Jeder Einzelne von ihnen war ihm gegenüber so loyal, wie er nur sein konnte, was oft nicht viel war, abgesehen von Aja. Der Junge hätte kein treuerer Gefährte sein können, selbst wenn Morgan ihn persönlich gezeugt hätte. Ein dicker Schopf roter Haare, gewöhnlich verstrubbelt und in alle Richtungen abstehend, umrahmte ein schelmisches Gesicht, das harmlos und naiv gewirkt hätte, wäre nicht das freche, spitzbübische Grinsen gewesen und die wachen grünen Augen, die weitaus mehr sahen, als ihnen entging. Aja hatte nur wenig von einem Kind an sich, abgesehen von seiner grässlichen Neugier und seinen siebzehn Lebensjahren. Er war mehr als nur ein Junge, so viel stand fest, aber noch weit davon entfernt, erwachsen zu sein. Ein Flüchtling aus den großen Wüsten des Erdballs, war er seit dem Tag, als er in Pan-shei angekommen war, mit Morgan zusammen.

Der Junge tauchte neben ihm aus der Dunkelheit auf, eine schlanke Gestalt, von Kopf bis Fuß in Schwarz gekleidet, sein Gesicht durch breite, dunkle Farbstreifen getarnt. »Scheißwetter, Mylord«, murmelte er und hauchte auf seine kalten Hände.

»Ja, weiß Gott«, erwiderte Morgan und beobachtete, wie sein Hauptmann den Hof und die hohe Mauer taxierte, während sein Blick von einem möglichen Standort zum nächsten schweifte. Aja war der Einzige, der ihn jemals *Mylord* nannte, ein Titel, den der Junge ihm nur in einer Nacht entlockt haben konnte, als er ziemlich betrunken gewesen war. Für gewöhnlich versuchte Morgan die Vergangenheit zu vergessen. Er gestattete sich nicht, darüber nachzudenken, denn im Grübeln lag die Definition der Hoffnungslosigkeit. Er konnte nicht mehr zurückgehen. Er sprach niemals über die Vergangenheit, zu niemandem.

Und dennoch wollte ihn die Vergangenheit nicht loslassen. Er war mit jedem Atemzug, den er tat, an sie gefesselt. Sie schlich sich an ihn heran in dem Niemandsland zwischen Schlaf und Traum. Sie brach mit den Gerüchen und Geräuschen eines Marktplatzes über ihn herein. In manchen Nächten schreckte er zitternd und in kalten Schweiß gebadet aus dem Schlaf hoch, wenn er im Traum wieder einmal durch das Zeit-Wehr gestürzt war, sein Magen vor panischer Angst zu einem harten Knoten zusammengezogen. Wurmnächte, so nannte er sie. Dann pflegte er zu trinken, um in den Illusionen des carillionischen Weins gnädiges

Vergessen und einen letzten Überrest von Heimat zu finden. Aja hätte alles aus ihm herausholen können, wenn er ihn in einer Wurmnacht ausgefragt hätte.

»Robbi, dort drüben auf die Mauer mit den Seilen«, sagte der Junge und zeigte auf eine Zinne südlich der steinernen Drachen. »Wils, du postierst dich neben dem Tempeleingang. Jiang hält mit Wils zusammen Wache. York bleibt hier, um uns zu decken.«

»In Ordnung«, sagte Morgan, der die Positionen bereits ausgekundschaftet hatte, sobald er entdeckt hatte, dass der Schacht des Hypokaustums unterhalb der Küche ins Freie führte.

»Was haben sie denn alles in dem Schrein?«, wollte Aja wissen.

»Ein paar vorsintflutliche elektronische Stolperdrähte und als zusätzliche Sicherheitsmaßnahme eine Kraftfeldabschirmung auf einer Platte –«

»Gut«, unterbrach ihn der Junge, während sich sein Mund zu einem schnellen Lächeln verzog. »Und die Alarmanlage?«

»Eine Reihe von farbsynchronisierten Lichtern an der Säule, auf der die Statue steht.«

Auf diese detaillierte Antwort folgte ein Moment des Schweigens, dann fragte Aja: »So ähnlich wie das, was wir auf Mercury Island gesehen haben?«

»Ja, ziemlich genau so«, erwiderte Morgan in unverbindlichem Ton. Er glaubte, einen leise gemurmelten Fluch zu hören, oder vielleicht war es ja auch nur der Wind.

Das Ding auf Mercury Island hatten sie vor vier Monaten gedreht, und trotz Ajas flinker, unglaublich geschickter Finger und seines wachen Verstandes war die Alarmanlage losgegangen, und sie wären um ein Haar geschnappt worden. Es war die heikelste Sache gewesen, die sie jemals erlebt hatten, und sowohl er als auch Aja hatten dabei geringfügige Verletzungen erlitten. Bei allem, was bei einem Einbruch sonst noch schief gehen konnte, war es die Aufgabe des Spezialisten für Feinarbeit, wenigstens die nahe liegendsten Katastrophen zu verhindern.

»Die Verschlüsse an den Schächten des Hypokaustums waren carillionische Pfuscharbeit. Vielleicht trifft das ja auch auf die Alarmanlage zu«, meinte der Junge, sein Ton ebenso unverbindlich wie Morgans.

»Vielleicht«, erwiderte Morgan.

»Also, ich kann auf noch so 'ne beschissene Katastrophe wie die auf Mercury Island gut und gerne verzichten«, warf York ein, als er sich aus dem Schatten der Wand löste und jedem von ihnen ein Spezialmundstück gab. Morgan legte sich das murmelgroße Stück Weichplastik auf die Backenzähne, schloss den Mund und zählte bis vier.

»Beschissene Katastrophen gehören doch zu deinem Standard-Repertoire, York«, konterte Aja, bevor er auf sein eigenes Mundstück biss. Mit geschlossenen Zähnen grinste er York auf seine typische Art an, ohne sich von der Klage des älteren Mannes aus der Ruhe bringen zu lassen. York rechnete immer mit dem Schlimmsten, und Aja ging immer von den günstigsten Umständen aus. Morgan fand, dass die beiden gut zusammenpassten.

»Drehen wir das Ding nun oder nicht?«, wollte Jiang wissen, und Morgan hörte ihn halb durch den Sturm und halb durch das Mundstück.

Er blickte abermals in den menschenleeren Hof hinunter. Sie würden die Sache durchziehen, jawohl. Zwei Wochen lang unter Mönchen zu leben und in einer Kutte herumzulaufen war für ihn so ziemlich die Grenze des Erträglichen, und sich zwei Wochen lang denken zu hören, ging sogar noch weit über diese Grenze hinaus. Das Kloster ging ihm allmählich auf die Nerven. Zu viel Beten war ein Teil des Problems. Er hatte es schon lange aufgegeben, Gebete zu sprechen. Was ihn sonst noch an dem Ort beunruhigte, konnte er nicht genau sagen, aber etwas machte ihm zu schaffen, quälte ihn, wühlte Dinge in ihm auf, an die man besser nicht gerührt hätte, und er wollte so schnell wie möglich wieder von hier fort. Mit Handzeichen und ein paar knappen Befehlen verteilte er seine Männer und wies York an, hinter ihm zu bleiben.

Einer nach dem anderen verschwanden die Banditen die Leiter hinunter und verschmolzen mit der Nacht und dem Sturm. Als die fünf in verschiedene Richtungen davonrannten, blieben sie durch ihre Mundstücke in Sprechverbindung. Wie so viele der Waffen und Hightech-Ausrüstungsgegenstände, die sie benutzten, waren auch die Mundstücke nicht gerade billig, aber Morgan war inzwischen über den Punkt hinaus, wo er und Aja ihre Ausfallzeit mit dem Versuch hatten verbringen müssen, sperrigere und weniger zuverlässige Alternativen zusammenzuschustern.

Der Schneesturm förderte ihr Vorhaben, denn er sorgte dafür, dass sich kein umherwandernder Mönch nach draußen verirrte. Die Lufttemperatur war schließlich unter den Gefrierpunkt gesunken, und die Kälte des Windes hatte zweistellige Minusgrade erreicht.

Die Zukunft, so hatte Morgan entdeckt, hatte auch einen gewissen Luxus zu bieten, speziell in punkto Fußbekleidung. Seine Stiefel waren weich und warm, mit vier Zentimeter dicken Sohlen, die jeden Schritt dämpften und ihm zugleich eine bessere Trittsicherheit verschafften, als er sie jemals in Lederschuhen gehabt hatte. Aber es war ein weiter Weg gewesen, um an ein gutes Paar Stiefel zu kommen. Ein verdammt weiter Weg.

Er und Aja überprüften ein letztes Mal die Position der Männer, bevor sie den Vorhang vor dem Tempeleingang beiseite schoben und in den Raum schlüpften. Dann blieben beide wie angewurzelt stehen. Der Raum war in pechschwarze Finsternis getaucht, abgesehen von dem bläulichen Lichtschimmer des Kraftfelds um die Statue herum und der niedrigen Barriere aus Lichtern, die die Alarmanlage beleuchteten.

Aja schob sich eine Nachtsichtblende über die Augen – und erstarrte zu vollkommener Reglosigkeit.

»*Wahnsinn!*«, flüsterte er durch das Mundstück, während er geistesabwesend die kleine lederne Tasche an seinem Gürtel berührte, die er immer bei sich trug. Morgan setzte seine eigene Nachtsichtbrille auf.

Große vergoldete Statuen von Dämonen-Wächtern ragten auf beiden Seiten auf, durch das grüne Licht der Nachtsichtgeräte in der Dunkelheit sichtbar geworden. Riesige Ungeheuer aller Arten säumten die Wände, maßen gut und gerne viereinhalb Meter vom Boden bis zur Decke: Tiger-Dämonen und Löwen, die Mäuler in lautlosem Gebrüll aufgerissen, menschenähnliche Figuren mit Stierköpfen und Leoparden-Ghuls. Morgan hatte die stummen Wächter das erste Mal bei Tageslicht gesehen, ihre langen Fangzähne im Sonnenschein glitzernd, ihre glänzenden Augen täuschend lebendig. Der Schutz der Dunkelheit tat nichts, um die scheußlichen Fratzen der Dämonen oder ihre unheimliche Wachsamkeit abzuschwächen. Der Altar stand zwischen zwei großen Drachen, der eine aus grünem Stein gemeißelt, der andere aus rotem, und vor dem Ganzen war ein Gitter aus dicken Metallstangen angebracht.

Morgan blickte Aja an, machte ihm ein Zeichen anzufangen, und nach einem winzigen Moment des Zögerns machte sich sein Hauptmann an die Arbeit.

»Vorsicht, beweg dich nicht nach links«, sagte der Junge, als er in die Hocke ging, um den ersten Stolperdraht unbrauchbar zu machen. »In Ordnung, geh weiter.«

Aja schnitt noch zwei weitere Stolperdrähte durch, bevor sie die Platte mit dem elektromagnetischen Sicherheitsfeld erreichten. Die Platte war in den Fußboden eingelassen, Teil des Kreises, der um die Säule mit der Drachenstatue in den Boden eingeritzt war. Das Kraftfeld selbst ragte aus den zahllosen Durchlassöffnungen auf, die in den Kreis gebohrt waren, und erzeugte einen durchsichtigen blauen Schutzzylinder um die Statue herum. Selbst aus einiger Entfernung konnte Morgan die geballte Energie fühlen, die durch das blaue Licht pulsierte. Der Junge stand nahe an der Platte und zog einen geschmeidigen metallischen Handschuh aus seinem Gürtel. Als er ihn übergestreift hatte, streckte er seine behandschuhte Hand aus und berührte vorsichtig das Kraftfeld. Licht schoss in hellen Strahlen seinen Arm hinauf, umrahmte seinen Oberkörper. Funken stoben knisternd von seinen Fingerspitzen auf. Ein Windstoß fegte durch die Tür, hob und zerzauste das Haar des Jungen, und für einen Moment verharrte er dort, Herrscher der Elemente.

Es kam Magie so nahe, wie Morgan jemals wieder an Magie heranzukommen hoffte, was Aja alles mit einem Binärcode und einem wellenlängenempfindlichen Handschuh anstellen konnte. Der Junge kniete vor der Platte, sorgsam darum bemüht, nicht seinen Kontakt mit dem Kraftfeld zu unterbrechen, während seine Finger Linien aus blauem Feuer über die gesamte Länge des Zylinders zogen. Ziffern blitzten auf der Platte auf, Reihen von Nullen und Einsen, die rot auf den grünen Linsen von Ajas Nachtsichtbrille reflektierten. Er betätigte die Tasten mit der linken Hand, während er mit den behandschuhten Fingerspitzen seiner rechten den Code las.

Jeder auch nur halbwegs fähige Tüftler konnte einen Code lesen, einen Code ersinnen und sogar einen Code knacken, wenn er genug Zeit dazu hatte, aber kein Tüftler konnte es durch ein aktives Feld hindurch tun. Mehr als nur ein paar Männer waren regelrecht gebraten worden, als sie das versucht hatten. Ajas Berührung war unendlich leicht, fast übersinnlich. Dass er über die Oberfläche eines Kraftfeldes streichen konnte, während er die Anzeigen auf einer Tafel entschlüsselte, machte ihn selbst unter denjenigen mit ähnlichen Talenten zu etwas Außergewöhnlichem.

Ja, dachte Morgan, der Junge ist wirklich außergewöhnlich, vielleicht auch ein bisschen mit seherischen Fähigkeiten begabt. Es war nicht nur Ajas besonderes Talent für Feinarbeit, das Morgan auf diesen Gedanken brachte; der Junge ließ noch andere Anzeichen erkennen. Morgan hatte oft über Ajas Eltern nachgedacht – einer von ihnen musste dem Jungen dieses feuerrote Haar vererbt haben –, und darüber, was mit ihnen passiert war.

Ein knallender, Funken sprühender Blitzstrahl von Energie schoss an dem Zylinder entlang und zeigte an, dass Aja seinen Kontakt mit dem Kraftfeld unterbrochen hatte. Der Junge trat zurück, sein Handschuh rauchte. Ein triumphierendes Lächeln breitete sich auf seinem Gesicht aus, als das Kraftfeld zusammenbrach und das blaue Licht kurz aufflackerte und dann schließlich völlig verlöschte, bis nichts mehr zwischen ihnen und dem vierundzwanzigkarätigen Golddrachen war außer der Alarmanlage. Aja trat einen Schritt näher und kniete sich vor die farbsynchronisierten Lichter an der Säule.

Morgan beobachtete, wie der Junge seine Hände um den Rahmen der Alarmanlage gleiten ließ, als er nach den verräterischen Kennzeichen von carillionischer Fabrikation suchte. Sie waren immer da: Gelenke und Verbindungsstücke, die sich nicht nahtlos aneinander fügten, raue, vorstehende Kanten, die nicht richtig abgeschliffen waren, Schlüssel, die im Schloss klemmten, Flüssigkeiten, die ausliefen.

Ein knackendes Geräusch unterbrach die Stille, und Aja drehte sich um und hielt einen kleinen Hebel hoch, der fast von der Alarmanlage abgefallen war.

»Carillionisch«, sagte er.

Morgan nickte erfreut. Er würde lieber einen weiteren Kampf vermeiden, obwohl er bezweifelte, dass die Mönche ihnen überhaupt einen heftigen Kampf liefern könnten.

Aja brauchte ein paar zusätzliche Minuten für die Alarmanlage, weil er alles noch einmal genau überprüfte, bevor er sie schließlich ausschaltete. Als nichts geschah, informierte Morgan die anderen Männer, dass die Sache geklappt hatte und dass er und Aja jetzt herauskommen würden. Er trat einen Schritt vor, zog einen gefütterten Lederbeutel aus seinem Gürtel und griff nach der Drachenstatue, nur um urplötzlich innezuhalten, wie gelähmt durch einen eigenartigen Geruch, der ihm aus der Dunkelheit entgegenschlug.

Seine Nase wusste bereits, was das war, noch bevor sein Verstand die Wahrheit bestätigen konnte, und das Blut gefror ihm augenblicklich in den Adern. Aja reckte ebenfalls schnüffelnd die Nase in die Luft, seine Stirn gerunzelt.

»Was zum Teu–« Weiter kam der Junge nicht. Ein gedämpfter Klagelaut, der wie aus weiter Ferne zu kommen schien, folgte dem Geruch und hallte schaurig von den Tempelwänden wider. Der Geruch wurde immer intensiver, warm und schwer und würzig, ein satter Geruch, der an die Tiefen der Erde erinnerte.

Morgan starrte in die Dunkelheit, von Grauen und Ungläubigkeit erfüllt, unfähig, sich zu rühren. Dämonen, Drachen … und *Würmer*. Die Erinnerung an sie wand sich um sein Herz und seine Lungen, sich ringelnd und schlängelnd, und schnürte ihm förmlich die Luft ab.

»Mylord?«, fragte Aja, als Morgan keine Anstalten machte, die Drachenstatue von dem Sockel zu nehmen, sondern nur wie erstarrt dastand, dicke Schweißtropfen auf der Stirn, die Finger ausgestreckt, sein ganzer Arm zitternd. »Morgan?«, wiederholte der Junge unsicher.

Morgan fluchte unterdrückt. Er hätte es wissen müssen.

Sie waren Zeit-Würmer. Unausrottbare Geschöpfe, die immer weiter existieren würden, ganz gleich, wie viele Zeitalter vergingen. Jetzt hatten sie eine Sekte von Mönchen, die sie anbeteten. Morgan fragte sich, ob die Mönche eigentlich wussten, worauf sie sich da eingelassen hatten, und erkannte gleich darauf, dass sie es natürlich wussten.

Elende Scheißwürmer. Sie würden ihn nicht noch einmal kriegen.

Er biss die Zähne zusammen, riss die Goldstatue von ihrem Sockel und fuhr herum, um hinauszulaufen, von dem verzweifelten Wunsch erfüllt, irgendwo anders auf der Welt zu sein, ganz gleich wo, nur nicht ausgerechnet im Kloster Sonnpur-Dzon.

Ein zweiter Fluch blieb ihm in der Kehle stecken. Er und Aja waren plötzlich nicht mehr allein. Ein Dutzend Mönche war aus dem klaffenden Bauch eines Tiger-Dämons herausgestiegen, aus Gott weiß welchen würmischen Riten aufgeschreckt, und sie starrten ihn und seinen Hauptmann entsetzt an. Hinter ihnen drängten sich weitere Mönche, einige mit brennenden Fackeln in der Hand.

»Greift sie an!«, befahl Morgan, als er sich die Kapuze vom Kopf riss und sein Langschwert aus der Scheide zog.

»Angreifen? Wen?«, fragte Jian durch sein Mundstück von draußen vor der Tür.

»Vorwärts!«, brüllte Wils so laut, dass Morgan die Ohren schrillten. Im nächsten Augenblick stürmte der einarmige Bandit in den Tempel, sein Gewehr schussbereit in der Hand. Ein Mönch trat aus den Schatten heraus und packte ihn blitzschnell von hinten, um ihn mit einem schweren Eisenschlüssel bewusstlos zu schlagen, den er an einer langen Kordel schwang. Wils brach auf dem Boden zusammen, während sein Gewehr über den Steinfußboden in die Dunkelheit schlitterte.

Jiang feuerte einen Schuss ab, und die Mönche wurden

wild. Immer mehr von ihnen strömten aus dem Bauch des Tiger-Dämons heraus und füllten den Tempel, um ein Chaos auszulösen.

»Bin gleich da«, hörte Morgan York sagen, als die Stimme des älteren Mannes knisternd und rauschend durch das Mundstück ertönte.

Zwei Mönche rissen Metallstangen von dem Gitter vor dem Altar und griffen Morgan an, und sie sahen ganz danach aus, als hätten sie vor, ihm den Kopf abzuschlagen.

»Verdammt«, flüsterte er. So viel zu seiner Vorstellung von friedlichen Mönchen.

»Greifklauen fest eingehakt, Seile über der Mauer. Bin unterwegs«, berichtete Robbi.

Aja wehrte vier Mönche mit seiner Laserkanone ab, aber Morgan konnte sehen, dass der Abzugshahn noch immer nicht entsichert war, und er wusste, dass es wahrscheinlich auch so bleiben würde. Aja hatte noch nie in seinem Leben einen Menschen erschossen. Skraelings, das ja, denn der Junge hatte eine fast krankhafte Angst vor den Bestien, aber niemals einen Menschen. Es war ziemlich unwahrscheinlich, dass ihn Schlüssel schwingende Mönche zum Morden treiben würden. Der Junge hatte zu viele andere Möglichkeiten.

»Fort mit dir, Aja«, befahl Morgan.

»Aber, Mylord«, protestierte der Junge, als er rückwärts zu der Säule zurückwich.

»Hinfort, *Hauptmann*«, wiederholte Morgan, um den Rang und die Verantwortung des Jungen zu betonen. Er warf ihm den Lederbeutel mit der Statue zu, und fast noch schneller, als das Auge sehen konnte, hatte Aja ihn aufgefangen und war verschwunden. Die vier Mönche suchten umeinander herum, völlig verwirrt und verblüfft, während sie den Jungen zu finden versuchten.

Morgan wusste, sie würden ihn nicht finden, und dann hatte er keine Zeit mehr zum Denken, denn in diesem Moment stürzten sich die Stangenschwinger auf ihn. Das laute Klirren von Metall auf Metall hallte durch den Tempel. Der größere der Mönche war auch der schnellere, denn er landete doppelt so viele Angriffe wie seine Mitstreiter. Morgan schaffte es, sie alle abzuwehren, während er Scyld mit beiden Händen schwang. Dann verlegte sich der große Mönch plötzlich auf eine andere Taktik und holte mit seiner Stange zu einem gewaltigen Schlag aus, der Morgan die Rippen brechen sollte. Morgan wich mit einem schnellen Sprung rückwärts aus, und statt ihn zu treffen, streifte die Spitze der Metallstange seine Brust und riss ihm das Hemd auf. Ein zweiter Schlag hinterließ eine blutende Wunde auf seiner Haut und reduzierte das Vorderteil seines Hemds auf nichts als einen Fetzen, der von seinen Schultern herabhing.

»Verdammter Hurensohn!«, fluchte er. Die Stangen hatten rasiermesserscharfe Enden.

Wils lag reglos auf dem Boden, war womöglich sogar tot. Jiang war umzingelt. Sie waren ihren Widersachern zahlenmäßig fünffach unterlegen, und außerdem waren die Mönche mit tödlichen Waffen ausgestattet. Ihre einzige Chance bestand vielleicht noch darin, sich den Weg nach draußen freizuschießen. Morgan wollte seinen Männern gerade den Befehl erteilen, die Gewehre zu entsichern, wohl wissend, dass York wild drauflos feuernd hereinstürmen würde, wurde jedoch unterbrochen, als seine Angreifer ganz plötzlich zurückwichen.

»Bo si wong gi«, flüsterte der große Mönch und starrte auf seine Brust.

Morgan wusste, dass seine Brust kein sonderlich schöner Anblick war. Er hatte dicke Narben von Wunden, die ihn eigentlich hätten umbringen müssen. Zu Anfang hatte er sich gefragt, ob sie es nicht vielleicht doch getan hatten und ob er in der Hölle aufgewacht war. Manchmal war er sich noch immer nicht sicher.

Der Blick des Mönchs schweifte von seiner Brust zu seinem Haar hinauf, und seine Augen wurden riesengroß. Nach allem, was Morgan von den seltsamen und verschiedenartigen Wesen gesehen hatte, die die Zukunft bevölkerten, begriff er nicht so ganz, wieso ein weißer Streifen in seinem Haar einen derart schockierten Gesichtsausdruck hervorrufen konnte. Die Hälfte der Bewohner des Alten Reichs hatten noch sehr viel merkwürdigere Dinge an sich als einen Streifen, der sich durch ihr Haar zog. Nach einem Moment verblüfften Starrens senkte der Mönch den Blick und fiel auf die Knie, um sich Morgans Gnade auszuliefern – oder auch seiner Ungnade.

»Bo si wong gi«, wiederholte er mit von Staunen erfüllter Stimme. Die anderen Mönche griffen die Worte rasch auf, und ihr Gemurmel hallte durch den Tempel, um dann wieder zu verstummen und vollkommene Stille zu hinterlassen. Zu zweit und zu dritt knieten die Mönche auf den Boden nieder, ihre Gesichter allesamt Morgan zugewandt.

Ihre Reaktion gefiel ihm nicht, sie gefiel ihm überhaupt nicht, aber er würde sie auch nicht im Nachhinein kritisieren.

»Morgan umzingelt«, murmelte er in das Mundstück, während er sein Schwert noch immer in Verteidigungshaltung vor sich hielt. »Aja fort. Wils zu Boden geschlagen. Jiang umzingelt. Brauche Hilfe. Brauche Hilfe.«

Misstrauisch begann er, sich einen Weg zwischen den knienden Mönchen hindurch in Wils' Richtung zu bahnen. Im selben Augenblick stürmten York und Robbi zur Tür herein, ihre Gewehre im Anschlag, bereit, den Befehl auszuführen, den er noch nicht erteilt hatte.

»Bo si wong gi … Bo si wong gi.« Die Worte wurden zu einem Sprechchor, der von dem Boden, übersät mit den safrangelben Kutten von demütig flehenden Mönchen, aufstieg.

York warf einen Blick auf die Versammlung, dann machte er Robbi und Jiang ein Zeichen, nach draußen zu verschwinden.

Morgan erreichte den einarmigen Banditen im gleichen Moment wie York und half dem älteren Mann, sich Wils auf die Schultern zu hieven. Während Robbi ihnen Deckung gab, wichen sie rasch zur Tür zurück.

Sobald sie draußen waren, rannten sie auf die Mauer zu, wobei Morgan Robbis Platz als Nachhut einnahm. Als sie den Schutzwall erreichten, kam Wils allmählich wieder zu sich. Aja wartete auf sie, ein Verstoß gegen seinen, Morgans, ausdrücklichen Befehl, aber damit würde Morgan sich später befassen. Mit einem schnellen Wurf von unten warf der Junge ihm den Lederbeutel zu, und Morgan fing ihn auf und befestigte ihn rasch an seinem Gürtel.

Es war unglaublich, aber nicht einer der Mönche verfolgte sie. Der Klosterhof war menschenleer, mit nichts als Schnee und dem gedämpften Widerhall des Sprechgesangs gefüllt, der noch immer aus dem Tempel drang.

Bo si wong gi. Morgan wollte lieber gar nicht wissen, was das bedeutete.

York ging als Erster über die Mauer und nahm Wils in einem Tragegurt mit, als er an dem Führungsseil hinunterkletterte. Robbi und Aja kletterten parallel zu den beiden an der Außenseite des Schutzwalls hinunter. Morgan hakte sich an einem Seil fest, und er und Jiang schwangen sich über den Rand der Mauer und ließen sich in fast freiem Fall auf den Boden des Tals hinuntergleiten.

Das Schneegestöber hatte sich zu einem regelrechten Schneesturm ausgewachsen, während sie in dem Tempel gewesen waren. Es war kein Mond aufgegangen, und der Wind und die eisige Kälte schnitten wie mit tausend Messern durch Morgan hindurch, als er an dem Seil hinunterglitt. Irgendwo tief unter ihnen in der Dunkelheit wartete ihr Lager mit heißem Essen, warmen Zelten und einem Mehrzweckrover, um sie in die engen Schluchten des Mittleren Königreichs zu bringen. Von dort aus würden sie sich einen Weg in die tiefer gelegenen Täler bahnen und auf das östliche Ufer des Sandmeeres zuhalten.

Als er durch die Dunkelheit fiel und sein Leben buchstäblich an dem dünnen Seil hing, fühlte Morgan, wie er von dem Gewicht des goldenen Drachen in die Tiefe gezogen wurde. Es war ein bitterer Sieg. Der Geruch der Würmer war noch immer in seiner Nase, wühlte seine Eingeweide auf, leckte wie mit unzähligen Zungen an seinem Verstand.

Drachen, Schlangen und Würmer... seine schlimmsten Albträume lebten wieder auf. *Herr, erbarme dich meiner.*

Im Inneren des Klosters in der Versammlungshalle kniete der große Mönch vor dem Erhabenen Lama von Sonnpur-Dzon. Das weiße Haar des alten Mannes wallte über seine Gewänder herab. Blaue, spiralförmige Tätowierungen bedeckten die linke Hälfte seines Gesichts, doch die archaischen Symbole verloren sich fast in den tiefen Falten seiner dunklen Haut. Weihrauch stieg von den brennenden Rauchfässern auf, die das gelbe flankierten, auf dem er saß.

»Du bist dir sicher, dass er es war?« Die Stimme des alten Mannes zitterte in der dünnen, kalten Luft.

»Es besteht nicht der geringste Zweifel, Ehrwürdiger Lama. Ich habe die Kennzeichen mit eigenen Augen gesehen. Den weißen Streifen in seinem Haar und das Symbol der Eberesche, das die Haut über seinem Herzen ziert.«

»Es gibt noch andere, die den Streifen des Zeit-Wehrs im Haar haben«, erwiderte der alte Mann und hob eine Hand, um auf die breite hellblonde Strähne in seinem schlohweißen Haar zu zeigen.

»Ja, Herr, aber keiner hat jemals das geheiligte Blatt auf der Brust prangen gehabt. Er ist es, *Bo si wong gi,* der Herrscher der Zeit, auf den wir so lange gewartet haben. Er ist endlich gekommen, Herr.«

Dem alten Mann fielen langsam die Augen zu, und in dem langen Moment, der darauf folgte, befürchtete der jüngere Mönch schon, dass sein Herr und Meister eingeschlafen sei.

Aber dem war nicht so. Ohne die Augen zu öffnen, zog der Erhabene Lama eine Seidenschnur von seinem Hals und drapierte sie um den kahl geschorenen Kopf des jüngeren Mannes. Eine silberne Scheibe hing an der Schnur, und in diese Scheibe war ein goldumrandetes Quadrat eingraviert, das einen dreieckigen Karneol umrahmte.

»Bring das hier nach Deseillign, zu dem Weißen Palast am Rande der Wüste. Bring es zu den Wüstentöchtern und sag ihnen, ihr Talisman ist eingetroffen. Sag Lady Avallyn, dass ihr Zeit-Reisender endlich gekommen ist.«

Der Talisman

Der Zauberkessel des Magiers brachte
die Drachen und das Schwert hervor –
und die unauflösliche Liebe des Diebes
zu der Prinzessin aus der Wüste.

1

Der Weisse Palast
Wüste von Deseillign

Avallyn Le Severn ging den langen Korridor des Palasts entlang, ihre Schritte fest und sicher, ihre Stiefel lautlos auf dem Marmorfußboden – der Gang einer Wüstenwanderin. Ihre Wangen unter dem Augenschirm waren von einer leichten Röte der Erregung überzogen, eine verdammt störende Angelegenheit, gegen die sie unbedingt etwas tun musste, bevor sie vor dem Tribun erschien. Alle anderen Anzeichen des Aufruhrs in ihrem Inneren waren unter einer Schicht sorgsam vorgetäuschter Ruhe verborgen, die auch durch die zweitägige Reise durch die unwegsame Wüste nicht erschüttert worden war.

Sie war gerufen worden.

Sie war gekommen.

Und jetzt würde es beginnen.

Ein trockener, alles ausdörrender Wind wehte durch die offenen Fenster auf beiden Seiten des Korridors und brachte die sengende Hitze des Tages mit sich. Sand wirbelte bei jedem Luftzug hoch, wehte über die Fensterbänke und rieselte auf den Fußboden, ein gelbbrauner Strom aus dem endlosen Sandmeer. Eines Tages würden die Dünen den Weißen Palast unter sich begraben, und vom Drachenschlund bis hin zum Alten Reich würde es nichts als endlos weite Sandwüsten geben. Aber vorläufig würden noch die

Straßenkehrer kommen, und vorläufig hatte Avallyn andere Sorgen.

Die Röte in ihren Wangen vertiefte sich, dennoch ging sie festen, unbeirrbaren Schrittes weiter.

Er war endlich hier, wie der Mönch aus Sonnpur-Dzon geschworen hatte.

Er war endlich gefunden worden, in dieser Zeit, in dieser Welt.

Ihr Prinz.

Die langen Jahre des Wartens waren endgültig vorbei. Das Schicksal, für das sie geboren worden war, würde sich jetzt in all seinem Schrecken und all seiner Herrlichkeit zu entfalten beginnen, und er würde an ihrer Seite sein, derjenige, auf den sie gewartet hatte – der Prinz des *Fata Ranc Le,* des Roten Buches des Schicksals. In einem anderen Leben hatte er sein Schicksal durch die Berührung seiner Hand auf die Seiten des scharlachrot eingebundenen Buches geschrieben und hatte sich auf diese Weise an sie gebunden.

Heilige Mutter, hatte sie gewartet! Voller Verzweiflung, dass er niemals kommen würde, und zugleich voller Furcht, dass er käme. Sie hatte es kaum glauben können, als der Mönch gestanden hatte, dass sie ihn vor drei Monaten einfach so aus dem Kloster Sonnpur-Dzon hatten hinausspazieren lassen, ohne auch nur den Versuch zu unternehmen, ihn zurückzuhalten. Zehntausend Jahre waren verstrichen, bis er endlich gekommen war, und die Mönche hatten ihn binnen weniger Minuten wieder verloren.

Ein Bettelmönch, so hatte der Mönch aus Sonnpur-Dzon ihn genannt, ein wandernder Bruder, der in das Kloster gekommen war, um zu beten und zu meditieren. Er hatte sich in einer Neumondnacht im Heiligtum der Dämonen offenbart, in der rechten Hand einen goldenen Drachen und in der linken ein flammendes Schwert, ein Krieger, genau wie es das Rote Buch vorausgesagt hatte. Er war in einem Wirbel von blauem Feuer wieder verschwunden, war von der hohen Mauer des Klosters geradewegs in den Nachthimmel gesprungen – und die Mönche hatten ihn gelassen. Am nächsten Morgen war jedoch keine Leiche gefunden worden, sondern nur die Fußspur des Prinzen im Schnee, wo er mit göttlicher Grazie gelandet war.

Die Kräfte eines Magiers, das Herz eines Kriegers und der Mut eines Heiligen. So hatte es über den Prinzen geschrieben gestanden, und so war es. Den Göttern sei Dank, dachte Avallyn. Sie beide würden auch all seinen Mut und all seine Kräfte und Fähigkeiten brauchen, um ihre vom Schicksal bestimmte Reise zu überleben.

Der Herrscher der Zeit.

Ein Schauer der Erregung, vermischt mit Furcht, überlief sie und drohte, ihre mühsam aufrechterhaltene Fassade der Gelassenheit zunichte zu machen. Er hatte eine weite Reise hinter sich, ein Zeit-Reiter aus einem primitiven, barbarischen Zeitalter. Wird er eine Bedrohung sein, überlegte sie, dieser Krieger-Heilige aus der Vergangenheit? Die Geschichte hatte gezeigt, dass im Namen von Erlösern schon eine Menge Unheil und Zerstörung angerichtet worden war. Würde der Prinz des *Fata* auch eine solche Gefahr darstellen? Und wenn ja, würde das dann etwas an ihrem Kurs ändern?

Nein, schwor sie sich. Je wilder und barbarischer er war, desto besser. Nur der Fürst des Schicksals, wie ihn einige nannten, würde eine Chance haben, ihrer beider Bestimmung zu überstehen, und nur der mächtigste Krieger würde auch nur eine halbe Chance haben, sie, Avallyn, lebend wieder mit sich herauszubringen.

Shadana, betete sie inständig, *mach, dass er alles das ist, was über ihn geschrieben steht, und noch mehr.* Ganz gleich, wie wild und grimmig, ihr Wille würde ihn zähmen, um die Tat zu vollbringen. Die Pflicht, die sie teilten, würde ihn dazu bewegen, sich in sein Schicksal zu fügen und seine Aufgabe zu erfüllen, und in ihrem gemeinsamen Augenblick des Triumphs würde sie ihn mit einem Kuss belohnen.

Bei diesem Gedanken stieg ihr abermals die Röte ins Gesicht, diese peinliche und verdammungswürdige Röte der Erregung, aber der Prinz gehörte ihr, und es war richtig, dass sie ihn küssen würde.

Der Eingang zum Königshof der Ilmarryn tauchte vor ihr auf, weiße Marmorsäulen, die aus dem Schatten zu beiden Seiten einer gewaltigen steinernen Tür aufragten, und zum ersten Mal, seit sie den Palast erreicht hatte, ermahnte Avallyn sich zur Vorsicht und verlangsamte ihren Schritt. Mit den Ilmarryn, hellseherischen Abkömmlingen der *tylwyth teg,* war nicht zu spaßen, und selbst eine Priesterin der alten Linie musste sich bei ihnen vorsehen.

Vor der hohen Tür, gefertigt aus zwei riesigen Steinplatten, die aus den Höhlen unterhalb des Weißen Palastes herausgehauen worden waren, blieb Avallyn stehen und hob den Blick. Unzählige Namen strömten über die Türfüllungen aus Granit, kunstvoll gemeißelte Buchstaben, durchzogen von den baumartig verzweigten Rissen von Rosenquarz, die altberühmte Ahnenreihe der mit den Waldelben verwandten Ilmarryn, die sich bis in das Prydion-Zeitalter zurückverfolgen ließ. Ungefähr in der Mitte waren zwei Namen, die für Avallyns eigene Vorfahren standen, Llynya von der Yr Isddwfn und Mychael ab Arawn, ein Burgherr von Merioneth.

Sie stand einen Moment lang ganz still da und wandte einen Novizinnentrick an, um ihre Erregung zurückzudrängen und die verdächtige Röte von ihren Wangen verschwinden zu lassen. Es würde nicht zu ihrem Vorteil sein, wenn sie sich vor den Tribunen ihre Aufgeregtheit anmerken ließ, und ganz entschieden zu ihrem Nachteil, wenn sie ihre Unsicherheit spürten. Die Tribune und ihre Truppe von Sha-shakrieg-Nachtwächtern waren ein Mittel zum Zweck, zu ihrem Zweck, und sie würde nicht zulassen, dass sie ihre Sehnsüchte oder ihre Schwächen gegen sie verwendeten.

Sie ließ ihren Blick erneut über die grauen Türflügel schweifen. Wulstige Stahlstangen, umschlossen von Eisenbändern, waren zu massiven Klinken geformt worden, die über die gesamte Breite der Granitplatten verliefen, ein Zeugnis für alle, die eintreten würden: Diejenigen im Innern fürchteten sich vor nichts auf Erden.

Und auch Avallyn fühlte keine Furcht mehr, nun, da ihr Prinz gekommen war. Barbarisch oder nicht, sie würden allen Gefahren, die vor ihnen lagen, gemeinsam trotzen.

Sie trat einen Schritt vor, genau auf die Fliese, die vor der Tür lag, und die Türflügel schwangen nach innen auf. Ein würziger Geruch schlug ihr entgegen, ein kühler, erfrischender Hauch, der die unfruchtbare Trockenheit der Wüste durchschnitt und sie in die Düfte von frischen grünen Blättern und bitterer Gerbsäure einhüllte, in den süßen Wohlgeruch der zahllosen Blumen und Pflanzen, die in dem von einer hohen Glaskuppel überwölbten Wald wuchsen, dem Vergessenen Wald der Einöde. Es war hier, wo sie mit dem Herzen war, in den Waldlichtungen und Wiesen, nicht in der Wüste, wo sie geboren worden war.

Mit üppigem Grün überwachsen, lag der Königshof der Ilmarryn im Herzen des Weißen Palasts, dem letzten Bollwerk der Macht am Rand des Sandmeers. Von den Palastmauern aufstrebend, spannte sich das Kuppelgewölbe hoch über den Wipfeln der Bäume, eine riesige gebogene Fläche aus blassgrünem Glas, sieben Meilen breit und vierzehn Meilen lang, ein Wunderwerk aus gedrehten Stahlstreben und von der Sonne beschienenen, verglasten Flächen, durch Ilmarryn-Magie in der Schwebe gehalten. Von dem inneren Gerüst hingen Laufstege herab, und um diese Konstruktionen herum und durch sie hindurch rankte sich die Flora.

Efeu bedeckte die Wände und kletterte in die lichtdurchflutete Kuppel hinauf; Rotbuchen sprenkelten die Waldespfade mit Schatten; riesige, über tausend Jahre alte Eichen hielten überall im Wald Wache. Niedrige Gehölze aus Erlen, Birken und Kiefern vermischten sich mit Weißdorn, Eibe und Haselnuss innerhalb der Grenzen des gewaltigen Kuppelbaus, des Geländes, auf dem sie ebenso prachtvoll gediehen wie die übrigen Spezies, die es beherbergte. Saftige grüne Farne waren im Überfluss vorhanden, entfalteten ihre Wedel über steinigen Bächen und Tümpeln und säumten die Wasserfälle, deren melodisches Plätschern den Hof erfüllte.

Avallyn wählte einen unbefestigten Pfad entlang dem River Alduin, dessen Wasser durch ein mit Felsbrocken übersätes Flussbett strömte und einem viele Meilen langen Lauf folgte, bis er schließlich kaskadenartig in die Höhlen unterhalb des Königshofes hinabstürzte und an einem Ort namens Tropfsteinbrunnen in den River Bredd mündete. In ihrer Kindheit hatte sich Avallyn mehr als einmal an die Stromschnellen der Alduin-Fälle herangewagt, wann immer sie den Weißen Palast besucht hatte. Der Fluss lockte sie noch heute, denn tief unterhalb der Stelle, wo der Alduin und der Bredd im Tropfsteinbrunnen zusammenflossen, lagen die übrig gebliebenen Teiche eines Ur-Sees, Mor Sarff. Und in dem tiefsten und dunkelsten dieser Teiche lag das Nest der Drachen von Merioneth, Dragonmere, wo die mächtigen Lindwürmer seit vielen Jahrtausenden eingesperrt waren, gefangen gehalten durch das stetige Vorrücken der Wüste und das Zufrieren der Polarmeere. Ihre Kraft und Energie durchströmten den Weißen Palast ebenso sicher wie die Sandkörner der Wüste und die Magie der Ilmarryn, wärmten und schützten ihn vor den eisigen Nächten von Deseillign und verteidigten ihn gegen die Stürme des Krieges.

Aber der Krieg kam trotzdem. Krieg und Pestilenz. Das Alte Reich war überschwemmt davon. Das Mittlere Königreich war durch Seuchen und Schlachten dezimiert worden, und riesige Gebiete in den Bergen waren inzwischen so leer wie die Wüste, die sich direkt außerhalb der Palasttore ausdehnte. Und das Eis rückte immer weiter vor, griff mit jedem Jahr, das verging, weiter auf seine Tochter, die Wüste, über. Aber die Hoffnung war nahe. Durch die Gnade der Götter war der Prinz gekommen.

Am Ende des Pfades kamen die Burgruinen von Merioneth in Sicht, die grauen Steine durch die Sonne silbrig poliert, die saftigen Wiesen von blühenden Gebirgslilien überwuchert. Als Avallyn das letzte Mal zu Hause gewesen war, in dem Winter, als der Mönch gekommen war, war der Königshof von Ilmarryn-Eis umschlossen und mit Schnee bedeckt gewesen. Seitdem war eine Jahreszeit vergangen, und der Prinz war gefunden worden.

Das Herz eines Kriegers, der Mut eines Heiligen, die Kräfte eines Magiers...

»Verdammt«, fluchte sie leise. Sie war keine Heilige und auch keine Ilmarryn, die magische Kräfte besaß. Sie war zwar eine gute Kämpferin, das schon, aber nicht die Beste. Kämpfen war die Aufgabe der Sha-shakrieg-Nachtwächter. Dennoch mussten sie und der Prinz eine Pflicht erfüllen. Es war kein Platz für Zweifel ihrerseits, schon gar nicht für Selbstzweifel.

Eine plötzlich einsetzende, hektische Geschäftigkeit in der Nähe des Quartiers der Königin kündigte Au Cades Ankunft an, und während Avallyn zuschaute, erschien die elfenbeinhäutige Königin des Weißen Palasts, eine wahrhaft hoheitsvolle Gestalt in einem flammend orangefarbenen Gewand, die leichtfüßig über den Rasen schritt, eine Schar von Gefolgsleuten hinter ihr.

Die Königin gesellte sich zu der Priesterin Palinor auf dem Podium. Avallyn atmete einmal tief durch, um sich innerlich zu stählen, und trat aus dem Wald heraus.

Palinor entdeckte ihre Tochter augenblicklich, eine von den Strapazen der Wüste gezeichnete Gestalt, die zwischen den Bäumen hervorkam, und bei ihrem Anblick fühlte Palinor, wie ihre Ängste und Befürchtungen der letzten Tage von mütterlichem Stolz, vermischt mit Resignation, verdrängt wurden. Das Mädchen hatte Schmutz im Gesicht. Palinor konnte ihn selbst auf diese Entfernung sehen, den breiten Streifen von Sand und Staub, der sich quer über Avallyns Nase und Wangen zog, genau an der Stelle, wo ihre Augenschutzblende und der Turban, den sie um Mund und Kinn gewickelt hatte, ein Stück von ihrem Gesicht frei gelassen hatten.

Avallyn war am königlichen Hof erzogen worden und kannte die Feinheiten von Brauchtum und Etikette genauso gut wie jeder andere, doch sie hatte es typischerweise vorgezogen, sich nicht darum zu kümmern. Aber vielleicht hatte Palinor es auch nur sich selbst zuzuschreiben, dass ihre Tochter an diesem Tag so schmutzig und zerzaust aussah. Sie hatte in ihrer Nachricht auf Eile gedrängt, nicht auf Einhaltung des Protokolls.

Sie machte der jüngeren der beiden Novizinnen, die sie bedienten, ein Zeichen und lenkte die Aufmerksamkeit des Mädchens auf Avallyn. Die Novizin verbeugte sich leicht, bevor sie davoneilte, und wenig später sah Palinor, wie sie sich einen Weg über den Burghof in Avallyns Richtung bahnte, einen Korb mit lavendelgetränkten Tüchern über dem Arm. Palinor wäre es lieber, wenn ihre Tochter wenigstens mit einem sauberen Gesicht vor dem Tribun erschien.

»Sie sieht furchtbar schlampig aus, wie gewöhnlich«, sagte eine seidenweiche Stimme neben ihr. »Bist du dir so sicher, dass der Prinz bei ihrem Anblick nicht die Flucht ergreifen wird?«

Palinor wandte sich zu Tamisk um, dem Ilmarryn-Magier, und ließ ihren Blick über die indigoblauen Runen schweifen, die in Wirbeln und Kringeln auf einer Seite seines Gesichts eintätowiert waren. Die tiefblauen Linien bildeten einen starken Kontrast zu seiner hellen Haut, und die Schriftzeichen kennzeichneten ihn als einen Experten in den sieben Büchern des Wissens. Ein kreisrunder silberner Anhänger mit einem dreieckigen Karneol, umrahmt von einem eingravierten, goldumrandeten Quadrat, hing an einer Schnur um seinen Hals, das Gegenstück zu dem Medaillon, das Palinor trug. Er war in sattes Braun und Waldgrün gekleidet, die Farben seiner Welt. Um seine Handgelenke wanden sich Armbänder in Form von Schlangen, ihre Zungen, Augen und Schuppen aus fein ziseliertem Silber gearbeitet, der Farbe seiner Magie.

»Sie ist eine Priesterin der Gebeine, Tamisk, eine Weiße Frau des Todes. Wenn der Prinz durch diese Wahrheiten nicht abgeschreckt wird, dann kann er zweifellos auch dem Rest trotzen«, erwiderte Palinor, nicht bereit, auf den Köder anzubeißen.

»Zweifellos.« Tamisk lächelte, seine Augen von einem so intensiven und reinen Grün, dass sie schon fast unnatürlich erschienen, selbst für einen Ilmarryn. Sein Haar war dunkelbraun, von grauen Fäden durchzogen und auf einer Seite seines Kopfes zu dem aus fünf Strähnen bestehenden *fif*-Zopf geflochten, der ihn als *tylwyth teg* auswies. »Trotzdem würde es ihren Weg leichter machen.«

»Ihren Weg leichter machen?«, fragte Palinor mit einer hochgezogenen Braue. »Oder einen anderen auf ihre Fährte ansetzen?«

Sie bekam nur ein elegantes Achselzucken zur Antwort.

»Deine Tochter ist stärker, als du denkst«, sagte Palinor.

»Und der Herrscher der Zeit ist nicht das, was du erwartet hast. Er ist es nicht wert, dass Avallyn auf einer Reise in das Alte Reich ihr Leben aufs Spiel setzt«, konterte Tamisk, seine Stimme von einem tadelnden Unterton erfüllt, als wollte er sie herausfordern, ihm das Gegenteil zu beweisen. »Lass mich an ihrer Stelle lieber eine andere schicken.«

Palinor wandte ihre Aufmerksamkeit wieder Avallyn zu, ohne auf die Bemerkung des Magiers einzugehen. Es war ein alter Streit, den zu verlieren sie sich weigerte. Ilmarryn, dachte sie verärgert. Die holdesten von allen Geschöpfen, die die Götter je erschaffen hatten, waren sie unvergleichlich schön und lieblich, dennoch unterschätzte Tamisk Avallyns Fähigkeiten, wenn er glaubte, dass der Prinz von einem Ilmarryn-Mädchen leichter zu beeinflussen sein würde. Und genau das glaubte Tamisk; er hatte sich sogar erdreistet, noch weiter zu gehen und Au Cade zu suggerieren, dass eine Ilmarryn vielleicht besser in der Lage wäre, den Prinzen gefügig zu machen. Au Cade hatte Palinor das erzählt.

Halb wahnsinnig, sein Geist durch zu viel carillionischen Wein verborgen, hatte Tamisk der Königin ins Ohr geflüstert und die Unheil verkündenden Worte des Hauptmanns der Sha-shakrieg-Nachtwächter wiederholt, der den Mann namens Morgan gefunden hatte. Der Prinz sei halb irre, ein Mann, den Avallyn niemals unter Kontrolle halten könnte, und seine Bande von Dieben und Schurken sei so ziemlich das übelste Gesindel, das im Alten Reich zu finden war. Magie, so hatte Tamisk beharrlich behauptet, sei die einzig zuverlässige Methode, um ihn gefügig zu machen. Ilmarryn-Magie.

Palinor wollte nichts davon hören. Wenn Avallyn ihn nicht gefügig machen konnte, konnte sie ihn nicht halten, und sie musste ihn halten. Der Prinz des *Fata Ranc Le* war geschickt worden, um zu tun, was die Weißen Frauen ihm befahlen. Die fragile Schönheit einer Ilmarryn würde vielleicht seine Aufmerksamkeit erregen, besonders wenn Tamisk es so wollte; aber Avallyn war diejenige, an die der Prinz gebunden war, und Avallyn war diejenige, der er gehorchen würde, sonst war sie verloren. Und was das Risiko für Avallyn anbetraf, wenn sie sie in das Alte Reich schickten, wo der Kriegshetzer sie finden könnte – der Kriegshetzer war noch harmlos im Vergleich zu dem Verhängnis, mit dem Avallyn und der Prinz rechnen mussten. Zu lange hatten die Priesterinnen auf die Zukunft gewartet, als dass sie sich nicht so zutragen könnte, wie sie prophezeit worden war.

Zu lange, und dennoch hatten sich die Worte der Prophezeiung bereits auf die schlimmstmögliche Weise als falsch erwiesen. *Das Herz eines Kriegers, der Mut eines Heiligen, die Kräfte eines Magiers…*

Alles Lügen.

Palinors Hand schloss sich um die Lederscheide, die an ihrem juwelenbesetzten Gürtel hing, und ihre Finger krampften sich um das weiche Leder und das Dolchheft darin.

Nichts als Lügen.

Unzählige Jahre hatten sie gewartet, aber die Götter hatten ihnen keine kühnen Krieger geschickt und auch keine Heiligen, sondern einen Wahnsinnigen, der dem berauschenden Wein und den Ausschweifungen des Altes Reiches verfallen war. Ein Säufer, ein geldgieriger Raufbold, ein Dieb und Krüppel. Ein tobender Irrer. Das waren die Worte gewesen, die Dray, Hauptmann der Sha-shakrieg-Nachtwächter gebraucht hatte, um Morgan ab Kynan zu beschreiben; und dennoch hatte er mit dem nächsten Atemzug bestätigt, dass der Mann tatsächlich der Fürst des Schicksals war. Er war mit den unverwechselbaren Zeichen gebrandmarkt. Ein Irrtum war völlig ausgeschlossen.

Palinor beobachtete, wie Avallyn über den Hof kam, und fühlte ihre Ängste und Befürchtungen von neuem aufsteigen. Das Mädchen sah wirklich schlimm aus, ihr Umhang fast in Fetzen zerrissen, ihre Stiefel und Tunika mit Flecken von dem roten Sand im Norden übersät, ihr Haar eine wüste, zottelige Mähne aus hellblonden und honigblonden Strähnen. Zerzauste Elfenlocken wanden sich durch ihre silbergleichen Strähnen. Auf der linken Seite ihres Gesichts bändigte ein *fif*-Zopf einen seidigen Streifen Haares. Wäre nicht die Feinheit ihrer Züge gewesen, hätte man sie leicht mit einem der wilden Jungen verwechseln können, die durch die Wüste streiften.

Und trotzdem war sie schön – ein Wunder an Zierlichkeit und Stärke –, und sie war für etwas so viel Besseres bestimmt gewesen als die Gesellschaft, die ihr bevorstand.

Ein schmerzliches Gefühl des Bedauerns stieg in Palinors Brust auf, aber sie würde beharrlich ihren Weg verfolgen. Am Ende würde sie ihre Tochter notfalls auch an einen Verrückten binden, um dafür zu sorgen, dass die gefürchtete Reise unternommen wurde. Der Weiße Palast konnte nicht bis in alle Ewigkeit den Stürmen des Krieges und der Vernichtung standhalten, noch nicht einmal mit Ilmarryn-Magie als Bollwerk. Das Zeit-Wehr hatte schon vor langer Zeit seine irdischen Ketten gesprengt und war im gesamten Kosmos zu einer Geißel der Zerstörung geworden, und die Drachen waren in ihrem Wasserloch eingesperrt, hilflos und ohnmächtig in ihrem Elend.

Palinor umschloss die Lederscheide noch ein wenig fester, und ihre Finger erwärmten sich durch das aufflackernde Licht des Traumsteins. Der Traumsteinzauber war uralt und einfach genug anzuwenden für eine Priesterin von Avallyns Geschicklichkeit. Sie könnte den Prinzen damit in Tiefschlaf versetzen und ihn in Ketten zu dem nördlichen Tempel bringen, falls er sich als zu unnachgiebig oder zu verrückt erwies. Zumindest dafür brauchte Palinor sich nicht an Tamisk um Hilfe zu wenden. Für die Zaubertricks des Magiers würde später noch Zeit genug sein, falls sich herausstellte, dass der Prinz zu viehisch und hirnlos war, um ihn zu ertragen, oder zu feige für sein Schicksal.

Tamisk würde Blut von Avallyn haben wollen, bevor sie zu ihrer Reise in das Alte Reich aufbrach. Zehntausend Jahre im Werden, das war der Lebensstrom, der durch Avallyns Adern floss, der Schlüssel zur Zukunft. Es war Zufall gewesen, dass Palinor mit dem Magier vermählt worden war. Sie war dazu erzogen worden, der Welt ein Kind zu schenken, und es war das Blut dieses Kindes, das sie alle retten würde.

Sieben Maß Blut wurden benötigt, jede einzelne Dosis dazu bestimmt, eines der Bücher des Wissens in ihrer Kammer zu versiegeln. Drei Maß waren schon gegeben worden. Tamisk würde an diesem Tag noch drei weitere haben wollen. Das siebente Maß würde Avallyn selbst liefern. So lautete die Abmachung, die ihr Leben bestimmte.

Avallyn stieg auf das Podium hinauf und kam zuerst zu Palinor. Trotz ihres ruhigen, gelassenen Auftretens leuchtete Erregung in den Augen des Mädchens, und Palinor entdeckte einen leisen Hauch von Röte auf ihren Wangen. Avallyn kniete nieder, und Palinor streckte elegant eine Hand aus, um den Begrüßungskuss ihrer Tochter zu empfangen. Es war eine innige Berührung weicher Lippen auf ihrer Haut, eine stillschweigende Anerkennung der Bande, die sie teilten, obwohl Palinor in Wahrheit stets mehr die Priesterin als die Mutter gewesen war. Jetzt, da die Zeit nahte, dass Avallyn gehen musste, fühlte Palinor schmerzlicher denn je zuvor, wie hoch der Preis war, den sie hatte zahlen müssen, um an ihrem Anteil an Macht festzuhalten.

Das Mädchen erhob sich wieder und trat einen Schritt vor, um Tamisk zu begrüßen.

»Magia-Gebieter.« Sie legte in einer Geste des Respekts eine Hand auf ihre Brust.

»Schöne Tochter von Palinor, empfange meinen Segen an diesem viel versprechenden Tag«, murmelte der Magier mit einem wohlwollenden Lächeln. Wenn sein Lächeln etwas leicht Zynisches an sich hatte, so offenbarte sich dieser Zynismus zumindest nicht in seiner Stimme, und Palinor nahm Abstand davon, sich allzu sehr darüber zu ärgern. Am Ende würde der Prinz ihr gehören.

»Hier, nimm mein Geschenk an«, fuhr Tamisk fort und gab Avallyn eine Phiole mit einem grünen Trank. »Sollten sich die Sehnsüchte des Prinzen als stärker erweisen als die Prophezeiung, dann wird ihn dieser Trank davon kurieren.«

Avallyn warf Palinor einen fragenden Blick zu, mit hochgezogenen Brauen, als sie das kleine Glasfläschchen in ihre Tasche steckte. Palinor antwortete mit einem Handzeichen, dass sie sich in Geduld fassen möge. Die Verwirrung ihrer Tochter würde nicht lange anhalten. Au Cade würde ihr alles erzählen.

Tamisk hätte aber trotzdem ein kleines bisschen taktvoller sein können, dachte Palinor, von neuem verärgert. Die Wahrheit war schon schlimm genug, auch ohne seine hintergründigen Andeutungen.

Schließlich nahm Avallyn ihren Platz vor der Königin ein und kniete nieder, um ihr unter der grünen Laube des Hofes ihre Ehrerbietung zu erweisen. So wie Dragonmere das Herz des Weißen Palasts war, so war die Burgruine auf der Hügelkuppe das Herz des Königshofs. Carn Merioneth, so hieß die Burg seit dem Ersten Zeitalter, und obwohl sich alles andere im Laufe der Zeit geändert hatte, war und blieb sie Merioneth, die Inselfestung der Sternenlicht-Geborenen, von den Ilmarryn wieder aus dem Sand ausgegraben.

Tausende von Jahren vor der Trelawnischen Rebellion hatten sich gewaltige Sandstürme im Süden der Erde erhoben und waren nach Norden gebraust, ein unaufhörlicher wilder Sturm, der das gesamte Land in Wüste verwandelt und die *tylwyth teg* aus ihrer uralten Heimat in den Bergen des Mittleren Königsreichs vertrieben hatte. Im Laufe der darauf folgenden Jahrtausende hatten die Kriege der Menschen sie wieder zurückgetrieben und sie als die Ilmarryn zusammengeführt, ein wieder vereinigtes Volk. Als die Nachkommen der Quicken-tree, Daur und Ebiurrane, der Wydden, Red-leaf und King's Wood und all der nördlichen Stämme hatten die Ilmarryn sich von ihren Bergfesten aus auf den Weg gemacht, um die verlorene Festung zu suchen, und sie hatten sie schließlich an der Küste des Sandmeeres gefunden, begraben unter den Dünen – und dort hatten bereits die Sha-shakrieg und ihre Wüstenkönigin auf sie gewartet, die wahren Herrscher der Wüste von Deseillign.

Die untergehende Sonne warf Licht in die Schatten unter dem grünen Baldachin. Ihre Strahlen vergoldeten Avallyns Haar und zeichneten die hohen Bögen ihrer Wangenknochen nach, ihre Stupsnase und die unauslöschliche Spur ihres ilmarrynischen Erbes – ihre großen, leicht spitz zulaufenden Ohren. Ihr zerfetzter Umhang wurde von zwei blutroten Granatbroschen auf ihren Schultern gehalten, und der helle fleckige Stoff bauschte sich um sie herum, während sie auf dem Granitpodium kniete.

Sie war stärker, als sie aussah, den Göttern sei Dank, denn sie sah so zart aus wie eine Ilmarryn-Schönheit. Aber ganz gleich, ob stark oder nicht, Palinor würde trotzdem keine körperliche Vereinigung mit einem solch verkommenen Subjekt wie diesem König des Hightech-Schrotts gutheißen, den Dray aufgestöbert hatte. Diese Pläne waren mit den Worten des Hauptmanns der Nachtwächter gestorben. Die Priesterin von Claerwen würde das Paar auf eine andere Art und Weise binden. Wenn Morgan ab Kynan kämpfen konnte, dann würde sie die Probleme des Tages als gut gelöst betrachten.

»Gesegnete Tochter«, begann Au Cade, als sie Avallyn mit ihrer melodischen, voll tönenden Stimme ansprach. »Der Hauptmann meiner Wache hat die Nachricht gebracht, auf die du schon so lange gewartet hast. Der Prinz ist endlich gefunden worden.«

Dies war die erste und zugleich letzte gute Nachricht, die die Königin für Avallyn hatte. Palinor zwang sich, den Mund zu halten, als Au Cade die ganze Geschichte erzählte und kein schmutziges Detail aus Morgan ab Kynans Leben verborgen blieb. Sie versagte Avallyn jeden Trost, den sie ihr vielleicht hätte spenden können, obwohl sie sah, wie das Gesicht des Mädchens vor Schreck immer bleicher wurde, denn im Licht der Wahrheit hätte jeder Trost nur hohl und falsch geklungen – der Prinz war gekommen, und er war nicht besser als der Geringste der Menschen – ein trunksüchtiger Dieb aus dem Alten Reich.

2

Das Alte Reich

Das Waldland unterhalb von Dolwyddelan Castle lag still im grauen Licht des heraufdämmernden Tages, der Boden unter Morgans Füßen war noch unberührt, das Gras feucht vor Tau. Kein Windhauch bewegte die Blätter an den Bäumen. Kein Vogelgezwitscher ertönte in der kühlen Luft der Morgendämmerung.

Auf dem Hügel über ihm tauchten ab und zu die Mauern der Burg aus den wallenden Nebelschwaden auf, Llywelyns Burg. Er hatte sie nicht vergessen. Er hatte überhaupt nichts vergessen.

Morgan atmete tief ein, füllte seine Lungen mit der frischen, klaren Luft, und Freude durchströmte ihn, eine intensive, süße Freude, die ihn regelrecht schwindelig machte. Er streckte Halt suchend den Arm aus, um sich abzustützen, und legte seine Hand auf den Stamm einer hohen Rotbuche. Alles war genauso, wie es sein sollte, die glatte graue

Rinde feucht unter seiner Handfläche, der Wald erfüllt von dem Geruch nach alten, vermoderten Blättern und den schwächeren Düften von Blumen. Ein Pferd schnaubte dicht hinter ihm – so dicht, dass er den warmen Atem des Tieres durch sein Haar streifen fühlte –, und er erstarrte zu Reglosigkeit.

Die Zypriotin?, frage er sich verwundert. Dains Phantom-Stute?

Es stand auf jeden Fall fest, dass er kein Pferd auf seinem Spaziergang den Hügel hinauf gesehen hatte, und wer anders als die Zypriotin konnte so nahe neben einem stehen und dennoch unsichtbar bleiben? Und wenn die Zypriotin hier war, konnte Dain da weit sein?

»Du Kommer sent«, *sagte eine unverwechselbare Stimme hinter ihm, sarkastisch und leicht tadelnd. Du bist reichlich spät dran.*

Hoffnung wallte in Morgans Herzen auf, forderte ihn dazu heraus, sich umzudrehen, um noch einmal das Gesicht seines alten Freundes zu sehen. Er wandte sich halb um, hielt dann jedoch abrupt wieder inne, als seine Aufmerksamkeit plötzlich von den melodischen Klängen eines Liedes abgelenkt wurde, die von Westen her an sein Ohr drangen. Zarter als ein Engelskuss wanden sich die perlenden Klänge durch den Nebel, schienen mal aus unmittelbarer Nähe zu kommen und dann wieder wie aus weiter Ferne.

»Pwr wa ladth … pwr wa ladth … fai quall a'lomarian, es sholei par es cant.« *Die seltsamen Worte, gesungen von einer sanften Stimme, erfüllten ihn mit schmerzlicher Sehnsucht. Es war eine Frauenstimme – oder vielmehr die eines Kobolds: Llynya.*

Sie war hier, die Elfenmaid.

Lächelnd drehte Morgan sich um – und stolperte entsetzt rückwärts, während ein Stöhnen des Grauens über seine Lippen kam. Überall um ihn herum war plötzlich Dunkel-

heit, feindselige, eisige Dunkelheit. Der Abgrund. Gellende Schreie schallten ihm aus allen Richtungen entgegen. Dains Stimme, tief und verzweifelt: »Morgan! Morrr-gan!« Llynya, die mit einem wehklagenden Flehen seinen Namen rief: »Morgan!«

Er machte einen Satz vorwärts und riss sein Schwert aus der Scheide.

»Verdammter Hurensohn!«, brüllte ein Mann.

Ein Tisch landete krachend auf dem Fußboden, von seiner Schwertklinge in zwei Teile gespalten, und überall flogen Holzsplitter herum. Eine Laterne rollte scheppernd über den Boden und verschwand in der Dunkelheit. Männer und Frauen hasteten in alle Richtungen davon und versuchten zu entkommen. Morgans nächster gewaltiger Schwerthieb ließ Gläser und Flaschen in tausend Scherben zersplittern, und ein Schmerzensschrei hallte durch das höhlenartige Gebäude namens Racht Square.

»Überwältigt ihn!«

»Oder knallt den Bastard ab!«

»Nein!« Eine vertraute Stimme durchdrang den schwarzen Nebel der Benommenheit in Morgans Kopf.

Er schlug abermals blindlings zu, und diesmal ging ein Stuhl zu Bruch.

»Morgan! Mylord!« Die vertraute Stimme wurde lauter und kam näher, und eine Hand streckte sich vor, um ihn festzuhalten.

Morgan brüllte vor Zorn, schwang sein Schwert hoch über seinen Kopf und ließ die Klinge mit aller Kraft niedersausen, wobei er Ajas Stirn nur um Haaresbreite verfehlte. Weit aufgerissene Augen, fast farblos vor Schreck und Entsetzen, starrten unter einem Wust roter Haare zu ihm auf.

»Morgan«, flüsterte der Junge, seine Stimme rau vor Furcht. »Mylord, ich bin's doch, Aja, Euer getreuer Hauptmann.«

Zitternd blickte Morgan an seiner Schwertklinge entlang, die Schneide so scharf und fein und so gefährlich nahe daran, Aja den Schädel zu spalten.

»Morgan, wir sind hier in Racht Square, und es ist schon sehr spät. Ihr seid eingeschlafen, Mylord, und habt geträumt. Nur geträumt.«

Es war kein Traum gewesen. Und Aja kannte die Wahrheit genauso gut wie er.

Noch immer schwindelig und benommen, sah Morgan sich um und betrachtete die Zerstörung, die er angerichtet hatte, und die Leute, die hastig vor ihm zurückgewichen waren, einige auf dem Boden kauernd, andere mit schussbereiten Gewehren in der Hand, während sie ihn schweigend dazu herausforderten, noch einmal zuzuschlagen und ihnen so einen Vorwand für Mord zu liefern.

Nein, es war kein Traum gewesen. Carillionischer Wein hatte die Wirkung, einen Menschen in einen Zustand zu versetzen, der weit über die Illusionen von Träumen hinausging. Der Gärstoff drang in das Großhirn ein, veränderte es, wie einige behaupteten, schuf neue Verbindungen zwischen den Synapsen, sickerte tief in die Gehirnzellen und lockte Erinnerungen aus den Tiefen des Unterbewusstseins herauf, indem es sie auf einer Spur von carillionischem Saft in das Bewusstsein transportierte. Augen, Nase, Zunge, Ohren, Haut – sie alle glaubten, dass das, was der Wein ihnen vorgaukelte, Wirklichkeit war.

Aber wie bei allen Dingen, die die Carillioner fabrizierten, war auch diese Methode nicht narrensicher. Es schlichen sich Fehler ein, Erinnerungen wurden durcheinander gebracht, und am Ende war er, Morgan, niemals wirklich wieder in Wales bei den Menschen, die er liebte. Er sah niemals wirklich Dains zynisches Lächeln, blickte niemals wirklich in die grünen Augen der koboldhaften Kriegerin, Llynya.

Langsam ließ Morgan sein Schwert sinken. Er hörte, wie der Junge den angehaltenen Atem ausstieß.

»Mehr Wein«, befahl er, als er rückwärts stolperte und den nächsten Tisch mit einem weit ausholenden Hieb seines Schwerts leer fegte. Gläser zerbrachen auf dem Steinfußboden, und Krüge landeten polternd zwischen den Scherben. »Bring mir noch mehr Wein!«

Er ließ sich schwer auf einen Stuhl fallen und knallte sein Schwert auf den Tisch, seine Hand so fest um das Heft geschlossen, dass seine Fingerknöchel weiß hervortraten. Der Wein würde ihn wieder nach Wales zurückbringen, nach Dolwyddelan Castle, und diesmal würde er nicht den Fehler machen, hinter sich zu blicken.

»Mylord, es ist schon sehr spät«, sagte Aja. »Wir sollten jetzt besser nach Hause gehen.«

Der Junge hatte das letzte Wort noch nicht ganz ausgesprochen, da wirbelte Morgan herum und packte ihn an der Kehle.

»Nach Hause?«, fauchte er und zog den Jungen dicht zu sich heran. »Dieses gottverdammte Drecksloch, in dem ich schlafe, ist kein Zuhause. Es gibt nur eine einzige Sache, die mich *nach Hause* bringen kann. Geh und hol sie!« Er stieß Aja grob von sich, hörte ihn fallen und hörte den Fluch, der dem Jungen entschlüpfte.

Morgan ließ den Kopf in die Hände sinken, fuhr sich mit allen zehn Fingern durch die Haare und fluchte sogar noch unflätiger als Aja. Flimmernde Lichter tanzten um ihn herum, strömten von jenseits seines Blickfelds auf ihn ein und glitzerten vor seinen Augen, um mit dem bisschen, was noch von seinem Verstand übrig geblieben war, ihren Schabernack zu treiben. Ein kalter Wind blies durch das zertrümmerte Dach von Racht Square in die riesige Halle. Die Kälte drang ihm bis in die Knochen und verstärkte noch sein Elend.

»Verfluchte Pest!«, murmelte er. Er war halb blind von dem Wein, und sein Schädel fühlte sich an, als bräche er auseinander, die Bruchstelle rau und schartig. Sein ganzer Körper tat ihm weh, sowohl äußerlich als auch innerlich, und auch an Stellen, die zu tief lagen, um sie zu erforschen. Die beschissenen Carillioner waren nicht mal fähig, einen vernünftigen Schnaps zu brauen, noch nicht einmal das konnten sie richtig machen.

Jiang war der Erste gewesen, der ihn verlassen hatte. Wils und Robbi waren bald gefolgt. York lungerte zweifellos irgendwo in einem der zahlreichen dunklen Winkel der Halle herum und wartete auf Gott weiß was. Es würde kein Geld mehr für sie geben, kein Geld und keine Aufträge mehr. Morgan hatte sie für den letzten Auftrag nicht bezahlen können, den Einbruch in Sonnpur-Dzon, die elende Bruchbude.

Er war pleite, der goldene Drache noch immer in dem Beutel, der an seinem Gürtel hing, ein nach Würmern stinkendes Ding, das ihm gehörte, und nur ihm allein, bis zum bitteren Ende.

Elende Beute. Er war verloren. Der Händler aus dem Alten Reich war von dem Kriegshetzer von Magh Dun geschnappt worden, und der Kriegshetzer wollte den verfluchten Drachen haben. Er hatte bereits die Skraeling-Horden von Van dem Niederträchtigen angeheuert, um die Statue auszuschnüffeln. Sie hatten den Händler vor knapp drei Wochen gefangen genommen und brutal ins Jenseits befördert. Morgan nahm an, dass er selbst auch binnen eines Monats tot sein würde, wenn ihn nicht der Wein vorher umbrachte.

Sein ganzes Geld war für den Wein draufgegangen. Die Straßen des Pathianischen Viertels waren übersät mit den Körpern von Süchtigen, die dem carillionischen Gesöff verfallen waren, einige von ihnen noch atmend, viele nicht mehr. Aja war der Einzige, der ihn davor bewahrte, endgültig in der Gosse zu landen, aber selbst Aja musste bald aufgeben und ihn loslassen.

Ja, das war es, was er wollte, endlich losgelassen zu werden. Losgelassen von welcher Macht auch immer, die ihn in die Zukunft versetzt hatte. Denn so sicher, wie er atmete, so sicher hätte er in dem Zeit-Wehr sterben müssen. Er brauchte sich ja nur die Narbe anzusehen, die sich von seiner Brust quer über seinen Unterleib bis zu seiner Hüfte zog, um zu wissen, dass er von Caradocs letztem mächtigen Schwerthieb beinahe in zwei Hälften zerteilt worden wäre. An einer solch schweren Verletzung hätte er eigentlich sterben müssen.

Der Tod war das, was er wollte, und es gab jede Menge Leute in der Nähe, die nur zu gerne bereit waren, ihm diesen Wunsch zu erfüllen. Wenn Aja nicht gewesen wäre, wäre er vorhin ganz sicherlich umgebracht worden. Die Belohnung, die auf seinen Kopf ausgesetzt war, war hoch genug, um selbst die Zaghaftesten zu Gewalttätigkeiten zu verlocken; die Furcht vor Ajas Zorn war groß genug, um sie zurückzuhalten – vorläufig noch.

Scheißwein, fluchte er vor sich hin und schüttelte den Kopf. Er brauchte noch mehr von dem Zeug.

»Habt Ihr genug gesehen, Lady?«

Von hoch oben auf einem Balkon im südöstlichen Sektor von Racht Square nickte Avallyn Dray schweigend zu, denn sie traute sich nicht zu sprechen. Das Verlustgefühl war wie ein harter, schmerzhafter Knoten in ihrer Brust, und ihre Enttäuschung grenzte an Verzweiflung. Au Cade hatte sich nicht geirrt, wie sie, Avallyn, insgeheim noch immer gehofft hatte. Der angebliche Herrscher der Zeit, den Dray gefunden hatte, war tatsächlich nicht mehr als ein Mensch, ein verlotterter Dieb, ein Säufer, der sogar noch primitiver und ungehobelter war, als selbst Tamisk sie gewarnt hatte, ausfallend, gewalttätig und ganz zweifellos wahnsinnig, sein Verstand von dem carillionischen Wein zerfressen, nach dem er ständig verlangte.

Palinor wollte, dass er nach Claerwen gebracht wurde. Nun gut, so sei es. Avallyn würde ihn selbst dort hinbringen – und ihn dann dort lassen. Diesen betrunkenen Taugenichts da unten konnte sie nicht gebrauchen. Es würde keinen Kuss des Triumphs zwischen ihnen geben.

»Überwältigt ihn«, befahl sie – und zur Hölle mit zehntausend Jahren. Allein war sie besser dran.

»Und der Junge?«, fragte der Hauptmann der Nachtwächter. Er und die anderen Sha-shakrieg waren von Kopf bis Fuß in ihre zerlumpten schwarzen Roben gehüllt, so wie auch Avallyn, sie alle nicht mehr als dunkle Schatten vor der Wand. Und sie alle waren mit Spezialmundstücken ausgerüstet.

Avallyn ließ ihren Blick zu dem wilden Jungen schweifen. Er zumindest schien seine fünf Sinne noch beisammen zu haben. Racht Square, die Überreste eines Raumflugzentrum-Hangars, der während des Zweiten Aufstandes ausgebombt worden war, war zu allen Zeiten ein Ort, an dem Vorsicht angebracht war – etwas, woran es dem Herrn des Jungen eindeutig fehlte. Tausende von Leuten trieben sich in dem weitläufigen, terrassenartig angelegten Gebäude herum, und Avallyn bezweifelte, ob es in dem südöstlichen Sektor viele gab, die der Junge oder der massige, ungeschlachte Söldner, der mit ihm zusammenarbeitete, nicht bemerkt hatte. Der Mann wechselte alle halbe Stunde die Position, so präzise wie ein Uhrwerk, und seine letzte Bewegung hatte ihn auf halbe Höhe an der Seite des Gebäudes zu der dritten Ebene von Racht hinaufgeführt.

Riesige Stahlbalken umschlossen Rachts Innenkonstruktion aus Balkonen und Plattformen und hielten das aufrecht, was von dem Hauptgebäude noch übrig geblieben war. Die Hangartore oberhalb des Stahlgerüsts waren weggesprengt worden, setzten jedermann dem Nachthimmel und den Unbilden des Wetters aus und verliehen Racht das Aussehen einer gigantischen, aufgebrochenen Eisscholle. Früher am Tag hatte es heftig geregnet, und noch immer tropfte Wasser von den Balken und sammelte sich in Pfützen auf dem Boden, und ein großer Teil davon bahnte sich einen Weg in die Kanäle, die früher einmal die Kabel und Versorgungsleitungen für die Abteilungen im Osten enthalten hatten, wo Dray ihren Rover hatte stehen lassen. Der Wind, der kurz nach Sonnenuntergang aufgekommen war, wurde ständig stärker und brachte eine eigenartige Spannung und den modrigen Geruch von heraufziehendem Regen mit sich. Das Unwetter kehrte mit voller Gewalt zurück, und Avallyn würde die vor ihr liegende Aufgabe lieber möglichst schnell erledigen und dann wieder in die Wüste zurückfahren, fort von dem Alten Reich. In der verkommenen Stadt herrschten sogar noch schlimmere Zustände, als man ihr erzählt hatte, die Straßen verstopft von dem Müll der Zivilisation, ihre schmutzigen, verwahrlosten Viertel voller obskurer Religionen und Sekten und aller Wahrheit beraubt.

Den Prinzen gefangen zu nehmen würde kein Problem sein. Er war fast völlig betrunken, hockte reglos da, während er mit glasigen Augen auf seinen Tisch starrte, mit der einen Hand sein Schwert umklammernd, mit der anderen seinen Kopf stützend, eine Karikatur. Sie brauchte den Traumsteinzauber ihrer Mutter nicht. Dray konnte ihn allein überwältigen.

Der Junge stellte allerdings ein Problem dar, eines, das auch die Leute um ihn herum voll und ganz zu erkennen schienen. An seinem linken Arm glitzerten mehrere Ketten mit silbernen Wurfsternen, vergiftet mit dem Saft des *bia-*

Baums, der tödlichen Waffe der Wüste. Außerdem hatte er einen Dolch in jedem Stiefel stecken, einen Karabiner an einem Trageriemen auf dem Rücken hängen, ein Kurzschwert in seinem Gürtel und eine Laserkanone in dem Holster an seiner Hüfte. Fast alle in Racht Square waren auf ähnliche Art bewaffnet, aber sie besaßen nicht die tödliche Schnelligkeit des Jungen. Keiner griff einen wilden Jungen an und überlebte, um die Geschichte zu erzählen.

»Ich werde mit ihm sprechen«, sagte Avallyn.

Dray warf ihr einen fragenden Blick zu, seine Augen von den Falten seiner Kapuze beschattet. Eine schmale, bläulich verfärbte Narbe, die von seinem Ohr quer über seine Wange verlief, verunstaltete das wettergegerbte Gesicht des Nachtwächters. Ähnliche Narben, aber flacher und zu einem feinen Flechtwerk verwoben, bedeckten den Rücken seiner rechten Hand, Erinnerungen an zahllose Wüstenschlachten.

Avallyn tat ihre Zweifel mit einem Achselzucken ab. »In Anbetracht der Verfassung des Mannes wird der Junge vielleicht sogar froh sein über die Chance, ihn loszuwerden.«

»Das bezweifle ich. Ich glaube, seine Loyalität geht sehr viel tiefer.«

»Und ich bin eine Weiße Frau des Todes.« Avallyns angeborene Überheblichkeit verschaffte sich Geltung. »Der Junge wird es sich zweimal überlegen, bevor er sich meinen Wünschen widersetzt.« Nur zwei Stämme trotzten den nördlichen Wüsten der Erde, die Weißen Frauen und die wilden Jungen. Seit Hunderten von Jahren kämpften sie gemeinsam gegen den endlosen Strom von Kriegsherren, die die Wüste erobern und ihre riesigen Vorkommen an Chrystaalt kontrollieren wollten, das kostbarste Material auf Erden. Wenn sie in Schwierigkeiten waren, wussten die Jungen, dass sie jederzeit Zuflucht in den Tempeln der Weißen Frauen finden würden. Obgleich nie absolut zuverlässig, waren sie gute Kämpfer, die mehr als einmal geholfen hatten, die Armeen der Kriegshetzer zurückzuschlagen, die sich wie eine Flutwelle über die Wüste ergossen; wilde, erbittert kämpfende Bataillone von Menschen, Tieren und allen nur denkbaren Mischformen, der Abschaum der Schöpfung, rekrutiert aus den entlegensten Ausläufern der Galaxie.

»Wie Ihr wünscht, Mylady«, erwiderte Dray. »Dann überlasse ich den Jungen –«

Avallyn versteifte sich im selben Moment, in dem Dray verstummte, als beide plötzlich die Skraeling-Horde erblickten, die drei Stockwerke unter ihnen in die Halle marschierte. Die Menge teilte sich vor der Horde, und die Leute drängelten und schubsten sich gegenseitig in ihrer Hast, den Skraelings aus dem Weg zu gehen. Avallyn wusste, es war ebenso sehr wegen des üblichen Gestanks der Horde als auch deshalb, weil sie vor Waffen starrte. Allesamt Tiermenschen, waren die Skraelings der Abschaum der Galaxie, mit Klauen und Reißzähnen bewehrt, sodass sie mehr wie Tiere als wie Menschen wirkten. Die übergroßen, weit vorstehenden Kinnladen dienten ihren gierigen Essgewohnheiten. *Heilige Mutter*, sie fraßen sich sogar gegenseitig!

Sekunden später marschierte eine weitere bewaffnete Truppe durch das Erdgeschoss der Halle; ihre Anwesenheit kündigte sich durch plötzliche Schüsse an.

»Vans Truppe«, sagte Dray, als er die Skraeling-Kohorte identifizierte.

Avallyn nickte bestätigend. Sie hatte den Hauptmann erkannt, einen teiggesichtigen, buckligen Oger, der einen Morgenstern am Handgelenk trug. Dann fluchte sie leise, als sie die Abzeichen der bewaffneten Truppe sah. Es war das Dritte Garderegiment des Kriegshetzers, mit einer lyranischen Spurenleserin an der Spitze der Kolonne. Mit dem bemerkenswerten Talent begabt, den Geruch ihres Opfers sogar noch in einer Verdünnung von eins zu einer Million wahrzunehmen, lief die Lyranerin mit großen Schritten durch die Halle und ließ ihren Blick forschend über die Menge schweifen, indem sie langsam den Kopf hin und her drehte. Immer wieder hob sie die Nase in die Luft und schnüffelte prüfend, während sie den Hangar absuchte und sich ihre Mähne aus feinem, orange-goldenem Haar im Wind hob und in hauchdünnen Strähnen über ihr Gesicht wehte. Dem Körperbau nach war sie fast humanoid, ihre Haut wies jedoch verschiedene Grünschattierungen auf. Ein schwarzer Kettenpanzer schützte ihren Oberkörper, ihre kräftigen, muskulösen Beine waren von ledernen Beinlingen umhüllt. Als sie ihre Nase in die Richtung des Prinzen drehte, hielt sie abrupt inne, ihre wilden, grünlichen Gesichtszüge plötzlich zu Reglosigkeit erstarrt, während sie prüfend die Luft einsog.

Avallyn lief ein kalter Schauder über den Rücken.

»Wir sind ihnen zahlenmäßig viel zu stark unterlegen, als dass wir um ihn kämpfen könnten«, sagte Dray und brachte damit Avallyns plötzliche Befürchtung zum Ausdruck. Die Lyranerin hatte ihre Augen zu Schlitzen verengt, während sie in angespannter Konzentration in eine Richtung starrte, die zweifelsohne zu dem wilden Jungen und seinem betrunkenen Herrn führte.

Zwei Skraeling-Truppen gegen ihre Hand voll von Wachen? Noch nicht einmal Sha-shakrieg-Nachtwächter konnten eine solche Übermacht bezwingen. Und dennoch, so sehr Avallyn auch versucht war, sie konnte den Dieb nicht einfach dem tödlichen Schicksal überlassen, das ihn und seine kleine Schar zu ereilen drohte.

Bis sich das Gegenteil herausstellte, gehörte er den Weißen Frauen.

Carillionischer Wein und eine lyranische Spurenleserin – Shadana, dachte sie voller Abscheu. Morgan ab Kynan gab sich wahrhaftig nicht mit halben Sachen zufrieden, weder bei seinen Ausschweifungen noch bei seinen Feinden.

»Dann sollten wir besser verhindern, dass es zu einem Kampf kommt«, sagte sie und schloss ihre Hand um den Traumsteindolch, der in der Lederscheide an ihrem Gürtel steckte. »Zieh deine Leute ab.«

Aja hörte Yorks Warnung durch sein Mundstück und entsicherte mit einem gemurmelten Fluch den Abzug seiner Laserkanone. Als ob er's nicht geahnt hätte! Sie hätten besser nach Hause gehen sollen. Sie hätten schon vor Stunden verschwinden sollen.

»Skraelings«, knurrte er vor sich hin und löste eine Reihe von den Morgensternen, die um seinen Unterarm geschlungen waren.

York drängte sich so schnell wie möglich durch die Menge und nahm dann von seinem neuen Beobachtungsposten auf dem tiefsten Balkon erneut Sprechkontakt mit ihm auf. Aja fühlte, wie er bei den Worten des Söldners erbleichte: Das Dritte Garderegiment – angeführt von einer Lyranerin – war in das Erdgeschoss des Gebäudes einmarschiert und rückte bedrohlich näher, die Bestien von der rechten Hand des Kriegshetzers angestachelt.

Wir sind verloren, dachte Aja.

»Morgan, mach dich bereit für einen Kampf«, sagte er, als er über seine Schulter griff und seinen Karabiner auf Automatik umschaltete. »Mylord. Bitte!«

Sein Herr rührte sich nicht, bewegte noch nicht einmal so viel wie einen Muskel, zuckte noch nicht einmal mit der Wimper, und Aja fühlte Frustration in sich aufwallen, eine Frustration, die in nicht geringem Maße durch Schuldgefühle verstärkt wurde.

Es war seine Schuld. Alles seine Schuld. Er war derjenige gewesen, der Morgan vor Jahren die erste Kostprobe von carillionischem Wein verschafft hatte. Er hatte gedacht, es würde helfen, Morgans Einsamkeit zu lindern, wenn er seine alten Freunde wieder sehen könnte. Er hatte gedacht, Morgan würde weniger zu Schwermutanfällen neigen, wenn er hin und wieder für eine kurze Weile nach Hause zurückkehren könnte. Er hatte geglaubt, dass Morgan, ein Überlebender des Zeit-Wehrs, viel zu stark sei, um dem Rebenzeug zum Opfer zu fallen.

Und wirklich, hatte er sich gefragt, was konnten ein paar in Maßen genossene Schlucke schon schaden?

Genug und noch viel mehr, hatte seine Antwort gelautet, denn der Preis für Morgans kurzfristige Erleichterung war seit Sonnpur-Dzon unerträglich geworden. Bei den anderen Malen, die Morgan in die seltsame und verzauberte Welt entflohen war, aus der er gekommen war, war Aja mit ihm gegangen, indem er sich durch seine eigene Kostprobe Wein und eine leichte Berührung in Morgan hineinversetzt hatte, um so gemeinsam mit ihm in die Vergangenheit zu reisen und das fröhliche Lachen von Owain und Rhys, Drew und Rhodri und Dafydd zu erleben. Im Laufe der Jahre war Aja mit Morgans Bande von Männern kreuz und quer durch das Land namens Wales geritten; sie hatten mit trittsicheren Pferden die schneebedeckten Gipfel von Eryri überquert und den Treibsand des Neath durchwatet. Sie hatten in kalten, klaren Flüssen gebadet und in den Wäldern des Königs Damwild gejagt – üppige, wildromantische grüne Wälder, anders als alles, was noch auf Erden übrig geblieben war. Einige der wilden Jungen erzählten Geschichten von einem vergessenen Wald in der Einöde, aber Aja war in der Wüste geboren und aufgewachsen, und er hatte nirgendwo jemals mehr als ein struppiges Büschel Gras wachsen sehen.

Dennoch machte es ihm Freude, von Wäldern zu träumen und sich auszumalen, dass solch ein Ort vielleicht noch irgendwo existieren könnte, aus dem Wüstensand auferstanden.

Er löste die Schnallen an den Dolchscheiden in seinen

Stiefeln, um die Messer für einen schnellen Wurf griffbereit zu haben. Ja, er kannte Morgan gut; er kannte ihn als den Dieb, der er war, und den Prinzen, der er früher einmal gewesen war. Aber noch nicht einmal er konnte seinem Herrn durch solch finstere Korridore der Erinnerung folgen, wie Morgan sie jetzt zu durchwandern pflegte.

Aja berührte die größere Lederscheide an seinem Gürtel, um ihren Sitz zu überprüfen, und strich dann gedankenverloren über die kleine gelbe Ledertasche, die er immer an seiner Hüfte trug. Das Kurzschwert in der Lederscheide war mit *bia*-Saft getränkt, ein sicherer Tod für jeden, der die Klinge zu spüren bekam, obwohl das Unwetter, das sich über Racht zusammenbraute, vielleicht ebenso viel zu ihrer Rettung beitragen könnte wie jede seiner Waffen – wenn es schnell genug ausbrach. Eine starke elektrische Spannung baute sich in den Wolken auf. Er konnte die Energie auf seiner Haut knistern fühlen, Vorbote von tödlichen Blitzschlägen. Das Alte Reich hatte früher einmal seinen elektrischen Strom aus solchen Blitzen gewonnen, die Blitzstrahlen aufgefangen und kanalisiert von einem Verteilernetz von spiralförmigen Türmen, die Tausende von Metern in die Atmosphäre hinaufragten; aber jetzt nicht mehr. Die meisten dieser Türme waren in den Kriegen zerstört worden. Riesige Bruchstücke der offenen Metallkonstruktionen lagen überall in den Stadtvierteln verstreut. Ein richtig schöner, heftiger Blitzschlag in unmittelbarer Nähe des Hangars würde den Skraelings garantiert einen Schock versetzen und vielleicht sogar die Lyranerin von ihrer Spur ablenken. Das Dritte Garderegiment war zwar weniger leicht zu erschrecken, aber jeder Aufschub würde zu seinem und Morgans Vorteil sein. Bei York ging er davon aus, dass dieser selbst auf sich aufpassen konnte, falls die Dinge eine Wendung zum Schlimmsten nahmen.

Scheiße, was für ein Ende nach all den herrlichen Jahren!

Er hatte oft gedacht, dass er Morgan einen grünen Baum besorgen sollte, eine Erinnerung an seine verlorene Heimat, aber er hatte zu lange damit gewartet, und jetzt war es zu spät. Sie waren selten, diese Bäume, schwer zu kriegen, aber für jemanden, der genug Gold besaß, durchaus zu haben. Mit der Drachenstatue würde man einen Baum kaufen können, aber Aja wagte es nicht, sie anzufassen. Morgans Fluch, so nannte er sie im Stillen. Seit jener Nacht im Kloster hatte sein Herr das scheußliche goldene Ding nicht mehr aus den Augen gelassen – genauso wenig wie die Flaschen carillionischen Weins.

Morgan brachte sich langsam, aber sicher um. Die Wahrheit konnte nicht offensichtlicher sein – und Aja hatte ihm die tödliche Waffe geliefert.

Er ließ seinen Blick suchend über die Menge schweifen und sah, dass York auf halbem Weg zu ihm und Morgan war; er rannte, wenn er konnte, bahnte sich mit den Ellenbogen einen Weg durch das Getümmel, wenn er musste, aber er würde sie trotzdem nicht mehr rechtzeitig erreichen. Die Skraeling-Horde war näher und die Truppe des Kriegshetzers nicht weit dahinter. Aja selbst hätte problemlos verschwinden können, hätte sogar der Lyranerin entwischen können, aber er brauchte Yorks Hilfe, um Morgan hinauszuschaffen.

Er zog seine Laserkanone aus seinem Holster und kniete sich neben den Prinzen, um mit flinken, geschickten Fingern den Lederbeutel aufzuschnüren, der die goldene Statue enthielt. Er hatte die Leiche des Händlers gesehen, oder eher das, was noch davon übrig gewesen war, und die verfluchten Skraelings würden ihn oder Morgan nicht lebendig kriegen, das schwor er sich. Wenn sie die Statue haben wollten, nur zu, dann würde er sie ihnen geradewegs in ihren räudeverseuchten Gierschlund stopfen. Wenn sie Morgan haben wollten, würden sie sich zuerst einen Weg durch ihn, Aja, hindurchschießen müssen.

Ja, bei den Knochen, die ihm so lieb und teuer waren, er würde lieber schon tot sein, wenn sie ihn fraßen.

Dreihundert Meilen weiter im Süden, wo die letzten Vorposten des Alten Reiches der Wüste von Deseillign Platz machten, eilte ein einzelner Bote einen dunklen Korridor in Magh Dun entlang, der Festung des Kriegshetzers. Die sanft gerundete Festung thronte inmitten der Sanddünen und Felsen, eine fensterlose eiserne Burg, beschmiert mit Ruß von den lodernden Feuern, die Tag und Nacht in ihrem öligen Burggraben brannten.

»Verloren«, murmelte der namenlose Lakai trostlos vor sich hin, während er jeden Gang hinunterblickte, an dem er vorbeikam, in der verzweifelten Hoffnung, jemand anderen zu finden, der die verschlüsselte Botschaft überbringen würde, die er zusammengeknüllt in der Faust hielt. »Ich bin verloren.«

Jede Eilbotschaft von dem Hauptmann des Dritten Garderegiments musste zwangsläufig Folgen haben. Gute Nachrichten bedeuteten eine mögliche Beförderung für den Überbringer. Schlechte Nachrichten bedeuteten unweigerlich den Tod.

Einen schlimmen Tod. Ohne Zögern und sicher und qualvoll und unerträglich langsam.

Dem Lakaien brach der kalte Schweiß auf der Stirn aus. Es war immer noch besser, von den Skraelings gefressen, als von dem Kriegshetzer gefoltert und hingerichtet zu werden, oder, noch schlimmer, der Hexe Vishab für ihre schaurigen Experimente überlassen zu werden. Wie, um alles in der Welt, hatte er sich nach so vielen Jahren unbemerkten Daseins bloß erlauben können, exakt in dem Moment an der Kommandozentrale von Magh Dun vorbeizugehen, in dem eine Nachricht von dem Dritten Garderegiment durchgekommen war?

Er erreichte den letzten Korridor vor dem Eingang zur Halle der Gruften, einem hohen Gewölbe aus schwarzem Glas im Herzen der Festung. Sein Blick schweifte hektisch nach links und nach rechts. Keine Menschenseele. Es war niemand da, der ihn hätte retten können.

Er blickte abermals auf das chiffrierte Sendschreiben in seiner Hand. Vielleicht konnte er den Gefahren des Überbringens entrinnen, indem er die Nachricht einfach in seinen Helm steckte und ihn quer über den Fußboden schlittern ließ, während er wie wild in die entgegengesetzte Richtung davonrannte?

Ja. Das war's. Das war die Lösung. Erleichterung durchflutete ihn – bis die unverwechselbare Stimme des Kriegshetzers aus der Dunkelheit ertönte und ihn mit zwei simplen Worten in der Falle fing.

»Komm herein.«

Von der Stelle aus, wo er auf seinem großen Steinthron saß, sah Corvus Gei, Herrscher von Magh Dun und Kriegshetzer der Wüste, den Mann zögern, womit er sich als intelligenter erwies als der Durchschnittssklave, aber keiner im ganzen Reich würde es wagen, einen direkten Befehl des Kriegshetzers zu verweigern. Solch eine Tat hatte keine Zukunft. Noch nicht einmal so viel wie einen kurzen Augenblick.

Seine linke Hand zuckte, und Corvus blickte auf die schwarz verfärbte Klaue hinunter, die auf einer Armlehne seines Throns lag.

Rauch und Finsternis, dachte er, als er sein seltsam deformiertes Körperglied betrachtete. Wenn ein bestimmtes Licht herrschte, schienen sich seine Finger vollkommen in Rauch aufzulösen. Manchmal sogar sein ganzer Arm. Manchmal auch sein Verstand.

Und das war das Problem.

Er war wahnsinnig geworden.

»Der Bursche rührt sich nicht, Mylord«, sagte eine krächzende Stimme neben dem Thron zu ihm. »Soll ich ihn herholen?«

Corvus blickte auf das uralte Weib, das rechts von ihm stand. Ihr langes graues Haar hing in dünnen, spärlichen Strähnen um ihr von tiefen Falten zerfurchtes Gesicht und die krummen Schultern. Ihr Körper war nicht mehr als ein kleiner Beutel voll Knochen, umhüllt von dünner, ledriger Haut, neunzig Pfund brauchbaren Schreckens, gekleidet in schäbige dunkle Roben – aber er brauchte sie nicht, um mit dem Boten fertig zu werden.

»Halt dich zurück, Vishab. Wenn die Nachricht schlecht ist, wirst du ihn noch früh genug bekommen.«

Zweimal hatte er das Wurmloch durchbrochen. Zweimal hatte er sich in den wilden Mahlstrom des Zeit-Wehrs gleiten lassen. Zweimal, so schien es, war ein Mal zu viel – dennoch würde er wieder gehen. Vor Tausenden von Jahren in der Vergangenheit war er noch unversehrt gewesen und zweifelsohne der genialste Geist des damaligen Zeitalters. Er allein hatte die Geheimnisse der großen Würmer entschlüsselt und wieder seinen Weg in die Zeit des Alten Reiches zurückgefunden. Er allein war in die Fußstapfen des großen Druiden-Gelehrten Nemeton getreten, und hatte eine Bibliothek zusammengetragen, die selbst den belesensten Geisteswissenschaftler vor Neid erblassen ließe.

Wissen. Er hatte es gierig in sich aufgesogen, hatte sich ihm mit jeder Faser seines Wesens verschrieben, hatte sogar dafür gemordet, und dennoch hatte er noch immer nicht genug davon besessen, um sich zu retten. In dem Wurmloch war etwas schief gegangen, eine winzige Veränderung in einer Substanz, die er sich bedauerlicherweise angeeignet hatte, eine Veränderung, die er unmöglich hatte voraussehen können.

Er zwang seine schwarze Hand durch bloße Willensanstrengung, sich auf seine Brust zuzubewegen, befahl seinen rauchähnlichen Fingern, nach dem Anhänger zu greifen, den er als zusätzliche Erinnerung an den Preis der Unwissenheit um den Hals trug.

Nemeton. Der Name ging wie ein Raunen durch sein Hirn. Nemeton hatte Bescheid gewusst. Vielleicht hatte er die Falle sogar mit Hilfe seiner Tochter gestellt. Denn sie war diejenige gewesen, die die Erde neben dem River Bredd verbrannt und dabei die Spuren von Chrystaalt hinterlassen hatte, die ihm, Corvus Gei, den Weg erschlossen hatten, um in Merioneth einzudringen und in das Wurmloch hinabzusteigen. Der Köder war einfach unwiderstehlich gewesen. Chrystaalt war ein lebenswichtiger Bestandteil für Reisen durch Zeit und Raum. Jeder Zeit-Reisende hätte die überaus seltenen und kostbaren Kristalle aus der verbrannten Erde aufgesammelt und in einer Tasche versteckt.

Aber er hatte dabei ein bisschen mehr als nur Chrystaalt aufgesammelt. Und das war ihm zum Verhängnis geworden.

Er öffnete die Finger und ließ den Anhänger in seine Handfläche gleiten. Ein kleines Stückchen Pergament lag erstarrt im Inneren des glitzernd facettierten Kristalls, in seine Oberfläche waren ein paar Körner Chrystaalt eingebettet, seine Ränder geschwärzt von der unheimlichen Fäule, die ihren Wohnsitz in seinen Arm verlegt hatte.

Merkwürdiges Zeug, grübelte Corvus. Als ihn das Zeit-Wehr vor zehn Jahren auf der Wüste ausgespuckt hatte, hatte er eine sorgfältige Bestandsaufnahme seiner Habe vorgenommen. Eines der beiden uralten Bücher, die er aus der Vergangenheit mitgebracht hatte, hatte er noch immer bei sich gehabt, und mit diesem Buch hatte er seine Verbündete, Vishab, gefunden. Er hatte auch noch drei kleine Päckchen aus zusammengedrehtem Pergament gehabt, die er in einem Beutel an seinem Gürtel verstaut hatte. Zwei dieser Päckchen hatten reines Chrystaalt enthalten und waren genug wert gewesen, um seine persönlichen Bedürfnisse zu befriedigen und mit dem Prozess zu beginnen, sein verlorenes Imperium zurückzugewinnen. Der Inhalt des dritten Päckchens hatte ihm alle seine Pläne vereitelt. Eine einzige Berührung, und die seltsame Fäule, die er abzukratzen versucht hatte, hatte seine Fingerspitzen schwarz werden lassen. Im Laufe der Jahre hatte sich die Pestilenz weiter ausgebreitet und seinen linken Arm befallen, und sie würde dort nicht Halt machen. Die frischen Male auf seiner Brust waren ein unübersehbarer Beweis für die Gefahr.

Zeit, dachte er. Die Zeit arbeitete in diesem Fall gegen ihn. Wenn er keine Möglichkeit fand, den schleichenden Fäulnisprozess zu unterbinden, würde sich sein gesamter Körper auflösen, bis er schließlich nur noch ein schwarzer Schemen war, mit einer schrecklichen, Furcht einflößenden Macht, die er nicht würde kontrollieren können.

Seine Finger zuckten abermals, aber es gelang ihm mit äußerster Willensanstrengung, sie in Schach zu halten – vorläufig.

Er musste wieder zurückkehren. Er musste die verdammte Hexe finden, die ihn in die Zukunft geschickt hatte, und die noch verdammtere Hexe, die ihn mit dem Chrystaalt in die Falle gelockt hatte. Naas und Madron waren ihre Namen. Sie hatten ihn verflucht. Sie allein konnten ihn heilen. Keine Todeshexe, die er jemals in seiner eigenen Zeit gefangen genommen hatte, war in der Lage gewesen, die Woge der Zerstörung, die über seinen Körper hinweggrollte, einzudämmen. Er hatte Priesterinnen bluten lassen, buchstäblich, aber es hatte nichts genützt. Er hatte sie beschworen, ihre Macht gegen die zerstörerische Fäule auszuüben, aber jede der Weißen Frauen hatte versagt. Von ihrem nördlichen Tempel von Claerwen aus herrschten sie zwar über das Zeit-Wehr, aber sie hatten keine Gewalt über die Geißel des Dunklen Zeitalters, über die er in einem Buch auf

Ynys Enlli gelesen hatte – eine Geißel, von der er befürchtete, dass sie dieselbe alles verschlingende Dharkkum war, von der in dem Buch die Rede gewesen war, das er durch das Zeit-Wehr geschleust hatte, das Gelbe Buch der Chandra. Dharkkum war eine immer währende Nacht, genau wie die seltsame und Furcht einflößende Substanz, die jetzt seinen Arm zerfraß. Laut Aussage der Bücher besaßen nur Drachen die Fähigkeit, sie zu vernichten.

Drachen, und vielleicht auch Vishab. Sie war keine Weiße Frau, sondern ein äußerst finsteres, böses Weib, Ausgestoßene einer Wüstensippe, die vor einem Jahrhundert den Priesterinnen der Gebeine den Kampf angesagt hatte. Er hatte sich Vishabs Loyalität mit dem Gelben Buch erkauft, einem bunten Gemisch aus Alter Geschichte und priesterlichen Blutzaubern, in das sie sich viele Stunden am Tag auf der Suche nach den Schwächen ihrer Feindinnen und einem Mittel zu seiner Rettung vertiefte.

Hexen, dachte Corvus mit einer Grimasse. Frauen waren schon immer sein Ruin gewesen, besonders die Weißen Frauen, Claerwens Priesterinnen der Gebeine. Sie waren diejenigen gewesen, die ihn bei dem ersten Mal, als er durch das Zeit-Wehr gereist war, als Lockmittel für die Würmer auf einem Haufen Chrystaalt angepflockt hatten. Sie hatten ihn vernichtet, um eine der ihren zu schützen, ein mieses kleines Luder, das er einst geliebt hatte. Jetzt war er an der Reihe, sich dafür zu revanchieren, und er brannte darauf, es ihnen in vollem Umfang heimzuzahlen.

Liebe, dachte er verächtlich. Seine eine und einzige Erfahrung mit diesem Gefühl war sein Untergang gewesen. Kein Akt blutgieriger Rache oder krimineller Absicht hatte ihm jemals so viel Schaden zugefügt wie die Liebe.

Ein gedämpftes Geräusch ließ ihn ruckartig den Kopf heben. Der Bote hatte sich endlich Schritt für vorsichtigen Schritt einen Weg durch die Halle zu dem Thron gebahnt.

Corvus streckte die rechte Hand aus und nahm das zögernd offerierte Sendschreiben an. Auf dem digital kodierten Siegel war das Zeichen des Hauptmanns des Dritten Garderegiments. Seine Augen verengten sich zu Schlitzen. Er hatte das Regiment ausgeschickt, um den verwegensten und unverschämtesten Dummkopf im ganzen Alten Reich aufzuspüren, denjenigen, der es gewagt hatte, ihn zu berauben. Der Mann war ein verlotterter Dieb, angeheuert von einem Händler in religiösen Artefakten, um eine Statue zu beschaffen, von der Vishab glaubte, dass sie sich womöglich als ein wertvolles Heilmittel für seine bedrohliche Krankheit erweisen könnte.

»Würmer«, knurrte er, als er das Siegel auf der Nachricht erbrach. Die mächtigen Zeit-Würmer, die ihn in diese überaus kritische Lage gebracht hatten, waren die Drachenlarven der Vergangenheit. Vishab hatte einen Drachenkult zu einem Mönchskloster namens Sonnpur-Dzon irgendwo im Mittleren Königreich zurückverfolgt. Der Händler, der ihm die Statue besorgen sollte, hatte ein doppeltes Spiel mit ihm getrieben und mit seinem Leben dafür gebüßt. Der Dieb würde als Nächster dran glauben müssen.

Corvus überflog die kurze Nachricht und fühlte Befriedigung in sich aufwallen. Das Dritte Garderegiment hatte den diebischen Säufer gefunden. Die lyranische Spurenleserin, für die er so teuer bezahlt hatte, war den hohen Preis wert gewesen. Der Dieb und der goldene Drache würden bald ihm gehören.

3

Das Alte Reich

Die Sha-shakrieg-Nachtwächter bewegten sich schnell und sicher am Rand von Rachts Balkon entlang. Während sich der Junge unten in der Halle darauf vorbereitete, sich für seinen Herrn zu opfern, und sich der Söldner als zu langsam erwies, um ihnen zu Hilfe zu kommen, traten Avallyn und Dray in Aktion, um den betrunkenen Dieb zu retten, und bahnten sich in wenigen Sekunden einen Weg zu einem Balkon oberhalb von Morgan.

»Überwältigt den Skraeling-Hauptmann *en chrysalii dea*«, befahl Dray, als er eine Hand unter seinen Ärmel schob und nach einer der dünnen Fadenrollen griff, die um seinen Arm gewickelt waren. Die Rolle löste sich, und mit einer schnellen Drehung seines Handgelenks schleuderte Dray den langen Faden in die Düsterkeit von Racht Square. Klebrig feucht und vor reflektiertem Licht glitzernd, schlängelte sich der silbrige Faden blitzschnell durch die Luft, um sein Ziel zu finden. Dutzende von weiteren der spinnwebfeinen präparierten Fäden folgten dem ersten, alle mit derselben unfehlbaren Zielsicherheit geschleudert.

»Nachtwächter!«

Der entsetzte Aufschrei gellte durch die Halle, noch während der Skraeling-Hauptmann bei der ersten Berührung mit dem giftigen Faden vor Schmerz aufkeuchte. Binnen einer Minute war der Tiermensch zu Fall gebracht, sein Körper in ein unauflösliches Gewirr von mit *bia*-Saft getränkten *pryf*-Spinnfäden eingewickelt. Während der Hauptmann sich in Todesqualen wand, stieg der Gestank von brennendem Haar und Fleisch zu dem Balkon auf.

»Werft ein Netz hinunter, und kommt mit mir«, befahl

Avallyn den Nachtwächtern, die ihr am nächsten standen, als sie einen silbrigen Faden von der Innenseite ihres Unterarms löste.

Die Skraelings fielen in einem wilden Anfall von Fressgier über ihren wehrlos am Boden liegenden Anführer her, durch den unersättlichen Hunger ihrer Rasse in ihrem Vormarsch aufgehalten. Das Dritte Garderegiment war noch ungefähr zwanzig Meter von dem Prinzen entfernt, doch ihm war durch den plötzlichen Tumult in der Halle der Weg versperrt. Keiner in Racht Square – oder genauer gesagt, im ganzen Alten Reich – fühlte sich in der Gesellschaft der Shashakrieg sonderlich wohl.

Ein halbes Dutzend dünner Fäden entwirrte sich in schneller Folge aus den geschickten Händen der Sha-shakrieg-Nachtwächter und fiel kreuz und quer in das Erdgeschoss der Halle hinunter. Avallyn befestigte ihren eigenen silbrigen Spinnfaden und schwang sich dann über das Balkongeländer, dicht gefolgt von drei Wächtern.

Sie wusste, wie sie aussahen, vier schwarze Phantome, die sich lautlos aus der Dunkelheit herabfallen ließen, Vorboten des Todes für glücklose Seelen – und so würde es sein, um des jämmerlichen Mannes willen, der dort unten hockte. Ein lauter, einstimmiger Ruf erhob sich von dem Dritten Garderegiment, ein Ruf nach dem Tod der Wüstengeister, und Avallyn beschleunigte ihren Abstieg.

Die Todesschreie rissen Morgan aus seiner Benommenheit, als der schrille Unterton panischer Angst in den hohen, lang gezogenen Quieklauten des Skraelings den Nebel der Berauschtheit und der Erschöpfung in seinem Kopf durchdrang und ihn wieder zum Leben erweckte. Nachdem er wieder zu sich gekommen war, schlug ihm der Blutgeruch wie eine Woge entgegen und verschaffte ihm einen klaren Kopf, wie nichts sonst es vermochte.

»Verdammte Pest«, fluchte er und erhob sich schwankend auf die Füße, sein Schwert in der Hand. In Racht Square war plötzlich das Chaos ausgebrochen. Und nicht nur die sterbende Bestie schrie, Leute brüllten wild durcheinander und rannten in alle Richtungen davon. Die Gewalt des Windes wurde immer stärker, hob Schutt und Trümmer vom Boden hoch und wirbelte sie in die Luft. Die wenigen Hängelampen in dem Gebäude schaukelten wild an ihren Kabeln hin und her und warfen lange Lichtbögen durch die Dunkelheit.

Morgan hatte kaum Zeit, um den riesigen Haufen von Skraelings zu registrieren, die gierig fressend auf dem Boden hockten, bevor ihm die drängelnde Menschenmenge die Sicht auf sie nahm. Irgendjemand rempelte ihn an, und er fluchte abermals, seine Worte so verschwommen wie seine Gedanken. Skraelings. Er packte das Schwertheft noch fester. Sie neigten nicht dazu, eine Mahlzeit in Ruhe zu genießen. Die Zeit war knapp.

»Aja«, rief er und drehte suchend den Kopf – und musste prompt für die abrupte Bewegung büßen. Schmerz schoss wie eine Rakete durch seinen Schädel, aber er genügte nicht, um ihn blind gegen die Torheit seines Hauptmanns zu machen. Der Junge war neben ihm, drauf und dran, die Statue aus Sonnpur-Dzon in die wild raufende Menge zu werfen. Morgan beobachtete voller Bestürzung, wie der Drache aus Ajas Hand glitt und in hohem Bogen durch die Luft flog, über und über golden und glitzernd, während er unaufhaltsam auf die Phalanx haariger Fäuste zusegelte, die sich gierig hochreckten, um ihn zu packen… *nur über meine Leiche*, dachte Morgan grimmig. Der verfluchte Drache gehörte ihm.

Mit einem zornigen Aufschrei stürzte er sich in das Getümmel und sprang nach der Statue, und seine Finger schlossen sich in einem kurzen Triumph um das glatte Metall.

»Mylord!«, schrie Aja – aber es war schon zu spät.

Morgan bekam einen gewaltigen Schlag in die Seite, der ihn bäuchlings zu Boden stürzen ließ. Er schlug so hart auf dem Steinfußboden auf, dass sein Atem in einem schmerzerfüllten Japsen aus seinen Lungen gepresst wurde, während ihm die Ohren von der Wucht des Fausthiebs dröhnten. Im Nu war sein Angreifer auf ihm, ein wild knurrendes Geschöpf mit unglaublich starken Armen und Beinen, die sich wie Eisenbänder um ihn schlangen und fester und immer fester zudrückten. Der goldene Drache lag unter ihm, bohrte sich schmerzhaft in seine Rippen. Er versuchte, sich hin und her zu winden und seinen Körper aus der schraubstockartigen Umklammerung seines Widersachers zu befreien, aber vergeblich; die Bestie auf seinem Rücken war einfach zu stark.

Die klauenartigen Hände, die ihn zu zerquetschen drohten, waren gnadenlos in ihrem Griff, die Finger gruben sich tief in seine Muskeln, auf der Suche nach Knochen, um sie zu zerbrechen. Er rang keuchend nach Luft und stöhnte dann voller Qual, als die Bestie ihm die Schulter verrenkte, als ob sie ihm den Arm aus der Gelenkpfanne reißen wollte. Als das Glied nicht nachgab, stieß sein Angreifer ein wütendes Brüllen aus und knallte ihn mit aller Gewalt auf den Fußboden. Er hielt sein Schwert noch immer in der Hand, aber er war zu benommen, um es zu benützen. Im nächsten Moment fühlte er, wie die Bestie ihre Kinnladen um seine Kehle schloss, und eine dichte orangefarbene Haarmähne fiel über sein Gesicht, die ein nur allzu deutliches Bild vor seinem geistigen Auge heraufbeschwor.

Merde, fluchte er in der Sprache seiner alten normannischen Feinde. Doppelte Zahnreihen, jeweils zwei im Ober- und im Unterkiefer, mit rasiermesserscharfen Reißzähnen bewehrt, die sich in seine Haut gruben, und eine Wolke Ekel erregend süßlich riechenden Atems, die ihn einhüllte – ein

Geruch, zu einzigartig, um ihn jemals zu vergessen –, bestätigten die scheußliche Wahrheit. Es war eine gottverfluchte Scheiß-Lyranerin, die ihm im Genick saß, und sie hatte ihn unerbittlich an der Kehle gepackt.

Stöhnend versuchte Morgan, mit seiner Schwertklinge aufwärts zu stoßen, um der Lyranerin einen gezielten Hieb zu versetzen, und schaffte es doch nicht. Ihre Zähne gruben sich noch tiefer in seine Kehle, und sie schüttelte ihn kräftig, während sie mit ihrer Beute spielte. Er wechselte die Taktik und griff nach der Laserkanone an seiner Hüfte, wurde jedoch von einer blitzschnellen Aufwärtsbewegung ihres Knies daran gehindert – ihres riesigen, knubbeligen, hüftenzerschmetternden Knies.

Es gab nur noch eine einzige Chance, und indem er gegen jeden Instinkt ankämpfte, den er besaß, zwang er sich, seinen Körper in ihrem Griff erschlaffen zu lassen. Lyraner hatten eine Vorliebe für Beute, die noch lebendig war, je lebendiger, desto besser, und das galt besonders für die lyranischen Spurenleserinnen, die dafür bekannt waren, dass sie niemals etwas fraßen, was sie nicht auf Leben und Tod bekämpft hatten.

Der Druck ihrer scharfen Zähne ließ ein klein wenig nach. Dann stieß das Geschöpf ein schrilles Heulen aus und ließ urplötzlich von ihm ab. Der Geruch brennenden Fleisches stieg ihm in die Nase, heiß und übel riechend. Die Lyranerin sprang von seinem Rücken herunter, und Morgan rollte sich blitzschnell herum und kam auf die Füße, die Laserkanone in der einen Hand und Scyld in der anderen, während er zu einem Hieb ausholte, um die Bestie zu treffen.

Blut schoss in einem Strahl aus der Wunde, wo die Schwertklinge in ihren Schenkel schnitt, und sie stolperte rückwärts, laut brüllend vor Schmerz und Zorn, ihr grünes Gesicht von einer rauchenden, bläulich-roten Wunde gezeichnet.

Ein Dutzend schriller Schreie zerriss die Luft, als plötzlich peitschenschnurähnliche Fäden von oben herabsausten, die jeden, den sie zufällig trafen, verbrannten und eine Fläche um Morgan und die Lyranerin frei räumten, um sie von den anderen abzutrennen. Außerhalb des netzähnlichen Gebildes waren die Skraelings gerade dabei, sich nach ihrem Festmahl wieder neu zu formieren. Rechts davon bahnte sich eine bewaffnete Truppe gewaltsam einen Weg durch die Menge – das Dritte Garderegiment.

Es wird immer schlimmer, dachte Morgan verzweifelt. Er krümmte sich vor Schmerz, sein rechter Arm fast taub von dem gewaltsamen Gezerre der Lyranerin, sein Körper schmerzend und zerschunden von ihrem erdrückenden Gewicht. Er holte tief Luft und versuchte, sich aufzurichten. Die Lyranerin fauchte drohend, ihre Lippen hochgezogen, um die überlangen, gebogenen Reißzähne zu entblößen, die aus ihrem Oberkiefer ragten. Sie ging in Hockstellung, machte sich sprungbereit, um sich mit einem Satz auf ihn zu stürzen, ihre Arme an den Seiten gebeugt. Im nächsten Moment schweifte ihr Blick plötzlich ab, und ihre goldenen Augen hefteten sich auf etwas – oder jemanden – hinter ihm.

Morgan wirbelte herum, sein Finger auf dem Abzug der Laserkanone – und hielt dann wie erstarrt inne.

Llynya.

Ihr Anblick traf ihn wie ein weiterer Schlag. Seine Hand verkrampfte sich um Scylds Heft, umschloss es so fest, dass es unter der Gewalt seines Griffes zu zerbrechen drohte.

Llynya ... ganz in Schwarz gekleidet, ihr Umhang im Wind flatternd. *Llynya ... hier?*

Verwirrung erfasste ihn. War sie während des Kampfes in das Zeit-Wehr hinabgestürzt? Hatte sie eine eisige Ewigkeit in der Hölle des Wurmloches verbracht?

Hatte sie die letzten zehn Jahre damit zugebracht, einsam und verloren durch seine gottverlassene Zeit zu wandern?

Er machte einen Schritt auf sie zu, angezogen von dem Gesicht, das ihn in seinen Träumen verfolgte, dem letzten Gesicht, das er gesehen hatte, bevor er in das Zeit-Wehr gefallen war – so wild und so hübsch, so entschlossen, ihre Augen so grün wie ein hochsommerlicher Wald. Außer dass die Augen, die ihm jetzt einen kurzen Blick zuwarfen, grau waren, nicht grün, von einem hellen, kristallenen Grau, so klar wie ein Gebirgsbach und genauso kalt. Er blieb stehen, plötzlich verunsichert durch das, was er sah.

Ihr Haar war ein unordentliches Gewirr von Zöpfen und Knoten – aber kürzer, viel kürzer, als er es in Erinnerung hatte, und außerdem von der falschen Farbe, einer ganzen Palette von falschen Farben, allen möglichen Nuancen von Goldblond bis Silberblond, nicht von der satten Dunkelheit eines samtigen Nachthimmels. Und es war auch viel schlimmer zerzaust und verheddert, weniger geschickt geflochten und ohne einen einzigen Zweig, ohne ein einziges grünes Blatt, das die seidigen Strähnen schmückte.

Er dachte an seine Brust und an das Zeichen des Blattes, das unauslöschlich in die Haut über seinem Herzen eingeprägt war, des Blattes, das er der Elfenmaid in der Höhle von Lanbarrdein gestohlen hatte.

Also doch nicht die schöne und wundersame Llynya, nicht ohne schmückende Blätter im Haar. Seine Verwirrung wurde von der kalten, trostlosen Wahrheit verdrängt.

»Verfluchter Wein«, knurrte er und schüttelte den Kopf. Er hatte jetzt keine Zeit für die Halluzinationen des carillionischen Gebräus.

Morgan riskierte einen Blick auf die Lyranerin, die noch immer in Angriffshaltung auf dem Boden kauerte, nur von der Drohung seiner Laserkanone in Schach gehalten; dann wandte er sich wieder zu der Frau um.

Doch das Trugbild hatte sich nicht verflüchtigt, so wie es die carillionischen Trugbilder zu tun pflegten.

Er verengte die Augen zu Schlitzen und machte erneut einen Schritt vorwärts, während er sie anstarrte und sie mit bloßer Willenskraft zu zwingen versuchte, sich in Luft aufzulösen, den Weg all der trunkenen, von Sehnsucht diktierten Bilder zu gehen, die er mit dem Wein heraufbeschwor. Zu seiner Überraschung schlug sie plötzlich mit einem Kampffaden auf die Lyranerin ein, einem langen, silbrigen, mit Gift getränkten Faden, dessen Ende sich an ihm vorbeischlängelte und sein Ziel hinter seinem Rücken fand.

Die Lyranerin fletschte zornig brüllend die Zähne und stürmte vorwärts, nur um von einem scharfen Befehl abrupt zum Innehalten gezwungen zu werden.

»*Creassa, Ly-ray! Creassa!*«, rief die Frau und drohte der Bestie mit einem weiteren Faden. »*Chak ga, bey bey Rhayne. Bonse bey bey!*«

Zu Morgans Verblüffung wich die Lyranerin fauchend und geifernd zurück, und als die Frau drohend auf sie zukam, wirbelte die Bestie herum und rannte davon, floh durch eine Öffnung in dem hastig geflochtenen Netz und lief zu der bewaffneten Truppe zurück.

Llynya hatte mit einem Schwert und einem Bogen gekämpft und mit nichts anderem, wie Morgan sich erinnerte. Kampffäden waren in seiner Zeit völlig unbekannt gewesen. Kampffäden waren Waffen der Einöde, die Waffen der Sha-shakrieg-Nachtwächter, so wie die Männer, die sich jetzt hinter der Frau formierten – allesamt Wüstengeister, einschließlich der Frau, zumindest ihrer Kleidung nach zu urteilen. Keine Elfenmaid.

Aber die Ähnlichkeit – *Allmächtiger*! Sie reichte vollauf, um zu schmerzen, so wie ihn alles seit Sonnpur-Dzon geschmerzt hatte.

»*Har maukte! Har!*« Die Skraelings stießen ihren lauten Schlachtruf aus.

»*Corvus! Corvus!*«, kam die Antwort von rechts. »*Har maukte, har maukte! Har!*«

Die Zeit war abgelaufen. Auf der anderen Seite des Shashakrieg-Netzes drängelte sich York durch die Menge und warf Morgan ein Mundstück zu. Der kleine silberne Ball flog in hohem Bogen durch die Luft und sauste zwischen den Fäden hindurch. Morgan fing ihn mit der Hand auf, in der er die Laserkanone hielt, und schob ihn sich zwischen die Zähne. Das Netz, wie giftig es auch immer sein mochte, würde die Bestien nicht bis in alle Ewigkeit abhalten.

»Tri-opt Vier«, sagte York und gab damit eine Position außerhalb von Racht Square an.

»In Ordnung. Aja, du gehst als Erster«, sagte Morgan, als er das Kommando übernahm. »Und schnapp dir den verfluchten Drachen.« Vergiss die Carillioner, dachte er. Er konnte jetzt sowieso nichts mehr von ihrem verdammten Gesöff trinken.

»In Ordnung.« Ausnahmsweise einmal tat der Junge, was man ihm sagte, und riss die Statue vom Fußboden hoch, während er gleichzeitig blitzschnell das Gelände erkundete, um den schnellsten Weg aus dem Netz und aus Racht herauszufinden.

Morgan fuhr wieder zu der Frau herum. Wer immer sie auch sein mochte, sie war offensichtlich nicht von Van oder dem Kriegshetzer geschickt worden. Das bedeutete, dass sie nicht direkt eine Feindin war, allerdings auch nicht unbedingt eine Verbündete.

Trotzdem hatten sie und ihre Wachen ihn vor der Lyranerin gerettet und hatten ihm mit ihrem Netz aus tödlichen Fäden Zeit verschafft, um vor den Skraelings und dem Garderegiment zu fliehen – oder aber sie hatten ihn für sich selbst gefangen. Um die Belohnung zu kassieren, die auf seinen Kopf ausgesetzt war.

Ihr Gesicht. Er war sich noch immer nicht ganz sicher,

dass sie kein Trugbild war. Alles an ihr war einfach zu vertraut, zu perfekt, selbst ihr alles andere als perfekt frisiertes Haar.

Ein plötzlicher Aufruhr hinter ihm lenkte seine Aufmerksamkeit schlagartig wieder auf die Krise zurück – die trotz all ihrer Faszination nichts mit dem Gesicht einer Frau zu tun hatte. Drei Skraelings hatten sich an das Fadennetz herangewagt. Eher mit roher Gewalt als mit Anmut brachten sie den Übelkeit erregenden Geruch brennender Haare und versengter Haut mit sich – und das Jaulen von Laserkanonen, die zu einer entscheidenden Kraftprobe aufgezogen wurden.

Morgan warf sich mit einem Sprung zu Boden, als die Skraelings eine Serie von Schüssen abgaben und wild in die Runde feuerten. Er rutschte ein Stück über den feuchten, glatten Stein und rollte sich dann auf den Rücken, während er Schuss für Schuss aus seiner Laserkanone abgab. Er schaffte es, einen der Skraelings außer Gefecht zu setzen, bevor die Nachtwächter zum Vergeltungsangriff übergingen und eine Sprengladung zündeten, die das gesamte Areal in einen undurchdringlichen Nebel aus Rauch und auflodernden Flammen hüllte.

»Tri-opt Vier, Hauptmann«, befahl Morgan und schob sein Schwert in die Scheide zurück. »Weitergeben! Los!«

Er fuhr herum und blinzelte gegen den beißenden Rauch an, während er nach der Frau suchte. Gerade eben war sie noch da gewesen, weniger als drei Meter von ihm entfernt.

»Sieben Grad West«, ertönte Ajas Stimme über das Mundstück. »Bleib in Deckung und halt nach dem Kabelkanal Ausschau.«

Morgan blickte auf den Sendeleitstrahl auf seiner Uhr, der die Richtung anzeigte. Von irgendwo weiter östlich hörte er den Hauptmann des Dritten Garderegiments den Befehl brüllen, ihn zu umzingeln, und er wusste, er musste flüchten oder er würde seine letzte Chance verlieren. Dennoch zögerte er. Die Frau war irgendwo dort draußen, ganz in seiner Nähe. Er konnte sie spüren; irgendein Sinn sagte ihm, dass sie knapp außerhalb seiner Reichweite war.

Plötzlich tauchte eine Hand aus den schwarzen Rauchschwaden auf, klein, aber kräftig, und schloss sich um sein Handgelenk.

»Ich habe ihn, Dray«, sagte die Frau atemlos, als sie bäuchlings neben Morgan glitt. Sie erhob sich rasch in eine gebückte Haltung, in ihrer anderen Hand eine abgewandelte Laserkanone. »Verteilt euch. Ich treffe euch dann bei dem Rover.« Sie ließ ein Ortungsarmband um Morgans Arm zuschnappen. »Komm mit.«

Morgan rappelte sich hastig vom Boden auf, alle Zögerlichkeit verflogen. Er würde ihr gehorchen – bis zu einem gewissen Punkt. Es war allerhöchste Zeit, aus Racht zu verschwinden, und sie würde mit ihm gehen. Er griff nach ihrer Hand und rannte los, während er Ajas Anweisungen folgte. Er wusste nicht, was die Frau plante, und es interessierte ihn auch nicht. Er würde seinem Hauptmann jederzeit mehr vertrauen als einer Kopfgeldjägerin.

Und sie war eine Kopfgeldjägerin. Diese Frage war ohne jeden Zweifel beantwortet worden. Niemand sonst trug Ortungsarmbänder mit sich herum, Paare von handschellenähnlichen Metallbändern, die auf eine einzige Frequenz eingestellt waren. Er blickte auf ihr Handgelenk hinunter und sah ein Armband, das exakt dem seinen entsprach, und die Digitalanzeigen auf beiden Armbändern blinkten synchron. Sie zeigten ein seltsames Leuchten, das er noch nie zuvor bei Ortungsarmbändern gesehen hatte, aber Hightech-Innovationen waren Ajas Spezialität, nicht seine.

Trotzdem, sie hatte ihn erwischt. Das musste er ihr lassen. Er hatte Vans Bestien und das Dritte Garderegiment drei Monate lang ausmanövriert, und er war die meiste Zeit betrunken gewesen. Der Kampf mit der Lyranerin war eine knappe Angelegenheit gewesen, eine höllisch knappe Angelegenheit, aber, zum Teufel noch mal, er war immer noch heil und in einem Stück – abgesehen von seinem Schädel, der sich jetzt sogar noch mehr so anfühlte, als hätte ihn jemand mit einer scharfkantigen Axt gespalten.

Ich habe ihn, hatte sie zu einem der Nachtwächter gesagt.

Aber nicht für lange, hätte er ihr sagen können. Sobald sie aus Racht Square entkommen waren, würde er sie zwingen, ihm die Sperrvorrichtungssequenz des Armbands zu verraten, und sich auf den Weg nach Tri-opt Vier machen.

Vor ihnen stürzte ein weiterer Skraeling tot zu Boden, und sein Blut ergoss sich wie eine rote Flutwelle auf die Steine. Der säuberliche Schnitt durch seine Kehle und der silberne Wurfstern, der aus seiner klaffenden Brustwunde herausragte, ließen erkennen, dass sein Tod Ajas Werk war.

Gut, dachte Morgan. Der Junge war nur Sekunden vor ihm.

Sie liefen um Tische und umgekippte Stühle herum. Scharfkantige Glasscherben lagen überall auf dem Boden verstreut. Schwarze Umhänge fegten flatternd an ihnen vorbei, als sie durch den dichten Rauch rannten – die Nachtwächter der Frau, die hinter ihnen den Kampf aufnahmen und ihnen auch noch Rückendeckung gaben, statt ihn, Morgan, daran zu hindern, sich mit einer der ihren aus dem Staub zu machen.

Es ergab irgendwie keinen Sinn, und das beunruhigte ihn. Zwar nicht genug, um ihn aufzuhalten, aber es beunruhigte ihn trotzdem.

Und es gab noch etwas, das ihm zu schaffen machte. Er begriff nicht, wieso, zum Teufel, sie glaubte, sie könnte ihn nur mit einem simplen Ortungsarmband festhalten. Die Kopfgeldjäger, die er kannte, und das waren nicht wenige, rüsteten ihre Armbänder immer mit etwas aus, was ein bisschen abschreckender wirkte, etwas mit einer tödlichen Komponente. Verstümmelungsvorrichtungen waren sehr beliebt, Geräte, die durch eine Unterbrechung in der Frequenzverbindung ausgelöst wurden.

Sein Armband war jedoch ganz glatt, ohne irgendwelche Zusatzeinrichtungen, und das einzig Ausgefallene daran war das Leuchten, das von dem Metall selbst auszustrahlen schien. Es war schon seltsam, aber anscheinend nicht tödlich oder betäubend, sonst hätte er es inzwischen wohl schon gemerkt. Er fühlte nichts – nichts außer der Wärme ihrer Hand in seiner, die seine Finger mindestens ebenso fest umklammert hielt wie er die ihren.

Noch seltsamer, dachte er verwirrt. Er rannte wie von allen Hunden gehetzt, und sie hielt mit ihm Schritt, ohne auch nur den geringsten Widerstand zu leisten.

»Nimm den Kanal, der südöstlich unter den Fäden hindurchläuft, dann bei der ersten Kreuzung direkt den nach Osten. Ich hab dort ein Kletterseil hinterlassen«, meldete sich Aja über das Mundstück, und Morgan wusste, dass der Junge es geschafft hatte, jenseits des Netzes zu gelangen, und jetzt durch den Kanal rannte. Sein Hauptmann würde ihm den ganzen Weg bis nach Tri-opt Vier Anweisungen übermitteln. Von dort aus konnten sie einen Bogen schlagen und ihr Transportmittel holen.

»York«, sagte er, um den Bericht des Söldners zu hören.

»Vier Grad östlich der Kreuzung. Ich hab den Jungen bemerkt, und wenn er aufhören würde, gegen die verfluchten Wände zu knallen, könnte ich mit ihm Schritt halten, wenn er vorbeisaust«, knurrte der ältere Mann. »Es sei denn, du willst, dass ich auf dich warte.«

»Nein. Ich treffe euch dann dort.« Morgan antwortete bewusst vage. Er hatte gehört, wie die Frau durch ihr Mundstück Befehle erteilte, und er wollte nicht, dass sie den

Nachtwächtern ihren Zielort mitteilte, nicht bevor er, Aja und York verschwunden waren.

Ein Stück weiter vor ihnen zeichnete sich das Netz durch die dicken Rauchschwaden ab, ein Gebilde aus silbrigen Fäden, vermischt mit dunkleren. Morgan schob seine Laserkanone in sein Holster und schloss seine Finger noch fester um die Hand der Frau, um ganz sicherzugehen, dass er sie nicht verlor.

»Halt dich fest!«, sagte er warnend.

Ein Schatten hinter dem Netz kündigte den Kanal an. Morgan hakte eine Absteighilfe von seinem Gürtel los und ließ sie aufschnappen, um sie in Bereitschaft zu haben. Als er die Öffnung zwischen den Fäden sah, blickte er sich suchend nach dem Kletterseil um. Es war dort, dicker und dunkler als die Fäden, um ein Stück Racht-Schrott geschlungen, nicht größer als ein Tisch.

Er fluchte unterdrückt. Das gedrehte Metallstück hatte Ajas Gewicht ausgehalten, und es würde vielleicht auch sein eigenes aushalten, aber wenn es nicht fest mit dem Fußboden verschraubt war, würde es todsicher nicht sein Gewicht *und* das der Frau aushalten. Irgendwann während der letzten dreißig Sekunden hätte er Aja sagen sollen, dass er eine Geisel genommen hatte.

Hinter ihnen explodierte erneut eine Sprengladung, als die Skraelings schweres Geschütz auffuhren. Er hatte keine Wahl mehr, und die Zeit drängte. Drei weitere Schritte, und er ließ sich auf den Boden fallen, während er die Frau mit sich hinunterzog und gleichzeitig die Hand ausstreckte, um sich das Kletterseil zu schnappen. Er glaubte zu hören, wie der Mechanismus der Abstieghilfe einrastete, und hoffte inständig, dass das Seil halten würde, bevor sie unter den Fäden hindurchglitten und über den Rand in den Kanal – und in die Finsternis.

4

Sie war geschickt. Das musste Morgan ihr lassen. Kaum hatten sie sich zu Boden fallen lassen, da hatte sie auch schon einen Arm um ihn geschlungen, ihre Laserkanone schräg auf seiner Brust angewinkelt, und sich an ihm fest gehalten, wie er es ihr gesagt hatte, mit aller Kraft, als ob ihr Leben davon abhinge. Und noch während sie über den Rand des Kanals geglitten waren, hatte sie es auch noch geschafft, eine eigene Abstiegshilfe von ihrem Gürtel zu lösen und sie um das Seil einrasten zu lassen.

Und schnell. Sie war enorm schnell, fast so flink wie Aja, und offensichtlich daran gewöhnt, mit schwierigen Situationen umzugehen. Er kannte ein paar Kopfgeldjägerinnen, und sie waren alle sehr gut, aber keine war so raffiniert wie die Frau, die ihn geschnappt hatte. Unter anderen Umständen wäre er durchaus geneigt gewesen, sie für die eine oder andere Aufgabe zu engagieren. Und er hätte zu gerne gewusst, was sie zu der Lyranerin gesagt hatte, um sie zu verscheuchen.

Verdammt, sie sausten förmlich durch das Kanalrohr hinunter.

Das Seil glitt summend durch seine metallene Abstiegshilfe, und mit jeder Sekunde, die verstrich, beschleunigte sich das Tempo ihres Abstiegs noch, was nur bedeuten konnte, dass das Stück Racht-Schrott nicht am Fußboden festgeschraubt war, sondern über ihnen nachgab und über den Boden schleifte, gezogen von ihrem Gewicht. Jeden Moment konnte es über den Rand rutschen und in den Kanalschacht herunterpoltern, geradewegs auf ihre Köpfe.

Wenn sie Glück hatten, würden sie den Grund des Schachts erreichen und gerade noch Zeit genug haben, um zur Seite zu springen, bevor sie das Ding zerquetschen würde.

Mit der Wüstenfrau im Arm, ihr Körper so warm und lebendig an seinem, hoffte Morgan, dass ihm wenigstens so viel Glück beschieden sein würde.

Das Gleiche hoffte auch Avallyn, aber sie hatte ihre Zweifel, und zwar jede Menge davon. Der Mann war wahnsinnig. Keiner, der auch nur halbwegs bei Verstand war, wäre einfach in einen von Rachts Kanälen gesprungen, in der mehr als unbestimmten Hoffnung, dass er, bis zur Halskrause voll mit carillionischem Wein, ein Kletterseil zu fassen bekommen würde, das an einem Stück Schrott festgebunden war – einem kleinen Stück, das ihrer Berechnung nach ungefähr mit derselben Geschwindigkeit über ihnen über den Boden rutschte, mit der sie in den Schacht hinabglitten, und damit wirkungsvoll jeden Vorteil zunichte machte, den ihnen das Kletterseil verschafft hatte, sodass sie sich auch ebenso gut einfach ohne jede Sicherung über den Rand hätten stürzen können.

Ihr Herz klopfte zum Zerspringen, und sie fluchte unterdrückt. Sie bewegten sich viel zu schnell abwärts, und sie hatte ihren letzten Faden bei dem Versuch verbraucht, den Mann zu retten; eine sinnlose und vergebliche Anstrengung. Das Einzige, was die Situation noch schlimmer machen könnte, wäre, wenn sich das Kletterseil als zu kurz erwies, um bis auf den Grund des Kanalschachts zu reichen – was es auch prompt tat. Sie kamen mit einem Ruck zum Halten, ihr Abstieg auf das Tempo verlangsamt, mit dem sich der Schrotthaufen oben in der Halle über den Boden bewegte.

»Festhalten!«, rief er und schlang seinen Arm noch fester um Avallyn.

Shadana, betete sie wortlos. Was würde er als Nächstes tun? Sie drehte hektisch den Kopf hin und her, während sie eine Möglichkeit zu finden versuchte, um sich zu retten.

»Dray –« begann sie, aber der Dieb gab ihr keine Chance.

Er stieß sich mit einem kräftigen Fußtritt von der Kanalwand ab, sodass sie beide in den leeren, finsteren Raum hinausschwangen, während sie am untersten Ende des Seils baumelten und sich an ihren Abstiegshilfen festklammerten.

»Heilige Mutter«, betete Avallyn. Der Mann war verrückt, schlichtweg verrückt, ein unberechenbarer Irrer, genau wie Au Cade es vorausgesagt hatte. Und dann sah sie es, als die gegenüberliegende Kanalwand in Sicht kam, ihre Oberfläche mit einem Gewirr von Kabeln und Rohren überzogen. Sie hatten noch eine Chance, wenn sie bei der Berührung mit der Wand nicht aufgespießt wurden.

Morgan fing die größte Wucht des Aufpralls mit seinem Körper ab, aber der Stoß war trotzdem noch so hart, dass Avallyn vom Kopf bis zu den Zehenspitzen durchgerüttelt wurde. Sie packte das nächste Kabel und kämpfte darum, mit den Füßen Halt auf den Rohren zu finden, die an die Wand geschraubt waren.

»Löse deine Abstiegshilfe«, befahl er, während er seine eigene mit einer geschickten Drehung seines Handgelenks von dem Seil löste.

Da sie sich über die Gefahr im Klaren war, tat sie das Gleiche und beobachtete dann, wie das Seil von ihnen fortschwang, zurück in die Dunkelheit. Kaum war es verschwunden, da kehrte es auch schon wieder in ihr Blickfeld zurück, gefolgt von dem verbogenen Stück Schrott, an dem es oben in der Halle festgebunden gewesen war. Sie fühlte den Luftzug, als der Metallbrocken von oben heruntergesaust kam, hörte das blecherne Zischen, als irgendein Teil des Gebildes in dem Fallwind vibrierte, und einen entsetzlichen Moment lang befürchtete sie, dass es sie beide buchstäblich von der Kanalwand abkratzen und mit sich in die Tiefe reißen würde. So viel also zu der Zukunft der Weißen Frauen und allem anderen, was ihr lieb und teuer war, ihr ganzes sorgfältig geplantes Schicksal mit einem Schlag ausgelöscht von dem verfluchten Zeit-Reiter, auf den sie Tausende von Jahren gewartet hatten.

Das Stück Schrott schlug mit einem ohrenbetäubenden Krachen auf dem Grund des Kanals auf, und ein wahrer Hagel von Staub und Metallbrocken flog in die Luft. Die Reaktion des Diebes war zu schnell, um irgendetwas anderes als instinktiv zu sein. Er bedeckte ihren Körper mit seinem eigenen und presste sie hart gegen die Wand, um sie vor den herumfliegenden Trümmern zu schützen.

Avallyn hatte sich mit einer Hand an einem Kabel festgeklammert und die andere Faust in sein Hemd gekrallt. Er sagte etwas in ihr Ohr, aber das Krachen hallte derart laut von den Schachtwänden wider, dass sie ihn nicht hören konnte. Sie konnte ihn jedoch fühlen, überall.

Er war größer und kräftiger, als er in Racht ausgesehen hatte, eine wahre Mauer aus angespannten, stählernen Muskeln zwischen ihr und der Leere dahinter, hart und zugleich geschmeidig – und überwältigend maskulin. Ihre Sinne vibrierten förmlich unter der Überfülle von Informationen, die auf sie einstürmten: die Länge der Beine, die sich rechts und links gegen ihre pressten; die Breite der Schultern, die ihr die Sicht versperrten; der muskulöse Oberkörper, der gegen ihre Brüste drückte; und die Stärke der Arme, die sie an der Kanalwand festhielten. Sie hatte sich an einen Mann gebunden, der körperlich sehr viel stärker war, als sie ursprünglich gedacht hatte. Es war eine beunruhigende Erkenntnis, besonders da sie jetzt ganz allein mit dem verrückten Dieb war.

Der Geruch nach Wein hüllte ihn wie eine Wolke ein, würzig und überreif, üppig durchtränkt mit den Aromen von Früchten von einem halben Dutzend verschiedener Planeten: Trauben und Pflaumen aus dem Östlichen Reich; Ashoki und Haesa von der Friina-Gruppe; Shampbeeren und Blutorangen von Russ II. Es hieß, dass allein der Nebel des

Weins schon genügte, um berauschend zu wirken, und Avallyn befürchtete, dass sie drauf und dran war, ihm zu erliegen. Der Dieb hatte seinen Kopf zu ihr hinuntergebeugt, sein Kinn streifte zart ihre Wange, und die unerhörte Intimität ihrer beider Körperhaltungen war genug, um ihr den Atem zu rauben.

Er hob die Hand und packte ihre Schulter, eine stumme Geste, um sie zu ermahnen, sich still zu verhalten; und sie erkannte, dass sie unwillkürlich ihre Muskeln angespannt hatte, bereit zur Flucht. Sie zwang sich, sich zu entspannen und ihre Kampf-oder-Flucht-Reaktion zu unterdrücken. Sie konnte weder kämpfen noch fliehen, während sie an einer steilen Schachtwand hing.

Die letzten Schrottbrocken und Trümmer trafen auf dem Boden auf, und der Kanal war wieder in Stille gehüllt. Der Dieb fluchte, ein gedämpft gemurmeltes Wort, kaum hörbar.

»Bist du getroffen worden?«, fragte Avallyn, sorgfältig darum bemüht, ihre Stimme neutral klingen zu lassen, damit er nicht merkte, welche Wirkung seine Nähe auf sie hatte. Sie wollte nichts lieber, als sich unter ihm hervorwinden und davonlaufen.

»Nein«, lautete seine schroffe Antwort, gefolgt von einem weiteren gemurmelten Fluch, der ihr die Röte in die Wangen trieb.

Sie waren so eng ineinander verheddert, dass es war, als ob er die Worte direkt zu ihr gesagt hätte, und es war nicht der Fluch als solcher, der sie zusammenzucken ließ, sondern sein unverhohlener sexueller Beiklang.

Er hatte natürlich nicht zu ihr gesprochen. Die Worte waren allgemein gebräuchlich, ein Fluch, der mit Vorliebe von ordinärem Pack und ähnlichen Leuten gebraucht wurde.

Wie auch immer, ihre Mutter hatte ihr versichert, dass es keine der physischen Intimitäten geben würde, die normalerweise zwischen einer Priesterin und ihrem Gefährten erwartet wurden. Tatsächlich hatte Palinor solche Intimitäten mit dem Dieb sogar ausdrücklich verboten.

Nicht, dass Avallyn solche Verbote gebraucht hätte. Ein Blick auf ihn in Racht Square hatte genügt, um ihn in ihrer Achtung noch tiefer sinken zu lassen als Viehfutter. Er konnte unmöglich der Herrscher der Zeit sein. In der gesamten Weltgeschichte war keine Priesterin jemals eine Verbindung unter ihrem Stand eingegangen, und ganz sicherlich keine Verbindung mit einem trunksüchtigen Raufbold aus dem Alten Reich. Und dazu würde es auch niemals kommen. Das hatte Palinor geschworen, und Avallyn hatte ihr von Herzen beigepflichtet. Es musste irgendein Fehler passiert sein, und die Priesterinnen würden ihn garantiert finden. Bis dahin war sie wohl oder übel an den betrunkenen Zeit-Reiter gekettet, und er sollte in den Norden gebracht werden, nach Claerwen. Das war ihre Aufgabe und, bei den Göttern, sie würde dafür sorgen, dass sie schnell erledigt wurde.

Sein Fluch war nur ein Ausdruck der Unzufriedenheit gewesen, aber er machte ihr seine Nähe und die Tatsache, dass er sich mit der gesamten Länge seines Körpers an sie presste, nur noch unangenehmer bewusst. In ihrem ganzen Leben hatte sich noch nie jemand derart dicht an sie gedrückt, geschweige denn ein Mann, der wie ein carillionisches Weinfass roch.

Ihre Nase zuckte, und sie war stark in Versuchung, ihn mit ihrem speziellen Tiefenspürsinn zu erforschen, aber Vorsicht und Vernunft hielten sie davon ab. Sich durch so viele Schichten carillionischen Weins hindurchzuschnüffeln, um bis in sein Innerstes vorzudringen, war so gut wie unmöglich.

Nein, sie würde warten, bis er wieder nüchtern war und sie an einem ungefährlicheren Ort waren, bevor sie seine Seele ergründete.

»Hat dich die Lyranerin verletzt?«, fragte sie. Es war ja immerhin möglich, dass er eine gebrochene Rippe oder vielleicht sogar noch schlimmere Verletzungen bei seinem Ringkampf mit der Bestie davongetragen hatte, obwohl sich jeder einzelne Quadratzentimeter von ihm höchst gesund und munter anfühlte. Sie konnte tatsächlich spüren, wie sich seine Muskeln bei jeder Bewegung, die er machte, zusammenzogen und dehnten. Sie konnte ihn atmen fühlen, während sich seine Brust an ihrer hob und senkte. Beides waren außergewöhnliche und neuartige Empfindungen für sie.

Er schüttelte verneinend den Kopf, und dabei glitt eine seidige Strähne mitternachtsschwarzen Haares über seine Schulter und streifte ihre Wange, so weich und duftend, dass sie unwillkürlich ihr Gesicht in sein Haar drehte. Lavendel. Die Carillioner taten Lavendel in ihren Wein und Mandarinen. Der frische Zitrusduft vermischte sich mit dem blumigen Wohlgeruch und wand sich um die dunklen Haarsträhnen, überaus köstlich, und verlockte sie mit angenehmen Erinnerungen, sich noch näher zu ihm vorzubeugen. Sie schmiegte sich fast an ihn, bevor der Duft verblasste und sie sich wieder fing. Sie wich abrupt zurück, peinlich berührt von ihrer Reaktion.

Es war eine Woche her, seit sie im Weißen Palast gewesen war und ihr Gesicht mit den lavendelgetränkten Tüchern gewaschen hatte, aber der Lavendelduft seines Haares hatte die flüchtige Erinnerung an jenen Tag überraschend klar und deutlich wieder auferstehen lassen – die sengende Hitze der Wüste, die ihr bis auf die Knochen gedrungen war, der Schatten des Vergessenen Waldes, der ihre brennende Haut gekühlt hatte, Au Cades orangefarbenes Gewand, das heitere, gelassene Lächeln ihrer Mutter und die erfrischenden Tücher, überreicht von einem Kind.

Shadana. Der Wein aus der Parallelwelt war alles, was sie über ihn gehört hatte, und noch viel mehr. Wenn allein der

Geruch des Weins schon in der Lage war, ihr das Lächeln ihrer Mutter so nahe zu bringen wie an diesem Morgen, was mochte der Zeit-Reiter dann nach einer langen durchzechten Nacht empfinden? Was sah und fühlte er? An welchen der Orte in seiner Vergangenheit entführte ihn der Wein?

An irgendeinen Ort der Gewalt, dachte Avallyn, als sie sich daran erinnerte, wie er in Racht Square sein Schwert gezogen und einen Tisch zertrümmert hatte, sodass die Leute in alle Richtungen geflohen waren. Der arme Kerl, sich nach einem Wein zu sehnen, der ihm nichts als Zugang zu seinen Albträumen verschaffte.

Sie tat ihre momentane Anwandlung von Mitleid mit einem Achselzucken ab. Er hatte seine eigenen Entscheidungen getroffen, die meisten davon waren eine schlechte Wahl, zumindest nach ihren Maßstäben. Der Umstand, dass Vans Skraeling-Horden und das Dritte Garderegiment hinter ihm her waren, machte ihre Aufgabe sehr viel schwieriger, aber sie war eine Priesterin der Gebeine und würde sich durchsetzen. Wenn er nicht verletzt war, durften sie keine Zeit damit vergeuden, an einer Schachtwand zu hängen.

»Ich schätze, dass es sieben Meter bis zum Kanalboden hinuntergeht«, sagte sie in nüchternem, unpersönlichem Ton und ignorierte die Tatsache, dass sie praktisch ineinander verkeilt waren. »Wir können in zwei Minuten unten sein und unseren Vorsprung noch immer halten.«

Nachdem sie die Lage derart eingeschätzt hatte, machte sie Anstalten, sich unter ihm hervorzuwinden, aber er verlagerte hastig sein Gewicht und drückte sie wieder gegen die Wand.

»Beweg dich nicht«, murmelte er, und sie glaubte, einen ungewöhnlichen Akzent in seiner Stimme zu entdecken.

Dennoch zog sie missbilligend die Augenbrauen hoch. Der Geruch des Weines war ihr nicht so stark zu Kopf gestiegen, dass sie bereit gewesen wäre, auf ihre Autorität zu verzichten und sich von ihm herumkommandieren zu lassen. Sie war hier diejenige, die den Befehl führte, trotz seines Erfolgs mit dem Kletterseil.

»Du trägst mein Ortungsarmband, Zeit-Reisender«, erinnerte sie ihn. »Das bedeutet, dass ich hier die Be–«

»Sch!« Er schnitt ihr abrupt das Wort ab und brachte seinen Mund näher an ihr Ohr. Eine frische Duftwoge von Lavendel und Mandarinen schlug über ihr zusammen, überflutete ihre Sinne und ließ zugleich sämtliche Alarmglocken in ihrem Hirn schrillen.

Heilige Mutter! Was um alles in der Galaxie taten die Carillioner in das Zeug hinein? Der Wein aus der Parallelwelt war in zwei Sonnensystemen verboten, und jetzt wusste sie auch, warum. Das Gebräu konnte es wahrhaftig mit jedem von Tamisks Zaubertränken aufnehmen, was die Gefahr für die geistige Gesundheit betraf.

»Du bist doch nicht der zimperliche Typ, oder?«, fuhr er fort und unterbrach damit das konfuse Durcheinander ihrer Gedanken.

Er hatte so leise gesprochen, dass seine Frage kaum mehr als das Gefühl seines Kinns war, das sich an ihrer Wange bewegte – die Wärme seines Atems auf ihrer Haut, aber sie hörte ihn trotzdem und auch den überraschend singenden Tonfall, der in seinen Worten mitschwang. Der Dieb hatte tatsächlich einen Akzent, einen völlig unvermuteten. Er sprach mit dem besonderen Akzent und Tonfall einer uralten Sprache, die jenseits der Mauern des Weißen Palasts nirgendwo auf Erden mehr zu hören war – Ilmarryn. Eine der weniger wohlmodulierten, dialektischeren Stimmen, das ganz sicherlich, aber nichtsdestotrotz eindeutig elfisch.

»Nein«, versicherte sie ihm, verwirrt und beunruhigt durch den Wein, die Frage und seinen Akzent und darum noch ängstlicher darauf bedacht, von hier wegzukommen, bevor etwas Schreckliches passierte. Jeden Moment konnte das Dritte Garderegiment den Kanalschacht herunterkommen, eine ganze Horde von Skraelings im Schlepptau. Das Unwetter konnte sich über ihnen entladen und Blitze mit ein paar hunderttausend Megawatt Energie in den Kanal hinunterschießen lassen, um sie bei lebendigem Leib zu braten. Oder, fast das Schlimmste von allem, sie könnte der Verlockung nachgeben und ihr Gesicht an die Biegung seines Halses schmiegen.

»Nein«, sagte sie, diesmal energischer, und zwang sich, ihre Aufmerksamkeit von seinem Haar und seiner Haut und den köstlichen Düften loszureißen, die ihn einhüllten. »Nein, ich bin nicht der zimperliche Typ.«

»Gut. Dann werden wir einfach bleiben, wo wir sind, bis sie sich wieder verzogen haben.«

Alarmiert dämpfte Avallyn die Stimme, um sich seinem Flüsterton anzupassen. »Bis sich *wer* wieder verzogen hat?«

Die Antwort glitt in ihr Blickfeld, noch bevor er etwas auf ihre Frage erwidern konnte – lange, bläulich leuchtende, sich ringelnde Schlangenleiber, die sich einen Weg zwischen den rostigen Rohren und zerfetzten Kabeln hindurchbahnten, die oberhalb ihrer rechten Schulter mit der Wand verbunden waren. Wanderschlangen – Hunderte davon –, durch das Krachen aus ihrer Höhle aufgeschreckt, ihre giftige Haut in einem toxisch phosphoreszierenden Licht schimmernd, ihre langen, wellenförmigen, zwei Finger breiten Rückgrate mit rasiermesserscharfen, fächerartig abstehenden Schuppen bewehrt.

Avallyn wich zurück, während ihr unwillkürlich ein erschrockenes Aufkeuchen entschlüpfte.

Die Schlange, die ihr am nächsten war, hielt mitten in der Bewegung inne und hob ihren spitzen Kopf in ihre Richtung. Augen wie rot umrandete Glasperlen hielten ihren Blick mit einem glühenden, unverwandten Starren fest, während die Zunge des Reptils hervorschoss, um die Quelle des Geräusches aufzuspüren.

»Ruhig, *Geneth,* ganz ruhig«, murmelte der Dieb beschwichtigend.

Avallyn wagte einen Blick nach links, wohin er geschaut hatte, und sah Hunderte von weiteren Schlangen die Wand hinunterkriechen, genug, um jeden fluchen zu lassen – oder beten.

Heilige Mutter! Ein eisiger Schauder der Furcht überlief ihren Körper. Die leichteste Berührung einer Wanderschlange genügte schon, um das Körperglied zunächst zu lähmen und dann bis auf die Knochen verfaulen zu lassen. Der Biss dieser Schlange garantierte einen qualvollen Tod – und nur wenige Zentimeter von ihrem Arm entfernt ringelten sich mindestens zwanzig von den Biestern. Alles in Avallyn drängte danach, zu springen, selbst auf das Risiko hin, sich auf dem Grund des Kanals die Knochen zu brechen, alles, um von den schrecklichen Schlangen wegzukommen; aber der Dieb hielt sie unerbittlich fest.

»Du hast doch keine Angst vor Schlangen, oder?«, fragte er mit einer Ruhe und Gelassenheit, die sie kaum begreifen konnte.

Sie schüttelte den Kopf, zu verängstigt, um zu sprechen.

»Dann muss ich derjenige sein, den du so erschreckend findest«, sagte er und wandte sich mit einer leichten Kopfbewegung ihr zu. Sie hob instinktiv den Blick – und der Atem stockte ihr in der Kehle.

Shadana.

Aus so unmittelbarer Nähe betrachtet, war der Dieb noch weitaus beunruhigender, als er in Racht Square gewirkt hatte. Seine Augen funkelten unter dichten, schwarzen Wimpern, die Iris von einem seltsamen Indigoblau, einem satten Blau von überraschender Dunkelheit und Klarheit. Üppige Strähnen jetschwarzen Haares umrahmten seine Stirn und fielen in einer seidigen Mähne über seine Schultern herab, und durch die gesamte Länge seines Haares zog sich eine breite, rein weiße Strähne, der typische Streifen des Zeit-Reisenden. Dunkle Bartstoppeln bedeckten die schlanke Kurve seines Unterkiefers. In Wahrheit sah er aus wie ein von Gott Verworfener, ein äußerst verkommenes Subjekt. Er war ungepflegt, gefährlich wild und womöglich der schönste Mann, den Avallyn je gesehen hatte.

»Wie heißt du, *Geneth?*«, fragte er, während er ihren Blick mit einer Direktheit festhielt, die sie mehr als nur ein bisschen nervös machte.

»Avallyn«, stieß sie gepresst hervor und fragte sich, ob der Wein schuld daran war, dass ihr auf einmal wieder so komisch wurde. Ihre Haut fühlte sich plötzlich überall, wo sie einander berührten, fieberheiß an.

Er warf einen schnellen Blick auf die Wanderschlangen und konzentrierte seine Aufmerksamkeit dann wieder auf Avallyn.

»Avallyn«, wiederholte er, und seine Mundwinkel verzogen sich zu einem leichten Lächeln. »Ist das alles?«

»Avallyn Le Severn«, erklärte sie, jetzt von dem sicheren Wissen erfüllt, dass Dray ein Irrtum unterlaufen war. Der dunkle Engel vor ihr konnte unmöglich der Retter sein, den das Rote Buch des Schicksals angekündigt hatte.

»Tja, du hast heute Nacht gute Arbeit geleistet, Avallyn Le Severn«, sagte er. »Wie viel Kopfgeld bekommst du für mich?«

»Nichts.« Natürlich würde er das Schlimmste von ihr denken. Sie hatte ja keine Zeit gehabt, irgendetwas zu erklären.

Sein Lächeln wurde breiter, enthüllte blitzende weiße Zähne. Er zog amüsiert eine geschwungene schwarze Braue hoch. »Dann willst du mich also für dich selbst behalten? Ich werde versuchen, dich nicht zu enttäuschen, aber ich hab ein bisschen Wein getrunken, und wenn ich zu tief ins Glas geschaut habe, bin ich für gewöhnlich einfach nicht mehr in Hochform.«

Seine Anspielung ließ eine flammende Röte in ihre Wangen steigen. Im Alten Reich benutzten nur Kopfgeldjäger und die Zuhälter von Pan-shei Ortungsarmbänder oder Bordellmanschetten, wie sie manchmal auch genannt wurden. »Du bist betrunken«, sagte sie empört.

»Richtig, aber noch nicht annähernd betrunken genug, *Geneth*«, erwiderte er, dann wandte er seine Aufmerksamkeit wieder den Schlangen zu und überließ es Avallyn, ihn in verwirrter Bestürzung anzustarren.

Sie hatten einen Fehler gemacht, einen schrecklichen Fehler, sie und Dray. Der Dieb hatte zwar den Streifen des Zeit-Reisenden in seinem Haar, aber obwohl selten, gab es noch andere, die die gleiche kühne Tat für sich in Anspruch nehmen konnten, und einer von ihnen könnte sich vielleicht als der echte Prinz erweisen.

Aber nicht dieser Mann.

Abgesehen von seiner vulgären Grobheit, konnte er unmöglich derjenige sein, auf den sie gewartet hatte.

Der Herrscher der Zeit war von den Narben der Schlachten gezeichnet, die er geschlagen hatte. So hatte es geschrieben gestanden. Nur die Pflicht bestimmte seinen Kurs, nicht Trunksucht. Nirgendwo war davon die Rede gewesen, dass er mit der Stimme eines Kings Wood-Elfen sprechen und das Gesicht eines Sklavenjungen vom Orion haben würde.

Der Dieb wandte sich wieder zu ihr um, und eine einzige Wahrheit traf sie mit voller Wucht. Trotz der fast künstlerischen Vollendung seiner Züge war Morgan ab Kynan kein Junge. Unter seinen schwarzen, geschwungenen Brauen funkelten tiefblaue Augen, erfüllt von dem unseligen Glanz des Weines und einer scharfen Intelligenz, Augen, von denen sie fühlte, dass sie sie bis auf die Knochen taxierten.

»Vierzigtausend Mark«, sagte er klipp und klar. »Das ist die Belohnung, die der Kriegshetzer auf meinen Kopf ausgesetzt hat.«

»Ich bin nicht wegen des Kopfgeldes hinter dir her oder wegen … wegen …«

»Sex?«, soufflierte er mit einem matten Lächeln. »Die einzigen Leute, die Ortungsarmbänder verwenden, sind Zuhälter und Kopfgeldjäger. Also, was bist du? Zuhälterin oder Kopfgeldjägerin?«

»Weder das eine noch das andere«, sagte sie.

Sein Lächeln nannte sie eine Lügnerin.

Sie selbst schimpfte sich im Stillen eine Idiotin. Nachdem sie gesehen hatte, zu welcher Sorte er gehörte, hätte sie ihn einfach der Lyranerin überlassen sollen. Stattdessen hatte sie ihn mit den Armbändern an sich gebunden.

Und sie war eine Närrin wegen der Art, wie sein Lächeln ihren Puls rasen ließ. Er hätte ihr mannhafter, kühner Gefährte sein sollen oder Tamisks unbedeutender Säufer, nicht ein aufsässiger, unberechenbarer Bastard, den zu beherrschen sie nicht die geringste Chance hatte.

Sie wagte es abermals, in seine Augen zu sehen, und fühlte sofort wieder die Hitze der Erregung in ihre Wangen steigen. Sie hatte sich an einen Dieb gekettet, einen gefährlichen Abtrünnigen, und bis sie Claerwen erreichte und die Armbänder wieder entfernen ließ, konnte sie nicht weiter als höchstens neun Meter von ihm wegkommen.

Sie hoffte inständig, dass es genügen würde.

Morgan starrte das Mädchen, das ihn gefangen genommen hatte, zutiefst betört an. Wenn es im ganzen Alten Reich einen noch unschuldigeren Anblick als ihr Erröten gab, dann hatte er ihn jedenfalls nicht gesehen. Trotz seiner Entschlossenheit, so schnell wie möglich mit ihr fertig zu werden, war er fasziniert von ihr – und mehr als nur ein bisschen verärgert. Er war von einem Kind gefangen genommen worden, oder jemandem, der fast noch ein Kind war, trotz der weichen, entschieden weiblichen Rundungen, die sich an seinen Körper pressten.

War sie derart unvorsichtig geworden?

Bei genauerer Betrachtung war die Ähnlichkeit des Mädchens mit Llynya doch nicht so perfekt, wie er zuerst gedacht hatte. Sie war vorhanden, das ganz sicher, in der Form ihres Gesichts, den hohen, fein gemeißelten Wangenknochen und der Kurve ihrer vollen Lippen, aber ansonsten stimmte Verschiedenes nicht, und es war mehr als nur ihr Haar und die Farbe ihrer Augen. Um den Kobold zu entmutigen, war ein vor Zorn tobender Keiler nötig gewesen, während seine Kopfgeldjägerin der Lyranerin mit mehr Mut entgegengetreten war, als sie ihm gegenüber aufbringen konnte, um ihm in die Augen zu sehen. Ganz gleich, wie viel Trotz und Verachtung hinter dem eisigen Blick gesteckt hatten, den sie ihm in der Halle zugeworfen hatte, jetzt war nichts mehr davon übrig geblieben. Es würde ein Kinderspiel sein, die Sperrvorrichtungssequenz der Armbänder aus ihr herauszubekommen, wenn sie nicht beide vorher von den Wanderschlangen vergiftet wurden.

Er warf den Reptilien abermals einen Blick zu, aber nur einen ganz kurzen. Wenn er zu genau hinsah, überlief ihn eine Gänsehaut. Die schuppigen Biester waren von Giftmüll regelrecht radioaktiv verseucht. Er hatte einmal einen Mann gesehen, der in ein Knäuel von Wanderschlangen gestolpert war und gerade eine Woche überlebt hatte, während seine Haut verfaulte und von seinem Körper abfiel und seine inneren Organe von den Feuern der Hölle verzehrt wurden.

Aja hatte Recht gehabt. Sie hätten schon vor Stunden aus Racht Square verschwinden sollen, bevor die Nacht in eine Serie von Katastrophen und lebensbedrohlichen Situationen ausgeufert war. Es war der Wein, der ihn veranlasst hatte, noch zu bleiben, und die Hoffnung auf eine weitere Stunde in der Vergangenheit. Warum er sich wünschen sollte, noch eine weitere Stunde in seinem ganz persönlichen

Albtraum zu verbringen, war allerdings eine Frage, die er zu ignorieren vorzog.

Er blickte abermals das Mädchen an, das ihn gefangen genommen hatte, nahm die zarte Röte zur Kenntnis, die noch immer ihre Wangen bedeckte, und den Ausdruck des Argwohns, der ihre silbergrauen Augen verdunkelte. Sein Blick schweifte zu ihrem Mund, und er fühlte sinnliches Verlangen in sich aufsteigen. Ja, sie hatte Lippen, die er liebend gern kosen würde, aber sie war viel zu gefährlich für ihn, als dass er es sich hätte leisten können, sich erotischen Tagträumen hinzugeben. Man konnte einer Kopfgeldjägerin nicht trauen, selbst wenn sie noch so hübsch war. Nicht, wenn vierzigtausend Mark auf dem Spiel standen.

Eine Schlange zischte ganz in ihrer Nähe, und die Augen des Mädchens wurden riesengroß vor Angst. Eine Ablenkung war dringend nötig. Das Letzte, was er jetzt gebrauchen konnte, war, dass sie irgendeine abrupte Bewegung machte.

Er hob sein Ortungsarmband hoch, sodass sie es sehen konnte. »Woraus sind sie gemacht, *Geneth?*«

Ihr Blick schweifte langsam zu ihm zurück. »Aus *thullein*«, antwortete sie.

Nie davon gehört, dachte Morgan.

»Und ist es das *thullein,* das sie so leuchten lässt?« Die Lichtstrahlen auf den Armbändern blitzten und flimmerten in allen Farben des Regenbogens, aber es war die eigenartige Lumineszenz des Metalls, die ihn faszinierte.

»Die veränderliche Natur des Metalls bewirkt, dass es Licht ausstrahlt, sobald es in eine Form gezaubert worden ist«, erwiderte sie, als ob sie den Text auswendig gelernt hätte.

Ein Schauder des Unbehagens rieselte über Morgans Rückgrat. Keine Hightech-Kopfgeldjägerin, die ihr Gewicht in Sprengkörpern wert war, hätte von der veränderlichen

Natur eines Metalls gesprochen oder von einer durch Zauberei herbeigeführten Umformung. Metall wurde geschmiedet, getempert, ionisiert, magnetisiert und noch mindestens einem Dutzend anderer Bearbeitungsverfahren unterzogen, über die Aja bestens Bescheid wusste und die er, wenn nötig, ausführen konnte. Aber es wurde nicht durch Magie oder Geisterbeschwörung verformt. Nichts entstand durch Zauberkraft. Solch absurde Vorstellungen existierten nur in den Köpfen der Anhänger von irgendeiner der zahllosen Religionen, die die Zukunft zu bieten hatte. Soweit Morgan in der Lage gewesen war, sich die neuere Geschichte zusammenzureimen, war das rasche Wachsen obskurer Glaubensgemeinschaften eine der negativsten Auswirkungen der Kriege gewesen, die beinahe die Erde zerstört hätten. Religiösen Fanatismus und blinden Glaubenseifer gab es im Überfluss, außer im Alten Reich, der letzten Bastion der Wissenschaft und der Technologie, auch wenn diese Disziplinen zu verkümmerten Schatten ihres einstigen Ruhmes reduziert worden waren. Die Kriege hatten bewirkt, dass die Menschen den Glauben an die Wissenschaft verloren und sich stattdessen Gott zugewandt hatten, oder irgendwelchen Göttern. Oder sogar Dämonen. Auf dem mystischen Markt war alles erlaubt.

Was ihn wieder an seine augenblickliche Situation erinnerte. Er war nicht nur von einer Kopfgeldjägerin gefangen genommen worden, schlimmer noch, von einer religiösen Fanatikerin. Morgan unterdrückte einen Fluch und zwang sich, etwas mehr Wärme in sein Lächeln zu legen, in der Hoffnung, ihre Angst zu beschwichtigen und sie auf diese Weise aus der Reserve zu locken, um sie auszuhorchen.

»Und worin ist die Sperrvorrichtung dann eingebettet? In das Metall oder in die Lichtstrahlen?«, wollte er wissen.

»Es gibt keine Vorrichtung dieser Art. Die Schließen funktionieren nach einem anderen Prinzip«, erklärte sie ihm, »und dessen Beherrschung liegt in den Händen eines Magiers.«

Sein Lächeln verschwand.

»Willst du mir damit etwa sagen, dass es keine Sperrvorrichtungssequenz für dieses verdammte Ding hier gibt?« Er schüttelte sein Handgelenk und ließ sein Armband klirrend gegen ihres schlagen.

»Bist du ein Magier?«, fragte sie mit einem Ausdruck in den Augen, der unglaublicherweise wie Hoffnung aussah.

»Nein«, erwiderte er und fühlte, wie sich seine verfluchten Kopfschmerzen verschlimmerten.

»Dann gibt es nichts. Nichts.« Sie schüttelte den Kopf, sodass ihre seltsame Kreation aus verhedderten Haarsträhnen und Zöpfen um ihr Gesicht tanzte. Diese Bewegung enthüllte eine weitere verblüffende Tatsache über sie, eine, von der Morgan zuerst glaubte, sie wäre eine Illusion, die sich bei näherem Hinsehen jedoch als wirklich erwies.

Ihre Ohren waren spitz – was bedeutete, dass ihr religiöser Fanatismus unbekannten Ursprungs war. Ajas Ohren waren am oberen Rand eher kantig als rund, aber die Ohren des Mädchens waren ganz und gar spitz, zierlich geformt, so wie auch alles andere an ihr. Morgan überlegte, ob er schon jemals so etwas gesehen hatte, und wenn ja, wo. Abgesehen von ein paar unvermeidlichen Ausflügen in Gebiete jenseits der Milchstraße, hatte er sich im Großen und Ganzen an die Erde und die Mondsiedlungen gehalten, aber weder hier noch draußen in der Galaxie hatte er jemals derart spitze Ohren bei jemandem gesehen, der im Übrigen eine vollkommen menschliche Gestalt hatte so wie Avallyn.

Sein Unbehagen verstärkte sich mit jeder neuen Tatsache, die er über sie erfuhr. Wenn sie vorgehabt hätte, ihn dem Dritten Garderegiment auszuliefern, um das Kopfgeld zu kassieren, dann hätte sie das bereits in Racht tun können und sich damit eine Menge Schwierigkeiten erspart. Sie hatte offensichtlich jemand anderen im Sinn, und Morgan war definitiv nicht daran interessiert herauszufinden, wen. Er glaubte nicht eine Sekunde lang, dass sie nicht die Absicht hatte, ihn an jemanden zu verkaufen. Niemand ließ sich vierzigtausend Mark entgehen. *Verfluchte Pest.* Er wagte es nicht, daran zu denken, wer sonst noch darauf erpicht sein könnte, ihm das Fell abzuziehen und es als schmückende Trophäe an die Wand zu nageln.

»Wie lösen wir die Armbänder dann wieder?«, fragte er gepresst.

»Wir lösen sie nicht«, erklärte sie mit erstaunlich gleichmütiger Stimme und reckte das Kinn vor.

Morgan starrte sie einen Moment lang an, dann kniff er die Augen zu und begann, in drei Sprachen zu fluchen, von denen er hoffte, dass sie sie verstand, und in mindestens zwei weiteren, die sie wahrscheinlich nicht kannte. Sie war wirklich ein Kind, so viel stand fest – sich an ihn zu ketten, ohne eine Möglichkeit zu haben, wieder von ihm loszukommen.

Was hatte sie bloß getan? Vergessen, sich die verdammte Sequenz einzuprägen? Oder war es ganz einfach so, dass sie von Anfang an nicht begriffen hatte, wie die Geräte beschaffen waren und wie sie funktionierten?

Scheißgeräte, bah! Er schloss seine Hand fester um die Kabel, um sich davon abzuhalten, sie zu packen und grob zu schütteln.

»Morgan? Bist du da, Morgan?« Ajas Stimme ertönte über das Mundstück.

»Ja«, blaffte er und öffnete die Augen.

»York und ich sind jetzt vier Grad östlich der ersten Kreuzung.« Es folgte eine kurze Pause, dann: »Wo bist du?«

»An der Kanalwand, an eine Kopfgeldjägerin gekettet und von giftigen Wanderschlangen umzingelt.«

Aja schien einen Moment lang über diese Situation nachzudenken, bevor er fragte: »Brauchst du Hilfe?«

»Nein«, fauchte Morgan. Was er brauchte, war eine Sperrvorrichtungssequenz, und bei Gott, er würde eine kriegen. Niemand machte Ortungsarmbänder ohne eine entsprechende Sequenz, um sie auch wieder lösen zu können.

»Wer –«

»Avallyn Le Severn«, unterbrach er Ajas Frage. »Schon mal von ihr gehört?«

Diesmal entstand eine längere Pause. »Nein, Mylord.«

»Nein«, fügte York hinzu. »Und ich kenne sie alle, Morgan.«

»Dray, Hauptmann –«, begann das Mädchen.

Morgan schnitt ihr abrupt das Wort ab, indem er ihr eine Hand auf den Mund legte. »Spuck es aus«, sagte er in drohendem Ton. Er würde nicht zulassen, dass sie ihre Position an die Wüstengeister verriet.

Er löste seine Hand wieder von ihrem Mund, und als sie zögerte, packte er ihr Handgelenk und zog ihre Hand in Richtung der letzten Schlangen, die an der Wand hinunterkrochen. Ihre Augen weiteten sich vor Furcht.

»Was soll ich ausspucken, Mylord?« Ajas Stimme ertönte wieder über das Mundstück.

»Es ist eine ganz besonders scheußliche Art zu sterben, *Geneth.*« Morgans Worte waren ein Versprechen.

Sie warf ihm einen rebellischen Blick zu, dann spuckte sie ihr Mundstück in den Kanal hinunter.

Großartig, dachte er. Wenigstens eine Sache lief so, wie er es wollte.

»Sie ist mit den Nachtwächtern oben in Racht Square reingekommen«, sagte er zu seinen Männern. »Der Name des Hauptmanns ist Dray. Habt ihr schon jemals von ihm gehört?«

»Und ob.«

»Ja.«

Aja und York sprachen beide gleichzeitig.

»Eine Sha-shakrieg-Legende –«, fuhr York fort.

»Ein Held der Wüste von Deseillign, Mylord«, fügte Aja hinzu.

Und er hatte die Grenze zum Alten Reich zusammen mit einem Mädchen überschritten, um ein Kopfgeld zu kassieren. Vielleicht kannte der Hauptmann der Nachtwächter ja die Sperrvorrichtungssequenz. Bei diesem Gedanken hob sich Morgans Stimmung beträchtlich. Das Mädchen könnte sich als adäquater Köder erweisen. Alles, was sie brauchten, war ein Plan. Sobald sie Tri-opt Vier erreichten, würde er ihr ein anderes Mundstück geben und sie reden lassen, so viel sie wollte. Vorläufig mussten sie jedoch erst einmal in den Kanal hinunterkommen.

»Kannst du an einer Wand hinunterklettern?«, fragte er und ließ ihr Handgelenk los, um einen kleinen Haken und ein Seil von seinem Gürtel zu lösen.

»Das könnte ich, wenn ich die richtige Ausrüstung hätte«, erwiderte sie, während sie ihren Arm wieder dicht an ihren Körper zog, ein Aufblitzen von Wut in den Augen.

Es würde wohl noch eine Weile dauern, bevor sie bereit war, ihm seine Drohung mit der Schlange zu verzeihen. Er hatte allerdings nicht vor, lange genug in der Nähe zu sein, dass sie ihm verzeihen konnte, oder lange genug, dass sie erkannte, dass seine Hand näher an dem giftigen Reptil gewesen war als ihre.

Zum Teufel noch mal, er war derjenige mit dem verdammten Todeswunsch.

»Tja, dann wirst du wohl mit mir kommen müssen.« Er beugte sich nach hinten und schwang den Haken in einem leichten Bogen, bevor er ihn seitwärts in Richtung der Wand warf. Der Haken schlug gegen die Wand und verfing sich in den Rohren, ungefähr drei Meter von ihnen entfernt, genug Platz, um sie über die Schlangenspur zu befördern. Die Schlangen waren zwar inzwischen alle an ihnen vorbeigekrochen, aber die Route, die sie durch die Rohre genommen hatten, würde noch mindestens eine Woche oder länger »heiß« sein. Die Ratten und Mäuse, die durch das Krachen aus ihren Löchern gescheucht worden waren, würden dafür sorgen, dass die Schlangen mit Fressen beschäftigt waren, sodass er und das Mädchen sich ungehindert Richtung Norden davonmachen konnten.

»Wir werden sie mitnehmen müssen«, sagte er zu Aja, während er einmal kräftig an dem Seil zog, um zu prüfen, ob es nachgeben würde. Es hielt, und er befestigte es.

»Ja, Mylord.«

»Halt dich fest«, sagte er, als er einen Arm um Avallyns Taille schlang und sie zu sich heranzog. Sie schob grimmig das Kinn vor, und er musste ein Grinsen unterdrücken. Sie hatte mit dieser Geschichte angefangen, aber sie konnte sich verdammt sicher sein, dass er alles beenden würde.

Morgan blickte über seine Schulter und versuchte, durch die Düsterheit hindurch die Entfernung zum Boden des Schachts abzuschätzen. Sie hatte sie auf sieben Meter geschätzt, und soweit er es erkennen konnte, stimmte ihre Schätzung.

Da er wusste, dass er nur sechs Meter Spielraum bei dem Seil hatte, beugte er die Knie und stieß sich zusammen mit ihr ab. Wieder landeten sie mit einem heftigen Aufprall, aber diesmal war er nicht in der Lage, die volle Wucht des Stoßes abzufangen. Der Atem wurde ihr gewaltsam aus den Lungen gepresst, zusammen mit einem schmerzerfüllten Aufkeuchen.

Lächerlicherweise fühlte Morgan einen Stich von Reue.

Als sie sich wieder erholt hatte, machten sie sich an den Abstieg und erreichten ohne weitere Zwischenfälle den Boden des Kanalschachts. Weiter im Süden lag der Schrottklumpen, beleuchtet von unregelmäßig aufflackernden, blauen Lichtblitzen, jeder Einzelne davon eine blitzschnell angreifende Schlange. Eine Ratte schrie jämmerlich, ein Geräusch, das wie ein Messer durch die stickige, unbewegte Luft schnitt.

»Warte hier«, befahl Morgan und begann, auf den Haufen Schrottmetall zuzugehen.

Als er sich sechs Meter von dem Mädchen entfernt hatte, fühlte er ein Ziehen an seinem Handgelenk, das Ortungsarmband wurde plötzlich warm auf seiner Haut, und die Lichter begannen schneller zu kreisen. Nach sieben Metern wurde das Ziehen zu einem konstanten Druck, und die Lichter leuchteten noch heller. Bei einer Entfernung von neun Metern wurde er unvermittelt zum Stehenbleiben gezwungen. Er versuchte, vorwärts zu gehen, aber das Armband hielt ihn zurück. Er wandte sich um, um das Mädchen noch an genau derselben Stelle stehen zu sehen, wo er sie zurückgelassen hatte, eine Hand auf ihrer Hüfte, die andere auf ihrer Laserkanone, während ihr Armband ebenso wild aufblitzte wie seines.

»Komm her«, befahl er. »Ich will mir das Kletterseil zurückholen.«

»Vor uns ist der Weg freier als hinter uns«, erwiderte sie, ohne sich von der Stelle zu rühren.

Ganz schön wagemutig, die Göre, dachte Morgan, aber sie war ihm nicht gewachsen. Wenn er musste, konnte er sie zu dem Schrotthaufen schleppen, ob ihr das nun passte oder nicht. Er wollte gerade genau das tun, als sie wieder nach ihm rief.

»Palinor wird dir tausend Seile geben, um diejenigen zu ersetzen, die du verloren hast, gefürchteter Gebieter.«

Morgan blieb wie erstarrt stehen. Gefürchteter Gebieter, so hatte sie ihn genannt, und im selben Atemzug stiegen seine Erinnerungen an Sonnpur-Dzon klar und deutlich in seinem Gedächtnis auf. Wie hatten ihn die Mönche genannt? *Bo si wong gi?*

»Palinor?«, fragte er.

»Meine Mutter. Ihr Orden herrscht über die Nördliche Wüste, und sie werden dir alles geben, was du begehrst; das schwöre ich dir. Aber wir müssen so schnell wie möglich von hier fort.«

Wieder schlängelte sich ein Strahl von elektrischem blauem Licht blitzschnell den Schrottbrocken hinauf. Wieder schrie eine Ratte, aber es waren nicht die tödlichen Schlangen, die Morgan davon abhielten, Ajas Kletterseil zurückzuholen, und es war auch nicht das Ortungsarmband. Es war sie, Avallyn Le Severn, und ihr Appell an den »gefürchteten Gebieter«.

Er wusste, wer über die Nördliche Wüste herrschte, und kein Ortungsarmband der Welt war stark genug, um ihn in jene öden, trostlosen Dünen zu ziehen, in die Höhle der Weißen Frauen des Todes, der Priesterinnen der Gebeine.

Er betrachtete ihre Gehilfin, ihr Engelsgesicht und den zerlumpten schwarzen Umhang, ihr wildes Haar und ihre Wüstengeister-Kleidung, und er fühlte, wie ihm das Blut in den Adern gefror. Es war keine Kopfgeldjägerin, die ihn gefangen genommen hatte, sondern eine Vorbotin des Todes selbst.

5

»Ja, verschwinden wir von hier«, sagte Morgan. Er ignorierte den harten Knoten der Angespanntheit in seinem Magen und marschierte an Avallyn vorbei, jetzt mehr denn je darauf erpicht, das Mädchen so schnell wie möglich loszuwerden. Aja war ein wahres Genie im Umgang mit Metall. Vielleicht konnte er das Ortungssiegel zwischen den beiden Armbändern erbrechen, und sie konnten auf eine Begegnung mit den Wüstengeistern verzichten.

Nachtwächter waren stets ein sicheres Zeichen für drohendes Unheil. Jeder Bewohner des Alten Reiches wusste das. Er war ein Dummkopf gewesen, dass er auch nur in Erwägung gezogen hatte, mit ihnen zu verhandeln. Sie hatten ihn nur deshalb vor dem Garderegiment des Kriegshetzers gerettet, um ihm einen noch schwereren Schlag zu versetzen. Der Kriegshetzer war trotz seiner zahllosen sadistischen Neigungen und moralischen Fehler immerhin käuflich, und Morgan hatte einen Kaufpreis – den goldenen Drachen aus Sonnpur-Dzon.

Die Weißen Frauen dagegen waren dafür bekannt, nur mit Tod zu handeln. Es hieß allgemein, ihre Tempel seien aus Knochen erbaut, aus den sonnenverblichenen Gebeinen jedes Menschen, der sich jemals gegen sie gewandt hatte.

Allmächtiger! Was hatte er bloß getan, um ihre Aufmerksamkeit zu erregen? Er konnte sich nicht erinnern, in letzter Zeit irgendwelche Frauen gekränkt zu haben, geschweige denn Frauen von priesterlichem Stand.

Wenn Aja die Sperrvorrichtungssequenz knacken konnte, würden sie das Mädchen bei Tri-opt Vier zurücklassen. Dort würde sie relativ sicher sein. Er legte keinen gesteigerten Wert darauf, von irgendeiner Todeshexe aus den nördlichen Dünen gejagt zu werden, weil sie ihn für das Hinscheiden einer ihrer Töchter verantwortlich machte. Aja könnte eines seiner Spezialmundstücke auf ihre Frequenz einstellen. Dann konnte Avallyn Le Severn ihre Nachtwächter zu sich rufen, und sie konnten alle wieder zurück in die Wüste gehen, wo sie hingehörten, und ihn dort lassen, wo er hingehörte.

Bei diesem Gedanken wurde seine Laune sogar noch schlechter. Ja, das wäre wirklich ein guter Trick, wenn sie ihn dort lassen könnten, wo er hingehörte, ein halbes Dutzend oder mehr Jahrtausende in der Vergangenheit.

Er beschleunigte seinen Schritt, ohne sich darum zu kümmern, ob das Mädchen mit ihm mithalten konnte oder nicht. Wenn nicht, dann würde er es als Erster merken. Dafür würde schon das Armband sorgen.

Morgan blickte auf das Metallband, das sie um seinen Arm gelegt hatte. *Thullein*, durch Magie geformt. *Was für ein Schwachsinn!* Als er vor zehn Jahren aus seinem seltsamen, zeitlosen Zustand der Benommenheit erwacht war, hatte er in der ganzen Welt nach einer Erklärung für das gesucht, was mit ihm passiert war. Unbewandert in den Wissenschaften, hatte er nach Magie gesucht und doch nichts gefunden. Bis zum heutigen Tag gab es nur zwei Ereignisse, die mit Magie zu tun hatten, die er gesehen hatte, und diese beiden Ereignisse hatten vor Tausenden von Jahren stattgefunden. Das eine war eine leere Seite in einem roten Buch gewesen, das andere hatte sich in einer Höhle der Canolbarth unterhalb von Carn Merioneth zugetragen. In jener Höhle war eine Zauberin namens Ceridwen ab Arawn gewesen, und ihr Magier war Dain Lavrans gewesen, sein alter Freund und Kampfgefährte. Die tapfere Ceri hatte in einer verwirrenden und atemberaubenden Entfaltung von magischen Kräften Zeit und Raum durchquert, um ins Jenseits zu gelangen, hatte Wunder gewirkt, um die Schäden der Vergangenheit wieder gutzumachen, und Dain hatte ihr die Türen geöffnet. Gemeinsam hatten die beiden das Land erbeben lassen und bewirkt, dass sich die Erde vor ihnen auftat, als sie die riesigen Würmer entfesselt hatten, die ihn, Morgan, völlig unvorhergesehen in diese traurige Lage gebracht hatten – gefangen in einem mit radioaktiv verseuchtem Müll übersäten Kanal, wo er um sein Leben rannte, mit einem Chor von schreienden Ratten im Hintergrund und einer Wüstenprinzessin im Schlepptau.

In all jenen längst vergangenen Jahren hatte es nur noch eine einzige andere Form von Magie gegeben. Der Kobold, Llynya, und alle anderen ihrer Art hatten Dolche mit Kristallheften besessen, die Licht in verschiedenen Schattierungen von Blau, Weiß, Grün und Violett ausstrahlten. Er hatte gesehen, wie eine Höhle namens Lanbarrdein in dem überirdisch anmutenden Licht jener Kristalle lebendig wurde, und damals hatte er geglaubt, Zeuge einer magischen Erscheinung zu sein.

Seitdem hatte er noch weitaus ungewöhnlichere Dinge gesehen, wenn auch weniger beeindruckend; damals hatte er von der Energie erfahren, die kristallinen Strukturen innewohnte. Er hatte gesehen, wie diese Energie auf eine Art und Weise gewonnen und genutzt wurde, wie es sich niemand aus seiner Zeit hätte vorstellen können. So wie sich auch niemand aus seiner Zeit hätte vorstellen können, was mit ihm passiert war.

In letzter Zeit, seit Sonnpur-Dzon, hatte er fast ausschließlich an Dain und Ceri, an Llynya, Owain, Drew und Rhys gedacht, an die Familie, die ihm so lieb und teuer gewesen war, und an seine Gefährten – alle tot, seit vielen, vielen Jahren tot, und selbst das Land, in dem sie gelebt hatten, schon seit einer Ewigkeit unter dem Sand begraben. Es brach ihm das Herz, wenn er daran dachte – und deshalb trank er.

Und deshalb war er in diese vertrackte Situation geraten.

Vor ihnen öffnete sich der Weg, und Morgan erkannte, dass sie an der ersten Kreuzung angelangt waren. Das Mädchen war noch immer bei ihm, knapp einen Schritt hinter ihm.

»Wir wenden uns jetzt nach Osten, Aja. Wie sieht es weiter vorn aus?«

»Alles klar, Mylord. Ich fange irgendeine Störung auf, aber sie scheint von oben zu kommen. Du wirst erst unter der Hauptkuppel hervorkommen, wenn du den zweiten Punkt passiert hast. Von dort aus führt der Weg schnurgerade zu den östlichen Abteilungen und – halt, warte mal –«

Ajas Stimme verlor sich in einer Welle von atmosphärischen Störungen.

Morgan blieb stehen. Die feinen Härchen in seinem Nacken richteten sich plötzlich auf. Über seine Haut lief ein Prickeln. Er wirbelte herum, griff hastig nach dem Mädchen und zog sie in seine Arme, gerade als ein gewaltiger Blitz über den Himmel zuckte, begleitet von ohrenbetäubendem Donnerkrachen und einer Explosion von gleißend hellem Licht, ein Blitz von ungeheurer Kraft, der heiße Energieimpulse in die Halle über ihnen sandte und auf der Suche nach einem Erdungspunkt den halben Ort elektrisch auflud.

Den Bruchteil einer Sekunde standen sie vor Angst wie erstarrt da, als der Blitz den Kanal in grellweißes Licht tauchte. Die offene Decke von Racht Square hob sich als scharf umrandetes Gerippe gegen den Nachthimmel ab, dann verlöschten schlagartig alle Lichter, und nur die matte Beleuchtung von Tischlaternen blieb übrig. Schrille, panikartige Schreie und der Geruch nach verbranntem Fleisch und glühend heißem Metall erfüllten die Luft.

Mit etwas Glück war das Dritte Garderegiment auf der untersten Ebene gewesen, als der Blitz eingeschlagen hatte, aber Morgan würde sich nicht darauf verlassen. Die Truppen des Kriegshetzers waren bekannt für ihre Unverwüstlichkeit.

»Das war knapp«, flüsterte das Mädchen, ihre Stimme rau vor Furcht.

»Ja.« Morgan nickte. Auch ihm klopfte das Herz bis zum Hals. »Verdammt knapp.«

Die ersten Regentropfen fielen in die offene Halle und zischten, als sie auf dem Boden auftrafen, sodass sich Dampf bildete, der in dichten Schwaden zu dem Kuppeldach aufstieg. Der Regen verwandelte sich schnell in einen eiskalten Sturzbach und überflutete den Grund des Kanals. Dies genügte, um Morgan wieder an ihr Vorhaben zu erinnern. Er ignorierte sein ausgesprochen törichtes Widerstreben, sich von dem Mädchen zu lösen, und schob sie von sich. Es gab nirgendwo Überhänge, um sie vor dem sintflutartigen Regen zu schützen, und selbst wenn es welche gegeben hätte, hätte er keine Zeit mit dem Versuch verschwendet, trocken zu bleiben. Sie hatten zwar einen der mächtigen Feuerstrahlen des Himmels überlebt, heftiger und tödlicher als jeder sturmgeborene Blitzschlag der Vergangenheit, aber sie waren noch immer in Gefahr.

Er legte seine Hand auf die Lumismatik, die an seiner Jacke befestigt war, und drückte darauf, um das phosphoreszierende Leuchtgel im Innern zu entzünden. Aja würde einen H-Leitstrahl haben, um ihren Weg besser zu erhellen, aber die Lumismatik genügte, um sie davor zu bewahren, in ein Loch zu stürzen oder über ein Kabel zu stolpern.

»Komm!«, rief er über das ständig lauter werdende Prasseln des Regens hinweg und zog das Mädchen an der Hand hinter sich her, noch nicht bereit, sie loszulassen.

»Ich habe einen Rover in der östlichen Abteilung stehen«, rief sie zurück, zweifellos in der Annahme, hilfreich zu sein.

Morgan fluchte vor sich hin. Aja und die Nachtwächter waren offensichtlich zu dem gleichen Schluss gekommen, was den schnellsten Weg aus Racht hinaus betraf. Er fragte sich, wer wohl sonst noch alles auf dem Weg zu den östlichen Abteilungen und nach Tri-opt Vier sein mochte.

»Aja. Wir haben ein Problem. Die Nachtwächter haben ihre Rover in den östlichen Abteilungen geparkt. Such uns eine Ausweichstrecke nach Tri-opt Vier. Wir gehen zu den östlichen Abteilungen.«

»Nein, das tun wir nicht.«

Sie riss ihre Hand aus seinem Griff und zog ihre Laserkanone. »Ich erteile hier die Befehle. Wir gehen zu den östlichen Abteilungen!«

Sie war wirklich ein bezaubernder Anblick, wie sie da in

dem strömenden Regen stand und mit ihrer Waffe herumfuchtelte, aber Morgan glaubte ihr die Drohung nicht.

»Du hast mich nicht wie einen Vogel beringt und bist mir in diesen verdammten Kanal hinunter gefolgt, nur um mich zu erschießen.«

»Ich an deiner Stelle würde mich nicht darauf verlassen.« Sie pumpte eine Ladung in den Lauf ihrer Laserkanone.

Eine interessante Maßnahme, aber Morgan war noch immer nicht überzeugt.

»Aja, erstatte Bericht«, sagte er, als keine Bestätigung seiner letzten Meldung kam. Er behielt das Mädchen im Auge, was ihn keine große Mühe kostete. Selbst triefnass war sie noch äußerst attraktiv. Er fragte sich, ob sie schon zur Priesterin geweiht war, und bei diesem Gedanken überlief es ihn eiskalt. Eine richtiggehende Priesterin war womöglich im Stande, ihn zu erschießen.

Das anhaltende Schweigen seines Hauptmanns verhieß nichts Gutes.

»Aja, melde dich!«, wiederholte er. »York?«

»M-gan ... wir ...«

»Aja, wiederhole.« Jetzt war nicht der geeignete Zeitpunkt, um den Kontakt mit dem Jungen zu verlieren.

»–abgeschnitten ... Skraeling-Horden in den östlichen Abteilungen ... treten den Rückzug an nach –«

Morgan runzelte verwirrt die Stirn. »Ihr tretet den Rückzug an? Wohin? Aja, kommen!«

Statisches Knistern und Rauschen war die einzige Antwort, die er bekam.

Er stieß einen unflätigen Fluch aus, packte das Mädchen und zerrte sie hastig mit sich zu der nächsten Wand. Als er suchend nach rechts und links spähte, konnte er nur wenig mehr als dunkle Ströme von Regen sehen, aber der Feind war irgendwo dort draußen, so viel stand fest.

»Wir sind abgeschnitten worden«, erklärte er ihr, während er seine Laserkanone aus dem Holster zog und sie in aller Eile nachlud. Wasser rann in Bächen an der Wand hinter ihnen herab und sammelte sich in Pfützen um ihre Stiefel.

»Du kannst von Glück reden, dass ich dich nicht erschossen habe«, sagte sie.

»Wenn du mich wirklich erschießen wolltest, wäre ich längst tot. Ich habe gesehen, wie du dich in Racht bewegt hast, und ich könnte niemals so schnell mit einer Waffe sein wie du.« Er blickte hoch und fing ihren Blick auf und sah alle Bestätigung darin, die er brauchte. »Du willst mich für irgendeinen Zweck haben, und ich schätze, bis ich meinen Zweck erfüllt habe, bin ich sicher.«

Ihre Lippen wurden schmal. »Tatsächlich glaube ich, dass uns ein Fehler unterlaufen ist. Ich glaube, du bist überhaupt nicht das, was ich haben will.« Sie schien sich sehr sicher zu sein, was Morgan aus irgendeinem unerfindlichen Grund ärgerte.

»Also?« Er hob sein Handgelenk mit dem fraglichen Armband hoch.«

Sie schüttelte energisch den Kopf. »Ich kann die Schlösser nicht öffnen.«

Oder du willst es nicht, dachte er, du unerträgliche Göre.

»Tja, dann haben wir uns gegenseitig am Hals, und mein größtes Bestreben ist, heil und in einem Stück aus diesen Kanälen rauszukommen. Was ist mit dir?«

»Die Rover in den östlichen Abteilungen sind die schnellste Methode, um hier herauszukommen.«

Er schob die Ladung in den Lauf seiner Waffe. »Die östlichen Abteilungen sind voller Skraelings.«

»Skraelings?«, wiederholte sie. »Verflixt und zugenäht!«

Morgan warf ihr einen irritierten Blick zu. Verflixt und zugenäht?

»Was ist mit dem wilden Jungen?«, verlangte sie zu wissen. »Ich nehme an, er ist derjenige, der dich mit Informationen beliefert.«

»Er ist auf dem Rückzug, aber ich weiß nicht, wohin. Zu viele atmosphärische Störungen.«

Sie stieß einen gedämpften Laut der Empörung aus. »Wir hätten ihn gut gebrauchen können. Sie sind enorm verschlagen und gute Kämpfer.«

»Na ja, es ist ja nicht so, als hätten wir eine ganze Truppe verloren. Es gibt nur den einen Jungen.«

»Einer genügt oft schon«, erwiderte sie und wischte sich den Regen vom Gesicht. »Oben im Norden benutzen wir sie als Kundschafter, so wie ihr. Sie helfen uns jedes Mal aus der Klemme.«

Aja hatte dasselbe für ihn getan, öfter, als Morgan sich erinnern konnte, aber es ärgerte ihn, dass sie von seinem Hauptmann sprach, als ob er gegen irgendeinen x-beliebigen Kundschafter austauschbar wäre, den sie im Norden benutzt hatte, und als ob sie mehr über ihn wüsste als er, Morgan.

»Der Junge heißt Aja, und in der gesamten Galaxie gibt es nur einen wie ihn«, sagte er, um sie zu korrigieren. Er blickte auf seine multifunktionale Uhr und schaltete die Peilfunktion ein, um zu sehen, ob er irgendeinen Hinweis auf Ajas Position bekommen konnte. Wenn der Junge auf dem Rückzug war, wollte Morgan wissen, wohin er ging.

»Einen?«, sagte sie spöttisch. »Es gibt Tausende von wilden Jungen in der Wüste und draußen im Sandmeer. Sie kommen zu den Tempeln, um mit Chrystaalt zu handeln, ganze Horden von wilden Jungen von sämtlichen Stämmen.«

Seine Kopfschmerzen, die sich bei dem Blitzschlag vor lauter Schreck verflüchtigt haben mussten, kehrten mit plötzlicher Intensität zurück, ein heftiges Pochen in seiner Stirn.

»Aja ist eine Waise, nicht Teil irgendeiner Stammeshorde.« Er zwang sich, in ihre Richtung zu sehen und seiner Stimme einen festeren Klang zu verleihen. »Ich habe ihn auf den Straßen des Alten Reiches gefunden, als er fast noch ein Kind war.«

Der Blick, den sie ihm zuwarf, bezeichnete ihn deutlicher als einen Idioten, als wenn sie das Wort ausgesprochen hätte.

»Es ist sehr viel wahrscheinlicher, dass er dich gefunden hat, gefürchteter Gebieter... oder jemand aus seiner Wüstensippe hat dich aufgespürt.«

Morgan hielt ihren Blick so lange fest, wie er konnte, was ein peinlich kurzer Augenblick war, dann sah er wieder auf seine Uhr und versuchte es mit einer neuen Sendereinstellung. Ihre Behauptung verwirrte und beunruhigte ihn auf eine Art, die er noch nicht einmal vor sich selbst zugeben mochte, auf eine Art, wie es vor Sonnpur-Dzon nicht möglich gewesen wäre. Es waren nicht direkt die Straßen des Alten Reiches gewesen, wo Morgan Aja gefunden hatte, sondern es war in Pan-shei gewesen, dem Markt an der Westgrenze, wo die Stadt aufhörte und die Wüste anfing. Der Junge und er waren beide mit Sand bedeckt gewesen. Auf dem Markt hatten die Leute von dem gewaltigen Sturm gesprochen, der Wochen zuvor draußen in den Dünen getobt hatte, ein Sturm, wie man ihn seit zwanzig Jahren nicht mehr erlebt hatte. Das war vor zehn Jahren gewesen, und Morgan hatte nur noch die flüchtigsten Erinnerungen an alles, was vor jenem bewussten Tag passiert war, abgesehen von den Erinnerungen an sein früheres Leben. Die waren immer schmerzhaft klar und deutlich.

Auf dem kleinen Bildschirm des Peilsenders erschien ein Gewirr von roten Linien, und Morgan fluchte lästerlich.

»Was ist los?«, fragte sie.

»Das Unwetter hat das Peilfunkgerät total durcheinander gebracht.«

»Dann lass uns zusehen, dass wir zu dem Rover kommen«, schlug sie mit nervös klingender Stimme vor. »Selbst wenn es in den östlichen Abteilungen vor Skraelings nur so wimmelt, haben wir in einem Rover immer noch bessere Chancen als zu Fuß. Wir haben die Rover nördlich der Treibstofftanks zurückgelassen. Es ist ja durchaus möglich, dass die Skraeling-Horden sie noch nicht gefunden haben.«

Er ignorierte sie, und er hätte schwören können, dass er hörte, wie sie vor Frust mit den Zähnen knirschte.

»Du hast dich in der Wüste tapfer geschlagen«, sagte sie, um es auf eine andere Art zu versuchen. »Aber wer immer dich gefunden hat, hat dir damit keinen Dienst erwiesen. Die Priesterinnen hätten dir viel Schmerz ersparen können.«

Ja, dachte Morgan im Stillen. Wenn sie aus seinen Knochen eine Tempeltür gezimmert hätten, wäre das vermutlich sehr viel weniger schmerzhaft für ihn gewesen als die »Geistesgestörtheit«, unter der er gelitten hatte, aber was, zum Teufel, konnte sie darüber wissen?

»Wie kommst du auf die Idee, dass ich jemals in der Wüste gewesen bin?«, fragte er.

Ihr Blick schweifte zu dem Streifen in seinem Haar. »Alle Zeit-Ritter kommen aus der Wüste. Es ist der einzige Ort auf der Erde, an dem es genügend natürliches Chrystaalt gibt, um die Wehr-Würmer aus der Tiefe heraufzulocken.«

Wehr-Würmer.

Großer Gott!

Morgan zwang sich, tief durchzuatmen, um sich zu beruhigen, und bückte sich, um die Messer zu überprüfen, die er in seinen Stiefeln stecken hatte – und er tat sein Bestes, um das Zittern seiner Hände zu ignorieren.

»Es ist kein Wunder, dass du dich bis zur Besinnungslosigkeit betrinkst«, fuhr sie fort und hätte vielleicht noch mehr von seinen Fehlern aufgelistet, wenn in diesem Moment nicht das Geräusch marschierender Füße von Osten her ertönt wäre.

Absurderweise war Morgan erleichtert. In der kurzen Zeit, seit er Avallyn Le Severn kannte, hatte er gefühlt, wie sich sein ganzes Leben zu entwirren begann. Wenn er sie hätte verlassen können, hätte er es sofort getan, ohne auch nur einen Blick zurückzuwerfen, aber er konnte es nicht, und er konnte Aja nicht erreichen, wenn die Mundstücke nicht mehr funktionierten und der verdammte Peilsender kaputt war und wer weiß welche Horden von Monstern den Kanal zwischen ihnen entlanglatschten. Aja würde sein Bestes für York tun. Morgan zweifelte nicht daran, ebenso wenig wie er bezweifelte, dass York dem Jungen sagen würde, er solle abhauen, wenn es danach aussah, als gäbe es für ihn, York, kein Entrinnen mehr.

Verdammt. Er sollte jetzt bei ihnen sein.

»Möchtest du Tee?«, fragte er und blickte die Wüstenfrau durch den strömenden Regen hindurch an. Er selbst könnte jetzt eine Tasse vertragen, und er hätte schon längst nach Hause gehen sollen. Seine Kopfschmerzen brachten ihn fast um, und jede angenehme Erinnerung, die ihm der Wein hätte verschaffen können, war durch die unerquicklichen Ereignisse ausgelöscht worden.

»Tee?« Sie sah ihn an, als ob er verrückt wäre, was er ohne Zweifel war. Denn nur ein Verrückter wäre auf die Idee gekommen, eine Todeshexe zu einer Tasse Tee einzuladen.

»Ja.« Er erhob sich und zog seinen Karabiner über die Schulter, um die Ladung zu überprüfen. »Bei Dreißig-irgendwas-zwei in der Nähe der Ost-West-Neunzig gibt es ein *chai wallah*: Ferrar's, eine Teestube, wo es den besten *chai* gibt, den man diesseits des Mittleren Königreichs bekommen kann.«

»Bist du dir so sicher, dass wir aus diesem Kanal herauskommen werden?« Sie klang bestenfalls skeptisch.

»Ja.« Er nickte und löste eine Reihe von Wurfsternen von seinem Gürtel; dann warf er ihr einen harten Blick zu. »Dies ist nicht der Ort, wo ich sterben werde, Prinzessin.« Er wusste nicht, was ihn veranlasst hatte, sie »Prinzessin« zu nennen, aber es schien sehr viel besser zu ihr zu passen als Priesterin oder Todeshexe.

Sie erbleichte. »Du hast deinen Tod vorausgesehen?«

»Nein«, erwiderte er, überrascht über ihre Reaktion. »Ich habe ihn durchlebt. Komm jetzt, wir müssen wieder zurück nach Westen.«

Mitten in der tiefsten Nacht wachte Corvus plötzlich auf. Der Thronsaal war dunkel, abgesehen von einem einzelnen Lichtstreifen, der unter der Tür am Ende der Halle durchfiel, der Tür, die zu Vishabs Turm führte.

Die Hexe schlief nie.

Ein eigenartiger Geruch hing in der Luft, der Geruch nach etwas Verbranntem, und obwohl er sich fragte, was sie gerade verbrannte, wusste er, dass es nicht der Gestank von Vishabs neuester Leicheneinäscherung war, der ihn geweckt hatte. Es war der Geruch der Angst.

Es war noch jemand in der Halle.

»Erniedrige dich«, befahl er und hörte prompt das Tappen nervöser Schritte. Eine stämmige Gestalt näherte sich dem Thron und warf sich hastig vor ihm nieder.

In dem schwachen Licht sah Corvus die offerierte Eilbotschaft und die zitternde Hand, die sie ihm hinhielt. Er war nicht in Stimmung für Fehlschläge, aber allein schon die Tatsache, dass noch eine Meldung eingetroffen war, verhieß nichts Gutes. Wenn das Dritte Garderegiment erfolgreich gewesen wäre, dann würden jetzt der Dieb und die Drachenstatue auf dem Weg nach Magh Dun sein, nicht noch weitere Depeschen.

Er nahm das Sendschreiben und erbrach das Siegel. Ein

schneller Blick auf die obersten paar Zeilen genügte, um die niederschmetternde Neuigkeit zu enthüllen: Der Dieb war entwischt, allerdings nicht ohne Hilfe.

Corvus las weiter, während er sich langsam in seinem Thron aufrichtete. Seine Stirn furchte sich. Sha-shakrieg-Nachtwächter waren gekommen, um den elendigen Säufer zu retten. Und noch interessanter: Die Wüstengeister waren von ihrem berühmt-berüchtigten Hauptmann angeführt worden, von Dray.

Er hielt beim Lesen inne und drückte eine Reihe von beleuchteten Tasten, die in die Armlehne seines Throns eingelassen waren, um den Hauptmann seiner Leibwache zu rufen. Seine Spione hätten wissen müssen, dass Dray im Alten Reich war. Es hätten bewaffnete Truppen gegen Claerwen geschickt werden müssen. Die Todeshexen wussten weitaus mehr, als er oder Vishab jemals durch Folterungen aus ihnen herausbekommen hatten. Es war ihr verdammtes Buch, das ihm von den Drachen erzählt hatte, die die Fähigkeit besaßen, die Dunkelheit zu vernichten. Dennoch gab es in ganz Claerwen weder einen einzigen Drachen noch eine Drachenstatue oder zumindest keine, die er und seine Truppen jemals gefunden hätten, und sie hatten Claerwen schon unzählige Male abgesucht. Jetzt, wo Dray nicht da war, um Claerwens Verteidigungstruppe anzuführen, hätten Corvus' Truppen vielleicht endlich den Widerstand der Priesterinnen brechen können. Dann hätte er über ihren Tempel geherrscht und die Macht besessen, die goldenen Würmer, die Drachenlarven, aus dem Himmel herabzurufen. Dann wäre er jetzt der Herrscher des Zeit-Wehrs, und die Wüstenstämme würden sich ihm unterwerfen.

Seine schwarz verfärbte Klaue ballte sich zur Faust. Sie verfügten über eine ungenutzte Energie, diese Stämme, diese Scharen von mageren, zerlumpten Wüstennomaden, die nichts anderes zu tun schienen, als zu überleben und ihre verdammten wilden Jungen zu zeugen. Irgendetwas erhielt sie in der Einöde am Leben, irgendeine Leben spendende Kraft, und wie bei allen anderen Formen von Macht, so wollte er sich auch diese aneignen, um sie für seine eigenen Zwecke zu nutzen.

Auf dem kleinen Bildschirm blitzte eine Reihe von Lichtern auf: Der Hauptmann von Magh Duns Burgwache war unterwegs. Corvus gab eine weitere Folge von Befehlen ein, um Vishab herbeizuzitieren. Soll der Hauptmann sich doch vor ihr rechtfertigen, dachte Corvus und wandte seine Aufmerksamkeit wieder der Depesche zu.

Sein Blick schweifte schnell zum unteren Rand der Seite, und während er las, versteifte sich sein Körper vor Wut. Er überflog abermals die letzten Zeilen, während Ungläubigkeit mit seinem Zorn kämpfte.

Avallyn Le Severn war in Racht Square gewesen. Seine verhasste Nemesis, die Frau, die sich kaltherzig von ihm abgewandt und ihn seinem Schicksal überlassen hatte, hatte die Lyranerin unschädlich gemacht und den Dieb gerettet.

Die Nachricht zerknitterte in seiner Hand, zusammengeknüllt in dem rachsüchtigen Griff seiner Faust. Das heilige Miststück, dem er bisher nie etwas hatte anhaben können, hatte sich endlich in seine Reichweite begeben, und dafür würde sie sterben.

»Vishab!«, brüllte er.

Der Bote zu seinen Füßen stieß einen erstickten Angstschrei aus, denn er rechnete mit dem Schlimmsten – und das Schlimmste, was ihm passieren konnte, wäre auch unverzüglich eingetreten, wenn die Nachricht weniger grauenvoll gewesen wäre. Aber nun, da sich herausgestellt hatte, dass Avallyn in die Sache verwickelt war, nahm das ganze Problem mit dem Dieb ungeahnte Ausmaße an. Jetzt war Corvus mehr denn je von dem unschätzbaren Wert der Statue überzeugt. Die Folterung des Boten würde erst einmal warten müssen, bis er aus dem Alten Reich zurückgekehrt war. Wo die Lyranerin versagt hatte, würde Vishab triumphieren. Die goldene Drachenstatue würde endlich ihm gehören und die Rache desgleichen. Der nutzlose Dieb würde auf der Stelle getötet und an eine Skraeling-Horde verfüttert werden, als Warnung an jeden, der auf die Idee kam, den Kriegshetzer zu bestehlen.

Aber Lady Avallyn würde kein so schneller Tod vergönnt sein. Nein, sie würde überhaupt nicht schnell sterben, sondern langsam, entsetzlich langsam, während sie Nacht für Nacht endlose Qualen erlitt. Als die jüngste von allen geweihten Priesterinnen war sie diejenige, die Vishab brechen würde. Sie war diejenige, die ihre Schwestern am Ende verraten und ihm Claerwen ausliefern würde.

Und Corvus würde sich nicht nur rächen, indem er sie tötete, sondern auch, indem er Schande über sie brachte.

6

Morgan schleppte sich durch den letzten Kanal, der aus dem Alten Reich herausführte, während er einen nordnordwestlichen Kurs beibehielt und nach Pan-shei strebte, zu dem Ort, der sein Zuhause war. Dreimal waren er und Avallyn gezwungen gewesen, von dem Weg abzuweichen, den er ausgekundschaftet hatte, weil sie plötzlich das Geräusch marschierender Truppen gehört hatten, begleitet von Waffengeklirr und lautem Gebrüll, und zweimal, weil die Wüstenfrau ein Stück weiter vor ihnen Skraelings gewittert hatte. Als sie schließlich aus dem Labyrinth von Kanälen herausfanden, hatte der Regen aufgehört, und der Himmel war von dem rosigen Licht der Morgenröte überhaucht.

Morgan stand am Rande des Kanals, wo er die Ost-West-

Neunzig überquerte, und ließ seinen Blick über den Markt schweifen, der in den Straßen unter ihm zum Leben erwachte. Das Licht der aufgehenden Sonne ergoss sich in die schmutzigen Gassen und über die baufälligen Ladenfronten und Marktbuden von Pan-shei und drang durch den immer vorhandenen Dunstschleier, der über dem Alten Reich lag.

Westlich des Marktes begann die Wüste, flache, sanft gewellte Dünen endlosen Sandes, die sich über die gesamte Länge des Horizonts erstreckten. Im Osten lag die Stadt, eine ausgezackte Silhouette von zerstörten Gebäuden und eingestürzten Blitz-Türmen, erhellt von dem Licht des anbrechenden Tages.

Er zuckte zusammen und presste eine Hand auf seinen schmerzenden Brustkorb. Es war eine wahrhaft höllische Nacht gewesen. Er fühlte sich, als ob er von einem Lastwagen überrollt worden wäre, und zwar nicht von einem der klapprigen kleinen Zweitonner, die durch die Gegend fuhren, sondern von einem richtig großen Rover. Sein eigenes Fahrzeug war inzwischen höchstwahrscheinlich beschlagnahmt worden, was bedeutete, dass er sich mit den Kretins vom Abschleppdienst der Stadtwache würde herumschlagen müssen.

Ein gedämpfter Fluch ertönte hinter ihm, und er drehte sich um.

»Elende Mistviecher«, schimpfte die Frau abermals, als ihr zerzauster blonder Kopf aus dem Kanalschacht auftauchte.

»Wir haben's geschafft«, sagte Morgan, als er sich hinunterbeugte und ihr die Hand hinstreckte, um ihr aus dem Schacht zu helfen. Ihre Finger schlangen sich um seine, und er zog sie hoch, bis sie neben ihm stand, ein Akt der Ritterlichkeit, der ihn beinahe umbrachte. Er biss die Zähne zusammen und gab sich alle Mühe, nicht vor Schmerz zu stöhnen.

»Diese verdammten Klettenmäuse«, murmelte sie und wischte mit beiden Händen über ihre Kleider. Dann schüttelte sie ihren Umhang aus, und ein halbes Dutzend der winzigen pelzigen Tierchen fiel auf die Straße – nur ein paar von den Hunderten, die ihr während der letzten drei Stunden stets hart auf den Fersen gewesen waren und die sich trotz ihrer verzweifelten Versuche, sie zu verscheuchen, immer wieder an sie geklammert hatten, um aus ihr einen erstklassigen Schlangenköder zu machen. Das hatte sie jedenfalls befürchtet, und Morgan hatte sie in diesem Glauben gelassen. Er hatte ihr nicht gesagt, dass in den nördlichen Kanälen nur deshalb so viele Klettenmäuse waren, weil es dort keine Wanderschlangen gab.

Nein, er hatte ihr nichts davon gesagt. Er war einfach weitermarschiert und hatte stillvergnügt gehört, wie sich ihre stoische Arroganz in kleinlautes Gejammer verwandelte, und er hatte gegrinst, und seine eigene Laune hatte sich gehoben, während ihre mit jeder Minute schlechter geworden war.

Jetzt grinste er jedoch nicht mehr, als ihm das Sonnenlicht schmerzhaft in die Augen stach und sein Kopf dröhnte und hämmerte. Er beobachtete, wie die kleinen Tierchen hastig wieder in die Dunkelheit des Kanals zurückhuschten, und wünschte fast, er könnte mit ihnen gehen. Er war noch nicht bereit, sich dem Tag zu stellen oder der Kopfgeld jagenden Priesterin mit ihren verfluchten Ortungsarmbändern.

Die letzte Klettenmaus verschwand im Kanal, und mit einem erschöpften Seufzen wandte Morgan seine Aufmerksamkeit wieder der Frau zu – und machte damit noch einen Fehler in einer ohnehin schon langen Reihe von Fehlern.

Sie stand still da und blickte auf Pan-shei hinaus, ihr Gesicht dem Wind zugewandt, während sich ihre zierliche Gestalt im Profil gegen die aufgehende Sonne abzeichnete. Obwohl ihr zerlumpter schwarzer Umhang um sie herum flatterte, das Schattengewand eines Nachtwächters, war sie eine bezaubernde Erscheinung, und bei ihrem Anblick durchzuckte Morgan ein seltsamer und unerwarteter Schmerz.

Er konnte sich nicht erinnern, wann er das letzte Mal etwas so Wunderschönes gesehen hatte, ein Geschöpf von solch strahlender Schönheit – außer in seinen Erinnerungen. Ihr Haar war hell und seidig glänzend; die goldenen und silberblonden Strähnen umrahmten ein fein modelliertes Gesicht, dessen sonnengewärmte Haut unwillkürlich zu einem Kuss einlud, seinem Kuss. Alles in ihm drängte danach, ihre zarte Wange zu streicheln und ihren frischen grünen Duft zu inhalieren – den Duft, der ihn die halbe Nacht über fast wahnsinnig gemacht hatte, weil er zuerst nicht hatte herausfinden können, woher er kam, und weil er sich dann, nachdem er erkannt hatte, dass es ihrer war, den Kopf darüber zerbrochen hatte, wieso eine Wüstenfrau wie zerdrücktes Gras auf einer von Birken umstandenen Waldlichtung duften konnte.

Ein leiser Fluch entschlüpfte ihm, verspottete seine auf Irrwege geratenen Gedanken, und er wandte seine Aufmerksamkeit erneut dem Markt zu. Er fühlte sich scheußlich, wie der aufgewärmte Tod, und sie sah zum Anbeißen gut aus – was wieder einmal typisch war für seine Begegnungen mit dem anderen Geschlecht der Zukunft. In seinem früheren Leben war er immer schnell bei der Hand gewesen, das Loblied eines Mädchens zu singen, aber die Mädchen in früheren Zeiten waren auch nicht annähernd so gefährlich gewesen wie die Frauen des Alten Reiches und seiner Umgebung. Es hatte zwar einige Frauen gegeben, vor denen er sich höllisch in Acht genommen hatte – wie zum Beispiel Madron, die Hexe von Wydehaw, oder die raubtierhafte Lady D'Arbois von Wydehaw Castle –, aber im Großen und Ganzen hatten die Frauen, die er in der Vergangenheit gekannt hatte, nicht die Angewohnheit gehabt, ihre Partner während des Orgasmus zu töten, wie es Lyranerinnen zu tun pflegten, oder ihre Männer in die Sklaverei zu verkaufen, wie Yorks Ehefrau es getan hatte. Und sie waren auch nicht bis an die Zähne bewaffnet herumgelaufen und hatten sich in zwielichtigen Bars herumgetrieben, um auf Kopfgeldjagd zu gehen, so wie Avallyn Le Severn es in Racht getan hatte.

Was ihn wieder auf die Frage zurückbrachte, warum sie hinter ihm her war. Sie hatte nicht bestritten, dass sie etwas von ihm wollte, nur bezweifelt, dass sie den richtigen Mann geschnappt hatte. Er war sich da nicht mehr so sicher, nachdem er sie über Wüstensippen und das Gesetz der Wüste und die gottverdammten Wehr-Würmer hatte reden hören.

Er riskierte erneut einen Blick auf sie. Sie war wunderschön, das ganz sicherlich, aber in Wahrheit nicht weniger erschöpft als er. Unter ihren Augen lagen dunkle Schatten, ein sicheres Zeichen für Müdigkeit. Ihre Lippen waren zu einem schmalen Strich zusammengepresst, ihre Schultern steif, als ob sie sich nur noch durch pure Willensanstrengung aufrecht hielt.

Sie stand so vollkommen still da, ihre Aufmerksamkeit so intensiv auf den Markt konzentriert, dass Morgan fast fühlen konnte, wie ihr Blick die Straßen unter ihnen absuchte, jetzt eher wie eine Jägerin als wie die Beute, die sie beide die ganze Nacht über gewesen waren. Sie hatte ganz zweifellos das Aussehen einer Jägerin mit ihrer Laserkanone, die in einem Holster neben der Dolchscheide an ihrem Gürtel steckte, und dem glänzenden Messer, das aus dem Schaft ihres linken Stiefels herausragte. Ihre knielange Tunika war reine Tarnung, genau wie ihre Beinlinge; die gesamte Kleidung dafür gedacht, sie unkenntlich zu machen und in Dunkelheit zu hüllen. Ihr Umhang wurde von zwei Granatbroschen auf den Schultern festgehalten. Durch die Schatten in den Kanälen in ihrem Glanz gedämpft, glitzerten sie jetzt blutrot im Sonnenlicht.

Ihre Ohren zuckten, als er dastand und sie betrachtete, und er fragte sich erneut, was er von diesen Ohren halten sollte – so seltsam spitz wie die eines wilden Geschöpfes.

Ja, dachte er, und genau das ist sie. Wild. Keine zahme Priesterin aus der Wüste, sondern eine Jägerin, die mit ihren Nachtwächtern gekommen war, um ihn aufzuspüren – und dennoch vielleicht genauso wenig ein Jäger, wie er einer war.

Ein warnender Schauder rieselte über sein Rückgrat hinab, obwohl ihm eine Warnung jetzt wohl kaum noch etwas nützen würde. Es war mehr als nur ein Kuss, den er von ihr haben wollte, und eine gefährlichere Wendung konnte er sich kaum vorstellen, aber wie so vieles von dem, was er wollte oder begehrte, würde er sie wahrscheinlich nicht bekommen. Das war in diesem Fall zweifellos eine selig machende Gnade. Der Wein musste ihm schließlich auch noch den letzten Rest von gesundem Menschenverstand ausgetrieben haben, dass er eine solch selbstmörderische Wollust fühlte.

Er blickte auf sein Handgelenk und das Ortungsarmband, und sein Mund verzog sich zu einem schiefen Grinsen. Er konnte noch immer nicht ganz fassen, dass sie es geschafft hatte, ihn mit dem Ding zu fesseln. Wie betrunken war er letzte Nacht eigentlich gewesen?

Ihr Nachtwächter-Hauptmann war vermutlich schon außer sich vor Angst und Sorge, während er sie zu finden versuchte. Eine Gehilfin der Weißen Frauen des Todes war auf dem freien Markt wahrscheinlich ein kleines Vermögen wert, und der Markt von Pan-shei war so frei, dass alle nur denkbaren Waren dort erhältlich waren. Er wusste von mindestens zehn Straßenecken, wo man Sklaven kaufen oder verkaufen konnte. Allein ihre Ohren würden sie schon als

Exotin klassifizieren. Angesichts des übersättigten Appetits der wohlhabenderen Bewohner des Alten Reiches könnte er für sie wahrscheinlich einen noch besseren Preis erzielen als für den goldenen Drachen aus Sonnpur-Dzon. Nicht, dass er sie verkaufen würde, solange er noch an sie gebunden war, oder – zum Teufel – dass er sie überhaupt verkaufen würde. Wenn er sie loswerden könnte, bevor die Nachtwächter sie beide fanden, konnte er sich wahrhaft glücklich schätzen.

Aber noch während ihm dieser Gedanke durch den Kopf ging, bezweifelte Morgan, ob sie loszuwerden so leicht sein würde, wie den Frequenz-Code in den Ortungsarmbändern zu knacken. Ihre Ähnlichkeit mit Llynya war kein Zufall. Er fühlte diese Wahrheit bis in sein Innerstes.

Irgendwo in der Ferne ertönte eine Kirchenglocke, ein klares, helles Läuten in der von Regen erfrischten Luft, um die Frommen zum Gebet zu rufen. Morgan goss das Regenwasser aus den leeren Patronenfächern an seinem Munitionsgürtel, den er wie ein Wehrgehenk diagonal über der Brust trug, und überprüfte seine Laserkanone. Er hatte noch immer eine halbe Ladung übrig.

»Komm mit.« Er wies auf den Markt und setzte sich in Bewegung. Wenn sie nicht auf der Ost-West-Neunzig aufgegriffen werden wollten, war es besser, nicht länger herumzutrödeln. Er wollte das Mädchen lieber in seiner Unterkunft auf der Rückseite von Ferrar's *chai*-Lokal versteckt haben, bevor die Stadtwache auf Streife ging. Mit etwas Glück würden Aja und York bereits zu Hause sein. Inzwischen musste die Nachricht von dem Kampf in Racht Square auch den Behörden zu Ohren gekommen sein. Wenn sein Name dabei gefallen war, wäre es wahrscheinlich das Beste, wenn sie die Stadt für eine Weile verlassen würden – und es wäre das Beste, wenn sie die Wüstenfrau nicht mitnehmen mussten. Er zählte darauf, dass Aja ihn von dem verdammten Armband befreien würde, Sperrvorrichtungssequenz hin oder her.

Er kam jedoch nicht weiter als sechs Meter, bevor ihn das Ortungsarmband zum Stehenbleiben zwang.

Verfluchte Pest, sie stellte seine Geduld wirklich auf eine harte Probe.

Er drehte sich um und stellte fest, dass Avallyn sich nicht vom Fleck gerührt hatte. »Was ist denn jetzt schon wieder los? Ich dachte, wir hätten eine Abmachung.«

»Eine Abmachung, aus den Kanälen herauszukommen, aber nicht, dort hineinzugehen«, erwiderte sie und zeigte auf den Markt, »in den übelsten Sumpf der ganzen Galaxie.«

Sumpf? Es war vielleicht nicht der Tempelkomplex der Priesterinnen, in dem er lebte, aber er würde Pan-shei nun auch nicht direkt als Sumpf bezeichnen.

Zum Teufel noch mal, nein, er nannte es sein Zuhause.

»Ich nehme an, du kommst nicht allzu oft aus der Wüste heraus«, erwiderte er und warf ihr einen leidenden Blick zu, während er seine schmerzenden Schläfen massierte. »Der übelste Sumpf der ganzen Galaxie liegt weit außerhalb von Europa.« Der Schmerz in seinem Schädel hatte sich von hämmernden Kopfschmerzen zu einem ausgewachsenen Kater entwickelt. Er brauchte dringend einen Drink, vorzugsweise carillionischen Ursprungs.

Und die Frau, zur Hölle mit ihr, sah ihn an, als hätte sie etwas Besseres von ihm erwartet, obwohl er verdammt sein wollte, wenn er glaubte, dass sie das Recht hatte, überhaupt irgendetwas von ihm zu erwarten.

»Und wo sollen wir deiner Ansicht nach hingehen?«, fragte er. Sie hatten zwei Möglichkeiten, Pan-shei oder das Alte Reich, und wieder in das Alte Reich zurückzukehren kam überhaupt nicht in Frage. Das musste selbst ihr klar sein.

»In die Wüste«, erklärte sie.

Na prima, dachte Morgan. Sie würden in die Wüste gehen und dort sterben, und wenn ihre Knochen alle hübsch ausgeblichen waren, würde irgendeine Priesterin kommen und eine Tempelwand damit verzieren.

»Wir haben keinen Rover«, sagte er.

»Nein, dank dir.«

Also wirklich, er hätte nicht gedacht, dass sie noch genügend Energie besaß, um sich mit ihm zu streiten, denn er hatte keine mehr.

Er blickte sie aus zwei, wie er wusste, blutunterlaufenen Augen an und erklärte sich achselzuckend mit ihrem selbstmörderischen Plan einverstanden. »Na schön, von mir aus. Zuerst Tee und dann die Wüste.«

Wenn sein Kopf nicht so entsetzlich geschmerzt hätte und sie wirklich Gefährten gewesen wären, hätte es ihn vielleicht beunruhigt, wie leicht ihm die Lüge über die Lippen gekommen war. Auf irgendeine unerfindliche Art und Weise erinnerte Avallyn ihn an Aja, und er hatte den Jungen niemals belogen. Aber so, wie die Dinge nun mal lagen, scherte es ihn einen Dreck. Das Einzige, was er wollte, war, sie nach Ferrar's zu bringen, wo sie Tee trinken und wo er sich Wein beschaffen konnte, nicht genug, um ihn irgendwohin zu entführen, nur genug, um seine Beschwerden zu lindern. Das Letzte, was er jetzt gebrauchen konnte, war, dass er wegen Entzugserscheinungen in einen Fieberzustand versank. Seine Körpertemperatur war während der letzten Stunde gestiegen, und er hatte in den Kanälen ein paar Mal unter Wahrnehmungsstörungen gelitten, kurze Augenblicke, als die Wände und die Trümmer sich in einer halluzinatorischen Kernschmelze vor seinen Augen aufgelöst hatten. Das war das Problem, wenn man carillionischen Wein konsumierte. Man konnte nicht mit dem Trinken aufhören, ohne sich auf schreckliche Folgen gefasst machen zu müssen.

Das Mädchen nickte leicht, und Morgan betrachtete den Handel als abgeschlossen. Er ignorierte seine schmerzenden Glieder und seinen dröhnenden Schädel und setzte sich erneut in Bewegung. Ferrar's war nicht weit.

Kaum besänftigt, aber zu erschöpft, um sich noch länger mit ihm zu streiten, trottete Avallyn hinter dem Dieb her. Sie war erstaunt, dass er sich noch immer auf den Beinen halten konnte. Er war sturzbetrunken hingefallen, als sie ihn zum ersten Mal in Racht gesehen hatte, und die Lyranerin hatte ihn ziemlich übel zugerichtet, und trotzdem hatte er zäh und verbissen weitergekämpft. Sie selbst war unsäglich müde und erschöpft nach ihrem langen und gefährlichen Weg durch die unterirdischen Kanäle. Ihre Füße taten höllisch weh, nachdem sie über endlose Haufen von Schrott geklettert war. Sie hatte sich zweimal geschnitten, und, schlimmer noch als alles andere, sie stank wie eine Kanalratte.

Aber, *bei den Gebeinen*, sie würde nicht eher anhalten, bis er umfiel, was aller Wahrscheinlichkeit noch nicht so bald sein würde. Ihr Blick schweifte abermals über ihn, und sie musste eine Aufwallung von Ärger unterdrücken.

In der Wüste trugen die Leute locker sitzende Tuniken und Roben. Die Hosen des Diebes dagegen klebten wie eine zweite Haut an der unteren Hälfte seines Körpers. Schwarz, mit einem schmalen goldenen Streifen an jeder Seite, bewegte sich das schmiegsame Material mit jedem seiner geschmeidigen Schritte mit und enthüllte dabei weitaus mehr von seinem Körper und seiner Muskulatur, als es verbarg.

Der Fairness halber musste sie zugeben, dass er nicht unschicklicher gekleidet war als die Ilmarryn, die eine Vorliebe für alle Arten von dünnen, durchscheinenden Gewändern hatten, aber er war schließlich ein Mann, und an ihm war weitaus mehr dran als an einem ilmarrynischen Kobold – mehr Breite, mehr Muskeln, mehr Länge, mehr von allem.

Sie hatte nicht vergessen, wie sich seine Beine angefühlt hatten, als sie sich rechts und links an ihre gepresst hatten, oder wie stark seine Arme gewesen waren, als er sie beide an der Schachtwand festgehalten hatte. Kein anderer Mann hätte es gewagt, derart dreist zu Palinors Tochter zu sein, noch nicht einmal, um ihr das Leben zu retten – nicht, wenn ihm sein eigenes Leben lieb war.

Alle Arten von Männern kamen in die Wüste, Abenteurer und Söldner, Soldaten und die Spione des Kriegshetzers, aber sie hatte noch nie jemanden wie Morgan ab Kynan gesehen, außer das eine Mal: einen Sklavenjungen vom Orion, dessen Karawane sich in der nördlichen Wüste verirrt hatte. Sie hatte nur einen flüchtigen Blick auf ihn werfen können, aber dieser eine Blick hatte genügt, um sie sprachlos vor Bewunderung zu machen. Er war atemberaubend schön gewesen, aber auf eine feine, vornehme Art, nicht so wie der Dieb. Dennoch bestand eine bemerkenswerte Ähnlichkeit zwischen den beiden, und sie fragte sich, ob Morgan ab Kynan – schlimmer noch als ein Hightech-Schrottdieb – womöglich einst eine der bestbezahlten männlichen Huren der Galaxie gewesen war.

Sie sollte den Göttern danken, dass er nicht ihr Prinz war – aber sie tat es nicht, und im Laufe der Nacht hatte sie sich wieder und wieder gefragt, ob sie ihn nicht vielleicht doch zu voreilig abgetan hatte.

Sie wandte ihre Aufmerksamkeit wieder dem Markt zu, und ihre ohnehin schon gedrückte Stimmung sank noch um einiges. Jede Horrorgeschichte, die sie jemals über das Alte Reich gehört hatte, hatte ihren Ursprung in Pan-shei, dem Markt des Chaos und des moralischen Verfalls. Dort wurden Sklaven verkauft, zusammen mit Seelen und allen Arten von Lastern. Der schwungvolle Handel mit religiösen Artefakten hatte zur Folge gehabt, dass kaum noch ein Tempel auf der Welt von Dieben und Plünderern verschont geblieben war. Nichts war in Pan-shei heilig, und alles war käuflich.

Der Dieb hätte sich keinen verkommeneren Ort als Ziel aussuchen können, was nur ein noch schlechteres Licht auf ihn warf und ihre Lage umso unhaltbarer machte.

»Beschissener Herrscher der Zeit«, knurrte Avallyn vor sich hin. Wenn er der Herrscher der Zeit war, dann war sie die Königin der Idioten. Sie hätten das Paar des Jahrtausends sein sollen, zusammengeführt durch die Vorsehung und ausersehen für ein glorreiches Schicksal, nicht zwei Ratten, die durch einen Irrgarten von Kanälen rannten.

Die Gerüche des Marktes schlugen ihr entgegen, als sie von der Ost-West-Neunzig zu dem Gewirr von Gassen hinunterstiegen, eine Mischung aus Gewürzen, Staub und den Ausdünstungen von menschenwürdigen und nicht ganz so menschenwürdigen Behausungen. Überraschenderweise war es jedoch kein unangenehmer Geruch, nur weitaus vielschichtiger als der der Wüste. Sie war froh, zu bemerken, dass Pan-shei zumindest an seiner südlichen Grenze nicht den widerwärtigen Gestank von Racht hatte.

Die ersten Marktbuden, an denen sie vorbeikamen, waren aus von der Sonne getrockneten Ziegeln erbaut und von ausgeblichenen Markisen überspannt, aber als sie weiter nach Norden gingen, sah jede folgende Schicht des Marktes schäbiger aus als die letzte. Morgenfeuer wurden angezündet und Waren hinausgekarrt, während sich die Ladenbesitzer und Getreideverkäufer für den Tag bereit machten. Es wurde nur wenig Obst oder Gemüse angeboten, und als ein alter Mann eine Kiste mit Äpfeln herausstellte, überraschte der Dieb Avallyn, indem er stehen blieb und die ganze Kiste kaufte. Er warf ihr zwei der Äpfel zu.

»Du solltest einen davon besser in deinem Beutel verstecken, wenn du nicht willst, dass er dir geklaut wird«, riet er ihr und biss herzhaft in seinen eigenen.

»He, Morgan!«, rief eine helle Stimme. »Was hast du da?«

Avallyn drehte sich zu der Stimme um und sah ein Mädchen von nicht mehr als zwölf Jahren, die Hände auf den Hüften, am Eingang zu einer Gasse stehen, über die sich Leinen voller Wäsche spannten. Das Mädchen hatte ein niedliches, aber ziemlich schmutziges Gesicht, ihr Haar war ein wildes Gewirr schwarzer Locken. Ein halbes Dutzend anderer Kinder drängte sich um sie, wobei die Kleineren hinter ihrem Rücken hervorspähten und die größeren Jungen neben ihr standen. Alle waren mit einem kunterbunten Sammelsurium von Lumpen bekleidet, und alle beäugten Morgans Apfelkiste neugierig.

»Hallo, Klary«, rief Morgan zurück. Er hievte sich die Kiste mit den Äpfeln auf die Schulter, biss erneut von seinem Apfel ab und ging weiter. Avallyn schloss sich ihm an. Das Geräusch stampfender Füße folgte ihnen, und bald waren sie von einer Horde von Gassenkindern umringt.

»Was hast du da, Morgan?«, fragte Klary abermals. Ihre rot gemusterte Hose war zwei Nummern zu groß und in der Taille mit einem grünen Schal zusammengebunden. Ihr früher einmal weißes Hemd wies acht verschiedene Schattierungen von verkrustetem Schmutz auf.

»Ja, Morgan, was hast du da?« Ein größerer Junge mit glattem braunem Haar und Sommersprossen schaltete sich ein. Avallyn konnte jede einzelne seiner Rippen durch die Öffnung in seiner blaukarierten Weste zählen.

»Wo bist du gewesen, Morgan? Wir haben Hunger«, sagte ein kleines Mädchen mit einem runden, sommersprossigen Gesicht und krausen roten Haaren.

Klary brachte die Kleine zum Schweigen, indem sie ihr eine Hand auf die Schulter legte und ihr einen bedeutungsvollen Blick zuwarf. »Still, Baba. Keiner hier hat Hunger.«

»Nur ich«, widersprach Baba mit trotzig vorgeschobener Unterlippe.

»Lass uns um die Äpfel da losen, Morgan«, schlug Klary vor und beschleunigte ihr Tempo, um mit ihm Schritt zu halten. Zwei der größeren Jungen bewegten sich rückwärts hüpfend vor der Horde her, sodass Morgan und Avallyn fast im Inneren des Kreises von kleinen Straßendieben gefangen waren.

Morgan muss sich hier wirklich wie zu Hause fühlen, dachte Avallyn.

»Nein, Klary«, erwiderte Morgan kopfschüttelnd. »Als wir das letzte Mal um etwas gelost haben, habe ich vier Mark und meinen Proviantbeutel verloren.«

Ein erinnerungsträchtiges Flüstern ging durch die Kinderschar.

»In dem Beutel war Käse. Weißt du noch, Klary?«

»Und Himbeerbonbons.«

»Und Corned-Rattenfleisch in einer Büchse. Hm, lecker, ich mag gepökelte Ratte.«

»Und Pfirsiche.«

»Und Milch, echte Milch.«

»Und Schokoladendrops.« Klary fügte ihre eigene Erinnerung hinzu. »Ich wette, die Schokoladendrops hast du vergessen, Morgan.«

Morgan blieb stehen und blickte misstrauisch auf das Mädchen hinunter. »Ja, richtig«, sagte er langsam. »An diese Schokoladendrops hatte ich gar nicht mehr gedacht.«

»Tja, sie könnten noch immer dir gehören, Morgan. Wir haben eine volle Woche von den Sachen in dem Beutel gegessen, aber wir haben nicht alle Schokoladendrops aufgegessen.« Das Funkeln in den Augen des Mädchens war reiner Übermut. »Lass uns doppelt würfeln, Schokoladendrops gegen Äpfel.«

Morgans Mund verzog sich zu einem Lächeln, das Avallyn ausgesprochenes Unbehagen verursachte. Er würde dem Kind die Süßigkeiten stehlen.

»Doppelt?«, wiederholte er.

»Ja.« Klary nickte und zog ein paar Würfel aus einer voluminösen Tasche in ihrer Hose. Sie warf sie leicht in die Luft und fing sie dann wieder auf.

»Nein!« Avallyn schritt energisch ein. Dies war Pan-shei von seiner schlimmsten Seite, und sie wollte verdammt sein, wenn sie tatenlos daneben stand und zusah, wie Morgan halb verhungerte Gassenkinder ausplünderte. Sie zog eine Hand voll Markstücke aus ihrem Beutel. »Ich kaufe die –«

Die Hand, die sich plötzlich um ihr Handgelenk schloss, ließ sie mitten im Satz innehalten. Morgan hielt sie nicht so fest, dass er ihr wehgetan hätte, aber fest genug, um sie zu zwingen, sich die Sache zweimal zu überlegen.

Sie blinkte verwirrt zu ihm auf.

»Keine Sorge, mein Schatz«, sagte er in einem singenden Tonfall, der sie sofort wieder an die Kings-Wood-Elfen erinnerte. »Ich kann ein paar Schokoladendrops für dich gewinnen. Ich habe heute eine unglaubliche Glückssträhne.« In seinen letzten Worten schwang unverkennbarer Sarkasmus mit, deutlich genug, um ihr klar zu machen, worauf er hinauswollte.

Er machte eine subtile Geste, und Avallyn folgte seinem Blick zu Klarys Hand. Das Mädchen warf noch immer die Würfel in die Luft und fing sie wieder auf, und jedes Mal, wenn sie auf ihrer offenen Handfläche landeten, waren auf der Oberseite zwei siegesträchtige Sechsen zu sehen.

Die Würfel waren präpariert.

Avallyn schob die Markstücke wieder in ihren Beutel; sie war sich noch immer nicht sicher, was für ein Spiel Morgan trieb, nur sicher, dass sie sich besser aus der Sache heraushalten sollte – eine Tatsache, die er ihr bewies, als er die Äpfel einen nach dem anderen verlor und sie ihm gierig von kleinen Händen weggerissen wurden.

Einmal gewann er tatsächlich ein paar Drops, aber meistens verlor er, und er verlor immer weiter, bis die Apfelkiste leer war und er von Klary um weitere vier Mark erleichtert worden war.

»Jetzt reicht's«, knurrte er und erhob sich aus der Hocke. Sein Gesicht verzog sich zu einer schmerzgepeinigten Grimasse, und Avallyn wollte schon nach ihm greifen, um ihn zu stützen, aber es gelang ihm, ohne ihre Hilfe wieder auf die Füße zu kommen.

Er zahlte seine Spielschulden unter dem johlenden Gelächter der Kinder, und sobald die Münzen den Besitzer gewechselt hatten, waren die Kinder allesamt verschwunden und rannten die Straße hinunter, während sie triumphierend »Klary! Kla-ry!«, riefen.

»Du hast sie gewinnen lassen«, sagte Avallyn.

»Nicht wirklich«, erwiderte er und klopfte sich den Straßenstaub von der Hose.

»Wie kommt es dann, dass du nur einmal eine Sechs gewürfelt hast? Die Würfel waren doch so präpariert, dass bei jedem Wurf die höchste Augenzahl erscheinen musste.«

»Nur die beiden Würfel, die Klary benutzt hat.« Er reichte ihr die Schokoladendrops. »Das Würfelpaar, das sie mir gegeben hat, war so präpariert, dass man unweigerlich verlieren musste.«

»Aber wie?« Avallyn hatte jeden Wurf beobachtet und auch jedes Mal aufgepasst, als die Würfel aufgehoben worden waren – oder genauer gesagt, sie hatte fast jeden Wurf und fast jedes Aufheben beobachtet. Manchmal war sie von einem der anderen Kinder abgelenkt worden.

Ach so, dachte sie.

»Sie sind alle an dem Betrug beteiligt«, erklärte Morgan. »Aber Klary ist die Älteste mit der größten Fingerfertigkeit.«

»Wie hast du dann die Schokolade gewonnen?«

Er grinste. »Ich bin vielleicht nicht so schnell wie du oder wie ein wilder Junge oder wie einer der Taschendiebe von Pan-shei, aber ich komme zurecht. Komm jetzt, lass uns weitergehen. Wir haben lange genug herumgetrödelt.« Er marschierte weiter.

»Du hättest ihnen die Äpfel doch einfach geben können«, sagte Avallyn, als sie ihn mit ein paar schnellen Schritten einholte.

»Nein, es ist besser, wenn Klary sie mir abgewinnt. Es verschafft ihnen ein größeres Gefühl der Sicherheit, wenn sie wissen, dass sie von ihrer Schläue leben und von Klarys Schnelligkeit und nicht von Wohltätigkeit. Wohltätigkeit ist verdammt unbeständig.«

Avallyn blickte zu ihm auf und wagte es, eine Vermutung anzustellen. »Ich würde sagen, du bist ziemlich beständig und gut für vier Mark pro Woche, plus Reste.«

»Ja«, gestand er, »aber was ist, wenn ich nächste oder übernächste Woche nicht hier bin? Was soll Klary dann tun, um ihre Horde zu ernähren?«

Avallyn fühlte einen Stich von Schuldbewusstsein. Er würde nächste Woche nicht hier sein und auch nicht die übernächste Woche, und falls er sich als der wahre Herrscher der Zeit entpuppte, würde er überhaupt nie mehr nach Pan-shei zurückkehren.

Sie grübelte noch immer darüber nach, als er um die Ecke in eine andere Gasse einbog und abrupt stehen blieb.

»Was ist los?«, fragte sie.

»Nichts«, erwiderte er, während er seine Arme um seinen Brustkorb schlang und gegen eine halb eingefallene Ziegelmauer fiel.

»Warum siehst du dann so aus?« Sein Gesicht war plötzlich kreidebleich, die Linien um seinen Mund angespannt.

»Wie sehe ich denn aus?«

»So als würde ich dich den Rest des Weges zu der Teestube tragen müssen«, sagte sie schroff, um ihre Besorgnis zu verbergen. Wenn er tatsächlich in Pan-shei zusammenbrach, würde sie es nicht wagen anzuhalten. Es gab keine Sicherheit für sie, bis sie die Wüste erreicht hatte.

»Keine Sorge, das brauchst du nicht.« Er atmete tief durch, dann schüttelte er den Kopf und stieß sich von der Mauer ab. »Komm, gehen wir weiter. Es ist jetzt nicht mehr weit. Das verspreche ich dir.«

Sie ging dicht hinter ihm her, nicht sicher, wen er eigentlich zu überzeugen versuchte, sie oder sich selbst, aber sie wünschte jetzt mehr denn je, sie hätte den Rover mit seinem komplett ausgestatteten Krankenrevier.

»Hast du noch ein Mundstück?«, fragte sie. »Wenn ich Kontakt mit meinem Hauptmann aufnehmen kann, können wir Hilfe bekommen.«

Der Blick, den er ihr zuwarf, sagte ihr, dass sie von dieser Seite keine Unterstützung zu erwarten hatte. Er hatte ihr bereits deutlich klar gemacht, dass er nichts mit ihren Nachtwächtern zu tun haben wollte, und sie waren die Einzigen, denen sie im ganzen Alten Reich traute.

Sie verkniff sich eine bissige Erwiderung und ließ sich von ihm durch eine Gasse nach der anderen führen, jede noch verrufener und schmutziger als die letzte, bis sie schließlich eine Sackgasse erreichten. Sie hatte nach einer öffentlichen Kommunikationszelle Ausschau gehalten, um zu versuchen, Dray anzurufen, wohl wissend, dass ihr Hauptmann fähig war, ein ganzes Dutzend Skraeling-Horden zu überlisten, aber in Pan-shei gab es keine solchen Einrichtungen. Auf den Marktstraßen schien das Gesetz zu herrschen, demzufolge nur der Tüchtigste überlebte, und es waren mehr als nur Klarys Bande kleiner Diebe, die durch die Gassen rannten.

In den Buden, die die schmale Sackgasse säumten, fand keinerlei Handel statt. Tatsächlich wirkte die Gasse unheimlich still und verlassen angesichts des schäbigen, aber reichlich vorhandenen Lebens, das überall sonst auf dem Markt herrschte. Ein paar halb zerfetzte Wimpel flatterten über einem kleinen offenen Laden ganz am Ende der Gasse, und über der schief in den Angeln hängenden Tür prangte ein Neonschild mit der Aufschrift »Ferrar's«.

Morgan hatte gesagt, sie würden in Pan-shei sicher sein und auch in der Teestube, und sie hatte jedes Wort bezweifelt, da sie noch nie von einer Teestube gehört hatte, die einer uneinnehmbaren Festung glich. Das Aussehen von Ferrar's tat nichts, um irgendetwas an ihrer Meinung zu ändern. Eingezwängt zwischen einem fensterlosen Hochhaus und einer baufälligen metallenen Nissenhütte, war die so genannte Teestube kaum mehr als eine Bretterbude, verstärkt durch Blöcke aus Schlackenstein. Sie würde sich erst dann sicher fühlen, wenn sie weit draußen in der Wüste waren.

Ein alter Mann und eine noch ältere Frau saßen auf dem Boden im Schatten der ausgefransten Ladenmarkise und spielten *choppes*, ein Spiel mit Stöckchen und Kieselsteinen. Ein kleines Kohlebecken, flankiert von niedrigen Hockern, glomm auf einer Seite unbeaufsichtigt vor sich hin. Morgan setzte sich auf einen der Hocker. Avallyn ließ sich dankbar auf einem anderen nieder und blickte sich suchend um, um zu sehen, ob es in der Nähe eine Kommunikationszelle gab.

Es gab keine.

Sie hielt ihre Hände über die glühenden Kohlen und fühlte Wärme in ihre Fingerspitzen kriechen. Der Morgen war empfindlich kalt, und sie war von dem Regen noch immer nass, ihr Haar noch immer feucht.

»Ich sehe nirgendwo eine *wallah*«, sagte sie, womit sie die Person meinte, die den Tee in der Teestube zubereiten würde. Sie sah auch nirgendwo Tee oder eine Tasse oder Kanne.

»Das Wichtigste ist, dass sie uns sieht«, erwiderte der

Dieb, während er seinen Blick zu einer schattigen Ecke unter der Markise hob.

Avallyn folgte seinem Blick und sah das Flackern einer Überwachungskamera. Sie wurden beobachtet.

Ein gedämpftes Rumpeln lenkte ihre Aufmerksamkeit auf die Nissenhütte, wo langsam eine Tür aufschwang, während ihre Räder Staubwolken aufwirbelten und ihre Angeln quietschten. Die Metalltür schien unter ihrer verrosteten Wellblechummantelung aus massivem Stahl zu bestehen.

»Morgan, mein Lieber«, rief eine Frau, die in den kalten Sonnenschein hinaustrat. »Willkommen zu Hause!« Sie war klein, mit einem dichten Schopf goldbrauner, allmählich ergrauender Haare, ihre sanft gerundeten Kurven in ein Paar weite elfenbeinfarbene Hosen und eine dazu passende Tunika gehüllt, aber es waren ihre Augen, die Avallyns Aufmerksamkeit fesselten. Meergrün und alterslos, waren sie warm und leuchtend vor aufrichtiger Freude über den Anblick des Diebes.

»Ferrar.« Er stand auf und eilte mit zwei langen, hinkenden Schritten zu der Frau.

Avallyn beobachtete ihre innige Umarmung mit einem wachsenden Gefühl der Pikiertheit. Nicht nur die Freude der Frau war echt, sondern auch ihre Zuneigung, aufrichtig und großzügig, bis hin zu dem Kuss, den sie Morgan mit einer Neigung ihres Kopfes anbot, ein Kuss, den er bereitwillig annahm, indem er seinen Mund auf ihren presste.

Kaum hatten sich ihre Lippen berührt, da nahm Avallyns Pikiertheit eine Wende zum Schlechteren. Als der Kuss einen Moment später endete, hatte sich ihre Verärgerung in ausgewachsene Wut verwandelt.

7

Das Innere der Nissenhütte war ebenso wenig eine Teestube, wie die Bretter des Zauns in der Sackgasse eine waren, dennoch gab es dort Tee, Unmengen von Tee. Ballen und Kisten aller Größen, gekennzeichnet mit den Symbolen fremder Länder und außergalaktischer Kolonien, waren an den Wänden aufgestapelt und türmten sich in unordentlichen Reihen in der Mitte des langes Raums. Am Ende der Kistenreihen lag ein mit Steinen gepflasterter Innenhof, voll gestopft mit Stühlen und Pflanzen, unter einer teilweise verglasten Decke, durch die bernsteingelbes Sonnenlicht hereinfiel.

Auf dem Feuerrost eines rechteckigen Kohlenbeckens, das durch die Mitte eines niedrigen Tisches verlief, stand ein halbes Dutzend verschieden großer Töpfe, allesamt dampfend. Daneben waren Schüsseln und Tassen aufgestapelt.

»Die Morgenmahlzeit ist fertig, falls du Essen in deine Wohnung gebracht haben möchtest«, sagte Ferrar, ihre Stimme beruhigend, ihr Arm um Morgans Taille geschlungen.

»Hast du Gäste?«, wollte er wissen.

»Ein oder zwei, einen Alkoholschmuggler auf seiner Rundreise«, erklärte die Frau mit einem leichten Achselzucken. »Nur Übernachtungsgäste. In die Privatunterkünfte ist niemand Neues eingezogen.«

Avallyn sah sich in der Hütte um und tat ihr Bestes, um die liebevolle Umarmung zu ignorieren und die Aufwallung von Eifersucht, die sie gefühlt hatte, als Morgan und die Frau sich geküsst hatten. Sie zwang sich, eine gleichmütige Miene aufzusetzen, und blickte fragend über ihre Schulter auf den Dieb. Alles in den Kochtöpfen sah gut aus und roch köstlich – Reis, Nudeln, gewürztes Gemüse, heiße Fruchtsuppe.

»Iss in Ruhe, Prinzessin. Ferrar serviert nur das Beste«, sagte Morgan zu ihr, dann beugte er den Kopf zu der Frau hinunter und flüsterte ihr etwas ins Ohr.

Avallyn schob grimmig das Kinn vor. Zur Hölle mit ihm. Wenn sich herausstellte, dass er tatsächlich der Prinz war, würde die Frau gehen müssen. Dabei hätte es laut der Prophezeiung eigentlich überhaupt keine andere Frau geben dürfen. Wie konnte eine Prophezeiung derart falsch sein und trotzdem zehntausend Jahre überdauern?

Es gab nur eine Möglichkeit, die sie sich vorstellen konnte: Er war wirklich nicht der Herrscher der Zeit. Aber dieser Gedanke erfreute sie nicht annähernd so sehr, wie er sie eigentlich hätte erfreuen müssen.

»Natürlich, Morgan«, erwiderte die Teehändlerin mit besorgter Miene. »Lass mich nur schnell meinen Verbandskasten holen, und dann kümmere ich mich um dich. Deine Freundin kann hier essen, während ich mir deine Verletzungen ansehe.«

Als Antwort hob der Dieb sein Handgelenk und zeigte der Frau das Ortungsarmband. Ein wissender Ausdruck erschien auf ihrem Gesicht, und sie blickte Avallyn an. Ferrars Blick war abschätzend, aber es fehlte ihm nicht an Wärme.

»Dann wird deine Freundin mit uns kommen müssen. Jons!«, rief Ferrar, als sie in den Hof ging.

Ein gedämpftes Geräusch, das vom entgegengesetzten Ende der Teekistenstapel ertönte, veranlasste Avallyn, den Kopf zu drehen. Ein Mann hatte sich von seinem Platz erhoben, wo er an einer elektronischen Schalttafel gearbeitet hatte. Er war ein wahrer Riese, so groß wie ein Lyraner. Sein kahler Kopf glänzte in dem bernsteingelben Licht, seine markanten, kühn gemeißelten Züge erinnerten Avallyn an einen Krieger aus längst vergangenen Zeiten. Seine eine Gesichtshälfte war von einer langen Narbe entstellt, die bis zum äußeren Augenwinkel reichte, sodass die Haut an dieser Stelle verzogen war und es so aussah, als kniffe er das eine Auge ständig zusammen. Seine Arme waren enorm muskulös, seine Beine so dick wie Baumstämme.

Er sah wie ein Herrscher der Zeit aus, und Avallyn konnte nicht aufhören, ihn anzustarren – bis ihr Ortungsarmband plötzlich aufleuchtete und sie beinahe von den Füßen riss.

Sie warf dem Dieb einen finsteren Blick zu, den er nicht minder finster erwiderte. Er bedeutete ihr mit einer Geste, mit ihm zu kommen, und sie presste verärgert die Lippen zusammen. Sie hätte ihm schon längst erklären sollen, wer sie war, hätte ihn schon längst über ihre Abstammung aufklären sollen, um ihn schaudern zu sehen, hätte ihm schon längst von dem Schicksal erzählen sollen, für das der Prinz geboren worden war. Es gab niemanden im Alten Reich, der die Priesterinnen der Gebeine und ihre Prophezeiungen nicht fürchtete.

Ferrar ging zu Jons, der neben dem Kohlebecken stand, und während sich die beiden beratschlagten, stolzierte Avallyn über den Hof zu dem Dieb.

»Du solltest dich besser nicht von Ferrar dabei erwischen lassen, wie du Jons anschmachtest«, sagte er, noch bevor sie sprechen konnte. »Sonst landen wir beide wieder auf der Straße.«

»Anschmachten? Ich?« Sie blieb abrupt stehen, verblüfft über die unglaubliche Dreistigkeit des Mannes. Sie musste ihre Finger an den Seiten in den Stoff ihrer Tunika krallen, um sich davon abzuhalten, ihm einen Faustschlag gegen die Brust zu versetzen. »*Du* bist doch derjenige, der jede Frau in Sichtweite küsst.«

Sie reagierte wirklich übertrieben. Sie wusste es ebenso sicher, wie sie dort stand und sich fragte, warum. Noch nie zuvor hatten Hunger und Erschöpfung sie dazu gebracht, sich so töricht aufzuführen, und auch kein Mann hatte sie jemals dazu gebracht.

»Nicht unbedingt jede«, erwiderte er kurz angebunden, und seine Augen funkelten.

Sie stand vollkommen reglos da, obwohl ihr Puls raste. Erdreistete er sich etwa, ihr einen Kuss anzubieten? Dieser gemeine, zwielichtige Hightech-Schrottdieb, der inzwischen wahrscheinlich schon in der Gewalt der Kriegshetzers sein würde, in einem der Kerker in seiner Wüstenfestung angekettet, wenn sie ihn nicht gerettet hätte?

Ihr Blick schweifte zu seinem Mund, und sie erkannte augenblicklich ihren Fehler.

Seine Lippen verzogen sich zu einem gefährlichen Lächeln, das weiß blitzende Zähne enthüllte. Sie wagte es nicht, ihm in die Augen zu sehen, wagte es nicht, sich zu bewegen.

»Du möchtest also geküsst werden«, hörte sie ihn sagen.

Er legte die kurze Entfernung zwischen ihnen mit zwei schnellen, hinkenden Schritten zurück und umfing ihr Kinn mit einer Hand. Er hob ihr Gesicht zu sich hoch, und als sich ihre Blicke trafen, überlief Avallyn ein heißes, unleugbares Prickeln der Erregung, das jedes bisschen gesunden Menschenverstand, den sie besaß, abrupt auslöschte.

»Kennst du meinen Namen, *Geneth*?« Seine Stimme war seidenweich, seine Frage so leise, dass sie kaum hörbar war.

»Morgan«, erwiderte sie, und sie hasste die Atemlosigkeit, die sie in ihrer Stimme mitschwingen hörte. »Morgan ab Kynan.«

»Richtig.« Sein Lächeln verblasste, und seine Augen verdunkelten sich zu einer unergründlichen Schattierung von Blau. »Ich bin Morgan.«

Dann beugte er unvermittelt den Kopf und presste seine Lippen auf ihre, und sie wurde von einem ganz neuen und wundersamen Bewusstsein überflutet. Düfte und vielerlei Geschmack strömten auf ihre Sinne ein und verschmolzen miteinander, verschafften ihr einen flüchtigen Eindruck von der einzigartigen Essenz, die ihm zu Eigen war und ihn unverwechselbar machte.

Shadana. Kein Wunder, dass die Frau ihn sofort hatte küssen wollen, als sie ihn gesehen hatte. Er war köstlich. Berauschend. Exotisch animalisch. Sie konnte seinen warmen Atem fühlen und die Hitze seiner Haut, die Kraft seines Körpers, der ihrem so nahe war. Auf seinen Lippen haftete noch ein schwacher Geschmack des Weins, den er getrunken hatte, aber das intensivere Aroma war eindeutig sein ureigenes.

Er hob für einen Moment den Kopf und blickte sie mit einem Ausdruck verwirrten Erstaunens an. Dann senkte er die Wimpern und küsste sie abermals. Dieser zweite Kuss weckte in ihr das Verlangen nach mehr, und er erfüllte ihr Verlangen, während eine sanfte Liebkosung der anderen folgte, jede ein klein wenig gewagter als die letzte, bis Avallyn sich fühlte, als ob sie von seinen Küssen, von dem zarten Streifen seiner Zähne über ihre Lippen und den trägen Bewegungen seiner Zunge behutsam verschlungen würde. Zeit und Raum hörten auf zu existieren, und als er flüsterte: »Öffne den Mund für mich«, gehorchte sie bereitwillig, wünschte sich nichts sehnlicher, als sich in dem berauschenden Zauber seiner Küsse zu verlieren.

In Morgan drehte sich alles, und er hielt sich nur noch mit äußerster Willensanstrengung unter Kontrolle, in dem Wissen, dass er im Moment nicht in der Verfassung war, mehr zu tun, als sie zu küssen. Sein verletztes Bein war kurz davor zu versagen, und auf halbem Weg durch Pan-shei hatte ein heftiger Schmerz in seiner Brust eingesetzt. Er hatte sich bei dem Ringkampf mit der Lyranerin etwas verstaucht oder gezerrt, und bei dem anstrengenden Marsch in der Nacht hatte es sich endgültig losgerissen.

Aber die Göre, *Heilige Mutter Gottes,* sie hatte ihn mit ihrem kühnen Blick förmlich um einen Kuss gebeten, und er hatte nicht die Selbstbeherrschung besessen, ihr keinen zu geben, nicht, wenn ihr nachzugeben ihm einen Vorwand dafür lieferte, seinem eigenen Verlangen nachzugeben.

Er vergrub seine Finger in ihrem Haar, um ihren Kopf noch näher an sich zu ziehen, und plünderte hungrig ihren Mund. Ihr Geschmack überflutete seine Sinne, so würzig und frisch und grün, anders als alles, was er je zuvor gekostet hatte. Sie war so süß und lieblich duftend wie Blumen, süßer noch als carillionischer Wein, ihre winzigen Zöpfe und Locken an seinen Fingern weicher als die feinste Seide, das Gefühl ihres Körpers an seinem ein exquisiter sinnlicher Genuss, in dem er hätte ertrinken können.

Es war lange Zeit her, seit er das letzte Mal eine Frau in den Armen gehalten hatte, lange Zeit, dass er Verlangen nach irgendetwas anderem verspürt hatte, als sich zu betrinken, aber ein einziger Kuss von ihr hatte ihn bis ins Innerste erregt und das brennende Bedürfnis geweckt, sie für sich zu beanspruchen – diese Fremde, die bereits mit ihren Armbändern Anspruch auf ihn erhoben hatte.

Diese Erkenntnis ernüchterte ihn so schlagartig, als hätte jemand einen Eimer eiskalten Wassers über ihm ausgekippt.

Großer Gott – hatte er völlig den Verstand verloren?

Er riss seine Lippen von ihren los und ignorierte seine Erregung mit eisernem Willen, während seine Stimmung schlagartig von Leidenschaft in Misstrauen umschlug. Sie hatte etwas in ihm durchbrochen, einen inneren Schutzwall, von dem er nicht gewollt hatte, dass er jemals durchbrochen würde, und sie hatte es mit einem einzigen Kuss geschafft. Die Frauen der Zukunft kannten tausend Tricks, die sie anwandten, um eines ihrer tausend verschiedenen Ziele zu erreichen – und nur sehr wenige davon waren zum Nutzen eines Mannes.

Er umfing ihr Gesicht mit beiden Händen und zwang sie, seinem Blick zu begegnen. »Was willst du von mir, Todeshexe?«

Ihre Wimpern waren braun, mit goldblonden Spitzen, das Grau ihrer Augen von Waldgrün umrandet. Ihre Lippen waren feucht und leicht geschwollen, und er musste mit aller Macht an sich halten, um ihre Lippen nicht mit einem weiteren Kuss zu trösten, einem sehr viel sanfteren als dem, den sie bereits geteilt hatten.

»Nur der Kriegshetzer nennt uns Todeshexen«, erwiderte sie, ohne auch nur den Versuch zu unternehmen, sich seinem festen Griff zu entwinden.

»Der Kriegshetzer und das halbe Alte Reich«, korrigierte er sie. »Dann bist du also eine Priesterin und nicht nur eine Botin.«

»Ich bin Priesterin, ja, aus Claerwen in den nördlichen Dünen, und Prinzessin des Weißen Palasts.«

Morgans Griff verstärkte sich für eine Sekunde, bevor er einen Schritt zurücktrat und sie losließ. Er hatte es gewusst. So wahr ihm Gott helfe, er hatte es gewusst.

»Ferrar!«, rief er und wich noch einen Schritt weiter zurück. Seine Kopfschmerzen hatten nicht einen Moment nachgelassen, der Schmerz in seiner Brust brachte ihn regelrecht um, und er hatte gerade eine Weiße Frau des Todes geküsst, die außerdem eine Prinzessin von etwas war, das sich der Weiße Palast nannte, was immer, zum Teufel, das auch sein mochte. Wenn die Dinge noch schlimmer wurden, würde er definitiv mehr Wein brauchen.

Avallyn beobachtete, wie er vor ihr zurückwich, zu betäubt, um ihm zu folgen.

Er hatte sie geküsst.

Der Dieb hatte sie geküsst, und sie wusste bis in ihr Innerstes, dass ihr Leben nie wieder so wie früher sein würde. Der Herrscher der Zeit war tatsächlich gekommen.

Eine Stunde später fühlte Avallyn noch immer die Auswirkungen von Morgans Kuss. Ferrar hatte ihn in seinem

Schlafzimmer zu Bett gebracht, einem breiten, prunkvollen Bett mit handgenähten, himmelblauen Vorhängen. Im Gegensatz zu den schmalen Pritschen, auf denen sie zu schlafen gewohnt war, sah sein Bett groß genug aus, um drei Personen Platz zu bieten. Ferrar hatte die Tür einen Spaltbreit offen stehen lassen, und aus all seinem Gemurmel und Gestöhne und den beruhigenden Worten der Frau hatte Avallyn geschlossen, dass Morgan zwar verletzt war, aber überleben würde.

Er hatte in seiner Unterkunft eine kleine kombüsenartige Küche und eine Fülle von Pflanzen, die in Töpfen im Wohnbereich wuchsen. Die Möbel waren komfortabel, aber abgenutzt: ein Divan, übersät mit orangefarbenen und goldgelben Kissen, und alle Arten von Sesseln und Stühlen, die auf kunstvoll gemusterten Teppichen verstreut standen. Es gab kein Fenster, nur die gleichen bernsteingelb verglasten Oberlichter wie in dem Hof – eine ziemlich luxuriöse Behausung für einen Dieb.

Avallyn nippte an ihrem *chai*, einem nach einem uralten Rezept zubereiteten Getränk aus Gewürzen, Tee, Milch und Honig. Ferrar hatte geschworen, dass seine kräftigende und belebende Wirkung stark genug war, um Tote zu erwecken, und Avallyn musste ihr beipflichten. Mit der köstlichen Suppe im Magen und dem Tee, der ihr Inneres wärmte, fühlte sie sich gestärkt genug, um die Reise in die Wüste in Angriff zu nehmen. Sie konnten die Reise nicht noch länger hinausschieben. Sie hatten den Prinzen lange genug gewähren lassen. Das Dritte Garderegiment würde seine Suche nach ihnen nicht aufgeben, und sie konnte es nicht riskieren, dass sie gefangen genommen wurden.

Sie dachte sehnsüchtig an den Rover in der östlichen Abteilung von Racht. Skraelings oder nicht, sie bezweifelte, dass Dray das Fahrzeug aufgegeben hatte. Ferrar musste doch irgendwo eine Kommunikationszelle haben, die sie benutzen konnte, um Kontakt mit ihrem Hauptmann aufzunehmen, aber sie hatte keine große Chance, diese Zelle zu finden, außer sie zerrte Morgan gewaltsam aus seinem Bett und hinaus in die Teestube. Ihre Durchsuchung seiner Behausung hatte nichts zu Tage gefördert außer den Kunstgegenständen und Kuriositäten eines Vagabundenlebens.

Hinter der Schlafzimmertür drang der Geruch brennenden Weihrauchs hervor. Myrre, dachte Avallyn, als sie ihre Tasse mit *chai* an die Lippen hob. Myrre mit einem Hauch von Rose. Ferrar war offenbar eine vielseitig begabte Frau, wenn sie neben ihren Fläschchen mit Pillen, Salben und Elixieren auch einen heilungsfördernden Weihrauch einsetzte.

Avallyn hatte genug Geld bei sich, um ein kleines Beförderungsmittel zu kaufen, einen robusten Halbtonner oder zweiflügeligen Sandtrecker. Zwar würde keines der Fahrzeuge den Schutz und den Komfort eines Rovers bieten, besonders nicht des mit allen Schikanen ausgestatteten Rovers, den sie in Racht zurückgelassen hatten, aber beide Arten von Fahrzeugen waren in der Lage, sie zu einer der Karawansereien zu befördern – spärlich bevölkerten Vorposten, die die Handelsstraßen in die Wüste markierten. Hinter der letzten Karawanserei würden sie, mehr noch als irgendein Fahrzeug, ihre Fähigkeit brauchen, um am Leben zu bleiben, aber diese Herausforderung konnte sie nicht entmutigen. Eher würde sie die lange, beschwerliche Reise durch die Wüste zu Fuß machen, als dem Dritten Garderegiment gegenüberzutreten. Der Kriegshetzer konnte sie nicht ausstehen, nicht nach dem, was die Priesterinnen von Claerwen ihm angetan hatten. Ganz gleich wie sehr Corvus darauf erpicht war, Morgan ab Kynan in seine Gewalt zu bekommen, auf *sie* würde er noch mehr erpicht sein – und Morgan und sie waren zusammen, ein sauberes Bündel, das in einer Teestube in Pan-shei lag und das sich die Truppen des Kriegshetzers nur abzuholen brauchten.

»Verflixt!« Sie erhob sich mit einer einzigen geschmeidigen Bewegung, von Frustration und Unruhe getrieben. Einen schlimmeren Feind hätte sich der Dieb wirklich nicht aussuchen können. Da die Sha-shakrieg-Nachtwächter für sie verloren waren, wagte sie es nicht, noch länger darauf zu warten, dass Ferrar endlich fertig wurde. Sie mussten sofort von hier verschwinden.

Avallyn bewegte sich auf die Schlafzimmertür zu, genau in dem Moment, als hinter ihr die Hoftür aufging. Mit einer blitzschnellen Drehung ließ sie sich in die Hocke fallen, während sie gleichzeitig ihre Laserkanone zog, den Hahn spannte und zielte – geradewegs auf das Herz des wilden Jungen aus Racht.

Er hatte seine Waffe sogar noch schneller gezogen als sie, und sie ertappte sich dabei, wie sie in den Lauf einer Laserkanone starrte, auf ziemlich genau die gleiche Art und Weise abgewandelt wie ihre, mit einem zusätzlichen Munitionspack für superschnelles Nachladen. Alles in ihrem Inneren spannte sich an, als sie sich auf den Schock seines ersten pulsierenden Schusses gefasst machte.

Die Tür hinter ihr schwang noch weiter auf, aber sie wagte es nicht, ihre Aufmerksamkeit von dem Jungen abzuwenden. Sein Blick aus grünen Augen schweifte blitzartig über sie, und ebenso blitzartig erschien ein Ausdruck des Erkennens auf seinem Gesicht, den sie nicht erwartet hatte. Seine grimmige Miene verwandelte sich in einen Ausdruck der Ehrfurcht, und er fiel vor ihr auf die Knie, den Kopf demütig gesenkt, während seine Laserkanone auf den Fußboden glitt.

»Bei den Gebeinen, Mylady.«

Erst in dem Moment erkannte sie, dass seine Waffe nicht entsichert war.

Morgan stand in der Tür seines Schlafzimmers und starrte auf den seltsamen und äußerst unerfreulichen Anblick seines Hauptmanns, der vor der Frau kniete, die ihn gefangen genommen hatte.

»Aja«, blaffte er und zuckte gleich darauf zusammen, als ein scharfer Schmerz durch seine Brust schnitt. Laut Ferrar hatte er sich nichts gebrochen, sondern nur eine Muskelzerrung im Brustkorb davongetragen. Ferrar hatte ihm alles an Wein gegeben, was sie noch hatte, eine kleine Flasche, die er in seinen Munitionsgürtel gesteckt hatte. Ein kräftiger Schluck von dem Gebräu hatte ebenso viel getan, um ihn zu beleben, wie Ferrars sämtliche Heiltränke und ihre Fürsorge.

Der Junge blickte hoch und grinste. »Morgan, Mylord.«

Die Wüstenfrau warf ihm einen Blick zu, als sie sich aus der Hocke erhob, aber sie lächelte nicht. Ihr Gesicht war kreidebleich vor Schreck, was nur zu verständlich war. Sie war schnell, aber nicht so schnell wie Aja, und sie hatte nicht wissen können, dass seine Laserkanone nicht entsichert war. Sie war nie entsichert. Avallyn wäre in weitaus größerer Gefahr gewesen, von einem von Ajas Wurfsternen durchbohrt zu werden, aber Morgan vertraute darauf, dass Aja sich hüten würde, irgendjemanden in Ferrar's zu durchbohren.

Dass sein Hauptmann jetzt auf dem Boden kniete und sich ehrfürchtig vor der Todeshexe verneigte, ging allerdings ein bisschen zu weit.

»Wo ist York?«, fragte Morgan.

»Draußen in der Gasse, bei unserem Fahrzeug, Mylord.«

»Fahrzeug?«

Ajas Grinsen wurde noch breiter. »Ja. Als du einen Rover in der östlichen Abteilung erwähnt hast, ist mir plötzlich der Gedanke gekommen, dass wir vielleicht einen brauchen könnten.«

Morgan fühlte, wie seine nervöse Anspannung ein klein wenig nachließ. *Danke, heilige Maria.* Sie saßen also doch nicht in Ferrar's fest.

»Gute Arbeit, Hauptmann.« Der Junge verdiente eine Belohnung. Vielleicht war es an der Zeit, dem Kriegshetzer den verfluchten goldenen Drachen zu geben und den Rest der Bezahlung zu kassieren. Es würde eine nette Abwechslung sein, Van und das Dritte Garderegiment mal eine Weile *nicht* auf dem Hals zu haben.

»Du hast meinen Rover?« Die Wüstenfrau trat vor, und auf ihrem Gesicht war die gleiche Erleichterung zu erkennen, die Morgan fühlte.

»Bitte um Verzeihung, Mylady«, sagte Aja, »aber der Rover gehört jetzt Morgan.«

Morgan sah, wie Avallyn sich bei den Worten des Jungen versteifte.

Langsam drehte sie sich zu Morgan um. »Du stiehlst mir meinen Rover?«

»Ja.« Er machte Aja ein Zeichen. Ferrar hatte ihn fast eine Stunde lang untersucht und abgetastet und abgeklopft, was eine halbe Stunde länger war, als Morgan sich eigentlich zu Hause hatte aufhalten wollen. Er und die Wüstenfrau hatten zu essen bekommen und sich so lange ausgeruht, wie sie es riskieren konnten. Später könnten sie eine längere Ruhepause einlegen, aber nicht jetzt. Er hatte beschlossen, sie zu einem Ort am östlichen Rand des Alten Reiches zu bringen, den er kannte. Wenn er sie beide erst einmal sicher dort versteckt hatte, konnte sie schlafen, so viel sie wollte.

Der Junge machte Anstalten zu gehen, kam jedoch nicht weiter als zwei Schritte, bevor die Wüstenfrau herumwirbelte und einen herrischen Befehl erteilte.

»Halt!«

Zu Morgans großer Bestürzung gehorchte Aja prompt, indem er stehen blieb und sich zu ihr umdrehte, jedes Lächeln war von seinem Gesicht weggewischt.

»Weißt du, wer ich bin, Junge?«, fragte sie in einem Ton, der darauf schließen ließ, dass sie verdammt gut wusste, dass Aja über sie im Bilde war, obwohl Morgan es lächerlich fand, dass ein so junges Ding wie sie Aja als »Junge« bezeichnete.

»Ich weiß nicht, wer Ihr seid, Mylady«, gestand sein Hauptmann, »aber ich weiß, *was* Ihr seid.«

»Und hast du den Priesterinnen der Gebeine nicht Treue geschworen, zusammen mit den anderen Mitgliedern deines Stammes?«

Aja warf Morgan einen seltsamen, fast schuldbewussten Blick von der Seite zu, während er unwillkürlich nach der keinen gelben Tasche an seinem Gürtel tastete.

Die feinen Härchen in Morgans Nacken richteten sich warnend auf, und er wusste, der Tag hatte gerade eben eine weitere Wende zum Schlechteren genommen.

8

»Doch«, sagte Aja und wandte den Blick ab.

»Verfluchte Pest«, knurrte Morgan. Er griff blitzschnell nach Avallyn und zog sie zu sich her, um sie mit der Mühelosigkeit langjähriger Übung zu entwaffnen. Er umklammerte sie mit einem Arm, hob sie hoch, sodass sie wie ein Bündel in seinem Arm hing, und hielt sie fest an seine Seite gepresst, während sie sich wie wild in seinem Griff wand. »Tja, jetzt gehört sie mir, Hauptmann. Du tust also am besten das, was ich sage, und ich sage, dass wir in den verfluchten Rover steigen und schleunigst von hier verschwinden.«

Damit marschierte er zur Tür.

Er hatte große Mühe, Avallyn daran zu hindern, ihm ihre Ellenbogen in seine schmerzenden Rippen zu rammen, was ihn weitestgehend außer Gefecht setzen würde. Es war jedoch ein Risiko, das er auf sich zu nehmen bereit war. Er dachte nicht im Traum daran, ihr den Rover zu überlassen, damit sie ihn zu den Todeshexen bringen konnte.

»Zu Befehl, Mylord.« Ajas Grinsen kehrte zurück, als er sie einholte.

Der Junge gehörte zu denjenigen, die eine günstige Gelegenheit auf Anhieb erkannten, und Morgan hatte ihm gerade eine geboten. Wüstenstämme und Priesterinnen hin oder her, Morgan wusste, wo die Loyalität seines Hauptmanns lag, genauso wie er verstand, dass man gelegentlich gar keine andere Wahr hatte, als jemandem Treue zu schwören, wenn man seine Haut retten wollte. Der Junge war jedoch die letzten zehn Jahre über fast ständig mit ihm zusammen gewesen, deshalb musste Morgan annehmen, dass diese Sache mit dem Treueschwur gegenüber den Priesterinnen stattgefunden hatte, als Aja bestenfalls ein kleines Kind gewesen war, was den Schwur nach seinem Ehrenkodex nichtig machte. Er selbst hatte Aja erst den Treueeid abgenommen, als der Junge alt genug gewesen war, um genau zu verstehen, was ein solcher Eid bedeutete.

Ja, er wusste, wem die Loyalität seines Hauptmanns galt. Er hatte es von dem Tag an gewusst, an dem Aja sich lieber von Van dem Niederträchtigen hatte gefangen nehmen lassen, als dass er zugelassen hätte, dass Morgan allein in die Mondkolonie verschleppt wurde. Eine schlimme Zeit war das gewesen; der Junge – gerade erst zehn Jahre alt – war durch seinen ersten engen Kontakt mit Skaelings vor Angst fast verrückt geworden, und Morgan hatte sich verzweifelt gefragt, ob sie auch nur die geringste Chance hatten, dem Albtraum zu entrinnen. In jener Nacht, angekettet in dem schmutzigsten von Vans orbitalen Kerkern, hatte Aja ihm den Inhalt der kleinen gelben Tasche gezeigt, die er stets an seinem Gürtel trug. Knochen waren es, kleine Knochen, Wahrsageknochen, die Fingerknöchel der Mutter des Jungen, eingebettet in eine Hand voll Sand.

Rückblickend betrachtet, hatte Aja damals vielleicht versucht, ihm etwas über die Priesterinnen der Gebeine und seine Verbindung zu ihnen mitzuteilen. Wenn ja, dann war er allerdings zu verdammt subtil gewesen. Das Einzige, was Morgan von jener Nacht noch in Erinnerung behalten hatte, war die nackte Angst in den Augen des Jungen und wie fest er sich an die kleinen Knochen geklammert hatte, als er um Schutz gebetet hatte.

Avallyn hörte plötzlich auf, sich gegen seinen Griff zu sträuben, und wurde ganz still in seinen Armen.

Zu still. Jeder Muskel in ihrem Körper war angespannt und vibrierte förmlich vor Wachsamkeit.

Morgan blieb stehen, gerade erst auf halbem Weg durch den Hof, und blickte sie forschend an. Sie hatte den Kopf gehoben und sog prüfend die Luft durch die Nase ein. Ihre Ohren zuckten. Er blickte in die Richtung, in die sie starrte, und sah doch nichts hinter den Kisten und Säcken mit Tee, die sich im Lagerraum türmten, aber er zweifelte nicht eine Sekunde daran, dass sie etwas bemerkt hatten, was er nicht wahrnehmen konnte. Er blickte Aja an und stellte fest, dass der Junge im gleichen Zustand äußerster Wachsamkeit verharrte.

»Hauptmann?«

Aja drehte den Kopf. Seine Lippen waren schmal vor Besorgnis. »Das Dritte Garderegiment, Mylord, kommt die Gasse herauf.«

»Und eine Skraeling-Horde«, fügte Avallyn hinzu. »Ich kann sie riechen.«

Morgan löste seinen Griff um sie. Sie holte sich ihre Laserkanone zurück, als sie wieder Boden unter den Füßen hatte, riss ihm die Waffe aus der Hand. Er überließ sie ihr, ohne auch nur einen Blick in ihre Richtung zu werfen. Als er sich auf die Wand der Nissenhütte konzentrierte, diejenige, die zur Gasse hin lag, konnte er das gedämpfte Geräusch marschierender Füße hören, und nach einem Moment glaubte er, das schwache Echo des Skraeling-Schlachtrufs in der Ferne ausmachen zu können – *»Har maukte har!«* –, aber er wollte verdammt sein, wenn er irgendetwas riechen konnte.

»In welcher Gasse steht der Rover, Aja?«

»In der Hintergasse, Mylord.«

Das verschaffte ihnen ein paar Sekunden Zeit. Morgan fuhr zu der Frau herum, die ihnen aus dem Lagerraum gefolgt war. »Es gibt Ärger, Ferrar. Du und Jons könnt gern mit uns in dem Rover fahren.«

Ferrar machte eine wegwerfende Bewegung. »Wir sind schon einmal überfallen worden, und wir werden wieder überfallen werden. Wenn wir jedes Mal, wenn eine Skraeling-Horde auftaucht, die Flucht ergreifen würden, hätten wir unser Geschäft schon vor Jahren aufgeben können. Jons!«, rief sie und richtete ihre Aufmerksamkeit auf die Mitte des Hofes. »Schließ uns ein!«

»Die Truppe, die die Gasse heraufkommt, ist aber das Dritte Garderegiment.« Morgan fühlte sich verpflichtet, sie darauf hinzuweisen, denn er zweifelte nicht an Ajas oder Avallyns Identifizierung der Marschierenden.

Ferrar zuckte die Achseln. »Das Dritte Garderegiment ist auch nicht mehr als eine Horde von Skraelings, selbst wenn sie genetisch vielleicht ein kleines bisschen vor ihnen rangieren.«

Das Geräusch heranrückender Truppen war jetzt unverkennbar und kam von Sekunde zu Sekunde näher. Jons war bereits dabei, die explosionssichere Stahlwand vor die Vordertür der Nissenhütte zu schieben. Die beiden alten *choppes*-Spieler schlüpften in letzter Sekunde hindurch. Die wenigen Gäste in der Teestube hatten den Ruf gehört und liefen kreuz und quer über den Hof. Alle, die Ferrar's als Zufluchtsort benutzten, kannten die Routine, und Morgan bemerkte die ansehnliche Menge von Feuerwaffen, die eilig aus den Räumen herbeigeschafft wurde.

Jons verriegelte die stählerne Schutzwand und strebte zum rückwärtigen Teil des Hofes.

»Wir werden in einem Bogen nach vorn herumfahren und sie von euch ablenken«, sagte Morgan zu Ferrar, während er Aja und Avallyn das Zeichen zum Aufbruch gab.

Er brauchte sie nicht zweimal aufzufordern. Sie waren beide zur Hintertür hinausgerannt, noch bevor er den Hof durchquert hatte.

»Verdammt«, flüsterte er. Es war nur gut, dass die Wüstenfrau ein Ortungsarmband trug, sonst würde er sie jetzt garantiert verlieren.

Die schiere Idiotie dieses Gedankens ließ ihn wie angewurzelt stehen bleiben. Was, zum Teufel, dachte er da eigentlich? Wenn die verfluchten Ortungsarmbänder nicht gewesen wären, hätte sie ihn überhaupt niemals gefangen nehmen können.

Er folgte den beiden zur Hintertür hinaus und erinnerte sich daran, dass sie jetzt seine Gefangene war. Dieser Gedanke verschaffte ihm eine gewisse Befriedigung. Was den Umstand betraf, dass er ihr die Laserkanone zurückgegeben hatte – er hatte nicht die Absicht, sie ohne jeden Schutz herumlaufen zu lassen, und er nahm an, das Risiko, dass sie ihn erschießen würde, war nach dem leidenschaftlichen Kuss, den sie geteilt hatten, sehr gering. Sie konnte nicht immun gegen die Schockwellen der Lust gewesen sein, die ihn überrollt hatten, oder gegen das seltsame Gefühl, dass er sehr viel mehr als das gefunden hatte, was er erwartet hatte. Ihr Geschmack haftete noch immer auf seiner Zunge, betörte ihn noch immer.

Der Rover, der in der Hintergasse parkte, war ein panzerartiges Fahrzeug der G-Klasse, groß genug, um einer zwölfköpfigen Mannschaft Platz zu bieten, mit einem umgerüsteten Chassis für Wüstenfahrten. Er hatte auf jeder Seite zwei Schießscharten und eine gepanzerte Ummantelung in Dünenbraun. Trotz seiner Größe – der Rover war ungefähr halb so groß wie die Nissenhütte – würde er in den Dünen praktisch unsichtbar sein. Morgan nahm die technische Ausstattung mit einem kurzem Blick in sich auf, als er durch die offene Tür in das Fahrzeug sprang. Er drückte auf die »Schließen«-Taste neben dem Türrahmen. Die Tür des Rovers glitt zu, und er wurde augenblicklich von dem widerwärtigsten und scheußlichsten Geruch eingehüllt, den man sich nur vorstellen konnte: Skraeling-Gestank.

Avallyn, die auf dem Fahrzeugdeck stand, war ganz grün im Gesicht. Aja sah verlegen aus.

»York und ich mussten die Biester mit Waffengewalt rausschmeißen«, sagte der Junge zur Erklärung für den absolut ekelhaften Gestank und das heillose Durcheinander von zerbrochenen Teilen, die überall im Inneren des Fahrzeugs verstreut lagen. Kabel hingen aus zertrümmerten Verschalungen und Schalttafeln heraus, die Deckenbeleuchtung war zerschlagen worden, und auf einem Teil des Schotts waren Brandspuren zu erkennen. »Wir hatten nicht viel Zeit zum Aufräumen.«

Morgan nickte knapp. York und Aja hatten trotzdem gute Arbeit geleistet, ganz gleich, wie Ekel erregend es in dem Fahrzeug stank.

»York!«, rief er. »Fahr um das Haus herum zur Vorderseite. Wir wollen doch mal sehen, ob wir dem Dritten Garderegiment nicht etwas zum Nachdenken geben können, was sie daran hindert, sich allzu eingehend mit Ferrar's zu befassen.«

Der Söldner, der am Kontrollpult saß und die Steuervorrichtung bediente, ließ den Motor des Rovers aufheulen, und das Fahrzeug rollte glatt durch die Gasse. Morgan eilte über das Fahrzeugdeck und in die kleine Kommandozentrale.

»Benutze eine halbe Sprengladung, um die Truppe zu zersprengen, und fahr dann nach Osten zum Pathianischen Viertel, um zu sehen, wie viele wir hinter uns herlocken können«, befahl er.

»Kann nicht nach Osten fahren.« York strich mit der Hand über die Bedienungskonsole, und ein vergitterter Bildschirm leuchtete auf. Er tippte mit dem Finger auf eine rote Linie. »Die Stadtwache hat eine Blockade errichtet, mit deinem Namen darauf. Sie sind ziemlich sauer über die Schweinerei, die du in Racht hinterlassen hast.«

Morgan fluchte; nicht zum ersten Mal seit der vergangenen Nacht fragte er sich, wie es um ihre Chancen stand, ihre Verfolger endlich abzuschütteln. Sie waren fast acht Stunden durch das Labyrinth von unterirdischen Kanälen gerannt und waren doch nicht weiter als bis Pan-shei gekommen. Das verfluchte Dritte Garderegiment war ihnen noch immer dicht auf den Fersen, und jetzt hatte die Truppe des Kriegshetzers auch noch die verdammte Stadtwache zur Unterstützung.

»Dann fahr nach Süden, Richtung Magh-Dun.«

Nach Westen zu fahren, in die Wüste, kam unter den gegebenen Umständen nicht in Frage, und durch die nördlichen Provinzen noch tiefer in das Alte Reich zu dringen war ebenfalls zu riskant. Bis zur nördlichen Grenze war es ein verteufelt langer Weg, und obwohl man immer seltener auf Patrouillen der Stadtwache stieß, je weiter man sich vom Zentralen Viertel entfernte, war es für den Feind leicht, Verstärkungstruppen anzufordern, solange sie in der Stadt blieben.

»Ist das nicht ein bisschen wie vom Regen in die Traufe kommen?«, fragte York, während er Morgan einen Blick von der Seite zuwarf. Das vierschrötige Gesicht des Mannes war mit Schmutz beschmiert und an ein paar Stellen mit blutigen Schnittwunden bedeckt. Sein kurz geschorenes, braunes Haar war mit einer Art Puder aus einem aufgeplatzten Beutel überstäubt, der an der Rückenlehne des Fahrersitzes hing. Der andere Sitz war aus seiner Verankerung gerissen und unter die Bedienungskonsole gerammt worden. Der Boden war mit Glasscherben übersät, und aus einem zerfetzten Schlauch, der aus der Wand herausragte, sickerte eine übel riechende, grünlich-blaue Flüssigkeit heraus.

Es muss ein mörderischer Kampf gewesen sein, dachte Morgan.

»Nein«, erwiderte er auf Yorks Frage. »Ich glaube, es ist an der Zeit, dass ich mich mit dem Kriegshetzer befasse, ihm den verfluchten Drachen gebe und ihn uns damit endlich vom Hals schaffe.«

»Ich halte es für sehr viel wahrscheinlicher, dass er einfach den verfluchten Drachen nehmen, uns bei lebendigem Leib das Fell abziehen und uns dann Vishab zum Kochen überlassen wird.«

»Vishab?«, fragte Morgan.

»Corvus Geis Totenbeschwörerin«, sagte Avallyn, als sie über das Fahrzeugdeck kam und neben ihm in der Kommandozentrale stehen blieb.

Morgan drehte sich zu ihr um, fasziniert. »Totenbeschwörerin? Du meinst, sie ist so etwas wie eine Magierin?«

»Die Hexe von Magh Dun wird dich niemals freilassen«, erwiderte sie, als sie mit verdammungswürdiger Mühelosigkeit seine Gedanken las. »York hat ganz Recht. Sie hat eine besondere Vorliebe dafür, ihre Opfer auf unvorstellbar grausame Weise zu foltern und sie zu kochen und zu verbrennen, besonders die Priesterinnen von Claerwen. Mein Leben würde im Turm der Hexe verwirkt sein, und sie würde mich auf eine Art und Weise töten, die den qualvollen Tod durch den Biss einer Wanderschlange wie eine Wohltat erscheinen lassen würde.«

Sie äußerte ihre letzte Bemerkung mit einem beunruhigenden Ernst, der Morgan zu denken gab. In den klaren Tiefen ihrer Augen war keinerlei Furcht zu erkennen, aber auch keinerlei List. Sie sagte ihm nur die simple Wahrheit.

Vielleicht sollte er seinen Plan doch noch einmal überdenken.

»Skraelings steuerbord!«, verkündete York.

Morgan blickte durch ein Seitenfenster, dann durch die Windschutzscheibe. Mehr als nur eine Skraeling-Horde hatte sich zu der Truppe gesellt, auf die sie in Racht gestoßen waren. Es wimmelte nur so von Tiermenschen, wohin er auch blickte. Das Dritte Garderegiment war weiter oberhalb in der Gasse damit beschäftigt, eine Kanone schussbereit zu machen.

»Fahr das Geschützrohr aus«, wies Morgan den Söldner an. »Verpass ihnen eine geballte Ladung, damit sie wissen, dass wir hier sind.«

York schaltete einen anderen Bildschirm ein und machte sich daran, die Koordinaten für seinen Schuss einzugeben.

»Morgan?« Aja kam von dem hinteren Deck herbeigelaufen. »Das Zweite Garderegiment rückt von hinten gegen uns vor.«

Morgan wirbelte herum, seine Stirn gerunzelt. Das Zweite Garderegiment? Unmöglich.

»Bist du sicher?«, fragte er und betete stumm, dass niemand außer ihm den nervösen Unterton in seiner Stimme hören konnte. Es war Panik, schlicht und einfach.

»Ja.« In Ajas Augen spiegelte sich die gleiche Panik wider. Das Dritte Garderegiment war genau das, was Ferrar gesagt hatte, eine ziemlich primitive Horde, nur ein oder zwei Chromosomen höher auf der genetischen Stufenleiter als Skraelings, eine gut organisierte Gruppe gemeiner Laufburschen für den Kriegshetzer. Morgan war ihnen bisher noch immer entronnen, seit er zum ersten Mal einen Fuß in das Alte Reich gesetzt hatte. Das Zweite Garderegiment war dagegen die Elitetruppe des Kriegshetzers, nur noch übertroffen von dem Ersten Garderegiment, der Leibwache, die Corvus Gei niemals von der Seite wich.

»Der Kriegshetzer würde nicht das Zweite Garderegiment herschicken, nur um eine lausige Kopfgeldprämie von vierzigtausend Mark zu kassieren«, sagte er, nicht sicher, wen er eigentlich zu beruhigen versuchte.

Aja pflichtete ihm mit einem energischen Nicken bei.

»Es muss also um den verfluchten Drachen gehen«, sagte Morgan und streckte die Hand nach der Statue aus. »Aber reines Gold oder nicht, er ist nicht wertvoll genug, um den Einsatz des Zweiten Garderegiments zu rechtfertigen.«

»Nein, nicht annähernd wertvoll genug«, sagte der Junge, während er an seinem Gürtel herumfummelte, um den Lederbeutel mit der Statue zu lösen. Als er die Schnüre gelöst hatte, warf er Morgan den Beutel zu.

»Ich hab ihre Kanone in meinem Visier«, sagte York.

»Feuer!« Morgan fing den Beutel auf und stützte sich an dem Schott ab, um nicht durch den Rückstoß des Rovers umgeworfen zu werden, als York den ersten Schuss abfeuerte.

Es gab keinen Rückstoß.

Er blickte Avallyn an, äußerst beeindruckt. »Nettes Fahrzeug.« Dann wandte er seine Aufmerksamkeit wieder Aja zu, als er die goldene Statue aus ihrer Umhüllung befreite und abschätzend in der Hand wog. »Also, was meinst du? Ist sie vielleicht hohl? Und wenn ja, was könnte so Wertvolles in dem Ding drin sein, dass uns der Kriegshetzer deswegen seine Elitetruppe auf den Hals hetzt?«

»Ein sauberer Treffer«, verkündete York.

»Verpass ihnen noch eine halbe Sprengladung. Wir werden geradewegs durch sie und Ferrars Zaun durchbrechen müssen, wenn du dieses Ding hier nicht dazu bringen kannst, sich in die Lüfte zu schwingen.« Obwohl er York den Befehl erteilte, konzentrierte Morgan seine Aufmerksamkeit weiterhin auf Aja.

»In der Statue könnte Chrystaalt versteckt sein«, antwortete der Junge.

Morgan hatte von dem seltsamen Zeug und seinen noch seltsameren Eigenschaften gehört. Es war ein Salz, das in der Einöde gewonnen wurde, ein Mineral, das die Psiherrscher der letzten Dynastie benutzt hatten, um genetisch höher stehende Lebensformen in einen Zustand des Scheintods zu versetzen. Seit der Trelawnischen Rebellion, als die galaxieweite Regierung gestürzt worden war, hatte sich der Handel mit Chrystaalt in den Untergrund verlagert und sich zu einem reinen Schwarzmarktgeschäft entwickelt. Mit nur zehn Gramm von dem kostbaren Mineral konnte man ein Vermögen machen.

Er betrachtete die Statue, ein Drache aus glänzend poliertem Rotgold mit langen Fangzähnen und kunstvoll gearbeiteten Flügeln, der auf einem Bett aus sich ringelnden goldenen Schlangen schlief.

Oder Würmern, dachte Morgan. Dieser Gedanke war ihm seit Sonnpur-Dzon schon viele Male gekommen. Goldene Würmer. Zeit-Würmer aus dem Wehr.

Er hob den Blick zu Avallyn und ertappte sie dabei, wie sie den Drachen anstarrte, von ehrfürchtiger Bewunderung überwältigt, ihre Augen leuchtend vor Begierde. Sie hatte die Hand nach der Statue ausgestreckt, obwohl er bezweifelte, dass ihr dies bewusst war.

Allmächtiger, wenn sie *ihn* jemals mit so viel Feuer in den Augen ansähe, würde er wahrscheinlich in Flammen aufgehen.

»Der Drache gehört dir, wenn du mir noch einen Kuss gibst«, sagte er leise, von Tollheit getrieben, und er meinte jedes Wort ernst. Er würde ihr den Drachen schenken, die monatelange Suche, ihn zu finden, den Kampf, um ihn zu stehlen, und die endlosen Tage der Betrunkenheit, als er versucht hatte, damit fertig zu werden – alles, nur um ihre Lippen wieder auf seinen zu fühlen, heiß und süß und voller Leidenschaft.

Ihre Blicke trafen sich, und ein Schatten der Sehnsucht verdunkelte die grauen Tiefen ihrer Augen.

Morgan fühlte Befriedigung in sich. Sie würde ihm gehören, ganz gleich, welchen Preis er dafür würde zahlen müssen. Er machte einen Schritt auf sie zu, nur um abrupt stehen zu bleiben, als sie langsam den Kopf schüttelte.

»Der Drache ist nicht dafür bestimmt, mir zu gehören«, sagte sie mit offensichtlichem Widerstreben und ließ ihre Hand wieder sinken.

»Für wen ist er denn dann bestimmt?« Seine Stimme klang scharf vor Frustration.

»Für die Priesterinnen von Claerwen.«

Er fühlte, wie sein Zorn von neuem aufflammte. Trotz der Leidenschaft, mit der sie ihn geküsst hatte, hatte sie noch immer die Absicht, ihn in einem Tempel der Gebeine einzukerkern. Diese Tatsache verdammte ihn ebenso sicher, wie er in dem Zeit-Wehr verdammt gewesen war.

»Sie werden mich oder den Drachen nicht kriegen«, sagte er grimmig.

»Ich werde dich nach Claerwen bringen«, korrigierte sie ihn, »da kannst du dir ganz sicher sein. Aber am Ende gehörst du mir. Du bist hierher gesandt worden, um mir zu gehören, gefürchteter Gebieter.«

Von allem, was sie hätte sagen können, war das das Letzte, was er erwartet hatte. Er starrte sie an, zu verdutzt, um ein Wort hervorzubringen, bis ihm ein nagender Verdacht half, seine Sprache wiederzufinden.

»Zu welchem Zweck?«, verlangte er zu wissen und machte sich auf das Schlimmste gefasst. Vielleicht, um ihr als Sklave zu dienen oder um bei irgendeinem gottverlassenen Opferritual der Priesterinnen getötet zu werden.

Aber Avallyns Erröten und die Art, wie sie den Blick abwandte, sagten ihm etwas anderes. Er würde ihr auf die Art und Weise gehören, wie ein Mann und eine Frau einander gehörten.

»Geschützrohr geladen, Ziel im Visier«, meldete York.

»Feuer!« Morgans Reaktion erfolgte ganz automatisch. Seine Reaktion auf die Erklärung der Wüstenprinzessin war dagegen eine verwirrende Mischung aus Erwartung und Furcht. Er war nicht in die Zukunft »gesandt« worden. Die ganze Sache war nichts weiter als ein zufälliges Ereignis gewesen, ein Unfall bei dem Kampf in der Höhle, ein Schwert gegen das andere, und er hatte verloren.

Aber die Chance, die Wüstenprinzessin zu besitzen, sie in seinen Armen zu halten, war etwas, das er sich nicht so leicht entgehen lassen würde.

Priesterinnen. *Großer Gott!* Er war offensichtlich drauf und dran, den Verstand zu verlieren. Vielleicht bearbeitete sie ihn mit irgendeinem Zauber. Madron, die Hexe von Wydehaw, hatte blühende Geschäfte mit Liebestränken gemacht.

York feuerte einen weiteren Schuss auf die Skraeling-Horden ab, und Morgan hörte ihn fluchen.

»Sie zerstreuen sich, allerdings«, rief der Söldner über den Geschützlärm hinweg. »Aber die meisten von ihnen rennen genau in unsere Richtung. Aja! Was, zum Teufel, geht dort hinten vor?«

»Das Zweite Garderegiment rückt uns von hinten auf den Leib!«

»Morgan?«, schrie York. »Was machen wir jetzt?«

Seine Möglichkeiten hatten sich auf eine Einzige verringert, und Morgan schwor, dass es nicht sinnliche Begierde war, die ihn zu dieser Entscheidung veranlasste. Er war zu alt und hatte zu viel durchgemacht, um sich in seinen Entscheidungen von dem Gesicht einer Frau beeinflussen zu lassen, selbst wenn es das engelhafte Gesicht war, das ihn zehn lange Jahre in seinen Wunschträumen verfolgt hatte; oder von dem Kuss einer Frau, auch wenn ihr Kuss ihn bis ins Innerste aufgewühlt hatte.

»Fahr nach Westen, in die Wüste«, befahl er – *und möge Gott unseren Seelen gnädig sein.*

Drachenfeuer

9

Morgan musste zugeben, dass Avallyn Recht gehabt hatte. Es war richtig gewesen, in die Wüste zu fliehen. Avallyn hatte auf einer nördlichen Route bestanden, deshalb hatte er York angewiesen, nach Süden zu fahren, aber auf die eine oder die andere Art waren sie mitten in der gottverlassenen Wildnis gelandet. Ein voller Mond stand über ihnen am Himmel, und sein Licht versilberte die umliegenden Dünen und die fast senkrecht abfallende Felswand in ihrem Rücken. Der Medain von Craig Tagen, so nannte Avallyn die Wand, Teil eines felsigen Gebirgskamms, der sich über Hunderte von Meilen von Norden nach Süden erstreckte. Jenseits der Dünen verschwand das Land in der Dunkelheit einer geradezu unheimlich stillen Nacht. Der Rover parkte im Sand am Fuß der steil aufragenden Felsen, so gut getarnt, dass er wie ein Teil der Formation aussah.

Ja, Avallyn hat einen guten Ort für uns ausgesucht, dachte Morgan. Es war ein verdammt guter Ort, um zu sterben und seine Knochen von der Sonne bleichen zu lassen. Er hatte sich schon seine Mulde in den Felsen ausgesucht, um sich dort zu verkriechen, wenn sein Ende nahte.

»Verfluchte Skraelings«, knurrte er, als er sich unter dem Rover hervorschob, ein Schweißgerät in der Hand. Sein Atem bildete kleine weiße Dampfwölkchen in der kalten Nachtluft. »In Ordnung, York, versuch's noch einmal!«

Der Fusionsblock war während ihrer Flucht aus Pan-shei übel zugerichtet worden und hatte ungefähr eine halbe Tagesreise jenseits der Stadt endgültig versagt, sodass ihnen nichts anderes übrig geblieben war, als mit einem Hilfsmotor weiterzuzockeln, bis sie einen Ort in der Wüste von Deseillign erreicht hatten, der als Oase gelten konnte – ein halbes Dutzend dorniger Büsche, die sich um eine schmale Spalte in einer Felswand drängten, und im Inneren der Spalte war ein Wasserloch.

Avallyn und Aja waren dort und schöpften Wasser, um es zu dem Rover zu bringen und die Reservetanks aufzufüllen, die die Skraelings während der kurzen Zeitspanne ihrer Besitzerschaft verunreinigt hatten.

Er hätte Avallyn inzwischen befragen sollen. Stattdessen hatte er sie wie die Pest gemieden – oder zumindest war er ihr soweit aus dem Weg gegangen, wie es das Ortungsarmband zuließ. Was den Jungen anging, so schuldete er Aja eine Entschuldigung und wahrscheinlich auch noch großen Dank dafür, dass er ihn, Morgan, in diesen letzten Wochen nicht in Wein oder Selbstmitleid hatte ertrinken lassen – obwohl ihm in Wahrheit beide Todesarten immer noch wesentlich lieber gewesen wären als der Tod, auf den er sich jetzt gefasst machen musste.

Ferrars kleine Weinflasche war zerbrochen; das kostbare Glasgefäß mit dem rettenden Trank war bei der Explosion eines Kanonenschusses zu Bruch gegangen, der ihr Fahrzeug am westlichen Rand des Marktes getroffen hatte.

Er war verloren.

»Lass den Motor an!«, rief er York abermals zu.

Ein lautes, blechernes Scheppern, gepaart mit einer dicken Qualmwolke, die vom Heck des Fahrzeugs aufstieg, genügte als Antwort.

Morgan fluchte lästerlich und strich sich mit der Hand durchs Haar, dann blickte er über seine Schulter auf die Felswand.

Du bist hierher gesandt worden, um mir zu gehören, gefürchteter Gebieter – ihre Worte hallten wie ein Echo in seinem Kopf wider.

Er blickte wieder auf den Rover. Nichts war einfach und unkompliziert für ihn gewesen seit der Schlacht um Balor, als er in das Zeit-Wehr hinabgestürzt war. Seitdem hatte er nicht einen unkomplizierten Augenblick erlebt, und der Diebstahl des goldenen Drachen aus Sonnpur-Dzon hatte sein Leben nur noch komplizierter gemacht.

Ja, und was er nicht alles dafür geben würde, um einen einzigen Augenblick Ruhe und Frieden zu haben.

Morgan bewegte sich auf die Tür des Rovers zu, wurde jedoch von einem stechenden Schmerz in seinem Brustkorb zum Stehenbleiben gezwungen. Er biss die Zähne zusammen, presste eine Hand auf seine Brust, um den Schmerz zu lindern, und stieg in den Rover. Die betäubende Wirkung von Ferrars Salben und Pillen ließ allmählich nach. Es konnte nicht mehr allzu lange dauern, bis sich auch seine Kopfschmerzen wieder bemerkbar machten und die Entzugserscheinungen in Form des Weinfiebers, das ihn schon den ganzen Tag zu verschlingen gedroht hatte.

»Also?«, knurrte er.

»Die Antriebsmeridiane funktionieren noch, aber ohne einen neuen Fusionsblock können wir nicht mehr als Notstrom aus dem Generator herausholen«, erklärte York.

»Wir sitzen also hier fest.«

»Richtig.«

Wieder blickte Morgan auf die Felswand, diesmal durch das Fenster auf der Steuerbordseite, und er sah Avallyn, eine zierliche Gestalt, die sich zum Schutz gegen die nächtliche Kälte in ihren zerlumpten schwarzen Umhang gehüllt hatte.

Du bist hierher gesandt worden, um mir zu gehören, gefürchteter Gebieter.

»Aber zu welchem Preis?«, murmelte er vor sich hin, als er beobachtete, wie sie den steilen Pfad zu dem Rover herunterkam.

»Was hast du gesagt?«, fragte York.

»Nichts«, erwiderte Morgan. »Mach dich bereit, um uns für die Nacht einzuschließen. Die Temperatur fällt bereits auf den Gefrierpunkt ab, und sie wird dort nicht Halt machen.«

Das Abendessen in dem Rover war eine ziemlich gedämpfte Angelegenheit, da alle, einschließlich Avallyn, zu erschöpft waren, um mehr zu tun als zu essen. Die Kommunikationszelle des Fahrzeugs war bei dem Feuergefecht mit den Truppen des Kriegshetzers so schwer beschädigt worden, dass sie nicht mehr zu reparieren war, so wie fast alles andere, und von den Sha-shakrieg-Nachtwächtern war keine Spur zu sehen gewesen. Wenn sie nicht getötet worden waren – und Avallyn glaubte nicht, dass das Dritte Garderegiment oder sogar das Zweite im Stande waren, Dray aus Deseillign zu töten –, würden sie nach ihr suchen. Daran zweifelte sie nicht. Sie hatte nur ihre Zweifel, ob sie sie auch finden würden. Trunksüchtiger Dieb oder nicht, der Herrscher der Zeit war mit geradezu unheimlichen Überlebensfähigkeiten gesegnet, und er musste unter einem glücklichen Stern geboren sein, da er es immer wieder schaffte, mit knapper Not davonzukommen. »Verschlungen« genügte nicht annähernd, um den Weg zu beschreiben, den sie genommen hatten, seit sie ihn mit dem Ortungsarmband an sich gebunden hatte. Praktisch gesehen war sie ganz auf sich allein gestellt, um ihn nach Claerwen zu bringen, ob mit oder ohne seine Einwilligung, mit oder ohne den Rover.

Avallyn unterdrückte einen Fluch und biss abermals von

dem mit Honig gesüßten Kümmelkuchen ab. Der Fusionsblock war halb aus seiner Verspannung gerissen worden und auf einer Seite tief eingedrückt. Morgan und Aja hatten stundenlang versucht, ihn zu reparieren, bis selbst Morgan aufgegeben hatte.

Sie riskierte einen schnellen Blick in seine Richtung. Er sah völlig erschöpft aus, und er schien große Schmerzen zu haben. Sein Gesicht war bleich, sein Haar wild zerzaust. Auf seiner Stirn glänzte ein dünner Schweißfilm. Es waren nicht nur die Verletzungen von seinem Kampf mit der Lyranerin, die ihm zu schaffen machten. Es war auch der Wein, das wusste sie. Das verfluchte Zeug machte süchtig, und er hatte nichts mehr davon.

Sie könnte ihm helfen, wenn sie es wagte. Sie tastete unwillkürlich nach dem Beutel an ihrem Gürtel und nach der Glasphiole darin.

Seine Hand zitterte, als er nach seinem Essen griff, und mit einem gedämpften Laut des Ekels schob er seinen Teller weg und stand auf. Er blieb neben dem wilden Jungen stehen, beugte sich zu ihm hinunter und sagte etwas, woraufhin Aja nickte und nach Morgans Arm griff.

Zwischen den beiden bestand eine enge Bindung, das war ganz offensichtlich, und da Avallyn von dem Treueeid des Jungen gegenüber den Priesterinnen wusste, musste sie sich darüber wundern. Sie fragte sich auch, ob sein Stamm eigentlich wusste, wie weit er in der Gesellschaft des Mannes, den zu begleiten er angewiesen worden war, vom rechten Weg abgekommen war. Die ungeheure Schnelligkeit, mit der er bei Ferrar's seine Waffe gezogen und auf sie gezielt hatte, sagte ihr, dass in dem Jungen mehr steckte, als sie oder Dray in Racht geglaubt hatten. Alle wilden Jungen waren schnell, aber sie hatte noch keinen gesehen, der schneller als sie selbst gewesen war, hatte noch keinen mit *tlas buen* gesehen, der Fähigkeit, eine drohende Gefahr vorauszusehen und in Bruchteilen von Sekunden darauf zu reagieren. Er war hellseherisch veranlagt, so viel stand fest, und er war der Grund, warum ihre Ohren den ganzen Tag gezuckt hatten.

Morgan zauste dem Jungen flüchtig das Haar und ging dann zu dem Krankenrevier, und zum ersten Mal sah Avallyn in seinem hinkenden Gang eher schmerzgepeinigte Unbeholfenheit als Anmut. Aja machte ebenfalls Anstalten, sich von seinem Platz zu erheben, aber York bedeutete ihm mit einer Handbewegung, sitzen zu bleiben, und blickte dann Avallyn an, als erwartete er von ihr, dass sie etwas unternahm.

Der Söldner hatte natürlich Recht. Sie musste etwas unternehmen. Schließlich gehörte der Herrscher der Zeit ihr.

Morgan fühlte eher, als dass er hörte, wie jemand hinter ihm das Krankenrevier betrat, und die leichtfüßigen Schritte sagten ihm, dass es Aja war.

»Also, was meinst du?«, fragte er, während er auf die stattliche Reihe von Arzneimitteln zeigte, die er auf der Anrichte aufgebaut hatte. Er hatte seine Hände rechts und links von der *materia medica* auf die Tischplatte gestützt, und beide Hände zitterten von den Entzugserscheinungen. Er hatte inzwischen zu schwitzen aufgehört, und seine Körpertemperatur war merklich gestiegen, ein schlechtes Zeichen, so viel stand fest, der Anfang des Weinfiebers. »Bei welchem Mittel ist die Wahrscheinlichkeit größer, dass es mich heilt, als dass es mich umbringt?«

Er hob eine Flasche mit einem Mittel hoch, das Ferrar ihm einmal gegeben hatte, um die Beschwerden nach dem übermäßigen Genuss von carillionischem Wein zu lindern. Ob es im umgekehrten Fall auch hilft?, überlegte er.

»Du brauchst nicht noch mehr Synthetik, sondern Seelenfrieden, gefürchteter Gebieter.« Er roch Avallyns grünen

Duft im selben Moment, als er ihre Hand auf seinem Arm fühlte.

Er erstarrte unwillkürlich und versuchte, ihr seinen Arm zu entziehen – er war jetzt weder in der Stimmung noch in der Verfassung, sich mit ihr zu beschäftigen –, aber sie hielt ihn fest.

»Ich kann dir mindestens ebenso gut helfen wie die *chai wallah*«, erklärte sie ihm, »und wahrscheinlich sogar noch sehr viel besser.«

»Hast du denn Wein?«, fragte er, während er sein letztes bisschen Haltung aufbot und sich dazu herabließ, ihr einen Blick zuzuwerfen. Wie jedes Mal löste ihr Anblick ein so seltsames Gefühl von Déjà-vu in ihm aus, dass es ihn fast erschreckte, aber er wandte sich nicht von ihr ab.

Sie schüttelte den Kopf.

Jetzt, wo er nüchtern war und sein Blick nicht mehr von dem Wein getrübt, konnte er sehen, dass sie doch nicht so perfekt geformt war, wie er zuerst gedacht hatte. Aber als der verrückte, hirnlose Säufer, der er war, fand er ihre Unvollkommenheit sogar noch reizvoller.

Sommersprossen – die Plage jedes hellhäutigen, blonden Mädchens – lagen wie Feenstaub auf ihrem Nasenrücken verstreut, ein Geschenk der Wüstensonne. Eine kleine Narbe verlief schräg durch ihre rechte Augenbraue und zog sie ein kleines bisschen höher als die linke, sodass sie eher wie ein schelmischer Kobold aussah als wie die goldene Prinzessin. Eine weitere Narbe verunstaltete eines ihrer spitzen Ohren. Ihre beiden Schneidezähne waren ein bisschen schief, der eine hatte sich etwas über den anderen geschoben, aber das änderte nicht das Geringste an seinem Verlangen, sie zu küssen. Und Gedanken an Küsse waren zwangsläufig sein Verderben. Er hatte ihr den goldenen Drachen für einen Kuss angeboten, und sie hatte ihn abgewiesen. Besaß er denn überhaupt kein Quäntchen Vernunft mehr?

Der größte Unterschied, den er in seinem neuen und qualvollen Zustand der Nüchternheit an ihr bemerkte, war jedoch ihr Alter. Sie war jung, das schon, aber nicht so jung, wie er zuerst gedacht hatte, keine Priesterin im Teenageralter.

»Wie alt bist du?«, fragte er. Es war nicht die erste Frage, die er ihr hatte stellen wollen, und auch nicht die wichtigste, sondern diejenige, die ihm gerade in den Sinn kam.

»Seit dem Tag meiner Geburt hat sich die Erde einhundertfünfundzwanzigmal um die Sonne gedreht«, erwiderte sie.

Morgan erbleichte, als er ihre Antwort hörte. Er hatte schon vor langer Zeit erfahren, dass im kosmischen System der Dinge Menschen zu denjenigen Wesen gehörten, die die kürzeste Lebenserwartung hatten; genauso wie er erfahren hatte, dass längerlebige Spezies gewöhnlich eine entsprechende Arroganz besaßen, und das aus gutem Grund.

Einhundertfünfundzwanzig Jahre waren eine lange Zeit für jemanden, der nicht älter als höchstens fünfundzwanzig aussah, lang genug, dass sie Dinge gelernt hatte, die er sich wahrscheinlich noch nicht einmal vorstellen konnte. Er rieb seine schmerzhaft pochenden Schläfen. *Einhundertfünfundzwanzig beschissene Jahre.*

»Das ist mehr, als ich geschätzt hätte«, lautete die beste Erwiderung, die ihm einfiel.

»Die Angehörigen meines Stammes sind sehr lebendig, gefürchteter Gebieter, besonders die väterlicherseits.«

Unter diesen Umständen machte ihm ihr fortgesetzter Gebrauch der Anrede »gefürchteter Gebieter« doch ein klein wenig Mut.

Großer Gott, sein Schädel schmerzte derart, dass er befürchtete, er würde jeden Moment platzen.

»Und wer ist dein Vater?« Da ihre Mutter eine Todeshexen-Priesterin war, konnte er sich nur über den Mann wundern, der den Mut aufgebracht hatte, mit einer solchen Frau ein Kind zu zeugen.

»Ein ilmarrynischer Magia-Gebieter. Er heißt Tamisk.«

Morgan zog die Hand von den Augen und wünschte sofort, er hätte es nicht getan. Der Raum fing an, an den Rändern zu zerfließen, eine typisch carillionische Trugwahrnehmung. Er konnte fast fühlen, wie der letzte Rest von Wein durch seine Poren verdunstete, ein Umstand, der zwangsläufig eine Einöde in seinem Inneren hinterlassen musste.

»Und es war dein Vater, der die hier gemacht hat?« Er hob sein Handgelenk mit dem Ortungsarmband hoch. Die Hexe Vishab kannte er zwar nicht, aber von den Ilmarryn, den Wüstenfeen, hatte er schon gehört, wenn auch nur in Form von Mythen. Es hieß, sie lebten in einem Vergessenen Wald am Rande des Sandmeeres, und natürlich kamen sie nur nach Pan-shei, um ungezogene Kinder zu rauben. In Anbetracht seiner Erfahrungen aus seiner Vergangenheit mit den Quicken-tree hatte er sich gefragt, ob an den Geschichten über die Wüstenfeen nicht vielleicht doch mehr Wahres dran war, als die Mütter von Pan-shei womöglich ahnten; und jetzt schien es so, als hätte er Recht gehabt. Wenn der Zufall es wollte, dass er seine Nüchternheit überlebte, wäre es vielleicht gut zu wissen, wessen Ketten ihn fesselten.

»Ja. Das war Tamisk.« Avallyn bestätigte seinen Verdacht. »Er befürchtete, dass ich dich sonst nicht halten könnte.«

»Da hat er Recht gehabt«, sagte Morgan und fragte sich gleich darauf, ob er damit die Wahrheit gesagt hatte. Er hätte ihr durchaus entkommen können, aber an welchem Punkt während ihrer Flucht hätte er sie dann verlassen – um sie den Skraelings zu überlassen oder um allein mit dem Dritten Garderegiment fertig zu werden? Selbst in Ferrar's, wo sie relativ sicher gewesen wäre, wäre er nicht bereit gewesen, sie zu verlassen – besonders nicht, nachdem sie sich geküsst hatten.

Sein Blick schweifte zu ihrem Mund, und nicht zum ersten Mal fragte Morgan sich, was sie dazu bewogen hatte, sich ihm so vollständig zu öffnen. Sie hatte ihn wohl kaum von seiner besten Seite erlebt, diese Priesterin-Prinzessin aus dem uralten Geschlecht der Feen und Magier. Und dennoch, als sie sich geküsst hatten, hatte sie ihm die Hände auf die Hüften gelegt – nicht, um ihn wegzustoßen, sondern um ihn noch näher an sich zu ziehen. Ihr Körper hatte sich eng an seinen geschmiegt und dabei eine Wärme erzeugt, die er bis in sein Innerstes hatte eindringen fühlen.

Und ihre Lippen ... ihre Lippen hatten auf seine gepasst, als ob sie füreinander erschaffen wären!

Morgan wandte den Blick von ihr ab und strich sich mit allen zehn Fingern durchs Haar. Wenn er diese mörderische Entziehungskur tatsächlich überlebte, würde er vielleicht die Chance haben, Avallyn noch einmal zu küssen. Aber nicht jetzt. Jetzt brauchte er dringend Hilfe. Das Krankenrevier fing an, sich auf höchst unnatürliche Weise zu bewegen.

»Hol ... hol Aja her«, befahl er und versuchte, sie durch bloße Willenskraft zum Gehorsam zu zwingen, bevor er Schande über sich brachte, indem er besinnungslos auf dem Fußboden zusammenbrach. Er hatte den ganzen Tag eisern durchgehalten und war noch nicht bereit, die Kontrolle über sich aufzugeben.

»Nein, Mylord. Es genügt, wenn ich hier bin.« Sie klang sehr selbstsicher und bewies damit mehr Zuversicht, als er aufbringen konnte, als der Raum plötzlich nach einer Seite wegkippte und sich der Fußboden so gefährlich schräg neigte, dass er drauf und dran war, das Gleichgewicht zu verlieren und der Länge nach hinzuschlagen.

Er machte einen Schritt vorwärts, um sich an der Anrichte festzuhalten, bevor ihm der Boden gänzlich unter den

Füßen wegglitt, und merkte dann, wie er stattdessen von Avallyn aufgefangen wurde.

»Schsch. Ruhig, Morgan, ganz ruhig.« Sie war warm und erstaunlich stark, als sie die Arme um ihn schlang und ihn festhielt. Er folgte instinktiv ihrem Beispiel, schloss sie in seine Arme und ließ den Kopf auf ihre Schulter sinken. Sie duftete so unglaublich gut, und es genügte schon, sie nur in den Armen zu halten, um den Raum daran zu hindern, sich vollkommen aufzulösen. Er schloss erleichtert die Augen. Sie musste wahrhaftig magische Kräfte besitzen.

Er hörte, wie die Schnalle an seiner Schwertscheide gelöst wurde, fühlte, wie sie ihm das schwere Schwert vom Rücken hob.

»Du solltest dich besser hinlegen, bevor du dich verletzt.« Ihre Stimme war ein süßes Wispern an seinem Ohr. »Vorsicht!« Sie beugte sich vor und löste den Untersuchungstisch des Krankenreviers aus seiner Verankerung in der Seitenwand des Rovers. Eine weitere Berührung der Sensorkonsole genügte, um den Tisch herunterzuklappen und aufzustellen. Morgan fühlte, wie die Kante des Tisches gegen die Rückseite seiner Schenkel drückte, aber er wollte sich nicht hinlegen und Avallyn loslassen. Ihr zerlumpter Umhang war weicher als Gänsedaunen, die Wärme und Form ihres Körpers ein Trost, auf den er nicht verzichten wollte.

»Komm, Morgan, leg dich hin«, sagte sie sanft und schob ihn auf den Tisch.

Er hatte nicht mehr die Kraft, Widerstand zu leisten, deshalb gab er nach – und zog sie mit sich, sodass sie eng umschlungen auf die Liege fielen.

Sie stieß ein überraschtes Keuchen aus, als sie in seinen Armen lag, und ihre Lippen verzogen sich zu einem flüchtigen Lächeln. Er begehrte sie, selbst noch in seinem Delirium, und ihm blieb nicht mehr viel Zeit. Er konnte fühlen, wie das mörderische Ende nahte.

»Bist du sicher, dass du keinen carillionischen Wein hast?«, fragte er. Ein kräftiger Schluck würde schon ausreichen, um seine Qualen zu lindern, ein einziger Schluck nur, und er würde durchhalten, und sie könnten den Rest der Nacht damit verbringen, sich zu lieben, statt um das zu kämpfen, was vielleicht noch von seinem Leben übrig war.

Gott, es war schon so lange her, seit er eine Frau geliebt hatte, wirklich geliebt hatte. Damals in Wales hatte es ein süßes Mädchen gegeben, als er kaum älter als ein Junge gewesen war. Eiryl hatte sie geheißen; sie war seine Erste gewesen und die Verlobte seines ältesten Bruders. Sie hatte ihn eines Nachts in dem kleinen Zimmer über der Speisekammer aufgesucht, das er für sich beansprucht hatte, auf der Suche nach Liebe und Zärtlichkeit, die sie – wie sie zu Recht befürchtete – in Damians Bett nicht finden würde. Es hatte nur knapp zwei Wochen gedauert, bis man sie erwischt hatte, und er war kurzerhand von zu Hause fortgejagt worden, in den Krieg, um an der Seite von Richard Löwenherz in den Kreuzzügen zu kämpfen. Seitdem hatte er sich schon so manches Mal gefragt, ob Damians ältester Sohn nicht tatsächlich sein, Morgans, Kind war. Eiryl hatte nie etwas darüber gesagt, und als er von den Kreuzzügen zurückgekehrt war, ein gebrochener Mann, war sie mit ihrer Rolle als Damians Ehefrau anscheinend durchaus zufrieden gewesen.

Morgan… Morgan, wach auf! Es war ein Flüstern aus der Vergangenheit.

Es war Eiryl.

Morgan blickte zur anderen Seite des Krankenreviers hinüber, und dort stand sie, ihre helle Haut bleich im Licht des Mondes, ihr langes dunkles Haar zerzaust von dem Sturm und dem Regen. Es hatte sich schon den ganzen Tag über ein Unwetter zusammengebraut.

»Morgan, hilf mir, bitte! Rette mich.« Eiryl rannte zu ihm

und warf sich schluchzend auf sein Bett. »Ich kann ihn nicht heiraten. Ich kann es einfach nicht. Und ich werde ihn auch nicht heiraten. Das schwöre ich.«

»Damian?«, fragte Morgan, als er versuchte, den Tiefschlaf abzuschütteln und die fast unglaubliche Tatsache zu begreifen, dass die Verlobte seines Bruders mitten in der Nacht in seinem Zimmer war und, sogar noch schlimmer, dass sie in seinem Bett war – die schöne Eiryl von Powys mit ihren blitzenden dunklen Augen und der verführerisch gerundeten Figur lag praktisch auf ihm. Er schlug die Bettdecke zurück, in der Absicht, aus dem Bett zu springen, aber sie griff hastig nach seiner Hand und hielt ihn zurück.

»Ja. Nein. Ich werde ihn nicht heiraten. Er ist grausam und alt, so schrecklich alt.«

Die Wahrheit ihrer Klagen ließ sich wohl kaum bestreiten. Damian war alt, fast dreißig, und er hatte ganz zweifellos eine grausame Art, aber nicht mehr als jeder Lehnsherr, der den Grafen von Chester in Schach zu halten versuchte.

»Eiryl, ich …« Er wusste nicht, was er sagen sollte. In Wahrheit hoffte er, dass er noch immer schlief und dass das Ganze nur ein Traum war. Er rieb sich mit der Hand übers Gesicht und musste zugeben, dass er sich hellwach fühlte. Und dann strich Eiryl langsam mit der Hand an seinem Bein hinauf, und jeder Zweifel, den er vielleicht noch gehabt hatte, verflüchtigte sich, als ihn eine glutheiße Woge der Erregung überrollte.

»Warum konntest nicht du es sein, Morgan?«, flüsterte Eiryl, während ihre Hand höher und höher an seinem Bein hinaufglitt, bis sie sein Glied in ihrer glatten, warmen Handfläche hielt. »Du, der du so schön bist, so jung und stark und sanft? Du bist doch sanft, nicht wahr, Morgan?«

Sie beantwortete ihre Frage selbst, indem sie ihn in den Mund nahm und ihn behutsam in die Kissen zurückdrückte, wo er nichts anderes tun konnte, als vor Wollust zu stöhnen und – als sie seinen Schaft zum zweiten Mal mit ihrer warmen Zunge liebkoste – zu beten, dass er nicht vor lauter Wonne in Ohnmacht fiel, bevor sie mit ihm fertig war.

»Ich habe keinen Wein, aber einen Arzneitrank.« Avallyn kämpfte sich in eine sitzende Haltung hoch und zog eine kleine Phiole aus einem Beutel an ihrem Gürtel.

Morgan fühlte noch immer die Berührung von Eiryls Lippen, aber er zwang sich, in die Gegenwart zurückzukehren, und warf einen argwöhnischen Blick auf das flüssige Zeug in dem Glasfläschchen. Es schwappte grün und moosig in seiner gläsernen Umhüllung und sah eher wie Wasser aus einem Algenteich aus als wie ein trinkbares Gebräu.

»Noch so ein bindender Zauber?«, fragte er, seine Stimme rau und kehlig von dem flüchtigen Vergnügen, das ihm seine Erinnerungen verschafft hatten. Eiryl war die Erste gewesen, die ihn auf solch eine Art und Weise genommen hatte, und jetzt, Tausende von Jahren später, fragte er sich, wie er Avallyn Le Severn dazu bringen könnte, die Nächste zu sein. Eine vergebliche Hoffnung, davon war er überzeugt, aber wenn man sich das Bild erst einmal vorgestellt hatte, ließ es sich nur schwer wieder verdrängen.

»Nein«, erwiderte sie. »Dies hier ist eher ein befreiendes Zaubermittel, gebraut von Tamisk, um dem Wein entgegenzuwirken.«

»Dann ist dein Vater also ein großer Magier?« Ja, ihre Lippen auf seinem Körper zu fühlen würde ein Segen sein, selbst in seinem gegenwärtigen Zustand, der sich, wie er befürchtete, genau in diesem Moment noch mehr verschlimmerte. Er roch plötzlich Rauch, und dem heftigen Zittern, das seinen Körper erschütterte, wuchsen Klauen, winzige, rasiermesserscharfe Klauen, die schmerzhaft an seiner Haut rissen und sich bis in seine Knochen gruben. Es waren typisch carillionische Folterqualen.

»Ein Experte in den Büchern des Wissens«, erklärte Avallyn, »einschließlich deines Buches, des Roten Buches des Schicksals, des *Fata Ranc Le.*« Ihre Stimme war kaum noch hörbar über dem anschwellenden Lärm und der Hitze, über dem Chaos, das er von der anderen Seite des Krankenreviers auf sich zustürmen fühlte.

Fata Ranc Le.

Schicksalsmacht. Mit äußerster Anstrengung konzentrierte er sich auf die Worte der Wüstenfrau. Es war nicht sein Buch gewesen, sondern Ceridwens, das rote Buch mit den in Gold geprägten Schriftzeichen auf dem Einband. Er hatte es eines Nachts in den Wald von Wroneu mitgenommen; und um die Wahrheit zu sagen, es war in jener Nacht gewesen, als sich sein Leben zu entwirren begonnen hatte. Er hatte das Buch im Schoß gehalten und flüchtig die Seiten durchgesehen, bis er am Ende des Geschriebenen angekommen war – aber nicht am Ende des Buches. Seine Hand hatte auf der ersten unbeschriebenen Seite geruht, und er hatte zum ersten Mal Magie erlebt. Das Schicksal, das hatte er in jener Nacht erfahren, war eine feurige Sache.

Sein Buch, hatte Avallyn gesagt. Es hatte sich so angefühlt, als ob es ihm gehörte, als er es damals in den Händen gehalten hatte, aber er hatte das Buch bei Lavrans gelassen und seitdem nie wieder gesehen.

Du bist hierher gesandt worden, um mir zu gehören, gefürchteter Gebieter.

War es das, was er in jener Nacht in das Buch geschrieben hatte, während jener seltsamen Augenblicke, als plötzlich Flammen aus seinen Fingerspitzen geschossen und über die Seiten gezuckt waren, um Worte in einer Sprache zu hinterlassen, die er nicht lesen konnte, als sich seine ganze Hand auf einmal lebendig angefühlt hatte, durchströmt von einer Kraft und Energie, wie er sie noch nie zuvor erlebt hatte und seitdem auch nie wieder?

Zu viel Ale, hatte er sich damals gesagt, eine rauschbedingte Wahnvorstellung; aber tief in seinem Herzen hatte er gewusst, dass dem nicht so war – und Avallyn wusste es ebenfalls, wusste vielleicht noch mehr als er von all den großen Augenblicken der Magie, die sein Leben beeinflusst hatten.

Du bist hierher gesandt worden, um mir zu gehören, gefürchteter Gebieter. Er wusste, sie sagte die Wahrheit, aber zu welchem Zweck? War es seine Bestimmung, elendiglich an dem Weinfieber zu sterben, noch bevor die Sonne wieder aufging? Oder war es eine andere, eine, die mit ihrem moosgrünen Zaubertrank begann?

Ganz plötzlich durchzuckte ihn ein scharfer, stechender Schmerz. Er rang keuchend nach Luft und krümmte sich zusammen, dann hob er ruckartig wieder den Kopf, der Geruch nach Rauch war auf einmal sehr stark. Sein Herz klopfte zum Zerspringen. Er war wieder mitten im Kampfgetümmel. In der Ferne sah er einen Kreis von Feuern, und überall um ihn herum war das Klirren von Schwertern zu hören und das angstvolle Schnauben von Pferden, die lauten Schreie von Männern und das Sirren von Pfeilen, die von Langbogen abgeschossen wurden. Die Geräusche einer Schlacht aus einem längst vergangenen Zeitalter.

Es war Llywelyn am Conwy, der gegen seinen Onkel, Dafydd, um Perfeddwlad kämpfte. Morgan war damals bei ihm gewesen, geschickt von Damian, der ihn keine zwei Wochen nach seiner Rückkehr aus dem Heiligen Land erneut von zu Hause vertrieben hatte. Es war das letzte Mal gewesen, dass er jemals wieder nach Hause zurückzukehren versucht hatte. Daraufhin hatte er Llywelyn Treue geschworen und nie mehr zurückgeblickt.

Feuer brannten in den Lagern, ließen dicke Rauchwolken über die Flussmündung treiben. Morgan beugte sich tief über den Hals seines Schlachtrosses und trieb das Pferd ins Wasser. Dafydd war auf der Flucht.

Zu seiner Linken stürzte ein Piketier zu Boden, durchbohrt von einem feindlichen Pfeil. Rechts von ihm tauchte plötzlich ein Schwertkämpfer aus den Rauchschwaden auf und stürmte geradewegs auf ihn zu. Morgan hob sein Schwert und trieb sein Pferd zum Galopp an, um den Angreifer zurückzudrängen.

»Llywelyn!«, schrie er. »Llywelyn!«

»Ruhig, Morgan, ganz ruhig.« Avallyn glitt von dem Untersuchungstisch, wobei sie ihre eine Hand fest auf seiner Brust liegen ließ, um ihn und sich selbst zu beruhigen und ihn gleichzeitig auf dem Tisch fest zu halten. Einen Moment zuvor war er noch bei klarem Verstand gewesen.

Aber jetzt nicht mehr. Ein heftiges Fieber brannte in seinem Körper, und er zitterte wieder an allen Gliedern. Seine Augen starrten blicklos in die Schatten, die die Schränke an der gegenüberliegenden Wand verdunkelten. Sein Atem ging in kurzen, keuchenden Stößen, als ob ihn irgendetwas große Anstrengung kostete, sodass Avallyn sich unwillkürlich fragte, was das für eine Vision sein mochte, die ihn in der Gewalt hatte.

Shadana. Sie konnte ihn jetzt nicht verlieren, konnte ihn nicht an den gottverdammten Wein verlieren, nachdem sie es geschafft hatten, fast der gesamten Armee des Kriegshetzers zu entrinnen.

»Llywelyn«, stöhnte er und schlug heftig um sich, als ob er sein Schwert in der Hand hielte. Nach einem Moment fiel er wieder auf die Liege zurück und stöhnte abermals. »Eiryl.«

Hastig erbrach Avallyn mit einer Hand das Siegel an der Phiole, dann ließ sie Morgan los, um seinen Kopf in ihre Armbeuge zu betten.

»Komm jetzt, süßer Prinz.« Sie hielt das Fläschchen schräg und flößte ihm einen Teil der Flüssigkeit ein.

Er hustete und keuchte, verschluckte sich fast, während

er sich mit letzter Kraft an sie klammerte und seine Finger in ihren Arm grub.

Heilige Mutter! Sie beobachtete voller Entsetzen, wie plötzlich grüner Rauch zwischen seinen zusammengebissenen Zähnen hervorquoll. Er riss die Augen auf, ein gequältes Aufblitzen von Blau, dann verdrehte er sie, bis nur noch das Weiße zu sehen war, und sein Körper wurde steif.

Sei umsichtig, hatte Tamisk ihr eingeschärft.

Umsichtig? Sie hatte den Prinzen umgebracht!

»Morgan«, sagte sie verzweifelt. Dann, noch lauter: »Morgan!«

Sie schüttelte ihn heftig, und er erschlaffte vollkommen in ihren Armen, sank wie leblos auf die Liege zurück. Ihr stockte der Atem. Sie hatte ihn getötet, den Herrscher der Zeit! Der Schock und das Entsetzen über das, was sie angerichtet hatte, waren so groß, dass sie wie erstarrt dastand.

Und dann hörte sie es, ein gedämpftes Stöhnen. Morgan rollte sich auf die Seite und stieß langsam den Atem aus, und wieder quollen Rauchkräusel aus seinem Mund hervor.

»Zur Hölle mit dir, Tamisk«, flüsterte Avallyn, von unendlicher Erleichterung überflutet. Der Magier hätte sie wirklich vor dem Rauch warnen können.

Sie strich Morgan ein paar zerzauste Strähnen aus der Stirn und ließ ihre Finger durch sein langes schwarzes Haar gleiten. Die Narbe des Zeit-Reiters war da, eine dünne Linie, an seinem Hals, die in seine Haut eingebrannt war. Seine Stirn war schweißnass, das Fieber merklich gesunken, und das heftige Zittern hatte aufgehört. Der nächste Laut, den er von sich gab, war mehr ein Seufzen als ein Stöhnen, und er entspannte sich.

Es war schneller gegangen, als der Traumsteinzauber gewirkt hätte. Das musste sie Tamisk immerhin zugestehen. Und ein durch Traumsteinzauber herbeigeführter Schlaf war nicht annähernd stark genug, um den Wein zu bekämpfen.

Die offene Phiole noch immer in der Hand, träufelte Avallyn sich probeweise einen Tropfen von der Flüssigkeit auf die Zunge und erlebte noch eine Überraschung. Es war Drachenwein, *gwin draig*, vermischt mit einer geringen Menge Shampbeeren und genug haesa, um das Gebräu grün und moosig zu machen.

»Würmersaft«, murmelte sie. Der Magier hatte den Drachenwein mit carillionischem verschnitten, um dem Prinzen ein bisschen von seiner Hausmarke zu geben. Kein Wunder, dass der Trank so schnell gewirkt hatte. Morgan würde den Rest der Nacht tief und fest schlafen, umfangen von Träumen – Träumen von Drachen und Träumen von Zeit und Ewigkeit und Träumen von seiner Vergangenheit. Es konnte auch nicht schlimmer sein als das, was er ohne den Zaubertrank durchlebt hatte – einen ungefilterten Aufguss seiner Erinnerungen. Erinnerungen konnten trügerisch sein, aber der Drachenwein würde ihm nur das zeigen, was wirklich gewesen war, und – falls ihn sein Glück im Stich ließ – einen flüchtigen Ausblick auf das, was kommen sollte.

Das wünschte sie ihm nun wirklich nicht. Sie wusste schon ihr ganzes Leben von der Reise, die ihr bevorstand, und sie konnte nicht behaupten, dass sie Trost und Beruhigung aus diesem Wissen schöpfte. Und für ihn würde es noch schlimmer sein. Trotzdem – vorläufig schlief er, und im Schlaf war er ihr auf Gnade und Ungnade ausgeliefert.

Und sie würde gnädig mit ihm sein, wenn sie nicht das andere Zeichen fand, das sie suchte. Er könnte nach Panshei zurückkehren, in wesentlich besserer Verfassung als vorher, nachdem er von dem Wein befreit worden war.

Mit vorsichtigen Bewegungen öffnete sie die Schnappverschlüsse an seiner Jacke und zog dann den Reißverschluss des Hemds herunter, das er unter der Jacke trug. Ein großer Teil seiner Brust war von Ferrars Verbänden bedeckt, aber sie brauchte nur den Bereich oberhalb seines Herzens zu sehen.

Seine Haut rührte sich warm unter ihrer Hand an, als sie die Bandagen am oberen Rand löste und dann eine nach der anderen beiseite schob. Ihre Bewegungen hatten nichts Zögerliches an sich. Sie wollte endlich wissen, ob er wirklich der Prinz war, den die Prophezeiung angekündigt hatte – und nachdem sie die vierte Bandage abgewickelt hatte, wusste sie es.

Das Zeichen, nach dem sie gesucht hatte, war tatsächlich da, das Blatt einer Eberesche, und daneben noch etwas anderes. Die Narben, von denen sie ursprünglich geglaubt hatte, sie würde sie in seinem Gesicht finden, entstellten seinen Oberkörper auf eine Art und Weise, die Avallyn veranlasste, mitten in der Bewegung innezuhalten und erschrocken aufzukeuchen.

Allmächtige Götter! Sie schob noch mehr von den Bandagen beiseite, bis seine Haut und sein Unterleib vollständig enthüllt waren. Wie hatte er solche Verletzungen überlebt?

»Sie sind schlimm, nicht?«, sagte jemand hinter ihr, und sie erkannte die Stimme augenblicklich als die des wilden Jungen.

»Die Schlimmsten, die ich jemals gesehen habe«, gestand sie – sie, eine Veteranin unzähliger Schlachten im Norden.

»Er ist ein Prinz, weißt du.«

Avallyn drehte sich zu dem Jungen um. »Ja, das weiß ich.«

Er beobachtete sie von der anderen Seite des Krankenreviers aus, hielt ihren Blick mit ernster Entschlossenheit fest.

Sie verstand seine wortlose Botschaft: Morgan war sein Herr, und zwar nur Morgan allein, ungeachtet seines Sippeneides. Das glaubte der Junge vielleicht, aber sie waren jetzt in der Wüste, und die Priesterinnen der Gebeine entließen diejenigen, denen sie einmal den Treueeid abgenommen hatten, nicht so ohne weiteres wieder aus ihrer Pflicht. Avallyn schickte ihn mit einer leichten Handbewegung fort, die sie bei den Messgehilfinnen von Claerwen gebrauchte, und der Junge reagierte mit einer Verbeugung und Rückzug.

Also immer noch ein Kind der Wüste, dachte sie, trotz seines langjährigen Gaunerlebens mit Morgan. Sie beobachtete, wie Aja hinausging, und wandte ihre Aufmerksamkeit dann wieder Morgan zu.

Er murmelte etwas im Schlaf, ein Flüstern von Liebe und Licht in einer uralten Sprache, und Avallyn beugte sich noch tiefer über ihn, um seine Worte besser zu verstehen.

»– *sic itur ad astra.*« Dies ist der Weg zu den Sternen.

Sie runzelte nachdenklich die Stirn. Es war ein Sprichwort, eingemeißelt in die Steine über Tamisks Turmtür und dann noch einmal auf Ilmarrynisch entlang des Säulengangs des Weißen Palasts und in der großen Halle von Claerwen. Auf Grund der Tatsache, dass Morgan die Worte im Schlaf murmelte, fragte sie sich, ob der Magier die Träume des Prinzen womöglich nach Maß gezaubert hatte. Sie hatte nicht die Absicht gehabt, ihn allein zu lassen, aber wenn Tamisk bei der Sache zu sehr die Hand im Spiel hatte, wagte sie es auch nicht. Am besten, sie blieb in Morgans Nähe und half, wo sie konnte. Sich auf eine Traumreise zu den Sternen zu begeben war keine ungefährliche Sache, und es war schon oft vorgekommen, dass sie einen Mann sehr viel weiter entführt hatte, als er eigentlich hatte gehen wollen.

10

Corvus stand auf der Aussichtsplattform seines Kriegsgefährts, eines Rovers, der zwölfmal so groß war wie jedes Panzerfahrzeug der G-Klasse, und ließ seinen Blick über die Gassen und Nebenstraßen von Pan-shei schweifen und über den Haufen Schrott und Trümmer, der einmal eine Nissenhütte gewesen war.

»Gefangene?«, fragte er.

»Drei, Mylord«, antwortete die neu ernannte Hauptmännin seiner Leibwache, die ihre Beförderung nur dem Umstand verdankte, dass ihr Vorgänger seine letzte Vorladung in die Halle der Gruften nicht überlebt hatte. »Einschließlich der Hauswirtin des Diebes.«

»Bring sie zu mir.«

»Zu Befehl, Mylord.« Die Hauptmännin machte auf dem Absatz kehrt und marschierte über die Plattform davon, während ihre neuen Epauletten die letzten Strahlen der Abendsonne einfingen und auf ihren Schultern glitzerten.

»*Cachi hwch*«, fluchte Vishab und spuckte auf den Boden, noch sauertöpfischer als gewöhnlich, nachdem der letzte Bote in Magh Dun eingetroffen war, obwohl sie den Tod des Hauptmanns der Leibwache ebenso sehr genossen zu haben schien wie den jedes ihrer anderen Opfer. »Deine sture Schlampe von einer neuen Hauptmännin wird keine zwei Wochen durchhalten. Zu hochmütig ist sie, zu hochmütig und zu hübsch. Überlass das Miststück mir, damit ich sie mürbe mache, und vielleicht wird sie dir dann ja noch gute Dienste leisten.«

Corvus warf dem alten Weib einen Blick von der Seite zu. Normalerweise sparte Vishab sich ihre unflätigen Beschimpfungen für die Priesterinnen von Claerwen auf. Er ignorierte ihren Rat fürs Erste und konzentrierte seine Aufmerksamkeit stattdessen auf die Lyranerin in der Gasse unter ihm. Sie war ein riesiges, kräftig gebautes Geschöpf, als sie dort unten an der Reihe der zum Tode verurteilten Soldaten und Skraelings entlangwanderte, während ihr flammend orangerotes Haar über ihre hellgrünen Schultern wehte. Noch bevor die Sonne unterging, würden eine Menge Köpfe rollen, und sie wählte gerade denjenigen aus, den sie zum Abendessen verspeisen würde. Nur ein einziger glücklicher Auserwählter würde die Chance bekommen, auf Leben und Tod gegen sie zu kämpfen. Allen anderen würde es nicht so gut ergehen. Einige der Gefangenen würden Vishab übergeben werden, und die anderen würde er, Corvus, sich selbst vornehmen, um ein Hinrichtungsspektakel zu inszenieren, anders als alles, was Pan-shei je zuvor gesehen hatte.

Es war nicht mehr, als das Dritte Garderegiment verdient hatte, dieser erbärmliche Haufen von Versagern, aber er konnte es sich nicht leisten, den ganzen erbärmlichen Haufen zu töten. Nach allem, was man so hörte, war der Dieb in Begleitung von nur zwei seiner Männer gewesen, und Avallyn Le Severn hatte nicht mehr als zehn Nachtwächter zu ihrem Schutz gehabt. Dennoch waren sie alle vor zwei Tagen entwischt.

Aber nicht für lange.

Das Zweite Garderegiment war ihnen auf den Fersen, auf dem Marsch nach Westen in die Wüste. Wenn sie auch sonst nicht sonderlich viel taugten, waren die Gardisten doch immerhin so schlau gewesen, Pan-shei zu verlassen und die Verfolgung der Flüchtenden aufzunehmen, bevor er, Corvus, eingetroffen war. Das Dritte Garderegiment hatte keinen solchen Strategen in seinen Reihen. Sie waren in Pan-shei geblieben und hatten die Nissenhütte dem Erdboden gleichgemacht, und für diese Fehleinschätzung würden sie mit ihrem Leben bezahlen.

Van der Niederträchtige würde eine Entschädigungssumme für die Skraelings fordern, die Corvus zu töten gedachte, aber sie hatten nicht weniger versagt als seine eigenen Soldaten, und das Leben von Skraelings kam immer noch billiger als das von Gardisten. Vielleicht würde Van das nächste Mal so viel Verstand besitzen, nur die Besten seines Regiments zu schicken.

»Allerhöchster Gebieter, Kriegsherr der Wüste und Erhabener Herrscher von Magh Dun«, sagte eine erstickt klingende Stimme irgendwo in der Nähe seiner Füße.

Corvus blickte auf den Boten hinunter, der auf dem Fahrzeugdeck gewartet und sich jetzt unterwürfig vor ihm niedergeworfen hatte, sein Gesicht an die vernieteten Planken aus massivem Stahl gedrückt.

»Ja?«

Der Feldlakai erhob sich auf die Knie. »Der höchst ehrenwerte Hauptmann deines Zweiten Garderegiments schickt dir Grüße und lässt dir mitteilen, dass er die Diebe bis nach Craig Tagen verfolgt hat und gerade dabei ist, die Bergkette nach ihrem Rover abzukämmen.«

Corvus' Laune, nie übermäßig sonnig, verfinsterte sich. Craig Tagen war über vierhundert Meilen lang und fünf Meilen breit, groß genug, um ein ganzes Bataillon von Rovern zu verstecken.

»Um deinetwillen hoffe ich, dass du nicht nur so schlechte Nachrichten zu überbringen hast wie diese«, knurrte er und zog eine Braue hoch. Die Listen der Todeskandidaten für die abendliche Unterhaltung waren bereits zum Bersten voll. Eine weitere Hinrichtung würde die Nacht nur zu sehr in die Länge ziehen.

»Ihr Rover ist schwer beschädigt, Mylord, und garantiert nicht mehr fahrtüchtig.«

»Der Leutnant der Skraeling-Horde, der das Fahrzeug hat entkommen lassen, hat mich bereits darüber informiert, kurz bevor er sein Leben ausgehaucht hat«, sagte Corvus trocken, um den Mann rechtzeitig zu warnen und ihm eine letzte Chance zu geben.

Der Bote fuhr erschrocken fort, und mit seinen nächsten Worten bewies er, dass er reif für eine Beförderung war. »Mein Hauptmann hat Truppen zu den beiden Karawansereien entsandt, die am nächsten an der Stelle liegen, wo sie die Spur der Flüchtenden verloren haben, Rabin Neunzehn und Cere. Die Flüchtenden haben gar keine andere Wahl, als die Karawansereien aufzusuchen, um Proviant oder Ersatzteile für ihr Fahrzeug zu besorgen, und man hat uns versichert, dass sie auf jeden Fall das eine oder das andere brauchen werden, wenn sie die Wüste durchqueren wollen. Der Hauptmann verspricht hoch und heilig, dass er sie morgen Abend noch vor Einbruch der Dunkelheit geschnappt haben wird.«

»Das sollte er auch besser, sonst bekommt er meinen Zorn zu spüren«, versprach Corvus und entließ den Boten mit einer flüchtigen Bewegung seiner schwarz verfärbten Hand.

Der Bote erbleichte bei der Geste und wich zurück, ohne auch nur eine Sekunde den Blick von der schwarzen, zerfetzten Klaue abzuwenden, die ihn fortgeschickt hatte.

»Richte deinem Hauptmann aus, dass er mir den Dieb und das Mädchen herschaffen soll. Wenn er versagt, wird ihn das den Kopf kosten. Nicht weniger«, fügte Corvus etwas lauter hinzu, während er beobachtete, wie der Bote gebückt davonschlich und in der Dunkelheit und den Schatten des Oberdecks verschwand.

»Köpfe!« Vishab spuckte abermals aus, ihre Stimme rau und brüchig von den vielen Stunden, die sie über ihren Hexenkesseln verbracht und den Rauch und die übel riechenden Ausdünstungen eingeatmet hatte. »Ich werde diese Nacht keine Köpfe abschlagen, sondern Herzen herausreißen und in meinen Kesseln einweichen, und in dem kochenden Blut werde ich das finden, was du suchst – aber dafür, Corvus, wirst du mir einen Gefallen tun.«

Corvus drehte sich um, um sie verärgert anzusehen, und stellte zu seiner Überraschung fest, dass sie ihm mit durchbohrender Intensität in die Augen starrte – ein lahmer Hexentrick, der in seinem Fall völlig nutzlos war, weil er sich nicht im Geringsten davon beeindrucken ließ. Irgendetwas musste sie gegen ihn aufgestachelt haben, dass sie es auch nur versuchte.

»Es ist nicht mehr, als du erübrigen kannst, Herr. Nicht mehr und ganz sicherlich auch nicht weniger, als du zu geben wagst«, fuhr sie fort, während sie seinen Blick mit ihren stechenden gelblichen Augen festhielt.

»Eine Drohung, Vishab?« Er konnte nicht dulden, dass die alte Frau vergaß, wer die Zügel der Macht in der Hand hielt.

»Keine Drohung, Herr, nur eine Bitte. Eine Bitte von jemandem, der den gleichen innigen Herzenswunsch hat wie du, nämlich die Priesterinnen von Claerwen und ihr gesamtes Geschlecht zu vernichten.«

»Meine Wünsche sind nicht ganz so simpel, Weib. Ich möchte nicht nur Rache nehmen, sondern auch Erlösung finden.«

»Und das sollst du auch, das sollst du auch.« Sie nickte mit ihrem knochigen grauen Kopf. »Gemeinsam haben wir schon so manche Priesterin getötet, Herr, und mit der Version, nach der ich heute Abend streben werde, um Lady Avallyn zu finden, werden wir wieder töten, vielleicht zum letzten Mal. Das ist alles, was ich gemeint habe, mehr nicht.«

Avallyn, wie? Was immer auch auf dem Spiel stand, es gefiel Corvus nicht, den Namen seiner Nemesis aus Vishabs schmallippigem, verwelktem Mund zu hören, aber jetzt war nicht der geeignete Zeitpunkt, um sie unter Druck zu setzen. Die Hauptmännin seiner Leibwache war wieder an Deck zurückgekehrt, die Gefangenen im Schlepptau.

Der eine war ein Riese von einem Mann, kahlköpfig und muskulös und in Ketten gelegt. Blut rann aus den Wunden, die er bei dem Kampf um die Nissenhütte davongetragen hatte. Selbst als der Ort um ihn herum bereits in Schutt und

Asche gelegen hatte, hatte er den Kampf noch immer nicht aufgegeben. Neben ihm stand eine Frau, die *chai wallah,* eine kleine Frau mit goldbraunem, bereits ergrauendem Haar, die Corvus' Blick trotz der Laserkanonenwunde an ihrem Arm ruhig und furchtlos erwiderte.

Sie hatte irgendetwas an sich, das ihm bekannt vorkam, etwas, das er nicht genau definieren konnte. Nicht ihr Gesicht, entschied er, aber vielleicht ihr Ausdruck. Es kam nicht allzu oft vor, dass jemand seinem Blick standhielt. Gewisse Fanatiker schafften das, sicher in dem Bewusstsein ihrer Seelenrettung aus welchen Höllen auch immer, die auf die Ungläubigen warteten. Dennoch wirkte die Frau nicht wie eine religiöse Fanatikerin. In ihren Augen flackerte kein manisches Feuer; ihr Blick war fest und unverwandt und von nichts als Unerschrockenheit erfüllt.

Die er ihr bald austreiben würde.

Ihre Furchtlosigkeit wird ihr noch schnell genug vergehen, dachte Corvus, als er einen Blick auf den dritten Gefangenen warf, seinem Aussehen nach zu urteilen ein Alkoholschmuggler aus Pan-shei. Schmalgesichtig und pockennarbig, ließ er genug Furcht erkennen, um den Mangel der Frau mehr als wettzumachen.

»Sind sie schon verhört worden?«, fragte Corvus niemand Besonderen.

»Gründlich«, lautete die Antwort der Hauptmännin.

»Und?«

»Sie haben uns nichts gesagt.«

»Das ist nicht wahr! Das ist nicht wahr!«, schrie der Alkoholschmuggler und stürzte vorwärts, soweit es seine Ketten zuließen. »Ich habe alles gesagt, Herr, alles! Und wenn du willst, werde ich dir noch mehr sagen! Alles, was du willst!«

»Er weiß nichts, Mylord«, sagte die Hauptmännin über die Proteste des Mannes hinweg.

»Dann gehört er mir.« Vishab streckte die Hand aus und kennzeichnete den Mann als ihr Eigentum, indem sie ihm mit einem scharfen, klauenartigen Fingernagel über eine Gesichtshälfte kratzte.

Innerhalb von Sekunden begann die Kratzwunde zu schäumen und zu brodeln, und das Blut des Mannes verfärbte sich blau. Er fiel auf die Knie, einen wilden, irren Ausdruck in den Augen, und zuckte heftig an allen Gliedern, bis er schließlich bewusstlos auf dem Boden zusammenbrach.

»Bringt ihn unter Deck«, befahl Vishab.

Eine der Wachen eilte herbei und schleppte den Mann fort, und Vishab starrte die Frau an.

»Du,« sagte sie, ihre Stimme ein Unheil verkündendes Krächzen, »du bist erledigt, und du weißt das auch.«

Die Hexe schlich sich noch näher an die Frau heran und wühlte mit den Fingern in ihrem hellen Haar, dann packte sie eine Faust voll und zerrte es hoch, um eine weiße Haarsträhne zu enthüllen und eine entsprechende Narbe, die über den Hals der Frau verlief – das Brandmal eines Zeit-Reiters. Corvus starrte auf die Narbe, zutiefst fasziniert.

Die *wallah* zuckte nicht mit der Wimper, aber der Riese stürmte zornig vorwärts und hätte das alte Weib mit seinen bloßen Händen erwürgt, wenn die Wachen nicht einen Elektroschock durch seine Ketten gejagt hätten.

Der Mann brüllte vor Schmerz, und dabei bemerkte Corvus zum ersten Mal ein Anzeichen von Furcht in den Augen der Frau. Der Riese war ihr Gefährte, erkannte er, ihr Ehemann. Er würde der Hexe für die Enthüllungen über seine Gefangenen danken müssen. Seine neue Hauptmännin hatte diese überaus wichtigen Informationen ganz sicherlich nicht aus den Leuten herausgeholt. Vielleicht hatte Vishab auch in dieser Hinsicht Recht gehabt.

Als die Hexe sich abwandte, um unter Deck zu gehen,

schweifte Corvus' Blick abermals über die Frau, und dabei kam ihm ein alarmierender Gedanke. Man hatte ihm vor Monaten eine Beschreibung seines Diebes geliefert, und laut dieser Beschreibung hatte der Mann einen weißen Streifen in seinem schwarzen Haar. An sich eine belanglose Tatsache, angesichts der seltsamen Sitten und Gepflogenheiten des Alten Reiches aber von beunruhigender Tragweite, falls er sich ebenfalls als ein Zeit-Reiter entpuppen sollte.

»Sind die Zuschauer versammelt?«, fragte er, bereit, sein nächtliches Werk zu verrichten und sich gleich anschließend auf den Weg nach Craig Tagen zu machen.

»Jawohl, Mylord, aus allen Teilen von Pan-shei.«

»Und die Opfer ausgewählt, um sich den zum Tode verurteilten Gardisten anzuschließen?«

»Jawohl, Mylord, aus allen Teilen von Pan-shei.«

Wenn er oder sein Garderegiment das nächste Mal in dieses dreckige Rattenloch am Rande des Alten Reiches kamen, würde kein Bewohner von Pan-shei seine Tür verriegeln, und keiner würde es mehr wagen, seinen Feinden sicheren Unterschlupf zu bieten. Er hatte Pan-shei die ganzen letzten Jahre über in Ruhe gelassen, da er in dem stümperhaften Markt nur wenig Nutzen und Bedeutung gesehen hatte, aber jetzt würden sie ihm die angemessene Hochachtung bezeigen. Sie würden erkennen, wer ihr wahrer Herr war – genauso wie die Frau, die vor ihm stand. Ferrar war ihr Name, und wenn er gewusst hätte, dass es in Pan-shei zeitreisende Seelen mit derart viel Mut gab, hätte er den Ort nicht so leichtfertig abgetan.

Mit einer raschen, schwungvollen Bewegung seiner linken Hand ließ er einen Fetzen von Rauch in die Luft aufsteigen, einen Fetzen von seinem eigenen körperlichen Wesen; mit einer weiteren Geste versetzte er den Rauch in eine wirbelnde Bewegung, ein schwarzer und schädlicher Trichter, der geradewegs das Licht vom Himmel heruntersaugte.

Sie würde ihn teuer zu stehen kommen, diese todbringende Tat, die er aus seiner eigenen Vernichtung heraus vollbrachte, und für jede Seele, von der er Besitz ergriff, würde er ein weiteres Stück von seiner eigenen verlieren. Aber der Preis – ein heißer Funke wilder, ungebändigter Energie – schoss seinen Arm hinauf und durch seinen Körper, sodass er einen Moment lang wie erstarrt dastand, auf des Messers Schneide zwischen gottloser, triumphierender Freude und qualvollem Schmerz – ach, der Preis war zugleich mit solch unendlich süßen Belohnungen verbunden.

Von tief im Inneren des Kriegsschiffes hörte Vishab, wie draußen der Terror begann. Ein entfesselter Corvus war ein Anblick, den man nicht so schnell wieder vergaß. In Wirklichkeit würde kein Bewohner von Pan-shei mehr derselbe sein, nachdem er die geheimnisvolle und finstere Macht des Kriegshetzers erlebt hatte. Sie genügte, um zu bewirken, dass sich Vishab die Nackenhaare sträubten, aber das war alles. Sie war in den Abgründen des nachtlosen Chaos und in den Abgründen sonnenloser, ungeformter Welten gewesen, dorthin verbannt von Weißen Frauen, die ihre, Vishabs, Sorte für zu schlecht und gottlos befunden hatten, und sie hatte überlebt.

Die Priesterinnen würden nicht überleben.

Die Dummköpfe hatten ihr kostbarstes Juwel losgeschickt, um es hilflos und verloren durch die Wüste irren zu lassen, mit nicht mehr Schutz als eine Pfirsichblüte, die auf hoher, sturmumtoster See trieb. Vishab würde das glücklose Juwel in den Dünen aufsammeln, es zu Staub zermahlen und den Staub vom Wind in alle vier Himmelsrichtungen verwehen lassen.

Eine süßere Rache konnte sie sich nicht vorstellen.

11

Avallyn schreckte aus dem Schlaf hoch. Sie war in der Nacht auf einem Stuhl eingenickt, fand sich jetzt jedoch in dem Bett im Krankenrevier wieder. Abgesehen von ihr, war das Bett leer – oder vielmehr fast leer. Morgans Ortungsarmband lag neben ihr auf den verwühlten Decken, und seine Lichter blinkten in allen Farben des Regenbogens.

Ihr Herz setzte vor Schreck einen Schlag lang aus.

Er hat sich aus dem Staub gemacht. Sie glitt hastig vom Bett, bereit, durch die Tür zu stürmen, aber der Anblick des wilden Jungen, der lässig gegen die Luke lehnte, ließ sie abrupt innehalten.

»Morgan?«, fragte sie, wohl wissend, dass sie verloren hatte. Sie konnte nur hoffen, dass Vernunft das bewirken würde, was eine Einschränkung der körperlichen Bewegungsfreiheit nicht zu bewirken vermocht hatte.

»Er macht gerade einen kleinen Spaziergang«, erwiderte der Junge, und sein freches Grinsen sagte ihr, dass er ihr gegenüber nur so lange respektvoll und unterwürfig gewesen war, wie sie seinen Herrn in ihrer Gewalt gehabt hatte, und dass er derjenige war, der Morgan befreit hatte.

Aus irgendeinem unerfindlichen Grund entspannte sie sich wieder. Morgan hatte zwar gewonnen, aber er hatte sie nicht im Stich gelassen, und was geschrieben stand, stand geschrieben. Andererseits war sie praktisch entführt worden, und ihren Rover hatte sich eine Bande von Hightech-Schrottdieben aus Pan-shei unter den Nagel gerissen.

»Kann ich ihn sehen?«

Ajas Grinsen wurde noch breiter. »Ja, er wartet oben an der Quelle auf dich«, erklärte der Junge, stieß sich von der Luke ab und machte eine schwungvolle Verbeugung vor ihr.

Morgan schlüpfte in ein sauberes Hemd, das er in dem Rover gefunden hatte, und rieb sein Haar mit einem Handtuch trocken. Die Bodensenke wurde aus einer Quelle mit kaltem Wasser gespeist, das tief unterhalb des Wüstenbodens entsprang. Er war nackt in das Wasserloch eingetaucht, um die Kälte in seinen Körper eindringen zu lassen und wieder einen klaren Kopf zu bekommen.

Es war höchste Zeit, dass er einmal gründlich nachdachte.

Als er sich in dem Wasserloch hatte treiben lassen, hatte er hinaufgeblickt und Sonnenstrahlen durch breite Spalten in der Kammlinie über ihm schimmern sehen, Spuren von goldenem Licht, das ihn an seine Träume der vergangenen Nacht erinnerte. Er war im Traum wieder durch das Wurmloch gegangen, aber auf eine Art und Weise, die weitaus realer gewesen war, als es ihm jede carillionische Erinnerung vorspiegeln konnte. Er hatte die Eiswolken gesehen und die Hyazinth-Blitze – und die goldenen Würmer, die wie flüssiges Licht unter ihm herumgewirbelt waren, während sie auf ihn gewartet hatten.

Sein Traum war absolut gradlinig gewesen, wobei der eine Augenblick nahtlos in den anderen übergegangen war, ohne Störungen aus anderen Zeiten oder von anderen Orten; und das Ganze hatte sich mit einer Klarheit entwickelt und offenbart, an der er nichts auszusetzen finden konnte. So war es bis hin zu dem letzten Eiskristall gewesen, das sich in seinen Adern gebildet hatte. In dieser Hinsicht hatte ihm Avallyns Zaubertrank keinen Gefallen getan, aber andererseits hatte er ihm auch nicht geschadet. Ganz im Gegenteil. Er fühlte sich so wohl, wie er sich seit der Schlacht um Balor nicht mehr gefühlt hatte. Avallyns Vater war wahrhaftig ein großer Magier, und sie war … Er blickte hoch, als ihr Schatten auf den von der Sonne beschienenen Pfad fiel. Sie war sein Tod.

Ja, auch das hatte er in seinen Träumen gesehen.

»*Malashm*«, sagte sie in der Sprache der Quicken-tree, und er wusste, dass alle seine Träume Wahrheit waren.

»*Malashm.*« Er knöpfte sein Hemd zu, ohne den Blick von ihr abzuwenden.

»Hast du gut geschlafen?«, erkundigte sie sich.

Er lachte und setzte sich auf einen Felsvorsprung, um seine Stiefel anzuziehen. »Ich habe keinen Schlaf bei dem gefunden, was ich in dieser Nacht getan habe.«

»Dann vielleicht Träume?«

»Unzählige Träume.« Er blickte von seinen Stiefeln auf. Sie wirkte ausgeruht; ihr Haar stand ziemlich wild und strubbelig an den Stellen ab, wo sie den Kopf in die Kissen gedrückt hatte. Sie machte auch eindeutig den Eindruck, als fühlte sie sich nicht wohl in ihrer Haut – wozu sie auch allen Grund hatte. »Wir sollen Liebende sein«, fügte Morgan hinzu.

»Meine Mutter sagt, dass wir das nicht sein sollen.«

»Dann irrt sich deine Mutter.« Er griff nach seinem Laserkanonenholster und schnallte es sich um die Taille, dann stand er auf und schlang den unteren Riemen um seinen Schenkel.

»Sie wird nicht erfreut sein, das zu hören.«

»Für das, was deine Mutter von mir verlangt, ist deine Jungfräulichkeit wirklich kein zu hoher Preis.« Er befestigte den Holsterriemen und richtete sich zu seiner vollen Größe auf. »Oder wäre es dir anders lieber?«

»Nein.« Sie schüttelte den Kopf, was ihm jedoch keine Befriedigung verschaffte. Ob er mit ihr schlafen würde oder nicht, in den Träumen, die er gehabt hatte, hatte es keinen Sieg gegeben, nur einen unaufhaltsamen Untergang und ausweglose Gefahr.

»Möchtest du lieber jemand anderen haben?«, fragte Morgan, als er seinen Munitionsgürtel von dem Felsvorsprung nahm. Er schob den Kopf und einen Arm hindurch, sodass der Gürtel schräg über seiner Brust lag, und hängte sich den Karabiner und das Schwert auf den Rücken. »Im Alten Reich gibt es noch andere Zeit-Reiter. Ferrar ist einer und Jons auch. Oder bist du schon einmal durch das Wurmloch gegangen?«

»Nein, noch nicht.« Avallyn schüttelte abermals den Kopf.

Er ging den Pfad entlang auf sie zu, sein Gesichtsausdruck ebenso grimmig wie seine Gedanken. Es sprach für sie, dass sie nicht vor ihm zurückwich, sondern ruhig stehen blieb und sogar bereitwillig den Kopf zur Seite neigte, als er ihr Haar hochhob. Auf ihrem Hals war keine Narbe zu sehen, nur seidig-glatte, samtweiche Haut, und Morgan musste gegen den Drang ankämpfen, liebkosend mit der Hand über ihren Hals zu streichen. Nun, da sie so dicht vor ihm stand, konnte er wieder ihren Duft riechen, diesen köstlichen grasgrünen Wohlgeruch, dessen Frische so gar nicht zu der Wüste zu passen schien.

Sie war dafür bestimmt, ihm zu gehören – sofern er es sich nicht anders überlegte und fortging. Dank Aja hatte er jetzt die Wahl.

Oder vielleicht doch nicht?

Er zog seine Hand zurück, ohne sie zu berühren.

»Wie hast du das Armband gelöst?«, fragte sie.

»Der Junge. In ihm steckt mehr, als man auf den ersten Blick meint.«

»Sehr viel mehr«, pflichtete sie ihm bei, »wenn er fähig ist, Tamisks magischen Bann zu brechen.«

»Und was ist das für eine Magie, die uns beide in den Tod schicken will?« Es gelang ihm nicht, die Bitterkeit aus seiner Stimme herauszuhalten. »Deine eigene Mutter würde dich in diese Hölle schicken? Nur um eine korrupte und jämmerliche Welt zu retten, obwohl es doch noch so viele andere gibt?«

»Es ist unsere Welt«, sagte sie, seiner Ansicht nach eine lahme Rechtfertigung.

»Und es gibt noch unzählige andere.«

»Aber keine wie diese.«

»Nein, vielleicht keine, die im Kern derart morsch und verfault ist.« Er wandte sich angewidert ab.

»Wenn du Angst hast –«

»Und du hast keine Angst?« Er schnitt ihr brüsk das Wort ab, als er zu ihr herumwirbelte. »Herrgott noch mal, Avallyn, allein durch das Wurmloch zu gehen, ist schon so gefährlich, dass man dem Tod nahe ist! Und was dieses schwarze Chaos betrifft, das im Erdinneren eingeschlossen ist – ich würde sagen, lass es dort. Leb dein Leben hier, wo du geboren worden bist, und überlass die Vergangenheit sich selbst.«

»Es stehen noch andere Leben auf dem Spiel.«

»Leben, die wichtiger sind als deines?« Seine Stimme klang scharf, und er konnte seinen Zorn kaum noch beherrschen.

Sie senkte schweigend den Kopf, und er hatte das Gefühl, unnötig grausam gewesen zu sein. Wenn ihre eigenen Eltern ihr so wenig Wert beimaßen, was sollte sie dann denken?

Aber er hatte sie unterschätzt.

Als sie den Kopf hob, war es nicht Selbstmitleid, das ihre Augen füllte, sondern Zorn.

»Ja, es stehen Leben auf dem Spiel, die wichtiger sind als das meine, und ich halte mich nicht für so unbedeutend. Aber mit dir an meiner Seite hatte ich nicht die Absicht zu sterben. Du solltest mein Beschützer sein, ein Barbar aus der Vergangenheit, der geschickt wurde, um mich zu retten.«

Ihr Beschützer? Kein Wunder, dass sie ihn geküsst hatte, als ob ihr Leben davon abhinge. Es hing tatsächlich von ihm ab. Er konnte sich zwar in einem Kampf behaupten, aber »großer Krieger«? Selbst wenn er in Hochform war, passte diese Bezeichnung nun wirklich nicht auf ihn. Dain Lavrans war ein großer Krieger gewesen, fähig, mit mehr Gnade zu töten, als die meisten Menschen erfleht hatten. Morgan würde sich selbst höchstens als tüchtig bezeichnen und erfolgreich genug, dass es ihm bisher noch immer gelungen war, den Kopf auf den Schultern zu behalten.

»Du bist getäuscht worden.« Die Worte schmeckten wie Staub in seinem Mund, aber er wollte sie sagen, und er wünschte, sie hätte ihm ihre Küsse aus einem anderen Grund geschenkt.

»Du hast uns hierher gebracht«, erinnerte sie ihn, während sie ihm fest in die Augen blickte.

»Der einzige Kampf, den ich in dieser Woche geführt habe, war der mit der Lyranerin, und du bist diejenige gewesen, die *mich* gerettet hat.« Staub und noch mehr Staub, dachte er, und er hasste die Wahrheit für das, was sie war, und er hasste das, was er in seinen Träumen gesehen hatte, sogar noch mehr.

»Ich weiß nur, dass du der Herrscher der Zeit bist und dass wir uns keiner Gefahr stellen müssen, der sich nicht auch schon andere gestellt haben. Mychael ab Arawn hat gegen die immer währende Nacht von Dharkkum gekämpft, und er hat sich behauptet. Llynya von den Yr Isddwfn hat das Gleiche getan.«

Die Namen gaben Morgan zu denken.

»Ich habe sie beide gekannt«, erwiderte er und fragte sich, was aus der Welt geworden war, nachdem er in das Zeit-Wehr gestürzt war, sodass Mychael und Llynya gezwungen gewesen waren, den Kampf mit den Mächten der Finsternis aufzunehmen.

»Komm mit mir, und du wirst sie beide wieder sehen«, sagte Avallyn als Antwort auf seine Gedanken und deutete damit ein Versprechen an, das abzulehnen ihm verdammt schwer fallen würde. »Es ist *dein* Weg, dem wir in die Vergangenheit folgen werden. Es ist *deine* Zeit, in der die tödliche Finsternis hinter dem naszierenden Kristall versiegelt liegt. Wenn es uns gelingt, in den Kryscaven-Krater hineinzukommen, bevor das Siegel durch den Einfluss der Zeit porös wird, können wir die verlorenen Fünf retten, die damals verschwunden sind, und die Welt wird nicht mehr das sein, was in der Zwischenzeit aus ihr geworden ist – eine kalte, trostlose Einöde, beherrscht von Krieg und Seuchen – sondern sie wird wieder das sein, was sie einst war: ein Planet mit blauen Meeren und grünen Wäldern, wo das Leben vorherrscht und das Wunder jedes einzelnen Tages von der Natur gesegnet ist.«

Ihr leidenschaftlicher Appell stieß nicht auf taube Ohren. Sie bot ihm die Erfüllung seines Herzenswunsches an – wieder in seine eigene Zeit zurückzukehren.

Aber der Preis.

Großer Gott! Es war mehr, als er sich jemals hätte vorstellen können.

Dharkkum, so hatte sie die Finsternis genannt, aber man konnte den Horror, den er gesehen hatte, nicht mit einem einzigen Wort beschreiben. Dharkkum war eine Tod bringende, alles verschlingende Macht. Sie bedeutete Pestilenz und Seuchen und schaurige, von Todesangst erfüllte Schreie. Sie bedeutete das Chaos in seiner schlimmsten und bösartigsten Form, ein giftiger Pesthauch, der alles Leben auslöschte. Wenn sie durch irgendein Wunderkristall im Erdinneren versiegelt war, dann war das genau der Ort, wo sie hingehörte.

Er hatte ein Leben im Hier und Jetzt. Unvollkommen? Ja, vielleicht, aber nicht unerträglich. Er erinnerte sich jetzt wieder daran, erinnerte sich an das, was ihn der Wein hatte vergessen lassen: dass das Leben in jeder Form süß war, ein Segen, den man nicht leichtfertig vergeuden sollte.

Avallyn hatte ihn mit ihrem Zaubertrank vor dem Wein

gerettet, aber er konnte sie nicht vor Dharkkum retten, außer indem er dafür sorgte, dass sie in der Gegenwart blieb. Gott, er hätte es sich wirklich zweimal überlegen sollen, bevor er Aja angewiesen hatte, den Code der Ortungsarmbänder zu knacken.

»Welten werden ausgelöscht«, erklärte er ihr. »Es passiert jeden Tag, dass Sterne sich in Supernovas verwandeln. Veränderung ist die einzige Konstante im Universum.«

»Ich habe eine Pflicht zu erfüllen«, erklärte sie beharrlich. »Ich bin geboren worden, um die Welt zu retten.«

Einhundertfünfundzwanzig Jahre alt, und dann klammerte sie sich noch immer an jugendliche Ideale? Vielleicht war er doch älter und reifer als sie.

»Das ist ja alles schön und gut, aber mein Pflichtgefühl ist ziemlich dürftig und wird höchstwahrscheinlich nicht den Sieg über meine Bedenken davontragen«, erwiderte er schroff und beendete damit die Unterhaltung. Er ging an Avallyn vorbei und zu dem Krankenrevier und dem Ortungsarmband, das er auf dem Bett hatte liegen lassen, während er stumm betete, dass es noch immer dort war. Wenn es gar nicht anders ging, würde er sie eben mit dem Armband an sich fesseln, um sie vor dem Tod zu bewahren, den er im Traum gesehen hatte. Sie würde an seiner Seite sicher sein, ganz richtig, weil er nämlich unter Garantie nicht noch einmal in irgendein verfluchtes Wurmloch hinabsteigen würde.

Tja, wenn das keine überraschenden Neuigkeiten waren …

Da war sie, die Erfüllung seines Herzenswunsches, so verlockend vor ihm ausgebreitet wie ein Festbankett für einen Bettler – und er wagte es nicht, sich der Festtafel zu nähern und zuzugreifen.

Dharkkum.

Allein der Name genügte schon, um ihm einen eisigen

Schauder über den Rücken zu jagen. Dennoch hatte Avallyn dort vor ihm gestanden und über Pflicht gesprochen, über ihre Pflicht, dem schwarzen Schrecken zu trotzen und die Verlorenen Fünf zu retten, die verschwunden waren.

Welche Fünf?, fragte Morgan sich. Fünf Quicken-tree? Oder vielleicht gehörten ja auch Dain und Ceridwen zu der Gruppe.

Großer Gott, hoffentlich nicht, dachte er. Die beiden hatten ganz sicherlich bis zu den Ohren in Magie gesteckt, und ihm würde es auch bald so ergehen, wenn sie in irgendeinem magischen Kristallkrater eingeschlossen waren. Zehntausend Jahre, und er hatte seine Schulden auf jenem Sektor noch immer nicht beglichen. Avallyn hatte ihm bereits erzählt, dass Mychael und Llynya bei ihrem Kampf gegen die Finsternis die Oberhand gewonnen hatten. Wenn er jetzt darüber nachdachte, konnte er sich die beiden durchaus als Paar vorstellen, den zu ernsten Jungen und den elfischen Kobold. Zweifellos hatten sie sich gegenseitig schon mehr als einmal vor einer Katastrophe bewahrt.

Er stieg durch die offene Frachtraumtür in den Rover und bog nach rechts in den Gang ein, der zum Krankenrevier führte. Avallyn hatte ihn einen Barbaren genannt, und vielleicht traf das ja wirklich in gewissem Maße auf ihn zu, aber wenn ja, dann waren es die Einflüsse und Lebensumstände der Zukunft, die einen Barbaren aus ihm gemacht hatten, nicht etwas, das er aus der Vergangenheit mitgebracht hatte. Ihre Welt war barbarisch, von Männern wie dem Kriegshetzer und den primitiven und grausamen Tiermenschen, die Skraelings genannt wurden, dazu gemacht. Was es in dieser Welt an Kunstwerken gab, war von irgendeinem anderen Ort gestohlen oder in irgendeinem anderen Jahrhundert erschaffen worden. Es gab keine Zusammenkünfte von Leuten, die sich für das Gemeinwohl einsetzten, keine Ernten, keine Christmessen, keine Religion, die nicht von

Habgier bestimmt war. Es war äußerste Barbarei nach Morgans Meinung, dass Menschen es vorzogen, so allein zu sein.

Er schwang sich durch die Luke des Krankenreviers und sah zu seiner Erleichterung, dass das Ortungsarmband noch genau dort lag, wo er es zurückgelassen hatte; aber seine Erleichterung hielt nur so lange an, wie er brauchte, um den Raum zu durchqueren und das Ding aufzuheben.

Verflucht. Er blickte auf das Band aus *thullein.* Wenn er Avallyn verlassen wollte, war jetzt der richtige Zeitpunkt dafür. Rabin-19 war nicht allzu weit entfernt. Er, York und Aja könnten den Tender des Rovers nehmen und in zwei Stunden in der Karawanserei sein. Von dort aus könnte er den endgültigen Preis für den Drachen aus Sonnpur-Dzon aushandeln. Die Spione des Kriegshetzers waren überall und leicht zu finden. Jedes rattenverseuchte Lokal in der Wüste beherbergte mindestens ein halbes Dutzend.

Aber er konnte Avallyn nicht allein in der Wüste zurücklassen, und er konnte sie auch nicht nach Rabin-19 mitnehmen, eben weil in jedem rattenverseuchten Lokal in der Wüste mindestens ein halbes Dutzend Spione des Kriegshetzers hockten.

Und er konnte sie auch nicht nach Claerwen bringen, aus Angst, dass ihre Mutter sie in ein Zeit-Wehr hinunterstoßen würde, ganz gleich, ob mit oder ohne dem barbarischen Krieger aus der Vergangenheit. Und er glaubte auch nicht, dass ihr Vater, wo immer er auch sein mochte, vertrauenswürdiger war.

Na prima, dachte er, wütend auf sich selbst. Jetzt war der geeignete Zeitpunkt, um sie zu verlassen, und er brachte es einfach nicht über sich. Sie hatte ihm bei dem Kampf mit der Lyranerin das Leben gerettet, und er war es ihr schuldig, sie zu beschützen.

Das ist das Einzige, was mich an sie bindet, redete er sich

ein, faires Verhalten, sonst nichts. Es hatte nicht das Geringste mit ihrem Kuss zu tun oder mit seinen Träumen oder mit dem Buch mit dem Titel *Fata Ranc Le*.

»Also?«, fragte sie hinter ihm und riss ihn damit abrupt aus seinen Gedanken.

Also hol's der Teufel, hätte er am liebsten geantwortet.

Stattdessen sagte er: »Kennst du Rabin-19?«

»Ja. Claerwen betrachtet ganz Craig Tagen als seinen Zuständigkeitsbereich. Wir patrouillieren dort.«

Morgan warf einen letzten Blick auf das Ortungsarmband, dann schob er es in den Lederbeutel zu dem Golddrachen, bevor er sich zu Avallyn umdrehte.

»York glaubt, dass wir in einem der Mechanikläden auf der Südseite Ersatzteile für den Fusionsblock bekommen können.« Die gesamte Südseite von Rabin-19 war ein einziger Schrottplatz voller alter, ausrangierter Rover und demolierter Fahrgestelle, zerbeulter Tender und abgestürzter Frachtflugzeuge. Jedes Schrottfahrzeug, das draußen in den Dünen gefunden wurde, wurde nach Rabin-19 oder Cere transportiert, um dort ausgeschlachtet zu werden.

»Du wirst dort keinen Rover der G-Klasse finden«, erklärte sie ihm. »Die Nachtwächter lassen ihre Rover niemals einfach stehen.«

»York und Aja brauchen keine hundertprozentig passenden Ersatzteile, um unseren Rover zu reparieren«, erwiderte er, während er sich mit einer Hand durchs Haar strich und ihrem Blick auswich.

Er würde Avallyn mitnehmen und York und Aja zurücklassen, damit sie den Rover für den neuen Fusionsblock vorbereiteten. Es war nur vernünftig, so zu verfahren, sagte er sich. Avallyn kannte die Karawanserei, und er übernahm die Aufgabe, das Gelände zu erkunden.

Also, wenn es so verdammt vernünftig war und er derjenige war, der die Entscheidung traf, warum hatte er dann das Gefühl, dass er die ganze verdammte Situation nicht mehr unter Kontrolle hatte? Er wollte Avallyn nicht aus den Augen lassen, und zwar nicht etwa deshalb, weil er ihr nicht traute. Zum Teufel noch mal, sie hatte Verstand genug, um den Rover nicht zu verlassen, und sie hatte mehr als einmal bewiesen, dass sie selbst auf sich aufpassen konnte. Sie waren nicht mehr durch die Ortungsarmbänder aneinander gebunden, also, warum sah er sich dann dazu gezwungen, sie an seiner Seite zu behalten? Und war es diese Art von Argumentation, die womöglich am Ende dazu führen würde, dass er sich im Schlund irgendeines kosmischen Wurmes wieder fand?

»Es wird nicht so sein wie das letzte Mal«, sagte sie, und er wusste genau, wovon sie sprach.

Der Herrgott möge ihn bewahren, wenn sie auch noch die Fähigkeit besaß, seine Gedanken zu lesen.

»Ich werde bei dir sein«, fuhr sie fort und machte einen Schritt auf ihn zu, ihre Stimme ernst und eindringlich. »Und du wirst gerüstet sein.«

Gerüstet? Es war unmöglich, für das gerüstet zu sein, was er in dem Zeit-Wehr gesehen und gefühlt und gehört hatte.

»Die Priesterinnen werden uns Chrystaalt geben, um die Reise für uns leichter zu machen, und die Sha-shakrieg werden uns *en chrysalii* binden. Du wirst diesmal nicht ganz allein sein.«

Ehrlich gesagt, er glaubte nicht, dass es sonderlich hilfreich sein würde, wenn er jemanden bei sich hatte, der den Terror mit ihm teilte, aber das sagte er ihr nicht.

»Du hast eine Stunde Zeit«, erwiderte er. »Dann fahren wir nach Rabin-19.«

Er verließ das Krankenrevier, ohne ihre Antwort abzuwarten. Er wusste, sie würde mit ihm kommen. Sie wartete schon ihr ganzes Leben darauf, ihm in das finstere Innere der Hölle zu folgen. Es war ziemlich unwahrscheinlich, dass sie vor einer Fahrt nach Rabin-19 zurückschrecken würde, die im Vergleich dazu wie ein gemütlicher Spaziergang anmutete.

12

Wenn man sich Rabin-19 von Südwesten her näherte, sah der Ort wie ein Kriegsgebiet aus. Überall war die Landschaft mit Haufen von verrostetem Metall verschandelt; einige ragten etliche Meter in den Himmel auf, andere waren niedriger und bildeten kleine Grüppchen, die in langen, gewundenen Linien aneinander gereiht dalagen, ähnlich wie angeschwemmter Seetang und Treibgut am Rand einer Wasserlinie. Hinter den Schrottplätzen flimmerten die schlammbraunen Gebäude der Karawanserei in der Hitze, schienen über dem Wüstenboden zu schweben. Auf der Nord- und der Westseite der Stadt waren Mauern gebaut worden, von der Sonne getrocknete Schutzwälle, die sich schlangenlinienförmig durch die Dünen wanden, dazu gedacht, den Sand abzuhalten, den der Wind unaufhörlich vor sich her trieb – und doch machtlos dagegen. Die Sandhügel, die sich auf der dem Wind zugekehrten Seite der Mauer bildeten, ragten Tag für Tag ein bisschen höher auf, bis sie den Kamm der Mauer erreichten und sich unweigerlich in die Straßen ergossen. Die Unmengen von Sand verliehen dem Vorposten eine Atmosphäre stiller Verzweiflung, während er langsam, aber sicher von den Dünen verschluckt wurde. Die Bewohner von Rabin-19 hatten den gleichen verzweifelten Ausdruck, wirkten irgendwie gehetzt und nervös, als ob sie nicht damit rechneten, den Tag zu überleben.

Morgan verstand dieses Gefühl. Eine ungewöhnlich große Anzahl von Rift-Hunden streunte in den umliegenden

Hügeln herum, gestreifte wolfsähnliche Tiere, die fähig waren, einen Menschen niederzuwerfen und ihm das Fleisch von den Knochen zu reißen. Er und Avallyn hatten im Umkreis von zwei Meilen um die Stadtmauern ein halbes Dutzend Rudel von dreißig oder noch mehr Tieren gesehen, und alle strebten anscheinend auf Rabin-19 zu.

Der Vorposten selbst war kahl und öde, von Abfällen leer gefegt durch den unablässig wehenden Wind und von einer dicken Schicht von Staub bedeckt, der von den verwüsteten, unfruchtbaren Ebenen im Süden herüberwehte. In den Gassen türmte sich nirgendwo Müll, und nirgendwo hing Wäsche, um in dem glutheißen Schein der Wüstensonne zu trocknen. Niemand hielt sich auf den Straßen oder in den Höfen auf. Alle waren irgendwo im Inneren der Gebäude und kamen nur heraus, um schnell in einer anderen Markthalle unterzutauchen, einer anderen Taverne oder in ihrem Transportmittel. Die einzige Ausnahme waren die wilden Jungen. Sie beherrschten die Wüstenstraßen mit dreistem, großspurigem Selbstvertrauen, ihre Sandskiffs – kleine, Einmann-Ruderboot ähnliche Wüstenfahrzeuge – verschalt und an großen, in die Mauerbreschen eingelassenen Eisenringen festgemacht, und ihre Masuten – die zotteligen, vierfüßigen Reittiere der deseillignischen Wüste – an die gleichen Ringe angebunden.

Als Morgan die Scharen von wilden Jungen gesehen hatte, die sich um ihre Zelte am Stadtrand versammelt hatten, war er von der Hauptstraße abgebogen und einen Umweg gefahren, um sich der Stadt mehr von Süden her zu nähern. Je weniger Leute ihn und Avallyn sahen, desto besser. Er wollte seine geschäftlichen Angelegenheiten so schnell wie möglich erledigen und dann wieder verschwinden. Sie hatten kaum die Außenbezirke der Stadt passiert, als er seine Entscheidung, Avallyn mitzunehmen, auch schon wieder zu bereuen begann. Jungfräuliche Prinzessin oder nicht, sie war eine Wüstenbewohnerin, und sie hatte ihm erzählt, dass Rabin-19 in den Zuständigkeitsbereich von Claerwen fiel. Es war sehr gut möglich, dass es in dem Ort von den Spionen der Priesterinnen nur so wimmelte, und anders als bei denen des Kriegshetzers, hatte Morgan keine Ahnung, wer diese Spione waren oder wo sie sich herumtrieben – obwohl er den starken Verdacht hatte, dass sie sich unter Claerwens Verbündeten, den wilden Jungen, versteckten.

Er und Aja waren in den vergangenen Jahren ein paar Mal in der Karawanserei gewesen, als sie sich den größten Teil ihrer Ausrüstung noch aus Altmaterial und Schrott zusammengebastelt hatten. Neben ausrangierten und demolierten Fahrzeugen und Ersatzteilen aller Art gab es auf den Schrottplätzen von Rabin-19 auch eine große Menge von gebrauchten elektronischen und fotosensibilisierten Geräten aus ausgelaufenen Serien, all die praktischen kleinen Geräte, die Morgan die Arbeit so sehr erleichterten. Er und Aja hatten mit den wilden Jungen in Rabin ein oder zwei Glas getrunken und nie irgendetwas Verdächtiges bemerkt, aber jetzt fragte Morgan sich, ob sie damals nicht heimlich beobachtet worden waren und ob man nicht Bericht über sie erstattet hatte – und er fragte sich, welcher Wüstenstamm ihn vor so vielen Jahren gefunden und auf den Weg nach Pan-shei geschickt hatte.

»Da«, sagte Avallyn und zeigte gebieterisch mit einem Finger auf ein niedriges Gebäude mit einem großen offenen Ladeplatz. »Stoell's ist der richtige Ort, um einen Fusionsblock zu finden.«

Morgan nickte zustimmend und parkte den Tender in dem schmalen Streifen von Schatten, den die Schrott- und Ersatzteilhandlung bot. Ein paar ausgeschlachtete Halbtonner waren außerhalb des Ladeplatzes zu einem Haufen aufgetürmt, und soweit Morgan es sehen konnte, waren die guten Teile, die er hätte gebrauchen können, schon alle ausgebaut worden. Bevor er die Ausstiegsluke des Tenders öffnete, warf er einen schnellen Blick auf seine Begleiterin. Sie war wütend – was nichts Neues war –, ihre Augen funkelten silbrig in dem gleißend hellen Licht, ihre Lippen bildeten eine schmale Linie. An ihrem Kiefer zuckte ein winziger Muskel, und sie gab sich die größte Mühe, ihn zu meiden und mit Nichtbeachtung zu strafen. Keine leichte Sache, da sie fast Schulter an Schulter in dem engen Cockpit des Tenders zusammengepfercht waren. Abgesehen von ihrer Laune und dem grimmigen Ausdruck auf ihrem Gesicht, sah sie gut aus. In Wirklichkeit sah sie sogar noch besser als gut aus, selbst in Ajas alten Kleidern – rostbraunen Hosen, einem verwaschenen gelben Hemd, einer noch stärker ausgeblichenen wattierten grünen Weste und einem Turban, den sie aus einem Stück von einem alten weißen Umhang fabriziert hatten. Ohne ihr schwarzes Nachtwächtergewand glich sie eher einer Nomadin als einer Priesterin, mehr einem wilder Jungen als einer Prinzessin. Das Einzige, was sie noch gebraucht hätte, um wie eine perfekte Masutentreiberin auszusehen, war eine geflochtene Reitpeitsche.

»Wo ist dein Mundstück?«, fragte Morgan. Wütend oder nicht, er wollte sie küssen, aber es war äußerst unwahrscheinlich, dass er Gelegenheit dazu bekommen würde.

Sie warf ihm einen langen, finsteren Blick von der Seite zu, dann zog sie eines von Yorks Mundstücken aus ihrer Tasche und schob es sich zwischen die Zähne. Sie sah ihn weiterhin finster an, während sie fest auf das Mundstück biss, richtig fest, und er zuckte zusammen, als das laute atmosphärische Knistern und Rauschen durch seine Ohren schoss.

Ja, verdammt unwahrscheinlich, dachte Morgan, und er war wirklich ein ausgemachter Idiot, dass er sie nach dem, was er in seinen Träumen gesehen hatte, noch immer begehrte. Aber er hatte nicht nur von finsteren Schrecken geträumt. In seinem nächtlichen Traum waren sie auch Liebende gewesen. Ihr köstlicher Geschmack und das Gefühl ihres Körpers waren noch immer in sein Gedächtnis eingeprägt, ein Wunschbild, das ihr Zaubertrank real gemacht hatte; und ein Teil von ihm sehnte sich schmerzlich nach ihr.

»Wenn du wieder dein Ortungsarmband anlegen würdest, brauchten wir uns keine Sorgen zu machen, dass wir uns außer Rufweite voneinander entfernen könnten«, sagte sie so laut, um sicherzugehen, dass er sie auch wirklich hörte.

Er hörte sie, allerdings, jedes einzelne gereizte Wort. Sie war gereizt und schlecht gelaunt seit jenem Augenblick im Krankenrevier, als er sie einfach stehen gelassen hatte, ohne ihre Antwort abzuwarten; und sie hatte nicht gezögert, ihn ihre Gereiztheit auch gründlich merken zu lassen. Er war nicht weiter als bis zu der Luke gekommen, als sie ihren überheblichen Priesterinnenton an ihm ausprobiert und herrisch befohlen hatte: *»Halt!«*

Er hatte natürlich nicht reagiert und hatte seitdem ihre üble Laune ertragen müssen – was wahrscheinlich nur zum Guten war. Wenn sie zugänglich gewesen wäre, würde er in genau diesem Augenblick mit ihr in irgendeiner verborgenen Höhle von Craig Tagen liegen und sie wild und leidenschaftlich lieben, und Drachen und Dharkkum könnten sich zum Teufel scheren. Was natürlich genau der Ort war, wo auch er landen würde, wenn er Liebe mit ihr machte. Insofern war es also nur zu seinem Besten, dass sie wütend auf ihn war.

»Erinnerst du dich an das Protokoll?«, fragte er.

Bei dieser Frage zog sie die Brauen hoch, wobei sich die eine – die mit der kleinen Narbe – ein winziges bisschen höher hob als die andere. »Protokoll? Du meinst den Teil, wo du die Befehle erteilst und ich gehorche?«

»Richtig.« Er blickte sie fest und unnachgiebig an. »Das

ist genau das, was ich meine.« Sein Erkundungs- und Aufklärungsprotokoll war erprobt und bewährt und diente dem Zweck, mit dem geringstmöglichen Maß an Anstrengung und persönlicher Gefahr die größtmögliche Menge an Informationen zu bekommen.

»Und den Teil, wo ich den Mund halte und du das Reden übernimmst?«

»Richtig«, sagte er, noch immer unbeirrbar.

»Du kannst von Glück reden, wenn du noch mit deinem Hemd auf dem Leib aus Stoell's herauskommst, geschweige denn mit einem Fusionsblock«, informierte sie ihn mit einem höhnischen Unterton in der Stimme und wandte sich ab, um durch die Windschutzscheibe hinauszusehen.

»Ich habe hier schon öfter eingekauft«, versicherte er ihr, jetzt ebenfalls leicht gereizt. Es ärgerte ihn, dass sie überhaupt kein Vertrauen zu ihm hatte, wenn man bedachte, dass er ihr großer barbarischer Krieger sein sollte, hierher geschickt, um ihre Feinde abzuwehren und gegen unvorstellbare Übel zu kämpfen.

Sie zuckte die Achseln, eine elegante Bewegung, die ihm deutlich zu verstehen gab, dass er ein Trottel war, ein zum Scheitern verurteilter Dummkopf, der drauf und dran war, gründlich geschröpft zu werden, und den zu retten sie wirklich keine Lust hatte.

Es war zutiefst kränkend, dieses verächtliche Achselzucken, dieses Gefühl, so kurz und bündig von ihr taxiert und als Dummkopf abgetan zu werden. Es war nicht mehr, als er verdient hatte, davon war er überzeugt, denn er hatte sie keinen Deut anders behandelt und so ziemlich ihr ganzes Leben als eine aussichtslose Sache abgetan, und er hatte ihr das auch klipp und klar gesagt.

Trotzdem tat ihm ihr Achselzucken weh. Er begehrte sie, und er konnte sie nicht haben, und das würde ihn wahnsinnig machen, bis er irgendeine Möglichkeit finden könnte, sie loszuwerden – und wahrscheinlich würde es ihn noch sehr viel länger wahnsinnig machen.

»Bringen wir die Sache hinter uns.« Er tippte einen Türschlüsselcode in die Bedienungskonsole ein und öffnete die Ausstiegsluke des Tenders. Er hatte für sich selbst ebenfalls einen Turban aus dem alten weißen Umhang fabriziert, und als ihm der heiße, trockene Wind und der Sand entgegenwehten, zog er eine Bahn des fadenscheinigen Stoffs über seine untere Gesichtshälfte, um nicht mehr als einen Schlitz für die Augen frei zu lassen.

Der Tender war ein kleines Luftkissenfahrzeug der Unterklasse, das während zu vieler Wüstenfahrten unter dem Chassis des Rovers befestigt gewesen war, um noch irgendetwas anderes als ein sandgestrahlter Klapperkasten zu sein. Er sah nur wenig besser aus als die zerbeulten Halbtonnerfahrgestelle, die sich draußen vor Stoell's türmten, was Morgan als Vorteil ansah, denn es würde ihm und Avallyn ein zusätzliches Maß an Sicherheit verschaffen. Höchstwahrscheinlich würde keiner etwas stehlen wollen, das so aussah, als würde es jeden Moment zusammenbrechen, und im Fall des Tenders täuschte der äußere Anschein nicht. Außer einem Fusionsblock für den Rover würden sie auch ein paar kurzschenkelige Meridiane brauchen, um diejenigen in dem Hovercraft ersetzen zu können, wenn sie noch irgendwann vor nächster Woche wieder zu dem Rover zurückkommen wollten. Sie hatten Glück gehabt, dass sie es mit der Schrottkarre überhaupt bis Rabin-19 geschafft hatten. Morgan nahm an, dass ihn das Ganze ungefähr dreihundertfünfzig Alte Dominion-Mark kosten würde.

Siebenhundert Geldstücke später marschierten er und Avallyn wieder aus Stoell's heraus, und keiner von ihnen sagte ein Wort. Morgan sprach deshalb nicht, weil er es nicht konnte – er hatte die Zähne fest zusammengebissen –, und

Avallyn nicht, weil sie es nicht wagte. Das glaubte er zumindest.

»Dein erster Fehler war, mit Stoell zu verhandeln.«

Morgan machte sich nicht die Mühe, darauf zu antworten, denn er wusste nur zu gut, dass sie Recht hatte. Er marschierte einfach weiter, da er es eilig hatte, zu der einen Block entfernten Taverne zu kommen, bevor ihm die Sonne das Gehirn verbrannte.

»Dray und ich verhandeln immer mit den Mechanikern im Hof.«

Wieder musste er zugeben – wenn auch nur im Stillen –, dass Avallyn Recht hatte. Er und Aja hatten auch immer mit den Mechanikern im Hof verhandelt. Aber Stoell hatte sie von dem Moment an, als sie den Ladeplatz betreten hatten, regelrecht belagert, und Morgan hatte es beim besten Willen nicht geschafft, den alten Halsabschneider abzuschütteln oder auch nur in die Nähe eines der Mechaniker zu kommen. Sie waren alle auf dem hinteren Teil des Platzes gewesen, um einen Haufen S-Klasse-Schrott versammelt.

»Und du hast kaum Augenkontakt mit dem knickerigen Bastard hergestellt«, fuhr Avallyn fort, ohne sich um sein Schweigen zu kümmern, »geschweige denn, dass du ihn mit diesem verdammt einschüchternden Blick bedacht hast, den du mir so gerne zuwirfst.«

Morgan blieb bei dem Tender stehen und schloss den Fusionsblock und die kurzschenkeligen Meridiane in dem Fahrzeug ein. Siebenhundert Mark! Er war wie eine Weihnachtsgans ausgenommen worden, und er wusste es auch, und Avallyn wusste es ebenfalls. Und dennoch – so sehr sie das auch stören mochte, es war nicht das, was ihm zu schaffen machte. Er verschloss die Frachtraumtür des Tenders und ging mit schnellen Schritten davon.

»Bei *mir* hätte er es nicht gewagt, einen solch horrenden

Preis zu verlangen«, sagte sie, als sie sich beeilte, ihn einzuholen.

Wieder war Morgan absolut sicher, dass sie Recht hatte. Der alte Mann hätte es ganz bestimmt nicht gewagt, einer Weißen Frau des Todes einen derart überhöhten Preis abzuverlangen. Morgan hatte den kleinen Beutel mit Knochen gesehen, der an Stoells Gürtel baumelte, den Schweiß der Nervosität auf der Oberlippe des alten Mannes, die Art, wie sein Blick immer wieder ängstlich zu den Fenstern und zu jeder Tür, die nach draußen führte, gehuscht war. Als die Ersatzteile zusammengesucht worden waren und Stoell seinen unverschämten Preis genannt hatte, hatte Morgan bereitwillig bezahlt, nur um schnell wieder von dem Ort wegzukommen.

Er musste unbedingt zu einer Taverne und zu einer Kommunikationsstation. Die Mechaniker hatten nicht einfach nur um das S-Klasse-Fahrzeug herumgestanden, sondern sie hatten die Morgennachrichten auf dem Bildschirm der Kommunikationsstation verfolgt, die in das Fahrzeug eingebaut war; und während Stoell langatmig über den Preis der einzelnen Ersatzteile gesprochen hatte, hatte Morgan seine Aufmerksamkeit auf den rückwärtigen Teil des Ladeplatzes konzentriert. Er hatte flüchtig ein Frauengesicht – Ferrars Gesicht – auf dem Bildschirm der Kommunikationsstation gesehen, bevor ganz plötzlich eine entsetzliche Dunkelheit aus dem Himmel heruntergewirbelt war und sich der Bildschirm schwarz verfärbt hatte. Seitdem hatte sein Herz nicht mehr zu hämmern aufgehört.

Etwas Schreckliches war in Pan-shei passiert, etwas, das geradewegs seinen Albträumen entsprungen war.

Er hatte den alten Mann bezahlt, sich hastig die Ersatzteile unter den Arm geklemmt und war hinausgelaufen, so schnell ihn seine Füße trugen.

»Bleib dicht bei mir«, sagte er zu Avallyn, als sie nur noch wenige Meter von dem Eingang der Taverne entfernt waren.

»Wie dicht?«, fragte sie misstrauisch.

Ihre Frage ließ ihn wie angewurzelt stehen bleiben. *Wie dicht?*

Mit einer schnellen Bewegung packte er sie am Arm und zog sie von der Straße in das Band von Schatten, das die Gasse verdunkelte.

»Dicht genug, dass ich dich berühren kann«, stieß er grimmig zwischen zusammengebissenen Zähnen hervor, als er auch noch ihren anderen Arm packte und sie fast schüttelte. »Ich will, *dass du da bist*, wenn ich die Hand ausstrecke.«

Sie machte große Augen, vielleicht vor Angst, vielleicht auch vor Überraschung. Er konnte es nicht sagen. Er selbst fühlte ganz sicherlich eine geradezu beklemmende Angst, und er konnte diese Angst nicht aus seiner Stimme tilgen. Sie lief wie Eiswasser durch seine Adern, ließ ihn trotz der sengenden Hitze bis ins Innerste frieren. Er fühlte überall Kälte, außer dort, wo er Avallyn berührte.

»Dicht genug, dass ich dich atmen hören kann.« Seine Stimme wurde zu einem drohenden Flüstern, als er sie noch näher zu sich herzog. »Dicht genug, dass ich deinen Puls fühlen kann.«

Und selbst das würde noch nicht nahe genug sein, wenn die Finsternis kam, um sie zu verschlingen. Sie würden von dem schwarzen Sturm auseinander gerissen werden – sofern ihr Vater nicht einen bindenden Zauber hatte, der mächtiger war als die Ortungsarmbänder. Aja hatte das Armband an Morgans Handgelenk mit einer seltsamen Mühelosigkeit geöffnet, die sogar ihn überrascht hatte.

»Dicht genug …«, begann er erneut, aber als er in ihr Gesicht und in ihre plötzlich ernsten Augen blickte, fehlten ihm auf einmal die Worte. Was konnte er ihr sagen? Und was sollte er besser für sich behalten? Dass Dharkkum plötzlich hier und nicht länger Teil der Vergangenheit war?

Dass der Kampf, dem sie sich stellen sollten, nicht in einem lange zurückliegenden Zeitalter stattfinden würde, sondern im Hier und Jetzt?

Eine flüchtige Bewegung in den Schatten am Eingang der Gasse erregte seine Aufmerksamkeit. Morgan riss den Kopf hoch, erstarrte alarmiert und griff dann hastig über seine Schulter nach seinem Schwert.

Avallyn fuhr ebenfalls herum, aber dort war nichts, nur Staubflocken, die in dem Strahl von Sonnenlicht tanzten, der durch die Schatten schnitt. Morgan ließ seine Hand wieder sinken, während er sich fragte, was er sich eigentlich dabei gedacht hatte, nach seinem Schwert zu greifen, statt seine weitaus tödlichere Laserkanone zu ziehen. *Gott*, er konnte ein halbes Dutzend Soldaten mit einem einzigen, wohlgezielten Schuss seiner Laserkanone töten. Mit einem Schwert würde er gegen eine solche Übermacht nicht annähernd so viel ausrichten können, noch nicht einmal mit Scyld. Und dennoch, er hatte gesehen, wie sich die Schatten bewegten, und hatte instinktiv sein Schwert gezogen.

»Komm schon«, sagte er und zog Avallyn zu der Tür der Taverne. »Lass uns reingehen.« Und Gott möge ihm beistehen, wenn es ihm nicht gelang, solch atavistische Angewohnheiten abzulegen. Die Zukunft war ein Ort der Karabiner und Laserkanonen, nicht der Schwerter.

»He, Lannikan, hier sind sie!«, sagte plötzlich eine muntere Stimme hinter ihnen. »Ich hab dir doch gesagt, dass wir sie finden würden.«

Morgan wirbelte blitzschnell herum, riss Avallyn an sich und zog seine Laserkanone, noch bevor der Junge das Wort »Lannikan« auch nur halb ausgesprochen hatte. Sie waren zu acht, alles wilde Jungen, gekleidet in von der Sonne ausgeblichene Lumpen und Turbane, die sie sich um Kopf und Gesicht gewickelt hatten. Die meisten von ihnen waren mit Laserkanonen bewaffnet. Alle hatten geflochtene Reitpeitschen und Kampfschleudern – digitalisierte Kurzbögen, die dazu dienten, mit rasiermesserscharfen Spitzen bestückte Pfeile abzuschießen. Im Gegensatz zu Laserkanonen konnte man Kampfschleudern mit einem Energie-Scanner nicht orten. Die wilden Jungen benutzten sie für Überfälle aus dem Hinterhalt draußen in den Dünen, Überfälle, die nicht immer nur gegen die Soldaten des Kriegshetzers gerichtet waren. Es war bekannt, dass sie gelegentlich auch legitime Handelskarawanen überfielen. Verbündete der Priesterinnen oder nicht, sie waren und blieben trotzdem wilde Jungen.

»Commander.« Er verbeugte sich förmlich vor Avallyn. »Ich bin Lannikan vom Stamm der Rhymer, und, ja, du würdest drinnen sicherer sein.«

Morgan fühlte, wie sich Avallyn neben ihm entspannte, aber er blieb wachsam, und er senkte auch nicht seine Laserkanone. *Commander?* Sie war enorm schnell für eine Prinzessin und verdammt gut im Umgang mit einer Waffe, aber eine Kommandantin? Commander war ein Rang, der nur den erfahrensten und kampferprobteren Kriegern vorbehalten war, den wahren Führern der Wüste.

So interessant diese neue Information über Avallyn auch war, Morgan interessierte sich im Moment mehr für den Jungen, der vor ihnen stand. Lannikan sah nicht anders aus als die zahllosen anderen zerlumpten wilden Jungen, die Morgan in Rabin-19 oder Pan-shei gesehen hatte, aber im Gegensatz zu den anderen hatte dieser wilde Junge nach ihnen gesucht. Kein gutes Zeichen, Morgans Ansicht nach. Nur die Nachtwächter konnten die Jungen beauftragt haben, sich an ihre Fersen zu heften, und nur jemand, der Avallyn kannte, würde sie trotz ihrer Verkleidung so leicht erkennen.

»Die Jungen vom Stamm der Rhymer waren sehr tapfer, als sie die Heilige Quelle verteidigt haben«, sagte sie zu dem

Jungen und bestätigte damit Morgans Verdacht. »Es freut mich, dich wieder zu sehen, Lannikan.«

»Prinz.« Der Junge machte eine kurze Verbeugung vor Morgan, bevor er ihn anblickte. »Wir sind beauftragt worden, für eure Sicherheit zu sorgen.«

»Von wem?«, fragte Morgan, noch mehr entnervt durch den Umstand, dass der Junge ihn mit »Prinz« anredete. Er wusste, Lannikan meinte damit den Herrscher der Zeit, wie Avallyn ihn an diesem Morgen genannt hatte, nicht seinen wirklichen Titel »Prinz von Wales«.

Ein Geräusch hinter ihnen und die Art, wie Lannikans Blick kurz zur Seite huschte, sagte Morgan, dass noch mehr wilde Jungen die Gasse heraufkamen, und er fühlte zum ersten Mal eine gewisse Erleichterung. Es waren die Jungen gewesen, die einen Moment zuvor am Eingang der Gasse entlang gehuscht waren und ihn derart erschreckt hatten, nicht die schwarzen, körperlosen, sich bewegenden Schatten der tödlichen Finsternis.

»Von Dray aus Deseillign«, sagte Lannikan als Antwort auf Morgans Frage. »Wir sollten uns besser drinnen weiter unterhalten.«

Morgan fluchte unterdrückt und blickte über seine Schulter, um die Neuankömmlinge zu mustern. Es waren vier, und obgleich ihm nicht ganz wohl bei der Sache war, reagierte er mit einem zustimmenden Nicken auf Lannikans Vorschlag. Die wilden Jungen stellten keine unmittelbare Bedrohung dar, und seine Chancen standen zwei gegen zwölf – oder wahrscheinlich eher einer gegen dreizehn, da Avallyn sicherlich Lannikans Partei ergreifen würde. Wichtiger war jedoch, dass er noch immer dringend eine Kommunikationsstation brauchte. Er musste wissen, was in Panshei passiert war und ob es wirklich Ferrar gewesen war, die er auf dem Bildschirm gesehen hatte.

Eine schmale Tür zur Gasse hin öffnete sich dort, wo die

Rhymer-Jungen standen, und ein weiterer Junge steckte den Kopf heraus. »Sie sind nicht hier, Lannikan, aber der Wirt hat leckere Pommes-Stullen und Shamp-Püree für uns gemacht.«

»Wir haben sie gefunden, Sakip. Geht jetzt rein.« Lannikan deutete mit einer Kopfbewegung auf die Tür, und die anderen Jungen begannen, sich in die Taverne zu drängen.

Sakip fuhr herum, um Morgan und Avallyn anzustarren, und stieß einen leisen Pfiff aus; und zum ersten Mal erkannte Morgan, dass nicht alle wilden Jungen tatsächlich Jungen waren. Von Sakips Figur war unter den Schichten von Lumpen, die sie trug, nicht viel zu sehen, aber ihr Gesicht war entschieden weiblich, umrahmt von ein paar Strähnen schwarzen Haares, die aus ihrem Turban gerutscht waren.

»Commander?«, sagte Lannikan abermals, als er sich zu Avallyn umwandte und auf den Eingang der Taverne wies.

Morgan schloss seine Finger fest um Avallyns Arm, als er den anderen voran durch die Tür ging. Die Taverne war nur matt erleuchtet, und aus den kleinen Belüftungsschlitzen im Fußboden stieg eine schwache Brise kühler Luft auf. Morgan wählte einen etwas abseits stehenden Tisch mit einer Kommunikationsstation, die in die Wand daneben eingebaut war. Er gab eine Zahlenkombination in das Bedienungsfeld ein, um eine Wiederholung der Nachrichtensendung aus dem Alten Reich zu sehen.

Der Sprecher begann mit der Wettervorhersage.

»Wie habt ihr uns gefunden?«, fragte er Lannikan, als der Junge – der in Wirklichkeit kein Junge mehr war, sondern Morgans Schätzung nach ein junger Mann von mindestens zwanzig Jahren – sich ihm gegenüber an den Tisch setzte.

»Die Nachtwächter hatten uns alarmiert, nach euch Ausschau zu halten.« Lannikan blickte über seine Schulter und gab den anderen ein Zeichen, woraufhin vier der Jungen durch den Raum eilten und sich an den Fenstern und Türen postierten.

Morgan wurde dadurch unangenehm an Stoells nervöses Überprüfen des Raums erinnert. Er sah sich ebenfalls rasch in der Taverne um. Teile von Masuten-Sattelzeug hingen an einer Reihe von Haken an einer Wand, und unter jedem schmalen Sattel lag ein Päckchen mit Ausrüstung. Ein paar Stammgäste saßen hier und dort verstreut, genug, um Krawall zu machen, falls er entschied, dass es für ihn und Avallyn Zeit wurde, wegzurennen und zu ihrem Rover zu fliehen. Ganz gleich, ob mit oder ohne die neuen kurzschenkeligen Meridiane, der Tender konnte es in puncto Schnelligkeit nicht mit einem Sandskiff aufnehmen, aber er, Morgan, könnte vielleicht ein oder zwei der Wüstenfahrzeuge ausmanövrieren.

»Dray ist weiter oben im Norden, in Cere«, fuhr Lannikan fort. »Er hielt es für wahrscheinlicher, dass ihr eine nördlichere Route nehmen und dort aufkreuzen würdet. Wir wussten, dass der Rover beschädigt worden war und dass ihr Ersatzteile brauchen würdet. Dray beschloss jedoch, auch drei Nachtwächter nach Rabin-19 zu schicken, nur für den Fall. Sie sind im Morgengrauen eingetroffen. Eine ist verwundet. Wir haben sie in unserem Zelt. Die anderen beiden suchen noch die Straßen nach euch ab, genau wie wir es getan haben, bis Samm hier plötzlich den Geruch der Lady gewittert und euch entdeckt hat, als ihr aus Stoell's herausgekommen seid.«

Ein grinsender Junge tauchte neben Lannikan auf, derselbe, der ihre Anwesenheit in der Gasse angekündigt hatte. »Sie riecht wie Gras, wirklich das tut sie, wie frisches grünes Gras.«

Es stimmte, aber Morgan war erstaunt, dass der Junge den zarten Duft aus so großer Entfernung wahrgenommen hatte, und er war mehr als froh, dass es die wilden Jungen gewesen waren, die ihn und Avallyn aufgespürt hatten und nicht die Sha-shakrieg-Nachtwächter.

»Wer ist verwundet worden?«, fragte Avallyn und beugte sich vor, ihre Stirn besorgt gerunzelt. Sie setzte sich neben Morgan – nahe genug, um ihn zu berühren –, und er fühlte sich ermutigt, obwohl dieses Gefühl wahrscheinlich unangebracht war.

»Mepps«, antwortete Lannikan auf ihre Frage. »Sie sind gestern Nacht zufällig auf eine Skraeling-Horde getroffen, die von dem Zweiten Garderegiment ausgeschickt worden war. Wir bereiten ein Sandskiff vor, um Mepps nach Claerwen zu bringen.« Auf ein weiteres Handzeichen von ihm schickten die Jungen sämtliche Gäste hinaus, sogar den Wirt, und machten sich in der Taverne breit.

Was nun?, fragte sich Morgan.

»Und uns auch?«, wollte Avallyn wissen.

»Ich weiß nicht.« Lannikan sprach mit gedämpfter Stimme und ließ seinen Blick wachsam durch den Raum schweifen. »Unsere Pläne haben sich geändert. Sakip nimmt gerade Kontakt mit Dray auf, aber es bleibt nicht mehr viel Zeit, und es ist vielleicht zu gefährlich, hier auf ihn zu warten.«

»Wo war diese Skraeling-Horde?«, fragte Morgan. Es gefiel ihm nicht, dass das Mädchen dem Hauptmann der Nachtwächter ihren Aufenthaltsort enthüllte. Nach dem, was er bei Stoell's gesehen hatte, hatte er seine ursprüngliche Idee, mit den Spionen des Kriegshetzers um den Preis für den goldenen Drachen zu handeln, bereits wieder aufgegeben. Sein neuer Plan war, in Rabin-19 so viele Informationen wie möglich zu sammeln und dann schleunigst wieder aus dem Ort zu verschwinden, bevor sie noch jemand einholte.

»Vierzig Meilen weiter nördlich«, erklärte Lannikan. »Das gesamte Zweite Garderegiment strömt entlang den Hauptstraßen nach Craig Tagen, und sie schicken Skraelings aus, um die Rift-Hunde zusammenzutreiben und ein Blutbad vorzubereiten. Es sieht nicht gut aus. Ihr müsst von sehr viel weiter südlich gekommen sein, da ihr sie nicht bemerkt habt.«

Sie hatten die Hauptstraßen aus genau diesem Grund bewusst gemieden, aber Morgan war überrascht über die Information, dass das gesamte Zweite Garderegiment hinter ihnen her war.

»Wir haben die Hunde gesehen, ein halbes Dutzend Rudel«, sagte Avallyn.

»Was wollen die Soldaten des Kriegshetzers?«, fragte Morgan. Wenn es wirklich der Drache war, war er bereit, ihnen die goldene Statue zu geben, sie einfach irgendwo auf einen Felsen zu legen und sie ihnen zu überlassen.

»Dray sagt, es gibt nur eine Sache, die das Zweite Garderegiment in voller Truppenstärke auf den Plan rufen würde. Er befürchtet, dass Lady Avallyn in Racht erkannt worden ist, und ohne den Schutz von Claerwen ist die Gefahr, dass sie den Truppen des Kriegshetzers in die Hände fällt, größer als je zuvor. Was den Rest angeht… was letzte Nacht in Pan-shei passiert ist…« Der Junge verstummte. Er schüttelte den Kopf und senkte den Blick.

»Was?«, fragte Avallyn besorgt. »Was ist denn pass-«

Morgan brachte sie zum Schweigen, indem er ihr eine Hand auf den Arm legte. Seine Aufmerksamkeit war auf die Kommunikationsstation gerichtet und auf die Warnmeldung, die plötzlich am unteren Rand des Bildschirms erschien. Die Datumszeile zeigte, dass der Bericht zum ersten Mal in der vergangenen Nacht gesendet worden war, ungefähr zu der Zeit, als sie Craig Tagen erreicht hatten. Alle wilden Jungen waren verstummt, bis auf Lannikan.

»Wir haben dieses Aufnahmen schon den ganzen Morgen über die Kommunikationsstationen flimmern sehen, und wie ich schon sagte, es sieht nicht gut aus.«

Das Kriegsschiff des Kriegshetzers nahm den größten Teil des Bildschirms ein, während sich im Hintergrund Scharen von Skraelings und Soldaten drängten, die die Abzeichen des Dritten Garderegiments trugen. Die Sendung wurde in fünfzehn verschiedenen Sprachen ausgestrahlt, von denen eine dominierte und die anderen zu einem leisen, monotonen Gemurmel reduziert waren. Über die Kommunikationsstation der Taverne waren jedoch drei Sprachen gleichzeitig zu hören, die sich zu einem chaotischen Durcheinander vermischten, sodass die Worte unmöglich zu verstehen waren. Einer der Jungen beugte sich über den Tisch und schlug mit der Faust auf den Bildschirm, und für ein paar Sekunden konnten sie die wachsende Panik in der Stimme des Nachrichtenreporters hören: *»– vor knapp einer Stunde eingetroffen. Die Stadtwache ist in die östlichen Provinzen geflohen, und kein Oberherr ist seit dem Mittag mehr gesehen worden, als Ference Lieq die Schließung sämtlicher Banken des Alten Reiches ankündigte, eine unerhörte Maßnahme, die heftige Krawalle und Ausschreitungen in allen Landesteilen zur Folge gehabt hat. Die verbleibenden Truppen haben Pan-shei besetzt und alle aus der Stadt führenden Straßen gesperrt. Durch eine Explosion auf der Ost-West-Neunzig wurden –«*. Die Stimme des Reporters verlor sich wieder in einem unverständlichen Sprachengewirr, aber man brauchte sie nicht zu hören, um zu begreifen, was in Pan-shei vor sich gegangen war. Die Bilder, die über den Bildschirm flimmerten, sprachen für sich: Ein Haufen zerbeulter, rauchgeschwärzter Fahrzeuge, der sich neben der Ost-West-Neunzig türmte; die Lyranerin, die zwischen den Reihen von Soldaten entlangpirschte und dann ihr Opfer vor der demolierten Nissenhütte verspeiste; lange Einstellungen des stählernen schwarzen Kriegsschiffes mit seinen Brustwehren und Kanonenrohren, Sturmböcken und Laserbordwaffen; und Corvus Gei, der auf der Aussichtsplattform des Schiffes stand, flankiert von seiner Hauptmännin und zwei Wachen, die die Ketten von zwei Gefangenen hielten: Ferrar und Jons.

Morgans Magen schnürte sich zu einem kalten, harten Knoten der Furcht zusammen. Er hatte sich bei Stoell's also doch nicht geirrt.

»*Heilige Mutter*«, flüsterte Avallyn neben ihm, den Blick entsetzt auf den Bildschirm gerichtet.

Die Kamera machte einen Schwenk, um die Ankunft eines weiteren Trupps von Gefangenen zu zeigen, Einwohner von Pan-shei, wie ihre Kleidung erkennen ließ. Morgan dachte sofort an Klary, aber als die Gefangenen im Gänsemarsch vor der Kamera vorbeiliefen, konnte er sehen, dass die Soldaten des Kriegshetzers keine Kinder zusammengetrieben hatten. Trotzdem war es ihm unmöglich, angesichts dieser Tatsache Erleichterung zu empfinden, wenn Ferrar und Jons gefangen genommen worden waren und die Nissenhütte dem Erdboden gleichgemacht war.

Die Kamera schwenkte wieder auf den Kriegshetzer zurück.

»Das ist es«, flüsterte Lannikan. »Das ist es, wogegen wir kämpfen werden, genau wie damals, als wir dem Teufel bei der Heiligen Quelle in Claerwen entgegengetreten sind.«

»Nein«, erwiderte Avallyn. »Corvus hat sich *niemals* erniedrigt, außer in der Nördlichen Wüste. Der Preis, den er dafür zahlt, ist zu hoch. Ich habe gesehen, was es ihn gekostet hat, die Quelle bei Claerwen zu zerstören.«

Die Kamera zeigte eine Nahaufnahme von Ferrars Gesicht, und Morgan sah die Angst in ihren Augen. Der kalte Knoten der Furcht in seinem Magen zog sich noch fester zusammen. Ganz gleich, welche Erniedrigung der Kriegshetzer geplant hatte, Ferrar rechnete nicht damit zu überleben.

In dem Moment sah Morgan etwas, was er bei Stoell's nicht gesehen hatte; die schwarz verfärbte Hand des Kriegshetzers und die dünnen Fetzen von Rauch, die von seinen klauenartigen Fingerspitzen aufstiegen.

»*Lieber Himmel!*«, flüsterte er. Er hatte schon von der linken Hand des Kriegshetzers gehört, aber keine der Horrorgeschichten hatte ihn auf das scheußliche Gebilde vorbereitet, das er jetzt auf dem Bildschirm der Kommunikationsstation sah.

»Genau«, sagte Lannikan. »Wenn der Himmel dein Gott ist, dann ist jetzt der richtige Zeitpunkt, um um Beistand zu bitten.«

»Nein«, stieß Avallyn abermals gepresst hervor, ihr Gesicht aschfahl vor Entsetzen. »Das kann er doch nicht tun!«

Aber Corvus tat es. Er riss seine schwarz verfärbte Klaue hoch, und die Rauchfetzen stiegen spiralförmig in den Himmel auf, vergrößerten sich rasch zu riesigen Schwaden. Schrille, gequälte Schreie erhoben sich aus der Menge der Gefangenen, die unterhalb des Kriegsschiffes zusammengepfercht waren. Die Kamera, die die Szene filmte, schwenkte ruckartig aufwärts, um die finstere, wirbelnde Rauchwolke einzufangen. Einen flüchtigen Moment lang sah Morgan, wie sich fleischfarbene Bänder emporschlängelten und durch die Wolke wanden, die Körper der zum Tode Verurteilten, die dünner und immer dünner wurden; dann wurde alles schwarz. Lange Sekunden verstrichen, aber der Bildschirm blieb dunkel.

»*Mann!*«, stieß Samm erstickt hervor. »Ich glaub's einfach nicht!«

Morgan drehte sich zu Lannikan um und packte den Jungen am Arm. »Die beiden Gefangenen an Deck, neben Corvus. Weißt du, was mit ihnen passiert ist?«

»Nein«, erwiderte der Junge, äußerlich ruhig, obwohl Morgan fühlen konnte, wie sich seine Armmuskeln vor Anspannung verkrampften. »Wir sind seit Monaten nicht mehr in Pan-shei gewesen, und jetzt ist nicht mehr viel davon übrig.«

Morgan ließ den Jungen los und lehnte sich auf seinem Stuhl zurück, während seine Gedanken rasten. Er musste dringend nachdenken, und alles, was er im Geist vor sich sehen konnte, waren Ferrars furchterfüllte Augen und die grässlichen fleischfarbenen Bänder. Er hatte Ferrar eine Chance geboten, eine Chance, die sie nicht ergriffen hatte. *Großer Gott.* Ferrar und Jons hatten seit dem zweiundzwanzigsten Jahrhundert Zeitreisen unternommen. Von allen Leuten, die er in der Zukunft getroffen hatte, verstand Ferrar besser als jeder andere, was er durchgemacht hatte, und ihr Rat an ihn war immer derselbe gewesen: Sei vorsichtig mit deinem Leben, hüte dich davor, deine Macht zu überschätzen.

Es war leicht, sich in einem trügerischen Gefühl der Unsterblichkeit zu wiegen, nachdem man das Zeit-Wehr überlebt hatte und zehntausend Jahre in die Zukunft gereist war – und es war tatsächlich so, dass einem die Reise eine gewisse Macht verlieh. Er, Morgan, bewegte sich seit zehn Jahren am äußersten Rande der Gefahr und war mehr als einmal abgestürzt, und dennoch hatte er es bisher noch immer geschafft, mit heiler Haut davonzukommen.

Hatte Ferrar sich diesmal geirrt?

»Es tut mit Leid, wenn sie Freunde von dir waren«, sagte Lannikan, »aber es gibt kein Zurück mehr – für keinen von uns.«

»Ja«, pflichtete Morgan ihm bedrückt bei. Wenn Ferrar und Jons tot waren, konnte er nichts tun, um sie wieder zurückzuholen, und wenn sie überlebt hatten, würde er es ziemlich bald erfahren, davon war er überzeugt. Der Kriegshetzer hatte sie nicht zu den anderen Gefangenen gesteckt, und es war unwahrscheinlich, dass er das Deck seines eigenen Kriegsschiffes zerstört hatte. Es bestand also noch

Grund zur Hoffnung – und Grund zum Fürchten. Wenn Corvus Ferrar und Jons am Leben gelassen hatte, dann nur deshalb, weil sie mit ihm, Morgan, in Beziehung standen und durch ihn mit Avallyn.

Er warf einen Blick in die Richtung der Wüstenprinzessin und stellte fest, dass sie ihn beobachtete, ihre Augen dunkel vor Kummer und Sorge. Lannikan hatte Recht. Sie war diejenige, auf die der Kriegshetzer es wirklich abgesehen hatte, nicht er und sein goldener Drache.

»Es tut mir Leid, Morgan«, sagte sie leise und zittrig, und Morgan merkte, dass der bloße Klang ihrer Stimme eine Wohltat war.

Ihr Turban war ihr vom Kopf gerutscht und enthüllte die anmutig-zarte Kurve ihrer Ohren, und Morgan fragte sich, ob es möglich war, sich in drei Nächten und zwei Tagen ernsthaft zu verlieben.

Er wollte sie küssen und musste sich beherrschen, um nicht die Arme nach ihr auszustrecken – denn er wusste, sie würde seinen Kuss erwidern. Sie würde sich verlangend an ihn schmiegen, seine Lippen mit ihren versüßen, und dann würde er verloren sein, wirklich und endgültig verloren.

13

Auf der gegenüberliegenden Seite der Taverne flog plötzlich eine Tür auf, und Morgan fuhr bei dem Geräusch herum, seine Laserkanone im Anschlag. Sakip stürmte in den Raum, außer Atem, ihr Gesicht unter der Staubschicht gerötet. Morgan steckte seine Waffe wieder in das Holster zurück.

»Er sagt… sagt… *reitet, so schnell ihr könnt…* und er hat Recht.« Das Mädchen rang keuchend nach Atem.

»Ich hab sie selbst gesehen... auf meinem Ortungsbildschirm, keine hundert Meilen von hier entfernt.«

»Wen hast du gesehen?« Lannikan sprang von seinem Stuhl auf. In der Taverne war keiner mehr außer der Schar von wilden Jungen, und alle erhoben sich von ihren Plätzen, wachsam und abwartend.

»Das Zwei... Zweite Garderegiment. Sie kommen von Norden, und sie sind zwischen uns und den Nachtwächtern, und die Leibwache des Kriegshetzers ist nicht weit hinter ihnen. Dray sagt, wir können nicht nach Claerwen reiten, wenn Corvus im Anmarsch ist. Der Tempel ist höchstwahrscheinlich der erste Ort, den der Kriegshetzer angreifen wird.«

»Wohin dann? Zu den Rhymer?«, fragte der wilde Junge, während er den anderen mit einer Handbewegung bedeutete, sich zum Aufbruch bereit zu machen.

»Nein, Lanni«, erwiderte das Mädchen. »Zu keinem Ort, den wir jemals gesehen haben.«

Lannikan hob die Hand, um die Jungen aufzuhalten, und warf ihr einen fragenden Blick zu. Das Mädchen nickte, während ihre Augen einen träumerischen Glanz annahmen.

»Ganz sicher?« In der Stimme des Jungen schwang ein Unterton der Erregung mit, und Morgan erkannte, dass zwischen den beiden eine wortlose Verständigung stattgefunden hatte.

Sakip nickte erneut, und wieder rutschte eine dunkle Haarsträhne aus ihrem Turban. Sie wies auf Avallyn. »Dray sagt, sie wird uns den Weg zeigen.«

Lannikan wandte sich zu Avallyn um und musterte sie abschätzend. »Ja«, murmelte er, »wer ist besser geeignet, um uns zum Rand des Sandmeeres zu führen, als eine Weiße Frau.«

Morgan gefiel Lannikans Bemerkung ebenso wenig wie die Neuigkeiten über das Zweite Garderegiment. Das

Letzte, was sie jetzt gebrauchen konnten, war, noch mehr von den Bestien des Kriegshetzers im Nacken sitzen zu haben, und er würde sich todsicher nicht mit einem Haufen wilder Jungen einlassen, die auf der Flucht waren. Besonders wenn sie zum Sandmeer flohen, einer trostlosen, endlos weiten Einöde von Sand und Salzflächen, gegen die die Wüste von Deseillign wie eine Oase anmutete.

»Die Party ist vorbei, *cariad*«, flüsterte Morgan Avallyn zu. Er schloss seine Finger abermals um den Griff der Laserkanone und erhob sich langsam von seinem Stuhl. Er wusste, die Jungen würden nicht auf Avallyn schießen, und er war sich ziemlich sicher, dass sie auch nicht auf ihn schießen würden. Es kam nur darauf an, sich vorsichtig zur Tür hinauszubewegen, ohne einen von ihnen erschießen zu müssen.

Elf wilde Jungen fuhren gleichzeitig zu ihm herum, ihre Laserkanonen und Kampfschleudern schussbereit in der Hand. Vielleicht hatte er sich doch geirrt, was ihre Schießwütigkeit anging. Lannikan rührte sich nicht, starrte nur Avallyn weiterhin an.

»Commander?« Er verbeugte sich kurz vor ihr. »Die Zeit ist knapp. Was sollen wir tun?«

Das Zugeständnis war eindeutig und unmissverständlich. Wenn, dann würden sie nur ihn, Morgan, erledigen. Was Avallyn anging – zum Teufel, der Junge wartete nur darauf, dass sie das Kommando übernahm. Und natürlich tat sie es mit hoheitsvoller Würde, als sie sich von ihrem Platz erhob und sich von ihm, Morgan, fortbewegte.

»Dray würde uns nicht ohne triftigen Grund nach Westen schicken«, sagte sie, ihre Stimme ruhig und fest, trotz der erschreckenden Blässe ihres Gesichts. »Aber für wilde Jungen hat die Ehre, zum Rand des Sandmeeres zu reisen, einen … einen Preis.«

Bei den letzten Worten stockte ihre Stimme, verlor ihren

energischen Klang, und Morgan sah, wie ihre Hand zitterte. Sie ballte sie zur Faust und fuhr fort.

»Seid ihr bereit, den Preis zu zahlen?«, fragte sie und hob das Kinn.

Auch er fühlte den Horror dessen, was sie gesehen hatten, und genau wie sie tat auch er sein Bestes, um die schrecklichen Bilder aus seinem Bewusstsein zu verdrängen. Zuerst die Flucht, zum Zusammenbrechen ist später immer noch Zeit genug, war stets seine Devise gewesen.

Lannikan warf Sakip einen fragenden Blick zu, und das Mädchen nickte, ohne zu zögern.

»Ja, Sakip und ich werden zahlen«, sagte der Junge und konzentrierte seine Aufmerksamkeit wieder auf Avallyn. »Wir würden sogar den dreifachen Preis bezahlen, um unsere Tage im Vergessenen Wald beschließen zu können.«

»Und so soll es sein. Ihr werdet bis ans Ende eurer Tage dort verweilen, bis die Illmarryn euren letzten Atemzug nehmen und vom Wüstenwind davontragen lassen«, versicherte Avallyn dem Jungen ernst, und Morgan dachte: *Großer Gott, wo geraten wir da jetzt schon wieder rein?*

In der Taverne herrschte einen Moment Stille, als die Jungen die volle Tragweite ihrer Worte zu begreifen versuchten.

»Werden wir die Höhlen von Rastaban zu sehen bekommen?«, fragte Samm, als seine Neugier über seine Furcht siegte.

»Ja, sie sind dort.«

»Und das eisige Grab der Weißen Hündin?«, fragte ein anderer Junge.

»Sie liegt noch immer im ewigen Eis der Dangoes begraben«, bestätigte Avallyn.

»Was ist mit Dragonmere?«, wollte ein anderer wissen.

»Ja, auch das«, erwiderte Avallyn. »Alles, was ihr darüber gehört habt, ist wahr, und man kann es dort sehen, wo die Einöde auf das Sandmeer trifft, aber für denjenigen, der einmal einen Blick auf den Weißen Palast geworfen hat, gibt es keine Rückkehr mehr.«

Verdammte Pest, dachte Morgan. Sie hatte ihm bei Ferrar's erzählt, dass sie sowohl eine Prinzessin des Weißen Palasts als auch eine Priesterin der Gebeine war. Wenn er nicht so betrunken gewesen wäre, hätte er vielleicht die Klugheit besessen, genau herauszufinden, was, zum Teufel, das bedeutete. Anscheinend war der Weiße Palast ein Ort der Wunder und Heim der Illmarryn, und zweifellos war dort auch Avallyns Vater zu finden, der Magier Tamisk, aber nicht das Zeit-Wehr. Das Wehr war in Claerwen, bewacht von den Weißen Frauen des Todes, was den Weißen Palast zu dem weniger gefährlichen Ort machte. Und es wäre vielleicht auch gar keine schlechte Idee, Tamisk in der Nähe zu haben, nach dem, was sie auf dem Bildschirm der Kommunikationsstation gesehen hatten.

Mach, dass Ferrar in Sicherheit ist, betete Morgan wortlos. Wenn sie wirklich tot war, wenn sie und Jons auf eine solch seltsame und grausame Art dahingerafft worden waren, würde er Jahre brauchen, um sich von diesem Schmerz zu erholen. Es war weitaus besser, geliebt und umsorgt in seinem eigenen Bett zu sterben. Es war das, was er sich für sich selbst erhoffte, wenn die Zeit nahte, wie unwahrscheinlich diese Möglichkeit auch sein mochte. Bei dem Schwertkampf mit dem Keiler von Balor hatte es ein schlimmes Ende mit ihm genommen, und Morgan zweifelte nicht daran, dass ihn irgendwo anders ein mindestens ebenso schlimmes und noch weitaus unwiderruflicheres Ende erwartete.

»Jedem das seine«, verkündete Lannikan und sah sich im Raum um. »Sagt den anderen, dass ich nicht geringer von irgendeinem von euch denken werde, wenn er nicht mitgeht. Es ist eine weite Reise, von der es keine Rückkehr mehr gibt, aber ob ihr nun mitgeht oder bleibt, ich möchte euch alle so lange bei mir haben, bis wir Botting Chasm westlich von hier überqueren.« Er sah Avallyn an und fragte: »Wo steht dein Rover, Commander?«

»Im Schutz des Medain von Craig Tagen.« Sie zögerte nicht, Lannikan den Standort ihres Fahrzeugs zu verraten, ohne Morgan auch nur einen Blick zuzuwerfen, und er fluchte unterdrückt. Sie hatte eine verdammt entnervende Art, seine Pläne zu durchkreuzen. Er war es gewöhnt, den Befehl zu führen, war es gewöhnt, dass keine Fragen gestellt und auch keine beantwortet wurden.

»Ich kenne den Ort«, erwiderte der Junge. »Es wird schwierig sein, die Sandskiffe zwischen den Felsen hindurch zu manövrieren.«

»Fahrt in südwestlicher Richtung aus Rabin-19 heraus, und dann treffen wir uns am Rand der Wüste. Wir werden auf der Zwölf-zwei-Route durch Craig Tagen kommen.« Trotz ihrer offensichtlichen Angespanntheit und Furcht hielt sie sich an die ungeschriebene Regel – zuerst fliehen, zum Zusammenbrechen ist später immer noch Zeit genug.

»Und der Tender?«

»Er befördert einen Fusionsblock für den Rover. Schick einen Mechaniker mit dem Fahrzeug mit. Wir werden Masuten nehmen.«

Auf eine schnelle Handbewegung des Jungen hin machte sich der Mechaniker auf den Weg, und die anderen Jungen eilten durch den Raum, um Sattelzeug und Ausrüstung einzusammeln. Lannikan machte eine fragende Geste in Morgans Richtung.

Avallyn schüttelte den Kopf. »Sattelt unsere Reittiere und wartet draußen auf uns.«

Morgan dankte den Göttern für diese kleine Gnade.

»Masuten?«, fragte er, als Avallyn nichts sagte, nachdem der letzte Junge hinausgegangen war. Sie hatte ihm den Rücken zugekehrt und stand ganz still da, den Kopf gesenkt. Die Zeit war knapp, aber er zögerte, sie zur Eile zu drängen. Er hatte in Rabin-19 mehr erfahren, als er erwartet hatte: Pan-shei war zerstört; Ferrar war verloren; sein verfluchter Drache würde nirgendwo hingehen; und jedes Mal, wenn er glaubte, er hätte die Kontrolle über die Priesterin-Prinzessin, war er garantiert auf dem Holzweg.

Sie sammelte sich, strich sich mit der Hand übers Gesicht und straffte die Schultern, bevor sie sich zu ihm umwandte.

»Nachtwächter lassen niemals Fahrzeuge und Ausrüstungsgegenstände zurück, die wir vielleicht noch gebrauchen oder verwerten können, Mylord«, erklärte sie ihm, »ein Gesetz, das uns schon bei mehr als einer Gelegenheit gerettet hat, und dem Tender wird es mit einem Mechaniker an Bord besser ergehen. Die Sandskiffs fahren in die falsche Richtung, wenn du schnell zu deiner Mannschaft zurückkehren willst. Uns bleibt also nichts anderes übrig, als zu reiten.«

»*Meine* Mannschaft?«, fragte er, als er langsam auf sie zuging, weil er es nicht mochte, wenn sie so weit von ihm entfernt war. Es sollte ihn eigentlich nicht kümmern, aber es verursachte ihm trotzdem Unbehagen. Es waren nicht mehr als fünfzehn Schritte, die sie voneinander trennten, und auf eine merkwürdige Art und Weise, die er lieber nicht genauer analysieren wollte, fühlte er sich besser, wenn er ihr näher war. Und sie war sicher, wenn er in ihrer Nähe war.

Sie wandte den Blick von ihm ab, als er vor ihr stehen blieb. »Ja«, sagte sie.

»Aber jetzt ist es *dein* Rover.«

Sie nickte.

Gut, dachte er. Er hatte schon ein- oder zweimal Masuten geritten. Sie waren größer und kräftiger als Maultiere, von der Größe und Gestalt eines Zugpferdes, so zottelig wie Hochlandrinder und friedliche, gefügige Tiere, überraschend schnell und trittsicher. Genau wie Avallyn, so hielt auch er sie für ein geeigneteres Transportmittel für Reisen durch Craig Tagen, und er war sich sicher, dass er besser reiten konnte als jeder Rhymer-Junge in Rabin-19.

Was er nicht konnte, war, einfach dazustehen und Avallyn nicht zu berühren, nicht, wenn ihr Gesicht feucht vor hastig weggewischten Tränen war. Er war kein unreifer Halbwüchsiger mehr. Er konnte Trost spenden, ohne gleich den Kopf zu verlieren.

»*Geneth?*«, murmelte er, während er sanft mit den Fingerspitzen über ihre Wange strich und über ihre samtige Weichheit staunte. Avallyn war zart und zugleich stark und so hinreißend weiblich.

»Das, was du vorhin gesehen hast«, sagte sie, noch immer nicht fähig, ihn anzublicken, »was wir gesehen haben, die finstere Macht des Kriegshetzers, das... das alles ist nichts im Vergleich zu dem, was uns in Kryscaven erwartet.«

»Ja.« Das wusste er. Die wirbelnde schwarze Wolke über Pan-shei war lediglich ein Kind von Dharkkum gewesen, nicht mehr als ein winziger Abkömmling. Kein Mann, ganz gleich, wie finster seine Macht sein mochte, konnte das beschwören oder kontrollieren, was Morgan in seinen Träumen gesehen hatte. Jeder Mann, der es auch nur versuchte, würde damit sein Todesurteil unterzeichnen. Und genau so würde es jeder Frau ergehen.

Ein zittriger Seufzer entschlüpfte ihr, bevor sie müde gestand: »Und das ist noch nicht alles, Morgan. Es kommt noch viel schlimmer.«

Natürlich war das noch nicht alles. Er hatte es ja schon in seinen Träumen gesehen.

»Die Zerstörung von Pan-shei wurde in dem Roten Buch prophezeit«, sagte sie, »und Dray... Dray würde keine wilden Jungen zum Weißen Palast schicken, wenn nicht der

Anfang vom Ende bevorstünde. Ich fürchte, unsere Zeit ist abgelaufen.«

Ihr Urteil gefällt, wollte sie sich von ihm abwenden, aber er hielt sie zurück. Er hob die andere Hand, um ihr Gesicht zu umfangen, und fragte sich, ob er nach zehntausend und etwas über dreißig Jahren vielleicht noch immer zu jung und unerfahren war, um mit Frauen fertig zu werden. Bei seinem Umgang mit Avallyn hatte er bisher ganz sicherlich keine Vernunft oder Weisheit bewiesen.

Nach einem Moment hob sie den Kopf, um ihn anzusehen, ihre Augen ein dunkles Grau in der trüben Beleuchtung der Taverne, und Morgans Herz füllte sich mit einer Schwere, die ihn überströmte und sich in seinen Lenden sammelte. Es war eine langsame, fließende Aufwallung sinnlicher Begierde, die er ebenso wenig kontrollieren konnte wie das Aufgehen der Sonne. Es war nichts so Simples oder Eindeutiges wie Wollust, sondern ein intensives, sehnsüchtiges Verlangen, das er bis ins Innerste fühlte.

»Vielleicht ist alles verloren«, sagte sie und blickte ihn mit einer solch ergreifenden Mischung aus Furcht und Verlangen an, dass er sich gezwungen sah, sich aufzuopfern und etwas dagegen zu unternehmen.

Er verfluchte sich im Stillen, als er seine Hände in ihren seidigen Locken und Zöpfen vergrub und seinen Mund auf ihren presste. Armes kleines Ding; er sollte ihr Retter sein, ihr großer Krieger, obwohl er doch wahrscheinlich keine größere Heldentat zu Stande brachte als diesen Kuss.

Sie öffnete bereitwillig die Lippen, als sein Mund den ihren berührte, und gewährte ihm einen Zutritt, der seinen Untergang nur noch beschleunigte. Sie schmiegte sich verlangend in seine Arme, drückte sich mit ihrem ganzen Körper an ihn, ihre Reaktion war alles das, was er erhofft und zugleich gefürchtet hatte.

Ihr köstlicher Geschmack strömte in ihn hinein und überflutete sein Inneres, eine warme, würzige Erdigkeit, vermischt mit einem berauschenden Aroma, das zu flüchtig war, um es zu benennen. Es war grün und voller Frische, genau wie ihr Duft, erinnerte jedoch mehr an Blumen, feucht vom Morgentau. Es war so überwältigend süß und köstlich, dass er es am liebsten von ihr abgeleckt hätte, am liebsten darin ertrunken wäre. Sie vergrub beide Hände in seinem Haar, zog seinen Kopf noch näher zu sich heran, und sein Herz quoll über vor Wonne. Ja, es war der Himmel auf Erden, den er in den Armen hielt.

Er konnte sie haben. Er konnte alles von ihr haben, jede sanft gerundete Kurve ihres Körpers, jede leidenschaftliche Antwort. Er fühlte die Wahrheit, fühlte, dass sie für ihn bereit war, fühlte es mit jeder gewagten Liebkosung, die sie ihm erlaubte, mit dem Streicheln seiner Hand über ihren Po, mit dem Druck seiner Hüften gegen ihre. Er saugte hungrig an ihrer Zunge, eine süße Lüsternheit, der er nicht widerstehen konnte, und ihr gedämpftes Stöhnen erregte ihn derart, dass es um ein Haar um ihn geschehen wäre.

Kyrie eleison... Herr, erbarme dich meiner. Noch während er sich tiefer und immer tiefer in dem Schleier des Verlangens verstrickte, den sie mit ihren Küssen wirkte, begann sein Verstand, praktische Einzelheiten aufzulisten: die Tür abschließen, einen Tisch frei machen, Avallyn und sich selbst die Kleider vom Leib reißen. Es war alles machbar, alles durchaus im Rahmen seiner Fähigkeiten, aber nichts davon war auch nur ansatzweise vernünftig.

Das plötzliche Knallen der Tavernentür war der Beweis dafür. Morgan brach den Kuss abrupt ab und wirbelte herum, seine Laserkanone gezogen und entsichert.

»Commander, wir reiten jetzt.« Es war Lannikan; er musterte sie mit einem neugierigen Blick, wozu er auch allen Grund hatte, wenn man bedachte, wie eng sie einander umschlungen hielten.

Avallyn nickte kurz zur Bestätigung, und der Junge eilte wieder in die Gasse hinaus und ließ die Tür offen.

Morgan blickte auf Avallyn hinunter. Sein Herz klopfte zum Zerspringen, sein Körper schmerzte vor Verlangen. Sie war mehr als nur sein Todesurteil und die Verkörperung seiner Sehnsüchte und Begierden. Er hatte auch Rettung in ihrem Kuss gefühlt, eine Spur davon, die sich durch seine Sinne gewunden und ihn gelockt hatte, vorzutreten, ihr sein Leben zu Füßen zu legen und sie für sich zu beanspruchen. Er brauchte nichts weiter zu tun, als sich zu opfern, und sie würde ihn heilen. Die Ironie dessen, was sie verkörperte, war ihm nicht entgangen. In Wirklichkeit war es wahrscheinlich das Einzige, was ihn rettete.

Er zwang sich, sich von ihr zu lösen und einen Schritt zurückzutreten, denn er konnte nicht klar denken, wenn sie einander berührten.

»Ja«, sagte er mit rauer, kehliger Stimme. »Da könntest du Recht haben, Prinzessin. Es kann gut sein, dass wirklich alles verloren ist.«

Er war, weiß Gott, verloren.

Avallyn beobachtete, wie Morgan sich umdrehte und hinausging, und sie atmete tief durch, um sich wieder zu beruhigen. *Shadana.* Die Warnungen ihrer Mutter waren nichts im Vergleich mit Morgans Küssen.

Sie hob die Finger an die Lippen und fühlte die Wärme, die er auf ihrer Haut hinterlassen hatte. Sein Geschmack war überall in ihrem Mund, seltsam wundervoll, sowohl beruhigend als auch erregend. Es war an der Zeit, den Prinzen mit ihrem Tiefenspürsinn zu erforschen und so viel wie möglich über den Mann herauszufinden, den das Schicksal in ihre Arme getrieben hatte. Nachdem, was sie in Pan-shei gesehen hatte, wagte sie es nicht, irgendetwas dem Zufall zu überlassen. Wenn er außer dem Wein noch andere Schwächen hatte, wollte sie darüber Bescheid wissen, bevor Tamisk dahinter kam. Ihr Vater würde irgendwelche zusätzlichen Fehler und Schwächen des Prinzen nicht so einfach hinnehmen, und sie wollte nicht, dass Morgan zu sehr durch Tamisk und seinen Verwandlungszauber manipuliert wurde. Sie wollte auch nicht, dass er einem Ilmarryn-Mädchen übergeben würde, um ihn gefügig zu machen und ihn dazu zu bringen, sich dem Willen ihres Vaters zu beugen. Es war schon schlimm genug, dass sie sich bei ihrer Beziehung zu Morgan nach dem Willen ihrer Mutter richten musste, den Avallyn wusste, wenn sie sich selbst überlassen bliebe, würde sie in Versuchung sein, mehr als nur die Küsse des Diebes zu kosten.

Viele Meilen südlich des Weißen Palasts, neben einer kleinen Düne, die das Sandmeer landeinwärts geschoben hatte, zügelte Tamisk seinen Masuten. Aufgewirbelter roter Staub tanzte in dem verblassenden Sonnenlicht, dämpfte die Landschaft und verlieh der Steinruine, die aus der Einöde aufragte, eine ockerrote Färbung. Er hatte den Weißen Palast im Morgengrauen in seinem Rover verlassen, kurz nachdem die Berichte aus Pan-shei bestätigt worden waren. Nur drei dringende Angelegenheiten hatten ihn davor abgehalten, sich sofort auf den Weg nach Süden zu machen: die Notwendigkeit, Avallyns Kurs von Claerwen ändern zu lassen, sämtliche Stämme in der Wüste von Deseillign zu benachrichtigen und zu den Waffen zu rufen, und Au Cade, die regierende Königin von Deseillign, dazu zu überreden, endlich das Orangefarbene Buch der Steine, das *Gratte Bron Le*, herauszurücken und ihm zu übergeben.

Die Zeit war gekommen, und er musste sich beeilen.

Tamisk schwang sich von seinem Reittier, nahm das Buch aus seiner Satteltasche und befahl dem Tier flüsternd, an Ort und Stelle zu bleiben. Er hatte den Masuten in Sept Siell geholt und war dann allein zu der Ruine weitergeritten, die zwischen den Dünen und einer langen Felsnase aus Granit versteckt lag. Es war ein geheimer Ort, Nemetons Hart Tower, verhüllt und getarnt durch Luftspiegelungen und niemandem bekannt außer Tamisk, dem Herrn von Sept Siell, und derjenigen, die ihm geholfen hatte, den Turm aus Sand auszugraben. Sie würde ihm unbedingt noch einmal helfen müssen, wenn er bei seiner Aufgabe erfolgreich sein sollte. Sie hatte eines der drei verschwundenen Bücher des Wissens, und er brauchte sie alle.

Er ging durch einen dunklen Eingang, der im Schatten einer Düne lag, und stieg die steile Wendeltreppe des Turms hinauf, immer zwei Stufen auf einmal nehmend, jeweils eine zerbröckelnde weiße Stufe und eine zerbröckelte schwarze. Strahlen von rötlichem Licht, in denen vom Wind aufgewirbelte Sandkörner tanzten, fielen schräg durch die Schießscharten des Turms und erhitzten das Gestein an kleinen Stellen an der gegenüberliegenden Wand. Tamisk fühlte jedes Mal die Wärme auf seiner Haut, wenn er durch einen der Lichtstreifen ging, und er fühlte die Kälte, die von dem Stein ausstrahlte, der im Dunkeln blieb. Licht und Dunkelheit, Hitze und Kälte. Sie ergossen sich in kontrastierenden Wellen über ihm, ein Muster dessen, was viel zu früh eingetreten war.

Auf dem obersten Treppenabsatz angekommen, bahnte er sich einen Weg über heruntergefallene Putzbrocken und Sandwehen zu den Überresten der Druidentür. Von dem mittleren Türbrett glotzte ihm ein Wasserspeier entgegen, sein Gesicht eine scheußliche Fratze, seine funkelnden Augen aus Bergkristall, ungetrübt durch die Äonen, die seit ihrer Erschaffung vergangen waren. Eiserne Fangzähne, zu einem blutigen Rot verrostet, hielten einen bronzenen Türklopfer, der aus dem Maul des Wasserspeiers hing. Tamisk benutzte den Türklopfer, um die Tür ein kleines bisschen nach hinten zu drücken und auf diese Weise wieder in ihrem Rahmen auszurichten. Denn obwohl sie morsch und altersschwach war, hielten ihre Schlösser noch immer. Er öffnete die Schlösser mit geschickter Hand, und erst als er sich Zutritt zum Hauptraum des Turms verschafft hatte, erlaubte er es sich, den dumpfen Schmerz zu fühlen, der ihn schon den ganzen Morgen über zu verschlingen gedroht hatte. Er schloss die Augen und ließ sich ermattet gegen die Tür sinken. Pan-shei war zerstört worden. Der Idiot, Corvus Gei, hatte seine düstere Wolke der Vernichtung über dem Elendsviertel entfesselt, und jede Bruchbude und jeder Bewohner im Umkreis von einer Meile war in die tödliche Einzigartigkeit von Dharkkums schwarzem Loch hineingezogen worden. Die Stadt der Lumpen war sowohl oberirdisch als auch unterirdisch meilenweit unbewohnbar geworden. Selbst das Alte Reich hatte den Zorn des Kriegshetzers in Form von schwarzen Fetzen des giftigen Rauches zu spüren bekommen, die vom Wind nach Osten gedreht worden waren, um alles und jeden, der ihren Weg kreuzte, zu vernichten.

Und es passierte alles viel zu früh.

Tamisk stieß einen Fluch aus, einen uralten, machtlosen Fluch, und öffnete die Augen, um zur Mitte des Raums zu blicken, wo eine ausgedörrte Eiche durch den Fußboden gewachsen war und ihre Äste durch die Decke in den darüber liegenden Horst reckte. Es war Llynyas Eiche, seit tausenden von Jahren in ihrem sandigen Grab konserviert und zu Stein erstarrt.

Auf der anderen Seite des Raumes, auf dem Sims über einer tief in die Wand eingelassenen Tür, waren die Worte eingemeißelt, die ihm den Weg weisen sollten. *Amor… Lux… Veritas… sic itur ad astra.* Liebe… Licht… Wahrheit – dies ist der Weg zu den Sternen. Nemetons Worte markierten den Weg in den Kern des Handels, den er vor zehntausend Jahren abgeschlossen hatte, um ihr Schicksal am heutigen Tag zu besiegeln.

Blut, um die Welt zu retten, dachte Tamisk, als er eine Hand auf die kleinen Glasfläschchen legte, die in einer Tasche auf seiner Brust steckten. Es war immer Blut, das Elexier der Rettung.

Der *Beirdd Braint* der Quicken-tree hatte seinen eigenen blutigen Tod durch eine Bestie des Dunklen Zeitalters namens Gwrnach der Zerstörer vorausgesehen. Doch Nemeton – Oberhaupt der Druiden, Magier und Experte in den Büchern des Wissens – hatte nicht versucht, seinem Schicksal zu entrinnen, sondern hatte die Zufluchtsstätte des Weißen Palasts verlassen und war in die Vergangenheit gereist, zurück zu dem altberühmten Carn Merioneth, um das Rad des Schicksals zu veranlassen, sich auf den Tag zuzudrehen, der viel zu schnell über Tamisk hereingebrochen war – der heutige Tag.

Tamisk ging zu der tief in die Wand eingelassenen Tür, stieß sie auf und wurde von einem Meer von Grün eingehüllt. Glänzende, in unzähligen Grünschattierungen leuchtende Blätter bildeten einen Baldachin über der Treppe, die zu dem Horst hinaufführte, sprossen aus abgestorbenen Ästen und Zweigen, die Tamisk mit seinem nährenden Zauber zu neuem Leben erweckt hatte. Er blies seinen Atem in die Luft, als er die Stufen hinaufstieg, Wirbel von blauen und grünen Atemwölkchen, und als Antwort flatterten die Blätter auf ihren Schöpfer und reckten sich ihm entgegen. Zerbröckelnde Steine und Brocken von Mörtel, der sich aus dem Mauerwerk gelöst hatte, lagen auf den Treppenstufen verstreut, behinderten ihn aber nicht beim Hinaufgehen.

Veritas – Wahrheit – war etwas, womit er sich auskannte. Tamisk verbrachte den größten Teil seiner Tage damit, die Wahrheit herauszufiltern und anzuwenden. Aber von Licht verstand er nur so viel, wie in den Büchern des Wissens darüber geschrieben stand, und von Liebe – und er wäre der Erste, der das zugeben würde – verstand er überhaupt nichts.

Nemeton hatte viel riskiert und viel verloren bei seinen Reisen durch die Zeit, als er nach den Büchern des Wissens gesucht hatte und nach einer Möglichkeit, die Erde von der Geißel Dharkkums zu befreien. Keiner außer Nemeton hatte es jemals gewagt, sich mit solch kühner Unverfrorenheit an den Seiten der Bücher zu versuchen, abgesehen von derjenigen, die sie verfasst hatte. *Sie-deren-Name-nicht-ausgesprochen-werden-durfte*, einst Ysaia genannt und jetzt Rhayne, die Weiße Hündin der Dangoes. Als die größte von allen Prydion-Magierinnen hatte sie die Drachen in ihrem Zauberkessel erschaffen und das Magia-Schwert geschmiedet, und einige behaupteten, dass Nemeton ihr dabei als Gehilfe zur Seite gestanden hatte. Nemeton selbst hatte dieses Gerücht niemals bestätigt, jedenfalls nicht Tamisk gegenüber, und sie hatten fast ein ganzes Jahr zusammen im Weißen Palast verbracht. Und es war auch nicht Rhaynes Art, allzu viel über Dinge in der unergründlichen Vergangenheit zu sprechen. Manchmal fragte Tamisk sich, ob sie in ihren vielen Inkarnationen nicht Teile ihrer Vergangenheit schlichtweg vergessen hatte.

Die gesamte Schöpfung war Mahlgut für Nemetons Mühle gewesen, ein Ort, wo Physik und Magie nur durch die Kenntnisse und Fähigkeiten des Praktikers voneinander abgegrenzt wurden, ein Ort, wo ein Zauberer zum Bindeglied zwischen der Metapher und der Realität wurde. Er hatte Forschung in all ihren Permutationen von Religion, Naturwissenschaft und Philosophie betrieben, und er hatte Tamisk gelehrt, nur dort nach der Wahrheit zu suchen, wo sich scheinbar grundverschiedene Anschauungen und Überzeugungen kreuzten. Die Erleuchtung war im Schnittpunkt harmonischer Übereinstimmung zu finden, hatte er gesagt, wie die Juwelen in Buddhas Netz. Der Rest war wertloses Zeug.

Und so war Nemeton gestorben, ermordet von einer Bestie in Menschengestalt in einem unbesungenen Zeitalter; Nemeton, der Mann, der mit Blut gehandelt hatte, um der Welt den Horst des Hart Tower zu schenken, die Hoffnung der Welt auf Rettung, wenn ihr Ende nahte – aber eben nur ein Mensch, kein Gott, wie andere vielleicht behauptet hatten.

Und jetzt war das Ende ganz plötzlich gekommen. Corvus hatte sich als mächtiger erwiesen, als Tamisk angenommen hatte, eine Tatsache, die den Kriegshetzer mindestens ebenso sehr überrascht haben musste wie den Ilmarryn-Magier. Und Tamisk neigte nicht dazu, seine Feinde zu unterschätzen. Dennoch hatte Corvus Gei das rätselhafte Gebilde benutzt, das sein linker Arm war, und damit ein Chaos von ungeahnten Ausmaßen ausgelöst. Irgendetwas hatte den Kriegshetzer derart aufgestachelt, dass er seinen normalerweise ziemlich stark ausgeprägten Selbsterhaltungstrieb ignoriert hatte, und Tamisk wusste, es konnte nur eine der beiden Frauen gewesen sein: Vishab oder Avallyn.

Niemand sonst hatte Macht über den Mann, obwohl von Corvus nach dem Fiasko in Pan-shei nicht mehr allzu viel übrig geblieben sein konnte. Es war das, was ihn vorher immer in Schach gehalten hatte, der ungeheuer große Preis, den er dafür zahlen musste, wenn er seinem Zorn nachgab. Seltsame Bestie, die er war, hatte er sich die Pestilenz zugezogen, indem er eine tödliche Fäule durch das Zeit-Wehr mitgeschleppt hatte – und jetzt hatte er zugelassen, dass sie ihn vernichtete.

Vishab könnte ihn zu einer solch selbstzerstörerischen Tat getrieben haben, wenn sie etwas in dem *Chandra Yeull Le,* dem Gelben Buch der Chandra, gefunden hatte, um Corvus' Vernichtung zu einem Mittel für ihre eigenen Zwecke zu machen. Die verbannte Priesterin hatte Corvus zehn Jahre zuvor bei seiner Rückkehr aus der Vergangenheit abgefangen, hatte ihn noch vor den Weißen Frauen gefunden und ihn dadurch vor dem sicheren Tod bewahrt. Corvus hatte damals das Buch bei sich gehabt und es Vishab als Grundbeweis überlassen. Tamisk hatte ihr erlaubt, es all die Jahre über zu behalten. Unzerstörbar, wie es war, konnte sie nichts tun, um ihm zu schaden, und die Beschäftigung mit dem Buch hatte sie davon abgehalten, anderswo Unheil anzurichten. Aber jetzt wurde es für Tamisk höchste Zeit, das Gelbe Buch wieder nach Hause zu bringen. Es war immer in seiner Reichweite gewesen, und zwar nie mehr als jetzt, wo Licht und Dunkelheit Seite an Seite flackerten und den Zorn der Drachen erregten.

Auf dem obersten Treppenabsatz blieb Tamisk stehen und ließ seinen Blick über den Wald schweifen, den er in dem Turm gezaubert hatte: grünes Laub, um die Wände zu bedecken, eine Lichtung für seinen Teich der Weissagung und unzählige schmale Pfade. In der Mitte des Ganzen befand sich eine außerordentlich plump und unfertig anmutende und dennoch unendlich raffinierte Apparatur, eingebettet in die Äste der Eiche – Nemetons Himmelskörpermodell. Jeder Brocken Bergkristall auf dem Sockel leuchtete, erhellt von einem inneren Feuer, Sternenfeuer von dem allerersten Stern, Traumsteinkristall, herausgehauen aus dem eingestürzten Himmelsgewölbe von Deseillign. Die Vorderseite jedes handgemachten Kupferbehälters war mit einer dicken Schicht Grünspan überzogen und schillerte in einer Vielzahl von Farben – Türkis, Braun und Blau, schattiert mit Grau, das ins Schwarze spielte. Auf der Rückseite der Behälter waren leitfähige Muster mit Hilfe von Säure eingeätzt. Genau wie die Bücher des Wissens, so war auch die Sphäre unempfindlich gegen Manipulations- oder Zerstörungsversuche von Menschenhand. Seit tausenden und abertausenden von Jahren hatte sie ihren Platz im Hart Tower behauptet und darauf gewartet, die Aufgabe zu erfüllen, die Nemeton ihr – und Tamisk – in einer anderen, längst vergangenen Zeit gestellt hatte:

In der Unergründlichen Zeit fiel ein Stern zur Erde herab und brachte ein Zeitalter der Wunder hervor. Dann kam die Finsternis, auf der Suche nach dem verlorenen Stern, und der gesamte Planet fuhr zur Hölle. So hatte Nemetons erste Vorlesung begonnen.

Tamisk trat einen Schritt vor und hob den Arm, um Äste beiseite zu schieben. Am frühen Morgen hatte es geregnet, ilmarrynischer Regen aus Wolken, die Tamisk Jahre zuvor gezaubert hatte und die als feine Nebelschwaden zwischen den Ästen der Eiche hingen. Dünne Rinnsale von Regenwasser tropften von den Blättern auf seinen Arm herunter und durchnässten den Batist seines Hemds.

Vier der uralten Zeitalter verstrichen, bevor schließlich die wahre Natur der Finsternis erkannt wurde. Von den Abkömmlingen der Sternenlicht-Geborenen Dharkkhum genannt und mit allen zur Verfügung stehenden Mitteln durch Stept Agah und zahllose mutige Männer und Frauen bekämpft; deren Namen für immer in die steinernen Tore des Königshofes der Ilmarryn eingemeißelt sind, entpuppte sie sich schließlich als eine Anomalie, ein kosmisches Missgeschick, eine einzigartige Erscheinung im Universum, an keinen Horizont und kein Naturgesetz gebunden, außer an ihre eigene rauchähnliche Form und ihre unberechenbare und Furcht einflößende Macht. Die gesamte Erdgeschichte ist nicht mehr als eine verstreichende Nanosekunde für die immer währende finstere Wolke der Vernichtung, die in einem schwarzen Loch in der NGC-2300-Gruppe von Galaxien entstand und durch das Universum gewirbelt wurde. Es ist das Pech der Erde, dass sie in diese alles verschlingende Wolke hineingeraten ist, ohne die Hand Gottes, um sie aus der Gefahrenzone zu stoßen.

Die Hand Gottes würde die Gefahr nicht bannen, aber Nemeton, und durch ihn wiederum Tamisk. Dass Milliarden von Geschöpfen sterben würden, wenn er bei seiner

Aufgabe versagte, bedeutete nicht unbedingt, dass sie bei Gott in Ungnade gefallen waren, sondern dass die Geschöpfe der Erde – genau wie die gesamte übrige Materie – Veränderungen und Umschwüngen unterworfen waren. Sicher, die bevorstehende Veränderung war absolut umwälzend. Es würde keine Erde mehr geben und auch keine Geschöpfe mehr, um sich über das Fehlen göttlichen Beistands Sorgen zu machen, aber trotzdem war es lediglich eine Veränderung, das Lebensblut des Universums.

Tamisk kannte die allgemeine Anschauung ebenso gut wie jeder Mathematiker, Astronom oder Physiker, aber er kannte die Erde auch als eine wundersame Wiege intelligenten Lebens, einen seltenen, nährenden Teich der Empfindungsfähigkeit in der kalten, ungeheuren Weite des Weltraums. Das kreative Potenzial dieses Planeten war dem Chaos von Dharkkum ebenbürtig. Es war das, was diesen Planeten in der Vergangenheit zusammengehalten hatte, und Tamisk würde ihn retten, wenn er konnte. Alles, was er brauchte, war, dass auch der Rest von Nemetons Machenschaften klar wurde.

So reiste ich zum Ursprung der Dunkelheit selbst und wurde an fremde und feindliche Gestade geschwemmt. Die galaktischen Wesen dort wussten von Dharkkum und von dem Stern, der auf die Erde herabgefallen war. Den Stern wollten sie zurückhaben, aber er hatte sich zu tief in das Erdinnere eingegraben, als dass man ihn hätte herausholen können, ohne den ganzen Planeten auseinander zu reißen. Die Dunkelheit wollte sie dort lassen, wo sie war. Gegen einen entsprechenden Preis konnte ich sie dazu überreden, sich anders zu besinnen.

Sieben kleine Maß Blut waren der Preis gewesen. Blut von dem Ort, an dem das Feuer genau des Sterns, den die galaktischen Wesen verloren hatten, die Sternenlicht-Geborenen gezeugt hatte. Es war zwar nicht ihr Ziel gewesen, Leben entstehen zu lassen, als sie den Stern erschaffen hatten, aber sie waren fasziniert von Nemeton und von der Welt, die er ihnen beschrieb. Und so hatten sie einen Handel mit ihm abgeschlossen, und am Ende hatten sie die Sphäre ersonnen.

Tamisk runzelte die Stirn, als er die letzten Schritte zu dem Sockel mit dem Tellurium ging, der Nemetons wertvollsten Besitz enthielt. Das Tellurium war eine seltsame, zodiakale Anordnung von schwebenden Stangen und Kugeln, die das äußere Gerüst der Sphäre bildeten. Der Druide hatte es in einem uralten Zeitalter gebaut, und es hatte das Aussehen seiner Zeit, eine faszinierende Tarnung für ein so zeitloses Gebilde, denn in seinem Inneren steckte eine wissenschaftliche Errungenschaft, die alles übertraf, was die Erdbewohner jemals zu Stande gebracht hatten – ein Bruch im Zeit-Raum-Kontinuum, bezahlt mit dem Versprechen von Avallyns Blut, einem Lebenselixier, durch zahllose Generationen hindurch zu einem enorm komplexen Gebräu destilliert, das sich gar nicht einmal so sehr von Tamisks Zaubertränken unterschied, aber dennoch anders war, sodass nur das Blut der jungen Priesterin genügen würde. Nemeton hatte die Genealogie des Preises kalkuliert, den die galaktischen Wesen forderten, und er hatte gewusst, dass es Jahrtausende dauern würde, um das zu Blut zu gewinnen – eine Zeitspanne, die die Wesen in ihrem Kollektivbewusstsein kaum registrierten. Für sie waren zehntausend Jahre so gut wie nichts. Für die Erde, jetzt ihrer Wälder und Ozeane beraubt, hatten sie beinahe das Todesurteil bedeutet.

Aber die Zeit war nahe.

An Avallyn zweifelte Tamisk nicht, genauso wenig wie er bezweifelte, dass sie es gewesen war und nicht Vishab, die Corvus dazu getrieben hatte, alle Vernunft zu vergessen. In das Alte Reich geschickt, ohne den Schutz der hohen Mauern von Claerwen oder einer tausendköpfigen Armee ihrer

Soldaten, war sie eine Beute gewesen, die Corvus sich nur zu holen brauchte – und er hatte es irgendwie herausgefunden.

Palinor hatte niemals verstanden, wie intensiv die sinnlichen Begierden oder die Liebe eines Mannes sein konnten oder wie eng sie miteinander verflochten waren, wie eine Frau zu einem Bedürfnis für einen Mann werden konnte, so dringend und lebensnotwendig wie das Atmen. Die Priesterin von Claerwen war über solch primitive menschliche Bedürfnisse erhaben, wie Tamisk selbst herausgefunden hatte, aber andererseits war er das auch. Dennoch hatten sie ihre DNS in einem Akt körperlicher Vereinigung miteinander vermischt, wie Nemeton es vorgeschrieben hatte, und so war Avallyn Le Severn geboren worden, Priesterin der Gebeine und Prinzessin des Weißen Palasts, um die letzten Tage der Erde zu zieren und die Opfer der Rettung zu bringen.

Tamisk legte das Orangefarbene Buch beiseite, wählte eine der Stangen aus der Draco-Konstellation, dem Auge des Drachen, zog sie aus dem Sockel heraus und entfernte die Kupferkugel an dem einen Ende der Stange. Mit einem sanften Pusten und den gesprochenen Worten *»Llagor, Rastaban«* ließ er die Kugel zwischen den Ästen der Eiche hindurch davonschweben, während sie sich unaufhörlich um sich selbst drehte und dabei eine silberne Wolke hinter sich herzog, die erste von acht, die er in der Luft erzeugen würde. Es war eine geringfügige Fähigkeit für einen Magier, aber in diesem Fall eine wichtige. Die wirbelnden Kugeln waren der Schlüssel, um das Piedestal aufzuschließen. Wenn alle Kugeln in der Luft schwebten, würde sich der Sockel öffnen, und Tamisk konnte seine Blutopfergabe darbringen und das Orangefarbene Buch an seinen Platz stellen – wenn er nicht versehentlich zu nahe an das Kraftfeld der Sphäre herankam und durch überspringende Funken verbrannt wurde.

Als die erste Kugel durch die Luft wirbelte, fühlte Tamisk,

wie die Kraft der Sphäre zum Leben erwachte. Das gedämpfte Summen ihrer Energie breitete sich über den Sockel hinaus aus und bewirkte, dass sich ihm die Nackenhaare sträubten. Er wusste, dass das Summen mit der vierten Kugel so stark werden würde, dass es durch seine Adern vibrierte. Mit der achten Kugel würde er es als eine endlose Woge fühlen, die durch sein Gehirn rollte.

Nemeton war fast so etwas wie ein Gott gewesen, und er hatte viel bewirkt und in Gang gesetzt, genau wie er geschrieben hatte. Drei der Sieben Bücher des Wissens waren laut dem Plan des Barden bereits wieder sicher in ihren kristallischen Schlitzen im Inneren der Sockel verstaut und warteten dort auf den Augenblick des endgültigen Triumphes – oder der endgültigen Niederlage: Das Violette Buch der Sterne, *Sjarn Va Le*, das im Fünften Zeitalter unter großen Kosten einem Troll in Iniswrath entrissen worden war und das einigen auch unter dem Namen »Shays Fluch« bekannt war; das Blaue Buch der Magier, *Prydion Cal Le*, das in Merioneth aufbewahrt worden war, nachdem Madron, Tochter von Nemeton, es gefunden hatte, ebenfalls während des Fünften Zeitalters; und das Rote Buch des Schicksals, *Fata Ranc Le*, das durch das Zeit-Wehr geschleudert worden war, bis es schließlich zu Avallyn gelangt war. Die letzte Geschichte, die auf seinen Seiten niedergeschrieben werden sollte, war die der Priesterin-Prinzessin und ihres Prinzen, dem Herrscher der Zeit – und das war der Punkt, wo Tamisk nicht mehr mitmachte: Morgan ab Kynan.

Trotz Palinors Forderungen hatte er das dringende Bedürfnis, sich diesen Dieb erst einmal gründlich anzusehen, bevor die Weißen Frauen des Todes ihn den Zeit-Würmern zum Fraß vorwarfen.

Von den vier noch fehlenden Büchern des Wissens war das Gelbe Buch der Chandra, *Chandra Yeull Le*, schon so gut wie in seinem Besitz, da es unbewacht in Magh Dun lag. Das

Grüne Buch der Bäume, *Treo Veill Le*, würde mit der Zeit dazukommen, übergeben als ein Geschenk von Rhayne. Tamisk wartete voller Vertrauen auf seine Ankunft, aber auch mit Ungeduld. Rhayne musste doch wissen, was in Pan-shei passiert war. Sie musste die finstere Woge des Terrors, die das Firmament hatte erbeben lassen, doch genauso deutlich gefühlt haben wie er, ein Zittern der Qual und der Todesangst, das für einen scheinbar endlosen Moment den dunklen Schlund des Jenseits geöffnet hatte – dennoch ging der Tag bereits in den Abend über, und sie war noch immer nicht gekommen.

Das Indigoblaue Buch der Elfenlehre, *Elhion Bhaas Le*, war allerdings eine andere Sache. Es war zusammen mit Ailfinn Mapp, der Prydion-Magierin, während der letzten Heimsuchung durch Dharrkum im Inneren des Kryscaven-Kraters eingeschlossen worden. Es war Avallyns Aufgabe, das Buch und die Verlorenen Fünf wieder zu befreien. Sie war diejenige, die das Indigoblaue Buch schließlich zwischen das Violette und das Blaue stellen und das Farbspektrum in dem reinweißen Licht des ersten gefallenen Sterns versiegeln würde. Wenn das Licht des Sterns wieder dort hinfiel, woher es einst gekommen war – das hatten Nemetons galaktische Wesen enthüllt –, dann würde es auch Dharrkum wieder dorthin zurückziehen.

Trotz ihres dilettantischen, unfertig anmutenden Äußeren war die Himmelssphäre eine perfekt ausgeglichene, elektromagnetische Strahlenkammer mit einer hohen internen Reflexionsstrahlung, ausgerichtet auf die ferne Gruppe von Galaxien, bezeichnet als NGC 2300; und jedes einzelne Atom war in harmonischer Übereinstimmung mit seiner Aufgabe, Dharrkum wieder zu besagter Gruppe zurückzuschicken und die vielen Lichtjahre entfernten Galaxien selbst mit der Brut des schwarzes Loches fertig werden zu lassen.

Es müsste eigentlich klappen, dachte Tamisk. Obwohl es angesichts der Tatsache, dass so viel auf dem Spiel stand, schwierig war, nicht doch gewisse Zweifel zu hegen – besonders hinsichtlich des Diebes, den die Zeit gesandt hatte, damit er Avallyn bei ihrer schweren und gefahrvollen Aufgabe zur Seite stand. Morgan ab Kynan war ein Mensch, nicht mehr und vielleicht sogar noch weniger. Selbst der am wenigsten gelehrte Ilmarryn wusste mehr über die Funktionsweise der Erde als er, selbst der ungeübteste Kobold konnte mehr praktische Magie ausüben.

»Llagor, Etamin.« Tamisk zog eine weitere Kugel von ihrer Stange und ließ sie durch das Blättermeer schweben.

Ja, er würde sich diesen Mann ansehen, diesen Dieb, und vielleicht einige seiner Atome neu arrangieren, um ihn besser an seine, Tamisks, Vorstellungen anzupassen.

Dieser Gedanke zauberte ein leises Lächeln auf die Lippen des Magiers und linderte ein wenig den dumpfen Schmerz in seinem Kopf. Herrscher der Zeit oder nicht, der Mann würde die Prinzessin des Weißen Palasts nicht bekommen, ohne zuerst von ihrem Vater auf Herz und Nieren geprüft zu werden.

14

Das Lager im Windschatten des Medain war nahezu überfüllt mit wilden Jungen und Masuten; die vierbeinigen Tiere drängten sich um den Rover, um sich an der metallenen Schutzwand des Fahrzeugs zu wärmen, die noch einen letzten Rest von der Hitze des Tages ausstrahlte. Sanftes Laternenlicht und die flackernden Flammen von Lagerfeuern erhellten die Winkel und Nischen in den umliegenden Felsen und beleuchteten die Zelte und provisorischen Schutzhütten der Rhymer-Gruppe. Mehr als fünfzig wilde Jungen hatten sich ihnen angeschlossen, einschließlich einiger Mädchen, die sich kaum von den Jungen unterschieden – außer wenn man sie aus der Nähe betrachtete. Aus unmittelbarer Nähe betrachtet, waren die Unterschiede unverkennbar – sanftere Stimmen, weichere Gesichtszüge, kleinere Hände –, und Morgan fragte sich, ob es die wilden Mädchen waren, die den Soldatentrupps der Wüstenstämme den Ruf eingebracht hatten, nur aus Jugendlichen zu bestehen. Ein großer Teil der Männer war zwar noch ziemlich jung, aber sie waren nichtsdestotrotz Männer so wie Lannikan. Viele der Soldaten und Soldatinnen hatte sich zu Paaren zusammengefunden. Lannikan und Sakip bewohnten ein eigenes Zelt, und Morgan hatte bemerkt, wie fürsorglich und wie oft Sakip ihre Hand auf ihren Leib legte. Zweifellos erwartete sie ein Kind, was ihren Eifer erklärte, zu einem geschützten Ort zu gehen, von dem sie nie mehr zurückkehren konnten. Ihre einzige andere Möglichkeit war, sich in Sept Rhymer niederzulassen, aber keines der Stammeslager in der offenen Wüste würde vor dem Horror in Pan-shei sicher sein, und das wussten sie.

Die wilden Jungen hatten, sehr zu Morgans Ärger, ein pavillonartiges Zelt für Avallyn aufgestellt. Sie hatte in der vergangenen Nacht bei ihm geschlafen, und wenn er nicht das verfluchte Ortungsarmband abgenommen hätte, würde sie auch in dieser Nacht dicht neben ihm schlafen – eine Situation, die Morgan als himmlisch und höllisch zugleich empfand, die zu ertragen er aber mehr als bereit war, um Avallyn in den dunklen Nachtstunden bei sich zu haben.

Er könnte das verdammte Armband wieder umlegen. Es brauchte nur Hautkontakt, um reaktiviert zu werden. Aber er zögerte. Nicht deshalb, weil er dachte, das Ding könnte ihn in seiner Bewegungsfreiheit behindern, sondern weil

Avallyn dann genau wissen würde, was er im Sinn hatte, und zu einem solch unverblümten Eingeständnis seiner Not war er nicht bereit.

Und so stand er neben dem Rover, einen Schraubenschlüssel in der Hand, und starrte zu der Stelle hinauf, wo ihr Zelt in einer sandgefüllten Höhle in der Felswand stand, auf halber Höhe des steilen Pfades, der zu der Höhle führte. Das Zelt wurde von den zwei Sha-shakrieg-Nachtwächtern bewacht, die sie aus Rabin-19 mitgebracht hatten, und war auf drei Seiten durch die Felswand geschützt. Dennoch war Avallyn dort nicht so sicher wie in dem Rover, und Morgan fühlte sich – mal ganz abgesehen von seinen persönlichen Gefühlen – verpflichtet, dort hinaufzugehen und auf diese Tatsache hinzuweisen. Sie sollte in dem Rover sein, *ihrem* Rover, sie und die verdammten Wüstengeister. Sie hatte kein Recht, innerhalb von ein paar Lappen aus gegerbtem Masutenfell zu schlafen, wenn ihr eine riesige Armee von Tiermenschen auf den Fersen war.

Ja, dachte er, diese ganze Idee mit dem Zelt ist genauso dürftig wie das Ding selbst.

»Verdammte Pest«, fluchte Aja, als er genau in dem Moment unter dem Rover hervorkroch, als einer der Masuten vorbeitrottete und ihn beinahe umwarf. Er und Morgan arbeiteten mit dem Mechaniker der wilden Jungen an dem Fusionsblock, während York im Inneren des Fahrzeugs am Kontrollpult saß.

Aja war in ziemlich finsterer Laune, und zwar seit dem Moment, als Morgan mit der Horde von Wüstennomaden zurückgekehrt war. Noch nicht einmal das Versprechen, endlich den legendären Vergessenen Wald der Wüste zu sehen, hatte Ajas Ansicht über seine und Morgans neue Situation oder ihr Reiseziel mildern können. »Tja nun«, hatte der Junge mit uncharakteristischer Schroffheit gesagt, »mag ja sein, dass uns ein Abenteuer großen Stils erwartet, Mylord.

Es kann aber genauso gut sein, dass uns nichts weiter als noch mehr Scheiß-Ärger erwartet.«

Morgan hatte es nicht gewagt, ihm zu sagen, wie groß das Abenteuer, das die Weißen Frauen für ihn geplant hatten, wirklich war. Irgendetwas ärgerte den Jungen, etwas, was nicht nur mit störrischen Masuten und wilden Jungen zu tun hatte, da er derart gereizt und übellaunig war.

»Sind die dämlichen Viecher blind, oder was?«, schimpfte der Junge, als er auf seinem Weg zum Werkzeugkasten um einen Dunghaufen herumgehen musste.

»Nein«, erwiderte Morgan, »nur zielstrebig. Sie wissen, dass es verflucht kalt werden wird, und zwar sehr schnell, und sie alle wollen einen Schlafplatz neben dem Rover haben.«

»Stur sind sie, wenn du mich fragst.«

»Ja«, murmelte Morgan, während er daran dachte, dass es wirklich sehr bald enorm kalt werden würde. Avallyn würde in dem Rover nicht nur sicherer sein, sondern es dort auch wärmer haben.

»Du solltest einfach zu ihr gehen, Morgan, bevor du so lange zu dem Zelt da oben hochstarrst, dass dir die Augäpfel platzen, oder womöglich noch Schlimmeres.«

»Was?« Morgan fuhr herum und stellte fest, dass der Junge ihn mit einem grimmig entschlossenen Ausdruck ansah. Aja hatte sich offensichtlich sehr aufgeregt, um ihm so unverblümt die Meinung zu sagen, und Morgan fand, es wurde auch Zeit, dass er seinen Gefühlen Luft machte. Wenn hier jemand in Gefahr war zu platzen, dann war es der Junge.

»Ich hab noch nie zuvor erlebt, dass du so verrückt nach einer Frau gewesen bist«, begann Aja relativ milde, obgleich er dabei mit den Zähnen knirschte, »und obwohl sie ja verdammt hübsch ist und obendrein auch noch 'ne Prinzessin, gibt's mit ihr nur Ärger. Sieh dir doch an, was sie uns bereits eingebrockt hat.« Er wies auf das Lager. »Wir sind noch keine drei Tage hier, und schon stecken wir knietief in wilden Jungen und Masutenscheiße und sollen uns auf den Weg zu einem Ort machen, von dem dir jeder, der auch nur halbwegs bei Verstand ist, sagen wird, dass er wahrscheinlich überhaupt nicht existiert. Und deshalb sage ich, geh.« In seiner Stimme schwang ein angewiderter Unterton mit. »Geh zu ihr rauf, wenn du unbedingt musst. Nimm sie, wenn du kannst, Herrgott noch mal, und lass uns schleunigst von hier verschwinden.«

Es war also Avallyn, über die Aja sich so aufregte. Morgan hatte sich schon etwas in der Art gedacht. Der Junge neigte normalerweise nicht zu solchen Gefühlsausbrüchen, und wenn es nicht ausgerechnet Avallyn wäre, an der Aja sich festgebissen hatte, sondern irgendetwas oder irgendjemand anderer, wäre Morgan gewillt gewesen, ihm zuzustimmen.

Aber es war Avallyn, und genau das war der Haken bei der Sache.

»So einfach ist das nicht«, war alles, was er darauf erwidern konnte.

»Was ist denn so schwierig?«, verlangte der Junge zu wissen, eindeutig nicht besänftigt. »Zu ihr zu gehen, oder sie in dein Bett zu kriegen?«

»Nein, das ist es nicht.« Morgan schüttelte den Kopf. »Sie wird sich mir hingeben, davon bin ich überzeugt. Das Problem ist, dass ich es irgendwie nicht über mich bringe, sie zu verlassen.«

Auf seine Erklärung folgte ein Moment verblüfften Schweigens, dann fluchte der Junge. »Das darf doch wohl nicht wahr sein! Willst du mir etwa erzählen, dass du dich in eine Frau verliebt hast, die dich mit einem verdammten Ortungsarmband eingefangen hat?«

Es war eine Frage, auf die es keine vernünftige Antwort

gab. Deshalb antwortete Morgan ihm, so gut er konnte, weil der Junge wissen musste, wie die Sachlage war und wo sie standen. Er wollte nicht, dass Aja – falls sich die Situation rasch zu verändern begann – seine blitzschnellen Entscheidungen traf, ohne alle Fakten zu kennen.

»Sie möchte, dass ich mit ihr durch das Zeit-Wehr gehe, Aja, dass ich wieder dorthin zurückgehe, woher ich gekommen bin, nach Wales. Es ist ihr Schicksal, und sie sagt, es ist auch das meine.«

Der Junge erbleichte, und all sein Zorn war plötzlich verflogen, was ihn um Jahre jünger erscheinen ließ.

»So was würdest du doch nicht tun… oder?« Dass es überhaupt eine Frage für den Jungen war, zeugte von seinen Ängsten.

»Nicht, wenn ich es mir aussuchen kann.« Morgans Blick schweifte wieder zu dem Zelt auf dem Hügel.

»Dann hauen wir heute Nacht von hier ab«, sagte Aja kurz und bündig. »Soll sie sich doch einen anderen Zeit-Reiter für ihr Schicksal suchen. Wir können den Rover hier lassen. Wir werden zwei Masuten nehmen und nach Süden reiten, aus der Kampflinie heraus. Wir können uns in einem großen Bogen wieder in das Alte Reich zurückschleichen und in Pan-shei unsere Sachen holen und dann –« Der Junge brach unvermittelt ab und fluchte lästerlich.

Morgan verstand ihn. Angesichts der Tatsache, dass sich auf Schritt und Tritt immer mehr schlimme Nachrichten auftürmten, fiel es einem schwer, sich daran zu erinnern, wie sehr sich die Welt innerhalb eines einzigen Tages verändert hatte und dass Pan-shei ausradiert worden war.

Aja bedeckte sein Gesicht mit einer Hand und fluchte abermals. »Großer Gott, Morgan. Was ist mit Klary… und den anderen?«

Morgan schüttelte den Kopf. Diese Frage hatte auch ihn gequält. Er wusste nicht, was mit den anderen Freunden passiert war, die sie in Pan-shei hatten, und er wollte ganz sicherlich nicht über Klary und ihre Kinderhorde nachdenken.

»Sie hat mich einen Tag, bevor der Kriegshetzer nach Pan-shei gekommen ist, wieder mal beim Würfeln übers Ohr gehauen«, erklärte er dem Jungen. »Sie wäre bestimmt nicht im Nördlichen Viertel geblieben, sondern mit ihrem Geld und ihrer Beute nach Hause gegangen. Aller Wahrscheinlichkeit nach war sie schon weit außerhalb der Stadt, als es passierte.« Es waren Aja zuliebe beruhigende Worte, obwohl die Chancen, dass sie auf Wahrheit beruhten, eher gering waren.

»Wir sollten fortgehen«, sagte der Junge, als er seine Hand wieder sinken ließ und Morgan aus besorgten grünen Augen anblickte. »Bei dieser Sache hier kann einfach nichts Gutes herauskommen. Wir haben immer allein gearbeitet und uns immer recht gut allein durchgeschlagen. Und was das andere anbelangt…« Er verstummte.

»Was das andere anbelangt.« Morgan legte dem Jungen eine Hand auf die Schulter. »Das Schicksal mag zwar nicht eine Sache sein, bei der man eine Wahl hat, aber das Zeit-Wehr ist in Claerwen, dem nördlichen Tempel der Priesterinnen der Gebeine, und wir gehen nach Westen, zum Weißen Palast.« Seine Lippen verzogen sich zu einem matten Lächeln. »Heimat von wilden und wundersamen Drachen, wenn man den Gerüchten, die im Lager umgehen, Glauben schenken kann, und auch der Ort, wo dieser Vergessene Wald zu finden ist. Ich habe dich von diesem Wald schwärmen hören, in betrunkenem und auch in nüchternem Zustand. Davon, dass dort Bäume im Sand wachsen, wie die Welt sie seit tausenden von Jahren nicht mehr gesehen hat. Saftige, üppige grüne Bäume, hast du sie genannt. Genau wie das, was wir durch den Wein gesehen haben.«

»Ich will dich nicht verlieren, nur um einen Haufen beschissener Bäume zu sehen, Morgan.« Die Worte kamen von Herzen, auch wenn sie barsch gesprochen waren.

»Mylord!« Einer der älteren wilden Jungen winkte ihnen, während er sich einen Weg durch die Masutenherde bahnte.

Morgan schloss seine Hand noch fester um Ajas Schulter. »Ich werde dich nicht verlassen, sofern ich nicht dazu gezwungen bin.« Er sprach so aufrichtig, wie er konnte. »Und falls mir tatsächlich keine andere Wahl mehr bleibt, wirst du es erfahren, bevor ich gehe.« Es war mehr, als Morgan sich selbst gegenüber zuzugeben bereit gewesen war, dass auch nur die entfernteste Möglichkeit bestand, dass er wieder zu dem Zeit-Wehr zurückkehren würde. *Großer Gott im Himmel*, der bloße Gedanke daran genügte schon, um ihm das Blut in den Adern gefrieren zu lassen.

»Mylord.« Der wilde Junge blieb vor ihm stehen. »Commander Avallyn bittet dich, in ihr Zelt zu kommen.«

Ajas Ausdruck wurde wieder grimmig, aber trotz aller Risiken, die damit verbunden waren, konnte Morgan die Einladung nur als ermutigend empfinden. Er nickte dem Boten zustimmend zu, hob seinen Munitionsgürtel auf und hängte sich seinen Karabiner und Scyld über die Schulter.

Aja blickte Morgan nach, bis dieser in dem sandbraunen Zelt verschwunden war, und er musste sich die ganze Zeit über zwingen, seinem Herrn nicht zu folgen. Er und Morgan hatten einander schon öfter, als Aja zählen konnte, das Leben gerettet. Es gehörte zu ihrer Arbeit und war ein Maßstab für ihre Fähigkeiten, dass sie bisher noch immer ungeschoren davongekommen waren, aber er konnte Morgan nicht vor einer Frau schützen. Besonders nicht vor Avallyn Le Severn, denn er hatte gewusst, dass sie eine unberechenbare Gefahr darstellte, noch bevor Morgan ihm ihre Ansichten über das Schicksal enthüllt hatte.

Während Avallyn und Morgan in Rabin-19 gewesen waren, hatte Aja die Knochen seiner Mutter in den Sand des

Medain geworfen, um ein Horoskop zu erstellen. Er hatte gesehen, dass eine schreckliche Gefahr den Weg seines Herrn kreuzte, eine Gefahr, die nur die Prinzessin auf ihn herabbeschworen haben konnte. Mit einer Prinzessin des Weißen Palasts war nicht zu spaßen, und schon gar nicht mit einer Priesterin der Gebeine, und Avallyn Le Severn war beides. Sie waren ganz sicherlich um ihr Leben gerannt, seit sie Morgan in Racht Square gefangen genommen hatte.

Sie war eine Priesterin, ja, und die Priesterinnen von Claerwen hatten Aja und seinem Stamm den Treueeid abgenommen, aber er würde diesen Eid brechen, wenn Morgans Leben auf dem Spiel stand. Denn mehr noch als Clearwen fühlte er sich dem verlorenen Prinzen der Cymry zur Treue verpflichtet.

Vielleicht war es die Reise durch das Zeit-Wehr, die er in den Knochen gesehen hatte. Aja wusste, welch verheerenden Schaden das Zeit-Wehr bei seinem Herrn angerichtet hatte, und eine zweite Reise könnte durchaus seinen Tod bedeuten.

Oder vielleicht war es auch gar nicht das Zeit-Wehr, sondern etwas ganz anderes, was Morgan drohte. Aja blickte zu dem steilen Gebirgsmassiv hinauf, in dessen Schutz sie lagerten, und ließ seinen Blick über die schroffen Felsen wandern, alle seine Sinne hellwach. Das Zeit-Wehr lag hunderte von Meilen weiter nördlich, aber die Gefahr, die er in den Knochen gesehen hatte, hatte sich sehr viel näher angefühlt, viel unmittelbarer bevorstehend, und weitaus persönlicher als eine kosmische Macht.

Ja, es war diese intime Eigenschaft des Horoskops, die ihn derart nervös gemacht hatte. Die kommende Gefahr, der Morgan sich stellen musste, drohte nur ihm allein, und Aja befürchtete, dass er nichts tun konnte, um diese Gefahr zu bannen.

Der Duft von Lavendel und Orangenblüten hüllte Morgan ein, als er das Zelt betrat, ein berauschender Wohlgeruch, der aus einem Topf auf einem Becken mit glühenden Kohlen aufstieg. Laternen, die an den Zeltstangen aufgehängt waren, verströmten ein mildes Licht, und die parfümierte Luft und die ruhige Atmosphäre im Inneren des Zelts linderten seine Anspannung ein wenig. Das Einzige, was fehlte, war Avallyn.

»Mylord.« Der Nachtwächter, der ihn hereingeführt hatte, winkte ihn zu einer anderen Öffnung weiter hinten im Zelt.

Dem Raum im rückwärtigen Teil des Zelts entströmten derselbe zarte Duft und dasselbe weiche Licht, und Morgan näherte sich ihm mit einem wachsenden Gefühl der Vorfreude und Erwartung. Sie würde dort auf ihn warten.

Und sie war tatsächlich dort.

Auf der Schwelle blieb er wie angewurzelt stehen, und seine freudige Erwartung verwandelte sich in Misstrauen. Avallyn saß auf einem dicken Teppich neben einem anderen Kohlenbecken, das dieselbe berauschende Duftmischung aus Lavendel und Orangen verströmte, aber sie war nicht mehr die arg zerzauste, von den Strapazen der Wüste mitgenommene Prinzessin, die er zuletzt gesehen hatte. Ein Priesterinnengewand hüllte sie vom Kopf bis zu den Zehenspitzen in weiche, fließende Falten von Kalkweiß, die Farbe von Claerwen, die Farbe von sonnengebleichten Knochen. Um ihren Hals hing eine seidene Schnur mit einem Medaillon, eine silberne Scheibe mit einem dreieckigen Karneol, eingefasst in ein goldumrandetes Quadrat – ein Symbol für die Suche des Alchimisten, ein Muster, das er vor langer, langer Zeit an den Wänden von Dain Lavarans' Hart Tower gesehen hatte.

»Komm herein«, sagte sie, ihre Stimme von ernster Autorität erfüllt. »Nimm Platz.« Sie hob die Hand und bedeutete ihm mit einer eleganten Geste, sich ihr gegenüber auf den Teppich zu setzen. Flammenähnliche Schatten bewegten sich in einem wellenförmigen Tanz über ihr Gesicht, spielten mit dem Schein des Feuers von dem Kohlenbecken und hüllten sie in ein geheimnisvolles Wechselspiel von Licht und Dunkelheit. Es war Hexenzauber, typisch für die Kunstgriffe und Listen der Weißen Frauen, und Morgan fand es zweifellos beunruhigend, dass sie einen solchen Trick bei ihm anwandte.

»Mylady«, sagte er, nicht ohne eine Spur von Ironie in der Stimme. Dass sie wieder einmal die Priesterin spielte, konnte nichts Gutes bedeuten.

Bei seiner förmlichen Anrede zog sie ganz leicht die Brauen hoch, und er gestattete sich ein innerliches Grinsen. Sie hatten sich geküsst, und was er in jenen Augenblicken über sie erfahren hatte, ließ sich nicht so einfach ablegen wie Ajas zerschlissene Tunika. Sie war und blieb Avallyn, und er konnte sie haben, wenn er bereit war, den Preis dafür zu zahlen.

Zum ersten Mal fand er diesen Gedanken beruhigend, wenigstens eine sichere Sache in einer sich rapide verändernden Welt. Derart beruhigt, setzte er sich erneut in Bewegung.

Avallyn beobachtete, wie er das innere Heiligtum durchquerte, das sie in dem Pavillon geschaffen hatte, seine Schritte von der geschmeidigen Anmut geprägt, die er so wirkungsvoll eingesetzt hatte, um sie aus Racht herauszubringen. Seit er den Trank ihres Vaters eingenommen hatte, war kaum noch etwas von seinem Hinken zurückgeblieben. Die Wirkung des Zaubertranks würde nicht lange anhalten, davon war sie überzeugt, aber sie war selbst für eine vorübergehende Linderung seines Gebrechens dankbar, und sie hoffte, er würde ihr das, was kommen würde, nicht übel nehmen. Durch Tiefenspürsinn erforscht zu werden war nicht unangenehm, immer vorausgesetzt, dass die Versuchsperson den bloßen Akt, auf eine solche Art und Weise ergründet zu werden, nicht als beleidigend empfand – und es war unwahrscheinlich, dass Morgan nichts davon merken würde. Aus diesem Grund hatte sie beschlossen, es ihm vorher zu sagen.

»Meine Mutter ist eine Furcht erregende Frau«, begann sie, während sie eine Tasse mit Lavendel-Orangenblüten-Tee aus dem Topf auf dem Kohlenbecken füllte.

Als Morgan sich vor ihr auf den Teppich gesetzt hatte, die Beine übereinander geschlagen, die Hände seitlich aufgestützt, sein Schwert und seinen Karabiner schräg auf dem Rücken, reichte sie ihm die Tasse und wagte es für einen Moment, ihm in die Augen zu sehen. Zu ihrer Überraschung beobachtete er sie mit einer Intensität, die nicht allzu weit von dem Grad entfernt war, mit dem sie ihn gleich erforschen würde, und seine dunkelblauen Augen schienen hinter die Fassade der Ruhe zu blicken, die sie so sorgfältig aufgebaut hatte, um sich auf das vorzubereiten, was sie tun musste.

Sie wandte den Blick ab und beschäftigte sich damit, eine weitere Tasse zu füllen.

»Aber innerhalb der Grenzen ihrer priesterlichen Gelübde würde meine Mutter dir keinen Schaden zufügen«, fuhr sie fort und hielt dann eine verräterische Sekunde lang inne. »Dasselbe kann man jedoch nicht von meinem Vater behaupten. Tamisk ist an keinerlei Glaubensbekenntnis gebunden; sein einziges Credo ist Wissen, und er wendet eine Vielzahl von Methoden an, um seine kostbaren Weisheiten zu erringen, von denen einige ganz entschieden unerfreulich sind.«

»Hat er diese Methode auch bei dir angewandt?« Es war keine beiläufige Frage, sondern eine, die mit einem unüberhörbar drohenden Unterton ausgesprochen wurde.

Er ist mein Beschützer, dachte sie, als sie vorsichtig an ihrem heißen Tee nippte. *Ob er sich nun dazu bekennt oder nicht.*

Sie wagte es abermals, ihm in die Augen zu sehen.

»Nein«, erwiderte sie und sah, wie er sich bei ihrer Antwort merklich entspannte. »Das würde er auch nicht tun, nicht solange meine Mutter atmet. Du bist derjenige, um den ich fürchte.«

Seine einzige Reaktion auf ihre Warnung bestand darin, dass er einen Schluck von seinem Tee trank, was sie auf die Frage brachte, ob er sich über die potenziellen Schwierigkeiten, die ihn im Weißen Palast erwarteten, überhaupt im Klaren war.

»Mein Vater ist ein ilmarrynischer Magier, ein Magia-Gebieter und Experte in den Büchern des Wissens«, sagte sie kurz und bündig. »Selbst die Königin von Deseillign beugt sich gelegentlich seinem Willen, und obwohl du von Rechts wegen und nach den Gesetzen des *Fata Ranc Le* unter der Schirmherrschaft von Claerwen stehst, ist auch Tamisk an deinem Schicksal interessiert. Ich fürchte, dass er angesichts dieser plötzlichen Änderung unseres Kurses übermäßigen Druck ausüben wird.«

Morgan hielt mit Trinken inne und hob den Kopf. »Übermäßigen Druck?«

»Magie.« Es war ein unzulängliches Wort, um die komplexen Dimensionen von Tamisks Fähigkeiten zu beschreiben, aber Avallyn wusste kein besseres. Magie ließ sich nun einmal nicht definieren oder erklären – außer bei ihrem Vater, der sehr gut wusste, was er tat.

Magie, wiederholte Morgan in Gedanken und fühlte, wie ihm das Herz in die Hosen rutschte. Nachdem er bereits durch Lebensformen, die keinerlei Interesse an seiner Zukunft hatten, äußerst unangenehmen Verhören unterzogen worden war, hatte er sich keine sonderlich großen Sorgen wegen des Verhörs durch Avallyns Vater gemacht – nicht, wenn der Mann ihn brauchte, und nicht, wenn er, Morgan, bereits entschieden hatte, dass sie Tamisk brauchten, um den Kriegshetzer abzuwehren.

Aber Magie … Er dachte an all die Male, die er bisher mit magischen Kräften in Berührung gekommen war, dachte daran, wie wenig es ihm genützt und wie sehr es ihm geschadet hatte.

»Magie«, sagte er tonlos. »Gegen mich.«

»Ja, Mylord.«

Das ist wieder mal typisch, dachte er voller Empörung, *dass mir an diesem großen Wendepunkt in meinem Leben nicht nur Gefahr von dem Kriegshetzer und Universum-verschlingenden schwarzen Plagen droht, sondern auch noch von beschissener Magie.*

»Keine Taschenspielertricks, Rauch oder Spiegel?«, fragte er, darum bemüht, jede Andeutung von Hoffnung aus seiner Stimme herauszuhalten. Er wollte Avallyn nicht merken lassen, dass Magie ihn zermürbte. Als er in der Zukunft keine Erklärung gefunden hatte, war er enttäuscht gewesen – er hatte verzweifelt gehofft, eine für das zu finden, was mit ihm passiert war –, aber er war auch erleichtert gewesen.

»Nein«, erwiderte sie. »Tamisk ist kein Schwindler, wie man ihn auf dem Markt von Pan-shei antrifft, und auch kein pathianischer Illusionist. Wenn er etwas verschwinden lässt, dann ist es wirklich weg, und seine Atome sind über den gesamten Kosmos verstreut.«

»Und du befürchtest, dass er das auch mit mir machen könnte?«

»Das würde er nicht wagen«, sagte Avallyn hastig. »Aber es könnte sehr gut sein, dass das die einzige Beschränkung ist, die er sich bei eurem Treffen auferlegt.«

Scheiße, dachte Morgan, und seine Stimmung sank noch tiefer.

»Aber ich kann dir helfen, Morgan.«

Natürlich konnte sie das. Gegen einen entsprechenden Preis, davon war er überzeugt, wahrscheinlich seine Seele oder ein ähnlich unverzichtbarer Teil seiner Existenz. Es schien das einzige Zahlungsmittel zu sein, das für sie von Interesse war.

»Wie?«, fragte er, als er seine Tasse auf dem Boden abstellte.

»Indem ich deine Schwächen erkenne, bevor Tamisk sie entdeckt, kann ich vielleicht allen Problemen, die womöglich auftauchen, vorbeugen.«

Er ließ sich durch ihre Formulierung nicht täuschen. Ihre so genannten Vorbeugungsmaßnahmen waren mit irgendeinem Preis für ihn verbunden, und er fragte sich, ob es wohl jemals eine Zeit geben würde, wo die Dinge zwischen ihnen einfach und unkompliziert wären.

»Was für Schwächen?« Die Liste war beinahe endlos lang, soweit er es erkennen konnte, und sie würde wahrscheinlich alle Hände voll zu tun haben, wenn sie versuchte, all seine Schwächen und Fehler auseinander zu sortieren.

»Das kann ich nicht sagen, Morgan, dazu müsste ich erst nachsehen.«

Sehr diplomatisch, dachte er, für jemanden, der ihn mitten in einem carillionischen Weinfieber erlebt hatte.

»Und deine Erkennungsmethode?«

»Spürsinn, Mylord. Tiefenspürsinn.«

»Tiefenspürsinn?« Davon hatte er noch nie gehört.

»Eine äußerst verfeinerte Form des Geruchssinns«, erklärte sie.

»Du kannst meine Schwächen riechen?«, fragte er ungläubig.

»Was ich tatsächlich riechen kann, ist deine Vergangenheit. Sie ist in deinen Körperzellen eingeschlossen, in Form eines komplexen Musters von winzig kleinen chemikalischen Abweichungen, und diese historischen Abweichungen enthüllen oft die Vorlieben und Schwächen einer Person.«

Und wenn das noch nicht genügte, um ihm die Idee gründlich zu verleiden, dann wusste Morgan nicht, was. Es würde ihn wohl kaum in einem angenehmen Licht erscheinen lassen, wenn seine Schwächen durch seine chemischen Abweichungen auf Zellniveau enthüllt würden. Tatsächlich war der bloße Gedanke daran so unheimlich, dass er sich am liebsten schleunigst wieder in den Rover verzogen und die Einstiegsluke hinter sich verriegelt hätte. *Großer Gott*, und sie hielt ihren Vater für einen Magier.

Aber er sprang nicht auf.

Und er rannte auch nicht davon.

In Wirklichkeit tat er gar nichts, außer zu atmen und seine Möglichkeiten zu überdenken – und er brauchte nicht lange, um sich zu fragen, ob sie ihn nicht schon ein bisschen mit ihrem Tiefenspürsinn erforscht hatte. Sie waren sich ganz sicherlich nahe genug gewesen, und das mehr als nur einmal.

»Du brauchst nichts weiter zu tun, als mich zu riechen, um meine Vorlieben herauszufinden?« Er hasste es, das Wort »Schwächen« im Zusammenhang mit sich selbst laut zu wiederholen.

»Die Erforschung mit Hilfe des Tiefenspürsinns ist eine Methode, den Geruchssinn in einer spezifischen Absicht zu gebrauchen«, erklärte Avallyn. »Man kann auf diese Weise schnell, fast augenblicklich, in sehr viel tiefere und subtilere Dimensionen vordringen als die, die man normalerweise als den Geruch einer Person bezeichnen würde.«

»Und dann kannst du in der Person, die du mit deinem Tiefenspürsinn erforschst, praktisch lesen wie in einem Buch?«

Er sah, wie sie zögerte, bevor ihre Wahrheitsliebe die Oberhand gewann.

»Ja«, gestand sie, dann erläuterte sie ihre Antwort: »Vorausgesetzt, dass keine Komplikationen auftreten.«

»Welche, zum Beispiel?«

»Keiner kann die Vergangenheit durch ein wirres Durcheinander von Zellen lesen, die mit carillionischem Wein durchtränkt sind«, sagte sie unverblümt.

Seine Stimmung hellte sich wieder etwas auf. »Dann kannst du es also nur heute tun.«

»Vorher ist keine Zeit dafür gewesen«, sagte sie und beantwortete damit seine unausgesprochene Frage.

»Als wir uns geküsst haben?«

Sie errötete ganz leicht, aber sie wandte den Blick nicht ab.

»Da war ich zu … zu abgelenkt, Mylord.«

Bei ihrer Antwort fühlte er Befriedigung in sich aufwallen, Befriedigung und eine Sehnsucht, die ihr Geständnis sogar noch süßer machte.

»Und jetzt?« Morgan beugte sich vor und umfasste sanft ihr Kinn.

Sie errötete noch ein wenig stärker und schlug die Augen nieder, sodass ihre dichten goldbraunen Wimpern fächerförmig auf ihren Wangen lagen. Er betrachtete sie hingerissen, und er sehnte sich danach, ihre Ohren zu küssen, seine Finger in ihrem goldenen Haar zu vergraben und sich in dem berauschenden Duft zu verlieren, der nur ihr gehörte.

»Wenn ich dich jetzt küsse, wird es genauso wie vorher sein«, sagte sie leise, »und wir werden nicht sicherer sein, wenn ich es versäumt habe, deine Seele zu ergründen.«

Allmächtiger. Selbst der Preis für einen Kuss war astronomisch hoch geworden, wenn sie das Gefühl hatte, dass ihre Sicherheit der Preis dafür war. Andererseits empfand er genauso, nämlich dass ihr Kuss wahrscheinlich seinen Tod bedeuten würde.

Er ließ sie wieder los, lehnte sich zurück und fügte sich in das Unvermeidliche.

»Du musst mich also ergründen«, sagte er, »und ich muss es ertragen, und wir beide müssen mit dem, was du findest, leben.«

»Ja.« Sie blickte aus taubengrauen Augen zu ihm auf, ihr Ausdruck war nicht zu entziffern.

Er fühlte sich verpflichtet, sie ebenfalls zu warnen. »Ich fürchte, was du in meiner Seele sehen wirst, wird kein schöner Anblick sein. Und ich bezweifle, ob es irgendwas ergeben wird, um dir ein Gefühl der Sicherheit zu vermitteln. Ganz im Gegenteil.«

Und das ist der Punkt, an dem ich ihr nicht mehr folgen kann, dachte er. Er kannte seine Vergangenheit besser als die meisten Menschen, da er sie durch den Wein unzählige Male von neuem durchlebt hatte, und es gab dort nur sehr wenig, was dem Betrachter Mut gemacht hätte – es sei denn, Avallyn erforschte nicht nur seine kurze Vergangenheit in der Zukunft, also die Jahre, die seit seiner Reise durch das Zeit-Wehr verstrichen waren, sondern ging noch sehr viel weiter zurück in sein früheres Leben in einem längst vergangenen Zeitalter. Damals war er ein guter Mensch gewesen, für einige sogar ein Held. Aber er hatte auch damals schon Schwächen gehabt, weiß Gott, und in seinem alten Leben hatte es ganz sicherlich nichts gegeben, was darauf schließen ließ, dass er fähig war, die Welt vor einem solchen Schrecken wie Dharkkum zu retten. Und in der Wüste von Palästina war er noch nicht einmal mehr fähig gewesen, sich selbst zu retten. Diese Aufgabe hatte Dain Lavrans übernehmen müssen.

Morgan lächelte beinahe. Die Ängste seiner Vergangenheit verblassten neben den Schicksalsprüfungen, die er in der Zukunft hatte bestehen müssen, aber er bezweifelte nicht, dass Dain die Schwierigkeiten des Zeit-Wehrs und der deseillignischen Wüste mit der gleichen gelassenen Tüchtigkeit bewältigt hätte, mit der er im alten Wales seinen Ruhm als Magier begründet hatte. Der Mann war in der Gluthitze der Wüste neu geschmiedet worden, und danach hatte ihn nichts jemals mehr erschüttern können, bis Ceridwen in sein Leben getreten war.

»Erzähl mir von deinem Schwert«, sagte Avallyn. Der Klang ihrer Stimme holte ihn abrupt wieder in die Gegenwart zurück, und bei ihren Worten fragte er sich, ob sie seine Gedanken lesen konnte. Das Schwert hatte einst Dain gehört.

»Es trägt den Namen Scyld, nach dem ersten König der Dänen«, erwiderte er, als er sein Schwert aus der Scheide zog, über seine Schulter hob und in seinen Schoß legte, »und es ist nur durch ein Versehen des Schicksals in meinen Besitz gelangt.«

Avallyn streckte die Hand aus und strich über das Heft des Schwerts. »Das Schicksal macht nur sehr wenige Fehler und duldet sogar noch weniger Versehen. Wenn diese Waffe mit dir durch das Zeit-Wehr gekommen ist, dann ist es sehr viel wahrscheinlicher, dass sie dafür bestimmt war, dir zu gehören.« Sie ließ ihre Hand über den Korb des Schwerts zu der Klinge gleiten und blickte zu ihm auf, die Stirn gerunzelt. »Wer hat dieses Schwert vor dir geführt?«

»Dain Lavrans, ein Freund und Soldat und zuletzt außerdem ein großer Zauberer.«

Sie nickte. »Ja, man kann die Zauberkraft fühlen. Zwar nur schwach, aber sie ist da. Und die hier? Was besagen sie?«, fragte sie, als sie ihre Finger über die eingravierten Runen auf der Klinge gleiten ließ.

»Sie sind altnordisch, ein Bittgebet an einen Gott, der schon lange tot ist.«

»Alle Götter sind immer der eine Ewige Gott gewesen. Wie hieß dieser Gott?«

»Odin, ein Gott des Krieges.«

»Und auch der Magie und der Weisheit. Ja«, sagte sie auf seinen fragenden Blick hin, »ich habe von Odin, dem einäugigen Gott, gehört. Seine Walküren, die Schlachtjungfrauen, führten ihm die gefallenen Helden zu und brachten sie nach Walhalla, wo sie auf das Nahen von Ragnarok, auf das verheerende Ende der Welt und den Untergang der Götter warteten.

»Wir scheinen die Apokalypse zum ständig wiederkehrenden Thema zu haben«, sagte Morgan mit einem trockenen Lächeln.

»Ja.« Ihr Blick schweifte wieder zu dem Schwert. »Ragnarok und Dharkkum scheinen sich ziemlich ähnlich zu sein.« Sie beugte sich weiter vor, um den Runenspruch genauer zu inspizieren, und dabei glitten ihre Zöpfe und Locken über ihre Schultern. »Odin hatte die Angewohnheit, magische Runen in seine Waffe einzugravieren, in der Hoffnung, den schicksalsschweren Augenblick seines Todes abzuwehren. Vielleicht hat ja ein bisschen von seiner Magie auf diese von Gott gesegnete Klinge abgefärbt.«

»Vielleicht«, meinte Morgan, seine Stimme rau und kehlig, als plötzlich heiße Begierde in ihm aufwallte – unvermeidlich, da Avallyn praktisch auf seinem Schoß saß. Wie groß die Gefahr auch sein mochte, er musste sie einfach küssen, weil sein Verlangen weitaus stärker war als jedes Gefühl der Selbsterhaltung.

Sein Schwert zwischen ihnen, beugte er sich vor, hob ihr Kinn an und presste seinen Mund auf ihren, und mit einem nur ganz leichten Zögern ließ sie sich gefangen nehmen.

Großer Gott, keine Lippen waren jemals so weich und süß gewesen, kein Mund jemals so für ihn geschaffen, keine liebkosende Zungenbewegung derart erotisch und erregend, als sie sich noch näher zu ihm vorbeugte und seinen Kuss erwiderte. Ihre Hand legte sich auf seine Brust, und er wünschte, sein Oberkörper wäre nackt, damit er ihre Berührung auf seiner Haut spüren könnte.

»Morgan«, hauchte sie, als sie ihre Lippen von seinen löste, um eine seidige Spur von Küssen auf seine Wange zu drücken und ihn mit einer Zärtlichkeit zu liebkosen, von der er überzeugt war, dass er sie nicht verdiente – wie sie zweifellos herausfinden würde, wenn sie ihn mit ihrem Tiefenspürsinn erforschte.

Und das würde sie tun, das wusste er. Ablenkung oder nicht, die hellseherische Wüstenprinzessin war von dem Moment an, als sie sich das erste Mal begegnet waren, stets beharrlich und zielstrebig gewesen.

Ich sollte ihre Küsse genießen, dachte er, solange sie noch so leicht zu haben sind. In Rabin-19 war er zurückgewichen, aber jetzt nicht mehr. Es war Zeit, mit dem Grübeln aufzuhören und sich ganz dem erotischen Vergnügen hinzugeben, während die Düfte von Lavendel und Orangenblüten die Luft erfüllten und ihr anschmiegsamer Körper sein war, um auf den weichen Teppichen in ihrem privaten Frauengemach genommen zu werden.

Er drehte den Kopf, um ihre Kehle zu küssen, aber kaum hatten seine Lippen ihre Haut berührt, da fühlte er plötzlich, wie sie mit ihrem Tiefenspürsinn in ihn einzudringen begann.

Er hielt reglos inne, eine Hand auf ihrer Taille, die andere in ihrem Haar vergraben, wohl wissend, dass er nichts tun konnte, um sie daran zu hindern, und voller Furcht, dass es keinen Ort mehr für ihn gab, wo er sich vor ihr verstecken konnte.

Es war ein seltsames Gefühl, ein außerordentlich seltsames Gefühl, sein Innenleben von ihr erforschen zu lassen. Er fühlte ihre Anwesenheit in seinem Inneren, fühlte, wie sie sich durch ihn hindurch bewegte, um hier und dort für einen Moment zu verweilen, besonders in der Nähe seines Herzens, wo Llynyas Ebereschenblatt seine Haut zierte.

Lange, stille Minuten wanderte sie nach Belieben hin und her, bevor sie sich auf seinen Geist konzentrierte; und mit jeder Minute, die sie ihn ergründete, wuchs sein Unbehagen, und er fragte sich voller Beklommenheit, was sie in ihm finden würde – womöglich eine Wahrheit über ihn, die noch nicht einmal er selbst kannte.

»Avallyn.« Ihr Name war ein Flüstern auf seinen Lippen, ein fast flehentliches Flüstern. Sie bewegte sich auf etwas zu, näherte sich einem Punkt irgendwo in seinem tiefsten Inneren, und obwohl es ihm schwer fiel zu glauben, dass ihr in seinem Inneren Gefahr drohte, fühlte er, dass sie auf einen Ort zusteuerte, den sie besser gemieden hätte.

Er spürte es augenblicklich, als sie den einen verhängnisvollen Schritt zu weit ging. Ein entsetztes Aufkeuchen entrang sich ihrer Kehle, und sie klammerte sich an ihn, während er sie noch fester umschlang. Dann brach sie ohnmächtig in seinen Armen zusammen.

»Avallyn!«, schrie er.

Avallyn hörte den Schrei über den zeitlosen Abgrund hinweg hallen, aber sie konnte nicht antworten. Sie stürzte, stürzte tiefer und immer tiefer in die bodenlose Schlucht hinab, die sich durch die innere Landschaft von Morgans Geist wand.

Sie hatte schon einmal einen Zeit-Reiter mit ihrem Tiefenspürsinn erforscht und hatte gewusst, was sie erwartete: der schwache Geruch von Wissen, zu einem wellenförmigen Band verschlungen; das immer stärker werdende Tosen des Sturms; dann der Sturz in die Schlucht und die schwerelose Durchquerung von Raum und Zeit. So war auch der Weg in die tiefe Vergangenheit des Prinzen.

In seinem früheren Leben hatte es Liebe gegeben, Liebe in Hülle und Fülle, und ein für einen Dieb unvergleichliches Maß an Unschuld und all die Phasen und Übergänge eines gut geführten Lebens.

Aber da war auch noch etwas anderes, ein dünner, schwer fassbarer Faden, der sich durch das Band wand und der sie tiefer hinabzog, als sie eigentlich hatte gehen wollen, tiefer, als sie es überhaupt für möglich gehalten hätte, durch Morgans Zellwände hindurch in ihren Kern und in die fadenähnlichen Körper seiner Chromosomen. Und noch tiefer, bis sie durch die doppelspiralige Molekülstruktur seiner DNS schwebte, gebadet von Lichtquanten.

Es war dort, wo sie das Unerwartete fand, eine Genserie, die ihn noch sicherer und eindeutiger als jeder Zeit-Reiter-Streifen oder jedes Ebereschenblatt als den Krieger kennzeichnete, auf den sie so lange gewartet hatten. Morgan ab Kynan war geboren worden, um das Schwert zu führen, das eine, ganz besondere Schwert, das Magia-Schwert. Mit diesem Schwert in der Hand würde er bis zum Tod kämpfen und noch darüber hinaus – genau wie sein Vorfahr, Stept Agah.

Sie sah den Ort von Stept Agahs Geburt in einer tiefen Höhle, und sie sah seinen lange zurückliegenden Kampf gegen Dharkkum, sah, wie sich das Magia-Schwert in seine Hand geschmiegt und weiter gekämpft hatte, selbst nachdem Stept Agah gestorben war, und sie fürchtete, dass Morgan das gleiche Schicksal erleiden würde, dass er sterben und immer noch weiter kämpfen würde.

»Avallyn. Avallyn!«

Sie stieg wieder aus den Tiefen der Vergangenheit empor, als sie ihren Namen hörte, kehrte aus dem Abgrund zurück, um sich in Morgans Armen wiederzufinden. Als sie zu ihm aufblickte, krampfte sich ihr Herz vor Furcht zusammen. Stept Agah hatte zu seiner Zeit die tödliche Finsternis bezwungen, und einer seiner Nachfahren war gesandt worden, um die Welt in ihrer, Avallyns, Zeit zu retten, aber der Preis war zu hoch.

Gefürchteter Gebieter, allerdings, und ein gefürchteter

Krieger mit einem aus Sternenmetall geschmiedeten Schwert.

»Morgan, du bist –« Sie wollte ihm gerade sagen, was sie gesehen hatte, wurde jedoch durch einen plötzlichen Aufruhr in dem äußeren Zelt unterbrochen.

Sie fuhren beide zu dem Geräusch herum und erhoben sich mit einer einzigen eleganten Bewegung, und die schiere Gleichzeitigkeit ihrer Bewegungen ließ sie sich fragen, ob sie vielleicht noch immer auf einer zellularen Ebene miteinander verbunden waren. Der Blick, den Morgan ihr zuwarf, ließ erkennen, dass er sich dessen deutlich bewusst war.

»Commander.« Einer von Avallyns Nachtwächtern stürmte durch die Zeltklappe herein, seine schwarz-grauen Gewänder von einer Windbö hochgewirbelt. Die Flammen in dem Kohlenbecken tanzten und flackerten in dem Luftzug und warfen wilde Schatten auf die Zeltwände.

»Petr. Wer ist gerade gekommen?« Sie hatte ihn kaum angesprochen, als ihr auch schon der verräterische Geruch in die Nase stieg.

»Sha-shakrieg, ein Korps von Nachtwächtern, geschickt von Tamisk.«

Ja, dachte sie, als sie den feinen, bitteren Geruch der Spinnenmenschen roch. Mindestens ein ganzes Korps, wenn nicht noch mehr.

Aber dieses andere, was sie über Morgan erfahren hatte, das war ein Schock für sie. Er hatte das Blut von Stept Agah in seinen Adern – zum Nutzen der Welt und zu seinem eigenen Verhängnis.

Shadana. Palinor musste es gewusst haben.

»Tamisk befiehlt dir, zu ihm zu kommen, zusammen mit dem Zeit-Reiter. Das Korps soll eure Eskorte sein.«

Andere Schatten tanzten über die Wände, Schatten von Gestalten, die sich in der äußeren Zeltkammer drängten, zu viele, als dass Avallyn sie hätte zählen können. Es war äußerst unglücklich, dass sie ausgerechnet jetzt von den Truppen ihres Vaters gestört wurden, wo sie Zeit zum Nachdenken brauchte. Wenn Palinor über Morgan Bescheid gewusst hatte und wenn sie ihr diese Information bewusst vorenthalten hatte, dann musste sie einen Grund dafür gehabt haben.

Der Erste, der Avallyn in den Sinn kam, hielt kaum einer näheren Betrachtung stand, dennoch hatte er einen beruhigenden Klang der Wahrheit an sich. Morgan würde die Welt nicht retten, so wie Stept Agah es getan hatte. Die ganze Welt, einschließlich Morgans und ihrer selbst, würde vernichtet werden, ganz gleich, was sie taten.

Also, warum dann die Höllenqualen des Zeit-Wehrs ertragen? Und warum würde Palinor ihre einzige Tochter opfern, wenn doch schon feststand, dass sie scheitern würden, und wenn das Schicksal sie bereits zum Tode verurteilt hatte?

Die Antwort darauf war ein bisschen komplexer, aber es fiel Avallyn nicht schwer, sie zu vermuten. Vielleicht würde die Welt durch ihre Anstrengungen überleben, aber nur unter Opfern. Sie und Morgan würden umkommen, während er kämpfte, wie sein Urahn es vor ihm getan hatte und das Schwert noch über seinen Tod hinaus schwang, um die Vernichtung von Dharkkum zu sichern.

Es war eine bittere Schlussfolgerung, aber sie war nicht schwer zu ergründen. Palinor war immer in erster Linie Priesterin gewesen und erst in zweiter Linie Mutter, und Tamisk war Avallyn sogar noch weniger ein Vater gewesen, wie Palinor ihr eine Mutter gewesen war. Es war nicht schwer zu verstehen, wie mühelos ihre Pflicht über alle mütterlichen oder väterlichen Instinkte gesiegt hatte. Avallyn war ihrer körperlichen Vereinigung entsprungen, aber nicht ihrer Liebe – und in all den Jahren seit ihrer Geburt war die Liebe zwischen Palinor und Tamisk nicht größer geworden, und auch nicht die Liebe zu ihrer Tochter.

Sie presste die Lippen zu einer schmalen Linie zusammen. Vielleicht hatte Morgan mit seiner Einschätzung doch Recht gehabt. Vielleicht maß sie ihrem Leben tatsächlich eine zu geringe Bedeutung zu, eine Eigenschaft, die sie schon als kleines Kind gut gelernt hatte. Es war eine alte und sinnlose Demütigung und eine, die sie längst überwunden hatte.

Das hatte sie zumindest geglaubt.

Was verbirgt meine Mutter noch alles vor mir?, fragte sie sich.

»Commander.« Petr unterbrach sie in ihren Gedanken. »Wir müssen jetzt aufbrechen.«

Ja, es stimmte, die Zeit wurde knapp.

Avallyn verbarg ihre Hand in den voluminösen Falten ihres Gewandes und machte ein Unheil abwehrendes Zeichen.

»*Drachen*«, zischte Corvus, und sein Atem rasselte in seiner Brust, als er mühsam Luft holte.

Von seinem linken Bein löste sich ein schwarzer Fetzen und schwebte davon, und Corvus fluchte lästerlich. Wie sollte er überleben, wenn sich ständig Teile von ihm ablösten und die tödliche Fäule seinen Körper immer mehr zersetzte?

Die Antwort auf diese Frage lag auf der Hand: Er würde nicht überleben.

»*Visshab!*« Er fauchte den Namen der Hexe und starrte sie über die dunkle Fläche ihres Arbeitsraums in seiner Wüstenfestung an, während er versuchte, sie mit bloßer Willenskraft dazu zu zwingen, ihn anzublicken, sich das bisschen anzusehen, was noch von ihm übrig geblieben war.

Die alte Hexe hob den Blick von ihrem Kessel mit kochendem Blut. Die Glut des Feuers spiegelte sich rot in ihren Augen wider, und der wirre, zerzauste Kranz ihrer Haare sah wie die Feuer der Hölle aus.

»Herr?«, fragte sie, fast liebenswürdig, soweit er es beurteilen konnte. Zweifellos schwelgte sie in der irrtümlichen Annahme ihrer eigenen Macht, nun, da er so beunruhigend schwach und körperlos wurde. Einige Teile von ihm waren jedoch noch immer körperlich. Vor allem auf seiner rechten Seite. Er hatte noch immer einen Arm, eine Hüfte und einen Schenkel, fast die Hälfte seines Gesichts und noch ein bisschen mehr.

Eines Tages würde das alte Weib zu weit gehen, und dann würde er sie haben, bei Gott, und sie mit sich in den Abgrund des Verderbens hinunterziehen. Nur der Gedanke daran, eine Ewigkeit lang an die grässliche Frau gefesselt zu sein, hielt ihn davon ab, sie in Fetzen zu reißen und in den Kosmos zu schleudern – das und die Hoffnung, dass sie irgendein Zaubermittel brauen konnte, um ihn zusammenzuhalten.

»Drachen!«, zischte er abermals, um sie an das zu erinnern, was er dringend brauchte, während er sie mit seinem einen guten Auge noch durchbohrender anstarrte. Natürlich war er sich noch nicht einmal sicher, ob Drachen ihn jetzt noch retten könnten. Er war bereit gewesen, einen Arm zu opfern, wenn ihn die Befreiung von dem schwarzen Rauch vor der Vernichtung bewahren würde. Aber seine Taten in Pan-shei hatten ihn mehr als nur seinen Arm gekostet, so sehr viel mehr als nur den Arm.

»Ja, die Bestien sind in einem Zauberkessel erschaffen worden, Herr. Das Buch lässt keinen Zweifel daran, und ich rühre ja schon, wie du siehst, ich rühre unentwegt.« Sie lachte meckernd, ein hartes, bösartiges Lachen, und ihn überlief eine Gänsehaut. »O ja, ich rühre.«

»Krisssstall.« Sie hatte ihm Kristall versprochen, um die alles verschlingende Finsternis und den Rauch zu versiegeln, genug, um ihm über die Runden zu helfen, bis sie Claerwen erreichten, den einzigen Ort auf Erden, wo, wie er wusste,

ein Zeit-Wehr existierte. Es war zwar mit Sand gefüllt, so wie alles auf diesem gottverfluchten Planeten, außer dem Alten Reich und dem Mittleren Königreich, aber es war trotzdem noch ein Wehr, noch immer ein Ort, zu dem die Zeit-Würmer kamen.

Und er brauchte die Würmer, die goldenen Würmer – und Drachen und Kristall und was immer sonst noch nötig sein würde, um ihn vor dem Schicksal zu bewahren, das er durch seine Unvorsichtigkeit selbst auf sich herabbeschworen hatte.

In einer Ecke des Arbeitsraums der Hexe waren die beiden Gefangenen angekettet, die er in Pan-shei gemacht hatte, die Zeit-Reiterin und ihr Riese von einem Gefährten. Sie sahen grimmig und erschöpft aus, das schon, aber sie waren nicht besiegt, noch nicht. Corvus hatte die Absicht, sie vorerst noch zu verschonen, da ihm sein Instinkt sagte, dass sie zu wertvoll und nützlich für ihn waren, um nur als Futter für ihn zu dienen. Vielleicht konnte er ihre Seelen gegen Avallyn eintauschen.

»Avallynnnnn«, stöhnte er bei der Erinnerung an seine Dämonen-Hexe. Sosehr er Würmer, Drachen und Kristall brauchte, sosehr brannte er darauf, sie in seine Gewalt zu bekommen, jetzt mehr denn je zuvor. Es war ein heißes, feuriges Verlangen, das die letzten Reste seines Verstandes zu verbrennen drohte. Nichts konnte süßer sein, als sie in die ewige Hölle der Verdammnis mitzunehmen.

Ach ja, dieser Platz an seiner Seite war nur für Avallyn Le Severn reserviert, das verfluchte Miststück, das er verabscheute ... und liebte. Ein stechender Schmerz durchzuckte ihn an der Stelle, wo einst sein Herz gewesen war, ein heftiger, schier unerträglicher Schmerz, der ihn in die Knie gezwungen hätte, wenn er noch Knie gehabt hätte. Und so krümmte er sich vor Schmerz zusammen, sein Körper ein unwirkliches, rauchähnliches, sich windendes Gebilde. Das war der Lohn der Liebe.

Er heftete seinen Blick auf die stocksteif dastehende Gestalt des Hauptmanns seines Ersten Garderegiments.

»*Finde sie!*«, befahl er.

»D-d-das werden wir, H-h-herr«, stotterte der Hauptmann. »W-w-wir haben über hundert Suchfahrzeuge im Einsatz, d-d-die die Wüste nach ihr abkämmen, und fünfhundert Spür-Androiden.«

Das würde reichen. Das musste reichen.

Avallyn war schuld an seinem Grauen erregenden, nebelhaften Dasein, und es war nur gerecht, wenn sie sein Schicksal teilte. Zu diesem Zweck würde er sie aufspüren, wo immer sie sich auch versteckt haben mochte, sie aufspüren und verschlingen.

15

Morgan fühlte, wie der Rover der Nachtwächter abbremste, aber er sah nichts in der endlosen Weite der Wüste, was ihm den Grund dafür verraten hätte. Sie waren den größten Teil der Nacht gereist, und hinter ihnen im Osten dämmerte gerade der neue Tag herauf.

Zwölf Rover waren zu dem Medain geschickt worden – zwei, um ihn und Avallyn abzuholen und hierher zu bringen, mitten in die gottverlassene Einöde, und die anderen zehn, um die Truppe der wilden Jungen aus Sept Rhymer zu verstärken. Sämtliche Wüstenstämme waren zum Kampf gegen den Kriegshetzer und seine Armee aufgerufen worden. Auf das Zweite Garderegiment sollte ein Großangriff in Craig Tagen verübt werden. Das Erste Garderegiment sollte durch Störmanöver nördlich von Rabin-19 aufgehalten, aber nicht angegriffen werden, nicht nach dem, was in Pan-shei passiert war.

Die Drachen regten sich; das hatte Morgan einen Hauptmann der Sha-shakrieg zu Avallyn sagen hören. *Drachen.* Es ergab irgendwie keinen Sinn, aber Avallyn hatte ihm versichert – ziemlich kurz angebunden –, dass sie keine Fabelwesen waren, sondern wirklich existierten, die Drachen von Carn Merioneth, kampflustige Bestien und vom Schicksal ausersehen, gemeinsam mit ihm und ihr zu kämpfen.

Er kannte Merioneth, und er erinnerte sich noch an eine Höhle an der Irischen See, bekannt als der Drachenschlund, aber er hätte sich niemals träumen lassen, dass sich der Name auf echte Drachen bezog. Selbst als er in den tiefer gelegenen Höhlen gewesen war, hatte es dort nur *pryf* gegeben, seltsam und unbegreiflich genug für einen Waliser des zwölften Jahrhunderts, wenn auch vielleicht weniger seltsam und unbegreiflich für einen Mann, der gegen Skraelings und Lyranerinnen und andere Erscheinungsformen galaktischen Abschaums gekämpft hatte.

Ein Mann, der als der heilige Georg verehrt wurde, hatte einst einen Drachen getötet, in einem längst vergangenen und fernen Land. Morgan hatte eine Zeichnung von diesem Kampf in Dolwyddelan Castle gesehen. Sankt Georg hatte auf einem Pferd gesessen, und der Drache hatte sich um die Füße seines Schlachtrosses gewunden, ein gewaltiger Lindwurm, der dem Aussehen nach gut vier Meter lang gewesen war und fast eine Vierteltonne gewogen haben musste. In der Zukunft hatte Morgan alle Arten von drachenartigen Kreaturen gesehen: Krokodile, Komodo-Echsen, Warane, so groß wie Sankt Georgs Nemesis, und die gigantischen *tuataras* und Schlangen von der Friina-Gruppe – keines davon ein Geschöpf, das er sonderlich gerne in einer Schlacht an seiner Seite haben würde, und ganz sicherlich keines davon ein Geschöpf, mit dem er durch das Zeit-Wehr zehntausend Jahre zurück in die Vergangenheit stürzen wollte.

Der Rover hielt endgültig an, und noch immer war nichts zu sehen außer den welligen Kämmen der Dünen.

Es war nichts zu sehen, aber Morgan fühlte etwas, eine eigenartige Vertrautheit mit dem Ort. Er runzelte verwirrt die Stirn.

»Was ist los, Mylord?«, fragte Aja, der neben ihm auf dem Vorderdeck stand. York hatte es vorgezogen, in Craig Tagen zu bleiben und zu kämpfen, aber nichts hätte Aja dazu bewegen können, seinem Herrn von der Seite zu weichen. Insgeheim war Morgan froh darüber, den Jungen bei sich zu haben. Und falls sie sich trennen mussten, wäre es ihm lieber, wenn es erst später geschehen würde.

»Ich bin in meinen Träumen schon mehr als einmal hier gewesen, aber es hat nicht so ausgesehen wie das hier«, sagte er, als er den Jungen über seine Schulter hinweg ansah. »Bist du mir schon jemals mittels des Weins zu einem solchen Ort gefolgt?«

Aja blickte durch das Steuerbordfenster hinaus und zuckte die Achseln. »Wir sind aus der Wüste gekommen, Mylord, und sie sieht überall ziemlich gleich aus, aber dieser spezielle Sandhaufen ist mir irgendwie nicht ganz geheuer.«

»Das stimmt. Hier ist tatsächlich mehr, als man auf den ersten Blick meint«, sagte Avallyn, als sie hinter ihnen das Deck betrat.

»Ist der Weiße Palast unter den Dünen begraben?«, fragte Morgan.

»Noch nicht, dank der Straßenkehrer. Er liegt weiter westlich, am Rand des Sandmeeres. Hauptmann«, sie wandte sich an einen der Nachtwächter, »Tamisk weiß zweifellos, dass wir hier sind. Worauf warten wir denn noch?«

»Auf nichts, Commander.« Der Sha-shakrieg hob eine große, schwielige Hand und zeigte auf die nächste Düne.

Vor Morgans Augen begann der Sand plötzlich wie Wasser zu fließen, als illusorische Schichten der Düne wegglitten, um einen aus dem Wüstenboden ragenden Vorsprung aus Stein zu enthüllen – aber keinen bloßen Vorsprung. Der Stein hatte eine bestimmte Form und, wie Morgan klar wurde, auch einen Zweck. Es war ein Turm, einer, von dem er befürchtete, dass er ihn erkannte.

»Wie ist das möglich?«, flüsterte er, als er einen Schritt auf das Fenster zumachte und die Hand hob, um die Glasscheibe zu berühren.

Von Sekunde zu Sekunde schälte sich der uralte Turm weiter aus seiner schützenden Sandhülle heraus, bis er wie ein Leuchtturm in der Wüste stand, ein Signalfeuer der Vergangenheit. Der Rest von Wydehaw Castle war kaum mehr als ein Haufen Schutt, aber der Hart Tower ragte stolz in den Himmel auf, Dains Turm der Magie und der Alchimie. Alle Zweifel, die Morgan an der Priester-Prinzessin und ihrem Buch des Schicksals gehabt hatte, lösten sich angesichts dieser Realität schlagartig auf. Auch ohne das Zeit-Wehr hatte sie ihn zu einem Ort in seiner Vergangenheit geführt, von dem er gedacht hatte, dass er ihn niemals wieder sehen würde, einem Ort, den er längst zerstört geglaubt hatte. Dass er noch immer existierte, wenn auch in einem leicht verfallenen Zustand, zeugte von der Macht des Hart Towers. Nur die unvergängliche Kraft der Magie konnte ihn vor der Zerstörung durch die Kriege bewahrt haben, die verheerende Schäden auf der Erde angerichtet und die Wüste von Deseillign erschaffen hatten.

»Dann kennst du diesen Ort also?«, fragte Avallyn.

Morgan nickte langsam. »Ja, es war eine Burg, wo Ceridwen von Dain Lavrans gesund gepflegt wurde, bevor sie das Zeit-Wehr unterhalb von Merioneth öffneten, und wo mein Schwert in den Jahren zwischen unseren heiligen Kreuzzügen und der Schlacht um Balor aufbewahrt wurde. Warum sind wir hierher gekommen?«, erkundigte er sich, während er sich fragte, ob ihm nicht besser gedient gewesen wäre, wenn er in Craig Tagen geblieben wäre und mit York gekämpft hätte. Nicht, dass er irgendeine Wahl gehabt hätte. Dass er in dem unerbittlichen Sog des Schicksals gefangen war, war eine Wahrheit, die er nicht länger leugnen konnte.

»Tamisk hat es befohlen.« Avallyns Antwort auf seine Frage war kurz und bündig und genau das, was er erwartet hatte.

»Der Magia-Gebieter erwartet euch«, sagte der Hauptmann der Nachtwächter und bedeutete ihnen mit einer Handbewegung, die Rampe des Rovers hinunterzugehen.

Aja wollte sich ihnen anschließen, aber der Sha-shakrieg streckte einen Arm aus, der mit spiralförmig aufgerollten Kampffäden bedeckt war, um ihn zurückzuhalten.

»Nur zwei haben die Erlaubnis, den Turm zu betreten.«

»Lass ihn trotzdem mitgehen. Ich erlaube seine Anwesenheit im Turm«, sagte Avallyn.

»Nun gut, so sei es.« Der Hauptmann trat zurück und ließ sie durchgehen.

Der Tagesanbruch in der Wüste war eine ziemlich kalte Angelegenheit. Obwohl warm angezogen, war Morgan froh, als sie die Strecke zwischen dem Rover und dem Turm zurückgelegt hatten. Vor einem überwölbten Torbogen, der aus dem Sand herausragte, blieb er stehen und drehte sich um, überrascht darüber, plötzlich den Motor des Rovers aufheulen zu hören.

»Lassen sie uns hier zurück?«, fragte er.

»Ja«, erwiderte Avallyn. »Rover dürfen für gewöhnlich nicht so nahe an den Turm heran. Man kann sie zu leicht verfolgen. Sie werden hinter der Hügelkette auf uns warten, über die wir vorhin gekommen sind, ungefähr zwei Meilen von hier.«

»Das gefällt mir nicht«, sagte Aja.

Morgan gefiel die Sache ebenso wenig, aber er ging weiter.

Er war die enge Wendeltreppe mit den schwarzen und weißen Stufen schon ein paar Mal hinaufgestiegen, aber noch nie war ihm so benommen zu Mute gewesen wie jetzt. Und Ajas besorgtes Gemurmel neben ihm trug auch nicht unbedingt dazu bei, seine Angst vor dem zu zerstreuen, was sie innerhalb der Turmmauern erwartete.

»Bei den Knochen, Morgan, ich schwöre, es kann einfach nichts Gutes dabei herauskommen, wenn du in diesem Gemäuer bist. Ich werde dir Rückendeckung geben, aber du musst wachsam bleiben!«

»Der Turm war viele Jahre lang das Zuhause meines Freundes, eines Mannes, der mir das Leben gerettet hat.« Er stieg auf die erste schwarze Stufe und fühlte, wie ihn ein erinnerungsträchtiger Schauder überlief. Es folgte eine weiße Stufe, dann wieder eine schwarze, während sich die Treppe immer weiter aufwärts in die Dunkelheit wand. Von dem Licht der Morgendämmerung drang kaum eine Spur durch die schmalen Schießscharten.

»Und genau das werde ich zweifellos auch tun müssen, bevor wir aus diesem Steinhaufen herauskommen«, knurrte Aja, seine Laserkanone gezogen und entsichert.

Gott im Himmel! Der Junge würde sie mit seinem Eifer noch alle in höllische Schwierigkeiten bringen.

»Steck deine Waffe wieder ein, Aja«, befahl er. »Wenn es etwas gibt, dessen ich mir sicher bin, dann, dass wir niemanden, der in diesem Turm sein könnte, erschießen sollten.«

Er wurde mit einem Blick aus zu Schlitzen verengten Augen und einem unwirschen Knurren belohnt, aber der Junge steckte seine Waffe wieder in sein Holster zurück.

Für einen Moment konnte Morgan aufatmen, dann blieb Avallyn vor der Druidentür stehen. Der Anblick des kristalläugigen Wasserspeiers und seiner blutrot verrosteten Fangzähne genügte, um Morgan das Blut in den Adern gefrieren zu lassen.

Die Prinzessin ging, ohne zu zögern, durch die Tür, was mehr war, als Morgan fertig brachte. Er musste erst einmal tief durchatmen, um sich zu beruhigen, bevor er an der boshaft grinsenden Scheußlichkeit vorbeimarschierte. Aja ging dem Wasserspeier so weit wie möglich aus dem Weg und drückte sich dicht am gegenüberliegenden Türrahmen vorbei.

»Sie heißt Llynyas Eiche«, sagte Avallyn und wies auf einen knorrigen, ausgetrockneten Baumstamm, der von unten durch den Fußboden der Turmkammer gewachsen war, die einst Dains Wohn- und Arbeitszimmer gewesen war. Von den Möbelstücken war zwar keines mehr übrig geblieben, aber selbst ohne Möbel und dominiert von dem abgestorbenen Baum, hatte der Raum für Morgan noch etwas schmerzlich Vertrautes.

Und was den Baum selbst betraf – es schien perfekt zu der koboldhaften Elfe zu passen, dass sie eine solch ungestüm wachsende Eiche gepflanzt und mit ihrer Tat den Turm erobert hatte.

Morgan zwang sich, weiter in den Raum hineinzugehen. Die Fenster waren noch dieselben wie früher, mit tief in die Wand eingelassenen, steinernen Laibungen, wobei das Ostfenster mit jeder Minute, die verstrich, mehr von dem Licht der aufgehenden Sonne einfing. Der Fußboden war neu verlegt worden, um Platz für den riesigen Baum zu schaffen. Morgan konnte sich nicht vorstellen, was den Hart Tower all die vielen Jahrtausende über aufrecht gehalten hatte, bis er nahe genug herangekommen war, um zu sehen, dass der Stamm der Eiche in Stein verwandelt worden war, erstarrt zu einer Palette von Braun- und Orangetönen, und auf diese Weise ein Stützpfeiler für genau das Gebäude geworden war, das er unterhöhlt hatte.

Er legte seine Hand auf den Baumstamm und wandte sich um, um den Raum anzusehen. In die Wände der Turmkammer darunter waren alle Arten von alchimistischen Formeln eingeritzt, von denen Dain viele niemals entziffert hatte. Der derzeitige Bewohner des Turms hatte ganz ohne Zweifel all seine Vorgänger übertroffen und das erreicht, wonach der Alchimist strebte – die Kunst der Verwandlung durch die Herrschaft über die Zeit.

Zusammen mit dieser Erkenntnis kam Morgan ein beunruhigender Gedanke. Es konnte sehr gut sein, dass Tamisk Zeit-Würmer unter dem Turm lauern hatte, die sich durch die Wurzeln des uralten Baumes ringelten.

Er sog prüfend die Luft durch die Nase ein, aber er roch nichts, und er hörte nichts. Die verdammten Biester schienen ihn offensichtlich als einen der ihren zu erkennen. Wenn der Turm zu einem Zeit-Wehr geworden wäre, hätten sie sich die Gelegenheit, ihn mit ihrem klagenden, schaurigen Schrei zu foltern, ganz sicherlich nicht entgehen lassen.

»Wie nennt ihr diesen Ort?«, fragte er Avallyn.

»Es ist der Hart Tower, Tamisks Wohnsitz in der Wüste.«

Dann ist der Name also der Gleiche geblieben, dachte Morgan; nur der Zauberer, der über den Turm herrscht, ist inzwischen ein anderer.

»Bist du schon einmal hier gewesen?«, wollte er wissen.

»Viele Male. Wenn wir in der Vergangenheit erfolgreich sind, wird unsere Reise hier enden, im Hart Tower von Wydehaw Castle, zu einer Zeit, als die Burg noch neu und unzerstört war.«

»Dann hat der Turm also wirklich so viel Macht, wie Dain immer geglaubt hat?«

»Genug Macht, um die Welt vor Dharkkum zu retten«, erklärte sie ihm grimmig, »wenn wir nur die Energiequelle liefern können.«

»Die im Kryscaven-Krater eingeschlossen ist.« Er hatte

den Ort in seinen nächtlichen Träumen gesehen, eine Höhle, versiegelt durch eine Wand aus Amethyst, eine scharfkantige, zerklüftete Fläche von violettem Kristall, die sich über die steinerne Flanke eines unterirdischen Berges erstreckte – der Sitz der tödlichen Finsternis.

»Ja«, sagte sie, und ihr Gesichtsausdruck wurde noch besorgter. »Gefürchteter Gebieter… was immer hier auch passieren mag, denk daran, dass du selbst ohne Magie einen Vorteil gegenüber Tamisk hast. Du bist der Herrscher der Zeit. Du besitzt Kräfte, die er nicht hat.«

»Und du hast diese Kräfte in meinen Zellen gesehen?«, fragte er und wunderte sich über ihre erneute Förmlichkeit. Sie hatte sich mit keinem Wort über das geäußert, was sie mit ihrem Tiefenspürsinn herausgefunden hatte; aber seit sie zusammen in dem Zelt gewesen waren, war sie ihm gegenüber ziemlich reserviert. Es war zwar genau das, womit er gerechnet hatte – dass sie ihn als das sehen würde, was er war, und den Mut verlieren würde –, aber es schmerzte ihn trotzdem. Für eine kurze Zeit hätte sie ihm gehören können, und er hatte den größten Teil dieser Zeit mit dem Versuch vergeudet, sie loszuwerden.

»Ja, das und noch mehr.« Sie wandte sich ab, und er griff nach ihr, hielt sie am Arm fest.

»War es wirklich so schrecklich, was du von mir gesehen hast?« Er hatte lange geglaubt, dass er sich keine Illusionen über sich selbst machte, aber sie musste etwas in ihm gesehen haben, was seine schlimmsten Vorstellungen noch übertraf, wenn ihr sein bloßer Anblick schon unerträglich war.

»Schrecklich und Furcht einflößend«, gestand sie und wandte den Blick ab. »Ich befürchte, es bedeutet unser Todesurteil.«

»Meine Kräfte werden unser beider Tod sein?« Jetzt war er wirklich verwirrt.

Das plötzliche Schaben von Holz auf Stein ließ ihn herumfahren, noch bevor sie antworten konnte. Auf der anderen Seite des Raums ging eine Tür auf, öffnete sich scheinbar von selbst. Die Sache mit der Tür war einer von Dains Lieblingstricks gewesen, aber Morgan glaubte nicht, dass das, was er sah, irgendetwas mit Tricks zu tun hatte. Ein Magier, der fähig war, Gegenstände und Tiere in ihre Atome aufzulösen und in den Kosmos zu streuen, konnte wahrscheinlich genauso mühelos die Atome in einer Tür manipulieren.

Ja, es wurde Zeit, Avallyns Vater gegenüberzutreten und zu hoffen, dass der Mann ihn brauchte.

Morgan zog Avallyn mit sich und ging ein paar Schritte auf die Tür zu, um überrascht innezuhalten, als ihm ein Wohlgeruch entgegenströmte, den er nicht mehr gerochen hatte, seit er in der Zukunft gelandet war. Es war der würzige Geruch eines Waldes, eines üppigen grünen Waldes, und er kam aus Dains Horst.

Er schloss die Augen und sog den frischen grünen Duft tief in seine Lungen, ließ sich von ihm einhüllen und alle seine Sinne davon erfüllen.

Avallyn. Ihr Name hallte wie Waldesrauschen in seinem Bewusstsein wider. Es war ihr Duft, nur noch sehr viel intensiver, und er fühlte sich durch ihn so sicher in seine alte Heimat zurückversetzt, wie es kein Becher carillionischen Weins vermocht hätte. Er hatte in den tiefen Wäldern von Wales gelebt und war es gewöhnt gewesen, jeden Morgen beim Aufwachen den Duft von Kiefern und taufeuchtem Gras zu riechen. Es war das, wonach er sich so viele Nächte in der Zukunft gesehnt hatte.

»Sei gegrüßt, Morgan ab Kynan.« Die Stimme kam von oben, aus Dains Horst, und strömte durch die offene Tür wie die sanft plätschernden Fluten eines Baches. Sie war sanft und melodiös und äußerst bezaubernd.

Grund genug, um auf der Hut zu sein, sagte Morgan sich

und öffnete wieder die Augen. Er ließ seine Hand an Avallyns Arm entlanggleiten, verflocht seine Finger mit ihren und ging zu der Tür.

»Ja, komm nur her«, lockte die Stimme, »und sieh dein Schicksal.«

Der Mann blieb unsichtbar, aber als sie sich der Tür näherten, konnte Morgan die Quelle des Wohlgeruchs sehen. Blätter, Tausende von saftigen, schimmernden Blättern, jedes Einzelne davon in einer anderen Schattierung von Waldgrün, hingen an kräftigen braunen Ästen und Zweigen und füllten das Treppenhaus, das zu dem Horst führte. Als sie die Stufen hinaufstiegen, reckten sich die Blätter ihnen entgegen, um sie zu liebkosen, flüchtige, hauchzarte Berührungen, ähnlich wie Schmetterlinge, die landeten und dann wieder davonflogen.

»Aja?«, fragte Morgan.

»Hier, Morgan. Keinen halben Schritt hinter dir.« Und Aja klang mehr fasziniert als vorsichtig.

Morgan konnte es dem Jungen nicht verübeln. Für jemanden, der noch nie in seinem Leben einen Wald gesehen hatte, musste dieser eine Baum wie ein ganzer Wald erscheinen. Tamisk war wirklich ein Magier, wenn es ihm gelungen war, einen versteinerten Baum zu neuem Leben zu erwecken und solch reiches, frisches grünes Laub aus seinen Zweigen sprießen zu lassen.

Auf dem obersten Treppenabsatz erkannte Morgan, dass Tamisk sehr viel mehr als nur einen Baum gezaubert hatte. Das Innere des Horsts war so üppig begrünt, dass es schier unglaublich war. In keinem Wald seiner alten Heimat hatte es jemals eine solche Fülle von Reben und Pflanzen gegeben. Unzählige Schichten von Vegetation bedeckten die Wände und rankten sich um die Eiche, vermittelten die Illusion eines endlosen Waldes.

Morgan schloss abermals die Augen und atmete tief ein,

und ein schmerzlicher Stich von Sehnsucht durchzuckte ihn so heftig, dass ihm das Herz wehtat. Es war viel von dem, was er verloren und jetzt wieder gefunden hatte, der uralte Wald, in dem er gelebt hatte, während er von dem einen Ende von Wales zum anderen gereist war, seine Mission bei jeder Durchquerung eine andere, aber die Landschaft immer heimatlich und einladend, ob sie nun in einem verschneiten Tal im Norden kampiert hatten oder einen zugewachsenen Pfad im Wald von Wroneu entlanggeschlichen waren. Der Wohlgeruch von Laub und Saft und Lehmerde hatte jeden Tag seines früheren Lebens durchdrungen, zusammen mit dem schärferen Geruch von frisch zersägtem Holz für ihre Lagerfeuer und dem Rauschen von wilden Flüssen, die in Kaskaden durch Gebirgsschluchten hinabstürzten. Und alles das war hier an diesem verwunschenen Ort.

Der Horst des Hart Tower war zum Bersten voll mit Zweigen und Blättern, dennoch gab es auch eine Art Pfad, der um die Eiche herumführte. Morgan folgte ihm, und nach einer überraschend kurzen Zeitspanne – kaum eine Minute und ganz sicherlich keine zwei – stellte er fest, dass er sich verirrt hatte, wenn so etwas in einem Turm, dessen Durchmesser nicht mehr als dreißig Fuß betrug, überhaupt möglich war.

»Aja.« Er drehte sich um, um seinen Hauptmann zu befragen, aber Aja war fort, verschwunden.

Er fluchte und wandte sich in die andere Richtung.

»Du brauchst keine Angst um den Jungen zu haben, Gefürchteter Gebieter«, sagte Avallyn. »Du bist derjenige, den Tamisk sprechen will, nicht er.«

»Wo ist Aja?«, verlangte Morgan zu wissen und verwünschte sich im Stillen dafür, dass er nicht besser aufgepasst hatte. Sie waren schließlich im Turm eines Zauberers. Er wusste das, er hatte diese Wahrheit sogar schon Tausende von Jahren zuvor gekannt.

»Ich bin sicher, Tamisk hat ihn irgendwo auf einen Ast gepackt, wo er friedlich schläft und durch den Wald seiner Träume wandert.« Avallyn blickte in das Laubdach hinauf, und zeigte nach einem Moment des Suchens auf einen Ast hoch über ihnen. »Siehst du. Da ist er, gesund und wohlbehalten und in tiefen Schlaf gesunken.«

Und so war es. Morgan sah den flammend roten Haarschopf des Jungen auf ein Kissen aus Blättern gebettet, sah die entspannte Linie seines Rückens, während er auf dem Ast schlummerte, in einen tiefen Zauberschlaf versetzt; und plötzlich fühlte Morgan kalte Wut in seinem Inneren aufwallen. Aja war normalerweise nicht so leicht zu überwältigen, und er konnte auch auf keine menschenmögliche Art so schnell irgendwohin befördert worden sein. Der Turm war voller Magie, voller starker und feindlicher magischer Kräfte, die etwas ganz anderes waren als die alchimistischen Zaubereien zu Dains Zeiten.

»Tamisk«, rief er, sorgfältig darum bemüht, seinen Zorn zu beherrschen. »Lass den Jungen frei. Er hat nichts mit dem hier zu tun.«

Wie zum Beweis seiner Gedanken über Magie kam plötzlich eine kleine Kupferkugel aus dem Nichts angeschwebt und trudelte über seine linke Schulter. Zehntausend Jahre zuvor hätte er bei einem solchen Anblick hastig ein Unheil abwehrendes Zeichen gemacht. In der Zukunft nahm gewöhnlich seine Laserkanone den Platz von abergläubischen Bräuchen ein – aber nicht in diesem Fall. Wenn er das Zaubergebilde des Magiers in tausend Stücke zerschoss, würden er und Avallyn wohl kaum die Hilfe im Kampf gegen den Kriegshetzer bekommen, die sie so dringend brauchten.

»Selbst auf den ersten Blick wäre ich schon geneigt gewesen, dem zu widersprechen«, informierte ihn die melodische Stimme, die mit jedem Wort näher zu kommen schien. »Nach einem zweiten, gründlicheren Blick kann ich dir versichern, dass der Junge sogar tief in die Sache verwickelt ist. Und so kommt ihr beide hier an, umwittert von Geheimnissen, obwohl ich lieber keine vorgefunden hätte.«

Ein Mann erschien auf dem von Schatten verdunkelten Pfad, seine Gestalt kaum von den Blättern und Ästen, die über den Weg hingen, zu unterscheiden. Langes braunes Haar wallte über seine Schultern herab, die breite graue Strähne, die ihn als Zeit-Reiter kennzeichnete, zu einem kunstvollen Zopf geflochten. Seine Kleider waren in verschiedenen Schattierungen von Braun und Grün, seine Stirn zierte ein dünner Silberreif. Die Armbänder, die sich um seine Handgelenke wanden, waren ebenfalls aus Silber, eine Reihe von Schlangen. Oder Würmern, dachte Morgan.

»Warum hast du uns hierher bringen lassen?«, verlangte er zu wissen.

»Um euch Geschenke zu überreichen«, antwortete Tamisk, während er weiterschritt.

Bevor Morgan etwas erwidern konnte, wurde sein Blick von den kunstvollen blauen Tätowierungen angezogen, die als Runen und Linien über die rechte Gesichtsseite des Magiers verliefen, und von den Ohren, die genauso elegant geformt und spitz zulaufend waren wie Avallyns. Die Züge des Magiers wiesen eine unverkennbare Ähnlichkeit mit denen der Priesterin-Prinzessin auf, obwohl sie nicht so fein und feminin waren, und genau wie sie war auch er schlank, aber nicht schmächtig.

Nein, der Ilmarryn hatte etwas Kraftvolles an sich, und genauso kraftvoll wie seine Erscheinung war auch seine persönliche Ausstrahlung.

»Lady Avallyn«, sagte Tamisk. »Priesterin von Claerwen.«

»Magia-Gebieter.« Sie neigte den Kopf und berührte mit einer Hand die Mitte ihrer Brust, als sie den Titel mit gebührender Ehrfurcht aussprach.

Für sich selbst entschied Morgan, auf jede Respektbekundung zu verzichten.

»Prinz.« Tamisk senkte flüchtig den Blick, als er Morgan ansprach. Seine Augen erinnerten Morgan an Ajas, außer dass Tamisks sehr viel grüner waren, unnatürlich grün, fast glühend.

Und seine Armbänder bewegten sich.

Allmächtiger! Morgan erstarrte. Die Bewegung der silbernen Schlangen war subtil, aber dennoch eindeutig, eine fließende, wellenartige Bewegung, die nur einen flüchtigen Moment lang andauerte, sodass die Armbänder gleich darauf wieder so aussahen, als wären sie aus festem Silber.

»Komm mit. Ich habe Geschenke.« Tamisk ging an ihnen vorbei, und Avallyn drehte sich um, um ihm zu folgen.

Morgan zögerte, hin und her gerissen zwischen seinem Widerstreben, Aja zurückzulassen, und seinem Drang, Avallyn zu folgen. »Das einzige Geschenk, das ich haben möchte, ist, dass du mir meinen Hauptmann zurückgibst.«

»Mit der Zeit«, erwiderte der Magier und strebte weiter den Pfad entlang, ohne auch nur einen Blick zurückzuwerfen. »Sobald du das erhalten hast, was ich dir sonst noch zu geben habe.«

Die Worte des Magiers klangen eher wie eine Drohung als wie ein Versprechen. Morgan blickte in den Baum hinauf, in dem Aja schlief, und obwohl er keine unmittelbare Gefahr wahrnahm, wollte er den Jungen zurückhaben, und zwar lieber früher als später. Bevor Tamisk und Avallyn in dem Dickicht von Zweigen verschwinden konnten, rannte Morgan hinter ihnen her und erinnerte sich daran, dass er und der Magier angeblich auf derselben Seite standen.

Tamisk blieb auf dem Pfad, obwohl Morgan sich beim besten Willen nicht vorstellen konnte, wie eine solch kleine Turmkammer wie der Horst des Hart Tower einen solch langen Pfad enthalten konnte. Es war natürlich auch nur ein magischer Trick, genauso wie die gesamte Flora. Hin und wieder konnte er die Steinmauer hinter dem Laub sehen, aber zum größten Teil war Tamisks Illusion perfekt, besonders wenn das Publikum gutgläubig war.

»Du hast den Drachen von Sonnpur-Dzon?«, fragte der Magier, während sie den verschlungenen Pfad entlanggingen, obwohl es mehr eine Feststellung als eine Frage war.

»Ja«, antwortete Morgan.

»Die Hohepriesterin von Claerwen wäre dir sehr dankbar, wenn du ihn zurückgeben würdest«, schlug er vor, obwohl es in Wirklichkeit wie ein Befehl klang.

Sie kamen zu einer kleinen Lichtung unter einer Öffnung in dem dichten Geäst der Eiche, wo der Boden unter Morgans Füßen lehmig und mit Gras bewachsen war. Eine zweite Kupferkugel schwebte an ihm vorbei, streifte durch das Laub und bahnte sich einen serpentinenförmigen Weg durch die Turmkammer. In der Mitte der Lichtung ragte ein steinerner Sockel auf, umringt von Steinbrech, und auf diesem Sockel stand eine breite, mit einem Rand aus Maserholz versehene Schale aus reinem Silber, ein großes Trinkgefäß voller Wasser.

»Komm her und wirf einen Blick in den Teich der Weissagung«, befahl der Magier, als er neben dem Sockel stehen blieb und seine Finger über die Wasseroberfläche gleiten ließ. Kleine gekräuselte Wellen breiteten sich von der Mitte der Schale ringförmig zum Rand aus und rollten in Form von Nebelschwaden an den Seitenwänden hoch.

Es genügte, um Morgan zu veranlassen, stocksteif stehen zu bleiben.

»Komm nur«, lockte der Magier. »Mein erstes Geschenk ist ganz nach deinem Geschmack, Prinz. Es ist die Vergangenheit. Ich gebe sie dir so, wie sie ist, unverfälscht und frei von den Komplikationen carillionischen Weins.«

Verdammter Bastard, dachte Morgan, ohne zu vergessen, dass es Tamisks Zaubertrank war, der ihn vor dem Weinfieber gerettet hatte.

»Du kannst die beschissene Vergangenheit behalten und auch deinen –« Er hielt erschrocken inne.

Tamisks Schlangenarmbänder bewegten sich wieder, glitten wie Quecksilber um seine Handgelenke und ringelten sich ins Wasser hinein. Die Schlangen schwammen zum Rand des Gefäßes und begannen, auf der Wasseroberfläche zu kreisen, immer wieder und wieder, während sie mit jeder Runde länger und dünner wurden, bis jede den Schwanz der anderen mit dem Maul packen konnte.

Morgan brach der kalte Schweiß aus, und er blickte zu Tamisk auf. *Großer Gott!* Der Magier verfügte über Zeit-Würmer, aber es waren kleinere Würmer, und sie waren silbern, nicht golden wie die Würmer in dem Wehr. Morgan blickte wieder auf den Teich, gegen seinen Willen von dem Anblick gefesselt. Schneller und immer schneller schwammen die Schlangen, bis sie nur noch ein sich wellenförmig bewegendes Band unter der Wasseroberfläche waren, ein silbernes Band in einer silbernen Schale.

Avallyn hatte ihren Vater einen Magia-Gebieter genannt, und er war wahrhaftig ein Gebieter über die magischen Künste. Kein Wissenschaftler oder Techniker, ganz gleich, wie fähig und geschickt er war, konnte mit solcher Mühelosigkeit Wunderdinge erschaffen. Nein, dafür war eine höhere Macht als Wissenschaft erforderlich, und Tamisk kannte sich gut aus.

Gut genug, fragte Morgan sich, damit mich die Würmer in den Strudel hinabziehen?

»Nein«, sagte Tamisk. »Der Teich ist nur dafür da, um hineinzublicken, nicht zum Reisen.«

»Du kannst meine Gedanken lesen?« Morgan hob mit einem Ruck den Kopf, dankbar für den Funken von Zorn, den er fühlte, denn er half ihm, seine wachsende Furcht zu beschwichtigen.

»Nicht direkt.« Tamisks Lippen verzogen sich zu einem flüchtigen Lächeln. »Und wozu auch, wenn mir doch der Ausdruck auf deinem Gesicht so viel verrät?«

Perfekt, dachte Morgan angewidert.

Ein gelber Lichtblitz schoss aus dem Teich heraus und lenkte seine Aufmerksamkeit wieder auf die Schale zurück. Er heftete seinen Blick auf das Wasser, und noch während er zuschaute, stieg plötzlich eine albtraumhafte Vision aus den seichten Tiefen auf.

16

Die albtraumhafte Gestalt war Caradoc, der an einem Strand lag, seine Brust von einem Schwert mit einem Traumsteinheft durchbohrt, während sich sein Blut in einer Lache auf dem Sand sammelte. Caradoc, der Verräter. Caradoc, sein Mörder.

Morgan erstarrte.

»Ah, du kennst den Mann also«, murmelte Tamisk erfreut.

Morgan konnte nichts anderes tun, als stumm in das Wasser zu starren, während er von Emotionen überflutet wurde, die unzählige Erinnerungen in ihm heraufbeschworen.

Bei all seinen Reisen im Weinrausch hatte er niemals den Keiler von Balor gesehen, den Mann, der ihn mit seinem Schwert um ein Haar in zwei Hälften gespalten hätte. Die Wucht dieses letzten Schwerthiebs hatte ihn in das Zeit-Wehr hinabstürzen lassen. Unter dem Einfluss von carillionischem Wein hatte er diesen Sturz viele Male von neuem durchlebt, aber meistens hatte er dabei Dain und Llynya gesehen und die Angst und das Entsetzen auf ihren Gesichtern, als sie hilflos hatten mit ansehen müssen, wie er von ihrer Welt in eine andere geglitten war.

Caradoc hatte er nie gesehen – bis jetzt.

Der Keiler ist tot.

In Wirklichkeit war er schon seit tausenden von Jahren tot. Morgan hatte mehr als einmal darüber nachgedacht. Aber dies hier war ein Tod, der erst kürzlich eingetreten war, da Caradocs Blut noch immer aus seiner Wunde heraussprudelte.

Und wessen Hand hat das Schwert geführt?

Er sah, wie jemand hinuntergriff und einen goldenen Ring von Caradocs Finger zog. In den Goldreif waren ein Kreis und die vier Linien eines Quadrats eingraviert, die ein rötlich schimmerndes Dreieck umrahmten, das gleiche Symbol wie auf Avallyns Amulett.

Tiefer und immer tiefer, dachte er und fühlte, wie er von einer schleichenden Panik erfasst wurde.

»Gibt es irgendeinen Teil meines Lebens, der nicht von Magie beeinflusst wurde?«, fragte er.

»Vielleicht.« Der Magier wirkte gleichmütig, obwohl die Frage ein Loch in Morgans Verstand zu brennen schien.

»Was ist mit freiem Willen?«, verlangte er zu wissen, als er von dem Teich aufblickte. »Habe ich den nie gehabt?«

»Du bist doch ein Dieb, nicht wahr?«, erwiderte Tamisk mit unverhülltem Abscheu. »In dem Roten Buch stand nichts darüber.«

»Er hat das Blut der Sternenlicht-Geborenen aus Stept Agahs Linie in seinen Adern«, warf Avallyn ein. »Hat das Rote Buch irgendetwas darüber gesagt?«

Der Magier starrte Morgan durchdringend an, sein Interesse war offensichtlich geweckt.

»Stept Agah? Dann hast du ihn also mit Tiefenspürsinn erforscht?«, fragte Tamisk seine Tochter.

»Ja«, sagte Avallyn.

»Aber erst, nachdem er nichts mehr von dem Wein in seinem Organismus hatte, wie ich hoffe.«

»Vierundzwanzig Stunden, nachdem ich ihm deinen Trank verabreicht hatte.«

»Gut«, sagte der Magier knapp, und im nächsten Moment fühlte Morgan plötzlich, wie Tamisk in seinen Geist eindrang. Es war kein vorsichtiges, behutsames Eindringen wie von Avallyn, sondern es geschah so abrupt und gewaltsam, dass Morgan unter der Wucht taumelte. Avallyn hielt ihn fest, als er beinahe von den Füßen gerissen wurde. Eine Sekunde später war alles wieder vorbei.

»Du hast Recht. In seinen Adern fließt tatsächlich das Blut der Sternenlicht-Geborenen«, sagte Tamisk, und er machte nicht den Eindruck, als ob er von der Anstrengung ohnmächtig werden würde.

Morgan fühlte sich noch immer leicht schwindelig und gründlich eingeengt, bevor er sein Gleichgewicht wieder fand und die nötige Kraft, um den Magier finster anzustarren. »Bastard«, stieß er grimmig hervor. »Ich kann meine Abstammung über zweihundert Jahre zurückverfolgen bis zu Grufudd ab Cynan, ohne dabei auch nur einmal auf irgendeinen Vorfahr namens Stept Agah zu stoßen.«

Tamisk wirkte verdutzt. »Um zu Stept Agah zu gelangen, müsstest du bis zum Ende des Dunklen Zeitalters der Sternenlicht-Geborenen zurückgehen, eine ziemlich unmögliche Reise, selbst für dich, Zeit-Reiter.«

»Du hast es also nicht gewusst?«, fragte Avallyn.

»Nein.« Der Magier betrachtete Morgan nachdenklich. »Vielleicht hat es auch keine Bedeutung. Das Geblüt allein macht noch keinen Mann, wie dir jeder König mit Söhnen sagen kann.«

»Und vielleicht ist es für uns alle der entscheidende Unterschied zwischen Leben und Tod«, erwiderte Avallyn.

»Stept Agah hatte viele Kinder, wobei das letzte Kind erst nach seinem Tod in Arianrods Linie geboren wurde.« Der Magier legte die Stirn in Falten. »Wir wissen, dass aus dieser Linie nur weibliche Nachkommen hervorgegangen sind, bis Mychael ab Arawn geboren wurde, und die anderen Zweige haben ebenso viele Feiglinge wie Helden hervorgebracht.«

Morgan hatte sein Schwert gezogen und die scharfe Klinge gegen den Hals des Magiers gedrückt, noch bevor dieser seinen Satz beendet hatte.

»Gib mir meinen Hauptmann zurück«, stieß er zwischen zusammengebissenen Zähnen hervor.

»Du bist schnell«, sagte der Magier nachdenklich. »Sehr schnell. Die Reise durch das Zeit-Wehr hat dir Schnelligkeit verliehen.«

»Sein Schwert, Scyld, ist mit Runen markiert«, sagte Avallyn, und weder sie noch ihr Vater schienen im Geringsten darüber beunruhigt zu sein, dass die Schwertklinge gegen seine helle Haut drückte.

»Das sehe ich«, sagte der Magier.

Es war ein schlanker, eleganter Hals, den Morgan leicht genug durchtrennen konnte, wenn er das wollte – aber er wollte es nicht, und der Magier wusste das auch. Nein, er würde Avallyns Vater nicht die Kehle durchschneiden. Noch nicht.

Mit einem gemurmelten Fluch über seine eigene Unbesonnenheit ließ er sein Schwert wieder sinken.

»Endlich ein Zeichen von Weisheit«, sagte Tamisk trocken. »Vielleicht ist doch noch nicht alles verloren. Komm, Prinz, blick in den Teich der Weissagung, in die Vergangenheit. Ich schwöre dir, dass deinem Hauptmann nichts geschehen wird, und vielleicht wirst du ja etwas erfahren, was deine eigenen Überlebenschancen vergrößert.«

Der Magier sprach die Wahrheit, und Morgan wusste es.

Er musste in den Teich blicken, musste Bescheid wissen, und Zorn war ein Luxus, den er sich jetzt nicht mehr leisten konnte.

Und das Gleiche galt für Furcht.

Aber als er wieder in den Teich hineinsah, stellte er fest, dass er einige Ängste hatte, die sich nicht so leicht verdrängen ließen. Mychael ab Arawn, Ceridwens Zwillingsbruder, hatte den Ring von Caradocs Finger gestreift. Der Junge sah älter aus, als Morgan ihn in Erinnerung hatte, und grimmiger, weitaus grimmiger, mit einer Wildheit in den Augen, wie Morgan sie noch nie zuvor bei einem Menschen gesehen hatte. Sein Gesicht wirkte starr und finster, sein Haar war eine windgepeitschte Mähne, durchzogen von dem kupferroten Streifen eines Zeit-Reiters. Hinter ihm kamen Furcht erregende Wesen herbeigeflogen, tauchten bedrohlich aus der Dunkelheit über dem Meer auf – Drachen. Drachen von ungeheurer Größe und prachtvollem Ungestüm, ihre Antlitze in klaren, reptilienhaften Linien geschnitten, ihre Schreie ein Echo aus der Vergangenheit. Schuppen mit dem perlmuttartigen Schimmer von Seeohr bedeckten ihre Körper von den langen, mit Schnurrhaaren versehenen Schnauzen bis hin zu den schlangenähnlichen Schwänzen, bei dem einen Drachen in einem dunklen Purpurrot, das Nuancen von Blutrot und Feuerrot aufwies, bei dem anderen in einem blassen Grün, untermalt von Meeresblau.

»Ddrei Goch«, flüsterte Avallyn neben ihm. »Und Ddrei Glas.«

»Die Drachen von Merioneth«, sagte Morgan, fasziniert trotz seiner reinen Urangst, die ihm sagte, dass jede fliegende Schlangenechse von einer solchen Größe ein Monster war, noch weitaus mehr als *pryf*.

Die Drachen hatten Zähne, unglaublich riesige Zähne. Messerscharfe Fangzähne von der Größe von Schiffsmasten ragten aus ihren Oberkiefern. Aus ihren offenen Mäulern schossen Flammen heraus, und aus ihren Nasenlöchern kräuselte sich Rauch.

»Sie leben im Weißen Palast?«, fragte er. Die Wahrheit dessen, was man ihm erzählt hatte, war fast unmöglich zu glauben, wenn man mit den Bestien selbst konfrontiert wurde.

»In Dragonmere«, erklärte Avallyn, »dem letzten Überrest von Mor Sarff, dem Schlangensee, der unterhalb der Burg liegt. Es gibt immer nur zwei von ihnen, genetische Kopien der allerersten Drachen, die in Ysaias Zauberkessel erschaffen wurden.«

»Das ist ein Name, den sie zu vergessen beliebt, Tochter«, warf Tamisk mit gequält klingender Stimme ein. »Ein Name, den der Kluge nicht ausspricht. Es ist ratsamer, sie Rhayne zu nennen, da sie diesen Namen für die Inkarnationen dieses Zeitalters ausgewählt hat.«

»In Claerwen vergisst man nicht«, erwiderte Avallyn. »Und das weiß Rhayne auch.«

»Rhayne?«, fragte Morgan, als er mit einer verschwommenen Erinnerung kämpfte. Die Drachen in dem Teich der Weissagung schlugen mit den Flügeln, und er fluchte lästerlich, als er einen Windstoß über sein Gesicht streifen fühlte. Er war drauf und dran zurückzuweichen. Dies waren die Bestien, mit denen er gegen Dharkkum kämpfen sollte? Gott, er hatte noch nie etwas so Irrsinniges gehört. Und dennoch, dort war Mychael ab Arawn, und der Ausdruck auf seinem Gesicht sagte Morgan, dass er genau wusste, was da hinter ihm aus dem dunklen Nachthimmel herabgeschossen kam.

»Die Weiße Hündin der Dangoes«, erklärte Avallyn.

»Und diejenige, mit der du der Lyranerin gedroht hast«, sagte er, als ihm wieder einfiel, wie sie den Namen Rhayne betont hatte und wie die Lyranerin daraufhin das Feld geräumt hatte.

»Ja. Die Lyraner haben nicht vergessen, wie zornig Rhayne reagierte, als sie die Letzten von einer rivalisierenden Spezies vernichteten, und sie wissen, wo ihre Gebeine innerhalb der Mauern von Claerwen liegen. Die Weiße Hündin weckt noch immer Furcht in ihren Herzen.«

Morgan hörte ihre Erklärung kaum. Die Drachen schossen jetzt im Sturzflug auf Mychael herab und ließen ihn durch ihre ungeheure Größe winzig erscheinen. Dies waren keine Lindwürmer von einer Vierteltonne Gewicht wie auf dem Bild von Sankt Georg, sondern Meeresungeheuer mit einer drei Meter breiten Rückenflosse, die steil hinter dem Wirbel ihres Kopfes aufragte und kaskadenförmig über ihr Rückgrat verlief. Ihre Schwingen waren wie Gewitterwolken, mit einer einzigen Klaue am Scheitelpunkt jedes bogenförmigen Schulterblattes. Die langen Fangzähne, die rechts und links aus ihrem Oberkiefer ragten, waren rasiermesserscharfe Sicheln aus reinem Elfenbein, von denen grünes Meerwasser herabtroff.

»Mychael«, flüsterte Morgan, eine Warnung, die zehntausend Jahre zu spät kam. Mit jedem Atemzug quoll Rauch aus den gewaltigen Rachen der Bestien, Rauch, vermischt mit grell lodernden Flammen. Mychael musste die Hitze fühlen – und dennoch war die Aufmerksamkeit des Jungen auf etwas gerichtet, das sich irgendwo außerhalb von Morgans Blickfeld befand.

Die Drachen stießen gellende Wutschreie aus und kamen noch tiefer herabgeflogen, um Mychael mit ihren Flügelspitzen zu streifen, aber erfolglos. Mychael stand wie ein Turm aus Fels auf dem Strand, resolut und unerschrocken, als ob er das bekäme, was ihm gebührte – bis die Drachen brüllten, ein grollender, ohrenbetäubender, alles verschlingender Laut, der aus den Tiefen ihrer würmischen Seelen aufstieg. Und Mychael reagierte, öffnete den Mund und antwortete auf den Ruf, während er sein Schwert in das

Licht der violetten Klippen hob, die die Tore der Zeit bewachten. Ja, er hob sein Schwert und brüllte, ein Laut, nicht weniger schauerlich und markerschütternd als das Gebrüll der Drachen, ein Schrei nach Blut, ein Urschrei der Wut, wie er aus keinem menschlichen Mund kommen sollte. Und bei diesem Furcht erregenden, durch Mark und Bein gehenden Gebrüll fühlte Morgan, wie sein eigenes Blut Feuer fing und durch seine Adern raste, fühlte, wie es ihn drängte, sich an dem Kampf zu beteiligen. Einem Kampf auf Leben und Tod.

Sein Atem ging in kurzen, keuchenden Stößen. Seine Hand schloss sich fest um sein Schwert, und er fühlte, wie Scyld warm wurde und zum Leben erwachte, pulsierend vor Energie, und er befürchtete, dass er gehen würde, dass ihn nichts und niemand von der Schlacht abhalten konnte, die ihn in der Vergangenheit erwartete. Keine Angst vor Zeit-Würmern oder dem Wehr; selbst der Kriegshetzer war nichts im Vergleich zu dem erregenden, aufwühlenden Lockruf der Drachen. Sie gehörten ihm, und er gehörte ihnen, ihre Schicksale waren untrennbar miteinander verwoben.

Näher und immer näher kamen die Drachen geflogen, und ihr Gebrüll wurde lauter und immer lauter, bis Morgan nichts mehr fühlen konnte außer dem Schlagen ihrer Schwingen und der sengenden Hitze der Flammen, die mit jedem ohrenbetäubend schrillen Schrei aus ihren Rachen schossen. Schweiß lief in Strömen über seinen Körper, Dampf stieg von seinen Kleidern auf, und trotzdem konnte er seinen Blick noch immer nicht von der albtraumhaften Szene in den wässrigen Tiefen des Teiches losreißen. Er sah, wie Mychael vernichtet wurde, sah, wie seine Kleider in dem immer stärker werdenden Sog des Feuers in Fetzen zerrissen, wie die kupferrote Strähne in seinem Haar lebendig zu werden schien. Rauch und Flammen wirbelten um ihn herum, genährt von dem feurigen Atem der Drachen, und verwandelten den Sand zu seinen Füßen in geschmolzenes Glas.

Die lodernden Flammen züngelten jetzt an Mychaels Körper empor. Morgan beobachtete voller Entsetzen, wie das Feuer aus den Mäulern der Bestien und das Feuer, das Mychael einhüllte, miteinander verschmolzen und eins wurden, ein einziges Inferno, in dem der Mann verschwand – um schließlich in dem roten Drachen erneut geboren zu werden.

Das gigantische Tier wand sich heftig in den Flammen, schlug wild mit den Flügeln, sein Schrei in seiner Kehle erstickt, bis Mychaels Stimme zu der des Drachen wurde und Mychaels gellender Wutschrei aus dem mächtigen Rachen der Bestie ertönte, um laut von den Klippen widerzuhallen. Der Wirbel von Rauch und Flammen wich zurück in die aufgewühlten Wogen von Mor Sarff, und die goldenen Augen der Bestie färbten sich grau – der Beginn einer Furcht erregenden Verwandlung, die bestätigte, welch schrecklicher Übergang sich dort am Ufer des dunklen Sees vollzog.

Der Mann war verschwunden und der Drache desgleichen, und an ihrer Stelle befand sich ein völlig verändertes Geschöpf. Es sah zwar wie ein Drache aus, aber das Herz, das in seiner schuppigen Brust schlug, war das eines Menschen, Mychael ab Arawns. Morgan fühlte, wie es im Gleichtakt mit seinem eigenen Puls schlug.

»Kämpfe mit mir.« Mychaels Stimme, von einem rauen, drachenhaften Schnarren erfüllt, sprach zu ihm aus dem Teich. *»Kämpfe mit mir, damit wir überleben können!«*

Es war ein Hilferuf, ein Ruf nach dem Tod von Dharkkum, ein Aufruf, gemeinsam mit Ddrei Goch und Ddrei Glas zu kämpfen und die alles zerstörende Finsternis von ihnen verschlingen zu lassen. Mychaels Schwert war auf den Strand gefallen, und plötzlich kam eine andere Hand in Morgans Blickfeld, um es aufzuheben. Er wusste, wer die Klinge packte, noch bevor ihm der Teich Llynyas Gesicht zeigte. Sie war verwundet worden. Blut sickerte aus einem Verband an ihrem Arm und aus einer frischen Schnittwunde, die von ihrem Handgelenk bis zu ihrem Ellenbogen verlief. Auf ihrer Stirn standen dicke Schweißtropfen, ihr Haar war ein wildes Durcheinander aus Zöpfen und Locken, geschmückt mit grünen Blättern. Hinter ihr war das Chaos, das Nahen von Dharkkum, eine wogende Decke von wirbelnden Fäden, eingehüllt in Dunkelheit.

Der sich wellenförmig fortbewegende, schwarze Wirbel wurde flacher und wallte durch die Höhle des Schlangensees, und alles, was er berührte, wurde vernichtet, zu qualvoller Länge gestreckt, bevor es in Dharkkums finsteres Inneres hineingesogen wurde.

Es war wieder wie ein Pan-shei, nur noch schlimmer, noch weitaus schlimmer, und diesmal wurde die entsetzliche Wahrheit über Dharkkums zerstörerische Kräfte nicht durch eine schlecht funktionierende Kamera oder Kommunikationsstation ausgeblendet. Das Gesicht der Elfenmaid war starr vor Angst, aber sie duckte sich nicht furchtsam angesichts eines solch grauenhaften Todes. Sie schwang Mychaels Schwert mit dem Schlachtruf *»Khardeen!«* und trieb die Drachen an, ihre Pflicht zu tun.

Ddrei Glas, der kleinere, grüne Drache, ließ sich aus der Luft fallen und schoss im Sturzflug hinter dem Kobold herab. Mit einem schnellen Sprung war Llynya auf dem Rücken des Drachen, das Schwert in der hoch erhobenen Hand, um die Bestien in den Kampf zu führen.

Als ob er das Nahen seiner Todfeinde spürte, wich der schwarze Wirbel ein kleines Stück rückwärts über den Strand zurück und riss dabei ein halbes Dutzend Krieger der Lichtelfen mit sich. Weiter unten an der Landspitze bot sich Morgan ein seltsamer Anblick – Skraelings, Dutzende davon, die sich zu dem See hinunter drängten und in dem schwarzen Griff von Dharkkum starben.

Großer Gott! Skraelings in seiner eigenen Zeit!

Es war eine Enthüllung, über die er jedoch nicht lange nachdenken konnte, denn nun tobte die Schlacht. Unzählige Fäden wirbelten spiralförmig aus der Dunkelheit herab, um weitere Krieger zu umschlingen und in den Tod zu reißen. Die Drachen vergalten den Angriff mit Feuer, schlugen mit Flammen zurück, anders als alle, die Morgan jemals zuvor gesehen hatte – in allen Farben des Regenbogens schillernde Stichflammen, die den sengend heißen Atem der Bestien färbten und sich dann zu einem weiß glühenden Kern von schmerzhaft hellem, die Dunkelheit verzehrendem Licht vereinten.

Mit jedem Vorstoß der Drachen wurde das Licht greller und heißer, bis Morgan die Hitze in der Luft um sich herum spüren konnte, noch intensiver als das, was er vorher gefühlt hatte. Dharkkum strömte erneut vorwärts, um die Drachen anzugreifen, und wallte an dem Steilhang der violetten Klippen entlang, während sie der Kristallwand Licht stahl und Krieger von den Klippen riss und mit jedem Opfer, das sie verschlang, größer und größer wurde.

Dann, mit einer plötzlichen Kehrtwendung, wich Dharkkum wieder rückwärts, implodierte in sich selbst und zog sich in die tieferen Bereiche von Mor Sarff zurück. Wie ein Pfeil schoss sie zurück in das Labyrinth von Fjorden und Tunnels, die hinter dem schwarzen See lagen. Die Drachen jagten voller Zorn hinterher, und in dem vergessenen Land der unergründlichen Höhlen brach ein wahres Unwetter aus.

Morgan wurde Zeuge des wilden, erbitterten Kampfes, sah, wie sowohl das Licht als auch die Dunkelheit in Fetzen zerrissen wurden, während die Zeit in dem Teich wie im Flug verging und ganze Tage innerhalb von Minuten verstrichen. Dicke Rauchwolken lagen über dem Schlangensee und trieben über die Klippen; der feurige Atem der Drachen schoss wie Blitzstrahlen durch die endlose Nacht. Morgan wusste, dass die Drachen am Ende über Dharkkum gesiegt hatten, denn er lebte noch und stand auf der Erde, obwohl sie jetzt nur noch eine verwüstete, unfruchtbare Hülle des grünen Paradieses war, das sie einst gewesen war – aber tief in seinem Herzen bangte er um Mychael und Llynya. Jeder Blick, den er auf den Kobold erhaschte, zeigte ihm, dass ihre Kräfte immer mehr erlahmten, ihre Kleider versengt, ihr Gesicht bleich und abgespannt vor Erschöpfung, und das Schwert, das sie schwang, war viel zu schwer für sie. Er befürchtete, dass sie bald sterben würde.

Seine Sorge um Mychael war von einer anderen Art. Er hatte keine Angst, dass Mychael sterben würde, sondern dass er bis in alle Ewigkeit in seiner Drachengestalt gefangen bliebe, eine Bestie und nicht länger ein Mensch.

Im Morgengrauen des fünften Tages der Schlacht trat eine Wende zu Gunsten der Drachen ein, als Dharkkum immer schneller und immer tiefer in das Erdinnere zurückwich. Als die Drachen die Verfolgung aufnahmen und hinter der tödlichen Finsternis herrasten, erhob sich eine Stimme aus den Tiefen der Erde.

»Heln heln criy-darr… ba!«

Es war eine Frauenstimme, die mit jedem Moment lauter wurde.

»Ailfinn Mapp«, flüsterte Avallyn.

»Ja«, sagte Tamisk bestätigend. »Sie besingt Dharkkums Untergang.«

Morgan beobachtete, wie die Drachen die Finsternis durch endlose Tunnel jagten, die aus dem Muttergestein des Planeten herausgehauen worden waren, bis eine riesige, zerbrochene Wand aus einer noch riesigeren Höhle aufragte. Es war Kryscaven Krater, der unterirdische Berg mit seiner eingestürzten Westflanke aus Bergkristall, tief violettem Bergkristall, zersplittert in Tausende von scharfkantigen Brocken.

Fünf Leute standen auf dem silbrig schimmernden Boden des Kraters hinter der zerborstenen Kristallwand, und zu ihren Füßen flackerte ein in allen Farben des Regenbogens schillerndes Feuer. Es war ihr Schutz, das wusste Morgan, denn Dharkkum wirbelte überall um sie herum, während sich die schwarzen Fäden wild drehten und wanden und der gesamte Strudel erzitterte, als er in den Krater hineingezogen wurde, und dennoch konnte die Dunkelheit den fünf Gestalten nichts anhaben.

»Luenn luenn criy-darr… ba!« Die Frauenstimme erhob sich erneut, und ein Stück der Dunkelheit fiel in sich zusammen und verschwand in dem Krater. Es würde bald wieder entwischen, davon war Morgan überzeugt, wenn die alte Frau die zerstörte Kristallwand nicht wieder aufbauen konnte.

Ddrei Goch schoss als Erster brüllend aus dem Tunnel heraus und hinter Dharkkum her und attackierte die dunklen Rauchfetzen, die sich durch die zersplitterten Kristallbrocken auf dem Boden schlängelten, mit einer gewaltigen Stichflamme aus seinem Rachen. Der Rauch verschwand, verzehrt von dem Feuer, und das violette Gestein verwandelte sich in der Hitze in geschmolzenes Glas. Ailfinn änderte ihren Gesang in ein sanftes Murmeln, und die feurigen violetten Ströme begannen zu Pfützen zusammenzufließen. Ailfinns Worte waren aus so großer Entfernung nicht zu verstehen, aber die Wirkung trat sofort ein, als die Pfützen zu einem See zusammenflossen, der hundert Meter im Durchmesser maß. Als ihr Gesang an Kraft gewann, stieg der See höher und höher, und seine gläsernen Fluten ergossen sich über die eingestürzte Kristallwand und erstarrten zu hartem Gestein.

Die Drachen atmeten erneut aus, eine feurige Explosion von Flammen, und in der Hitze schmolzen noch mehr von den Kristallbrocken. Und wieder zog Ailfinn die geschmolzene Flut mit ihrem Gesang die Wand hinauf, wo sie abermals zu Kristall erstarrte.

Es war eine gewaltige Aufgabe, die sie sich gestellt hatte. Mit jedem Wort zog sie Dharkkum tiefer in den Krater hinein und baute die Wand ein Stückchen höher auf, bis Morgan klar wurde, dass sie sich selbst und ihre vier Gefährten in dem Krater einmauerte.

Die Frau wusste Bescheid. Sie musste wissen, was sie tat und welche Art von Tod sie und ihre Gefährten durch Dharkkum finden würden. Und dennoch ließ sie die Mauer höher und höher wachsen. Es war ein albtraumhaftes Schicksal, noch weitaus schrecklicher als die Vision von Caradoc in dem Teich. Wie lange, fragte Morgan sich, würde das regenbogenfarbene Feuer wohl noch brennen? Und wie konnten sie ein solches Opfer bringen, wenn ihre Hoffnung zusammen mit der letzten Glut der Flammen verlöschen musste?

Die Fünf waren verloren.

Sein Blick schweifte über die stumm dastehenden Gestalten, über ihre versengten Kleider, ihre Gesichter von grimmiger Entschlossenheit erfüllt und dennoch erschöpft vor Verzweiflung: die alte Frau mit dem langen schlohweißen Haar, das über ihre Schultern wallte, ein aufgeschlagenes Buch in den Händen; neben ihr ein Nachtwächter, wie Morgan zu seiner Überraschung sah, ein Sha-shakrieg, erkennbar an den spiralförmig aufgerollten Kampffäden, die seine Arme bedeckten, und an seinem von der Wüstensonne gegerbten Gesicht; dann ein Quicken-tree namens Wei, an den er sich nur noch vage erinnerte; und daneben ein anderer von den Quicken-tree, ein Mann, an den Morgan sich nur zu deutlich erinnerte – Rhuddlan, König der Lichtelfen. Es war jedoch der Letzte von den Fünfen, bei dessen Anblick Morgan der Atem in der Kehle stockte und sein Herz sich vor Furcht zusammenkrampfte. Es war Owain, einer seiner

Getreuen, ein Waliser, der keinen Grund hatte, inmitten eines Chaos von Magie und Horror zu sterben.

Owain war in der Vergangenheit sein Hauptmann gewesen, ein Mann, für den er die Verantwortung gehabt hatte, und Morgan hatte ihn in eine Welt finsterer Magie geführt, als er und seine kleine Truppe sich der Eroberung von Balor verschrieben hatten. Owain war wie ein Vater für ihn gewesen, und er war eines schrecklichen Todes gestorben – eines unvorstellbar grauenhaften Todes, nach dem wilden Ausdruck in seinen Augen und nach den Tränen zu urteilen, die über seine Wangen strömten. Die nackte Angst und das Grauen auf dem Gesicht des Mannes erschütterten Morgan bis ins Innerste. Es gab einfach keine Rechtfertigung dafür, dass er seine Männer in eine Situation gebracht hatte, die ihr Begriffsvermögen weit überstieg. Owain wäre tapfer durch das Schwert gestorben, wenn ihn der Tod in einem Kampf mit den normannischen Eroberern Englands ereilt hätte, hätte mutig dem Kriegertod ins Auge geblickt, mit dem er immer gerechnet hatte; aber Morgans Wahl hatte ihn erniedrigt, hatte weniger als einen Krieger aus ihm gemacht, weniger noch als das, was Owain jemals als Mann bezeichnet hätte.

Er hatte etwas sehr viel Besseres für seine unerschütterliche Treue und dafür verdient, dass er seinem Prinzen gefolgt war.

Eine überwältigende Woge von Schuldgefühlen zwang Morgan, den Blick abzuwenden.

»Du kannst ihn und die anderen der Verlorenen Fünf retten, indem du in die Vergangenheit zurückgehst«, murmelte Tamisk, und Morgan begriff plötzlich, warum der Magier ihn in den Turm geholt hatte.

»Es ist die alte Frau, die Priesterin, die du zurückhaben willst, nicht wahr?«

»Sie und ihr Buch, das *Elhion Bhaas Le*«, gestand Tamisk. »Es ist von größter Wichtigkeit.«

»Und die anderen?«, verlangte Morgan zu wissen. »Warum hat sie so viele mitgenommen?«

»So viele?«, wiederholte Tamisk verständnislos. »Es waren doch nur vier. Ailfinn war nach ihrem Martyrium in dem Burgverlies von Rastaban vollkommen geschwächt. Sie brauchte die Stärke und die Lebenskraft der anderen, um durchzuhalten, vielleicht für die Ewigkeit. Glaub mir, wenn hundert zur Verfügung gestanden hätten, dann hätte sie sie alle mitgenommen.«

Morgan verdrängte seinen Zorn auf sich selbst und erwiderte: »Ich bin mit Mychaels erstem Drachenschrei für die Sache gewonnen worden.« Aber es stimmte, dass ihm nun, da er Owain gesehen hatte, noch nicht einmal mehr die Möglichkeit des Zweifelns oder des Zögerns blieb, wenn die Zeit kam. Er hatte gar keine andere Wahl, als wieder durch das Zeit-Wehr in die Vergangenheit zurückzugehen und das Gefängnis zu durchbrechen, das Ailfinn Mapp für sich und ihre Gefährten erbaut hatte – und für Dharkkum.

Falls er dazu fähig war.

»Du bist für die Sache gewonnen worden, ja. Aber bist du auch fähig, deine Aufgabe zu erfüllen?«, fragte Tamisk, und die Drachen in dem Teich brüllten.

Erschüttert blickte Morgan wieder in das Wasser. Flammen schossen aus den Drachenmäulern heraus, noch greller als zuvor, von mehr weiß glühendem Licht als von schillernden Regenbogenfarben erfüllt. Er trat einen Schritt zurück, als er die mörderische Hitze ihres Atems wie einen alles ausdörrenden Wüstenwind fühlte. Als die Drachen erneut Feuer spien, brachen die Flammen plötzlich aus der Vision aus und züngelten an den Wänden der Schale hoch, um eine Feuersbrunst auf der Wasseroberfläche zu entfachen und hoch auflodernd auf dem Teich zu tanzen. Morgan wich noch einen Schritt zurück, voller Furcht vor der Macht des Magiers, aber es gab kein Entrinnen. Einzelne Flammenzungen des weiß glühenden Drachenfeuers sprangen aus dem Trinkgefäß heraus und wanden sich um seine Arme, schnitten wie mit rasiermesserscharfen Klingen in seine Haut. Morgan keuchte vor Schmerz.

»Hör auf damit, Tamisk!«, hörte er Avallyn schreien. »Er ist kein Drachengebieter.«

»Nein, das ist er nicht«, pflichtete der Magier ihr kalt bei. »Er ist nur ein Mensch, der das Schicksal der Welt in der Hand hat. Wenn es irgendeine Überlebenschance für ihn geben soll, dann lass ihn durch Drachenfeuer tempern, und dann lass uns sehen, wer sein mit Runen verziertes Schwert geschmiedet hat... *Scyld.*«

Kaum hatte der Magier den Namen des Schwertes ausgesprochen, da schlängelten sich die Flammen an Morgans Arm hinunter, sprangen auf das Schwertheft über und verwandelten es in eine glühend heiße Fackel in seiner Hand. Blut folgte dem Weg der Feuerschlangen, rann aus seinen Wunden an seinem Arm entlang. Die breiten Elfenbeinringe um den Griffzapfen des Schwerts zersprangen in der Hitze und fielen rauchend ins Gras. Das Metall an dem Schwertheft wurde erst weich, dann flüssig und lief in qualvoll heißen Strömen von geschmolzenem Gold und Silber zwischen Morgans Fingern hindurch, um ihn bis auf die Knochen zu verbrennen. Und dennoch blieben seine Finger unversehrt.

Der Schmerz war so unerträglich, dass er auf die Knie sank. Er krümmte sich zusammen, während ihm ein stummer Schrei in der Kehle stecken blieb. *Allmächtiger Herrgott, rette mich!* Wie konnte es sein, dass sein Fleisch nicht zu Asche verkohlte? Welche Magie konnte solch entsetzliche Qualen erzeugen?

Er versuchte, das Schwert wegzuschleudern, aber es war wie mit seiner Handfläche verwachsen. Als der letzte Rest des kostbaren Metalls schmolz und über die Klinge floss, war von dem Heft nichts mehr übrig außer einer glühend heißen Stange aus himmelblauem Kristall mit einem violett leuchtenden Kern.

Keuchend vor Schmerz starrte Morgan auf das Schwert, als ob er es zum ersten Mal sähe. Flüssiges Gold war in jede Rune auf der Klinge gelaufen und ließ sie glitzern und schimmern. Das Silber war zu Tropfen entlang den Furchen in der Klinge erstarrt, was dem Schwert ein seltsames Aussehen verlieh. Die Schneide war mit rauchgrauen und dunkelvioletten Flecken übersät.

»Die Schneide des Leidens«, hörte er Tamisk sagen. »Das tödliche Gift, das in der Wüste aus dem Saft des *bia*-Baums fabriziert wird.«

»Lass ihn frei, Tamisk«, schrie Avallyn. »Er gehört Claerwen, und als Priesterin der Gebeine verlange ich, dass du ihn fallen lässt!«

»Mit der Zeit«, lautete die Antwort des Magiers.

Mit der Zeit, dachte Morgan verzweifelt, wird mich der höllische Schmerz umbringen. Mit der Zeit, dessen war er sich sicher, würde seine Hand verkohlen, und er würde an der sengenden Hitze ersticken.

»Ein Magia-Schwert«, murmelte Tamisk. »Siehst du das nicht, Priesterin?«

»Ich sehe nur, dass du ihm ohne ersichtlichen Grund wehtust.«

»Ohne ersichtlichen Grund?«, rief der Magier. »Wie soll ein Magia-Schwert denn sonst offenbart werden außer durch die Hand, die es führt?«

»Es wird uns nichts nützen, wenn er tot ist oder –« Sie brach ab, ohne ihren Gedanken zu Ende zu führen.

»Oder gebrochen?«, beendete Tamisk den Satz für sie. »Ist es das, was du befürchtest? Dass ich ihn mit einer einzigen Mutprobe seelisch brechen werde? Und was würde er dir dann nützen, Lady Avallyn, wenn du vor dem Kryscaven-Krater stehst und dich daran machst, Dharkkum zu entfesseln? Wird er dann standhalten? Oder kehrtmachen und fliehen?«

Fliehen, schrie Morgan stumm; er würde fliehen, wenn er auch nur halbwegs vernünftig wäre, doch die unerträgliche Hitze des Schwerts in seiner Hand drohte, ihn auch noch um den letzten Rest von Verstand zu bringen. Er würde jetzt sofort fliehen, wenn er könnte, aber der Schmerz hielt ihn in seinem feurigen Griff gefangen, und er konnte sich nicht rühren.

»Nicht?«, fragte Tamisk ihn, eine Braue hochgezogen, seine Augen tückisch grün funkelnd. Grün. Die Farbe der Alten Erde. »Bist du dir so sicher, dass du dich nicht rühren kannst?«

Der Bastard konnte tatsächlich seine Gedanken lesen.

»Nun, das werden wir ja sehen«, sagte der Magier und wandte sich zu Avallyn um. »Wenn du nicht willst, dass er getempert wird, Priesterin, dann nimm *du* das Drachenfeuer auf dich.« Tamisk machte eine kleine Handbewegung, und ein Feuerball explodierte zu Avallyns Füßen.

»Nein!«, brüllte Morgan, als er blitzschnell aufsprang und mit seinem Schwert nach dem Magier ausholte, um ihn und seine finstere Magie mit einem tödlichen Hieb niederzustrecken.

Der Schwerthieb traf jedoch nicht sein Ziel, sondern wurde mitten in der Luft aufgehalten durch eine Geste von Tamisk und ein gesprochenes Wort. Morgans Arm erzitterte von der Wucht der unsichtbaren Macht, die die Klinge von dem Körper des Magiers fortschob. Schweiß rann in Strömen über sein Gesicht und brannte ihm in den Augen. Das Feuer zu Avallyns Füßen verlöschte abrupt, und das Feuer in dem kristallenen Schwertheft war plötzlich ebenfalls verschwunden und mit ihm der brennende Schmerz. Scyld war wieder nur ein Schwert, wenn auch ein ganz anderes als vorher.

Morgan kannte Traumstein, und Scylds Kern bestand aus Traumstein. Das Licht pulsierte aus seinem violettfarbenen Herzen und strömte durch seine Finger.

»Deine Instinkte sind gut, Prinz«, sagte Tamisk, als er ihn mit einer weiteren Geste und einem gemurmelten Wort freiließ.

Morgans Hand mit dem Schwert sank kraftlos herab, und Scylds Spitze bohrte sich in die Erde; sein Arm war zu erschöpft, um es noch länger zu halten. Mit seiner anderen Hand wischte er sich den Schweiß vom Gesicht. Sein Blick war starr auf den Magier gerichtet, während er in Gedanken mit sich zu Rate ging, ob er den verdammten Bastard töten sollte oder nicht.

Er war dazu fähig.

Mit Scyld war er dazu fähig. Er wusste es, und er blickte Tamisk an und versuchte, ihn durch bloße Willenskraft dazu zu zwingen, noch einmal seine Gedanken zu lesen und die Wahrheit darin zu erkennen.

»Vielleicht«, gab der Magier zu, »aber du hast weitaus tödlichere Feinde als mich, Morgan ab Kynan, und uns allen ist am ehesten geholfen, wenn du sie erledigst. Meinst du nicht auch?«

Morgan ignorierte Tamisk und wandte sich an Avallyn. »Bist du verletzt?« Seine Stimme war heiser und kaum verständlich.

»Ich bin unversehrt, Gefürchteter Gebieter«, sagte sie leise. Sie sah niedergeschlagen aus, ihr Gesicht war bleich, ihre Augen weit aufgerissen. »Ich fürchte, ich habe dir keinen guten Dienst damit erwiesen, dass ich dich hierher gebracht habe.«

»Nein.« Er schüttelte den Kopf. »Es hat mir durchaus genützt.«

Er hasste das, was ihnen bevorstand, und er verabscheute den Magier dafür, dass er ihm solch unerträglichen Schmerz zugefügt hatte, einen Schmerz, von dem noch immer ein Rest unter seiner Haut brannte und seinen Arm hinaufschoss – aber er hatte daraus gelernt.

Drachen.

»Ich möchte sie sehen«, sagte er zu Tamisk, und der Magier nickte.

»Sie erwarten dich in der Vergangenheit.«

»Und Mychael ab Arawn?«, fragte Morgan.

Tamisk zuckte die Achseln, eine leichte, elegante Bewegung seiner Schultern. »Er überlebte die Schlacht zwar, aber der Sieg kostete ihn etliche Jahre seines Lebens. Llynya von den Lichtelfen wird jedoch ganz sicherlich noch leben, wenn du nach Wales zurückkehrst. Ihr Kampf gegen Dharkkum im Fünften Zeitalter hat keinen so hohen Preis von ihr gefordert. Natürlich ist sie auch eine Yr Is-ddwfn gewesen, aus Rhaynes eigener Linie der Sternenlicht-Geborenen, der reinsten Abstammungslinie des Elfenvolks. Mychael hatte zu viel Menschenblut in den Adern, da seine Vorfahren hauptsächlich aus dem Geschlecht der Priesterinnen stammten.«

Morgan wischte sich erneut über das Gesicht und richtete seinen Blick wieder auf den Teich der Weissagung. Und sofort fühlte er, wie ihn die Drachen lockten. Sein Blut geriet in Wallung, als sie brüllten, und die feurigen Überreste des Schmerzes waren leichter zu ertragen, denn es war Drachenfeuer.

Tamisks Geschenk.

»Das Wehr wird aus dem Gleichgewicht gebracht, wenn du erfolgreich bist. Es ist ziemlich unwahrscheinlich, dass du wieder zurückkehren kannst. Aber vielleicht ist das ja auch alles, was du dir wünschst – noch einmal durch das Zeit-Wehr in die Vergangenheit zu gehen.«

Morgan warf dem Magier einen nachdenklichen Blick zu und sah in seine grünen Augen.

Tamisk lächelte leicht. »Weder Palinor noch die Hohepriesterin von Claerwen werden mir dafür danken, dass ich das Drachenfeuer in dir geweckt habe, aber die Priesterinnen der Gebeine haben schon immer mehr vom Tod als von den Menschen verstanden.«

Morgan blickte Avallyn an und sah, wie sich ihr niedergeschlagener Gesichtsausdruck in eine Miene argwöhnischer Besorgnis verwandelte – wozu sie auch allen Grund hatte. Die Schranken waren niedergerissen und die Entscheidung war gefällt worden, ob nun durch Tamisks Magie oder durch eine echte Fügung des Schicksals. Er würde Avallyn bekommen.

»Sie ist ein williges Opfer«, sagte Tamisk, »aber ich hoffe doch, dass du ihr Leben über deines stellen wirst.«

»Ja«, antwortete Morgan, ohne den Blick von ihr abzuwenden.

»Und dass du sie bis zu deinem letzten Atemzug beschützen wirst und – wenn das Schwert das zulässt – sogar noch über deinen Tod hinaus.«

»Ja.« Es gab kein Zögern. Sie war bei ihm sicherer als irgendwo in der Galaxie oder jenseits davon. Und bei dem, was sie tun musste und wohin sie gehen musste, nämlich in die Vergangenheit, um Dharkkum zu vernichten, war er der Einzige, der ihr beistehen konnte, der Einzige, der eine Chance hatte, sie lebend wieder zurückzubringen.

»Und dass ihr Streben auch das deine sein wird und dass du die Fahne hoch hältst und weiter kämpfst, ob sie nun überlebt oder stirbt.«

»Ja.« Aber sie würde überleben. Sie musste überleben. Sie waren durch das Schicksal verbunden und durch Blut und Feuer, Drachenfeuer, und sie gehörte ihm. Avallyn Le Severn, Prinzessin des Weißen Palasts und Priesterin der Gebeine, war sein – in dieser Welt und in der letzten.

17

Avallyn spürte die Veränderung in Morgan, und es war nicht eine Veränderung, die sie begrüßte. Sie hatte jetzt das, was zu wollen sie immer behauptet hatte: die Bereitschaft des Herrschers der Zeit, für Claerwens Ziele zu kämpfen. Er würde durch das Wehr reisen und wieder in seine eigene Zeit zurückkehren. Er wusste jetzt, welche Gefahr ihnen dort drohen würde, und er war gewillt, sich ihr zu stellen. Aber der Preis, den sie dafür zahlen musste, war doch höher, als sie erwartet hatte.

Das Gleichgewicht der Kräfte hatte sich verlagert.

Sie hatte jetzt nicht mehr die Oberhand über ihn.

»Wieso hast du ihm Drachenfeuer verliehen, Tamisk?«, fragte sie. »Er ist kein Drachengebieter. Und er ist auch nicht dafür bestimmt, einer zu sein.«

»Noch nicht einmal ich kann Drachenfeuer entfachen, wo es nicht schon vorhanden ist«, erwiderte Tamisk. »Du siehst doch das Magia-Schwert in seiner Hand. Drachengebieter oder nicht, das Schwert gehört ihm, und wir sollten den Göttern dafür danken, dass es so ist.«

»Dann war Stept Agahs Linie also reinrassig?«

»Reinrassig genug für unsere Zwecke, so scheint es. Vielleicht ist doch nicht alles verloren.«

Bei seinen Worten lief Avallyn ein kalter Schauder über den Rücken, denn sie erinnerte sie an ihre eigenen Zweifel, als sie Morgan mit ihrem Tiefenspürsinn erforscht hatte.

»Du hast geglaubt, dass alles verloren wäre?«, fragte sie. Abgesehen von dem, was am Ende dabei herauskam, war die Reise als solche viel zu gefahrvoll, um als vergebliche Mission unternommen zu werden.

»Ich habe mir so meine Gedanken gemacht«, gab der Magier zu, »und ich habe meine Zweifel gehabt, und einer meiner größten Zweifel in letzter Zeit war, ob du einen solch … ungewöhnlichen Herrscher auch nur zu fassen bekommen könntest, geschweige denn, ob du es schaffen würdest, ihn zu mir zu bringen. In Wahrheit habe ich alles in meiner Macht Stehende getan, um durchzusetzen, dass an deiner Stelle eine andere geschickt würde, eine Maid der Ilmarryn, deren Magie weniger naiv ist und deren Treue zum Weißen Palast größer ist als die zu Claerwen. Deine Mutter bestand jedoch hartnäckig darauf, dass du geschickt werden solltest, und deshalb sind wir hier. Aber nun kommt. Wir haben nicht mehr viel Zeit.«

Er bedeutete ihnen mit einer Handbewegung, ihm zu folgen, und ging aus der Lichtung. Avallyn wagte einen Blick auf Morgan und fühlte sich abermals entmutigt. Die Veränderungen, die mit ihm vorgegangen waren, waren subtil, aber aufschlussreich. Der weiße Streifen in seinem kohlrabenschwarzen Haar leuchtete jetzt noch heller; seine Augen waren von einer noch dunkleren Schattierung von Blau, so dunkel wie das nächtliche Meer bei Dragonmere im Fackelschein. Die Energie seiner Lebenskraft strahlte fast greifbar von ihm aus. Zehn Jahre lang hatte er in ihrer Welt gelebt, ein Fremder, der sich mit Schläue und Diebstahl durchs Leben geschlagen hatte. Jetzt würde er wieder in seine Zeit zurückkehren. Tamisk hatte ihm im Teich der Weissagung sein Ziel gezeigt, und in Zielbewusstsein lag Macht. Es war mehr als das Drachenfeuer gewesen, das seine Hand getempert und sein Schwert enthüllt hatte; es war Entschlossenheit und Zielstrebigkeit, die sie in den Tiefen seiner Augen funkeln sah –, und sie spürte instinktiv, dass sie selbst ein Teil dieses angestrebten Ziels war, ein großer Teil. Wahrlich, ihre Besorgnis wuchs mit jedem feurigen Blick, den er in ihre Richtung warf.

Grund genug, um nervös und argwöhnisch zu sein. Seine Küsse waren wundervoll, aber Palinor hatte jeden intimen

Verkehr zwischen ihnen verboten, eine Tatsache, die Morgan bereits als bedeutungslos abgetan hatte. Und dennoch, vielleicht hatte ihre Mutter doch Recht gehabt. Vielleicht lag es tatsächlich nicht in ihrem Interesse, sich ihm hinzugeben und den Liebesakt mit ihm zu vollziehen, trotz seiner wundervollen Küsse. Es war nicht der Verlust der Jungfräulichkeit, den sie fürchtete, sondern den Verlust von noch mehr Macht. In seiner augenblicklichen Erregung würde Morgan sie förmlich verschlingen.

Heilige Mutter, welche Frau wäre da nicht misstrauisch? Die Hohepriesterinnen von Claerwen waren stets jungfräulich, und Avallyn wusste, dass Palinor ein wenig verärgert war über das Opfer, das zu bringen sie auserwählt worden war – nämlich eine Tochter zu zeugen, um die Welt zu retten, und zwar mit einem ilmarrynischen Magia-Gebieter, ihrer letzten Wahl, wenn sie irgendeine Wahl gehabt hätte –, und dadurch immer nur zur zweiten Garnitur der Priesterinnen zu gehören und immer zu wissen, dass sie trotz ihrer Talente, ihrer Intelligenz und ihrer Sehnsucht zu herrschen, niemals zur Hohepriesterin aufsteigen könnte.

Palinor hatte keine Wahl gehabt, aber Avallyn konnte eine Entscheidung treffen. Palinor hatte ihr jegliche Art von körperlichen Intimitäten mit dem Herrscher der Zeit verboten, und sie erwartete, dass Avallyn ihr gehorchte. Avallyn hatte sich jedoch dazu berufen gefühlt, ihn zu küssen. Sie könnte sich aber ebenso leicht dazu berufen fühlen, sich anders zu entscheiden und Macht den Vorzug vor der Liebe eines Mannes zu geben – wenn es denn Liebe war, was sie in seinem Blick brennen sah. Ihre Unerfahrenheit ließ ihr keine Möglichkeit, den Unterschied zwischen Liebe und Wollust zu erkennen. Wer weiß, vielleicht hatte das Drachenfeuer ja irgendein wildes Verlangen in seinem Herzen geweckt, das weit außerhalb der Grenzen einer von Liebe erfüllten Vereinigung lag.

Dieser Gedanke erschreckte sie noch mehr und veranlasste sie, hinter Tamisk herzueilen. Dann ist es am besten, die Macht zu wählen, versicherte sie sich, und sich so vor Schändung zu bewahren.

Morgan lächelte in sich hinein, als er Scyld in seine Scheide zurückschob. Avallyn grübelte zu viel nach. Er konnte es auf ihrem Gesicht sehen. Was zwischen ihnen geschehen sollte, war unvermeidlich, und es war nichts, wovor man sich fürchten müsste. Was in der Vergangenheit mit ihnen geschehen sollte, war jedoch eine andere Sache. Wenn er wirklich ihr Beschützer sein sollte, könnte er sie am besten dadurch schützen, indem er sie zurückließ, wenn er durch das Zeit-Wehr ging. Er würde Llynya haben, die ihm bei seiner schwierigen Aufgabe helfen könnte, und vielleicht auch Mychael, und Owain und die Magierin, falls er und Ailfinn Mapp die Jahre im Kryscaven-Krater überlebt hatten. Wenn nicht, würde er immer noch das Buch der alten Frau haben.

Ja, es lief im Grunde alles auf die Bücher des Wissens hinaus. Auf das Buch der Magierin, das Tamisk haben wollte, und auf Ceridwens Buch, das Rote Buch des Schicksals, das die Ursache dafür war, dass sich die Dinge für ihn derart zugespitzt hatten.

Tamisk hatte gesagt, dass nicht mehr viel Zeit blieb. Morgan fühlte es ebenfalls, aber es gab gewisse Dinge, die er erst noch erfahren musste, bevor sie den Turm des Magiers wieder verließen, besonders wenn er allein in die Vergangenheit zurückgehen würde.

Er schob einen tief hängenden Ast beiseite und sah erneut eine Kupferkugel durch die Blätter schweben. Zwei weitere folgten ihr, kamen von irgendwo weiter oben heruntergetrudelt, und alle schienen hinter Tamisk herzufliegen. Und als Morgan den Magier einholte, schwebten die Kugeln tatsächlich in einer Reihe hinter ihm, verharrten mitten in der

Luft vor einem uralten sphärischen Apparat, an den Morgan sich noch von Dains Zeit im Turm her erinnerte. Im zwölften Jahrhundert hatte sich keiner außer Dain getraut, den Horst des Hart Tower zu betreten, aus Angst vor dem unheimlich anmutenden, technischen Rätsel, das seine runden Mauern beherbergten. Als Morgan jetzt davorstand, begriff er, dass das Misstrauen gegenüber der sonderbaren Apparatur durchaus begründet gewesen war. Ein seltsames Brummen der Energie strahlte von der Sphäre aus und bewirkte, dass sich die feinen Härchen in seinem Nacken aufrichteten. Der Traumstein, der den Sockel des Telluriums überzog, erglühte in einem eigenartigen Licht.

»Erschrick nicht«, sagte Tamisk, als er nach einer weiteren Kugel griff, die an einer Stange von dem Piedestal herabhing.

Morgan glaubte nicht, dass Tamisk nach dem, was am Teich der Weissagung passiert war, noch sonderlich viel mehr tun könnte, um ihn in Angst und Schrecken zu versetzen.

Er irrte sich, wie sich gleich darauf herausstellte.

»Illagor, Rakis«, murmelte der Magier und ließ die Kugel in die Luft aufsteigen.

Das Brummen der Energie steigerte sich augenblicklich zu einer weitaus beunruhigenderen Lautstärke. Morgan fühlte es durch seine Adern pulsieren.

»Sobald ihr Ailfinns Buch zurückgeholt habt«, sagte Tamisk und hob die Stimme, um sich über das laute Brummen hinweg verständlich zu machen, »muss Avallyn es in den Hart zurückbringen und in die Kammer stellen, die im Podest der Sphäre verborgen liegt.«

»Warum Avallyn?«, fragte Morgan.

»Weil ihr Blut der Preis für die Rettung der Erde ist.«

Die Antwort enthielt keinerlei Ausflüchte, nur eine schonungslose Feststellung einer unannehmbaren Wahrheit. Seine Idee, Avallyn zurückzulassen, taugte nichts.

»Wie viel Blut?«, fragte Morgan, sorgfältig darum bemüht, sich zu beherrschen, während er seine Schwerthand zur Faust ballte.

»Jedes Mal ein kleines Maß, um die Kammer zu öffnen, wenn wir ein Buch in den Sockel hineinstellen«, erwiderte Tamisk, ohne sich die Mühe zu machen, in Morgans Richtung zu blicken. Die Aufmerksamkeit des Magiers war voll und ganz auf die kupfernen Kugeln konzentriert. Er ließ eine weitere Kugel in die Luft wirbeln, dann noch eine und noch eine, bis es insgesamt acht waren, jede mit einem speziellen Namen. Und mit jeder Kugel, die er davonschweben ließ, wuchs die Energie der Sphäre sprunghaft auf ein noch intensiveres Ausmaß an.

Morgan konnte sich nicht mehr von der Stelle bewegen, sondern stand wie angewurzelt da, sein ganzer Körper – bis hin zu den Zellen in seinem Gehirn – von den rhythmischen Impulsen erfasst, die von der Sphäre ausstrahlten.

Tamisk blickte Avallyn an, als er drei kleine Phiolen aus seiner Tasche zog. Die Flüssigkeit in den Glasfläschchen war dunkelrot: ihr Blut. Avallyn schien diejenige von ihnen zu sein, die am wenigsten durch das Kraftfeld der Sphäre beeinträchtigt war. Morgan dagegen war sich nicht sicher, wie viel mehr er noch aushalten konnte.

Eine nach der anderen beendeten die fünf neuen Kugeln ihre Flugbahn durch die Turmkammer und kehrten zurück, um sich zu den anderen zu gesellen, bis alle acht einen Kreis gebildet hatten, ein sich blitzschnell drehendes Rad auf der Oberfläche des Sockels. Während die Kugeln im Kreis herumwirbelten, öffnete sich ein Tor und enthüllte eine Konsole und einen handbreiten Tunnel, der aus dem Kristall der Sphäre herausgebohrt worden war. Tamisk legte die Fläschchen in die Konsole, als ob er etwas unschätzbar Wertvolles in einem Tresor deponierte, und blickte Avallyn erneut an.

»Priesterin?« Er streckte ihr die Hand hin. »Willst du die Kammer selbst öffnen und die Phiolen zu meinem Gebrauch aufbewahren?«

Avallyn trat vor, ihr Gesichtsausdruck grimmig ergeben.

Morgan legte ihr eine Hand auf den Arm. »Du brauchst das hier nicht zu tun.«

»Doch, ich muss«, sagte sie schlicht – und er wusste, dass es stimmte.

Ganz gleich, welche Liebe sie fanden, sie war ihrem Vorhaben untergeordnet; und von allen Wahrheiten, mit denen Morgan sich bereits hatte abfinden müssen, war dies vielleicht diejenige, die ihm am wenigsten gefiel. Dharkkum und das Wurmloch flößten ihm panische Angst ein, aber dagegen konnte er kämpfen. Diese Sache mit Avallyns Blut war jedoch etwas, wovon er ausgeschlossen war, und er hasste es, von irgendetwas ausgeschlossen zu sein, was sie betraf – besonders wenn es etwas war, was ihr gefährlich werden konnte.

Er wappnete sich innerlich gegen das, was passieren könnte, als er beobachtete, wie sie sich der Sphäre näherte und ihren Arm durch den Kreis von wirbelnden Kugeln in den Kristalltunnel schob. Alle ihre Muskeln spannten sich an, und über ihre Lippen kam ein jähes Aufkeuchen.

Morgan machte einen Schritt vorwärts, wurde jedoch von Tamisk aufgehalten, der ihn am Arm festhielt.

»Sie entnehmen immer nur eine kleine Menge«, sagte der Magier, ohne den Blick von Avallyn abzuwenden. »Und die Belohnung ist das Opfer mehr als wert. Sieh doch.«

Morgan tat es und beobachtete voller Erstaunen, wie sich ein Fenster in dem Podest öffnete, ein Fenster aus Licht; und hinter dem Fenster wirbelte eine Kammer im Kreis herum. Sie drehte sich unaufhörlich weiter, bis Avallyn ihren Arm wieder zurückzog und die Kammer zum Stillstand kam.

Morgan sah Avallyn forschend an, und sie nickte ihm

kurz zu, zum Zeichen, dass es ihr gut ging. Erst dann blickte er in die Kammer und auf das, was sie enthielt.

Bücher. Eines davon erkannte er wieder, das *Fata Ranc Le*, das Rote Buch des Schicksals. Die anderen beiden waren ebenso eindrucksvoll, ihr abgenutzter Einband mit goldenen Lettern verziert, ihr Rücken mit Silber verstärkt.

Im Laufe der nächsten Stunde entwirrte Tamisk das Rätsel von Nemetons Himmelskörpermodell und enthüllte Morgan die Geheimnisse des Turms. Ihre Rettung lag tatsächlich in den Büchern des Wissens. Es waren insgesamt sieben. Vier waren bereits an ihrem Platz und sicher unter Verschluss, und eines sollte Tamisk aus der Festung des Kriegshetzers holen – und Morgan war heilfroh, dass die Aufgabe, in Magh Dun einzudringen, nicht ihm zugefallen war. Eines sollte von der Drachenbeschwörerin, Rhayne, übergeben werden; und das Letzte sollte aus Dharkkums Klauen geborgen und in das Podest des Telluriums gestellt werden.

Sobald diese Aufgabe erfüllt war, würde die tödliche Finsternis besiegt sein. Die Erde wäre gerettet.

So einfach war die Sache.

Und so voller möglicher Katastrophen und Schreckgespenster des Scheiterns.

Mit großer Förmlichkeit stellte Tamisk das *Gratte Bron Le* an seinen Platz, das Orangefarbene Buch der Steine, das ihm die Königin von Deseillign überlassen hatte. Es war das vierte Buch, wie Morgan bemerkte, und in der Sphäre waren noch drei Phiolen von Avallyns Blut übrig, eine für jedes der restlichen Bücher. Wenn er das verfluchte *Elhion Bhaas Le* kriegen könnte, brauchte er Avallyn nicht, um die Kammer zu öffnen. Er könnte das Indigoblaue Buch selbst hineinstellen.

Diese Erkenntnis verschaffte ihm eine gewisse Erleichterung, um das Verlustgefühl zu überwinden.

Als Tamisk fertig war, schob er die Kupferkugeln wieder auf ihre elegant gebogenen Stangen, und Morgan und Avallyn beobachteten, wie sich das Tor in der Kammer, die die vier Bücher enthielt, wieder schloss. Das Kraftfeld der Sphäre brach so jäh in sich zusammen, dass Morgan zu Mute war, als ob er plötzlich keinen Boden mehr unter den Füßen hätte, ein Gefühl, das durch den melodischen Klang von Tamisks Stimme gemildert wurde.

Violett, Blau, Orange und Rot, sagte der Magier. Die Bücher waren Teil eines Regenbogens, so wie der Regenbogen des Drachenfeuers. Es war alles Licht, das Farbspektrum weißen Lichts.

»Und denkt daran«, fuhr Tamisk fort, »die Kammer ist zeitlos, ein kleiner Riss im Raum-Zeit-Kontinuum. Genau wie Dharkkum existiert auch sie außerhalb der Grenzen der Physik. Die Bücher, die ich in diesem Zeitalter in der Kammer deponiere, werden in der Vergangenheit für euch da sein. Ihr müsst nur eure vom Schicksal vorbestimmte Aufgabe erfüllen.«

Bei der Erinnerung an ihre Aufgabe fühlte Morgan Scylds Gewicht schwer auf seinem Rücken lasten. Er hielt sich für einen ganz gewöhnlichen Sterblichen, einen Durchschnittsmann, der über ein paar spezielle Fähigkeiten verfügte. Vor ihm hatte das Schwert Dain Lavrans gehört, ein in jeder Hinsicht außergewöhnlicher Mann mit überragenden Fähigkeiten, und Morgan fragte sich unwillkürlich, ob an jenem lange zurückliegenden Tag in der Höhle der Würmer nicht ein Irrtum vorgelegen hatte, ob Dain Lavrans nicht derjenige gewesen war, der statt seiner in das Zeit-Wehr hätte stürzen sollen.

Dennoch war Scylds Heft in seiner Hand geschmolzen, und das Schwert lag jetzt besser in seiner Hand als je zuvor. Sein Gewicht war perfekt ausbalanciert, und es fühlte sich eher wie eine Verlängerung seines Armes an, ein Körperteil, der seinem Willen gehorchte, als wie eine separate Waffe.

Über ihnen näherte sich die Sonne am Wüstenhimmel ihrem Zenit, und ihr Licht ergoss sich in gelben und blassgrünen Strahlen durch das kuppelförmige Dach des Horsts, das aus Glasscheiben und verrostetem Eisen bestand.

Tamisk blickte zu der Glaskuppel hinauf, und ein Schatten wie von einer Vogelschwinge glitt über sein Gesicht. »Die Zeit ist gekommen. Ich muss jetzt gehen.«

»Nach Magh Dun?«, fragte Avallyn.

»Ja. Bei Einbruch der Dunkelheit werden Reiter der Wüstenstämme kommen, um euch abzuholen und nach Claerwen zu bringen. Ich bedaure, dass euch keine Zeit mehr bleibt, um zum Weißen Palast zu reisen. So wie die Dinge liegen, rate ich euch dringend, nicht zu lange im Palast der Gebeine zu verweilen. Die Mächte der Finsternis sammeln sich, und unsere Welt kann sich nicht ewig gegen ihre Stärke behaupten. Je eher ihr in die Vergangenheit reist, desto besser.«

»Und du gehst allein in den Süden?«, wollte Avallyn wissen.

Tamisks Mund verzog sich zu einem leicht schiefen Lächeln. »Nein, Priesterin. Ich werde meine Armee mitnehmen. Die widerwärtige Hexe Vishab hat ihr kostbares Buch unbewacht in der schwarzen Festung zurückgelassen, in dem Glauben, ihre stümperhafte Hexenkessel-Magie würde es schützen. Sie ist mit ihrem Herrn in die Wüste gereist, auf der Suche nach dir, und verpestet in genau diesem Moment die Luft in Craig Tagen mit ihrem Gestank. Es ist höchste Zeit, dass ich zuschlage.«

»Was ist mit meinem Hauptmann?«, fragte Morgan.

»Der Junge schläft den harmlosen Schlaf der Erschöpfung, keinen Zauberschlaf. Wenn seine Müdigkeit verflogen ist, wird er wieder aufwachen.«

Erneut glitt ein Schatten über Tamisks Gesicht, ein Schatten wie von einem im Sturzflug herabstoßenden Vogel, und dann noch einer und noch einer, rasch gefolgt von dem klatschenden Geräusch von Flügeln.

Morgan blickte hinauf. Krähen flogen zu dem Turm, ganze Schwärme von Krähen, die sich auf der gläsernen Kuppel niederließen und das Sonnenlicht verdeckten.

»Zögert nicht, wenn ihr Kryscaven-Krater erreicht habt«, mahnte Tamisk. »Stellt den Drachen ihre Aufgabe, und dann werden sie die Kristallwand niederreißen. Lasst sie allein mit Dharkkum fertig werden. Eure Aufgabe besteht darin, das Buch zu holen und hierher zu bringen.«

Hübsch gesagt, dachte Morgan, obwohl es seiner Erfahrung nach schwierig war, dem Chaos zu entrinnen, wenn es überall wild um einen herumtobte. Diese Tatsache würde besonders auf ein alles verschlingendes Chaos wie Dharkkum zutreffen.

»Tritt leise auf, wenn du in Magh Dun bist, verehrter Vater«, sagte Avallyn zu dem Magier.

Tamisks Lächeln wurde noch breiter. »Tatsächlich habe ich die Absicht, überhaupt nicht aufzutreten, Tochter.«

Er wandte sich ab und eilte den Pfad hinunter, der sich um die Eiche wand. Als er vom Licht in die Schatten glitt, begann ein leichter Nebel durch die Blätter und Äste des Baumes zu ziehen, und Morgan hätte schwören können, dass er sah, wie sich der Umhang des Magiers in ein silbergraues Federkleid verwandelte, und dass der Magier die Arme ausbreitete wie ein Raubvogel seine Flügel. Dann war er verschwunden, und die Krähen stiegen in geschlossener Formation vom Dach des Turmes auf und flogen in den Wüstenhimmel.

Morgan ging ein Stück den Pfad entlang und kniete sich hin, um die Spuren des Magiers zu untersuchen. An der Stelle, wo die abgerundeten Vertiefungen von Stiefelabdrücken aufhörten, begann der langzehige Fußabdruck eines Vogels – drei Zehen zeigten nach vorn, eine nach hinten, und jede war mit einer nadelspitzen Klaue bewehrt.

Der Herr bewahre mich! Es war Magie, sogar noch seltsamer und unglaublicher als die Sache mit dem Schwertheft, das in seiner Hand geschmolzen war.

Er erhob sich wieder und sah Avallyn neben sich stehen.

»Ein Geierfalke«, sagte sie und ging in die Hocke, um die Vogelspur mit den Fingerspitzen nachzuzeichnen. »Wir haben sie im Vergessenen Wald.« Sie stand auf und warf ihm einen schnellen, nervösen Blick zu. »Komm mit. Wir sollten uns um deine Wunden kümmern.«

»Ja«, erwiderte er. Das Drachenfeuer hatte durch seine Kleider geschnitten und seine Haut geritzt, mehr wie ein Messer als wie Feuer. Die Wunden hatten geblutet, waren aber nicht sonderlich tief. Die Ärmel seiner Jacke waren jedoch in Fetzen zerrissen, und seinem Hemd war es auch nicht besser ergangen.

»Tamisk hat eine Schutzhütte, nicht weit von hier«, erklärte Avallyn, als sie den Pfad hinunterstrebte. »Dort werden wir *rasca* finden und etwas zu essen und vielleicht auch eine Tunika für dich.«

Morgan überließ ihr die Führung. Der Nebel wurde immer dichter, während sie zu Tamisks Hütte wanderten, wallte in Schwaden am Stamm der großen Eiche hinunter und breitete sich auf dem Pfad aus. Avallyn trug noch immer ihre Priesterinnenrobe, ein schlichtes, hemdartiges weißes Gewand, das gerade von ihren Schultern herabfiel, und darüber ihren Kapuzenumhang, der von ihrer goldenen Granatbrosche am Hals gehalten wurde. Nach dem Tosen des Feuers und den Drachenschreien im Teich der Weissagung und ohne den melodischen Klang von Tamisks Stimme schien es eigenartig still im Turm zu sein, eine Oase unnatürlicher Ruhe. Der Wind wehte noch immer, sanfte Böen, die den Nebel aufwirbelten und die Blätter rascheln ließen. Der Pfad unter ihren Füßen wurde moosig und dämpfte ihre Schritte, und Morgan war zu Mute, als ob er und Avallyn durch ein geheimnisvolles Feenreich wanderten.

»Hör doch«, sagte sie, als sie plötzlich stehen blieb und die Hand hob. »Hörst du das?«

Er hörte es: das Rauschen eines Baches, nicht allzu weit vor ihnen.

»Bist du in Magie ebenso bewandert wie Tamisk?«, wollte Morgan wissen. Der Mann war schließlich ihr Vater, obwohl Morgan keinerlei Anzeichen von familiärer Zuneigung bemerkt hatte. Tamisk hatte Avallyn nicht ein einziges Mal berührt, obgleich er gewusst hatte, dass er seine Tochter wahrscheinlich nie wieder sehen würde.

Morgan sehnte sich danach, sie zu berühren. Er wusste, wie weich und anschmiegsam sie war, und er wollte diesen weichen Körper in seinen Armen fühlen.

»Nein.« Sie schüttelte den Kopf, und ihre zerzauste Mähne aus geflochtenen und gelockten Strähnen fiel über ihre Schultern. Morgan wollte die Hand ausstrecken, diese seidige Mähne ergreifen, wollte Avallyn an sich ziehen … und sie küssen. »Ich bin im Norden aufgewachsen, wo ich zur Priesterin ausgebildet wurde, und ich bin erst zum Weißen Palast gebracht worden, als ich schon fast erwachsen war, zu alt, um noch bei einem Magier in die Lehre zu gehen, wie meine Mutter sehr wohl wusste.« Sie wanderte weiter, und Morgan beeilte sich, mit ihr Schritt zu halten.

»Dann bist du als Kind also nicht verhätschelt worden?«

»Verhätschelt?« Sie lachte beinahe. »Nein, ganz bestimmt nicht.« Sie hielt einen Moment inne und blickte ihn an, dann fragte sie: »Und du? Bist du verhätschelt worden?«

»O ja«, gestand er. »Ja, sicherlich. Mein Vater war ein harter Mann, der ein kleines Gut besaß und großen Stolz, aber er war nicht lieblos, und er war immer stolz auf seine Söhne.«

»Du hast Brüder?« Sie blieb abermals stehen und blickte zu ihm auf, ihr Interesse war geweckt.

»Ich hatte einen, einen älteren Bruder, Damian.«

»Du musst ihn schrecklich vermissen.«

»Nicht so sehr, wie ich andere vermisse«, gab Morgan zu, und als Avallyn die Stirn runzelte, erklärte er widerstrebend: »Als ich erwachsen war, hatten wir nichts mehr füreinander übrig.«

»Und vorher?«

»Vorher waren wir eine Familie, die sehr zu liebevollen Umarmungen und Küssen neigte, besonders meine Mutter.«

Er beobachtete, wie bei dem Wort »Küssen« eine zarte Röte in Avallyns Wangen stieg. Sie war nervös, ja, und sie war sich seiner Nähe ebenso intensiv bewusst, wie er sich ihrer bewusst war.

»Wie kam es, dass du und dein Bruder später keine Sympathie mehr füreinander hattet?«

Eine berechtigte Frage, dachte er, und eine ganz schön peinliche Frage.

»Seine Verlobte fand Gefallen an mir. So einfach war das.« Und mehr würde er nicht dazu sagen.

»Keine einfache Sache zwischen Brüdern«, erwiderte sie.

»Nein.«

»Hast du sie geküsst?«

»Ein bisschen«, erwiderte er nach einem langen Moment unbehaglichen Schweigens, in der Hoffnung, dass er nicht zu noch mehr Lügen gezwungen sein würde.

»Hm«, murmelte Avallyn und wandte sich ab, um weiter den Pfad entlangzugehen, ohne auch nur im Geringsten erkennen zu lassen, was sie von seinem Geständnis hielt.

Morgan holte sie mit zwei Schritten ein. »Ich habe ihr keine Avancen gemacht. Sie ist zu mir gekommen und hat mich überrumpelt, sonst hätte ich das, was daraufhin folgte, vielleicht vermeiden können.« Es war eine lahme Rechtfertigung, aber die einzige Rechtfertigung, die er für den Verrat hatte, der ihn die Zuneigung seines Bruders gekostet hatte.

»Ja.« Avallyn nickte weise. »Ich kann mir gut vorstellen, dass sie diejenige war, die dich gesucht hat.«

»Das kannst du dir vorstellen?« Sie hätte ihn kaum mehr überraschen können.

»Ja. Jede Frau würde sich zu dir hingezogen fühlen. Du hast sehr viel Ähnlichkeit mit einem Sklavenjungen vom Orion. Das dachte ich jedenfalls in dem Kanal in Racht.«

Er hatte sich geirrt. Es war sogar noch reichlich Platz für Überraschungen. Morgan wusste nicht, ob er beleidigt oder fasziniert sein sollte.

»Sklavenjungen vom Orion sind beträchtlich jünger als ich«, korrigierte er sie.

»Du warst doch sicher noch ziemlich jung, als die Verlobte deines Bruders zu dir kam, nicht?«

»Sechzehn ... und leicht zu verführen«, fügte er der Ehrlichkeit halber hinzu. »Aber jetzt bin ich nicht mehr so jung, und ich lasse mich weitaus weniger leicht zu irgendetwas verführen.«

»Es war dunkel in dem Kanal und schwierig, dein Alter einzuschätzen.«

»So dunkel nun auch wieder nicht.« Er lachte.

»Doch, es war dunkel, aber nicht zu dunkel, um dein Gesicht nicht zu sehen, und ich habe kein Licht gebraucht, um deine seltsame Macht zu fühlen.«

»Seltsame Macht?« Das ließ nichts Gutes ahnen, und es war ganz und gar nicht das Gefühl, das er in ihr zu erwecken gehofft hatte.

Dann kam der Bach in Sicht, mit Tamisks Schutzhütte am anderen Ufer, einer schattigen Laube aus grünen Ästen, deren Rückwand aus dem Stamm der Eiche bestand. Vor dem Baum stand eine große Holzkiste, daneben lag ein Strohsack auf dem Boden. Auf der Kiste standen ein kleines Kohlebecken und ein paar Schüsseln und Töpfe, einige davon mit Speisen gefüllt. Getrocknete Kräuter hingen in Bündeln von den Zweigen herab, die das Dach der Laube bildeten.

»Zuerst dachte ich, es wäre der Wein«, fuhr Avallyn fort, während sie über das Brett ging, das als Brücke über dem Bach lag. Morgan folgte ihr, und als sie die moosüberwachsene Lichtung vor der Hütte betraten, blieb sie stehen und sprach weiter. »Sklavenjungen vom Orion sind dafür bekannt, dass sie eine starke geschlechtliche Anziehungskraft besitzen.«

Er stand ganz still da, als er den tieferen Sinn ihrer Worte auf sich wirken ließ. Die »geschlechtliche Anziehungskraft« der Orion-Sklavenjungen war legendär. Sie waren keine bloßen Lustknaben, sondern wahre Zauberer auf dem Gebiet sexueller Freuden, die in einer geheimen Kolonie irgendwo in der Orion-Gruppe in der Kunst der Liebe unterwiesen wurden, bevor sie ausgeschickt wurden, um unverschämt reichen Männern und Frauen in der gesamten Galaxie als Bettgespielen zu dienen und ein Leben in Überfluss und Sorglosigkeit zu genießen – aber nur für ein paar Jahre. Danach kehrten sie wieder zu ihrer Herrin auf dem Orion zurück und wurden Mönche.

Morgan war einmal einem solchen Sklavenjungen begegnet, auf einer Party im Alten Reich, wo Ference Lieqs Ehefrau ihre Errungenschaft vorgeführt hatte. Obwohl Morgan ein Frauenliebhaber war, hatte er die Schönheit des jungen Mannes als außergewöhnlich erkannt, und er hatte auch seine fast überwältigende sinnliche Ausstrahlung gespürt, denn einen Sklavenjungen zu betrachten, das bedeutete, ihn zu begehren. Selbst Morgan hatte seine ungeheure sexuelle Anziehungskraft gespürt.

»Hast du denn schon jemals einen Sklavenjungen vom Orion gesehen?«, fragte er ungläubig.

»Einmal, in der nördlichen Wüste«, sagte Avallyn, und seine Verblüffung war komplett.

Wenn er diese Art von Wirkung auf sie hatte, dann war sie tatsächlich eine naive Unschuld, dass sie die Finger von ihm gelassen hatte.

»Nicht jeder Sklave kehrt zu der Orion-Kolonie zurück, um zum Priester geweiht zu werden«, fuhr sie fort. »Einige ziehen es vor, in Freiheit zu bleiben, und es ist nicht ungewöhnlich, dass sie sich auf Gaunereien und Diebstahl verlegen, wenn ihre Schönheit und ihr sinnlicher Zauber verblassen.«

Tja, damit war er wohl eindeutig in seine Schranken verwiesen. »Du hast also gedacht, ich wäre ein schurkischer Sklave, der seine Reize eingebüßt hat?«

»Nein. In Anbetracht dessen, was ich gefühlt habe, ist deine sinnliche Anziehungskraft noch sehr stark, wie ich fürchte.«

Sie sprach sehr leise, aber Morgan hörte jedes Wort.

»Avallyn …« Er hob die Hand, um sie an ihre Wange zu legen. Dünne Nebelfetzen wanden sich durch ihr Haar, umschlangen ihre goldenen und silberblonden Zöpfe mit Bändern aus Tautropfen. Ihre Haut schimmerte, lud förmlich zu einem Kuss ein.

Es war kein Irrtum des Schicksals gewesen, als er an jenem bewussten Tag in das Zeit-Wehr gestürzt war. Dies war sein Platz, hier bei Avallyn in diesem Zauberwald, der Llynyas und Tamisks Werk war. Es war kein anderer Mann dafür ausersehen gewesen, an Avallyns Seite zu sein. Niemals. Er war derjenige, und nur er allein, vor zehntausend Jahren in ihrer Vergangenheit geboren.

Er beugte sich zu ihr hinunter, um seine Lippen auf ihre zu pressen, aber sie drehte den Kopf weg.

»Das dürfen wir nicht, Gefürchteter Gebieter. Ich ... ich darf es nicht.«

»Avallyn?«

Sie schüttelte den Kopf. »Ich weiß, in dem Roten Buch stand, dass wir eins sein sollten, und ich weiß, dass ich dich geküsst habe, aber meine Mutter hat es verboten, und hier im Hart ist der Grund dafür klar geworden.«

Dir vielleicht, dachte er vollkommen verwirrt.

»Welcher Grund?«

»Ich kann nicht mehr klar denken, wenn du mich küsst, und zwar in einem beunruhigenden Maße«, gestand sie, als ob es die denkbar schlimmste Folge wäre.

»Dann ist ja alles so, wie es sein sollte«, versicherte er ihr. »Zu viel Denken ist der Ruin von Küssen.«

»Ja, und Küsse führen zum Ruin einer Priesterin.« Sie wich zurück, und er ließ sie widerstrebend los.

»Avallyn, ich –«

»Ich bin kein Kind mehr, Morgan«, unterbrach sie ihn und kehrte ihm den Rücken zu, um in der kleinen Lichtung auf und ab zu wandern. »Ich weiß Bescheid über Sex und Paarung und über die Bande der Wollust. Die Ilmarryn des Vergessenen Waldes sind nicht schüchtern, und ich habe gesehen, was aus Priesterinnen wird, die dem Charme des sinnenfrohen Volkes der Waldgeister erliegen und ihre Pflicht vergessen.« Sie stieß gegen einen Ast, und von einem der Zweige löste sich ein Blatt und schwebte herab, um sich in ihrem Haar niederzulassen.

Morgan beobachtete, wie sie ruhelos hin und her ging, beobachtete, wie ein anderes Blatt dem Ersten folgte, und er sagte sich, dass es keinen Grund zur Panik gab, sagte sich, dass alles gut werden würde. Er brauchte nichts weiter zu tun, als etwas Aufrichtiges über die Gefühle zu sagen, die er für sie hegte. Dann würde sie keine Angst mehr haben. Denn es war Angst, die er in ihren Worten hörte.

»Sie werden wild und zügellos und gehen fort, um mit ihrem Waldgeist-Geliebten unter dem Baldachin des Waldes zu leben«, fuhr sie fort, »vergessen alle ihre Gelübde, vergessen Claerwen.«

Sie könnte meine Waldesgeliebte sein, dachte Morgan, und er würde ganz sicherlich mit Freuden unter den Bäumen leben, um bei ihr zu sein.

»Es ist eine Tragödie«, sagte sie.

Er fand das überhaupt nicht tragisch.

»Ich glaube, meine Mutter hat befürchtet, dass es mit mir auch ein solches Ende nehmen könnte, und nicht nur, dass ich von einem trunksüchtigen Hightech-Schrottdieb von niederer Herkunft verführt würde. Deine Abstammung ist durch das Drachenfeuer bewiesen worden, aber meine Mutter würde nicht dulden, dass ich meine vergesse.«

Er war noch immer ein bisschen verwirrt, aber sie hatte ihm gerade einen Hinweis gegeben, einen, den er nicht hätte vergessen dürfen: Palinor, ihre Todeshexen-Mutter aus den nördlichen Dünen.

»Deine Mutter spielt bei dieser Sache keine Rolle«, erklärte er ihr, denn zumindest dessen war er sich absolut sicher. »Sie hat keinen Platz zwischen uns. Das habe ich in der Nacht gesehen, in der du mir Tamisks Zaubertrank eingeflößt hast.« Es war die Wahrheit, nicht die Lüge eines Verliebten. »Ganz gleich, welche Macht Palinor ausübt, über diese Sache hat sie keine Macht.«

»Nein.« Avallyn blieb stehen und blickte ihn an, und er sah, dass sie von Blättern gekränzt worden war, dass sich die Blattstiele wie ein grünes Haarband durch ihre Zöpfe gewunden hatten. »Zu dieser Vereinigung wird keine Weiße Frau ihren Segen geben.«

Armes Ding, dachte er. Sogar der Baum gab sie ihm, so wie ihr Vater es bereits getan hatte, und sie hielt noch immer hartnäckig an der Überzeugung ihrer Mutter fest.

Sie war sein, daran hatte er keinen Zweifel, aber er musste sie erst noch für sich gewinnen, diese betörende elfische Wüstenfrau, die er liebte.

Ja, und das war ein alarmierender Gedanke: Liebe. Er strich sich mit der Hand durchs Haar. Natürlich musste er sich ausgerechnet in eine einhundertfünfundzwanzig Jahre alte Jungfrau verlieben, deren Mutter ihr verboten hatte, eine intime Beziehung mit dem Mann zu haben, der von der Vorsehung für sie bestimmt worden war, obwohl sie zehntausend Jahre darauf gewartet hatte, dass er endlich auftauchen würde.

»Komm. Lass mich deine Wunden versorgen«, sagte sie, als sie auf die Hütte zuging.

»Wenn wir unbedingt jemandes Segen brauchen, könnten wir ja den deines Vaters nehmen«, schlug er vor, als er ihr folgte, ganz die Stimme der Vernunft und des Praktischen. »Ich glaube, er hat uns vorhin am Teich der Weissagung miteinander vermählt. Oder zumindest glaube ich, dass er *mich* vermählt hat. Vielleicht steht es dir ja immer noch frei zu wählen, aber ich bin dein.«

»Ich habe nie eine Wahl gehabt … bis jetzt«, erwiderte sie, und der würdevolle Ernst in ihrer Stimme ließ zum ersten Mal echte Zweifel an dem Ergebnis ihres Spiels in ihm aufkommen.

»Ach …«, war alles, was er dazu sagen konnte, wieder einmal um eine Antwort verlegen. Sie wies ihn zurück, weil sie endlich den Mut hatte, eine Wahl zu treffen, und zwar aus eigenem Entschluss und ohne Rücksicht auf die Wünsche oder Verbote ihrer Mutter; und sie wählte nicht ihn. Was für eine sonderbare Laune des Schicksals das wäre, wenn sie ihn mit all ihrem Gerede von Bestimmung und Pflicht quer durch die halbe Wüste geschleppt hätte, nur um es sich in dem Moment, in dem er endlich nachgab, plötzlich anders zu überlegen.

Ja, das wäre wirklich ein starkes Stück, ein verdammt starkes Stück – aber er dachte nicht im Traum daran, es so weit kommen zu lassen.

Im Gegensatz zu einigen der jungen Grünschnäbel an Llywelyns Hof hatte er keine Befriedigung in unerwiderter Liebe oder in schwärmerischer Anbetung aus weiter Ferne gefunden. Er hatte es immer lieber gemocht, wenn eine Frau leidenschaftlich für ihn entflammt und ganz in seiner Nähe war, vorzugsweise eng um ihn geschlungen, sodass sie einander voll und ganz genießen konnten.

Das war natürlich in der Vergangenheit gewesen. In der Zukunft hatte er leider kein solches Glück gehabt. Den besten Sex, den er in den vergangenen zehn Jahren gehabt hatte, hatte er im Weinrausch erlebt, wenn ihn der carillionische Wein in seine Vergangenheit zurückversetzt hatte, um eine ganz besonders schöne Nacht noch einmal zu durchleben, so wie jenes erste Mal mit Eiryl.

Ja, er war ein paar Mal dort gewesen, aber Avallyn hatte ihm alles das genommen. Er war jetzt von dem Wein befreit und wollte auch nicht wieder mit dem Trinken anfangen, denn der Preis dafür war einfach zu hoch, selbst für das Vergnügen lebhaft erinnerter Orgasmen, die lächerliche zehntausend Jahre zurücklagen.

Gott, ja, er war wirklich ein trauriger Fall.

Sie bedeutete ihm mit einer Handbewegung, sich auf die Pritsche zu setzen, und nach einem Moment des Zögerns kam er ihrer Aufforderung nach.

»Wir haben eine weite und gefährliche Reise vor uns, und ich möchte nicht, dass es Unstimmigkeiten zwischen uns gibt«, sagte Avallyn. Sie hatte gerade damit begonnen, das Kohlebecken anzuzünden, und unterbrach ihre Tätigkeit, um ihm einen fragenden Blick zuzuwerfen. »Du verstehst doch, nicht wahr?«

Er verstand, dass sie verrückt war, schlicht und einfach

verrückt, wenn sie glaubte, dass er sie hatte küssen können, ohne mehr zu wollen; schlicht und einfach verrückt, wenn sie glaubte, sie könnten den Liebesakt umgehen. Die Natur hatte ihn ganz einfach nicht dafür bestimmt, sich in Enthaltsamkeit zu üben, und die Natur hatte auch Avallyn nicht dafür bestimmt, sich mit so wenig zufrieden zu geben.

»Ich verstehe besser als du«, sagte er.

Der erleichterte Blick, den sie in seine Richtung warf, bewies ihm, dass er Recht hatte.

Nachdem er Scyld und seinen Karabiner beiseite gelegt hatte, zog er seine versengte und zerrissene Jacke aus. Avallyn ging fort, um Wasser aus dem Bach zu holen, während Morgan sich seines Hemds entledigte. Als er auf seinen linken Arm blickte, fluchte er leise. Das Drachenfeuer war nicht so ungezügelt gewesen, wie er geglaubt hatte. Es hatte ihn mit der Präzision eines Skalpells gezeichnet, hatte ihn mit Runen gebrandmarkt. Er blickte auf seinen rechten Arm und sah dort die gleichen Zeichen, die von seiner Schulter bis zu seinem Handgelenk verliefen.

»*Ammon, bes, ceiul*«, murmelte Avallyn, als sie mit dem gefüllten Wasserkrug neben ihm niederkniete. »Die Runen der Zuflucht.«

»Zuflucht?«

»Des Schutzes. Für dich … für uns.«

»Tamisk hat eine Zauberformel in meine Haut geritzt?« Gott im Himmel, der Magier hatte sich wirklich verdammt viel herausgenommen.

»Nein. Tamisks Magie ist alt, aber dieser Zauber ist noch weitaus älter, ein uralter Zauber aus nicht erinnerbaren Zeiten.« Sie berührte ihn leicht am Arm. »Die Runen der Zuflucht gehen auf das Dunkle Zeitalter zurück, als die Drachen geboren wurden. Es ist ein Feuerzauber aus Ysaias Kessel, der dich auf diese Weise gezeichnet hat.«

Das dürfte meiner Verwandlung in einen Barbaren den

letzten Schliff geben, dachte er trübselig. Er hatte bereits den Abdruck eines Blattes auf der Brust, einen weißen Streifen im Haar, komplett mit dem dazugehörigen Brandmal eines Zeit-Reiters auf seiner linken Körperseite, eine halbe Handbreit dickes Narbengewebe auf seinem Unterkörper und jetzt auch noch in seine Haut eingeritzte runische Zauberformeln, die über die gesamte Länge beider Arme verliefen. Er fragte sich, wer er in der Vergangenheit wirklich gewesen war, denn was in der Zukunft aus ihm geworden war, schien weitaus mehr von kosmischen Absichten geprägt zu sein.

Avallyn wählte ein paar Kräuter aus den Bündeln mit getrockneten Pflanzen aus, die an den Ästen der Laube hingen, und legte sie zum Dünsten in die beiden Töpfe mit Wasser, die sie auf die glühenden Kohlen des Kohlebeckens gestellt hatte. Es war ihre Beschäftigung mit den Pflanzen, die Morgan mehr noch als alles andere an seinen Freund Dain erinnerte. Im Hart Tower fiel es ihm trotz der vielen Veränderungen, die mit dem Turm vorgegangen waren, nicht schwer, sich seinem alten Freund nahe zu fühlen, dem Mann, der mehr ein Bruder für ihn gewesen war als Damian. Dain hatte den Turm ebenfalls mit Pflanzen gefüllt, einige trocknend, einige wachsend, einige sogar im Winter blühend.

Wenn es irgendjemanden aus seiner Vergangenheit gab, den er wirklich vermisste, dann war es Dain Lavrans. Auch sie waren durch Blut und Feuer zusammengeschmiedet worden, und durch Aufopferung, Dains Aufopferung. Eine Sache, die Morgan in der Vergangenheit zu schaffen gemacht hatte, war Furcht gewesen. Als Sklave im Heiligen Land, als er halb verhungert und hilflos im Schmutz ihres Wüstengefängnisses gelegen hatte, sein Bein halb zerschmettert, der Schmerz größer, als er ertragen konnte, hatte er unerträgliche Angst ausgestanden. Eine verrückte

Angst, denn er hatte sich ebenso sehr vor dem Überleben gefürchtet wie vor dem Sterben; und er hätte selbst seiner eigenen Mutter nicht sagen können, was er wählen würde, wenn er denn eine Wahl gehabt hätte. Er hatte aber keine gehabt. Und auch Dain nicht, und dennoch hatte Dain gewählt und gegen die Widrigkeiten des Schicksals gekämpft, damit er und Morgan überleben würden.

Seine Furcht war ihm während der vielen Jahrtausende, die er in dem Zeit-Wehr verloren hatte, ausgetrieben worden – die Furcht vor allem, außer vor dem Wurmloch selbst. In der Zukunft war das Überleben an die Stelle der Furcht getreten, eine Anschauung, die durch die Vision, die er in Tamisks Teich der Weissagung gesehen hatte, noch um einiges erweitert worden war. Zehn Jahre lang hatte er nur um sein eigenes und Ajas Überleben besorgt sein müssen. Avallyn und das Drachenfeuer machten nun plötzlich das Überleben der ganzen Welt zu seiner Sorge – und er fühlte die Bürde schwer auf seinen Schultern lasten.

Er erhob sich instinktiv von der Pritsche, von dem Bedürfnis getrieben, sich zu bewegen, und rieb sich über den Nacken. »Wie lange dauert es, bis deine Aufgüsse fertig sind?«

»Der Tee muss nur ein paar Minuten ziehen«, erwiderte Avallyn und blickte zu ihm auf. »Das Heilwasser braucht ein bisschen länger.«

Er nickte. »Gut. Ich bin gleich wieder da.«

»Ich komme mit dir«, sagte sie und erhob sich rasch. »Tamisk hat Fallen gegen Eindringlinge aufgestellt. Du könntest versehentlich in eine hineingeraten.«

»Nein.« Morgan schüttelte den Kopf. »Ich werde schon aufpassen. Ich möchte nur ein paar Minuten allein sein.«

Ein paar Minuten, um mein Gleichgewicht wieder zu finden, dachte er, als er sich unter der Laube hindurchduckte und Avallyn zurückließ. Ein paar Minuten, um nachzudenken.

Er wanderte den Bach entlang, bis ihm klar wurde, dass er ins Wasser wollte. An einer Stelle, wo sich der Bach zu einem Teich verbreiterte, gespeist von einem kleinen Wasserfall, zog er seine Stiefel aus, schnallte seine Laserkanone ab und stieg aus seinen Hosen. Der Bach war kalt, aber nicht eiskalt, und als er zu der Stelle hinausgewatet war, wo das Wasser tiefer wurde, tauchte er ganz hinein.

Er schwamm unter Wasser zu dem Wasserfall und tauchte direkt darunter wieder auf. Kühles, klares Wasser ergoss sich über ihn, ein stetiger Schwall, der auf seinen Kopf und seine Schultern prasselte und in Rinnsalen an seinem Körper herablief. Es war eine Erleichterung, und er stand lange Zeit ganz still da, seine Füße in den sandigen Boden gegraben, und ließ sich von dem Bach waschen, ließ das erfrischend kühle Wasser den Schmerz seiner Schnittwunden lindern.

Er hatte sich geirrt. Er brauchte keine Zeit zum Nachdenken. Er wollte überhaupt nicht nachdenken. Er wollte nur fühlen, wie das Wasser über ihn und um ihn herum strömte, wollte das saftige grüne Laub der überhängenden Äste betrachten und beobachten, wie die Blätter in den Strudeln des Teiches herumwirbelten.

Er legte den Kopf in den Nacken, füllte seinen Mund mit Wasser und spuckte es aus, dann trat er unter dem Wasserfall hervor und schüttelte kräftig den Kopf. Wassertropfen flogen in alle Richtungen – aber die Gedanken, die er nicht haben wollte, blieben hartnäckig an Ort und Stelle.

Dharkkum. Großer Gott im Himmel, wie sollte er eine solche Macht bloß bekämpfen? Er blickte auf seinen linken Arm und drehte ihn ins Licht. Alles Blut war weggewaschen worden, um die Feinheit der Runen zu enthüllen. *Ammon, bes, ceiul*, hatte Avallyn gesagt. Es war kein zu hoher Preis, wenn sie schützend wirkten. Aber er war trotzdem nicht bereit, Avallyns Leben aufs Spiel zu setzen und sich dabei auf den Schutz eines Feuerzaubers zu verlassen.

Avallyn. Seine Lippen verzogen sich zu einem Lächeln. Süße Wüstenfee; er hatte ihre Reaktion auf jeden seiner Küsse gespürt, und er wusste genau, was diese Reaktion bedeutete, selbst wenn sie es nicht wusste. Sie hatte ihre Wahl getroffen, o ja, und ihre Wahl war auf ihn gefallen. Ihr Herz hatte gewählt, ihr Körper hatte gewählt.

Er würde ohne sie in die Vergangenheit reisen, aber nicht, ohne sie vorher zu lieben. Sie war reif für die Liebe, und er konnte sie nicht verlassen, damit sie sich einen hemmungslosen Ilmarryn als ersten Geliebten nahm – und das würde sie tun. Er zweifelte nicht daran, ganz gleich, was sie sagte. Nein, für diese Zeitspanne gehörte sie ihm, dem Herrscher der Zeit.

Er drehte seinen anderen Arm ins Licht und beobachtete, wie das Sonnenlicht, das durch die Blätter fiel, seine Haut mit Schatten sprenkelte. Er war als ein Prinz von Wales geboren worden. Der Titel hatte ihm kraft des Gesetzes gehört, aber dies hier – sein Blick schweifte über die sauber eingeritzten Runen, ein Drachengebet – ging sehr viel tiefer als die Gesetze der Menschen, ging tief unter die Haut, auf die es geschrieben worden war. Alles andere in seinem Leben verblasste im Vergleich zu den Banden der Pflicht, die er an Tamisks Teich geschmiedet hatte – alles außer Avallyn. Sie hatte ihn hierher gebracht. Sie wäre niemand anderem gefolgt.

Sie war ein Teil von ihm. Er hatte es schon in Racht gewusst, als er sie zum ersten Mal gesehen hatte. Damals hatte er jedoch geglaubt, dass sie Teil seiner Vergangenheit sei. Jetzt wusste er, dass sie für alle Zeit ein Teil von ihm war.

Er stieß sich abermals ab, schwamm von dem Wasserfall weg und drehte sich auf den Rücken, um sich auf dem Wasser treiben zu lassen. Nebelschwaden wirbelten durch die Strahlen von Sonnenlicht, die durch die verglaste Turmkuppel fielen. Morgan streckte die Arme aus, und dabei stieß seine rechte Hand gegen etwas. Als er sich herumdrehte, um zu sehen, was das war, erkannte er, wie zerbrechlich Tamisks Magie war. Es war nicht nur Sonnenschein, der durch das Glasdach des Turmes strömte; es drang auch Sand ein, kleine Rinnsale von goldenen Körnern, die in einem unaufhaltsamen Strom in den Teich hinabrieselten.

Noch nicht einmal der Hart würde bis in alle Ewigkeit den zerstörerischen Mächten standhalten, auch nicht mit Hilfe von Magie. Was die Finsternis nicht verschlang, würde die Wüste unter ihren Sandmassen begraben. Morgan ließ seine Hand sinken, um die goldenen Körner von den Fluten des Baches wegspülen zu lassen. Es gab keine Fische in dem Bach, keine Elritzen, genauso wenig wie es irgendwelche Vögel oder Eichhörnchen in der Eiche gab, und Morgan hoffte inständig, dass der Vergessene Wald nicht ebenso leer und öde war. Was hatte es für einen Zweck, einen Wald zu retten, wenn er stumm war?

Du glaubst, ich bin stumm? Eine Stimme, tief und klangvoll, strich wie ein kühler Hauch über seine Haut.

Morgan hielt reglos inne.

Hat Llynyas Eiche gerade zu mir gesprochen?, fragte er sich, mittlerweile bereit, alles zu glauben.

Hast du nicht den Wind und das Wasser gehört? Die Stimme wurde zu einem grollenden Vibrieren, das er überall um sich herum fühlte. *Hast du nicht die Blätter rascheln und die Äste im Wind ächzen hören?*

»Doch«, murmelte Morgan leise und drehte sich zu der Eiche um.

Dann hör aufmerksam zu, Menschenjunge, hör aufmerksam zu …

18

Avallyn war in Panik geraten, das war alles, und jetzt wünschte sie, sie hätte Ruhe bewahrt.

Sie stand am Rand der Laube und starrte voller Unruhe in den immer dichter werdenden Nebel, während sie sich sagte, dass Morgan im Hart sicher war, dass ihm in Tamisks Turm nichts passieren würde, nicht, wenn er auf Tamisks Befehl hier war. Trotzdem war er schon weitaus länger als ein paar Minuten fort, und es war nicht nur die Sorge um ihn und das Bedauern, die ihr zu schaffen machten, sondern sie vermisste auch seine Nähe. Er fehlte ihr. Viel zu sehr, befürchtete sie.

Ja, schalt sie sich, meine Sehnsucht nach ihm wird mich noch um den Verstand bringen. Es war relativ leicht, ihre gegenseitige Anziehungskraft zu leugnen, wenn sie schreckliche Angst davor hatte, dass er auf diese Anziehungskraft hin handeln könnte, aber weitaus weniger leicht, wenn sie allein war und sich beraubt fühlte und sich schmerzlich nach ihm sehnte.

Morgan ab Kynan, der Herrscher der Zeit und der Mann, den sie haben konnte, wenn sie nur den Mut dazu hatte. Er war kein ilmarrynischer Waldelf, der sie von ihrer Pflicht abbringen würde. So viel wusste sie inzwischen. Sie hatte beobachtet, wie sich das Drachenfeuer einen Weg durch seinen Körper gebahnt hatte. Sie hatte gesehen, wie seine inneren Überzeugungen in den Flammen geschmiedet worden waren und sich zu Stahl verhärtet hatten. Ihre Entschlossenheit war aus Pflichtbewusstsein entstanden, seine war in dem Drachenfeuer geboren worden; und sie hatte keinen Zweifel daran, wessen die stärkere war.

Ja, er würde wieder in die Vergangenheit zurückgehen, um die Verlorenen Fünf zu retten, aber zuerst musste er zu ihr kommen. Sie hörte zwar nichts, was darauf hätte schließen lassen, dass ihm etwas zugestoßen war, aber Tamisk – und seine Fallen – waren äußerst tückisch.

Sie blickte durch die Zweige der Eiche zur Glaskuppel des Turmes hinauf. Es würde bald regnen. Sie konnte den nahenden Regen in der Luft riechen.

Ein gedämpftes Geräusch aus westlicher Richtung ließ sie abrupt den Kopf drehen… und dort war er, kam mit raschen Schritten aus den dichten, tief hängenden Nebelschwaden heraus, sein Haar nass und an seinem Nacken klebend, seine Hosen fleckig vor Feuchtigkeit, seine Stiefel und die Laserkanone in den Händen.

Erleichterung durchströmte sie. Sie machte einen Schritt auf ihn zu, blieb dann zögernd stehen.

Morgan sah die Erleichterung und die Unsicherheit auf Avallyns Gesicht, und er sah auch die Sehnsucht, die sie nicht verbergen konnte. Sie war in der sanften Verletzlichkeit ihres Ausdrucks zu erkennen, in der Art, wie sie den Blick nicht von ihm losreißen konnte.

»Ist der Tee fertig?«, fragte er, als er neben ihr stehen blieb und seine Stiefel in die Laube warf. Er beugte sich vor und lehnte seine Laserkanone gegen die Wand der Laube. In ein paar Minuten würde das fast Unmögliche passieren. Es würde regnen, mitten in der Wüste von Deseillign, im Inneren des Hart Tower von Wydehaw Castle. Er spürte die Veränderung in der Luft.

Und noch bevor es zu regnen anfing, würde das nicht annähernd so Unmögliche geschehen. Avallyn würde ihn küssen.

»Ja«, sagte sie und wich einen Schritt zurück.

Er hielt sie fest, bevor sie noch weiter zurückweichen konnte, hob eine Hand an ihr Gesicht und zog sie wieder zu sich her.

»Gut«, sagte er und rieb zart mit dem Daumen über ihre Wange.

Sie war so bezaubernd, so süß und betörend, ihre Haut weicher noch als Samt, ihre Augen silbrig leuchtend in dem trüber werdenden Licht. Über ihnen ballten sich graue Wolken unter dem Dach des Turmes zusammen und verdeckten den grellen Schein der Sonne.

»Du solltest eine Tasse davon trinken« – sie sprach zögerlich, unsicher –, »jede Stunde.«

»Später.« Er strich behutsam mit den Fingerspitzen über ihre Unterlippe, und ihre Lippen öffneten sich. »Du bist so schön«, murmelte er, seine Stimme rau und kehlig vor Verlangen.

Großer Gott, er war völlig vernarrt in die schöne Elfenmaid mit dem fein geschnittenen Gesicht und der wilden silberblonden Mähne, völlig vernarrt in ihre grauen, grün umrandeten Augen und ihren verführerischen Mund und in das tapfere Herz, das unter den weichen Rundungen ihrer Brüste schlug.

»Morgan?«

Er brachte sie mit einem Kuss zum Schweigen, einer sanften Liebkosung seines Mundes, bevor er zart in ihre Unterlippe biss und sie mit seiner Zunge streichelte. Er wollte nicht, dass Avallyn sich irgendeiner Sache zwischen ihnen unsicher war. Er wollte nicht, dass sie sich fürchtete.

»Morgan«, hauchte sie abermals, und sein Kuss wurde leidenschaftlicher, als er seinen Mund über ihrem öffnete. Sie seufzte, ein gedämpfter, kehliger Laut der Lust, und in seinen Lenden breitete sich die Glut des Verlangens aus, heiß und süß. Er brauchte sich wirklich keine Sorgen wegen des Zeit-Wehrs oder wegen des Kristallkraters zu machen, der ihn in den Höhlen unterhalb von Merioneth erwartete. Wenn er ihr nicht noch näher kommen konnte, wenn er sich nicht tief zwischen ihren Schenkeln vergraben und spüren konnte, wie sie den Höhepunkt der Verzückung erreichte, weil er in ihr war, würde er vor Frustration sterben, und zwar lange, bevor sie Claerwen erreichten. Allein der Gedanke daran, wie sie zum Orgasmus kam, genügte schon, um heiße Erregung in ihm aufwallen zu lassen, und er sehnte sich danach, ihren nackten Körper unter seinem zu fühlen, das lustvolle Keuchen zu hören, wenn er in sie eindrang, und sie dazu zu bringen, alles für ihn aufzugeben.

Es war lange, lange Zeit her, seit er das letzte Mal eine Frau gehabt hatte, aber die Gefühle, die Avallyn in ihm weckte, lösten all die richtigen Reaktionen aus. Er erinnerte sich daran, wie er eine Frau geküsst hatte, bis sie atemlos war, wie er sie immer wieder leidenschaftlich geküsst hatte, bis sie dahingeschmolzen war, bis ihrer beider Münder heiß und feucht waren und schon ein Kuss zu einem verzehrenden Liebesakt wurde. Er erinnerte sich daran, wie er ein Mädchen dazu gebracht hatte, sich von ihm entkleiden zu lassen, und wie er sie sanft dazu überredet hatte, ihm zu erlauben, die Geheimnisse ihres Körpers zu erforschen. In der Vergangenheit war das alles ein herrlich sinnliches Spiel gewesen, bei dem es keine Verlierer gab, und die einzigen Tränen, die es jemals gegeben hatte, waren nicht deshalb geflossen, weil er sich zu viel genommen hatte, sondern weil er nicht zurückgekommen war, um sich noch mehr zu nehmen. Ja, er hatte schon vor langer Zeit gelernt, Zärtlichkeit einzusetzen, um einer Frau die Unsicherheit oder Schüchternheit zu nehmen. Bei ihm war kein Mädchen lange schüchtern gewesen, und selbst die Schüchternste und Schamhafteste hatte in seinen Armen die Freuden der Schamlosigkeit kennen gelernt.

Aber Avallyn war kein Mädchen, das er verführen wollte, nur um die Bedürfnisse seines Körpers zu befriedigen. Was zwischen ihnen war, war kein Spiel, das es nur um des erotischen Vergnügens willen zu spielen galt. Er brauchte Avallyn, brauchte sie weit über die körperliche Erfüllung hinaus, die sie ihm schenken konnte. Er brauchte das Gefühl, dass ihre Verbindung stark war, stark genug, um über zehntausend Jahre hinweg zu reichen und ihm inneren Frieden zu bescheren. Sex konnte nur ein Teil dessen sein, was sie miteinander verband, denn sie würden sich ganz sicherlich nie wieder lieben können, wenn er erst einmal in das Zeit-Wehr gesprungen war. Es war eine schmerzliche Wahrheit, die sich wie ein eisernes Band um seine Brust legte und ihm das Herz zusammenschnürte.

Er löste seine Lippen behutsam von ihrem Mund und hielt sie fest, seine Hände um ihre Oberarme gelegt, seine Wange an ihr Haar geschmiegt. Er hielt sie sanft, während er versuchte, wieder zu Atem zu kommen und den Schmerz zu lindern, der ihn bei dem Gedanken daran überfiel, dass er sie verlieren würde.

Großer Gott, er war wirklich nicht mehr zurechnungsfähig; und wenn er auch nur einen Moment glaubte, dass es irgendeinen Ort in der Galaxie gäbe, wohin er mit ihr fliehen könnte, um seinem Schicksal zu entrinnen, dann würde er sie packen und mit dem ersten Transportmittel, das er finden könnte, in die Parallelwelt verschwinden.

Aber es gab keinen Ort, wo er sich vor dem hätte verstecken können, was er in Tamisks Teich gesehen und gefühlt hatte, keinen Ort, um sich vor der Liebe zu verstecken, die er für Avallyn empfand und die ihn ebenso unentrinnbar an sein Schicksal fesselte wie Stept Agahs Blut.

»Zehn Jahre lang habe ich mich gefragt, warum mich das Schicksal hierher geführt hat«, sagte er, seine Stimme rau. »Aber erst als ich dich das erste Mal geküsst habe, ist mir die Erkenntnis gedämmert. Ich bin hier, um dich zu beschützen, um für dich zu kämpfen, um dich vor Unheil zu bewahren.« Er hob den Kopf und strich ihr mit einer Hand durchs Haar, während sich sein Mund zu einem wehmütigen Grinsen verzog. »So wahr mir Gott helfe, Avallyn, es scheint der einzige Grund dafür zu sein, warum ich überhaupt existiere.«

Als sie zu ihm aufblickte, sein Geschmack noch immer auf ihren Lippen, empfand Avallyn sehr ähnlich: dass sich ihr Leben nur um ihn drehte und dass sein Kuss das Licht war, das den Sinn ihres Daseins enthüllte.

»Das hält mich jedoch nicht davon ab, dich zu begehren«, fuhr er fort und runzelte die Stirn, sodass sich die rabenschwarzen Schwingen seiner Brauen über den indigoblauen Augen zusammenzogen, die ihren Blick intensiv festhielten. »Aber es könnte mich daran hindern, dich zu nehmen.« In seine Stimme schlich sich eine Andeutung von Sehnsucht. »Und ich begehre dich so sehr. Ich möchte deinen Mund auf meinem fühlen, möchte deine Hände überall auf meinem Körper spüren.« Er ließ seine Hand um ihre Taille gleiten, und seine Stimme wurde zu einem sanften, verführerischen Murmeln, das nur für ihre Ohren bestimmt war. »Ich möchte in dir sein und fühlen, wie du dich mir mit Leib und Seele hingibst, Prinzessin. Ich möchte dich an einen Ort entführen, an dem du noch nie gewesen bist.«

Mit sanftem Druck zog er sie noch enger an sich. Seine dunklen Wimpern senkten sich über seine Augen, und er rieb zärtlich seine Nase an ihrer, brachte seinen Mund näher und näher an ihren, ohne jedoch ihre Lippen zu berühren.

»Ich möchte deinen Kuss, Avallyn, nur deinen.« Sein Atem strich als ein warmer Hauch über ihren Mund. »Und was möchtest du? Sag es mir.«

Sie konnte es nicht. Sie kannte keine Worte für das, was sie sich wünschte, aber so dicht an ihn gedrückt, während sein Verlangen in ihrem eigenen Herzen widerhallte, wusste sie, dass es mehr als nur ein Kuss war, mehr als nur der Liebesakt. Sie strich behutsam mit den Händen über seine Brust, zeichnete mit den Fingerspitzen den Wulst seiner Narbe nach bis zu der Stelle, wo sie über seinen Nabel verlief. Die Reise hierher war nicht leicht für ihn gewesen. Er hatte einen weiten, weiten Weg unter unglaublichen Mühen und Schmerzen zurückgelegt und war schließlich an einem feindlichen Gestade angeschwemmt worden, schutzlos und allein, ohne zu wissen, dass sie schon ihr ganzes Leben lang auf ihn gewartet hatte.

Langsam ließ sie ihre Hand über seinen Unterleib gleiten, über eine straffe Fläche harter Muskeln und die Linie dunklen Haares, die pfeilförmig unter dem Taillenbund seiner Hose verschwand.

Sein Bauch spannte sich an, und ein gedämpfter Laut – halb Seufzen, halb Lachen – entschlüpfte ihm … und plötzlich wusste sie genau, was sie wollte.

»Ich will dich«, flüsterte sie und hob sich auf die Zehenspitzen, um ihre Lippen auf seine zu pressen. Er reagierte augenblicklich, indem er die Arme um sie schlang, sie ganz fest an sich zog und seinen Mund über ihrem öffnete.

Morgan … sein Geschmack überflutete ihre Sinne, eine köstliche Mischung aus Aromen, die einzigartig im ganzen Universum war. Ja, sie wollte ihn, seinen Körper, sein Herz, alles von ihm. Sie wollte ihn an ihrer Seite fühlen, wollte bei ihm sein … *für immer*. Das war das Versprechen des Roten Buches.

Sie wusste, was sie zu tun hatte. Wusste, wie sie ihn mit dem Zauber sinnlicher Begierde und mit Liebesworten an sich fesseln konnte, wie sie ihn zu der magischen grünen Linie führen und sein Denken und Empfinden mit ihrem verschmelzen konnte. Sie war eine halbe Ilmarryn, und wenn sie in Claerwen für ihren Ungehorsam büßen musste, nun gut, dann sei es so.

Sie ließ ihre Hand wieder nach oben gleiten, um sanft über seine Brust zu streichen, und genoss das Gefühl seines warmen, muskulösen Körpers unter ihrer Handfläche, während sie sich fragte, ob sie sich traute, ihn auf eine solche Art und Weise an sich zu binden, und sich gleich darauf fragte, warum sie sich nicht trauen sollte, wenn ihn zu küssen bedeutete, den Himmel auf Erden zu erleben. Sie konnte sie in seinem Kuss schmecken, die schmerzende Unermesslichkeit des Zeit-Wehrs, den Kurs, den er quer durch Zeit und Raum genommen hatte, eine gewisse Kühle in der feuchten Hitze seines Mundes. Die elementare Erde war ebenfalls da, ein Beigeschmack der weit zurückliegenden Vergangenheit. Er war unendlich reich an Geschmacksvarianten, der Herrscher der Zeit, betörend und vielschichtig. Sie war über alle Maßen bezaubert von dem Krieger, den das Schicksal ihr gesandt hatte.

»*Cariad*«, flüsterte er dicht an ihren Lippen und hob die Hand, um ihre Brust zu umfassen; und alle ihre Gedanken flohen, vertrieben von dem prickelnd erregenden Gefühl seiner Berührung.

Ein gedämpftes Stöhnen der Lust entschlüpfte ihr, und sie schmiegte sich noch enger an ihn und ließ ihre Hände zu seinem Schultern hinaufgleiten. Sie fühlte, wie sich seine kraftvollen Muskeln anspannten, als er sie noch fester umschlang. Lange, endlose Augenblicke plünderte er leidenschaftlich ihren Mund und streichelte ihre Brüste, bis sie vor heißer, süßer Wonne weiche Knie bekam. *Shadana.* Er war Magie, pure Magie.

Als er sich an dem Verschluss ihres Gewandes zu schaffen machte, leistete sie keinerlei Widerstand, denn es gab nichts auf der ganzen weiten Welt, was sie sich mehr wünschte, als sich noch tiefer in seinen Bann ziehen zu lassen.

Morgan schob seine Hand in ihr halb geöffnetes Gewand und fühlte, wie ihm die Götter zulächelten. Sie war vollkommen nackt unter ihrer Priesterinnenrobe. Er strich behutsam mit der Hand über ihre zarte, ach so zarte, warme Haut und hoffte inständig, dass er sich irgendwie noch eine Weile beherrschen könnte, um Avallyns erstes Mal länger andauern zu lassen. Er zweifelte jedoch daran, dass er sich noch viel länger zurückhalten konnte. Sie war so offen und zugänglich für seine Liebkosungen, und er war hart vor Erregung. Er sehnte sich danach, sie bis in alle Ewigkeit zu küssen, überall, und wenn die Ewigkeit endete, sich in ihrem Schoß zu vergraben und dann wieder von vorn anzufangen.

Er presste seine Hüften verlangend an ihre und ließ seine Zunge ganz langsam in ihren honigsüßen Mund gleiten. Hitze durchströmte ihn, berauschende Hitze. Er zog sich zurück, öffnete seinen Mund noch weiter und schob seine Zunge abermals zwischen ihre Lippen.

Wie eine Segnung hallte ihr gedämpftes Stöhnen der Lust in seinem Mund wider und löste einen Aufruhr der Leidenschaft in seinem Körper aus. Er rieb sich fiebernd vor Verlangen an ihr und presste sie noch fester an sich, um sie die ganze harte Länge seiner Erektion spüren zu lassen, während seine Hand zu dem Vorderteil ihres Gewandes glitt und den Verschluss bis zu dem Dreieck zwischen ihren Schenkeln öffnete, einen himmlischen Ort, der sogar noch himmlischer wurde, als er seine Finger zwischen ihre Beine schob, um ihren Schoß zu streicheln. Sie war unglaublich weich und feucht – und sie war herrlich real, kein carillionisches Trugbild. Als er sie behutsam streichelte, reagierte ihr gesamter Körper auf seine Liebkosung, reagierte mit einem Anspannen und Zittern ihrer Muskeln, mit einem Seufzer, den er mit seinen Lippen einfing, und mit noch mehr von der heißen, süßen Feuchtigkeit, die ihm sagte, dass er ihr mit seiner Liebkosung, seinem Kuss sinnlichen Genuss bereitete. Es gab keine größere Verlockung. Sie zwang ihn auf die Knie, buchstäblich, als er sich langsam vor Avallyn niedersinken ließ, seine Lenden schwer und pulsierend vor Verlangen, sein Mund offen, um jede verführerische Kurve ihres Körpers zu kosten – weiche Brüste, um seinen Mund zu füllen, seidig glatte Haut, um ihn zu entzücken, und ihre Vulva … *großer Gott*, ein süßes Geheimnis, ein Ort, um sich darin zu verlieren. Hungrig ließ er seine Zunge zwischen ihre Schenkel gleiten, und sie schob mit einem überraschten Aufkeuchen die Hüften vor und vergrub ihre Finger in seinem Haar, um seinen Kopf fest an sich zu drücken.

Ach, ja, er erinnerte sich. Er war immer gut bei dem hier gewesen, nie besser als jetzt, wo seine Zunge von der irdischen Begierde seiner Liebe zu Avallyn geführt wurde, während ihr köstlicher Duft ihn einhüllte, ihn bis ins Innerste erfüllte, berauschender noch als carillionischer Wein. Es war der Duft von Blumen, Lilien und Lavendel, und der allgegenwärtige würzige Wohlgeruch von zerdrücktem Gras auf einer von Birken umstandenen Lichtung.

Er schob seine Finger in ihren Schoß, liebkoste die feuchte, seidige Weichheit, die sich um ihn herum zusammenzog, und plötzlich gaben Avallyns Knie nach. Er fing sie mit einem Arm auf und drückte sie fest an sich, während er mit der anderen Hand seinen erotischen Angriff auf ihre und seine eigenen Sinne fortsetzte.

Gott, wie sehr er den köstlichen Geschmack einer Frau vermisst hatte! Wie sehr er die Art vermisst hatte, wie eine Frau unter den Liebkosungen eines Mannes dahinschmolz, die fieberhafte Erregung, die einen Mann erfasste, wenn er eine Geliebte zum Abgrund sinnlicher Verzückung führte – wo Avallyn jetzt fast angelangt war, so dicht vor dem Höhepunkt. Er könnte sie jetzt in diesen Schwindel erregenden Abgrund der Wonne fallen lassen. Sie war bereit dafür, stieß gedämpfte Laute des Verlangens aus, ihr Körper pulsierte vor Erregung; aber er hielt sie noch zurück, da er gemeinsam mit ihr den Höhepunkt erreichen wollte.

Er küsste sie noch einmal und stand dann auf, um sie mit Schwung auf seine Arme zu heben. Sie war zerzaust und erhitzt, ihre Kleider verwühlt und offen, ihre Haut schimmernd, ihre Augen verschleiert vor Leidenschaft. Als er sie in die Laube trug, küsste er sie abermals, hungrig und leidenschaftlich, während er ihren Mund plünderte und sie ihren eigenen Geschmack auf seiner Zunge kosten ließ.

Draußen begann es zu regnen. Es war kein Donnergrollen zu hören, das die Ankunft des Regens verkündete, nur ein leises und stetiges Rauschen von Tropfen, die raschelnd durch die Blätter fielen und Morgan und Avallyn in das trübe Halbdunkel der Wolken hüllten.

Er ließ Avallyn aus seinen Armen gleiten und stellte sie neben der Strohpritsche auf die Füße, dann nahm er ihr Gesicht sanft in seine Hände. Ihre Augen waren träumerisch von sinnlicher Begierde zu einem rauchigen Grau verdunkelt. Ihre Lippen waren geschwollen, so süß und verführerisch, und luden förmlich zu einem Kuss ein. Er beugte den Kopf vor und presste seinen Mund auf ihren, und er genoss die Art, wie sie sich bereitwillig an ihn schmiegte, wie sie sich aufgab; ihre schmelzende Hingabe war alles, was er brauchte, um sie zu nehmen und zu einem Teil von sich zu machen.

Avallyn kannte den Zauber der Liebe, aber sie hatte noch nie zuvor irgendetwas wie das erlebt, was sie bei Morgan fühlte, diese pulsierende Intensität erwachten sinnlichen Verlangens. Sie hatte nicht gewusst, dass ein Mann vor Leidenschaft brennen konnte, von einer inneren Glut erfüllt, in die sie sich am liebsten eingehüllt hätte. Sie hatte nicht gewusst, dass in der Kraft so viel Zärtlichkeit sein konnte – und trotz allem, was sie gemeinsam durchgemacht hatten, hatte sie nicht gewusst, wie viel Kraft in ihm war. Sein Körper war hart und sehnig, die Quelle seiner Kraft eine atemberaubende Landschaft aus Muskeln, von der massiven Mauer seiner Brust bis hin zu der gefurchten Ebene seines Unterleibs. Seine Arme waren mit schwellenden Muskeln bedeckt – und dennoch war sein Mund die Sanftheit selbst, so behutsam und zärtlich in seinem Verschlingen.

Bewundernd ließ sie ihre Hände über seine Hüften gleiten und weiter zu den harten Schenkeln, und er schob in einer langsamen, rhythmischen Bewegung sein Becken vor und zurück, während er seine Lippen verlangend auf ihren Hals presste.

»Streichle mich«, flüsterte er, als er sich mit einer erneuten Bewegung seiner Hüften an ihr rieb.

Sie wusste, was er meinte. Seine Erektion war unbestreitbar. Es gab nur sehr wenig, was störte, nur der Verschluss seiner Hose. Sie schob ihre Finger in den Taillenbund seiner Hose und zögerte plötzlich.

»Ich habe noch nie…« Sie brach ab, von plötzlicher Schüchternheit übermannt.

»Nimm mich einfach in deine Hand«, murmelte er, dann zog er mit seiner Zunge eine heiße, feuchte Spur über ihren Hals zu ihrem Ohr und machte sie ein kleines bisschen verrückt.

»Morgan!« Sein Name kam in einem leisen Aufschrei der Erregung über ihre Lippen.

»Tu es, Avallyn, bitte!«, drängte er sie. »Zieh mir die Kleider aus, und berühre mich.«

Sie tat es, ließ ihre Finger an dem Verschluss hinuntergleiten und fühlte die Härte seines Schafts an ihrer Handfläche. Unter seiner Hose trug er eine sehr knappe Unterhose, ein winziges Stückchen Stoff, das nicht mehr als das Minimum bedeckte und in seinem augenblicklichen Zustand noch nicht einmal das zu verhüllen vermochte. Als sie den Verschluss geöffnet hatte, schob sie seine Kleidungsstücke über seine Hüften hinunter… und er wartete, während er seine Hände in ihrem Haar vergrub und ihre Stirn küsste.

Eine lange Strähne seines Haares streifte ihr Gesicht und fiel als ein seidiger, ebenholzschwarzer Strang über seine Schulter. Der Geruch seines Körpers, bis zum Äußersten erregt und verführerisch warm, ließ ihren Mund trocken werden. Sie konnte ihn fast auf der Zunge schmecken. Sie legte ihm die Hände auf die Hüften, ließ ihre Finger über die straffen Muskeln zu beiden Seiten seines Bauches bis zu seinen Lenden hinuntergleiten, dann strich sie wieder aufwärts und umschloss den harten Schaft seines Gliedes mit der Hand.

Er stieß aufstöhnend in ihre Handfläche, und sie wurde von einem tiefen Schmerz der Sehnsucht erfüllt. Mit einem Seufzen drückte sie ihre Lippen auf seinen Hals, um ihn zu kosten und zart mit den Zähnen über seine Haut zu streifen. Er gehörte in ihr Inneres. Sie sehnte sich schmerzlich danach, ihn dort zu fühlen, sehnte sich schmerzlich danach, zu spüren, wie er ihren Körper füllte. Im Sex lag Macht, eine uralte, ursprüngliche Macht. Sie hatte diese Wahrheit nie deutlicher empfunden als in diesem Moment, als sie ihn in ihrer Hand hielt.

»Morgan«, murmelte sie mit kehliger Stimme, als sie ihre Hand in einem trägen, sinnlichen Rhythmus an seinem harten Glied hinauf und hinunter gleiten ließ. Sein Körper reagierte prompt auf die Liebkosung, indem er sich anspannte, und sie leckte einen heißen Pfad über seine Haut, von dem verzehrenden Verlangen erfüllt, ihren Mund überall auf seinen Körper zu pressen, seinen Mund überall auf ihrem zu spüren – wieder so wie vorhin zwischen ihren Schenkeln, auf ihren Brüsten, auf ihren Lippen, überall – und zugleich so voller Angst, dass sie nicht genug von ihm bekommen würde.

Er legte ihr die Hände auf die Schultern und öffnete ihren Umhang. Der Umhang rutschte, um sich um ihre Füße zu bauschen, gefolgt von ihrem Gewand. Mit einem Aufseufzen strich er mit einer Hand über ihren nackten Rücken und umfasste mit der anderen ihre Brust, um ihre Knospe mit dem Daumen zu streicheln. Ihr stockte der Atem, als eine heiße Woge der Erregung über ihr zusammenschlug, und sie hielt mitten in ihrer Liebkosung inne.

»Hör nicht auf«, flüsterte er und stieß gegen ihre Hand. »Hör niemals auf.«

Sie streichelte ihn abermals, veränderte diesmal ihren Rhythmus, und als sie ihre Hand tief zwischen seine Schenkel schob, überlief ihn ein Schauer der Erregung.

»Leg dich hin«, sagte er, seine Stimme gepresst vor Leidenschaft, und er führte sie zu der Pritsche und hielt ihre Hand, als sie sich auf einen Stapel von seidig grünen Decken und Kissen niedersinken ließ.

Morgan ließ Avallyns Hand los, um sich seiner restlichen Kleider zu entledigen, und er beobachtete, wie ihr Blick verlangend über seinen Körper wanderte. Sie hatte mit ihrer Kühnheit und ihren heißen Lippen ein verzehrendes Feuer der Begierde in seinem Inneren entfacht, aber er ließ sich Zeit, als er seine Hose auszog, ließ sie sich an ihm satt sehen. Er wusste, was er war, wusste, dass sie inzwischen den größten Teil seines Körpers gesehen hatte, aber sie hatte noch nicht die Narbe gesehen, die sich über die gesamte Länge seines Schenkels zog, seine unauslöschliche Erinnerung an das Heilige Land und das blutdürstige Schwert eines Sarazenen. Er hatte eine tiefe Schnittwunde davongetragen, bevor der Soldat mit seinem Pferd über ihn hinweggetrampelt war.

Dennoch war es nicht Mitleid, was er in Avallyns Augen sah, und es war auch nicht Ekel. Nein, es war leidenschaftliche Begierde, das gleiche reine, unverfälschte Verlangen, das auch er fühlte, wenn er sie betrachtete. Sie war ganz elfenbeinweiße Haut und sanft gerundete Kurven gegen den Hintergrund des waldgrünen Bettzeugs, elegante Kurven, die förmlich darum bettelten, von einem Mann liebkost zu werden.

Morgan ließ sich auf der Pritsche nieder, zog eine Decke über sie beide und legte sich vorsichtig auf Avallyn. Ja, dachte er. Das hier war es, was er gewollt hatte, seit er sie zum ersten Mal gesehen hatte – nackt bei ihr zu liegen, mit nichts zwischen ihnen außer Haut und Hitze.

Als er auf sie hinunterblickte, sein Schaft heiß und pulsierend zwischen ihren Schenkeln, ihr Ausdruck einladend, wurde ihm bewusst, dass er noch nie eine solche intensive Liebe empfunden hatte, noch nie eine solche große Wollust. Der Regen wurde heftiger, durchnässte das Laubdach der Eiche und lief in dünnen Rinnsalen über den Waldboden, aber die Laube blieb trocken. Der Wind frischte auf und fegte in kräftigen Böen um den Baum herum.

Vorsichtig drang Morgan ein kleines Stück in Avallyn ein, und seine Gedanken brachen ab, bis er überhaupt nicht mehr denken konnte, bis es nur noch sie und ihn gab und die Stelle, wo sie miteinander vereint waren.

»Tut dir das weh?«, murmelte er. Ich kann mich beherrschen, sagte er sich; ich kann mich zurückhalten und ganz, ganz langsam und vorsichtig vorgehen, wenn das nötig ist, damit sie mich nicht zurückstößt.

»Nur wenn du aufhörst.« Sie nahm sein Gesicht in beide Hände und küsste ihn auf die Lippen. »Ich bin elfischer Abstammung, Morgan. Es gibt keine Barriere, die durchbrochen werden muss.« Ihr Kuss war eine Verlockung, eine Bitte, tief, ganz tief in sie einzudringen. In Wirklichkeit hätte er auch nichts anderes tun können. Mit einem kraftvollen Stoß vergrub er sich in ihrem seidenweichen Schoß und war sofort verloren.

Großer Gott! Sie war ein atemberaubendes Wesen, heiß und eng und wie für ihn erschaffen. Als er tief in ihr vergraben war, fühlte er die Wahrheit des Roten Buches sicherer als je zuvor. Sie war tatsächlich für ihn erschaffen worden. Er zog sich ein kleines Stück zurück und glitt dann erneut in sie hinein, diesmal noch tiefer, und sie reagierte darauf, indem sie an seiner Zunge saugte, ein erregendes Ziehen, das ihn fast um den Verstand brachte. Er stieß abermals kraftvoll zu, und ein grüner Wohlgeruch durchströmte ihn, geheimnisvoll und würzig und unglaublich erotisch, anders als alles, was er je zuvor gefühlt hatte.

»Morgan, Morgan«, flüsterte sie dicht an seinen Lippen, dann pustete sie zart in sein rechtes Ohr und liebkoste seine Ohrmuschel mit der Zungenspitze. Als sie das Gleiche mit seinem linken Ohr machte und der grüne, erotische Hauch durch seine Poren in ihn eindrang, wusste er, dass Tamisks Tochter einen Zauber wirkte. Seine Haut schien unter diesem Zauber zum Leben zu erwachen, an sie gefesselt durch die grünen Ranken sinnlichen Verlangens, die sie mit ihren zarten Berührungen erschuf. Sie zog mit ihrer Zunge eine heiße Spur von seinem Kinn zu seinem Mund und küsste ihn innig, ein sanfter, langsamer, gründlich bezaubernder Kuss. Aller Widerstand strömte aus ihm heraus, ein Widerstand, von dem er noch nicht einmal gewusst hatte, dass er ihn überhaupt gehegt hatte, so als ob er unbewusst einen Teil von sich zurückgehalten hätte. Ihre Zauberkraft ließ keine Zurückhaltung zu. Er hungerte nach ihr, und sein leidenschaftliches Verlangen nach ihr steigerte sich mit jedem Stoß seines Körpers.

Ja, sie wollte ihn ganz und gar haben.

Mit hingebungsvoller Konzentration zeichnete sie ihn mit ihrem Atem und ihrer Zunge, die Seiten seiner Nase, beide Schläfen, während sie ihr Zaubernetz webte und sich ihr Körper im Gleichklang mit seinem bewegte. Schließlich presste sie ihre Lippen in die Mitte seiner Stirn – mit erstaunlichen Folgen.

Er verharrte vollkommen reglos über ihr, und sein Bewusstsein schweifte fort von ihrem Kuss zu den entlegensten Bereichen seines Körpers, wurde zu einer Erweiterung der grünen Erotik, die bereits durch seine Sinne spielte, zu einem Bewusstsein, das weit über ihre sexuelle Vereinigung hinausging.

Sie war aus Sternenstaub erschaffen. Und er desgleichen. Aus demselben Stern, von dem all die Magie der Erde stammte, und die Erde war Magie. Von den verlorenen Ozeanen bis hin zu den unergründlichen Wäldern der weit zurückliegenden Vergangenheit gab es nichts als Magie, eine schmale grüne Linie der Magie, die sich wie ein Band durch die Zeit wand ... durch Avallyn ... durch ihn.

Er war in den letzten zehn Jahren von einem Winkel der Galaxie in den anderen gereist, und er hatte eine Menge wilder, verrückter Dinge ausprobiert, bevor er sich schließlich für carillionischen Wein als Rauschmittel seiner Wahl entschieden hatte – aber er hatte selbst im Weinrausch niemals etwas Ähnliches wie den Liebeszauber der Priesterin-Prinzessin gefühlt. Es war ein grünes Band aus Feuer, das sie in seinem Körper entzündete, um ihn an sich zu binden und ihn schier verrückt vor Begierde zu machen. Er stieß schneller und immer schneller in ihren Schoß, sein Phallus heiß und hart und schwer, jeder Zentimeter von ihm sensibilisiert durch ihren Körper.

»Avallyn«, stöhnte er, ein raues Flüstern ihres Namens, ein inständiges Flehen.

Sie zog eine Spur von Küssen über sein Gesicht zu seinem Mund hinunter, und jede sanfte Berührung ihrer Lippen auf seiner Haut sagte ihm, dass er geliebt wurde. Es war ein berauschendes Gefühl, berauschender noch als alles andere, das ihn auf den Gipfel der Verzückung katapultierte. Als er sich mit einem letzten, kraftvollen Stoß tief in ihrem Schoß vergrub, fühlte er, wie sich ihre Muskeln um ihn herum zusammenzogen, und ein heißer Strahl purer Lust schoss durch sein Inneres und ließ ihn alles um sich herum vergessen. Er bewegte sich ruckartig in ihrem Schoß und fühlte, wie sich sein Samen in einer heißen Flut aus ihm ergoss. Er kam abermals, aus tiefer Kehle stöhnend, und sah, wie sich das grüne Band der Ewigkeit über ihm entfaltete, wie es ihn lockte. Wieder ergoss sich der heiße Strom seines Samens aus ihm, und Avallyns Orgasmus verschmolz mit seinem und riss ihn in den Abgrund der Ekstase hinab.

Avallyn sah es ebenfalls, und sie war bei ihm, als Woge auf Woge reinster sinnlicher Wonne durch ihren Körper brandete. Er füllte sie vollkommen aus, raubte ihr den Atem, nahm alles, was sie hatte, mit der magischen Kraft, die nur ihm allein innewohnte, und riss sie mit sich fort. Ja, das Schicksal hatte sie füreinander bestimmt, sie und den Herrscher der Zeit.

Er schlang die Arme um sie und drückte sie eng an sich, als der Liebeszauber von wilder Leidenschaft in ein Gefühl tiefster Erfüllung überging, um sie schwach und kraftlos vor Befriedigung und angenehm schläfrig zu machen. Seufzend streckte sie sich unter Morgan aus, und ein leises Lachen entschlüpfte ihr.

»Was ist?«, fragte er, seine Stimme heiser und kehlig an ihrem Ohr, als er die Hand hob, um ihre Brüste zu streicheln.

»Es hat sich wirklich gelohnt, auf dich zu warten, mein Gefürchteter Gebieter, all die langen zehntausend Jahre auf dich zu warten.«

Morgan grinste, durch ihr atemloses Geständnis erneut in heftige Erregung versetzt.

»Schamloses kleines Frauenzimmer« nannte er sie, als er abermals zwischen ihre Schenkel stieß und sich über sie beugte, um zärtlich in ihren Hals zu beißen.

Diesmal war es ein sanfter Liebesakt, und in den langen, ruhigen Augenblicken, die darauf folgten, fühlte Morgan sich von einem tiefen inneren Frieden erfüllt. Avallyns Atem strich warm über seine Brust, ihr Haar war ein seidiges, zerzaustes Durcheinander unter seiner Wange. Sie seufzte leise, und er zog sie noch fester an sich und beugte den Kopf, um einen Kuss auf ihre Stirn zu drücken. Sie war nicht sein Tod, sondern sein Leben, selbst wenn er im Kryscaven-Krater sterben sollte. Die Wahrheit war unleugbar. Er griff nach ihrer Hand, und sie verflocht ihre Finger mit seinen, warm und fest – und an diesem seltsamen Ort, zehntausend Jahre von seiner Zeit und seinem Heimatland entfernt, umgeben von wundersamer Magie, wusste Morgan, dass er endlich heimgekehrt war.

19

»Aha, hier bist du also«, ließ sich eine vertraute Stimme vernehmen.

Morgan drehte überrascht den Kopf. Er und Avallyn saßen auf der Liege unter dem schützenden Dach der Laube und teilten sich Essen und eine Tasse Tee. Sie hatte *rasca* benutzt, um seine Drachenfeuerwunden damit einzureiben, und hatte aus Tamisks Truhe ein Hemd und eine Tunika für ihn herausgesucht. Das Hemd war rostbraun und mit einem verschnörkelten Muster aus dicken Silberfäden bestickt, die Übertunika in einer leuchtenden Nuance von Waldgrün. Hemd und Tunika waren von dem gleichen Schnitt und den gleichen Farben wie die Kleider des Magia-Gebieters, und Morgan konnte sich des Verdachts nicht erwehren, dass es Teil von Tamisks Plan gewesen war, ihn in magische Gewänder kleiden zu lassen.

Er lächelte Aja zu und erhob sich von der Pritsche.

»Du siehst ausgeruht aus«, sagte er. »Allerdings ein bisschen nass.«

Aja zog viel sagend die Braue hoch. »Und du siehst so aus, als hättest du ausgiebig gevö-«

Morgan brachte ihn mit einem warnenden Blick zum Schweigen.

»Als … äh … als ginge es dir auch recht gut«, schloss Aja, und sein Grinsen strafte jedes seiner hastig korrigierten Worte Lügen. »Du weißt nicht zufällig, wie es geschah, dass ich dreißig Fuß über dem Erdboden in einem Baum landete, tief und fest schlafend?«

»Tamisk«, erklärte Morgan.

Aja nickte, noch immer grinsend, obwohl sich seine Augen vor Besorgnis verdunkelten. »Ich habe dich gewarnt, Morgan, und gebetet, dass du in meiner Abwesenheit nicht gelitten hast, denn es ist allgemein bekannt, dass der beste Schutz eines Mannes sein Hauptmann ist.« Der Junge musterte Morgan von oben bis unten, auf der Suche nach Anzeichen von Verletzungen.

»Ich habe nicht mehr als unvermeidlich gelitten«, erwiderte Morgan.

Als Aja die Verbände an Morgans Handgelenken entdeckte, deren weiße Enden unter den Ärmeln seiner Tunika hervorschauten, verschwand das Grinsen des Jungen. »Du bist verletzt worden.« Er warf einen argwöhnischen Blick in Avallyns Richtung.

»Nicht mehr als unvermeidlich«, wiederholte Morgan, »wie es anscheinend mein Los ist. Aber du bist wohlauf, deshalb will ich mich nicht beklagen.«

Diese Beteuerung half jedoch nur wenig, um den Jungen zu besänftigen, dessen Ausdruck grimmig wurde, als er seine grünen Augen auf Morgan richtete.

»Ich habe es in den Knochen gesehen, als ich auf dem Medain dein Horoskop erstellt habe. Dieser Ort hier ist voller Magie«, sagte Aja warnend, während er erneut einen schnellen Blick auf Avallyn warf, »und nichts davon ist heilsam. Hier sind ungeheure Kräfte am Werk, Morgan, Furcht einflößende Kräfte. Ich habe sie in meinen Träumen gefühlt, eine Woge von Feuer, die über mich hinwegrollte; und dann etwas, anders als alles, was ich je zuvor gefühlt habe, eine

Energie, so rein, dass sie geradewegs durch mich hindurch zu schneiden schien. Ich fürchte, die Verletzung, die diese Macht dir zugefügt hat, ist noch nichts im Vergleich zu dem, was sie anrichten kann und wird, wenn wir nicht schleunigst fortgehen ... selbst wenn ... wenn wir die Prinzessin mitnehmen müssen«, schloss er hastig, und nach seinem Gesichtsausdruck zu urteilen – halb Resignation, halb Grimasse – hatte es ihn keine geringe Mühe gekostet, sich zu diesem Zugeständnis durchzuringen.

»Hier war tatsächlich Feuer«, gab Morgan zu und verbarg sein Grinsen, nicht übermäßig überrascht über Ajas Vorahnungen oder sein Misstrauen gegenüber Avallyn. Der Junge hatte zehn Jahre in Pan-shei gelebt, lange genug, um zu wissen, welche Gefahr von Frauen ausgehen konnte.

Aja nickte beipflichtend, obwohl er nicht allzu erfreut darüber schien, dass er Recht hatte.

»Und ich habe hier auch Wildheit erlebt«, fuhr Morgan fort, »aber mir ist wirklich nichts passiert, trotz der Wunden, und du bist in deinem traumerfüllten Schlaf auf der Eiche endlich von der seelischen Last der letzten Monate befreit worden. Du siehst zum ersten Mal seit Sonnpur-Dzon wieder so jung aus, wie du wirklich bist.«

»Das war der Anfang von allem, nicht wahr, Mylord? Der verfluchte Drache«, erklärte der Junge nüchtern.

»Für dich, ja«, erwiderte Morgan. »Für mich hat die Sache schon lange, lange davor begonnen.«

»Aber dies ist noch nicht das Ende. Es nähern sich Reiter, noch während wir hier herumtrödeln. Ich habe sie von meinem Ast aus durch das Westfenster gesehen.«

Morgan wandte sich zu Avallyn um.

»Es sind wieder die Reiter von Sept Seill«, bestätigte sie. »Tamisk sagte, sie würden bei Einbruch der Dunkelheit kommen.«

Auch sie hatte Kleider in Tamisks Truhe gefunden, eine

grüne Tunika und Beinlinge und außerdem ein dunkelblaues Unterhemd, das mit goldenen Sternen bestickt war. Morgan hatte Avallyn hundertmal geküsst, während sie ihren Tee getrunken hatten, und er hatte noch immer nicht genug von ihr. Er brauchte sie nur anzusehen, und schon überkam ihn wieder das Bedürfnis, sie zu küssen, seinen Mund auf jeden Zentimeter ihres Körpers zu pressen und ihren Duft einzuatmen, einfach um die samtige Weichheit ihrer Haut zu fühlen.

»Dann sollen wir diesen Ort also verlassen?«, fragte Aja.

Morgan hörte Erleichterung in der Frage mitschwingen – und der Junge hatte auch allen Grund, erleichtert zu sein. Denn letztendlich hatte Aja Recht. Wenn er, Morgan, die schreckliche Reise durch das Zeit-Wehr überlebte und auch die verheerenden Folgen, nachdem die Siegel am Kryscaven-Krater erbrochen worden waren, und wenn es ihm durch irgendein wunderbares Zusammentreffen von Geschicklichkeit, Glück, Zufall und Magie tatsächlich gelang, mit dem Indigoblauen Buch in der Hand zum Hart Tower zurückzukehren, dann musste er sich zweifellos darauf gefasst machen, dass die Hölle los sein würde, bevor Dharkkum vernichtet wäre – und er würde natürlich genau mittendrin sein, wahrscheinlich nicht allzu weit von der Stelle entfernt, wo er jetzt stand.

Das war ein beunruhigender Gedanke.

»Ja, Hauptmann. Wir verschwinden von hier«, sagte er.

Aber nicht für lange, dachte er, als er sich im Turm umsah. Wenn er mit dem Buch des Wissens zurückkehrte, würde der Hart kein elfischer Zauberwald mehr sein, der eine lauschige Liebeslaube barg. Nein, der Turm würde der Abgrund der Hölle sein – und aller Wahrscheinlichkeit nach sein Grab.

Die Zeit, dachte Corvus grübelnd, *ist der Haken bei der Sache. Ungeheure Kräfte sind dabei, ihre zerstörerische Macht zu entfalten.*

Er fühlte sie überall um sich herum, Kräfte der Finsternis in unzähligen Schattierungen von Schwarz – so schwarz wie Vishabs unaufhörliches Gebrüll. Von der Stelle zwischen den Stahlstreben des großen Laderaums in seinem Kriegsschiff, wo er sich aufhielt, konnte er die schwarze Fäulnis ihrer Schreie sehen. Jedes Mal, wenn die Hexe den Mund öffnete, spie sie schwarzen Schmerz aus – schwarzen Schmerz und finsteren Zorn über den Verlust ihres Gelben Buches. Seine Gefangenen, die Frau namens Ferrar und ihr Riese von Ehemann, waren von schwarzer Furcht von einer vollkommen anderen Nuance erfüllt, während sie dort in der Ecke kauerten, wo er sie angekettet hatte. Seine Hauptmännin war in Ohnmacht gefallen. Oder vielleicht war sie auch eines schwarzen Todes gestorben. Wie auch immer, sie hatte sich jedenfalls seit seinem unglückseligen Zornesausbruch nicht mehr gerührt. Sie lag reglos wie ein Stein da, ihre neuen Epauletten mit Ruß beschmiert. Der Bote aus der Kommandozentrale war jedoch definitiv gestorben, von Corvus' linker Hand in seine Atome zerquetscht. Er war nicht mehr als ein feuchter Fleck auf dem Fußboden, dem schwarzen Fußboden. Alles war schwarz, überall, genau wie der Schleier aus Schatten, der Corvus' gutes Auge bedeckte.

Es war Vishabs Schuld und die Schuld eines Idioten namens Tamisk, der es gewagt hatte, in Magh Dun einzubrechen und Vishabs Turm zu verwüsten.

»*Tamissssk*«, zischte Corvus. Er wälzte den Namen in seinen finsteren Gedanken herum, und er hasste seinen Klang, hasste das Wesen, das diesen Namen für sich beanspruchte, und hasste Vishab dafür, dass sie eine solche Person all die vielen Jahre über vor ihm verheimlicht hatte.

Tamissssk hätte ihn retten können, *Tamissssk* und seine Drachen, die in einem lauwarmen Tümpel unterhalb eines Vergessenen Waldes in einem Weißen Palast in der Nähe des Sandmeeres lebten.

Von seinen Kinnladen war noch genug übrig, um mit den Zähnen zu knirschen, aber Corvus wagte es nicht. Denn Zähneknirschen verstärkte seinen Zorn nur noch, und er hatte keinen Platz mehr für Zornausbrüche und sonstige Fehler jeglicher Art.

Drachen. Diese widerliche Hexe. Wie hatte sie es wagen können, ihm zehn Jahre lang die Existenz der Drachen zu verheimlichen?

Claerwen hatte alle Macht in der Wüste inne, wie Vishab ihm seit jenem Tag, als sie ihn im Sand gefunden hatte, immer wieder erklärt hatte; und seine Erinnerungen an sein vorheriges Leben hatten eine solche Wahrheit bestätigt. In Deseillign herrschten die Priesterinnen der Gebeine. Es waren die Weißen Frauen des Todes, so hatte Vishab geschworen, die vernichtet werden mussten, wenn er sich retten wollte, und er war nur zu gerne bereit, das zu glauben. Sie und nur sie allein hatten die Mittel zu seiner Rettung, das Zeit-Wehr, durch das er gekommen war, und das Wissen über Dharkkum. Sie waren diejenigen, die seine Rache verdienten, denn es waren die widerwärtigen Wüstenmütter gewesen, die ihn das erste Mal durch das Zeit-Wehr gejagt hatten.

Er war nie auf den Gedanken gekommen, nach einem anderen zu suchen.

Nie.

Jetzt war Vishabs Buch, *sein* Buch, aus Magh Dun gestohlen worden, eine Sicherheitslücke, für die viele mit ihrem Leben büßen würden, und plötzlich hatte die abscheuliche kleine Todeshexe einen Feind namens Tamisk, den zu erwähnen sie bis jetzt nie für nötig gehalten hatte. *Ta-*

missssk, der die Macht besaß, in Magh Dun einzudringen und ihren Hexenkessel-Zauberbann zu brechen. *Tamissssk*, ein Magia-Gebieter und Experte in den Sieben Büchern des Wissens.

»*Bücher*«, fauchte Corvus verächtlich. Er hatte mehr als genug Bücher gelesen. Er hatte in der Vergangenheit unzählige Bücher zu Rate gezogen, und sie hatten ihn doch nicht gerettet. Tamisk konnte so viele Bücher haben, wie er stehlen konnte. Corvus wollte keine Bücher mehr, er wollte die verfluchten Drachen. Oder genauer gesagt, er *hatte* sie gewollt. Jetzt war es zu spät für Drachen. Sie würden ihn bei lebendigem Leibe fressen. Drachen und Dharkkum waren seit unvordenklichen Zeiten Todfeinde. Das hatte er in dem Gelben Buch gelesen – und als er jetzt an sich heruntерblickte, wusste er, dass er es nicht wagen würde, in ihre Reichweite zu kommen.

Nein, er musste nach Claerwen gehen, zurück zu den Würmern.

Vor zehntausend Jahren hatte er Merioneth als ein Land der *pryf* und des Zeit-Wehrs gekannt. Er hatte in der Zukunft danach gesucht, hatte unermüdlich die Wüste und das Sandmeer durchkämmt, in der Hoffnung, Überreste von Merioneth und eine Alternative zu dem Wehr der kosmischen Geißel zu finden, die in Claerwen herrschte – das verfluchte uneinnehmbare Claerwen mit seinen verfluchten unerschütterlichen Priesterinnen. Aber all sein Suchen war vergeblich gewesen. Kriege und Sandmassen hatten alles auf der Erde ausgelöscht, was auch nur entfernt dem Land ähnelte, in dem er gelebt hatte, als er in der Vergangenheit gewesen war. Hin und wieder kamen zwar Gerüchte von einem Vergessenen Wald auf, aber wovon würden die Bewohner einer trostlosen, unfruchtbaren Einöde träumen, wenn nicht von einem grünen Wald?

Fata Morgana, hatte Vishab in ihrer Verzweiflung gestanden. Der Weiße Palast lag hinter einer Fata Morgana und einem Berg von Steinen versteckt, einem Trugbild, das *Tamissssk* erschaffen hatte.

Gut versteckt, allerdings, denn selbst in seinem anderen Leben, bevor er in die Vergangenheit verbannt worden war, als er Herrscher über ein halbes Dutzend Planeten und doppelt so viele Monde gewesen war und als die Erde nur eine unbedeutende Auftankbasis an einer zweitklassigen Handelsstraße außerhalb der Grenzen seines Imperiums gewesen war, selbst damals hatte Corvus nichts von einem Weißen Palast gewusst. Und wenn er davon gewusst hätte, dann hätte es ihn nicht interessiert. In seinem damaligen Leben hatte er sich auf einer Ebene bewegt, die weit über das Vorstellungsvermögen jedes rückständigen Provinz-Erdlings hinausging. Jetzt hing sein Leben in genau dieser Provinz an einem seidenen Faden. Corvus Gei, der Kaiser, war auf Corvus Gei, der Kriegshetzer, reduziert worden – und alles das nur wegen einer aus der tiefsten Provinz stammenden Prinzessin, die seine Aufmerksamkeit erregt, sein Herz gestohlen und ihn ins Verderben gestürzt hatte.

»*Liebe, pah!*«, fauchte er in die Dunkelheit.

In seinem anderen Leben waren Könige und Machthaber aus der gesamten Milchstraße nur zu gerne bereit gewesen, ihm Geschenke zu machen, sei es in Form von Reichtümern oder Prinzessinnen. Die Priesterinnen von Claerwen hatten sich nicht dazu berufen gefühlt, ihm zu huldigen, sondern hatten ihre kostbare Göre für irgendeinen namenlosen Prinzen aufgespart. Einen gottverdammten Prinzen, wenn sie einen Kaiser hätte haben können!

Er hatte Jahre damit verbracht, das Mädchen zu umwerben, war immer wieder zu dem Planeten zurückgekehrt, um Handelsbeziehungen mit den Priesterinnen anzuknüpfen, und war sogar so weit gegangen, dass er den Kriegshetzer jener Zeit vernichtet hatte, um sie von ihrem Feind zu befreien. Er hatte sie bei ihren Vertragsverhandlungen mit dem Alten Reich unterstützt, hatte ihnen geholfen, die Grenzen der Wüste zu sichern, aber trotz all seiner Mühen und der Unsummen, die er ihretwegen ausgegeben hatte, hatten sie ihm doch immer das eine verweigert, das er so gerne haben wollte: Avallyn Le Severn.

Sie war so rein gewesen, erinnerte er sich, so unglaublich arrogant und selbstsicher, und er hatte sich danach verzehrt, sie zu erobern, so wie er Welten erobert hatte.

Sie war auch schön gewesen, bezaubernd schön. Unvollkommen, das ja, im Gegensatz zu den genetisch veränderten Wundern, die aus den Schatzkammern der Psi-Herrscher kamen, aber gerade in ihrer Unvollkommenheit hatte er einen Reiz und einen Charme entdeckt, anders als alles, was er je zuvor gesehen hatte, eine Schönheit, die er ganz für sich allein hatte haben wollen.

Sie schien zu den Wesen zu gehören, die ewig jung blieben, und dabei war sie doch schon fast einhundert Jahre alt gewesen, als er sie das erste Mal gesehen hatte, und so frisch wie eine vom Morgentau benetzte Rosenknospe. Sie hatte nach grünem Gras und nach Unsterblichkeit geduftet, und er hatte den Rest seines Lebens in ihrer Nähe verbringen wollen, um sie zu lieben und von ihr widergeliebt zu werden.

Und jetzt – seine schwarzen, rauchenden Klauen zuckten –, jetzt musste er feststellen, dass sie einen Vater namens *Tamissssk* hatte, einen Magier mit grenzenlosen Kräften, der Vishab irgendwie nicht sonderlich interessiert hatte. Vishab, deren einziges Streben und Trachten offenbar nicht darauf gerichtet war, ihren Herrn zu retten, sondern ihr eigenes Ziel zu erreichen – nämlich die Zerstörung von Claerwen.

Die niederträchtige, ausgestoßene, zur Hexe gewordene Priesterin hatte den Einfluss und die Bedeutung eines Mannes unterschätzt, und dafür hatte sie teuer bezahlen müssen. Ihr Buch war verschwunden – das kostbare Buch, dessen sie sich immer so sicher gewesen war – und zum Weißen Palast an den Ufern des Sandmeeres gebracht worden, wo Tamisk mit seinen Drachen hauste.

Das verdammte Miststück. Das gemeine, abscheuliche Miststück.

Für ihr Buch war es jetzt zu spät; und für ihn, Corvus, war es zu spät, um zum Weißen Palast zu gehen, und zu spät, um Avallyn zu bekommen. Sie war unter den Reitern in Rabin-19 gewesen, zusammen mit dem verfluchten Hightech-Schrottdieb aus Pan-shei. Eine Skraeling-Horde hatte die beiden zu einem Lager auf dem Medain verfolgt, wo sich ihre Spur schließlich verloren hatte.

Ja, sie war in die Wüste verschwunden, und dort, davon war Corvus überzeugt, würde sie bleiben, um auf ihren beschissenen namenlosen Prinzen zu warten, für immer außerhalb seiner Reichweite, zusammen mit der beschissenen Drachenstatue, die ihm niemals etwas nützen würde.

»Drachen«, zischte er wütend, und die schattenhaften Überreste seines Körpers begannen sich in einer langsamen Spirale zu winden, in Bewegung versetzt durch die Energie seines Zorns.

Er war hereingelegt worden. Betrogen. Vernichtet.

Vishab jammerte laut und lenkte damit Corvus' verhängnisvolle Aufmerksamkeit auf sich.

Er könnte sie von ihrem Elend erlösen. Der Preis würde nicht sehr hoch sein.

Er warf einen Blick auf seine Gefangenen, während sich die rauchige Spirale seines Körpers schneller zu drehen begann und zur Decke des höhlenartigen Laderaums hinaufwirbelte, und er sah, wie sich ihre Furcht in panische Angst verwandelte. Er könnte auch sie vernichten, außer ... außer dass ihn die Vernichtung des Riesen Anstrengung kosten würde, zu viel Anstrengung. Um Vishab zu erledigen, würde er nicht mehr als einen Fetzen von Rauch benötigen. Der Riese dagegen würde schon eine größere Menge Rauch brauchen, und die Zeit-Reiterin besaß trotz ihrer schmächtigen Gestalt eine Willensstärke, die zu bezwingen eine zu große Strapaze für ihn sein würde.

Nein. Er ließ sich wieder von der Decke herabsinken und griff nach Vishab auf dem Fußboden. Er würde vorläufig nur die elende Hexe vernichten. Dann würde er mit seinem Kriegsschiff Kurs auf die hohen Knochenmauern von Claerwen und auf die Priesterinnen nehmen, die endlich für die Zerstörung, die sie in seinem Leben angerichtet hatten, büßen würden.

Er würde sich den Weißen Frauen des Todes in einer so schrecklichen und grausamen Gestalt offenbaren, wie sie ihn sich niemals hatten vorstellen können.

20

Die Knochenmauern von Claerwen erhoben sich aus dem Sand, ragten Hunderte von Fuß in die Luft auf wie der Bug eines riesigen Todesschiffes, eine gewaltige, durch Pfeiler gestützte Masse aus Mörtel und den skelettartigen Überresten der Millionen und Abermillionen, die in den Kriegen der Trelawnischen Rebellion ums Leben gekommen waren. Als sie näher kamen, konnte Morgan die berüchtigten Schädeltürme erkennen, runde Gebäude, verziert mit von der Sonne ausgeblichenen Totenschädeln, deren leere Augenhöhlen der Wüste zugekehrt waren und über die enge, tief eingeschnittene Schlucht am Fuß von Claerwens Grundmauern hinwegblickten – stumme Zeugen dessen, was gewesen war.

Die Reiter vom Stamm der Seill hatten Morgan, Avallyn

und Aja auf Masuten zu ihrem Stammeslager gebracht, wo Tamisks Rover auf sie gewartet hatte. Von dort aus waren sie Richtung Norden gefahren, eine zweitägige Reise, die wegen der Kämpfe, die in ganz Deseillign tobten, zu einem riskanten Unternehmen geworden war.

»Es hat so viele Tote in den Kriegen gegeben«, murmelte Avallyn neben Morgan.

Ja, er konnte sehen, wie viele es waren. Es war schier unglaublich. Die Mauern erweckten den Eindruck, als wären sie aus den Gebeinen der gesamten Erdbevölkerung erbaut worden – und tatsächlich war das auch so. Das Alte Reich war alles, was von den einstmals großen Städten der Erde übrig geblieben war, mit nur vereinzelten kleinen Gebieten der Zivilisation, die anderswo auf dem Planeten verstreut lagen.

»Zur Zeit der Rebellion vor elfhundert Jahren«, erklärte Avallyn, »war Claerwen nicht mehr als ein kleines Kloster, das ein ganzes Stück von den Hauptkampfgebieten entfernt lag. Danach, als die Trelawner gesiegt hatten, fühlten sich die Priesterinnen dazu berufen, die Toten feierlich zu bestatten. Diese Aufgabe erwies sich als überwältigend. Es gab keinen Friedhof, der auch nur für die Tausenden von Toten aus ihrem eigenen Bezirk groß genug gewesen wäre, und so begannen sie damit, die Toten über der Erde beizusetzen, indem sie die Gebeine in Mörtel einpackten, um die Rift-Hunde daran zu hindern, sie wegzuschleppen. Die Sache mit den heiligen Frauen und den Knochen sprach sich schnell herum, und bald brachten ganze Städte ihre Toten nach Claerwen. Die Überlebenden einer Familie oder eines Stammes pflegten die Knochen ihrer verstorbenen Angehörigen einzusammeln und hierher zu bringen. Stadtstaaten schickten die Gebeine ihrer Toten in großen Frachtkähnen. Ganze Bezirke beförderten Knochen per Lastkarawanen nach Claerwen. Gut hundert Jahre lang war es die heiligste

Pilgerfahrt, die Gebeine der Toten nach Claerwen zu bringen, um sie von den Priesterinnen segnen und zur letzten Ruhe betten zu lassen, den Priesterinnen der Gebeine, den Weißen Frauen des Todes.«

Womit noch eine meiner fälschlichen Annahmen korrigiert wäre, dachte Morgan. Für ihn und für viele andere im Alten Reich und in Pan-shei waren die Priesterinnen Aasgeier, die die Dünen nach Knochen durchkämmten, besonders nach den Knochen von Menschen, selbst wenn sie den Tod ein bisschen beschleunigen mussten, um das zu bekommen, was sie haben wollten.

Aber keiner, der die Knochenmauern jemals gesehen hatte, hätte sich derart in seinem Urteil täuschen können. Die Erdbewohner, deren Gebeine sich in Claerwen türmten, waren in riesigen Mengen durch Massenvernichtungswaffen getötet worden, nicht von Frauen, die auf Masuten durch die Wüste ritten und nach Aas suchten.

Der Rover schwenkte nach links, um dem westlichen Rand der Schlucht zu folgen und auf den Tempelkomplex zuzusteuern, eine weite Fläche mit Gebäuden, deren Anzahl in die Hunderte ging. Am östlichen Rand hatte sich die Armee des Kriegshetzers wie eine schwarze Plage ausgebreitet, die Schlacht war in vollem Gang. Die Priesterinnen waren bereits von Avallyns Ankunft unterrichtet worden und hatten der Besatzung des Rovers Anweisungen erteilt, in einer der Anlegebuchten anzudocken, die aus den Wänden der Schlucht herausgehauen worden waren.

Als die Bucht in Sicht kam, sah Morgan direkt dahinter eine riesige steinerne Plattform liegen, eine weiße Scheibe, die aus der Stirnwand der Schlucht herausragte. An der Seite, die in Richtung der Felswand lag, drängte sich eine Reihe kleiner Gebäude; die andere Hälfte der Plattform, die über den Abgrund hinausragte, war vollkommen leer, bis auf zwei Steintürme, gekrönt von Drachenköpfen. Bei ihrem Anblick rieselte Morgan ein eisiger Schauder der Furcht über den Rücken, und er wusste, dass Claerwen – genau wie Sonnpur-Dzon – tatsächlich ein Ort der Zeit-Würmer war.

Von einem Fenster im Westflügel des Klostergebäudes sah Avallyn Morgan, Aja und die Reiter vom Stamm der Seill den Hof unter ihr betreten. Die Männer waren gleich bei ihrer Ankunft unter Quarantäne gestellt worden, aber sie hatte darauf bestanden, dass Morgan nach dem kürzestmöglichen Quarantäneaufenthalt in ihr Quartier gebracht würde, und die anwesenden Priesterinnen daran erinnert, dass er schließlich der Herrscher der Zeit war und dementsprechend behandelt werden sollte, was auch für seine Begleiter galt.

Er war so schön – sie ballte unwillkürlich die Hand zur Faust –, und er gehörte ihr. Sie hatte gewartet, wie das Rote Buch befohlen hatte, und hatte sich keinem anderen hingegeben. Aber ihm hatte sie sich mit Leib und Seele hingegeben, und sie würde nicht von ihm lassen, ganz gleich, was geschah.

»Ein Krüppel«, bemerkte eine Frau neben ihr abfällig, als sie Morgans hinkenden Gang beobachtete, während er den Gehweg entlangeilte, der zu Severn Hall führte. »Genau wie Dray berichtet hat.«

Avallyn verkniff sich eine gereizte Erwiderung und blickte ihre Mutter an – und fühlte sich unter dem durchbohrenden, alles wahrnehmenden Blick der älteren Frau wie ein Kaninchen, das in der Falle gefangen war.

»Ist er auch ein Weinsüchtiger?«, verlangte Palinor zu wissen.

»Nein«, erklärte Avallyn. »Tamisks Heiltrank hat ihn von der carillionischen Sucht befreit.«

»Und der Preis?«

Es gab immer einen Preis.

»Hoch genug. Er hat sein Schicksal gesehen.«

Palinor sagte nichts, tat Morgans grausige Zukunft mit der Mühelosigkeit langjähriger Übung ab. Sie blickte wieder zum Fenster hinaus, ihre Züge angespannt und von einem Ausdruck resignierten Abscheus erfüllt.

»Selbst in Anbetracht von Drays Warnung hätte ich irgendwie mehr von einem Prinzen erwartet. Dennoch fürchte ich, dass sich der Dieb für dich als Mann erwiesen hat.«

Avallyns Faust ballte sich noch fester zusammen, so fest, dass sich ihre Fingernägel in ihre Handfläche gruben.

Sie hatte nicht versucht, ihrer Mutter irgendetwas zu verheimlichen, wohl wissend, wie sinnlos ein solcher Versuch wäre, aber sie hatte auch nichts gesagt oder getan, um zu enthüllen, was im Hart Tower passiert war. Trotzdem wusste ihre Mutter Bescheid. Morgan hatte sie, Avallyn, als sein Eigentum markiert, und keine Priesterin von Palinors Fähigkeiten hätte die Anzeichen übersehen.

»Tamisk hat dich mürbe gemacht«, fuhr Palinor fort, »und du bist prompt in seine Falle getappt. Obwohl ich wirklich nicht weiß, was er durch deine Verführung zu erreichen hofft, es sei denn, dass er mich damit demütigen will.«

»Ich bin nicht verführt worden«, erwiderte Avallyn.

Ihre Mutter bedachte sie mit einem abschätzigen Blick, der sie eine Närrin nannte. Hinter ihnen ertönte ein melodischer Klang, der die Ankunft der Reiter von Sept Seill ankündigte.

»Du kannst es nennen, wie du willst, aber das ändert nichts an der Tatsache, dass du dich ruiniert hast und meine Pläne für dich gleich mit dazu.«

»Pläne?« Avallyn überlief ein Schauder des Unbehagens. »Was für Pläne?«

»Du hättest nicht in der Vergangenheit bleiben müssen.

Du hättest wieder zurückkehren können.« Palinor wandte sich vom Fenster ab und signalisierte einer ihrer Gehilfinnen, die Besucher einzulassen. »*Fata Ranc Le* oder nicht, die Priesterinnen haben beschlossen, keinen Bund mit dem verrückten Dieb zu schließen. Wenn er dafür bestimmt ist, Dharkkum geopfert zu werden, nun gut, so sei es. Wir haben ihn nicht als deinen Gemahl akzeptiert. Du hättest durch das Wehr zurückkehren und deinen rechtmäßigen Platz als eine Hohepriesterin von Claerwen einnehmen können.«

Allein in die Zukunft zurückkehren? Ohne Morgan? Bei diesem Gedanken wurde Avallyn ganz beklommen zu Mute. Durch zehntausend Jahre der Kälte und des leeren Raums von ihm getrennt sein?

»Tamisk sagt, wenn wir erfolgreich sind, wird das Wehr destabilisiert«, erklärte sie. »Und wenn das Wehr destabilisiert ist, gibt es keine Rückkehr mehr.«

»Tamisk ist kein Wehr-Gebieter«, gab Palinor zurück. »Du tätest besser daran, in diesem Punkt der Hohepriesterin zu vertrauen.«

Avallyn erbleichte, voller Angst, dass man sie gegen ihren Willen wieder in die Zukunft zurückholen könnte. Ihre Mutter war nicht ohne Macht. Sie besaß zwar nicht Tamisks magische Kräfte, aber sie hatte die Hohepriesterinnen hinter sich, und diese herrschten, indem sie die Lebensschicksale anderer umgestalteten. Sie veränderten nicht so sehr das, was war, sondern vielmehr das, was sein würde, und gingen sogar so weit – wie Avallyn gehört hatte –, dass sie ihre geheimsten Kräfte benutzten, um erwünschte Schicksale in das Rote Buch zu schreiben. Das Leben der Leute war das Werk der Priesterinnen, und selbst wenn sie, Avallyn, zehntausend Jahre zurück in die Vergangenheit ging, war sie nicht annähernd weit genug entfernt, um die Priesterinnen davon abzuhalten, in ihr Leben einzugreifen.

»Und was will die Hohepriesterin jetzt von mir?«, fragte sie.

»Jetzt?« Palinor stieß einen kummervollen Seufzer aus. »Jetzt hast du dich mit einem Hightech-Schrottprinzen aus Pan-shei ruiniert. Du könntest zwar noch immer zurückkehren, aber natürlich nicht als herrschende Priesterin. Schlimmer noch –«

Das laute Knarren, als die Türen am Ende der Halle aufgingen, lenkte Avallyns Aufmerksamkeit ab, und sie hörte nichts mehr von dem, was ihre Mutter sagte. Ihr Blick war auf die eintretenden Männer gerichtet.

Die Reiter trugen noch ihre Wüstenkleidung, und Aja hatte seine Pan-shei-Kluft an. Der Herrscher der Zeit war ganz in Weiß gekleidet worden. Er kam auf Avallyn zu und ließ sich vor ihr auf die Knie fallen.

»Mylady«, sagte er, den Kopf gebeugt, sein Gesicht hinter der Flut langen, seidigen schwarzen Haares mit dem weißen Zeit-Reiter-Streifen verborgen. Wie ein Mann knieten die Reiter der Wüstensippe hinter ihm nieder, eine Geste der Höflichkeit, die zu bezeugen sie sich während ihres Ritts durch die Wüste nicht die Mühe gemacht hatten.

Hinter sich hörte Avallyn ihre Mutter missbilligend mit der Zunge schnalzen. Sie warf einen schnellen Blick über ihre Schulter und sah, wie Palinor sich zu ihrer ganzen Größe aufrichtete und ihren Umhang fester um sich zog; und plötzlich begriff Avallyn, was die Hauptursache für die Missbilligung ihrer Mutter war. Ihre ablehnende Haltung hatte weniger damit zu tun, dass Morgan ein verkrüppelter Hightech-Schrottdieb aus Pan-Shei war, sondern beruhte vielmehr auf der Tatsache, dass er ein Mann war und dass ihre Tochter, die hoch geschätzte und wie ein kostbares Juwel gehütete Priesterin in der rein weiblichen Festung von Claerwen, sich mit ihm verbündet hatte, mit der Oppositionspartei. Nach einhundertfünfundzwanzig Jahren des Gehorsams hatte sich ihre Tochter endlich von ihren Fesseln befreit – doch nur, um sich an einen anderen zu binden: an Morgan.

»Gefürchteter Gebieter.« Avallyn sprach ihn mit dem Titel an, der ihm wahrhaftig zu Recht gebührte, und streckte ihm die Hand hin. Unter seinen Kleidern war er mit den Runen des Drachenfeuerzaubers gezeichnet worden. Unter seiner Haut schlug ein Herz voller Heldenmut. Er war klug und schnell und geschickt darin, sich am Leben zu erhalten, eine Tatsache, die durch jeden seiner Atemzüge bewiesen wurde. Zehn Jahre der Diebeszüge durch die gefährlichsten Gebiete des Alten Reiches war neuneinhalbmal länger, als alle außer den Allerbesten überlebten.

Er nahm ihre Hand in seine und drückte einen Kuss auf ihre Finger. Seine Lippen waren weich und halb geöffnet und durchtränkten ihre Haut mit Wärme – und Avallyn wusste, er hatte ebenso sehr unter ihrer halbtägigen Trennung gelitten wie sie.

Draußen tobte noch immer die Schlacht. Die Brücke der Totenglocken war zerstört worden, und die Nordmauer wurde angegriffen, aber die Priesterinnen hatten gerade erst begonnen, sich auf die Ankunft der Zeit-Würmer vorzubereiten, und Avallyn wollte die Zeit, die ihnen noch blieb, mit Morgan verbringen. Der erbitterte Kampf, der dort draußen stattfand, war nicht ihr Kampf, nicht an diesem Tag.

Ohne ihre Hand loszulassen, erhob Morgan sich auf die Füße und blickte ihr mit einer grimmigen Leidenschaft in die Augen, die nur durch die Sanftheit seiner Berührung gemildert wurde.

»Geht es dir gut?«, fragte er, und Avallyn wusste, es war keine simple Höflichkeitsfloskel.

»Ja«, antwortete sie. »Wenn du bei mir bist, geht es mir gut.«

Erleichterung ließ seinen Blick sanfter werden, und er wandte seine Aufmerksamkeit ihrer Mutter zu.

»Lady Palinor.« Er verbeugte sich kurz. »Ich glaube, das hier gehört Euch.« Er löste den Lederbeutel von seinem Gürtel und reichte ihn ihr auf seiner offenen Handfläche.

Palinor machte der ihr am nächsten stehenden Messdienerin ein Zeichen, vorzutreten und den Beutel zu nehmen. Das Mädchen gehorchte, und auf den nächsten Befehl der Priesterin hin band sie die Schnur an dem Beutel auf. Als sie den Knoten aufgeknüpft hatte, fiel das weich gegerbte Leder zurück und enthüllte die Drachenstatue in all ihrer goldenen Herrlichkeit.

»Ddrei Goch«, flüsterte Palinor und griff nach der Statue, offensichtlich überrascht.

Sie drehte den Drachen in der Hand, ließ das Sonnenlicht, das durch das Fenster fiel, auf seinen glänzenden rotgoldenen Kurven aufblitzen.

»Er gehört tatsächlich Claerwen«, sagte Palinor nach gründlicher Untersuchung der Statue. »Er wurde uns vor vielen Monaten gestohlen und tauchte schließlich nach vielen weiteren Monaten im Kloster Sonnpur-Dzon auf.« Sie hob ihren spöttischen Blick zu Morgans Gesicht. »Wir danken Euch für die Rückgabe der Statue… Prinz.« Das Wort fiel wie Blei aus ihrem Mund.

Ihr Dank fiel nicht freundlicher aus, als Avallyn es von Palinor erwartet hätte.

Morgans Mund verzog sich zu einem unbekümmerten Lächeln. »Es ist ein kleiner Preis für alles das, was ich mir genommen habe und was ich nicht zurückgeben kann und werde«, erwiderte er, und er blickte Palinor dabei ruhig und unverwandt in die Augen und hielt ihren Blick so lange fest, bis sich das Gesicht der älteren Frau mit einem rosigen Hauch von Farbe überzog.

»Prinz«, sagte Palinor in etwas weniger überheblichem Ton und senkte den Blick mit einer kaum merklichen Neigung ihres Kopfes. Ihre Hände schlossen sich noch fester um die Statue, als sie ihre Aufmerksamkeit Avallyn zuwandte. Einen Moment lang schien es so, als ob sie noch mehr sagen würde, doch dann machte sie ihren Messgehilfinnen ein Zeichen und rauschte mit einer weiteren kurzen Verbeugung aus der Halle.

Morgan schickte die Wüstenreiter und Aja mit einem Blick hinaus. Die Reiter gehorchten widerspruchslos, Aja erst nach einem kurzem Moment des Zögerns, sodass nur noch Morgan und Avallyn und ein Dutzend Bedienstete in der Halle zurückblieben.

Avallyn fühlte, wie ihr das Herz bis zum Hals schlug. Morgan nahm abermals ihre Hand und hob sie an seine Lippen, um einen innigen Kuss auf ihre Finger zu drücken und tief den Duft ihrer Haut einzuatmen.

»Ich *muss* mit dir allein sein«, murmelte er. »Wo ist deine Unterkunft?«

»Dies hier ist meine Unterkunft«, erklärte sie. »Ganz Severn Hall.«

Er zog sie ein wenig näher zu sich her und ließ seinen Blick über die hohen vertäfelten Decken schweifen, über die weißen Steinwände, die geschnitzten Säulen und gewölbten Bogengänge.

»Es ist alles sehr hübsch, mein Schatz«, versicherte er ihr mit einem Lächeln, »aber gibt es hier auch ein Schlafzimmer? Vorzugsweise eines, in dem es nicht von Bediensteten wimmelt?«

»Ja.« Eine zarte Röte breitete sich auf ihren Wangen aus, und sein Lächeln wurde noch breiter.

»Es ist mein Herzenswunsch, *Cariad*, dich über und über so entzückend erröten zu lassen. Bring mich zu deinem privaten Schlafgemach.«

Sie nahm ihn bei der Hand und ging zu einer Wendeltreppe, die auf einen kunstvoll geschnitzten, hölzernen Balkon hinaufführte, der einen Ausblick auf die Halle bot. Die

Tür am obersten Treppenabsatz stand offen, bis sie über die Schwelle gegangen waren, woraufhin Morgan die Tür hastig hinter ihnen schloss, den Riegel vorschob und Avallyn in seine Arme riss.

Hungrig umfing er ihren Mund mit seinem und liebkoste ihre Lippen mit seinem warmen Atem und zarten Bissen, während er sich mit seinem ganzen Körper an sie presste und sie rückwärts gegen die Tür drängte, um sie die harte Wölbung seiner Erregung spüren zu lassen. Die Hitze seines Körpers und das Gefühl seines harten Schafts an ihrem Bauch ließen eine Woge sinnlichen Verlangens durch sie hindurchbranden. Sie öffnete ihre Lippen unter seinen, und er vertiefte den Kuss, plünderte leidenschaftlich ihren Mund, während sein sinnlicher Hunger in ein verzehrendes Verlangen überging.

Avallyn schmiegte sich noch fester an ihn, um ihm noch näher zu sein, und schwelgte in seinem köstlichen Geschmack, während sie ihre Sinne davon durchtränken und sein unverwechselbares Aroma auf den verschlungenen Ranken seiner Vergangenheit durch ihr Innerstes wirbeln ließ. Morgan war schon oft geküsst worden, Tausende von Malen. Uralte Eindrücke seines sinnlichen Genusses drangen in sie ein und verstärkten ihre eigene Erregung, die sie zurückgab, um seine zu verstärken.

»*Gott!*«, stieß er keuchend hervor, als er ihren Kuss unterbrach. »Du machst schon wieder irgendetwas mit mir. Ich kann es deutlich fühlen.«

»Die Frauen haben es geliebt, dich zu küssen.« Ihre Worte waren ein geflüsterter Hauch, der wie eine Liebkosung über seine Haut strich.

»Ein paar«, gestand er, als er seine Hände um ihre Hüften gleiten ließ und sie noch enger an sich drückte.

»Sie haben es geliebt, dich zu berühren … überall.«

Ja, dem würde er wohl beipflichten müssen, aber in

Wirklichkeit war sie ihm um Lichtjahre voraus. Er wollte nicht über die eine Frau in seinen Armen hinausdenken und darüber, wie gut sie sich anfühlte.

»Erforschst du mich wieder mit deinem Tiefenspürsinn?«, fragte er, genügend besorgt, um sich danach zu erkundigen, aber tatsächlich viel zu abgelenkt, als dass es ihn sonderlich gekümmert hätte.

»Nein, ich taste nur die Oberfläche deines Kusses ab, um deine sinnlichen Genüsse zu ihrer Quelle zurückzuverfolgen und sie für mich zu stehlen.«

»Ah«, murmelte er. Sie konnte von ihm aus herzlich gerne an den sinnlichen Genüssen seiner Vergangenheit teilhaben, an allen, denn sie waren nichts im Vergleich zu den berauschenden erotischen Freuden der Gegenwart. Er raffte ihr weißes Priesterinnengewand bis zur Taille hoch und schob seine Hand darunter. Ein gedämpftes Stöhnen entschlüpfte ihm. »Du bist ja wieder nackt unter deinem Gewand.«

»Ja«, murmelte sie und zog eine feuchte Spur von Küssen von seinem Kinn bis zu seinem Ohr, während sie zart mit den Zähnen über seine Haut streifte. In einer gleitenden Bewegung ließ sie ihre Hand an der Vorderseite seiner Hose hinunterwandern, um über die harte Wölbung zwischen seinen Schenkeln zu streichen und Flammen der Lust in seinen Lenden zu entzünden.

Sein Atem ging schneller, keuchender. Mit einer Hand schnallte er seinen Gürtel auf und ließ ihn klappernd auf den Fußboden fallen, als er den Reißverschluss an seinem Hosenschlitz öffnete. Avallyn fand ihn mit ihrer Hand und schloss ihre Finger zu einer heißen, seidenweichen Scheide, in die er hineinpumpen konnte, aber selbst diese Wonne konnte nicht sein noch größeres Bedürfnis stillen, sich so tief in ihrem Schoß zu vergraben, dass er alles um sich herum vergaß.

»Schling die Beine um mich«, stieß er atemlos hervor, als

er Avallyn hochhob und seinen Schaft in den feuchten, magischen Ort zwischen ihren Schenkeln schob. Er zwang sich innezuhalten, nur teilweise in sie eingedrungen, und ließ sie den Rhythmus bestimmen. Sie bewegte sich so qualvoll langsam, dass er die Zähne zusammenbeißen musste, um sich davon abzuhalten, härter und schneller in sie zu stoßen.

»Morgan«, seufzte sie lustvoll, als er kaum mehr als halb in ihr war. Sie warf den Kopf in den Nacken, entblößte die lange, elegante Linie ihrer Kehle, und jeder Teil ihres Körpers sagte ihm, was sie wollte, was sie brauchte. Ihre Finger gruben sich in seine Schultern; ihr Mund war geöffnet, ihr Atem kam in kurzen, keuchenden Stößen.

Frauen waren die hübschesten, exquisitesten und empfindsamsten Geschöpfe, die Gott jemals auf Erden erschaffen hatte, und Morgan harmonisierte perfekt mit der einen, die kurz davor war, in seinen Armen den Höhepunkt der Lust zu erleben. Obwohl es ihn überraschte, wie wenig sie von ihm genommen hatte, wollte er doch nichts lieber, als ihr genau das geben, was sie brauchte. Langsam schob er seine Hüften vor und zurück, um sie auf die sanfte, süße Art zu lieben, nach der es sie verlangte, und er beobachtete dabei ihr Gesicht, achtete auf den Moment, als ihre Wimpern flatterten, als sie die Zähne in ihre Unterlippe grub.

Ein lustvolles Stöhnen entrang sich ihrer Kehle, und er begann abermals, seine Hüften langsam vor und zurück zu bewegen … wieder und wieder … bis sie vor Lust wimmerte und er sein Verlangen, ganz tief in sie einzudringen, kaum noch bezähmen konnte.

Doch obwohl er sich nach Erleichterung verzehrte, hielt er sich noch immer zurück und ließ Avallyn Zeit, ließ sie nur so viel von ihm nehmen, wie sie wollte. Seine Belohnung war die harte Geduldsprobe mehr als wert. Denn als Avallyn schließlich kam, kam sie so süß, so überwältigend süß, während ihr gedämpfter Aufschrei in seinen Ohren widerhallte und sich eine rosige Röte auf ihrer Haut ausbreitete und sich all jene Muskeln in ihrem Schoß so köstlich eng um seinen Schaft herum zusammenzogen und ihn noch härter als Granit machten.

Als sich ihre Muskeln wieder zu entspannen begannen und sie in seinen Armen erschlaffte, stieß er tiefer in sie hinein und drückte sie mit dem Rücken gegen die Tür, um sie wissen zu lassen, dass es noch mehr gab, dass es noch einen anderen Ort gab, an den er sie entführen wollte. Diesmal war ihr Aufkeuchen mehr von Überraschung als von Lust erfüllt und vielleicht sogar von einer Andeutung von Unbehagen, aber er wusste genug, um ihr nicht wehzutun, und er wusste, wie er sie zu dem Ort bringen konnte, zu dem er wollte.

Er begann mit langen, rhythmischen Stößen, fühlte, wie ihre samtige Weichheit ihn bei jedem Stoß umhüllte. Er liebkoste sie weiter mit dem Mund und Händen, während er ihren Duft in seine Lungen sog und jede Stelle, die seine Lippen berührten, mit heißen Küssen bedeckte. Es war ein Wahnsinn der wundervollsten Art, das süße Feuer, das sie in seinen Lenden entfachte. Wieder und wieder stieß er kraftvoll in sie hinein, bis er nicht mehr denken konnte, bis sein Körper nur noch von reinem Instinkt und Verlangen beherrscht wurde, während Avallyns gedämpfte Schreie der Lust ihn vorwärts trieben. Als er den ersten starken Druck seines Orgasmus fühlte, schloss er seine Lippen um ihre und schob seine Zunge tief in ihren Mund, um den sinnlichen Rhythmus seiner Hüften nachzuahmen, während er Avallyn und sich selbst mit jedem kraftvollen Stoß höher zum Gipfel der Verzückung hinauftrieb. Ihre Muskeln schlossen sich noch fester um ihn, und sie wurde in seinen Armen wild, bäumte sich leidenschaftlich auf, und ihr tiefes Stöhnen verschaffte ihm die süßeste Befriedigung.

Er hielt sie mit eisernem Griff umfangen, als er wieder

und wieder in sie hineinstieß und sie zwang, noch einen Schritt höher zu gehen und dann noch einen, und er forderte sie mit jeder pulsierenden Sekunde ihres Höhepunkts, bis er nicht noch mehr aushalten konnte und ebenfalls von Schwindel erregender Verzückung überwältigt wurde, während er seinen Samen in einem heißen Strom in sie ergoss und ihr alles gab, was er hatte. Als er fertig war, zitterte er am ganzen Körper. In seinem Kopf drehte sich alles, und er war wie benebelt von den Nachwirkungen des erotischen Rausches, unfähig, einen klaren Gedanken zu fassen. Das Einzige, was er tun konnte, war, Avallyns Gesicht zu küssen und wieder und wieder ihren Namen zu flüstern.

Es kostete sie fast übermenschliche Anstrengung, zu der grünen Laube von einem Bett zu gelangen, doch als sie gemeinsam darauf zusammenbrachen und sich in die Decken einhüllten, fühlte Morgan, dass das Ergebnis den Preis wert war. Sie waren warm und sicher. Er war angenehm erschöpft und bis in die tiefsten Winkel seiner Seele von Befriedigung erfüllt, und Avallyn lag in seinen Armen.

Das Bett selbst faszinierte ihn, weil es ihres war und auch wegen seiner eigenartigen Machart. Es bestand aus Eiche und war mit eingeschnitzten runischen Inschriften und Pflanzen aller Arten verziert. Efeuranken und Stängel mit spitz zulaufenden Blättern wanden sich von den Blumenbüscheln aufwärts, die in die Füße des Bettes eingeschnitzt waren. Kreuzblumen in Form von Kiefernzapfen zierten seine hohen Pfosten, die mit spinnwebfeinen Bahnen von schimmernder grüner Seide drapiert waren, jede Bahn mit einem anderen Blattmuster bestickt. Es war ein prachtvolles Bett, ein Bett, wie es einer feenhaften Prinzessin und des Diebes, der sie liebte, würdig war.

21

»Und hier ist die Stelle, wo das Zeichen *Ammon* liegt, eine der Runen der Zuflucht«, erklärte Avallyn und tippte mit dem Finger auf eine dreidimensionale Landkarte, die im Vorzimmer von Severn Hall ausgebreitet lag. Die Landkarte maß gut und gerne zwei Meter im Quadrat und war eine exakte, maßstabsgerechte Darstellung von Wales, wie Morgan es gekannt hatte. Neben ihm beugte sich Aja vor, um einen besseren Blick auf die Karte zu bekommen.

»Im Drachenschlund«, sagte Morgan, als er in Avallyns emporgewandtes Gesicht blickte, fasziniert. »Die Runen kennzeichnen einen wirklich existierenden Zufluchtsort?« Es war durchaus möglich, dass er in der Vergangenheit eine Zuflucht brauchen würde. Tatsächlich konnte er es sogar fast garantieren.

»Ja«, sagte sie. »*Bes* liegt sehr viel tiefer in der unergründlichen Finsternis, hinter den Toren der Zeit und der Magia-Wand, in einer kleinen Höhle nordöstlich der Höhle, wo Stept Agah geboren wurde.« Ihr Finger bewegte sich über die Karte. »Es ist eine Kristallhöhle. Hier.« Ihr Finger hielt auf einem Stückchen Land inne, das auf drei Seiten von Mor Sarff, dem Schlangensee, umschlossen wurde.

Die Worte »unergründliche Finsternis« hatten einen unheilschwangeren Klang, und zwar umso mehr, als Morgan sich nur sehr schwach vorstellen konnte, an einem Ort zu sein, der sogar noch unergründlicher und finsterer war und noch tiefer unter der Erde lag als derjenige, an dem er bereits gewesen war. Der Weg durch die unterirdischen Höhlen der Canolbarth und an Lanbarrdein vorbei in das *pryf*-Nest war ihm damals endlos erschienen, und dennoch – laut Avallyn waren diese Höhlen erst der Anfang.

»Und *Ceiul*?«

»Liegt näher am Kryscaven-Krater.« Ihr Finger glitt abermals über die Karte, überquerte den Schlangensee und hielt bei einer kleinen Höhle nordwestlich des sehr viel größeren Kraters inne, der durch einen Amethystbrocken gekennzeichnet war – genau wie in seinem Traum.

»Es gibt keine Wege, die nach Kryscaven hineinführen«, stellte Morgan fest.

»In jeder der Runen-Höhlen gibt es einen Wegweiser, und an jedem Wegweiser befindet sich ein Schloss, für das Traumsteinkristalle die Schlüssel sind. Wir werden den Weg nach Kryscaven mit Kristallen öffnen, genauso wie wir Nemetons Sphäre mit den Kugeln öffnen werden.«

»Noch mehr Blut?«, fragte Morgan, beunruhigt über diese Aussicht.

»Nein.« Sie schüttelte den Kopf. »Nicht für den Weg nach Kryscaven. Die Kristallruten werden genügen, und sie sind in der Vergangenheit reichlich vorhanden. Jeder Liosalfar-Krieger von den Quicken-tree hat einen Dolch mit einem Traumsteinkristallheft, und Traumsteinkristall ist von Natur aus geometrisch einheitlich. Wenn Liosalfar da sind, um uns zu helfen, die Schlüssel zu platzieren – umso besser. Wenn nicht, dann ist das auch nicht weiter schlimm, denn ich kenne den Weg zu jeder Runenmarkierung.«

Was ihm nicht sonderlich viel nützen würde.

»Gibt es noch eine kleinere Landkarte, eine kartografische Darstellung?«, fragte er. Selbst wenn er Avallyn mitnehmen würde, wollte er trotzdem eine Landkarte dabei haben. Er pflegte stets so zu planen, dass er auf alle Eventualitäten vorbereitet war; das hatte ihn schon mehr als einmal gerettet.

»Die Priesterinnen werden sicher eine in unserer Wehr-Ausrüstung haben.«

Ferrar hatte ebenfalls eine Wehr-Ausrüstung. Morgan hatte sie viele Male gesehen. Sie trug sie immer in einem

Beutel an ihrem Gürtel bei sich: ein kleiner Vorrat an Chrystaalt und ein mit speziellen Zusatzstoffen angereicherter Kohlehydratriegel mit so viel Kalorien, um sie und Jons eine Woche lang zu verpflegen. Der dritte Bestandteil der Ausrüstung war die verschlüsselte Sternkarte der Galaxie, die auf Jons' Kehrseite eintätowiert war, von seiner Schädelbasis bis hinunter zu seinen Fersen. Trotz Jons' enormer Größe war sie Morgan nie als völlig ausreichend erschienen, um damit quer durch Raum und Zeit zu reisen, aber andererseits war er selbst schon mit weitaus weniger ausgekommen.

»Woher willst du wissen, dass wir zur rechten Zeit am richtigen Ort landen werden?«, fragte er.

»Du hast eine Spur hinterlassen«, erklärte Avallyn. »Sobald wir in dem Wurmloch sind, werden wir sie aufnehmen und ihr in die Tiefe folgen.«

Was könnte simpler sein?, dachte er, während er ein gequältes Grinsen verbarg. Sie würden sich einfach in das Gegenstück eines kosmischen Zyklons hinunterfallen lassen und der Spur folgen, die er hinterlassen hatte. Das einzige Problem bei der Sache war, dass er sich nicht erinnerte, überhaupt eine Spur hinterlassen zu haben, oder dass er das letzte Mal, als er von einem Zeit-Wurm verschluckt worden war, irgendeine gesehen hätte.

»Wieso bist du dir so sicher, dass wir diese Spur finden werden?« Er wollte nicht als Skeptiker dastehen, der ihren Plan anzweifelte, aber er fand ihn ein bisschen dürftig; er selbst hatte schon wesentlich mehr Mühe in die Planung einer quer durch die Stadt führenden Route von Pan-shei zu dem Südlichen Viertel investiert.

»Jede Zelle in deinem Körper ist perfekt auf den Pfad eingestimmt, den du hinterlassen hast, als du das erste Mal durch das Wehr gekommen bist. Du bist der Führer, Morgan.«

Womit wir also wieder bei meinen Zellen angelangt wären, dachte er.

»Mylord? Mylady?« Eine von Claerwens Messdienerinnen erschien in dem Türdurchgang, der in das Vorzimmer führte. Sie war nicht mehr als sechzehn Jahre alt, mollig und mit einem reizenden Lächeln, und sie hatte ein Auge auf seinen Hauptmann geworfen, wenn Morgan die verstohlenen Blicke, die er die beiden den ganzen Tag über hatte wechseln sehen, nicht falsch interpretierte.

Vielleicht wurde es Zeit, dass er mit dem Jungen mal ein ernstes Wort redete. Nicht, um ihn über die Tatsachen des Lebens aufzuklären – damit war Aja bestens vertraut –, sondern um ihm klar zu machen, dass Priesterinnen ein ganz anderer Schlag waren und dass sie in Anbetracht dessen, was der Junge offensichtlich im Sinn hatte, mit Sicherheit nur Ärger und Frustration bedeuten würden.

»Ja, Sachi?« Avallyn wandte sich zu dem Mädchen um.

»Die Hohepriesterin wird Euch jetzt in ihrem Quartier empfangen, Mylady«, erklärte Sachi mit einer kurzen Verbeugung. »Die Vorbereitungen auf der Wehr-Plattform sind fast abgeschlossen.«

Und damit fängt es an, dachte Morgan.

Die Halle der Hohepriesterin von Claerwen war ein hoch aufragendes, architektonisches Gefüge aus Oberschenkelknochen. Millionen von Beinknochen waren in den Mörtel der Wände eingebettet worden. Tausende von weiteren waren zusammenzementiert worden, um die spiralförmigen Säulen zu bilden, die das Podium flankierten und sich vier Stockwerke hoch zu einem aus Rippenknochen bestehenden Kreuzrippengewölbe hinaufwanden. Durch die hundert gotischen Fenster der Halle fiel das Licht der Wüstensonne in den großen Empfangssaal.

Morgan fühlte sich, als ob er in dem ausgeblichenen Gerippe irgendeines Riesen gefangen wäre. Alles in der Halle war knochenweiß, abgesehen von den Gesichtern der fünfzig oder mehr Priesterinnen, die in geschlossener Formation auf dem Podium standen und auf ihn und Avallyn warteten.

Alle, bis auf eine – ein uraltes Weib, das vor einem Knochenthron stand –, trugen weiße Kampfuniformen und waren mit Laserkanonen bewaffnet. Die Alte stand etwas abseits von den Übrigen und war ganz in Gelb gekleidet, in ein reich besticktes Gewand von leuchtendem Safrangelb. Rechts von den Priesterinnen stand eine Gruppe zerlumpter wilder Jungen, auf der linken Seite ein kleiner Kader von Nachtwächtern in schwarzen Roben. Sie alle knieten nieder, als Avallyn das Podium betrat, alle außer der alten Frau.

»Tochter«, sagte die Hohepriesterin, als sie ihre schwielige, mit Altersflecken übersäte Hand ausstreckte, damit Avallyn sie küssen konnte. Ihr Gesicht war, genau wie Tamisks, auf einer Seite mit eintätowierten blauen Spiralen und Runen bedeckt. Im Gegensatz zu Tamisks Tätowierungen verloren sich die der Hohepriesterin jedoch fast in ihren tiefen Runzeln. Sie war drahtig, und unter dem uralten faltigen Sack ihrer Haut zeichneten sich ihre Knochen ab. Ihre Augen waren von einem stechenden, alles sehenden, eisigen Blau. Selbst ohne das Priesterinnengewand hätte Morgan sie als das erkannt, was sie war – die Königin der Todes-Hexen.

»Mutter«, erwiderte Avallyn und kniete nieder, um ihre Lippen auf den Ring der Hohepriesterin zu drücken.

Die alte Frau sah über Avallyns gebeugten Kopf hinweg in Morgans Richtung, nahm seine Anwesenheit mit nicht mehr als einem kurzen, flüchtigen Blick zur Kenntnis, und dennoch fühlte er ihr eisiges Starren wie eine Berührung, eine ziemlich unangenehme Berührung.

»Der Prinz?«, fragte sie, als sie ihre Aufmerksamkeit wieder Avallyn zuwandte.

»Ja, Mutter.«

»Aus Stept Agahs Linie«, sagte sie, und Morgan erkannte, dass er gerade wieder mit Tiefenspürsinn erforscht worden war. Tamisk konnte von der alten Frau noch einiges lernen.

»Ja.«

»Dann hat das *Fata Ranc Le* also nicht alles berichtet.«

»Nicht alles, Mutter, nein.«

»Rhayne.« Die Hohepriesterin sprach den Namen mit offensichtlicher Unzufriedenheit aus. »Sie muss immer für ein paar Überraschungen sorgen. Oder glaubst du, sie hat vergessen, was sie früher einmal wusste?«

»In Claerwen gerät nichts in Vergessenheit«, erwiderte Avallyn.

»Nein«, bestätigte die Hohepriesterin. »Aber wir können uns nicht an Dinge erinnern, die Ysaia niemals niedergeschrieben hat oder die ihre vielen Inkarnationen nie für nötig gehalten haben, uns mitzuteilen. Und wer ist das?« Ihr Blick schweifte zu Aja, um einen kurzen Moment auf ihm zu ruhen, und der Junge riss überrascht die Augen auf und zog dic Brauen so hoch, dass sie fast unter seinem Haaransatz verschwanden; und Morgan wusste, dass Aja gerade seine erste Kostprobe von Tiefenspürsinn bekommen hatte.

Morgan öffnete den Mund, um ihre Frage zu beantworten, aber die Hohepriesterin brachte ihn mit einer gebieterischen Handbewegung zum Schweigen, da sie offensichtlich schon alles über den Jungen herausgefunden hatte, was sie wissen wollte.

»Wo ist der Drache aus Sonnpur-Dzon?«, fragte sie.

»Bei Palinor«, erklärte Morgan, nicht übermäßig angetan von dem Ton der Unterhaltung und ihrer herrischen Art. Er hatte schon mehr als genug arrogante Frauen kennen gelernt, aber das alte Weib hatte eine Schärfe und Überheblichkeit an sich, der er nicht so ganz traute. Er beschloss, selbst ein paar Fragen zu stellen. Schließlich war er der Herrscher der Zeit, und genau wie jede andere Frau im Saal, so hatte auch die Hohepriesterin von Claerwen ihr ganzes Leben lang auf ihn gewartet. Er versuchte jedoch, sich diese Tatsache nicht zu Kopf steigen zu lassen, denn sie würde ganz sicherlich keine Skrupel haben, genau diesen Kopf auf eine Pike aufzuspießen, wenn es ihr in den Kram passte, Herrscher der Zeit oder nicht. »Was ist so Wertvolles in der Statue, dass es sich lohnt, dafür die halbe Wüste zu zerstören?«, fragte er.

»Die Rettung des Kriegshetzers – oder zumindest hat er das bis Pan-shei geglaubt«, erwiderte sie. »Er dachte, die Statue würde ihn zu den echten Drachen führen, aber jetzt ist es zu spät, als dass Ddrei Goch und Ddrei Glas ihn noch retten könnten.«

Letzteres verstand Morgan nur zu gut. »Die Drachen werden ihn fressen. Sie werden seine Finsternis verschlingen, und nach dem, was wir in Pan-shei gesehen haben, besteht er jetzt zum größten Teil aus Finsternis.«

»Richtig«, sagte die Hohepriesterin und warf ihm einen längeren, noch kritischeren Blick zu.

»Warum ist er dann noch hier und klopft an eure Tür?«

»Anklopfen« war eine bewusste Untertreibung. Vor einer Stunde war die Meldung eingegangen, dass Corvus seine Truppen zur Ostmauer und zur Weißdorn-Brücke verlagert hatte und sein Bestes tat, um sich mit Waffengewalt Eintritt in den Tempelkomplex zu verschaffen. Auf drei Seiten von Claerwen war das Donnern von Kanonenschüssen zu hören, deren Echo sogar noch in dem innersten Heiligtum der Halle nachhallte.

»Er hofft auf eine Chance«, erklärte sie. »Entweder er kann uns, seine verhassten Feindinnen, vernichten – wobei er sich selbst jedoch gleich mit vernichtet, denn er wird niemals in Gestalt eines Menschen überleben –, oder er kann versuchen, durch das Wehr in eine frühere Zeit zurückzukehren, bevor Dharkkums tödliche Fäule seinen Körper zu zerfressen begann.«

»Und was glaubst du, welche Möglichkeit er wählen wird?« Morgan war dem Kriegshetzer nie persönlich begegnet, hatte nur die Schauergeschichten über ihn gehört und mit dem Händler und ein paar von Corvus' Lakaien zu tun gehabt. Das Einzige, was er jemals aus ihnen herausbekommen hatte, war, wie groß ihre Furcht vor dem Herrscher von Magh Dun war. Sie hatten ihn verabscheut und zugleich panische Angst vor ihm gehabt.

Nun, jetzt hatte Corvus Gei mehr als nur eine gefährliche linke Hand, um seine Lakaien damit in Angst und Schrecken zu versetzen.

»Sein Geist ist zu schwarz geworden, als dass man ihn noch ergründen könnte«, antwortete die Priesterin. »Er ist zu einem Abgrund geworden, gefüllt mit böser, gottloser Finsternis.«

In Anbetracht der Mühelosigkeit, mit der sie gerade seinen Geist ergründet hatte, nahm Morgan an, dass Corvus' Geist die reinste Teergrube sein musste, wenn er der Hohepriesterin von Claerwen einen Strich durch die Rechnung gemacht hatte.

Die alte Frau machte eine Geste, und sämtliche Priesterinnen, wilden Jungen und Nachtwächter erhoben sich wieder.

»Deine Eskorte«, sagte sie. »Es wird Zeit. Das Osttor ist durchbrochen worden, und die Nordmauer wird bald folgen. Wir haben so viel von dem Tempelgelände abgeriegelt, wie wir konnten, aber Corvus Gei ist anders als jeder Kriegshetzer, der vor ihm da war. Er ist kein bloßer Despot, sondern er ist auch mit dem Feind, Dharkkum, in Kontakt gekommen. Naas hätte ihn niemals zu uns zurückschicken dürfen, aber andererseits hätten wir ihn vielleicht niemals in ihre Zeit verbannen dürfen.«

»Es war die Entscheidung der Ratsversammlung«, warf Avallyn ein.

»Ja, und deswegen ist jetzt die gesamte irdische Zeit ein einziges Durcheinander.«

»Mutter?«

Die alte Frau wandte sich zu den Fenstern um, die einen Ausblick auf die Schlucht und die länger werdenden Schatten des Sonnenuntergangs boten. »Corvus wird von Minute zu Minute mächtiger. Ich kann es fühlen. In der Vergangenheit ist Dharkkum immer lebendig und aktiv gewesen, aber jetzt haben wir sie auch in der Gegenwart, und zwischen einer kosmischen Einzigartigkeit und ihrer Brut gibt es keine Gesetze. Absolut keine. Ich fürchte, dass womöglich das ganze Universum auf den Kopf gestellt wird oder dass die Jahre zwischen damals und jetzt einfach zu verschwinden beginnen werden, eines nach dem anderen, während der Kriegshetzer immer stärker wird. Er ist gefährlich, äußerst gefährlich, und die Situation voller Ungewissheit…« Sie brach ab, während ihr Blick langsam wieder zu Morgan zurückschweifte. »Und das Schicksal hat uns nicht mehr als einen Menschen gesandt, um den Feind zu bekämpfen.«

In Anwesenheit der Hohepriesterin – einer Frau, die alt genug und zäh genug aussah, um all die zahllosen Gebeine eigenhändig in die Mauern einzementiert zu haben – erkannte Morgan, dass seine eigenen Zweifel nichts im Vergleich zu ihren waren. Ganz gleich, wie lange sie auf den Herrscher der Zeit gewartet hatte, sie glaubte nicht, dass er auch nur die geringste Chance hatte, seine Aufgabe erfolgreich zu erledigen.

Und was die Tatsache anbelangte, dass es Zeit wurde, die Reise durch das Wehr anzutreten – er war nicht dafür bereit. Es war eine verdammungswürdige Wende der Ereignisse, aber es war nun einmal die Wahrheit. Er war ganz einfach nicht bereit; nicht bereit, den Würmern gegenüberzutreten, und nicht bereit, Avallyn und Aja zu verlassen.

Mit einem Rauschen ihrer Gewänder wandte sich die alte Todes-Hexe von ihm ab und marschierte über das Podium, sicherlich nicht interessiert daran, ob er bereit war oder nicht. Avallyn eilte neben ihr her, und Morgan und Aja folgten Avallyn.

»Bist du noch heil und in einem Stück?«, fragte er den Jungen.

Aja grinste ihn an. »Die Alte hat mich regelrecht ausgezogen, Morgan«, sagte er. »Hat mich in ihren Gedanken splitterfasernackt ausgezogen bis auf meine Eingeweide. Der beste Trick, den ich jemals erlebt habe. Glaubst du, sie würde mir beibringen, wie man das macht?«

»Nein, das glaube ich nicht.« Morgan zerzauste dem Jungen das Haar, froh darüber, dass Aja in so sorgloser Stimmung war. »Aber Sachi könnte es vielleicht.«

Der Gedanke an Sachi fesselte das Interesse des Jungen, und sein Grinsen wurde spitzbübisch. »Ja, das könnte sie.«

Morgan beobachtete, wie die Hohepriesterin den Kopf zu Avallyn beugte.

»Wenn Corvus Gei dich nicht so unerbittlich verfolgt hätte, liebe Tochter, dann hätten wir uns vielleicht nicht gegen ihn gewandt«, murmelte das alte Weib in einer alarmierenden und unerfreulichen Nebenbemerkung, von der Morgan nicht wusste, ob er sie hören sollte. »Damals erschien uns der Preis, den er für seine Hilfe verlangte, als zu hoch, aber jetzt fragen wir uns, ob wir nicht vielleicht doch ein besseres Geschäft gemacht hätten, wenn wir dich ihm überlassen hätten.«

Mit einer blitzschnellen Bewegung hatte Morgan der Todes-Hexe das Magia-Schwert an die Kehle gedrückt und Avallyn hinter sich gezogen. Als Reaktion darauf wurden mehr als fünfzig Laserkanonen gezogen und gespannt, die zweifellos alle auf ihn zielten, aber er wagte es nicht, die alte Frau aus den Augen zu lassen. Jeder Muskel in seinem Körper war in Alarmbereitschaft, so angespannt, wie eine straff gezogene Bogensehne, denn sein Instinkt sagte ihm, dass die Drohung der Frau keine müßige Überlegung war. Lieber würde sie Avallyn dem Wolf zum Fraß vorwerfen, als dass sie Claerwen aufgab.

»Sie gehört mir«, stieß er grimmig zwischen zusammengebissenen Zähnen hervor; eher würde Blut fließen, bevor sich an dieser Tatsache etwas änderte. Avallyn dem Kriegshetzer ausliefern? Nicht, solange er lebte.

Und nachdem er sie verlassen hatte? Was dann?, fragte Morgan sich. War sie wirklich nur bei ihm sicher, ganz gleich, welche Gefahren ihnen in der Vergangenheit drohten?

Die Hohepriesterin hielt seinen Blick fest, ebenso sorglos und gleichmütig gegenüber der Tatsache, dass er ihr sein Schwert an die Kehle hielt, wie Tamisk es gewesen war. Ihre Augen waren jedoch anders als die des Elfen-Magiers. Kälter noch als der Nordwind, bohrte sich ihr Blick in ihn, stieß nach ihm, erforschte seine Psyche auf eine Art und Weise, die zu verbergen sie sich keine Mühe machte. Ihre Präsenz war ein eisiger Fluss in seinen Adern, der unter seine Haut strömte – ein Fluss, der von Sekunde zu Sekunde immer noch kälter wurde und drohte, ihn innerlich zu Eis erstarren zu lassen.

»*Hexe*«, knurrte er, und er wusste, dass hier die Macht der Wüste war, dass sie in den Tiefen dieses alten, verschrumpelten Herzens schlug, rücksichtslos auf ein einziges Ziel konzentriert. Claerwen behauptete sich in einer trostlosen Landschaft aus Knochen und Wüste, abgehärtet durch unbarmherzige Stürme und noch unbarmherzigere Pflicht und regiert von einer Hohepriesterin, deren Wort Gesetz war.

»Du bist schwach«, sagte sie verächtlich, »und voller Furcht.«

Der eisige Strom, in den sie sein Blut verwandelt hatte, beendete seinen Kreislauf und begann wieder zu seinem Herzen zurückzufließen, und er würde ihn garantiert töten, wenn er sein Ziel erreichte. Trotzdem rührte Morgan sich nicht oder zuckte auch nur mit der Wimper. Er wagte es nicht – nicht, wenn ihm sein Leben lieb war.

»Ich könnte dich wie eine Laus zerquetschen«, sagte sie mit gleichgültiger Überzeugung, so als ob er die Mühe der Vernichtung gar nicht wert wäre. »Und wenn ich das tue, wird Avallyn zu dem Kriegshetzer gehen, um seine schwarze Seele zu beschwichtigen.«

»Nein«, sagte er und drückte die scharfe Schneide seines Schwerts tiefer in ihre papierdünne Haut, aber ohne Erfolg. Es gab keine Schnittwunde, kein Blut, nichts, um sie dazu zu zwingen, nachzugeben und zurückzuweichen. Ihm war so kalt, so schrecklich kalt, genau wie damals in dem Wurmloch. Bald würde er sich nicht mehr bewegen können.

»Sie war das Einzige, was er jemals haben wollte, von Anfang an«, verhöhnte ihn das alte Weib. »Corvus ermordete den früheren Kriegshetzer, um Claerwen wegen Avallyn zu schützen. Er brachte die Gebeine des Mannes eigenhändig hierher und zementierte sie in die Nordmauer ein. Es würde ihn ganz enorm besänftigen, wenn er Avallyn endlich für sich hätte. Wer weiß, vielleicht würde seine Begierde sogar ausreichen, um ihn wieder in einen Menschen zurückzuverwandeln und dem Bösen zu entsagen.«

»Nein!« Morgan stieß das Wort in einer Wolke gefrorenen Atems aus und drückte die Schwertschneide noch tiefer in die Kehle der alten Frau, und noch immer war keine Schnittwunde zu sehen.

»Du bist vollkommen hilflos gegen mich; du kannst mich nicht aufhalten«, sagte sie, während sich ihre Lippen verächtlich verzogen. »Genauso hilflos, wie du gegen Dharkkum sein wirst.«

Sie irrte sich, und er war es leid, restlos leid, verdammt noch mal. Er war schließlich der Herrscher der Zeit. Er hatte das Wehr überlebt, zehn verdammte Jahre in der Zukunft und Tamisks Einschmelzen von Scylds Heft. Er musste doch irgendeine Kraft haben, irgendeine Waffe, die er gegen das alte Weib einsetzen konnte, um sie daran zu hindern, ihn zu Eis gefrieren zu lassen.

Ysaias Feuerzauber, mit dem Feuer der Drachen in meine Haut geritzt, dachte er. *Großer Gott, zu irgendetwas muss er doch zu gebrauchen sein.*

»Ddrei Goch.« Er appellierte an den roten Drachen, beschwor ein Bild der Bestie vor seinem geistigen Auge herauf. Die Worte kamen abermals in einer Wolke nebelartiger Kälte aus seinem Mund, aber er fühlte plötzlich einen Funken von Hitze in seinem linken Arm.

Die Hohepriesterin verengte die Augen zu Schlitzen.

»Ddrei Glas.« Er rief den grünen Drachen an, und die Runen auf seinem rechten Arm wurden heiß, erhitzt von dem Feuer der Drachen, das sie in seine Haut eingebrannt hatte.

Gott steh mir bei, dachte er, fassungslos vor Erstaunen über das Gefühl der Wärme, das sich in seinen Armen ausbreitete. War dies also die Art, wie Magie betrieben wurde? Waren Magier am Ende auch nur Menschen, wieder geboren in Schmerz und Blut und Feuer?

Die Hitze strömte durch ihn hindurch und in seine Hände, die das Schwert hielten, und tief im Herzen des Traumsteinhefts der Magia-Klinge erwachte flackernd eine Flamme zum Leben.

»Tamisk war wirklich großzügig«, sagte die alte Frau, während etwas von der Grimmigkeit in ihrem Blick verblasste. »Vielleicht wirst du schließlich doch noch von Nutzen sein.«

Langsam verschwand der letzte Rest von Kälte aus seinem Körper, verdrängt von der Wärme des Traumsteins. Die Hohepriesterin brachte keine Entschuldigung vor, machte kein Zugeständnis, und Morgan verlangte auch keines. Er hatte sein Argument vorgetragen, aber sie auch das ihre. Sie würde jeden opfern, wenn sie der Ansicht war, dass es dem Gemeinwohl diente.

Morgan blickte Avallyn an, wohl wissend, dass sein Plan durchkreuzt worden war. Er konnte sie nicht verlassen, wenn ihr eine solche Gefahr drohte – es sei denn, er nahm den Kriegshetzer mit.

Verdammte Pest. Sein Blick fiel auf das Schwert. Es war ein prachtvolles Schwert, von einer Macht besessen, die er tatsächlich fühlen konnte, aber er war trotzdem verloren.

»Zündet die Feuer in den Türmen an«, befahl die Hohepriesterin ihren Truppen. »Schlagt die Drachengongs, um die Zeit-Würmer zu rufen. Der Herrscher der Zeit ist gekommen, und wir müssen ihm den Weg in die Vergangenheit erschließen.«

Was er brauchte, war ein Ausweg aus dieser Katastrophe, falls es überhaupt jemals einen gegeben hatte. Morgan zweifelte stark daran. All seine Wege in all den Jahren seines Lebens hatten hierher geführt. Er brauchte ja nur die nachlassende Hitze der Runen auf seinen Armen zu fühlen, um zu wissen, dass es die Wahrheit war. Er brauchte nur Avallyn anzusehen, um zu wissen, dass er daran nichts ändern konnte.

Aber, großer Gott im Himmel, zehntausend Jahre lang in der finsteren Gewalt des Kriegshetzers zu sein, nur um auf eine noch mächtigere Finsternis zu stoßen, wenn er in der Vergangenheit ankam? Er hatte sich schon vor langer Zeit ausgemalt, dass es einmal ein jämmerliches Ende mit ihm nehmen würde, aber angesichts der Wahrheit hatte ihn seine Vorstellungskraft vollkommen im Stich gelassen.

Corvus erkannte den Klang, noch bevor sein erstes volltönendes Echo vibrierend von den Wänden der Schlucht zurückgeworfen wurde – die Dragon *Heartsssss*. Claerwen rief die Würmer herbei.

Sein Puls beschleunigte sich.

»*Vissshab.*« Er spie den Namen mit einem verächtlichen Zischen aus und lachte. Wozu brauchte er die Hexe noch? Er war ohne sie sehr viel weiter gekommen, als er es jemals mit ihrer Unterstützung geschafft hatte. Er hatte die Brücke der Totenglocken und das Osttor durchbrochen – und jetzt kamen die Würmer. Seine Zeit der Verdammnis war nun fast vorbei. Die gesamte Zukunft konnte geradewegs zur Hölle fahren. Er würde wieder in die Vergangenheit zurückkehren, in eine Zeit, als er noch heil und unversehrt gewesen war.

»Hauptmann!«, bellte er.

Ein vierschrötiger, dicklicher Mann, von Kopf bis Fuß in Kettenpanzer gehüllt, kam herbeigeeilt. Corvus erkannte ihn nicht, aber der Mann trug die rußgeschwärzten Epauletten, die seine letzte Hauptmännin getragen hatte, als sie auf dem Fußboden zusammengebrochen war. Anscheinend hatte dieser Mann die Herausforderung angenommen.

»Mylord?« Der dicke Mann ließ sich auf ein Knie sinken – eine nette Geste.

»Ruf deine *Ssssoldaten* und die *Sssskraeling*-Horde, die wir auf der Brücke zurückgelassen haben. Hol die Gefangenen her. Wir marschieren nach Claerwen hinein, zu den Türmen in der Schlucht, wo die Feuer – Warte!« Corvus hob die Hand, seine linke Hand, und das Gesicht des Hauptmanns wurde aschfahl vor Schreck.

Corvus achtete nicht weiter auf ihn. Der Idiot würde bald genug merken, dass er nicht auf der Stelle getötet worden war.

»Hörst du das?«, fragte er, während er den Kopf schief

legte und ein rauchartiges Ohr spitzte. Die Drachengongs waren wieder geschlagen worden, so wie sie die ganze Nacht lang erschallen würden, bis die Würmer kamen.

Er erinnerte sich. Er erinnerte sich noch so deutlich an alles – an das Dröhnen der Bronzegongs, an die Hitze der Feuer, als sie prasselnd im Inneren der Türme aufgelodert waren, um die Drachen Rauch und Flammen speien zu lassen, an den Geruch von Chrystaalt. Er erinnerte sich an die schweren Ketten, die sie um seinen Körper geschlungen hatten, an die Hand- und Fußfesseln, die sie ihm angelegt hatten und daran, wie sie ihn auf jener windumtosten Plattform an einen Pfahl angekettet hatten, um ihn seinem Schicksal auszuliefern. Er erinnerte sich an den Sand, der überall um ihn herumgeweht war und auf seiner Haut gebrannt hatte. Er erinnerte sich daran, wie Avallyn fortgegangen war, und er erinnerte sich an seine Angst.

Diesmal würde er keine Angst haben. Diesmal würde er aus eigenem freiem Willen den Schlund des Wurmes hinunterrutschen.

Es war noch nicht zu spät.

Er konnte sich noch immer retten.

22

Morgan hielt Avallyn fest mit einem Arm umschlungen, als sie sich einen Weg durch die Korridore und Ebenen von Claerwen bahnten, obwohl er kaum hätte sagen können, ob er sie zu ihrer oder zu seiner eigenen Beruhigung festhielt. Seine Stimmung war mit der Erkenntnis, wie nahe er seinem schrecklichen Ende war, unerträglich grimmig und trostlos geworden.

Die Priesterinnen hatten den Weg zu den Dragon Hearts

offen gehalten, obwohl sie dafür Verluste hatten in Kauf nehmen müssen. Noch während sie die Halle verlassen hatten, hatten Corvus' Truppen erneut einen Sturmangriff geführt und eine gewaltige Sprengladung innerhalb des Osttores explodieren lassen, womit sich die Einschätzung der Hohepriesterin als richtig erwiesen hatte. Corvus war dabei, in das Herz des Tempels einzudringen und die Mauern niederzureißen, um an etwas heranzukommen – entweder an Avallyn oder an das Zeit-Wehr oder an seine Chance zur Vernichtung.

Licht fiel durch einen Torbogen, der in einen Innenhof führte, schnitt eine Bahn von Helligkeit durch die Schatten im Korridor. Zwei der Nachtwächter rannten voraus, um das Gelände zu erkunden, ihre weichen Stiefel lautlos auf dem Steinfußboden.

»Refektoriumshof frei«, lautete ihre Meldung.

Sie gingen zu fünft nebeneinander durch den Torbogen und hatten den Hof schon fast zur Hälfte durchquert, als plötzlich eine Skraeling-Horde durch ein Tor auf der Nordseite hereinstürmte. Soldaten wie Priesterinnen scherten aus den Reihen aus, um sich in Kampfordnung zu formieren, während eine Gruppe von Nachtwächtern schützend die Hohepriesterin, Avallyn und Morgan umringte. Aja war zu schnell, um in ihrem Netz gefangen zu werden; er hatte bereits seine Laserkanone gezogen und das Feuer auf die Skraelings eröffnet, als sich die Reihen hinter ihm schlossen.

»Har maukte har! Har! Har!« Die Skraeling-Horde rannte in den Hof und feuerte wild um sich.

Morgan drängte sich aus dem Kordon heraus, der die Hohepriesterin und Avallyn schnellstens in Sicherheit zu bringen versuchte, und lief hinter dem Jungen her. Immer mehr Skraelings stürmten durch das Tor, rasende Bestien mit Schaum vor dem Maul, die blindlings um sich schossen. Vor Morgan gingen eine Priesterin und ein wilder Junge zu

Boden, von Laserkanonenschüssen getroffen. Morgan riss seine eigene Laserkanone hoch und feuerte auf die Angreifer, während er gleichzeitig mit der anderen Hand seinen Karabiner über die Schulter zog. Einhändig schob er eine Ladung in die Waffe und nahm einen Skraeling unter Beschuss, als der Tiermensch heißhungrig über die leblos am Boden liegende Priesterin herfiel. Ihre Fressgier war die größte Schwäche der Skraelings.

Morgan blickte sich suchend nach Aja um und sah, wie sich der Junge schnell über den Hof bewegte, wie er geduckt an den Mauern entlangflitzte und sich im Zickzack zwischen den angreifenden Horden hindurchschlängelte und dabei rechts und links Skraelings niederstreckte.

Ein Laserraketenwerfer wurde hinter der Nordmauer des Hofes abgefeuert, und die Sprengkopfrakete schoss über die Mauer hinweg und fing das Licht in einem grellen Aufblitzen von Silber ein, bevor sie auf der anderen Seite des Refektoriums detonierte. Die Wände des Klosterspeisesaals explodierten in den Hof, und die umherfliegenden Gesteinsbrocken trafen die Skraeling-Horde und zerfetzten sie in tausend Stücke. Aus allen Richtungen waren Schreie zu hören, die schrillen, durch Mark und Bein gehenden Schreie von Skraelings, die unter den Trümmern starben, und die aufgeregten Rufe von Claerwens Soldaten-Priesterinnen, die sich durch die plötzliche Zerstörung hindurchkämpften. Staub stieg in dicken Wolken auf und reduzierte die Sichtweite auf null.

Der gottverdammte Kriegshetzer hatte seine eigenen Truppen ermordet, um eine Bresche in den Hof zu schlagen.

»Aja!«, brüllte Morgan über das Chaos hinweg. »Hauptmann!«

Eine weitere Lawine aus Steinen und Knochen krachte vor ihm herunter. Morgan sprang auf den Trümmerberg und versuchte, über die Szene der Zerstörung hinwegzusehen, um Aja ausfindig zu machen. Skraelings waren die Spezialität des Jungen, aber Morgan befürchtete, dass Ajas Schnelligkeit ihm diesmal mehr geschadet als genützt hatte.

»Aja!«, schrie er erneut und sprang auf der anderen Seite des Trümmerbergs hinunter.

Links von Morgan lag ein zerschmetterter Skraeling halb unter einem Schutthaufen begraben, sein Finger noch immer um den Abzug seiner Laserkanone geschlungen, aus der sich unentwegt Schüsse lösten, die den Fuß einer nahe gelegenen Wand trafen. Scharfkantige Steinsplitter und Scherben wurden aus dem Gestein herausgerissen und sausten wie Schrapnells durch die Luft, während die Querschläger pfeifend in angrenzenden Kreuzgängen auftrafen.

Morgan fluchte und duckte sich hastig, als er seinen Karabiner herumschwang und mit einer schnellen Bewegung auf die Hand des Skraelings zielte. Ein einziger Schuss genügte, um die Laserkanone des Tiermenschen verstummen zu lassen.

»Aja!«, rief er. »Aja, wo bist du?«

»Hier, Prinz«, rief eine Priesterin.

Morgan sah eine Hand durch die Staubwolken winken und rannte zu der Stelle, wo die Frau neben einem Haufen Mörtelbrocken und Knochen kniete. Neben ihr lag in einem zerknitterten Bündel von Kleidern ein Junge, gekrönt von einem Schopf feuerroten Haares. *O Gott!* Entsetzt ließ Morgan sich neben dem Jungen auf die Knie fallen. Ajas Bein war unter dem Schutt eingeklemmt.

Er legte dem Jungen prüfend eine Hand an den Hals und schickte ein Dankgebet zum Himmel, als er einen Puls fühlte.

»Hol Hilfe«, sagte er zu der Priesterin.

Die Frau zeigte an ihm vorbei. »Sie ist bereits da.«

Zwei Sha-shakrieg waren herbeigeeilt und räumten vorsichtig, aber rasch die Mischung aus Knochen und Steinbrocken beiseite, die Aja mit sich gerissen hatte, wobei sie sorgfältig darauf achteten, keine neue Trümmerlawine auszulösen. Der Hof war von dem Laserraketenwerfer vollkommen zerstört worden. Eine Reihe getöteter Priesterinnen wurde aus den Trümmern geborgen, während gleichzeitig die Verletzten untersucht und wegtransportiert wurden; und die ganze Prozedur ging mit einer Schnelligkeit und Effektivität vonstatten, die Morgan daran erinnerte, dass die Priesterinnen der Gebeine schon seit Jahrhunderten gegen die diversen Kriegshetzer kämpften. Sie waren ein religiöser Orden, ausgebildet für den Krieg.

Die Sha-shakrieg räumten die letzten Steinbrocken fort, und Morgan hörte ein gedämpftes Stöhnen aus dem Mund des Jungen.

»Ruhig, Hauptmann. Ganz ruhig.« Er ließ seine Hand auf Ajas Brust liegen und blickte an seinem Körper hinunter. Das Bein des Jungen war gebrochen, der Schienbeinknochen stand in einem seltsamen Winkel vor. Aja war ziemlich übel zerschunden, aber keine der Schürfwunden war sonderlich tief, und er war von keinem Laserkanonenschuss getroffen worden. Sein Puls schlug gleichmäßig, obwohl Morgan wünschte, er wäre kräftiger.

»Skraelings?«, flüsterte Aja, und Morgan nahm seine Hand.

»Alle tot«, versicherte er dem Jungen. »Mit dieser Horde hat Claerwen gründlich aufgeräumt, und du hast Glück – es wimmelt hier nur so von Sanitätern.« Er sagte Aja nichts davon, dass alle diese Sanitäter Weiße Frauen des Todes waren.

Er hob den Kopf und sah sich suchend nach Avallyn um. Die Soldaten hatten sie und die Hohepriesterin im Laufschritt in den Korridor zurückgebracht, wobei das alte Weib von einem Nachtwächter getragen worden war. Sie mussten es geschafft haben.

Eine plötzliche Bewegung im Inneren des zerstörten Refektoriums erregte seine Aufmerksamkeit, und er sah, wie ein toter wilder Junge über den Boden geschleift wurde, gepackt von einer behaarten, klauenartigen Pranke, die hinter den Überresten der halb zertrümmerten Südwand des Klosterspeisesaals hervorgriff.

»Verfluchte Skraelings«, knurrte Morgan und erhob sich auf die Füße, ohne sich ganz aufzurichten. In geduckter Haltung rannte er über die freie Fläche zu dem Refektorium. Das Steinpflaster des Hofes strahlte Hitze aus. Die Luft war noch immer von Staub erfüllt.

Die Leiche des wilden Jungen war fast hinter der Wand verschwunden, als Morgan sie erreichte. Er presste sich mit dem Rücken gegen die Steine und schaltete seinen Karabiner auf Automatik um. Dann atmete er tief durch, sprang um die Wand herum und begann zu feuern.

Drei Skraelings saßen bei dem Picknick, und keiner von ihnen war schnell genug, um sich zu retten. Morgan erledigte sie mit wenigen Schüssen und zog dann den wilden Jungen unter der haarigen Pranke des größten Skraelings hervor, damit die Priesterinnen ihn wegbringen konnten.

Als er zu Aja zurückkehrte, waren Avallyn und zwei der Weißen Frauen mit einer Tragbahre gekommen; und nach einer oberflächlichen Untersuchung gab eine der Frauen dem Jungen eine Injektion und erklärte Morgan, dass der Verletzte bewegt werden könne.

»Er hat Glück gehabt«, sagte die Frau mit der Spritze. »Er hat keine inneren Verletzungen erlitten, und er ist jung genug, sodass sein Bein wieder heilen wird. Bring ihn in den B-Flügel ins Hospital.«

Nachdem sie ihre Anweisungen erteilt hatten, gingen sie zu dem nächsten verwundeten Soldaten und winkten nach einer weiteren Trage.

»Der B-Flügel ist nicht weit von hier, und er ist nicht beschädigt worden«, sagte Avallyn etwas atemlos, als sie sich auf den Boden kniete und Morgan half, Aja auf die Tragbahre zu heben. Der Junge stöhnte wieder, diesmal lauter.

»Du warst in Sicherheit?«, fragte Morgan.

»Ja. Die Soldaten hatten die Hohepriesterin und mich in den Korridor zurückgedrängt, wo wir warten mussten, bis sich der Staub wieder zu setzen begann.«

»Gut.«

»Nein, das war nicht so gut«, erwiderte sie und warf ihm einen kurzen Blick zu. »Ich hätte bei dir sein sollen. Und der Weg zu der Wehr-Plattform ist blockiert worden. Die Nachtwächter werden eine andere Route finden. Aber erst einmal müssen wir alle hier rausschaffen, bevor Corvus beschließt, eine weitere Sprengladung zu zünden.«

»Ja.« Er drückte auf eine Taste auf dem Rahmen der Trage und betätigte die Schwebevorrichtung, während Avallyn den Jungen festschnallte.

Mit einem leisen Summen erhob sich die Trage in die Luft.

»Bring ihn ins Hospital«, sagte er zu Avallyn. »Ich werde hier helfen und dich dann dort treffen.«

Avallyn nickte und eilte über den Hof, während sie Ajas Trage vor sich herschob und zwischen den Leuten und den Trümmerhaufen hindurchmanövrierte. Als Morgan ihr nachblickte, wurde er sich eines tiefen, volltönenden Klangs bewusst, den der Lärm der Schlacht und das Krachen der Schüsse für kurze Zeit übertönt hatten. Die Dragon Hearts wurden noch immer geschlagen, und das weithin schallende Dröhnen der riesigen Gongs fand ein Echo in seinen Adern.

Er musste gehen, ganz gleich, wie sehr er sich davor fürchtete.

Eine halbe Stunde später hatte er sich einen Weg zu dem Hospital gebahnt. Aja war gut versorgt worden, sein gebrochenes Bein gerichtet und in einen kühlenden Gel-Gipsverband gehüllt, die hübsche Sachi an seiner Seite; aber Avallyn war nirgends zu sehen.

»Hast du die Prinzessin gesehen?«, fragte er die Messdienerin.

Sanfte braune Augen blickten zu ihm auf. »Sie war hier, bis ich sie abgelöst habe. Es gibt so viele Verwundete.«

Ja. Morgan sah sich um. Der B-Flügel enthielt mehr als hundert Betten, und alle waren belegt, und dazwischen waren außerdem noch Feldbetten aufgestellt worden.

Er ließ seinen Blick abermals durch den Krankenhausflügel schweifen, auf der Suche nach Avallyn. Was seine Aufmerksamkeit erregte, waren zwei Leute in Wüstenkleidung, ein Mann und eine Frau, die sich einen Weg durch die Krankenstation bahnten, mit einem halben Dutzend blau gewandeter Priesterinnen im Schlepptau. Sie blieben nicht mehr als ein paar Sekunden an jedem Bett stehen, aber die Atmosphäre war jedes Mal von einem spürbaren Unterschied erfüllt, wenn sie zum nächsten Bett weitergingen, als ob sie den Verwundeten mit jeder flüchtigen Berührung Frieden und Trost spendeten.

Als Morgan die beiden Gestalten beobachtete, überkam ihn das seltsame Gefühl, sie von irgendwoher zu kennen, obwohl es aus einer solchen Entfernung schwer zu sagen war, warum sie ihm bekannt vorkamen. Er hatte zwar zu seiner Zeit ein paar Wüstenwanderer kennen gelernt, aber keinen, der irgendetwas mit Claerwen zu tun gehabt hätte.

Der Mann bewegte sich mit Tamisks geschmeidiger Anmut, aber er war zu groß, seine Schultern zu breit, als dass er der Magier hätte sein können. Nein, dachte Morgan, die Vertrautheit hängt mit etwas anderem zusammen. Das Haar des Mannes war lang und im Nacken zusammengebunden, hing in einem lose geflochtenen Strang über seinen Rücken herab. Es war von einem dunklen, satten Braun, einer Erdfarbe, aber die Hälfte aller Wüstensippenreiter, die Morgan getroffen hatte, trug ihr Haar lang.

Der Haar der Frau war weiß, aber es war nicht das stumpfe Weiß des Alters, sondern ein glänzendes, seidig schimmerndes Weiß wie bei Perlen. Sie trug es zu einem dicken Zopf geflochten, der über ihre Schulter hing. Das Merkwürdigste an ihr war, dass sie eine Klappe über dem rechten Auge trug, ein Stückchen silbernes Tuch in Form eines Halbmondes, das die Fläche zwischen ihrer Wange und ihrer Augenbraue zierte.

Die Frau winkte eine der Priesterinnen zu sich und flüsterte ihr etwas ins Ohr. Zu Morgans Überraschung sah die Priesterin geradewegs in seine Richtung, als sie aufblickte. Als die Frau zu Ende gesprochen hatte, nickte die Priesterin und eilte davon.

Ein gedämpftes Stöhnen vom Bett lenkte Morgans Aufmerksamkeit wieder auf Aja zurück. Er strich dem Jungen sanft ein paar zerzauste Haarsträhnen aus der Stirn; seine Haut fühlte sich warm an, aber nicht heiß, seine Augen waren geschlossen. Man hatte ihm die Kleider ausgezogen, und Morgan stellte zu seiner Bestürzung fest, dass der Junge ziemlich dünn unter seiner Decke aussah. Er machte sich selbst dafür verantwortlich. Sie hatten im Laufe der letzten Monate zu viel Zeit in Bars und anrüchigen Spelunken wie Racht Square vergeudet und nicht genug Zeit damit verbracht, anständige Mahlzeiten zu sich zu nehmen.

»Er ist stark, Mylord, und wird wieder gesund werden«, sagte Sachi beruhigend.

Morgan blickte zu dem Mädchen auf, und erneut bemerkte er, warum Aja sich so schnell in sie verliebt hatte. Ihr Haar war von einem satten Dunkelbraun und wellte sich in weichen Locken, die ein außergewöhnlich hübsches Gesicht umrahmten – rosige Wangen und liebliche, fein geschnittene Züge. Sie trug eine weiße Priesterinnenrobe, ein schlichtes

Gewand, das bis auf den Fußboden wallte und ihre vollen Brüste und Hüften umspielte. Aja hatte schon immer eine Vorliebe für wohlgerundete Mädchen gehabt, und Sachi war sinnlich gerundet, sinnlich genug, um den Appetit des Jungen mühelos angeregt zu haben – eine Tatsache, die ihn unweigerlich in Schwierigkeiten bringen würde.

»Dein Hauptmann stammt aus dem alten Geschlecht der Rush, einer Wüstensippe im Norden«, sagte die Messdienerin und legte Aja eine Hand auf die Brust. »Ich weiß noch, wie der Stamm von einer Konterbande von Skraelings aus Leag Zwei niedergemetzelt wurde. Unsere Suchtrupps fanden keine Überlebenden, und alle befürchteten, dass die Linie damit ausgestorben war. Das Auftauchen deines Hauptmanns war eine große Freude für die Weißen Frauen.«

Das würde Aja gefallen, dachte Morgan ironisch, als er sich all das Herumstöbern und Nachfragen ausmalte, das mit der Erkenntnis einhergehen würde, dass Aja das letzte genetische Bindeglied zu einem uralten Wüstenstamm war.

Abstammungslinien waren das Werk der Priesterinnen von Claerwen, die alle Blutlinien der Erde zusammenstellten. Um sie besser manipulieren zu können – wie Avallyn ihm erklärt hatte.

»Ich glaube, er hat die Gabe des Sehens«, sagte Morgan, um dem Mädchen eine weitere Information zu liefern. Es wäre ihm lieber, wenn Aja in Claerwen bleiben könnte, wo er in Sicherheit sein würde, vorausgesetzt, der Tempelkomplex hielt dem Angriff des Kriegshetzers stand. Wenn er, Morgan, in die Vergangenheit gelangen und Dharkkum vernichten könnte, würde er damit zwangsläufig die Überlebenschancen der Priesterinnen vergrößern.

»Viele vom Stamm der Rush waren hellseherisch veranlagt«, sagte Sachi. »Wo bist du Aja begegnet?«

»Er war bei mir, als ich vor zehn Jahren in Pan-shei ankam.«

»Er kann damals kaum mehr als ein Kind gewesen sein, als ihr beide aus der Wüste gekommen seid«, murmelte sie, während sie ihre Hand behutsam bis zu Ajas Taille hinuntergleiten ließ und dann wieder hinauf, um sein Kinn zu streicheln.

Morgan fragte sich, ob er sich nur einbildete, wie sich der Junge unter Sachis Berührung entspannte und tiefer in die Kissen sank, oder ob das Mädchen tatsächlich durch Handauflegen heilen konnte.

»Was bringt dich auf den Gedanken, dass wir damals aus der Wüste kamen?«, fragte er.

Sachis Blick schweifte zu dem weißen Streifen in Morgans Haar, bevor er wieder zu Aja zurückkehrte. »Alle Zeit-Reiter kommen aus der Wüste, gewöhnlich in einem Umkreis von hundert Meilen entweder von Claerwen oder von Pushranjure im Südlichen Königreich oder von Sonnpur-Dzon im Dhaun Himal. In den alten Zeiten, als die Würmer noch erdgebunden waren, kamen alle Zeit-Reiter durch ein erdgebundenes Wehr. Jetzt« – sie zuckte mit den Achseln – »jetzt kann man unmöglich mit Sicherheit sagen, wo die Würmer auftauchen werden, besonders wenn unsere Chrystaalt-Vorräte knapp werden und die Bergleute und Schwarzmarkthändler ihre gehortet haben. Chrystaalt wird immer einen Wurm anlocken.«

»Woher wisst ihr, wann ein Zeit-Reiter gelandet ist?«

»Stürme«, erwiderte sie. »Die Würmer lösen immer gewaltige Sandstürme aus.«

Morgan erinnerte sich an einen solchen Sturm, einen mörderischen, fast orkanartigen Sturm von Sand und Staub, der ihm beinahe den Garaus gemacht hätte – und das Nächste, woran er sich erinnerte, war, wie er mit Aja nach Pan-shei gewandert war.

Sachi drehte sich um und zog eine weitere Bettdecke aus einem Regal an der Wand. Als sie die Decke um Aja herum feststeckte und sich die seidig grünen Falten an den Körper des Jungen schmiegten, fiel Morgan wieder ein, wo er einen solchen Stoff schon einmal gesehen hatte. Auf Tamisks Pritsche hatten genau die gleichen Decken gelegen, aber lange bevor Morgan die Zauberkräfte des Magiers erlebt hatte, hatte er den schimmernden grünen Stoff bereits an den Quicken-tree von Merioneth gesehen.

»Ist das Seide?«, fragte er und befingerte einen Zipfel der Decke. Sie fühlte sich erstaunlich weich an.

»*Pryf*-Seide«, erklärte Sachi ihm. »Die Drachen haben lange vor meiner Geburt aufgehört, Nachkommenschaft zu zeugen, aber in dem alten Nest unterhalb des Weißen Palasts ist immer noch Larvenspinnseide zu finden, das meiste davon noch grün.«

»Wie sieht es in Claerwen mit Würmern aus? Habt ihr hier keine?«

»Sie sind vor über tausend Jahren aus dem Wehr ausgebrochen, und jetzt schlängeln sie sich über den Himmel. Du wirst diesmal nicht hinuntergehen, Prinz, sondern hinauf.«

Hinauf? Heiliger Strohsack, das nenne ich eine verdammt unbehagliche Vorstellung, dachte Morgan und wünschte, er hätte nicht gefragt. Solange man hinunterging, konnte man sich zumindest sicher sein, dass man noch auf der Erde war. Aber in den Himmel hinauf? Zum Teufel, das konnte praktisch überall im Parsek sein.

Er ließ seinen Blick wieder durch die Krankenstation wandern und fragte sich, wo Avallyn wohl stecken mochte, mehr und mehr davon überzeugt, dass die Zeit zum Aufbruch gekommen war. Erneut wurde seine Aufmerksamkeit von den beiden Wüstenwanderern und ihrem Kader von Priesterinnen gefesselt.

Ja, die beiden kommen mir bekannt vor, dachte er stirnrunzelnd.

In dem Moment drehte sich der Mann um, und Morgan

sah den breiten Streifen in seinem Haar. *Zeit-Reiter.* Sein Puls beschleunigte sich.

Bett für Bett kamen sie langsam näher, während sie mit den Verwundeten sprachen und Trost spendeten, und mit jedem Schritt, den sie sich näherten, wuchs Morgans Gefühl der Vertrautheit – besonders was den Mann anbetraf. An einem der Feldbetten sah der Mann unvermittelt hoch und fing Morgans Blick auf, und etwas in Morgans Brust zog sich schmerzlich zusammen. Der Wüstenwanderer hätte Dain Lavrans sein können … er hätte es sein können, aber er war es nicht. Die Ähnlichkeit war frappierend und unverkennbar, die lange Linie seines Kinns, die dunklen, geschwungenen Brauen, das ironische Lächeln, das Dain hätte gehören sollen und das doch nur einem seiner Nachkommen gehören konnte.

Eine plötzlich einsetzende Hektik und Aufregung in der Nähe der Osttüren lenkte die Aufmerksamkeit aller auf sich und kündigte das Erscheinen der Hohepriesterin in der Krankenstation an. Das alte Weib eilte zwischen den Betten hindurch, offensichtlich von jemandem herbeigerufen, ihr Gesicht gerötet und erhitzt, ihre Gewänder noch immer staubig von dem Debakel im Hof. Avallyn war bei ihr, und als die beiden Frauen die Wüstenwanderer erreichten, knieten sie ehrfürchtig auf dem Boden nieder.

Dann sind sie also keine bloßen Zeit-Reiter, dachte Morgan. Er war der Herrscher der Zeit, und vor ihm hatte sich die Hohepriesterin nicht niedergekniet.

»Wer sind die beiden?«, fragte er, wohl wissend, dass aller Augen in der Krankenstation auf dem Paar ruhten.

»Es ist Rhayne«, murmelte Sachi, »die Weiße Hündin der Dangoes, und ihr Gemahl, Kael Lavrans.«

»Lavrans?«, fragte Morgan verdutzt.

»Ja, Mylord. Es heißt, seine magischen Kräfte und Fähigkeiten würden selbst Tamisks in den Schatten stellen.«

Eine beachtliche Leistung, dachte Morgan, aber andererseits kam für Ysaia, die Drachen-Erschafferin, wohl auch nur ein Ehemann in Frage, der ein ebenso mächtiger Magier war wie sie. Dain würde sich freuen, wenn er wüsste, dass sich seine Linie als so rein und stark erwiesen hatte.

Als ob sie ihren Namen aus alter Zeit hörte, hob die Frau den Blick von der knienden Priesterin und der Prinzessin und sah Morgan an. Mit einer eleganten Handbewegung forderte sie ihn auf, zu ihr zu kommen.

Morgan war sich nicht sicher, ob es in seinem Interesse war, ihr so nahe zu kommen, aber er konnte der Hexen-Magierin einfach nicht widerstehen. Er fühlte sich unangenehm exponiert, als er die Krankenstation durchquerte, und spürte, wie alle ihn beobachteten.

»Du hast nur noch wenig Zeit«, sagte Rhayne mit angenehmer Stimme, als er sie erreichte. Es war eine sanfte und melodische Stimme mit einer beruhigenden Tiefe, so als ob sie im Gegensatz zu ihm alle Zeit der Welt hätte. Es war eine betörende Stimme, wie erschaffen, um jemanden in ihren Bann zu ziehen.

Ihr Gesicht war sehr schmal, ihre Haut strahlend und wie von einem inneren Licht erhellt, in krassem Gegensatz zu dem tristen Grau ihrer Kleider. Sie sah aus, als wäre sie Tausende von Meilen durch die Wüste gereist, obwohl sie und ihr Gemahl in Anbetracht des Streifens in seinem Haar wahrscheinlich von sehr viel weiter gekommen waren.

»Mylady«, sagte Morgan und kniete ehrerbietig vor ihr nieder.

Sie hielt ihn auf halbem Weg zum Fußboden auf und zog ihn wieder hoch, und bei ihrer Berührung durchströmte ihn ein seltsames Gefühl der Wärme. *Rhayne,* dachte er, gesegnete, wilde Rhayne.

»Erinnerst du dich nicht mehr an mich, alter Freund?« Ihre süße Stimme und ihre Worte verlockten ihn, ihrem

Blick zu begegnen. Ihr linkes Auge war blau, eine eigenartige, endlose Landschaft von entnervender Unergründlichkeit wie der Himmel selbst. Farben strömten in einem faszinierenden Tanz von unterschiedlichen Schattierungen über ihre Iris, der subtilste Gestaltwandel, den Morgan je gesehen hatte, und als er sie anblickte, war er tatsächlich hingerissen.

»Keiner könnte dich jemals vergessen«, sagte er aufrichtig.

»Dann sieh noch einmal hin, und lass dich nicht von meiner augenblicklichen Gestalt täuschen.«

Rhaynes Worte riefen eine Erinnerung in ihm wach, aber es war keine Erinnerung an sie. Es war Mychael ab Arawn, an den er dachte, und der rote Drache und wie die beiden zu einem Wesen verschmolzen waren. Und er erinnerte sich an Tamisk und den Geierfalken. Und als er Rhayne abermals ansah, erinnerte er sich an den Hart Tower und an die schlanke weiße Jagdhündin, die Dain auf Schritt und Tritt gefolgt war.

»Numa«, flüsterte er erschüttert. Das Wort war nicht mehr als ein Hauch, genau wie Rhaynes zufriedenes Lächeln.

Es war Numa, die über zehntausend Jahre hinweg zu ihm gekommen war – aber nicht die Jagdhündin. Numa, die Jagdhündin, war an den Ufern des Schlangensees gestorben, als sie in einer Schlacht gekämpft hatte. Es war Ysaia, sie, die in ihrem Zauberkessel den Feuerzauber erschaffen hatte, der seine Haut zierte.

»Ja, du kennst mich als das, was ich bin – und als das, was ich einst war.«

Morgan senkte den Blick, erfüllt von der bedrückenden Erinnerung daran, wie er sie das letzte Mal gesehen hatte – eine reglose Gestalt an einem dunklen Ufer, die im Sterben lag, ihr schimmerndes weißes Fell mit Blut beschmiert, eine klaffende Wunde an der Stelle, wo ihr rechtes Auge gewesen war. Er hatte damals kaum Zeit gehabt, um ihr Beachtung zu schenken, und sogar noch weniger Zeit, um ihr Trost zu spenden.

»Ich bitte um Verzeihung, Lady«, sagte er, seine Stimme rau.

»Du brauchst keine Reue zu empfinden, Morgan. Ich habe als Hund gelebt und bin als Hund gestorben, und weil ich damals gestorben bin, hat Ceridwen überlebt und mir Kael geschenkt, um gemeinsam mit mir die Last der Schicksalswende zu tragen, ein Avatara, geküsst von den Würmern im Leib seiner Mutter.«

Morgan hob mit einem Ruck den Kopf. Kael war Ceridwens Sohn? Und Dains?

»Morgan«, sagte der Mann und erwiderte Morgans verdutzten Blick mit einem geheimnisvollen Lächeln.

Also kein entfernter Nachkomme, sondern Dains leiblicher Sohn. Morgan musste seinen Impuls unterdrücken, den Mann zu umarmen.

»Du bist deinem Vater sehr ähnlich«, sagte er, nachdem er den ersten Schock überwunden und tief durchgeatmet hatte, um sich wieder zu beruhigen.

»Nein, nicht sehr«, erwiderte Kael, und sein Lächeln wurde noch breiter. Als Morgan ihn musterte, erkannte er, dass Kaels Worte kein Tadel waren, sondern nur die Wahrheit. Während Rhaynes Augen den lichtdurchfluteten Himmel bei Tag widerspiegelten, waren Kaels das Spiegelbild sternenklarer Nächte, Fenster in den Toren zwischen der Vergangenheit und der Zukunft. Sowohl der Mann als auch die Frau waren immer während auf eine Art und Weise, die Tamisk erst noch meistern musste, und auf eine Art und Weise, die Dain sich nicht hatte vorstellen können – das heißt natürlich, bis sein Sohn geboren worden war.

Großer Gott, dachte Morgan, der Junge muss Dain etliche schlaflose Nächte bereitet haben. Ein Avatara, hatte Rhayne gesagt, und als Morgan in seine Augen blickte, glaubte er, dass Kael tatsächlich ein göttliches Wesen sein könnte, das beim Herabsteigen auf die Erde menschliche Gestalt angenommen hatte.

»Ich habe dir einen Jungen gesandt, Morgan«, sagte Rhayne und lenkte damit seine Aufmerksamkeit wieder auf sich. »Einen rothaarigen Jungen vom Stamm der Rush. Mein erstes Geschenk.«

»Der Stamm der Rush wurde vor zehn Jahren ausgelöscht, Lady«, sagte die Hohepriesterin, als sie sich wieder vom Boden erhob. Sie war es offensichtlich leid, sich zu verneigen und Kratzfüße zu machen und völlig ignoriert zu werden.

»Der Stamm, ja, aber nicht der Junge«, erwiderte die Magierin. »Wenn der Junge gestorben wäre, würde ich das wissen.«

»Er ist verwundet worden«, erklärte Morgan.

»Umso mehr Grund, mich zu ihm zu führen. Jetzt.« Es war ein Befehl, keine Bitte, und mit einer Handbewegung forderte sie Morgan auf voranzugehen.

Aja erinnerte sich an sie. Es war unmöglich, die Weiße Frau des Lichts zu vergessen. Unmöglich, den Tag zu vergessen, an dem sie ihn zum Kameraden und Weggefährten des zerlumpten Mannes auserkoren hatte, der von draußen aus der Wüste in das Stammeslager der Rush gekommen war. An jenem Tag hatte ein Sturm getobt. Ein Wurm-Sturm, so hatte Ajas Mutter ihn genannt. Unmengen von Staub und Sand waren über die Wüste geweht und hatten sich zu einer Mauer aufgetürmt, die so hoch gewesen war, dass sie das Sonnenlicht verdeckt hatte. Hinter der Mauer war ein riesiger Trichter aus Wind und Sand herumgewirbelt, ein gewaltiger Trichter, der in Schlangenlinien durch die Dünen getanzt war und gewaltige Zerstörung hinterlassen hatte.

Zerstörung – und Morgan ab Kynan.

Die Weiße Lady war bald nach seiner Ankunft eingetroffen, innerhalb von ein paar Tagen. Lange genug für Ajas Mutter Ahzur, um einige der Verletzungen des Fremden zu kurieren. Lange genug für ihn, um sich so weit zu erholen, dass er endlich wieder Nahrung zu sich nehmen und sein Essen im Magen behalten konnte. Die Wüstenstämme führten ständig Krieg gegen den Kriegshetzer. Selbst als Kind war Aja schon an Schlachten und Krieger gewöhnt gewesen, die den Tod gefunden hatten, aber er hatte noch nie zuvor jemanden gesehen, der in einer so schlimmen Verfassung gewesen war und trotzdem überlebt hatte. Die Augen des Mannes waren tief eingesunken gewesen, sein Haar wirr und ausgefranst wie das eines Wilden. Sein Körper war mit Blut verkrustet gewesen, dennoch hatte er keine offenen Wunden gehabt, nur die vielen Schrammen und Kratzwunden, die Ahzur mit Salbe eingerieben und mit weicher Baumwolle verbunden hatte. Er hatte im Delirium gelegen, hatte getobt und irregeredet, seine Haut eiskalt und aschfahl, außer entlang der garstigen Narbe, die quer über seinen Unterleib verlief. Dort war seine Haut mit Blutergüssen übersät gewesen, mit schwarzen, blauen und scheußlich anzusehenden violettroten Flecken, die sich ins Gelbliche und Grünliche verfärbten, große Flecken von Farbe, die von einem Trauma zeugten, über das Ahzur und Ajas Vater, der Stammesführer Miekle, noch lange, nachdem sie die Kinder zu Bett geschickt hatten, im Flüsterton gesprochen hatten.

In jener Nacht war die Lady gekommen, und von allen Angehörigen des Stammes hatte sie ihn, Aja, ausgewählt, um ihn mit heiligen Schwüren an den Mann zu binden. Jetzt standen der Mann und die Lady wieder vor ihm, und Ajas größte Angst war, dass sie gekommen waren, um diese Treueschwüre wieder aufzuheben, dass der Zeitpunkt gekommen war, an dem Morgan ihm wieder weggenommen werden sollte.

»Schsch«, murmelte die Lady beschwichtigend, als Aja sprechen wollte, und setzte sich neben ihn. Sie war nicht so hübsch wie Sachi, aber da war immer das Licht, das in ihrem Inneren zu leuchten schien, das ihr weißes Haar schimmern und ihre Haut strahlen ließ.

Ajas Blick schweifte zu seinem Herrn, der hinter der Lady stand, und er fühlte, wie seine Angst noch größer wurde, wie sie ihm die Kehle zuzuschnüren drohte. Morgans Miene war grimmig. Morgan, der Aja trotz seines Deliriums gerettet hatte, als der Stamm und alle, die Aja geliebt hatte, vernichtet worden waren. In den Höhlen hatte ein schreckliches Chaos geherrscht, während überall Skraelings herumgerannt waren, um zu morden und zu metzeln und gierig zu verschlingen. Es war Morgan gewesen, der dem Skraeling, der Aja aus dem Bett gerissen hatte, kurzerhand den Arm abgehackt hatte. Morgan, der mit seinem bluttriefenden Schwert im Eingang der Höhle gestanden hatte, kaum in der Lage, sich auf den Beinen zu halten, und der die nächsten drei Tiermenschen getötet hatte, die einen kleinen Jungen als Kampfverpflegung zu verspeisen versucht hatten. Nur Morgan, der noch am Leben gewesen war und der sich seiner angenommen hatte, als endlich alles vorbei gewesen war und die Truppen des Kriegshetzers weitergezogen waren.

Aja hatte die Leiche seiner Mutter gefunden, oder vielmehr das, was noch davon übrig geblieben war, und mit zitternden Fingern – bis ins Innerste von Schock und Entsetzen erschüttert und von überwältigender Übelkeit gepeinigt – hatte er sich gezwungen, seinen Horror zu überwinden und ihre Fingerknöchel aus dem Sand aufzulesen. Mit äußerster Sorgfalt und Behutsamkeit hatte er die kleinen Knochen in seiner gelben Tasche verstaut – bis in alle Ewigkeit sein Talisman. Als Aja fertig gewesen war, hatte Morgan seine Hand ergriffen, sich die Laserkanone eines toten Wüstensippenreiters genommen und war mit Aja aus der dunklen Höhle in die Wüste hinausgegangen. Die beiden waren monatelang gewandert, der Wahnsinnige und der verwaiste Junge, bis die Lichter von Pan-shei sie aus der Wüste gelockt hatten.

Jene langen Monate ihrer Wanderung waren Aja ebenso wenig im Gedächtnis haften geblieben wie Morgan. Das Einzige, woran er sich jemals erinnern konnte, war, wie schrecklich kalt die Nächte in jener Zeit gewesen waren und wie Morgan ihn in den Armen gehalten hatte, um ihn zu wärmen, so fürsorglich und doch so stumm, seine nachtblauen Augen von einem erschreckend irren, verstörten Ausdruck erfüllt; und wie er, Aja, inständig gebetet hatte, dass der Mann nicht völlig wahnsinnig werden oder sterben und ihn allein zurücklassen würde.

»Es war nie meine Absicht, dass ihr getrennt werden solltet«, sagte die Weiße Frau, während sie Aja sanft das Haar aus der Stirn strich. Ihre Berührung war wohltuend kühl und lindernd. »Aber diese Verletzung, die du erlitten hast, wird dich sehr viel länger ans Bett fesseln, als wir warten können. Morgan muss gehen, Junge, und zwar schleunigst, und du kannst nicht mit ihm gehen.«

Sie hatte seine Angst erkannt, und sie hatte ihm nichts erspart.

Aja warf Morgan einen verzweifelten Blick zu.

»Du bist auch mit Verletzungen durch das Wehr gegangen«, sagte Aja. »Ich habe dich gesehen. Du warst noch immer mit Blut beschmiert, als du damals zu unserem Stamm gekommen bist.« Es war sowohl ein Vorwurf als auch eine flehentliche Bitte. Morgan konnte ihn nicht verlassen, und ganz sicherlich nicht aus einem so fadenscheinigen Grund wie einem gebrochenen Bein. Sie hatten schon weitaus

Schlimmeres durchgemacht, und sie hatten es immer überstanden – gemeinsam.

Morgan beugte sich über das Bett und nahm die Hand des Jungen in seine. Es fiel ihm nicht leicht, das auszusprechen, was er zu sagen hatte, besonders angesichts Rhaynes Erklärung. Sie hatte offenbar gewollt, dass Aja gemeinsam mit ihm in den Höllenschlund des Kryscaven-Kraters ginge. Sollte denn wirklich jeder, den er liebte, ebenso dem Untergang geweiht sein wie er selbst?

Die Panik in Ajas Stimme machte die Sache nicht leichter. Sein Hauptmann war nie in Panik geraten, an keinem einzigen der zahllosen Orte, wo sie ein gefährliches Ding gedreht hatten und ihr Leben in Gefahr gewesen war.

»Du weißt genauso gut wie ich, dass das Wurmloch ein Ort ist, an dem keiner von uns beiden sein möchte, aber ich *muss* gehen, und zwar bald, sehr bald«, sagte er zu dem Jungen. Mit seiner freien Hand schob er den Ärmel an seinem anderen Arm hoch und enthüllte die Runen. »Ich habe die Drachen gesehen, Aja. Dies hier sind ihre Zeichen, und sie lassen mir keine Wahl. Ich habe geschworen, eine Pflicht zu erfüllen, und dieser Schwur ist ebenso bindend wie der Treueeid, den du mir gegenüber geleistet hast.«

Die Worte blieben ihm fast in der Kehle stecken, aber er stieß sie hervor, während er sich fragte, ob es die Vorsehung war, die ihn auf diesen Weg geschickt hatte, oder ob es vielleicht etwas weitaus weniger Erhabenes war. Im Hart Tower hatte er fest an das Schicksal geglaubt, das er in Tamisks Teich gesehen hatte. Hier in Claerwen löste sich dieser Glaube an seine Bestimmung zusehends auf und ließ ihm kaum eine Handhabe – bis auf die verfluchten Dragon Hearts. Jedes Mal, wenn sie ertönten, riefen sie nach ihm, schrien nach seinem Blut.

»Morgan …«, begann der Junge und versuchte, sich aufzurichten, indem er sich auf einen Ellenbogen stützte.

Die Anstrengung erwies sich als zu groß, und er keuchte vor Schmerz. Morgan hielt ihn an den Schultern fest, bevor er zurückfallen konnte, und legte ihn sanft wieder in die Kissen.

»Es nützt nichts, Aja.« Er hielt seinen Zorn auf sich selbst in Schach, als er sanft mit dem Daumen über Ajas Wange strich und angesichts der Weichheit von Ajas Haut fühlte, wie alle seine Missetaten auf ihn, Morgan, zurückfielen. Dem Jungen wuchs noch nicht einmal ein Bart, und Morgan hatte ihn bereits zu einem der geschicktesten und berüchtigtsten Diebe auf Erden gemacht. Ajas Name war sowohl im Alten Reich und als auch in den Mondkolonien wohl bekannt, und sogar im fernen Europa hatte man von ihm gehört.

Zu gut bekannt.

»Du wirst hier bleiben«, sagte er. »Chein hat einen Platz für dich bei den Reitern von Sept Seill, wenn du wieder gesund bist und Claerwen verlassen möchtest. Oder du kannst hier bleiben und dir die Zeit mit Sachi vertreiben.« Er zwang sich zu einem Lächeln. »Keine allzu große Härte, schätze ich.«

Der Junge errötete nicht, wie Morgan gehofft hatte, sondern starrte ihn nur schweigend an, sein Haar auf einer Seite des Kopfes mit Blut verkrustet, der Rest strubbelig abstehend, und sein Gesicht schien unter dem bleiernen Gewicht seiner Traurigkeit in sich zusammenzufallen.

Morgan schob grimmig das Kinn vor. Aja war ein hübscher Junge, mit hellen Sommersprossen auf seiner Stupsnase, seine Augenbrauen von dem gleichen Rostrot wie sein Haar, seine Augen so grün wie Bäume im Sommer. Er war hübsch und stark, seine Wesensart so heiter und gelassen wie die kaum eines anderen, den Morgan jemals gekannt hatte – und den größten Teil seines Lebens war er Morgans Gefährte gewesen, der treue Wegbegleiter, an dem Morgan mit allen Fasern seines Herzens hing.

Er lockerte seinen Griff um die Hand des Jungen, als ihm bewusst wurde, dass er ihn zu festhielt. »Es gibt nur ein Versprechen, das ich dir geben kann, Aja: dass ich dich niemals vergessen werde. Niemals.«

»Nimm mich mit, Morgan. Bitte.« Der Junge klammerte sich verzweifelt an ihn, verlangte das Unmögliche.

Morgan beugte den Kopf und drückte einen Kuss auf Ajas Stirn, während er seine andere Hand hob, um sie an die Wange des Jungen zu legen. Er drückte ihn einen Moment fest an sich, traute sich jedoch nicht, ihn noch länger zu halten. Mit einem letzten Kuss hob er den Kopf und blickte dem Jungen schweigend in die Augen. Dann erhob er sich und marschierte davon, wohl wissend, dass es kein Zurück mehr gab.

Avallyn holte ihn ein und ging neben ihm her, zusammen mit den anderen.

»Wir haben das *Treo Veill Le*, das Grüne Buch der Bäume, mitgebracht, damit es im Hart versiegelt werden kann«, sagte Rhayne und hielt mühelos mit ihm Schritt, als er durch die Krankenstation eilte.

Er gab keine Antwort, bis er sich durch die Schwingtüren des B-Flügels gedrängt hatte und aus dem Blickfeld des Jungen verschwunden war; und das Einzige, was ihn davon abhielt, Rhayne zu packen und so lange zu schütteln, bis sie ihre verdammte göttergleiche Erhabenheit abgelegt hatte, war sein sicheres Wissen um Kaels Reaktion: Er würde Morgan auf der Stelle erschlagen.

»Warum ich?«, verlangte er zu wissen und blieb stehen, als sich die Türen hinter ihm geschlossen hatten. »Ich bin hier nicht unentbehrlich. Du und Tamisk und Kael – zum Teufel noch mal, sogar die Hohepriesterin –, ihr wisst alle sehr viel mehr über das, was hier vorgeht, als ich. Also, warum ausgerechnet ich? Und warum Avallyn?«

Rhayne blieb ebenfalls stehen, vollkommen gelassen und

nicht im Geringsten beunruhigt durch den Zorn, von dem er befürchtete, dass er ihn auffressen würde, wenn er ihn nicht in Schach hielt.

»Dein Geblüt hat dich ausgewählt, nicht ich, genauso wie Avallyns Geblüt sie ausgewählt hat. Und wenn du wissen möchtest, wer das Geblüt ausgewählt hat – bei Avallyn war es Nemeton und der Handel, den er abgeschlossen hat, um uns von Dharkkum zu befreien.«

»Und bei mir?«, fragte er. »Wer hat mein Geblüt ausgewählt, wenn nicht Ysaia, die das Magia-Schwert geschmiedet und den Feuerzauber in meine Haut geritzt hat? Wenn nicht du, Rhayne, wer dann?«

Er hatte sie praktisch eine Lügnerin genannt, zweifellos eine heikle und äußerst riskante Sache, wenn man mit Wesen zu tun hatte, die fast so alt wie die Erde waren, ungeheuer mächtigen Magierinnen mit dem Himmel in den Augen.

»Ich bin zwar nicht annähernd so sterblich wie du, Morgan, aber ich bin trotzdem kein Gott«, sagte sie, ihre Stimme so melodisch und süß – und so grässlich vernünftig –, dass es ihm schwer fiel, nicht jedes Wort, das sie sagte, zu glauben. »Ich habe damals im Dunklen Zeitalter einen Zauberkessel erschaffen, in der Hoffnung, diesen Planeten vor der Zerstörung zu bewahren, und aus jenem Kessel stammen die Drachen, um uns vor Dharkkum zu retten, und das Magia-Schwert, um uns vor den Drachen zu retten. Von den Sternenlicht-Geborenen stammen die Ätherwesen ab, die das Schwert führen können – einschließlich dir, Morgan. Wenn du noch mehr Antworten haben willst, dann wirst du zu den Sternen gehen müssen.«

Er war schon einmal dort gewesen, besten Dank, den Mund voller Blut und sein Körper fast in zwei Teile zerhackt.

Verfluchte Magierinnen.

Er wandte sich ab und setzte sich erneut in Bewegung, seine Schritte weit ausgreifend und entschlossen. Was Rhayne gesagt hatte, gefiel ihm nicht. Es gefiel ihm ganz und gar nicht, aber jede einzelne verdammte Zelle in seinem Körper sagte ihm, dass es die Wahrheit war – oder so viel, wie er jemals davon erfahren würde, ohne sich auf einen einsamen Berggipfel zurückzuziehen und den Rest seines Lebens damit zu verbringen, seine Seele zu ergründen.

Reise in die Finsternis

23

Während Morgan und Avallyn auf der Krankenstation gewesen waren, hatte die Armee des Kriegshetzers eine Bresche in die Nordmauer von Claerwen geschlagen. Der letzte Teil, der zertrümmert werden sollte, war der Glockenturm. Der Nachhall der gewaltigen Erschütterung, als das Gebäude in sich zusammenfiel, und das ohrenbetäubende Scheppern der herabstürzenden Glocke vibrierten durch den gesamten Tempelkomplex – aber selbst das brachte die Dragon Hearts nicht zum Verstummen. Das Dröhnen der riesigen Gongs ertönte noch immer in perfektem, ununterbrochenem Rhythmus und trieb Morgan vorwärts zu dem Wehr. Die Soldaten von Claerwen hatten inzwischen einen neuen Weg zu der Wehr-Plattform erschlossen, und als Morgan und Avallyn hinter ihnen hereilten, fragte Morgan sich, wer die Plattform als Erster erreichen würde – sie oder Corvus.

Die Zeit-Würmer nahten endlich. Das Bewusstsein ihrer unmittelbar bevorstehenden Ankunft erzeugte Hitzeschauer auf seiner Haut, ein Gefühl, als ob winzige Blitze über seinen Körper zuckten. In seiner Brust breitete sich ein Gefühl der Enge aus. Und trotzdem marschierte er weiter, strebte auf die Plattform zu, die über den Abgrund der Schlucht hinausragte – kein klaffendes Loch in der Erde, so wie er das Wurmloch früher gekannt hatte, sondern eine massive Steinscheibe, die in die Wand der Schlucht eingelassen war, der größte Teil dieser Scheibe in der Luft schwebend.

Rhayne, Kael und die Hohepriesterin waren hinter ihm und Avallyn. Sie stiegen die letzte Ebene zu der Plattform hinauf und trafen auf ein Chaos, als Priesterinnen und Laien in aller Hast Verteidigungsanlagen errichteten. Das Erste Garderegiment bahnte sich gewaltsam einen Weg von der Brücke der Totenglocken zu dem Wehr – und Corvus war bei ihnen. Seine Anwesenheit hinter der fernen Galerie von Gebäuden war unverkennbar.

Morgan sah die Hohepriesterin an, und der Blick, den sie ihm zuwarf, bestätigte seine Erkenntnis. Der finstere Herrscher von Magh Dun war nahe, bereits innerhalb des Tempels, und er bewegte sich unaufhaltsam weiter auf sein Ziel zu.

Die Plattform hatte einen Durchmesser von hundert Metern, ihr weißes Gestein war von dünnen lavendelblauen und perlgrauen Adern durchzogen. Zwischen den Dragon Hearts war ein großer Stern aus funkelnden Saphiren in den Steinboden eingelegt worden, umrahmt von einem Band aus Gold, und seine Oberfläche war fast vollständig von konzentrischen Haufen von Chrystaalt bedeckt, einem Vermögen an Chrystaalt. Dieser Anblick brachte Morgan, mehr noch als alles andere, eine sehr nüchterne Tatsache zum Bewusstsein: Tamisk, Palinor, alle Bewohner des Weißen Palasts, Sha-shakrieg und Ilmarryn gleichermaßen, und sämtliche Todes-Hexen-Priesterinnen der Wüste gaben ein verdammtes Vermögen aus, um ihn in die Vergangenheit zurückzuschicken. Auf der Plattform lag universelles Salz im Wert von mehreren Millionen Dominion-Mark ausgebreitet, und die Würmer würden alles davon nehmen, jedes einzelne Körnchen.

Dutzende von weiß gekleideten Priesterinnen marschierten nacheinander zwischen den Dragon Hearts hindurch, wobei sie vorsichtig um die mitternachtsblaue Sternen-Einlegearbeit herumgingen, und jede von ihnen ergriff die Gongschlägel und schlug einmal auf die Drachengongs, und jede fügte im Vorbeigehen einen kleinen Strom von Chrystaalt zu den Haufen auf der Plattform hinzu. Ihr monotoner Gesang schwoll mit dem Brausen des Windes durch die Schlucht an und ab, ein summender Unterton, der die Geräusche der Schlacht untermalte, die in den Hallen von Claerwen tobte.

Auf der anderen Seite der Gongs leuchteten die Drachentürme, erhellt von den hoch auflodernden Flammen in ihrem Inneren, gewaltigen Feuerströmen, die durch die weit aufgerissenen Mäuler und goldenen Fangzähne der aus Knochen und Stein modellierten Drachen herausschossen. Der Himmel war in der Zwischenzeit dunkel geworden, spannte sich wie ein unermesslich riesiges Gewölbe der Nacht über der Plattform. Überall entlang des Horizonts ballten sich Wolken zusammen, dicke Wolkenungetüme, die die Mauern der Schlucht umschlossen und die Sterne verdeckten. Der Mond war nur noch als eine bleiche Scheibe zu erkennen.

Es war eine Nacht für mächtige und gefährliche Magie, eine Nacht, um Geheimnisse zu enthüllen. Vielleicht auch eine Nacht zum Sterben.

Morgan umschlang Avallyns Arm noch fester und zog sie von dem Strom von Soldaten fort, die ihre Plätze hinter den Verteidigungswällen einnahmen, bereit für den letzten Angriff des Kriegshetzers. Corvus hatte keine Zeit mehr.

»Du bist für mich wie der Atem, den ich zum Leben brauche«, sagte Morgan, und dennoch reichten die Worte nicht annähernd aus, um zu beschreiben, was er für Avallyn empfand.

»Und du für mich, Morgan«, erwiderte sie, ihr Gesicht glänzend im hellen Lichtschein der Drachenflammen.

»Ich bin nicht bereit für das, was als Nächstes passieren wird«, gestand er.

»Ich habe auch Angst«, sagte sie, und er konnte die Wahrheit ihrer Worte in ihren Augen sehen. »Aber wir sind jetzt hier, und wir haben einander. Wir müssen nur noch darauf warten, dass die Zeit-Würmer kommen.«

»Nein«, erwiderte er. »Wir werden einander *nicht* haben.«

Jede Lebendigkeit verschwand aus ihrem Gesicht, sodass es seltsam flach und ausdruckslos erschien. »Was meinst du damit?«

»Du wirst nicht durch das Zeit-Wehr gehen. Ich werde statt deiner den Kriegshetzer mitnehmen, selbst wenn ich ihn bei den kümmerlichen Überresten seiner Kehle packen und ihn eigenhändig in den Schlund des Wurmes zerren muss. Die Hohepriesterin wird dich Corvus nicht opfern.«

In Avallyns Augen blitzte etwas auf, aber er konnte nicht erkennen, ob es Erleichterung oder etwas anderes war.

»Nein, das wird sie nicht«, pflichtete sie ihm mit gepresst klingender Stimme bei. »Weil ich mich nämlich niemals opfern lassen würde. Was ich als meine Aufgabe gewählt habe, ist mein Geburtsrecht: die Chance, mit dir durch das Wehr zu gehen. Es ist meine Wahl, Morgan, kein Opfer.«

Also keine Erleichterung, sondern der Widerspruch, mit dem er gerechnet hatte.

»Ich treffe eine andere Wahl für dich«, sagte er schroff, und damit war die Angelegenheit für ihn erledigt.

»Es ist nicht an dir, die Wahl zu treffen, Morgan.« In ihren grauen Augen leuchtete ein grimmiges Feuer. »Verstehst du denn noch immer nicht? Selbst wenn ich dich verlassen könnte, würde ich es nicht tun. Du bist mein. Wir sind vom Schicksal dazu bestimmt, gemeinsam zu sterben, Morgan.

Ob heute Nacht oder in einer längst vergangenen Zeit – das zu entscheiden bleibt den Göttern vorbehalten. Und bis sie das tun, werde ich an deiner Seite kämpfen.« Sie bot keinen Kompromiss an.

Morgans Aufmerksamkeit wurde von einem seltsamen Wetterleuchten über dem östlichen Rand der Schlucht abgelenkt, einer Kette von grellen Blitzen, die hinter den Wolken entlangzuckten und sie aufleuchten ließen. Er hielt für die Zeitspanne eines Herzschlags den Atem an und sah, wie Avallyn zum Himmel hinaufblickte.

Die Würmer.

Panik kroch in seine Adern. *Kyrie eleison.*

Er zwang sich, wieder zu atmen.

»Du hast hier ein Leben«, sagte er, »etwas, wofür ich in der Vergangenheit nicht garantieren kann.« Es war die Wahrheit, eine Tatsache, die einfach genug zu begreifen war, aber Avallyn verstand offenbar nicht.

»Bei dir bin ich immer sicherer, ganz gleich, wer oder was uns bedroht. So steht es geschrieben, Morgan. Du oder ich können nichts tun um etwas an dem zu ändern, was sein soll. Und nun komm.« Ihr Ausdruck wurde weicher, und sie zog ihn vorwärts zu den Dragon Hearts. »Wenn du möchtest, können wir in zehntausend Jahren noch einmal darüber sprechen. Jetzt wartet erst einmal das Zeit-Wehr auf uns.«

Ihre Hand in seiner zitterte. Sie hatte die Blitze ebenso gesehen wie er, aber für sie gab es keine andere Wahl. So sicher, wie sie den nächsten Atemzug tun würde, so sicher würden auch die Würmer kommen, und sie würde mit ihm gehen, um diese Welt und alles, was sie kannte und liebte, für eine andere Welt zu verlassen: für seine.

Wales. Durfte er hoffen, dass das Land seiner Geburt noch immer da sein würde, unversehrt und auf ihn wartend, mit all seinen grünen Wiesen und Wäldern und den schneebedeckten Gipfeln des Yr Wyddfa?

Die Hohepriesterin machte zwei Sha-shakrieg-Nachtwächtern ein Zeichen. Rhayne und Kael wichen in den Hintergrund zurück, um dem alten Weib das Kommando zu überlassen.

Wieder zuckten die Kettenblitze über den dunklen Nachthimmel, ein Kreis aus grellem Licht, der sich nach Norden und Süden ausdehnte, während sich die am weitesten entfernten Blitze am westlichen Horizont trafen und einen feurigen Lichtkranz um den Tempel bildeten. Morgan fühlte die elektrische Hitze über seine Haut rasen.

Avallyn blickte zu ihm auf, ihr Gesicht bleich.

Er ließ seinen Blick über den Himmel schweifen. Die Wolken ballten sich immer dichter zusammen, wälzten sich dick und schwer über die Schlucht und türmten sich übereinander auf, um auch noch den letzten Schimmer von Mondlicht zu verdecken. Am Himmel war jetzt nichts mehr zu sehen außer den dunklen, wogenden Massen von Luft und Dampf und den grellen Blitzen, die durch sie hindurchschossen.

Morgan erinnerte sich an die Blitze aus dem Zeit-Wehr unterhalb von Carn Merioneth, erinnerte sich daran, wie sie gezischt und geknistert hatten, wie er von ihrem blendend hellen, blau-weißen Licht verzehrt worden war. *Herr, erbarme dich meiner.*

Vom Osttor des Tempelkomplexes schallte das dumpfe Krachen von Rammböcken herüber. Wenn Corvus an das Wehr heranwollte, wagte er es offenbar nicht, Schallminen oder irgendwelche anderen hochexplosiven Waffen in der Nähe der Plattform einzusetzen.

»Die Zeit ist gekommen«, sagte die Hohepriesterin und bedeutete ihnen mit einer Geste vorzutreten.

Avallyns Hand lag noch immer in seiner, und Morgan wusste, dort würde sie auch die nächsten zehntausend Jahre über bleiben. Er würde sie nicht loslassen, noch nicht einmal für den Bruchteil einer Sekunde.

Die Hohepriesterin ging voraus zur Mitte der Plattform. Eine der dort wartenden Priesterinnen reichte ihr einen goldenen Kelch. In das Gold waren Drachen eingraviert, der eine mit Smaragdaugen, der andere mit Rubinaugen – Ddrei Goch und Ddrei Glas. Aus ihren Schnauzen schossen Feuergarben aus Topasen und Diamanten. Ihre Bäuche waren mit weich schimmernden Perlen bedeckt. Chrysolith, Hyazinth, Bernstein und Saphir glitzerten am Rand des Gefäßes, eingefasst von einer Reihe von funkelnden Amethysten.

Sobald Morgan und Avallyn vor dem in die Plattform eingelassenen Stern stehen blieben, überreichte ihnen das alte Weib den Kelch zum Trinken.

Morgan schluckte eine Portion der salzigen Flüssigkeit und wusste sofort, was es war, und die alte Priesterin gab den Kelch an Avallyn weiter. Das goldene Trinkgefäß wurde noch zwei weitere Male hin und her gereicht, bis der Chrystaalt-Trank restlos ausgetrunken war. Palinor trat vor, um den leeren Kelch in Empfang zu nehmen.

»Pass auf dich auf, Tochter«, sagte sie, während sie Avallyns Hände, die den goldenen Kelch hielten, mit ihren umschloss. Ihre Stimme war ruhig, ihr Blick fest.

»Ja, Mutter.«

Dann beugte Palinor sich vor, drückte ihrer Tochter einen Kuss auf die Wange und flüsterte ihr ins Ohr: »Komm zurück, wenn du kannst, und bring deinen Dieb mit, wenn du unbedingt musst.«

Morgan bezweifelte, ob es sonst noch jemanden gab, der Palinor über den Gesang der Priesterinnen hinweg gehört hatte, aber er hatte ihre Worte gehört, und er fasste sie als eine Art Segen auf – obwohl er wusste, dass er wahrscheinlich ein bisschen zu optimistisch war.

Die Hohepriesterin holte ein kleines Päckchen aus den Falten ihrer Gewänder. Die Wehr-Ausrüstung, wie Morgan annahm, und zwar, nach der Größe und dem Umfang des

Päckchens zu urteilen, nicht viel mehr als die versprochene Landkarte. Es war ganz sicherlich nicht groß genug, um eine Notration in Form eines angereicherten Kohlehydratriegels zu enthalten. Sie gab Avallyn die Ausrüstung.

»Willkommen, Kinder von Adrianrod, Tochter von Don, unser aller Muttergöttin, genannt Danu, Dana des Lichts, Domnu der Dunkelheit, sie, die die Erde als ihren Mutterschoß hat und die Sonne als ihr Herz«, intonierte die Hohepriesterin. »Sie, deren Gezeiten mit den Phasen des Mondes harmonieren, deren Glieder sich weit ausstrecken, um die Sterne zu umfangen. Wir sind alle Kinder der einen, die vor uns da war. Hört, Kinder, hört auf eure Mutter.«

»Domnu, Domnu, Domnu«, sangen die Priesterinnen, während sich ihre Stimmen mit der Melodie des Liedes hoben und senkten. *»A matria patro leandra, eso a prifarym, Domnnn-nu.«*

Morgan hatte die Worte schon einmal gehört, tief in den Höhlen der Canolbarth, neben dem Teich der Weissagung. Damals wie jetzt waren sie benutzt worden, um die Würmer herbeizurufen. Und jetzt genau wie damals zweifelte er nicht daran, dass sie ihren Zweck erfüllen würden.

Ein lautes, Furcht erregendes Donnergrollen ertönte über ihnen am Himmel, begleitet von einem knisternden, zickzackförmigen Blitzstrahl. Der Blitz bahnte sich einen Funken sprühenden Weg über den Himmel und schlug in die Wand der Schlucht ein, ließ einen Regen von Steinsplittern in die Luft fliegen und tausend Feuerzungen über die Felswand lecken. Morgans Puls raste.

»Du bist der Herrscher der Zeit«, erinnerte die Hohepriesterin ihn ernst. »Nimm deinen Platz ein.«

Er wandte sich zu Avallyn um. »Bist du dir wirklich sicher?«, fragte er sie abermals. »Corvus wird jeden Moment durch das Tor brechen. Ich kann ihn immer noch an deiner Stelle mitnehmen.«

Sie schüttelte den Kopf, obwohl ihre Augen weit aufgerissen und furchterfüllt waren.

So steht es geschrieben, so wird es sein, dachte er, als er sich mit ihrer Entscheidung abfand und versuchte, nicht zu dankbar zu sein.

»Dann denk immer daran, dass ich dich liebe und dass du bei mir sicherer bist als überall sonst in der Galaxie.«

Als Avallyn nickte, drückte er einen zarten Kuss auf ihre Lippen und führte sie zwischen den Chrystaalt-Haufen hindurch zur Mitte des Sterns. Der Edelstein glitzerte unter ihren Füßen, als sich das Licht der Feuer in seinen kristallenen Strukturen spiegelte und ihn in seiner ganzen durchscheinenden Tiefe enthüllte. Zu Morgans großem Unbehagen zog sich der Edelstein durch die gesamte Plattform hindurch, sodass es schien, als ständen sie über einem dunklen Loch, das sich zu der bodenlosen Schlucht hin öffnete und das eine beunruhigende Ähnlichkeit mit dem Wurmloch hatte, durch das er das letzte Mal gestürzt war, als er diese Reise unternommen hatte.

Die Priesterinnen beschleunigten den Rhythmus ihres Gesangs und ihrer Schritte, während ihre weißen Gewänder um ihre Körper wallten und wie Vogelschwingen gegeneinander stießen, wirbelnd, immer wirbelnd. Die Hohepriesterin näherte sich ihnen erneut, eine Drachenstatue in jeder Hand, die eine von einem rötlich schimmernden Gold – diejenige, die Morgan vor einer Zeitspanne, die ihm jetzt wie eine Ewigkeit vorkam, aus Sonnpur-Dzon gestohlen hatte –, die andere blasser und mit einem bläulichen Schimmer. Das Knistern der Blitze und das Donnerkrachen übertönten den größten Teil ihrer Worte, als die Hohepriesterin die beiden Statuen zu dem jeweiligen Drachenturm hob, aber Morgan verstand etwas davon, wie sie die Würmer anflehte, die Opfergaben der Priesterinnen anzunehmen.

Sein Mund verzog sich zu einem flüchtigen Grinsen. Sie

machte sich viel zu viel Arbeit. Es erforderte nicht annähernd so viel Mühe, wie die Frauen in die Zeremonie investierten, um einen Wurm dazu zu bringen, einen zu verschlucken.

Lass dich blicken.

Lass dich verschlucken.

So einfach war das.

Er schaute wieder zum Himmel hinauf. Die Wolken wälzten sich übereinander, türmten sich zu dunklen Ungetümen auf. Jetzt würde es nicht mehr lange dauern.

Avallyn stand mit Morgan in der Mitte des nachtblau glitzernden Sterns, inmitten eines Vermögens an Chrystaalt, und wartete darauf, dass sich ihr Schicksal erfüllte. Sie hatte sich diesen Augenblick schon tausendmal in ihren einhundertfünfundzwanzig Lebensjahren ausgemalt. Sie hatte alle Aspekte des Wehrs studiert. Sie wusste genau, wann die Würmer kommen würden und dass einer von ihnen, der Größte und Stärkste, der Tunnel sein würde, durch den sie und Morgan gehen mussten.

Sie hatte sich ihren Prinzen nicht wie Morgan ab Kynan vorgestellt. Sie hatte nicht genug über Männer gewusst, um überhaupt eine klare Vorstellung von dem einen zu haben, den sie so innig und von ganzem Herzen lieben würde. Sie hatte sich nicht vorgestellt, dass sie Angst haben würde. In ihrer Vorstellung war es immer das herrliche, aufregende Abenteuer gewesen, das das Rote Buch versprochen hatte. Furcht, so hatte sie gedacht, würde erst dann von ihr Besitz ergreifen, wenn sie Dharkkum gegenübertrat.

Sie hatte sich geirrt. Hier war sie, noch immer in Claerwen, und das Einzige, was sie aufrecht hielt, war Morgan, sein starker Arm um sie geschlungen, die Finger seiner anderen Hand fest mit den ihren verflochten. Er fürchtete sich ebenfalls, aber er zitterte nicht an allen Gliedern wie sie.

Mit einem gesprochenen Befehl setzte die Hohepriesterin

die Sha-shakrieg-Weber an die Arbeit, um einen Kokon für Avallyn und Morgan zu spinnen. Sie benutzten goldene *pryf*-Larvenspinnfäden, die seltenste Art, die von den Zeit-Würmern selbst stammte. Einer nach dem anderen wurden die feinen Seidenfäden geschleudert, jeder von einer Beschwörungsformel begleitet, die das erste Mal in der uralten, aus dem Sternenkrater entstandenen Wüste von Deseillign zitiert worden war: *bh'ismi'llah … ahl'el-ard … salema, Hamdy, khothra.*

Die Fäden berührten Morgan und Avallyn nicht, sondern umkreisten sie vom Kopf bis zu den Füßen in trägen, sich windenden Spiralen, während sie sich umeinander schlangen und miteinander verflochten und wie dünne Seile aus purem Licht leuchteten.

Vier Blitze schlugen in schneller Folge in die Mauern der Schlucht ein und erzeugten ein ohrenbetäubendes Krachen. Danach herrschte auf der Plattform für einen Moment vollkommene Stille, nur unterbrochen von dem Gesang der Priesterinnen.

Jetzt würde es bald so weit sein.

Avallyn blickte zu dem dunklen Nachthimmel auf und sah, wie die Wolken langsam wieder zurückzuweichen begannen. Sie zogen sich in sich selbst zurück, während sie sich rückwärts wälzten, und öffneten dabei ein Loch in den tiefen, unendlichen Raum. Unzählige Sterne waren in der Öffnung zwischen den Wolken zu erkennen, ein dunkles Meer friedlicher Ewigkeit, erhellt von winzigen Lichtpünktchen, und das Ganze schwebte in der Mitte des chaotischen Ringes aus Blitzen.

»Morgan.« Sie bat ihn, aufzublicken und den Weg zu sehen, dem sie folgen würden.

»Ja«, sagte er, und sie hörte die ruhige Zuversicht in seiner Stimme.

Die Fäden wirbelten unaufhörlich um sie herum, während sie Morgan und Avallyn immer enger aneinander banden und sie weiter und immer weiter von der Welt fortzogen. Einer der Sterne über ihnen wurde mit jedem Atemzug, den sie taten, größer und heller und strahlender.

Ein gewaltiges Krachen und Poltern von Steinen und Balken und der Lärm einer tobenden Schlacht kündigten das Erscheinen des Kriegshetzers auf der Plattform an, aber es schien in einem anderen Zeitalter zu passieren. Avallyn blickte einmal kurz zurück, als ihr Name in einem krächzenden, von höchster Verzweiflung erfüllten Schrei von den Wänden der Schlucht zurückgeworfen wurde, und sah Legionen von Soldaten und Skraelings aus einem breiten Riss in der östlichen Galerie hervorströmen. Sie sah, wie der Riese Jons und Ferrar durch die Linien des Kriegshetzers brachen und sich hinter die Wand von Priesterinnen flüchteten, und sie sah Corvus Gei, sah, wie er in einer seltsamen Vorwärtsbewegung, halb wirbelnd, halb rennend, auf sie und Morgan zukam und dabei einen Pfad der Zerstörung hinterließ, sein Körper halb von einem Schleier aus dunklem, sich kräuselndem Rauch verdeckt, sein Mund ein klaffender Schlund aus purer Finsternis, der ihren Namen schrie.

Er kam zu spät… *zu spät… zu spät…*

Ihr Blick schweifte wieder zu dem Mittelpunkt ihrer Welt zurück – zu Morgan. Seine Augen waren so dunkel wie der Himmel und von ebenso vielen Sternen erfüllt. Lächelnd presste er seinen Mund auf ihren, und sie öffnete die Lippen, um seinen Kuss zu empfangen. Ja, er war der Herrscher der Zeit, und sie waren auf dem Weg zu den Sternen.

In einem blendend hellen Blitz von goldenem Licht verschwanden sie.

Im Jahre 1208 nach Christus in Wydehaw Castle in Südwales erwachte Mychael ab Arawn mitten in der Nacht von dem erschrockenen Aufkeuchen seiner Ehefrau, augenblicklich hellwach und auf der Hut, seine Hand auf dem Dolch, den er neben dem Bett aufbewahrte. Mondlicht strömte durch das Fenster herein, ergoss sich in einem milchigen Strom aus Licht über den Fußboden. Mychael blickte sich misstrauisch in der Turmkammer um, doch er sah nichts, spürte nichts, und in Wirklichkeit hätte sich wohl auch nur ein ungeheuer tollkühner Mann oder ein völlig verblödeter Trottel getraut, in den Hart Tower einzubrechen, besonders wenn der Hausherr anwesend war. Jeder kannte und fürchtete die Macht, die die Magier des Hart und die Druidentür ausübten.

»Llynya?« Er drehte sich zu der Frau neben ihm um. Große Augen starrten zu ihm auf, ihr Ausdruck war in der Dunkelheit nicht zu erkennen; aber er fühlte ihre Furcht, konnte fast das Hämmern ihres Herzens hören.

»Ach, Mychael.« Sie bedeckte ihr Gesicht mit den Händen und schmiegte sich noch enger an ihn.

»Was hast du denn, mein Liebling? Sag es mir.« Er half ihr, sich aufzusetzen, und zog sie fest in seine schützende Umarmung. Sie hatte ihn vor langer Zeit zum Mann gemacht, und er wusste, welchen Trost sie aus der Wärme seines Körpers schöpfen würde, aus seiner Kraft und dem ruhigen, festen Schlag seines Herzens.

»Morgan.« Der Name war ein schmerzerfülltes Seufzen, gegen seine Brust gehaucht.

Morgan.

Es gab nur einen, Morgan ab Kynan, sein Cousin. Morgan war vor zehn Jahren, während der Schlacht um Balor, in das Zeit-Wehr gestürzt. Er hatte unter Llynyas Schutz gestanden, als Caradoc ihm mit seinem Schwert den letzten, vernichtenden Schlag versetzt hatte, und auf Grund der besonderen Beziehung, die Llynya zu Morgan hatte, hatte sie seinen Sturz durch Zeit und Raum innerlich miterlebt – es hatte Stunden, manchmal sogar Tage gegeben, in denen auch sie gefühlt hatte, wie ihr das Land und der Himmel entglitten, Augenblicke, in denen sie keinen Halt mehr auf der Erde gefunden hatte, sondern das schreckliche Gefühl gehabt hatte, in einer bodenlosen Leere zu schweben.

»Du kannst fühlen, wie er wieder durch das Wehr fällt?« Mychael sprach mit betont ruhiger Stimme, obwohl er am liebsten laut geflucht hätte. Morgan war der eine Schmerz, vor dem er Llynya nicht bewahren konnte. Trotz all seiner Studien hatte er noch immer nicht herausgefunden, was seine Ehefrau mit dem Dieb von Cardiff verband, was sie auf eine solche Art und Weise hätte binden können; und obwohl er geglaubt hatte, sie hätten die Tortur längst hinter sich, hatte er weiter nach einer Antwort gesucht. Jetzt wünschte er mehr denn je, er hätte eine gefunden.

»Ja, aber ...« Sie holte tief Luft und zögerte, als ob sie sich dessen, was sie fühlte, nicht ganz sicher wäre. »Aber diesmal ist es nicht so schrecklich. Als ich es das erste Mal gespürt habe, hat es mich furchtbar erschreckt, aber diesmal hat er keine Angst, Mychael. Ich glaube ... ich glaube, er kehrt nach Hause zurück.«

»Es ist jetzt zehn Jahre her«, sagte er skeptisch, während er stumm betete, dass es stimmte. Es würde helfen, das Rätsel zu lösen, wenn er seinen Cousin persönlich befragen könnte. Und ganz abgesehen davon, dass Llynyas Kummer dann endlich ein Ende haben würde – Morgan war schon immer mehr ein Abenteurer gewesen als ein Wissenschaftler und Forscher, der sich mit Geheimlehren befasste. Die Zeit-Reise konnte wohl kaum nach seinem Geschmack gewesen sein. Ganz sicherlich hatte er keine der notwendigen Vorbereitungen getroffen, als er in das Wehr gestürzt war.

Mychael blickte hinunter und stellte fest, dass Llynya ihn mit einem Ausdruck ärgerlicher Verzweiflung ansah. Es war schließlich das Wehr, worüber sie sprachen, ein Wurmloch, das sich durch Zeit und Raum schlängelte, als ob beide nichts wären. Zehn Jahre oder zehntausend Jahre waren in dem Wehr ein und dasselbe. Llynyas Gesichtsausdruck half jedoch, um seine Besorgnis zu lindern. Sie konnte nicht allzu verängstigt sein, wenn sie zu Ärger fähig war.

»Wir sollten dort sein, wenn er durchkommt«, sagte sie, ihre Stimme jetzt von der Kraft der Überzeugung erfüllt. »Wir sollten dort sein, um ihn zu empfangen.«

Mychael strich ihr zärtlich eine lange, seidige Strähne dunklen Haares aus dem Gesicht, um sie hinter ihr feenhaftes Ohr zu schieben, und brachte mit dieser Geste ein halbes Dutzend Blätter in Unordnung. Mit Llynya zu leben bedeutete, mit Blättern zu leben – mit grünen, knospenden Blättern im Frühling und goldenen Blättern, die sie durch den Herbst und den langen Winter begleiteten. Sie alle fanden Platz in ihrem Haar, um Llynyas Schönheit mit ihrer eigenen zu zieren.

Sie hatte natürlich Recht. Wenn Morgan tatsächlich durch das Wehr kam, sollten – und würden – sie dort sein. Sie und Madron. Ja, die Druidin sollte eigentlich bei der Ankunft jedes Reisenden an den Toren der Zeit stehen. Nun, da er sicher sein konnte, dass Llynya nicht in Gefahr war, war Mychael endlich fähig, das Wunderbare und Erstaunliche ihrer Neuigkeit wahrzunehmen. Morgan kehrte nach Hause zurück. Zehn Jahre lang war er irgendwo auf der anderen Seite der irdischen Zeit gewesen, und er würde sicherlich eine Menge zu erzählen haben.

»Wir werden nach Carn Merioneth aufbrechen, sobald es hell wird«, sagte Mychael und ließ seinen Blick über den Körper seiner Ehefrau wandern, über die vollen Rundungen ihrer nackten Brüste. Er hatte in dem Zeit-Wehr viele wundersame Erscheinungen gesehen und war bei seinen Studien in Nemetons Hart Tower mit Magie und Wunderkräften in Berührung gekommen, aber nichts von alledem hielt den

Vergleich mit Llynya aus. Sie war so bezaubernd schön im Mondlicht… und bei Sonnenschein… und in der tiefsten Dunkelheit der Nacht. Nach zehn Jahren waren ihr Duft und ihr Geschmack ein Teil von ihm geworden, sein liebster Teil.

Er blickte zum Fußende des großen Bettes auf die beiden flachsköpfigen Kinder, die in tiefstem Schlummer unter ihren Decken ausgestreckt lagen – seine und Llynyas Kinder, die fünfjährigen Zwillinge Bran und Rhiannon. Zwei Hunde aus Merioneth schliefen neben ihnen, weiße Jagdhunde, die Pfoten gegen das Fußbrett des Bettes gestemmt. Neben Bran lag ein kleines getigertes Kätzchen zu einem flauschigen Bündel zusammengerollt.

Mychael hätte niemals gedacht, dass ihm einmal ein solcher Reichtum beschert werden und dass sein Leben derart erfüllt sein würde. Er hätte nie geglaubt, dass er einmal Liebe finden würde, die Art von Liebe, mit der Llynya ihn und die Kinder überschüttete. Er hätte nie gedacht, dass er einmal blondschöpfige Kinder haben würde, die auf seinem Schoß saßen und ihm süße, klebrige Küsse gaben. Und dennoch – durch die Gnade Gottes war sein innigster Herzenswunsch erfüllt worden, und jeden Tag sprach er in seinem höchst heidnischen Herzen ein Dankgebet an den höchst christlichen Gott, den er in seiner Jugend geliebt hatte und dem er gefolgt war.

Ja, die Gebete seiner Kindheit waren noch immer der Weg, den er in die Mysterien nahm, und seine Liebe zu Llynya war der Weg, den er in seine Menschlichkeit nahm. Auf Grund der Tatsache, dass er Drachenblut in den Adern hatte, war sein Bedürfnis nach ihr kein geringes.

»Kannst du jetzt schlafen?«, fragte er, wohl wissend, dass sie in letzter Zeit oft erschöpft gewesen war.

Sie schmiegte sich an ihn und bot ihm ihren Mund zum Kuss.

»Ja«, flüsterte sie dicht an seinen Lippen, »wenn du mich liebst, werde ich wieder in Träume versinken.«

Er antwortete mit einem zärtlichen Kuss und drückte sie sanft wieder in die Kissen zurück. Sie zu lieben war ein Traum, ein überirdischer Traum, erfüllt von der Magie ihrer Liebkosungen, der Traum, in den er versunken war, als er das erste Mal in seinem Leben eine Frau geküsst hatte – Llynya. Mit jedem Tag während der letzten zehn Jahre war der Traum noch intensiver und schöner geworden, ein Traum, der mit dem neuen Kind, das Llynya erwartete, abermals Blüten treiben würde. Es war ein Mädchen, wie sie ihm verraten hatte, und dieses Kind, davon war sie überzeugt, würde die spitzen, elfischen Ohren seiner Yr Is-ddwfn-Mutter haben.

24

Mai 1208
Carn Merioneth
Merioneth, Wales

Morgan schlug die Augen auf, geweckt von dem Geräusch von Wasser, das in eine Schüssel gegossen wurde, und dem Geruch nach Holzrauch, und er stellte zu seiner Erleichterung fest, dass Avallyn noch immer in seinen Armen lag. Beruhigt über ihre Anwesenheit, glitt er wieder in den Schlaf hinüber und träumte erneut von dem Wehr – *ein endloser Korridor durch die irdische Zeit, eine kosmische Schlange, Millionen von Meilen lang, deren Schwanz die Abdrücke ihrer eigenen Zähne aufwies, ihre Eingeweide ineinander verschlungen, kreisend, ewig kreisend und sich windend; und Tausende und Abertausende von Zeit-Würmern, die sich durch das Universum und die Welten jenseits davon zu Orten ringelten, zu denen noch nicht einmal seine Träume Zutritt hatten. Das Chrystaalt strömte in seine Zellen, um jede einzelne zu reinigen und leuchten zu lassen, erfüllt von der Biolumineszenz des goldenen Wurms, der ihn und Avallyn durch den Wirbel trug. Alles war Friede. Friede und Stille und Licht.*

»Wir hätten ihn beinahe gehabt«, sagte Llynya zu Moira, der Quicken-tree-Heilerin, die mit ihr im Südturm der Burg war. »Ich war mir ziemlich sicher, dass er das nächste Mal, wenn er aufwacht, ein bisschen länger bei uns bleiben würde, er und seine Geliebte.« Sie blickte auf die junge Frau, die neben Morgan schlief, bestaunte ihr Gesicht und ihr wild zerzaustes Haar. Sie hatte eine Landkarte bei sich gehabt, als sie durch das Zeit-Wehr gekommen war, und auf dieser Karte stand ihr Name: Avallyn Le Severn, Priesterin der Gebeine und Prinzessin des Weißen Palasts.

Llynya kannte den Namen. Ein Mann namens Corvus Gei hatte Llynya einmal »Avallyn« genannt, als er ihr auf einer von Dornbüschen umstandenen Lichtung in Riverwood begegnet war, dem Wald jenseits von Carn Merioneth' Mauern. Der Gedanke, dass Avallyn mit ihm in den Wäldern war, schien ihn nicht sonderlich erfreut zu haben. Madron, die ranghöchste Druidin und Magierin von Merioneth, und Naas, eine uralte Seherin von den Quicken-tree, hatten Corvus durch das Wurmloch zurückgejagt, nachdem er sich als ein übler Schurke und Verbrecher aus der Zukunft entpuppt hatte. Jetzt schien es so, als wäre jene Tat wieder auf die Urheber zurückgefallen.

»Sie ist einer von deinen und Mychaels Abkömmlingen, daran besteht kein Zweifel«, sagte Moira. »Ich frage mich nur, von wie weit unten auf dem Familienstammbaum.«

»Die Ähnlichkeit ist wirklich erstaunlich«, murmelte Llynya, als sie der schlafenden Frau behutsam das goldene

Haar aus dem Gesicht strich. Sie hätte Llynyas Zwillingsschwester sein können, wenn Llynya eine gehabt hätte, was aber nicht der Fall war. Zweifellos war sie Morgans Geliebte. Selbst im Schlaf atmeten die beiden im gleichen Rhythmus, als ob sie ein Wesen wären, und schmiegten sich eng aneinander, ihre Finger fest miteinander verflochten.

»Yr Is-ddwfn-Blut ist unverkennbar. Man braucht sich ja nur die Form ihrer Ohren anzusehen«, sagte Moira. »Sie ist ein Ätherwesen, genau wie du, definitiv von königlichem Geblüt und definitiv eine Sternenlicht-Geborene. Ich glaube, der Dieb ist einen sehr weiten Weg gegangen, um sie zu finden.«

»Ich auch«, murmelte Llynya, als sie die Hand des Mädchens in ihre nahm. »Ich auch.«

Sie deckte das schlafende Paar wieder zu, zog die Decken behutsam über dem goldenen Netz aus Seidenfäden zurecht, das ihre Körper locker umhüllte. *En chrysalii*, hatte Moira gesagt, aber es war Larvenspinnenseide von den Zeit-Würmern selbst. Llynya erinnerte sich noch daran, wie die Liosalfar-Kriegerin, Nia, von den Sha-shakrieg *en chrysalii* gefesselt und nach Deseillign verschleppt worden war. Nia hatte zwar den schrecklichen Abstieg in die unergründliche Finsternis überlebt, aber sie hatte viele Jahre gebraucht, um sich davon zu erholen.

Als sie die Decken um Morgan herum feststeckte, strich Llynya zart mit den Fingerspitzen über seine Brust und das Zeichen des Blattes, das seine Haut über dem Herzen zierte. Sie kannte jedes Blatt, das die Bäume ihr jemals geschenkt hatten, und Morgans Blatt war eines von ihren, beziehungsweise es war eines von ihren gewesen. Er musste es heimlich aus ihrem Haar gepflückt haben, bevor er in das Wehr gestürzt war. Und es war das Blatt, das sie und Morgan verbunden hatte, glaubte Mychael. Es war das, was Morgan gerettet hatte, glaubte Moira, und sie verstand eine ganze

Menge von Pflanzen und ihren lebenserhaltenden Kräften. Irgendetwas hatte ihn ganz sicherlich gerettet. Er hatte kein Chrystaalt eingenommen, bevor er seine Reise quer durch Zeit und Raum angetreten hatte, und die Wunden, die er davongetragen hatte, hätten tödlich sein müssen, und dennoch hatte er überlebt. In Wahrheit glaubte Llynya, dass sie den kleineren Preis seines Sturzes bezahlt hatte, und wenn das Ebereschenblatt die Magie seiner Lebenskraft erhalten hatte, dann hatte sie ihre Pflicht schließlich doch nicht vernachlässigt und hatte ihn gut behütet.

»*Pwr-rrr wa ladth. Pwr-rrr wa ladth*«, sang sie den beiden vor, in der Hoffnung, sie endlich aus ihrem tiefen Schlaf zu holen. Ströme tief. Ströme tief.

»*Fai quall a'lommm-arian.*« Winde dich durch Blatt und Stängel und Wurzel.

»*Es sho-leee-i par es cant.*« Ströme wie ein Fluss in die Erde.

»*Pwr-rrr wa ladth.*« Ströme tief.

Als Morgan das nächste Mal aufwachte, nahm er das Prasseln eines Feuers wahr und den Geruch von Essen, von irgendetwas Warmem und Köstlichem.

Er wusste, wo er war. Wusste sogar ganz genau, wo er war: in Carn Merioneth in Wales. Er hätte diesen Ort nicht in einer Million Jahre verfehlen können, geschweige denn nur in zehntausend. Er konnte die See hören und riechen, einen Hauch von Salz und Seetang in der Luft.

Avallyn neben ihm duftete grün und warm. Der Schein des Feuers schimmerte auf ihrer Haut, verlieh ihr eine rosige Färbung. Er drückte einen Kuss auf ihre Stirn, und sie stieß einen leisen Seufzer aus und bewegte sich im Schlaf, um sich noch enger an ihn zu kuscheln.

Seine Lippen verzogen sich zu einem Lächeln. Avallyn war in Sicherheit. Sie hatten es geschafft.

Derart beruhigt, ließ er seinen Blick durch den Raum schweifen.

Die Wände waren gekrümmt und aus Stein, definitiv einer von Carn Merioneth' Türmen. Es war Nacht, und durch das schmale Fenster oder die offene Tür fiel kein Licht herein.

In der Vergangenheit hatte Morgan nie viel über Geschichte gewusst, abgesehen von der Geschichte seiner Familie. In der Zukunft war er förmlich damit bombardiert worden. Jede Kommunikationsstation war eine Datenbank, die eine Fülle von Informationen über die Entwicklungsgeschichte der Welt enthielt, und zwar seit vor der Entstehung des Lebens aus dem Urschlamm. In diesem Raum gab es keine Kommunikationsstation, und es gab auch keine elektrischen Lampen oder sonstige mit Strom betriebenen Geräte jeglicher Art. Er und Avallyn waren offensichtlich weit genug in die Vergangenheit zurückgegangen, um der Elektrifizierung zuvorzukommen, und Morgan hatte so ein Gefühl, dass sie noch sehr viel weiter zurückgegangen waren.

Mit einer leichten Kopfbewegung richtete er seinen Blick auf das Feuer. Neben dem Kamin saß ein Mann, gekleidet in eine dunkle Tunika und einen dunklen Umhang, der offen von seinen Schultern herabhing. Er hatte einen gestiefelten Fuß auf einen niedrigen Schemel gestützt, sein Knie gebeugt. Sein anderes Bein war angezogen, sein Ellenbogen auf sein Knie gestützt. Es war eine Haltung biegsamer Anmut, aber keine entspannte Haltung. Der Mann hatte eine spürbare Wachsamkeit an sich, als er in die Flammen starrte, eine Aura sorgsam gebändigter Energie. Sein Haar war glatt aus dem Gesicht zurückgekämmt und im Nacken zusammengebunden, goldblondes Haar, durchzogen von silbernen und weißen Strähnen und einem breiten Streifen von leuchtendem Kupferrot. Der rote Streifen war zu einem aus fünf Strähnen bestehenden Zopf geflochten, einem *fif*-Zopf.

Morgan erkannte den Mann auf Anhieb wieder. Er war das Abbild seiner Schwester in maskuliner Form, und er war seit dem Tag, an dem Morgan ihn das letzte Mal gesehen hatte, zum Mann herangereift. Kein Halbwüchsiger, gebunden durch Ordensgelübde, sondern ein erwachsener Mann, wieder geboren in Drachenfeuer. Morgan hatte die Tat in Tamisks Teich der Weissagung beobachtet.

»Mychael«, sagte er, und der Mann wandte sich zu ihm um. Hellgraue Augen blickten ihn von der anderen Seite des Raumes an, ihr Ausdruck ruhig und ernst.

»Du bist aufgewacht.« Mychael stand auf, erhob sich mit der Grazie eines Zauberers von seinem Stuhl.

Er schritt durch den Raum, bewegte sich mit einer geschmeidigen Ungezwungenheit, die Morgan jedoch nicht mit Entspanntheit verwechselte. Von der hoch gewachsenen Gestalt strahlte ein Gefühl wachsamer Anspannung aus.

»Nein, steh nicht auf, noch nicht«, sagte er, als Morgan sich aufsetzen wollte. »Ich möchte dich erst noch einmal untersuchen.«

Mychaels Untersuchung ging zügig, aber gründlich vonstatten, wobei nur wenig von Morgan unangetastet blieb.

»Du hast noch immer Reste von Chrystaalt im Mund gehabt, als du angekommen bist, und dieses Netz hier war um dich gewickelt.« Mychael befingerte die goldene *pryf*-Seide. »Ihr seid beide in ziemlich guter körperlicher Verfassung, eure Körpersäfte bemerkenswert ausgeglichen.«

»Wie lange ist es her, seit wir durch das Wehr gekommen sind?«, erkundigte sich Morgan, als er die Tunika, das Hemd und die Beinlinge annahm, die Mychael ihm reichte. Nur ein leichter Hauch von Benommenheit und Schwindel machte ihm zu schaffen. Insgesamt fühlte er sich kräftiger als zu dem Zeitpunkt, als er Claerwen verlassen hatte. Und ganz sicherlich war er ausgeruhter. Jene letzten Tage in der Zukunft waren eine mörderische Strapaze gewesen.

»Gestern Nacht«, erklärte Mychael. »Wir haben euch kurz vor Tagesanbruch aus den Höhlen heraufgeholt, und ihr habt den ganzen Tag geschlafen.«

Morgan fluchte unterdrückt und blickte über seine Schulter auf Avallyn, die so friedlich in dem nach Lavendel duftenden Bett schlummerte. Sie hatten einen ganzen Tag verloren.

»Können wir sie wecken? Oder müssen wir warten, bis sie von allein aufwacht?«, fragte er, als er sich wieder zu Mychael umwandte. »Als wir die Zukunft verließen, war die Menschheit im Begriff, ausgelöscht zu werden. Ihre einzige Hoffnung liegt in dem, was wir hier tun können, in dieser Zeit. Wir können es nicht riskieren, noch länger zu warten und –«

»– und eure Reise zum Kryscaven-Krater aufzuschieben«, beendete Mychael den Satz, als er die Wehr-Ausrüstung aus einem Beutel an seinem Gürtel holte. »Laut dem hier ist Prinzessin Avallyn der Schlüssel zu deinem Erfolg.«

»Die Landkarte?«, fragte Morgan.

»Und noch mehr.« Mychael reichte sie ihm. »Die Runen der Zuflucht sind darauf vermerkt, ja, und außerdem ihr Zweck und eine dringende Bitte um Drachen.« Das Letztere schien ihm ganz und gar nicht zu gefallen.

»Dein alter Feind hat die Welt beinahe zerstört«, erklärte Morgan. »Ich bin zurückgekommen, um Dharkkum zu bezwingen und von der Erde zu verbannen. Und dafür brauche ich deine Hilfe.«

»Ich kann nicht Ddrei Goch für dich sein, Morgan, ganz gleich, was auf dem Spiel steht.« Mychaels Ausdruck wurde grimmig.

»Ich habe gesehen, wie du dich verwandelt hast. Ich habe die letzte Schlacht in einem Teich der Weissagung in der Zukunft gesehen.«

»Wenn ich die Verwandlung noch einmal vollzöge, würden wir beide vernichtet«, sagte Mychael, »der rote Drache und ich. Beim ersten Mal war es schon außerordentlich unangenehm. Ein zweites Mal würde katastrophale Folgen haben, und du würdest einen Drachen zu wenig für deine Aufgabe haben, ein Unterschied, der deine Niederlage garantieren würde.«

»Das erste Mal war fürchterlich.« Eine Frauenstimme unterbrach ihre Unterhaltung.

Morgan blickte auf und wurde von einem starken Déjà-vu-Gefühl überwältigt. Es war Llynya, die koboldhafte Elfenmaid, die durch so viele seiner Träume gegeistert war, nur dass sie jetzt kein Kobold mehr war. Sie war reifer geworden, die übermütige Ausgelassenheit von stiller Würde ersetzt. Ihr Gesicht, früher von feuriger Vitalität erfüllt, erstrahlte jetzt in einer eher ruhigen Schönheit. Sie war nicht mehr so dünn, so koboldhaft zierlich, sondern war zu einer ausgesprochen weiblich wirkenden, wohlgerundeten Frau erblüht. Als Morgan sie sah, fiel ihm wieder die verblüffende Ähnlichkeit zwischen ihr und Avallyn auf, aber sein Herz erkannte den Unterschied sogar noch besser als seine Augen. Er war für die Wüstenmaid geboren worden.

»Ein zweites Mal ist unmöglich«, schloss Llynya, als sie weiter in den Raum hereinkam. Ihre Kleidung war elegant wie immer, eine Tunika und Beinlinge, aber aus einem Material, das anders als alles war, das Morgan je zuvor gesehen hatte. Über und über grün und silbern, glänzte es wie Regen, der in Strömen an ihrem Körper herabrann. Ihr Haar war voller Blätter, den frischen grünen Blättern des Frühlings. Sie wanden sich in einer schimmernden grünen Girlande durch ihre ebenholzschwarzen Zöpfe, aber von den dünnen kleinen Zweigen und Ästchen, die früher in ihrer zerzausten Mähne gesteckt hatten, war jetzt nichts mehr zu sehen.

»Du hast dein Reisig verloren«, sagte er, als er vom Bett aufstand.

»Selbst Kobolde werden einmal erwachsen, lieber Morgan, und wenn du die Schlacht gegen Dharkkum beobachtet hast, hast du viel von diesem Vorgang des Erwachsenwerdens gesehen. Davor war es das schreckliche Bewusstsein, dass ich dich nicht vor dem Sturz in das Wehr hatte bewahren können, das mich um Jahre hat altern lassen.« Sie blickte auf seine Brust, und er verstand sofort. Er hatte zu lange mit dem Mal gelebt, um sich seiner nicht bewusst zu sein.

»Ich habe es nicht böse gemeint.«

»Ich weiß, und es ist ja zum Glück nicht allzu viel passiert«, erwiderte sie. »Moira sagt, das Blatt war deine Nahrung und deine Rettung. Ein kleines Stückchen grünes Laub, um dich all die eisigen Jahre hindurch, die du in dem Wehr verbracht hast, zu ernähren und am Leben zu erhalten. Es war ein geringes Opfer für mich, um Stept Agahs Abkömmling das Leben zu retten.«

»Du hast von meiner Abstammung gewusst?«, fragte Morgan überrascht.

»Nein.« Sie schüttelte den Kopf, und Blätter flatterten auf den Fußboden. »Erst als du mit dem Magia-Schwert auf dem Rücken durch das Wehr zurückgekommen bist. Madron sagt, es ist *druaight*, etwas Verzaubertes, und es ist nicht mehr gesehen worden seit dem dunklen Zeitalter, als Stept Agah es selbst führte. Das Magia-Schwert wird für dich genügen müssen, Morgan, denn was Mychael sagt, ist wahr. Er kann sich nicht noch einmal in den roten Drachen verwandeln.«

»Trotzdem werde ich dir helfen und dich unterstützen«, versprach Mychael. »Genauso wie jeder andere in Carn Merioneth.«

»Ah!«, murmelte Llynya und eilte an den beiden vorbei, ihr Blick auf das Bett gerichtet. »Deine Prinzessin regt sich, Morgan. Mychael, sei so gut und lass Madron und Moira herholen, ja? Ich möchte gerne hier sein, wenn Prinzessin Avallyn aufwacht.«

Sie trat an das Bett und legte Avallyn eine Hand auf die Stirn, dann beugte sie sich vor, um einen Kuss auf ihre Stirn zu drücken.

»Kannst du mich hören, Avallyn?«, fragte Llynya sanft. »Es wird Zeit, dass du zu uns kommst. Morgan wartet auf dich, und auch alle anderen Bewohner der Burg.«

Avallyn hörte ihren Namen und Morgans, und sie wusste, die melodische Stimme hatte Recht. Es wurde Zeit, dass sie endlich aufwachte. Der Schlaf war lang gewesen, eine Ewigkeit, die sich in sich selbst zurückzog, wieder und wieder, bis zu diesem Augenblick, in dem sie aufwachen sollte.

Dennoch gab es Frieden in dem goldenen Schlaf der Zeit-Würmer, und es fiel ihr schwer, sich davon zu lösen.

»Avallyn«, rief plötzlich eine andere Stimme, eine Stimme, die ihr wohl vertraut war, und dieser Stimme konnte sie nicht widerstehen – es war Morgan. Sie hatten den wundersamen, wohltuenden Schlaf durch Zeit und Raum miteinander geteilt. Und wo er war, dort wollte auch sie sein – und Morgan war jetzt im Land des Wachens.

Sie schlug die Augen auf, da der Schlaf all seinen Reiz verloren hatte, nachdem Morgan nicht mehr da war, um ihn mit ihr zu teilen.

Das Erste, was Avallyn sah, erstaunte sie zutiefst, denn es war ein Abbild ihrer selbst, das auf sie herabblickte – außer dass das Haar der jungen Frau dunkel war, sehr viel länger als ihres und mit Blättern geschmückt, allen Arten von Blättern in allen Nuancen von Grün, von einem blassen, mit Silbergrau vermischten Grün bis hin zu Grünschattierungen, die so dunkel waren, dass sie fast blau wirkten. Ihre Kleider schillerten in wechselnden Nuancen von Silber und Grün, wie die Tiefen eines schnell dahin strömenden, mit Moos gefüllten Baches, geradezu überirdisch schön. Die Augen, die auf sie herabblickten, hatten die Farbe uralter Wälder, und Avallyn wusste, sie hatte eine Erdmagie-Zauberin vor sich, eine grüne Fee der Wälder.

»Ich bin Llynya«, sagte die junge Frau, und Avallyn dachte, dass sie das bereits gewusst hatte, noch bevor die Frau gesprochen hatte.

»Llynya von der Eiche und von den Yr Is-ddwfn«, sagte Avallyn. »Dein Name und der Mychael ab Arawns sind für alle Zeiten in die Tore des Hofes der Ilmarryn eingemeißelt. Ich stamme in direkter Linie von dir ab.«

Aus dem Mund der hübschen Elfenfrau ertönte perlendes Gelächter, Gelächter, das an das melodische Sprudeln von Wasser erinnerte. »Oh, ja, schönes Kind. Du stammst von mir ab, daran besteht kein Zweifel. Aber jetzt wird es Zeit, aufzuwachen und sich zu regen – denn du hast den ganzen Tag verschlafen, und Morgan sagt, dass ihr keine Tage, noch nicht einmal mehr Stunden verschwenden dürft. Der Weg in die unergründliche Finsternis ist erschlossen, und wenn ihr die Welt retten wollt, die ihr zurückgelassen habt, müsst ihr schleunigst dorthin gehen.«

Ja, dachte Avallyn, als sie sich zu Morgan umdrehte. Es war die unergründliche Finsternis, in die sie gehen mussten, und zwar schnell. Die Dringlichkeit der Aufgabe pulsierte durch ihre Adern, und als sie Morgan anblickte, sah sie die gleiche Bedrängnis in seinen Augen. Sie mussten in die unergründliche Finsternis gehen … schleunigst.

In einer kaum bekannten Höhle tief in der Erde unterhalb von Carn Merioneth, weit hinter den Canolbarth und der Höhle von Lanbarrdein, noch jenseits des *pryf*-Nests und der Ufer von Mor Sarff, stieg ein dünner Fetzen dunklen Rauches aus einem vergessenen Wurmloch auf, einem der kleineren Löcher, die die Würmer gebohrt hatten, als das große Wehr versiegelt gewesen war. Alle anderen Würmer waren wieder in das große Wehr zurückgekrochen, als es geöffnet worden war, aber ein Zeit-Wurm hatte den Ruf überhört, und dieser Wurm hatte unentwegt weiter gegraben und gewühlt und seinen Weg offen gehalten.

Der Rauch ringelte sich in sich selbst zusammen und erwachte zu einem seltsamen, beunruhigenden Bewusstsein. Er hatte eine menschliche Gestalt… irgendwo.

Mühsam ziehend und zerrend gelang es ihm schließlich, fast ein halbes Gesicht und zwei Drittel einer Hand aus dem kleinen gelben Wehr herauszuziehen.

Es genügte. Es würde reichen müssen. Der Rest von Corvus bestand praktisch nur noch aus Rauch – was nicht in Ordnung war. Er hatte die Reise gemacht, um sich zu retten, um den Körper zu retten, den der schwarze Rauch ihm Stück für Stück stahl.

Und es gab noch etwas, das nicht in Ordnung war, ganz und gar nicht in Ordnung. Er konnte Drachen riechen.

Bei den Mächten der Finsternis, wie war das möglich? Wie konnte es sein, dass er seinen Todfeinden in die Hände gefallen war? Er hatte sich völlig verausgabt, um jenen letzten gottverdammten Zeit-Wurm zu erwischen, als er den riesigen Haufen von Chrystaalt entdeckt hatte.

Warum?, fragte er sich, seine Aufmerksamkeit von einem interessanteren Gedanken abgelenkt.

Um seinen Körper zu retten, ja, aber es hatte noch einen anderen, sogar noch zwingenderen Grund gegeben, der irgendwo am äußersten Rand seines Erinnerungsvermögens schwebte und an den er sich im Moment beim besten Willen nicht mehr besinnen konnte. Wenn er geblieben wäre, hätte er sich der Finsternis hingeben und seine verhassten Feindinnen vernichten können, die ganze verdammte Brut bis hin zur letzten blutlosen Priesterin, außer… außer…

Der Gedanke verflüchtigte sich wieder, unvollendet, hinterließ bei Corvus nur das nagende Gefühl, dass er irgendwie wichtig gewesen war.

Er blickte sich mit seinem einen Auge um, und sein halb von dem Pesthauch der Fäulnis zerfressener Mund verzog sich angewidert. Er war in irgendeiner unterirdischen Höhle gelandet, und es waren Drachen in der Nähe. Er konnte ihren nach Schwefel stinkenden Atem und ihren nassen Schlangengeruch riechen.

Er musste sich umgruppieren, musste sich buchstäblich zusammenreißen und Pläne schmieden. Er war in der Vergangenheit angekommen, und es wurde höchste Zeit, dass er anfing, das rückgängig zu machen, was ihm angetan worden war. Und dazu brauchte er einen sicheren Ort, aber ganz bestimmt nicht den Ort, an dem er sich jetzt befand – auf der einen Seite von Drachen bedroht und auf der anderen von … von etwas anderem.

Einem mächtigen Etwas. Er spürte eine wirbelnde Kraft, hörte, wie etwas durch das tiefe Erdinnere, durch Meilen von Felsen und Erde hindurch nach seinem finsteren, zuckenden Ich rief.

Ganz plötzlich wusste er, was es war: Der gottverdammte Dreck, der ihn so zugerichtet hatte. Jetzt wollte die widerliche schwarze Pest auch noch den Rest von ihm haben, wollte seine Wange, den letzten Rest seiner Stirn, sein eines Auge und seine Hand – die, obwohl sie nicht mehr ganz intakt war, noch funktionierte. Er hatte noch immer einen Daumen, bei Gott. Er gehörte noch immer einer höheren Ordnung an.

Er musste fliehen.

Corvus wirbelte herum und sah sich suchend nach einem Ausgang um. Er fand zwei Öffnungen in dem Felsgestein der Höhle. Die eine führte zum Wasser, zu irgendeinem Meer oder See – und zu den Drachen, wie er befürchtete. Die andere hatte einen frischeren Geruch und führte nach Norden.

Er nahm die nördliche Route. Wenn er erst einmal an der Erdoberfläche war, würde er einen Ort der Macht finden, an dem er sich verstecken und Pläne schmieden könnte. Macht war etwas, was ihn schon immer magisch angezogen hatte, und er hatte schon immer Macht angezogen. Er hatte immer geherrscht und Lakaien seinem stärkeren Willen unterworfen. Und sie würden sich wieder seinem Willen beugen.

Ja. Wenn er erst einmal an der Erdoberfläche war, würde er einen Ort von unglaublicher Macht finden, der dort irgendwo war. Es gab immer Orte der Macht, die nur darauf warteten, von einer starken Hand regiert zu werden – und, bei Gott, er hatte noch immer eine.

25

Sie reisten mit einem Schiff der Daur durch die dunkle Schlucht des Schlangensees, ihr Bug von Traumstein und von den Laternen beleuchtet, die an der Rahfock hingen. An einem einsamen Strand, wo der tief unter der Erde gelegene See eine Biegung beschrieb und sich landeinwärts erstreckte, gingen zwei Quicken-tree von Bord, um *Bes* zu suchen, die zweite Rune der Zuflucht. Die Heilerin Moira und ein junger Liosalfar namens Pwyll sollten sich einen Weg zu dem violetten Kristallschacht nördlich von Crai Force bahnen, der unterirdischen Höhle, in der Stept Agah geboren worden war und in der Mychael zehn Jahre zuvor eine Markierung in den Schatten der kristallinen Wand entdeckt hatte. Die Markierungen bei jeder Rune waren der Schlüssel, um den verborgenen Weg zum Kryscaven-Krater zu erschließen.

Kurz nachdem sie wieder abgesegelt waren, wurde die

Oberfläche des Sees durch den starken Wind, der von Westen her wehte, aufgewühlt. Morgan stand an der Reling und beobachtete, wie große Hundshaie dicht neben dem Schiff wie Torpedos durch die Fluten schossen und Schwärme von silbernen Stinten durchschnitten. Weiter draußen waren noch andere Fische zu sehen, und sie alle schwammen tiefer in Mor Sarff hinein, vorwärts getrieben von dem Wind und den hohen Wellen, die sich hinter ihnen auftürmten.

»Die Drachen werden heute reichlich zu fressen haben«, sagte Mychael, als er über das Deck kam und neben Morgan stehen blieb.

Drachen, dachte Morgan, während er zum Kielwasser des Schiffes zurückblickte und sich im Gleichgewicht zu halten versuchte, als die nächste hohe Welle krachend am Heck brach. Natürlich würden die Drachen kommen. Nichts und niemand konnte die wilden Geschöpfe von dem bevorstehenden Kampf abhalten, und nichts und niemand konnte die Hundshaie und die Stinte retten, die in hellen Scharen zu dem letzten Ufer strömten.

Als sie an den Dangoes vorbeisegelten, erteilte der Kapitän den Befehl, noch mehr Laternen anzuzünden. Denn es war hier, wo Elixier, Dains schwarzer Jagdhund, bei den Elfen als Conladrian bekannt, das letzte Mal gesehen worden war. Aber an diesem Tag war kein Jagdhund da.

Es ertönte auch keine Eismusik aus den Eishöhlen der unergründlichen Finsternis. Die schaurigen Melodien, so hatte man Morgan erzählt, machten Menschen wahnsinnig und trieben sie in den Tod. Es streckten sich auch keine eisigen Finger aus den Höhlen heraus, um nach den Lebenden zu greifen, den Göttern sei Dank, aber der üble Gestank der steif gefrorenen Toten sickerte aus der Höhle; genauso, erklärte Avallyn, wie er es auch zu ihrer Zeit gewesen war. So kalt, der Verwesungsprozess unterbrochen.

Schweigend glitten sie an den riesigen Säulen aus bläulichgrünem Eis und an den schroffen Klippen vorbei, die dick mit der zu Eis erstarrten Gischt der Wellen überkrustet waren. Selbst ohne die Musik fühlte Morgan, wie beklemmend unheimlich der Ort war. Es war in den Dangoes, wo Rhayne so viele Jahre im Übergangsstadium als Weiße Hündin in ihrem Grab aus Eis eingefroren verbracht hatte. Es war kein Ort, an dem sich die Lebenden allzu lange aufhalten sollten.

Der Kapitän der Daur ging nahe am gegenüberliegenden Ufer vor Anker und ließ die Gruppe in Beibooten zu einem schmalen Kieselstrand übersetzen. Außer Morgan, Avallyn und Mychael waren noch drei weitere mitgekommen: Madron, die Druiden-Zauberin, die Morgan damals im Wald von Wroneu in der Nähe von Wydehaw Castle kennen gelernt hatte, und zwei Liosalfar-Krieger – Trig, ein Hauptmann, und Math. Llynya hatten sie zurückgelassen, und zwar nicht so sehr wegen ihrer Schwangerschaft, sondern um sicherzustellen, dass die Quicken-tree noch eine Anführerin haben würden, falls es in Kryscaven zum Schlimmsten kam. Falls das Allerschlimmste eintrat, würde es natürlich überhaupt keine Quicken-tree mehr geben oder irgendeinen Ort, an den man sie hätte führen können – eine Möglichkeit, die Morgan nicht gänzlich ignorieren konnte.

Hinter dem Strand ragte die felsige Steilwand der Magia-Wand auf, von langen, schwungvoll anmutenden, streifenförmigen Brandspuren überzogen. Unter der rußgeschwärzten Oberfläche schillerte das Felsgestein in allen Farben des Regenbogens. Andere Feuerspuren weiter unten wiesen zinnoberrote Ränder auf.

»Zinnoberrot ist die Farbe von Ailfinns Magie«, erklärte Mychael, als er zu der Wand ging und seine Hand auf einen der unteren Brandflecken legte. »Die Verlorenen Fünf waren alle zusammen in Rastaban gewesen, und Ailfinn führte sie auf dieser Route hier zum Kryscaven-Krater. Die anderen Spuren« – er zeigte zu einer ziemlich großen versengten

Stelle hinauf – »hat Ddrei Goch damals hinterlassen. Ddrei Glas' Spuren wirst du sehen, wenn wir tiefer in den Tunnel hineingehen, der zu *Ceuil* führt.«

Unser Reiseziel, dachte Morgan, die letzte Rune der Zuflucht, wo Trig und Math zurückbleiben und auf sie warten würden.

Im Drachenschlund, bei der ersten Rune der Zuflucht, *Ammon*, warteten ein altes Weib namens Naas und eine weitere Liosalfar-Kriegerin namens Nia auf sie.

Naas war das älteste Lebewesen, eine Seherin, das Morgan jemals gesehen hatte. Sie hatte sogar noch mehr Jahre auf dem Buckel als die Hohepriesterin von Claerwen. Er konnte noch nicht einmal annähernd erraten, wie viele Jahre Naas schon auf dem Planeten wandelte, aber sicherlich lange genug, um eine starke Sucht nach Kautabak entwickelt zu haben. Sie kaute eine Sorte namens *kel*, und man sah sie nie ohne einen dicken Priem in der Backentasche. Neben Kauen, Spucken und monotonem Singen zu jeder Tages- und Nachtzeit, bestand ihre wichtigste Aufgabe darin, die große Festungsmauer von Carn Merioneth zum Einsturz zu bringen und das Land wieder in seinen ursprünglichen Zustand zurückzuversetzen. Weder Morgan noch Avallyn brachten es übers Herz, der weißäugigen alten Frau zu sagen, dass die Ilmarryn in der Zukunft alles wieder ausgegraben und nach besten Kräften wieder aufgebaut hatten; aber Avallyn hatte Naas nichts erspart, als sie ihr von Corvus Geis Zukunft und von den verheerenden Zerstörungen erzählt hatte, die er dort bei seiner Rückkehr angerichtet hatte.

»Nichts geschieht ohne Grund, Kind. Die Vergangenheit ist immer klarer als die Zukunft«, hatte Naas' mit rauer, krächzender Stimme vorgebrachte Erwiderung gelautet, bevor sie gegangen war, um das Feuer in ihrem Kohlenbecken zu schüren.

Als er jetzt zusammen mit der kleinen Gruppe am Strand stand, blickte Morgan zu der steilen Felswand hinauf und zu den Feuerspuren, die ihre gesamte Vorderseite überzogen. Er dachte wieder an die Schlacht in Tamisks Teich der Weissagung zurück, an die grimmige Wildheit der Drachen und das tosende Feuer ihres Atems, und er fragte sich, wie hoch der Preis des Erfolges sein würde, falls er und die anderen fünf überhaupt die geringste Chance hatten.

Trig, der Hauptmann der Liosalfar, machte sich ebenfalls seine Gedanken darüber. Er erinnerte sich nur zu deutlich an das letzte Mal, als er diesen unterirdischen Strand betreten hatte. Nach der Schlacht gegen Dharkkum hatten er und seine Soldaten tagelang die Höhlen auf der Suche nach Mychael und Llynya und nach Rhuddlan und seinen Begleitern durchstreift – voller Furcht, dass sie sie nicht finden würden, und sogar von noch größerer Furcht davor erfüllt, dass sie etwas unvorstellbar Grauenhaftes finden würden.

Sie alle hatten gesehen, wie der Druidenjunge am Strand vor den Toren der Zeit eine andere Gestalt angenommen hatte, waren Zeugen gewesen, als er von Ddrei Gochs Flammen verzehrt worden war und sich in den Drachen verwandelt hatte. In all den vielen Kriegen seines Lebens, einschließlich des Tausendjährigen Krieges und der Zauberkriege, hatte Trig noch nie etwas so Seltsames gesehen.

Hunderte und aberhunderte von Lichtelfen waren während der Schlacht gegen Dharkkum in den Höhlen unterhalb von Carn Merioneth gestorben, wodurch die Stämme der Kings Wood und der Red Leaf stark dezimiert worden waren. Die Hälfte der Daur war bei dem Kampf ums Leben gekommen, und den Quicken-tree, den Wydden und Ebiurrane war es nicht viel besser ergangen.

So viele hatten im Kampf gegen die alles verschlingende Finsternis ihr Leben lassen müssen, und jetzt waren diese beiden, Morgan ab Kynan und Avallyn Le Severn, aus der

Zukunft gekommen und sagten, sie müssten die Vernichtung noch einmal durchmachen.

Trig bezweifelte, ob sie das konnten – dennoch war er mit ihnen gekommen, um seinen Beitrag zu leisten und sie in dem Kampf zu unterstützen. Er war ein Krieger, sowohl von Natur aus als auch von Amts wegen. In seinem ganzen langen Leben hatte er immer gekämpft, wenn die Zeit zum Kämpfen gekommen war, und er hatte immer an der Seite des Elfenkönigs, Rhuddlan von den Quicken-tree, gekämpft, bis Rhuddlan verschwunden war.

Aber der Mann namens Morgan hatte erklärt, er und Avallyn hätten Rhuddlan gesehen, hätten in dem Teich der Weissagung eines Magiers den Elfenkönig in der Zukunft gesehen, und weil sie ihn gesehen hatten, waren sie durch Zeit und Raum gereist, um die Verlorenen Fünf und Ailfinns Buch zu retten.

Es geht immer um irgendein Scheißbuch, dachte Trig. Die verdammten Bücher hatten ihnen in all den Kriegen nichts als Ärger eingebracht, und sie waren der Anlass für viele, wenn nicht sogar für die meisten dieser Kriege gewesen. Die Bücher bedeuteten Macht für diejenigen, die sie in ihrem Besitz hatten. Die Sieben Bücher des Wissens, so heißen sie, aber Trig nannte sie schon seit langer Zeit die Sieben Bücher des Krieges. Jetzt sagten Morgan und Avallyn, dass die Bücher ihre Rettung vor Dharkkum sein würden, dass sie sie davor bewahren würden, jemals wieder gegen die Finsternis kämpfen zu müssen. Nemetons Handel, so hatte die Prinzessin es genannt, und Trig hatte ganz sicherlich lange genug gelebt, um die feine Handschrift des mächtigen Druidenpriesters und Magiers in ihrem Unterfangen wieder zu erkennen.

Er blickte zu den Klippen hinauf und zu den Spuren, die in das Gestein eingebrannt waren. Es war hier, wo sie Mychael und Llynya zehn Jahre zuvor schließlich gefunden hatten, an genau diesem Strand. Der Junge nicht länger ein Drache, sondern wieder in seiner eigenen Gestalt. Beide waren schlimm zugerichtet und völlig erschöpft, ihre Kleider in Fetzen.

Ein Jahr nach der Schlacht war Mychael zu Trig gekommen, und da endlich war die ganze Geschichte jener düsteren Tage, als sie so erbittert gekämpft hatten, erzählt worden. Mychael hatte von Drachen gesprochen und davon, wie es war, das Herz der Bestie wie sein eigenes schlagen zu fühlen, zu spüren, wie Flammen in seinen Eingeweiden aufloderten und sich einen sengend heißen Pfad durch seine Kehle und seinen Mund bahnten; er hatte von dem Gefühl des Fliegens gesprochen und davon, wie es war, sich mit der Kraft riesiger ledriger Flügel in die Luft emporzuschwingen – und von dem Zorn, dem wilden, unbezähmbaren Zorn eines entfesselten Drachen.

Und er hatte Trig erzählt, was mit seinem König passiert war, wie Ailfinn ihre Begleiter in den Kryscaven-Krater geführt und Dharkkum gerufen hatte, wie die Finsternis ihrem Ruf gefolgt war und die Drachen ihr nachgejagt waren. Die Prydion-Magierin hatte sich selbst und die vier anderen zusammen mit dem Feind im Inneren des Kraters eingeschlossen – ihre Belohnung dafür, dass sie Dharkkum gebändigt hatten: ein Dasein endloser Qual.

Die Erinnerungen waren hart erkämpft gewesen, hatte Mychael gesagt, als er Bilder aus seinem Gedächtnis ausgegraben hatte, Bilder, die er durch Drachenaugen gesehen hatte. Llynya hatte es nicht weiter als bis zu dem Strand geschafft, wo sie zusammengebrochen war, deshalb hatte sie die Versiegelung des Kraters nicht mehr gesehen. Mychael wünschte sich inständig, er hätte sich damals nicht daran erinnert, denn es war ein quälendes Bild, das ihn selbst noch im Schlaf verfolgte. Er hatte nackte Angst auf den Gesichtern der vier Männer gesehen, die er nie anders als unerhört mutig und unerschrocken erlebt hatte, nackte, wahnsinnige Angst.

Sie haben wahrhaftig etwas Besseres verdient, hatte Trig voller Zorn gedacht, als Mychael zum Ende seiner Geschichte gekommen war. Rhuddlan und Wei und der Waliser, Owain, ja sogar der verdammte Sha-shakrieg, Varga von den Eisendünen, hatten etwas Besseres verdient.

Und deshalb war Trig mit Morgan gekommen, um die vier zu befreien. Und zur Hölle mit der verfluchten Magierin. Mit Magiern gab es immer nur Ärger, genauso wie mit ihren gottverdammten Büchern. Sie opferten gute Kämpfer für irgendein Gemeinwohl, das nur sie mittels ihrer lächerlichen Wahrsagekugeln und Prophezeiungen sehen konnten.

»Wie lange dauert es noch, bis die Drachen kommen?«, hörte er Avallyn Madron fragen.

»Nicht mehr lange«, erwiderte die Druidin. »Naas hat sie gerufen, und mit dem Magia-Schwert wird Morgan sie an ihre Aufgabe setzen.«

Ihre Aufgabe. Trig grunzte. Ihre Aufgabe war beängstigend: Das Siegel am Krater zu erbrechen und Dharkkum in Schach zu halten, während sie gleichzeitig verlorene Seelen befreien und das *Elhion Bas Le* bergen mussten.

Danach würde es Sache von Morgan und Avallyn sein, das verfluchte Buch an seinen Platz zu bringen – oder Sache von Dharkkum, sie alle umzubringen.

Der Weg zu *Ceuil* führte sie tiefer und tiefer in das Erdinnere, während sie einem gewundenen Pfad durch Felstunnel folgten, die von dem feurigen Atem der Drachen versengt und geschmolzen worden waren. Trig und Math sollten in der Runenhöhle bleiben und nicht in den Krater eindringen. Morgan fand allerdings, dass es keinen sonderlich großen Unterschied machte, ob sie nun in der Runenhöhle waren oder eine Höhle weiter. An jedem Ort lauerte die Gefahr.

Sie aßen auf dem Marsch, teilten sich Kürbisflaschen mit Blütenkätzchentau und Kümmelkuchen, der mit Lavendel gewürzt war – Llynyas Rezept, speziell dafür erdacht, um das schreckliche Gefühl der Beklemmung zu lindern, das sich bei Reisen durch die unergründliche Finsternis unweigerlich einstellte. Nachdem Morgan sich wieder an die endlose Dunkelheit und an den Umstand gewöhnt hatte, dass ihr Weg nur von Traumstein erhellt wurde, kam ihm die Reise nicht so viel anders vor als die Zeit, die er damals in den Lichthöhlen und den oberen Höhlen verbracht hatte. Trig, Mychael und Math waren alle schon einmal jenseits der Magia-Wand gewesen und waren gegen die Finsternis abgehärtet. Avallyn war ganz sicherlich schon in einer noch weitaus weniger freundlichen Umgebung gewesen. Es war nur Madron, um die Morgan sich Sorgen machte. Trotz ihres Wissens über die Erde und Magie war die Druidenfrau noch nie so tief im Erdinneren gewesen, und ihre Angst war deutlich spürbar.

Wie zum Beweis ihrer Unsicherheit stolperte Madron auf einem glatten, schlüpfrigen Abschnitt des Weges. Mit einer schnellen Bewegung konnte Morgan sie gerade noch auffangen, bevor sie stürzte.

»Danke«, murmelte sie und richtete sich wieder auf. Sie war noch immer eine schöne Frau, ihr kastanienbraunes Haar zu einem ordentlichen Knoten im Nacken geschlungen, ihre Augen so grün wie die der Quicken-tree. Sie hatte eine Tochter, wie Morgan sich erinnerte, ein stummes Mädchen namens Edmee. Dain hatte ihm einmal erzählt, dass Rhuddlan der Vater des Mädchens war – was Morgans Ansicht nach erklärte, warum die Frau so fest entschlossen war, den Marsch zu bewältigen. Mychael hatte ihm einen sogar noch zwingenderen Grund dafür enthüllt, warum die Druidin ihre Ängste zu ignorieren versuchte: Sie war Nemetons Tochter.

Irgendwie hatte Morgan sich durch diese Neuigkeit ermutigt gefühlt. Nicht dass die Tochter die enorme Macht zu haben schien, die Nemeton ausgeübt hatte, sondern weil Morgan es passend und angebracht fand, dass jemand, der dem altberühmten zeitreisenden Magier nahe gestanden hatte, Zeuge der Erfüllung des Handels werden sollte, den er einst abgeschlossen hatte. Dass Madron eine Blutsverwandte war, machte ihre Anwesenheit in Morgans Augen nur noch passender.

»Ich erinnere mich noch sehr gut an deine Tochter. Ich kannte sie von Wydehaw her und von der Schlacht um Balor. Ich hoffe, sie ist wohlauf«, sagte er. Es war keine müßige Unterhaltung, die nur dazu diente, die Zeit zu vertreiben. Er hoffte tatsächlich, dass es Edmee gut ging, und er hoffte, dazu beitragen zu können, dass es Edmees Mutter ein bisschen besser ging, indem er ihre Gedanken von der erdrückenden Dunkelheit um sie herum ablenkte.

»Ja. Sie hat einen Pony-Meister von den Ebiurrane geheiratet, Tabor Shortshanks, und lebt jetzt im Norden. Sie haben drei Kinder, und ein viertes ist unterwegs.«

Das hört sich ja alles recht gut an, dachte Morgan. Er blickte nach vorn zu der Stelle, wo Avallyn neben Trig, dem grauhaarigen Hauptmann der Quicken-tree, ging. Wenn er und Avallyn lange genug lebten, um Kinder zu bekommen, würde Morgan sich wahrhaft glücklich schätzen.

Trig war ebenfalls jemand, an den Morgan sich von der Schlacht um Balo her erinnerte. Er war Rhuddlans Hauptmann gewesen und war noch immer der Hauptmann der Liosalfar, obwohl er und Mychael sich die Autorität der Führung zu teilen schienen.

»Mit vier Kindern sollte sie eigentlich genug zu tun haben, um nicht in Schwierigkeiten zu kommen«, erwiderte er auf Madrons Erklärung und bereute seine Worte augenblicklich, als ihm klar wurde, was er gesagt hatte.

Der neugierige Blick, den die Druidin ihm zuwarf, bewies ihm, dass er sich seine Bemerkung besser hätte verkneifen sollen, denn die Schwierigkeiten, in die Edmee damals mit Dain Lavrans gekommen war, gehörten nicht zu der Art, die ein junges Mädchen seiner Mutter anvertraute.

»Da vorne ist *Ceuil*«, rief Mychael von der Spitze des Trupps und bewahrte Morgan vor der Peinlichkeit, Madron eine Erklärung liefern zu müssen.

Avallyn wusste, wo der Runenwegweiser war, da die Information in der Zukunft sehr viel leichter zugänglich war, als sie es in der Vergangenheit gewesen war; und sie führte ihre Begleiter ohne langes Zögern oder Suchen zu der Stelle in der Höhle.

Es war dort, als er vor dem langen, rechteckigen Wegweiser stand, dass Morgan plötzlich die volle Bedeutung des Kraftaktes fühlte, den sie vollbringen mussten. Entweder wir schaffen es, oder wir gehen allesamt zu Grunde, so lautete ihr Kredo, und als Morgan sich in der Höhle umblickte, beschlich ihn das beklemmende Gefühl, dass sie viel zu wenige waren, um es schaffen zu können.

Trig stand neben ihm, bereit, das Kristallheft seines Traumsteindolches in die oberste Kerbe zu schieben, die die lange verstorbenen Prydion-Magier einst in den Wegweiser eingeschnitten hatten. Madron hatte vier kleine Beutel von ihrem Gürtel gelöst und war damit beschäftigt, ein schützendes Feuer zu entzünden, das sie alle segnen und das als Leuchtfeuer dienen sollte, obwohl Rückzug ein unwahrscheinliches Ereignis war, da Rückzug so gut wie der Tod war.

Nein, wenn sie erst einmal angefangen hatten, würde es kein Zurück mehr geben.

Math hatte seinen Platz neben Trig eingenommen, ein Hüter von *Ceuil*. Avallyn wusste, dass ihr Platz bei Morgan war, und sie blieb dicht neben ihm, ihren Dolch stoßbereit in der Hand.

Mychael war der Rätselhafteste von ihnen allen, denn seine Miene verriet nichts. Es war jetzt zehn Jahre her, dass er der Drache gewesen war, und obwohl er seitdem noch immer mit Ddrei Goch und Ddrei Glas zu tun gehabt hatte, waren sie seit der letzten Schlacht gegen Dharkkum nicht mehr im Kampf gesehen worden.

Morgan zog das Magia-Schwert aus seiner Scheide und hoffte inständig, dass er bereit war, denn die Zeit war gekommen. Er nickte Trig zu, und der Hauptmann der Quicken-tree schob seinen Dolch in das Schloss des Wegweisers.

Zuerst geschah gar nichts, und Morgan fragte sich schon, ob es Naas und Moira vielleicht nicht gelungen war, die anderen beiden Runen zu sichern. Dann leuchtete das Traumsteinheft plötzlich auf, erhellt von einem Blitz aus reinem blauem Licht. Wie ein Laserstrahl schoss das Licht durch die Höhle zu der gegenüberliegenden Wand, und der Dolch begann sich zu bewegen, während er langsam und Zentimeter für Zentimeter durch die Kerben glitt. Jede Bewegung des Dolches wurde von dem Lichtstrahl stark vergrößert auf die gegenüberliegende Höhlenwand projiziert und war in langen Linien sichtbar. Die erste Rune, die auf diese Weise enthüllt wurde, war *Ammon*.

Keiner zweifelte daran, dass der Weg nach Kryscaven frei sein würde, wenn der Dolch den unteren Rand des Wegweisers erreichte: Nur die Art und Weise der Enthüllung und das, was sie auf der anderen Seite erwartete, war ihnen unbekannt. Alle sechs hatten ihre Waffen gezückt. Alle sechs hielten Traumsteinklingen mit ruhiger oder auch nicht so ruhiger Hand umschlossen, um den Kristall warm zu halten und so zu verhindern, dass das Licht erlosch.

Das Licht von Trigs Dolch brannte in einem einzelnen festen Strahl, der die übrigen beiden Runen in die gegenüberliegende Wand der Höhle ritzte und in den Fels einbrannte. Funken flogen in alle Richtungen, und Rauch stieg von dem glühenden Gestein auf, bis die drei Runen vollständig waren. Dann verlöschte das Licht abrupt, und der Lärm verstummte – und innerhalb von Sekunden fiel die gesamte Wand in sich zusammen und bildete einen Haufen auf dem Höhlenboden, fast mehr Trugbild als Erde und Felsbrocken.

Dicke Wolken aus Staub und Asche stiegen in die Luft auf, dennoch war hinter dem Geröllhaufen, weit in der Ferne, der Kryscaven-Krater sichtbar, dessen amethystfarbene Kristallwand hoch in die schattige Dunkelheit einer immensen, sich kuppelförmig wölbenden Kammer aufragte.

»Prydion-Magie«, sagte Mychael, als er ein Schwert mit einer blattförmigen Klinge aus der Scheide an seinem Gürtel zog. Er wies mit einer Kopfbewegung auf Kryscaven. »Wir sollten zusehen, dass wir vor Ddrei Glas und Ddrei Goch dort sind, sonst wird nichts mehr übrig sein, wenn wir ankommen. Selbst mit deinem Magia-Schwert, Morgan, wird es dir schwer fallen, die ungezähmten Bestien zu bändigen.«

»Ja«, sagte Madron. »Mychael hat Recht. Alles wird leichter sein, wenn wir an Ort und Stelle sind, bevor die Drachen kommen.« Sie wandte sich an Trig. »Lass das Feuer nicht ausgehen, Hauptmann. Wir werden es brauchen, um den Weg zurück zu finden.«

»Du weißt, dass ich hier sein werde«, erwiderte der Quicken-tree, sein Gesicht von grimmiger Entschlossenheit erfüllt.

»Tretet leise auf«, sagte Math und wünschte ihnen viel Glück, sein Gesicht nicht weniger grimmig.

Ja, und wir werden auch alles Glück der Welt brauchen, um Dharkkum zu überleben, dachte Morgan. Auf sein Zeichen hin machten sich die vier im Licht ihrer Traumsteindolche auf den Weg.

26

Sie stiegen über die Trümmer der eingestürzten Wand hinweg und betraten die kuppelförmig überwölbte Kammer, deren Dach so hoch über ihren Köpfen war, dass es sich irgendwo in der Dunkelheit verlor. Morgan kam sich in der riesigen, hoch aufragenden Höhle zwergenhaft klein vor. Von der Stelle aus, wo sie standen, war es noch eine Meile bis zu der amethystfarbenen Kristallwand, hinter der ihr Feind und der Zweck ihrer Suche eingeschlossen waren, die Verlorenen Fünf und das Indigoblaue Buch.

Der Höhlenboden war mit einem Vermögen an zerbrochenen Kristallen und opalisierenden Edelsteinadern bedeckt. Vorsichtig bahnten sie sich einen Weg um die größeren Amethystbrocken herum, Mychael an der Spitze des kleinen Trupps. Morgan bildete die Nachhut, und er versuchte, sich keine allzu großen Sorgen darüber zu machen, dass die Drachen sie bald einholen würden. Er hatte schließlich das Magia-Schwert und eine ziemlich gute Vorstellung davon, wie er es handhaben musste, um die wilden Geschöpfe zu kontrollieren. Niemand hatte es ihm beigebracht oder erklärt; es war etwas, was er ganz einfach *wusste*, etwas, das er mit jedem Pulsieren seines Blutes besser verstand. Stept Agah hatte das Schwert gefühlt, und Stept Agahs Blut floss in seinen Adern, und genauso wie einst der douvanische König aus alter Zeit die Bestien gefügig gemacht hatte, so würde auch Morgan sie gefügig machen.

Sie marschierten schweigend weiter, die Stille nur von dem Knirschen der Kristallscherben unter ihren Füßen unterbrochen. Die Luft in der kuppelförmigen Kammer war erstaunlich frisch, nicht mit dem Geruch nach Salz und See behaftet wie die Luft in der Höhle von *Ceuil*, was Morgan auf den Gedanken brachte, dass sich irgendwo über ihnen eine Öffnung befinden könnte. Und er fragte sich, wie weit diese Öffnung entfernt sein mochte, wenn es sie tatsächlich gab, und wie schwierig sie zu erreichen sein würde. Es konnte hilfreich sein, mehr als einen Ausgang zu haben.

Als sie noch ungefähr hundert Meter von dem Krater entfernt waren, bemerkte er plötzlich etwas Seltsames an dem Kristallsiegel, das Krycaven verschloss. Er sagte nichts, aber sein Magen zog sich vor Furcht zusammen. Auch die anderen blieben stehen, und er wusste, sie hatten es ebenfalls gesehen: Hinter dem dunkelvioletten Siegel bewegte sich etwas Riesiges und Dunkles, wie ein gigantischer, sich windender Schatten.

»Dharkkum«, flüsterte Madron, und der harte Knoten in Morgans Magen zog sich noch fester zusammen.

Er hatte die tödliche Finsternis auf dem Bildschirm der Kommunikationsstation in Rabin-19 gesehen, und er hatte sie auf der Wehrplattform in Claerwen auf sich und Avallyn zurasen sehen, damals noch mit Körperteilen des Kriegshetzers verbunden; und beide Male hatte ihn der Anblick mit kaltem Grauen erfüllt. Aber dies hier ... dieser pulsierende, stetig anschwellende, gewaltige Tornado der Zerstörung entzog sich jedem Plan, den sie ersonnen hatten. Dass das Amethystsiegel der zerstörerischen Kraft überhaupt noch standhielt, war ein Wunder. Und nur ein Idiot würde an dem Siegel herumhantieren.

Und er war dieser verdammte Idiot. Morgan stieß einen erbitterten Fluch aus und dachte, dass das Säuferleben, das er in Racht Square geführt hatte, doch nicht so ganz ohne alle Freuden gewesen war. Er hatte sogar Vergnügen mit dem Wein gehabt, und wenn er irgendwann an einem Übermaß des carillionischen Gebräus gestorben wäre, nun, so war »irgendwann« das entscheidende Wort bei der Sache. So wie die Dinge jetzt standen, schätzte er, dass er bestenfalls noch eine halbe Stunde zu leben hatte.

»Das ist doch Irrsinn!«, sagte er laut genug, um sicherzustellen, dass ihn auch alle hörten. Er wollte, dass sein Standpunkt unmissverständlich klar war.

»Es steht geschrieben«, lautete Madrons Antwort, ihre Stimme jetzt kräftiger und fester, als ob sie an diesem gefährlichsten aller Orte endlich ihre Bestimmung darin gefunden hätte, der unergründlichen Finsternis zu trotzen.

Verdammte Scheiße! Sie standen vor einer drohenden Katastrophe in Form einer kosmischen Einzigartigkeit aus einem schwarzen Loch in irgendeinem weit entfernten Sternensystem, dem seltsamsten Chaos von »physikalischer Unberechenbarkeit« im gesamten Universum, und hinter ihnen kamen zwei Drachen angeflogen – *Drachen!* –, bereit, ihr Mittagessen zu verschlingen; und das Einzige, was Morgan hatte, um diesen ganzen verfluchten Zirkus zu bändigen, war ein Schwert, das ihn schon einmal beinahe umgebracht hätte.

Er wünschte inständig, Aja wäre bei ihm, doch obwohl er sich so verzweifelt nach dem Jungen sehnte, war er doch gleichzeitig dankbar dafür, dass Aja nicht hier war. Er konnte in dem beruhigenden Wissen sterben, dass er Aja zumindest dies hier erspart hatte; und dann fiel ihm wieder ein, wo er den Jungen zurückgelassen hatte, und er wusste, dass er ihm überhaupt nichts erspart hatte. Aller Wahrscheinlichkeit nach hatte Claerwen den Tag nicht überstanden, den er und Avallyn in Carn Merioneth damit verbracht hatten, sich von den Strapazen ihrer Zeitreise zu erholen.

Und was ihn selbst anging, er war in einer riesigen unterirdischen Höhle gefangen, zusammen mit einer Druidin, einem Mann, der Drachenblut in den Adern hatte, und einer Feenprinzessin, so bezaubernd schön und so sehr Teil seines Herzens, dass er wusste, er konnte nirgendwo anders sein außer an ihrer Seite. Er hatte es wahrhaftig weit gebracht für einen Mann, der sich einst gegen jede Form von Magie gewehrt hatte.

Morgan fluchte abermals, ein unflätiges Schimpfwort, das seine Frustration noch nicht einmal ansatzweise beschreiben konnte.

Dann, um die Sache noch schlimmer zu machen, erzitterte plötzlich der Boden unter ihren Füßen: Die Drachen kamen.

Ein schneller Blick bewies Morgan, dass die anderen die Erschütterung ebenfalls spürten, und alle vier reagierten auf die gleiche Art und Weise – indem sie wie gehetzt losrannten. Keiner wollte mitten in der Höhle in der Falle sitzen, wenn Feuer speiende Drachen eintrafen.

Avallyn war innerhalb von Sekunden an der Kristallwand angelangt. *Tlas buen*, so hatte Madron ihre ungewöhnliche Schnelligkeit genannt, elfisches Tempo. Aja war, wie Morgan sich erinnerte, sogar noch schneller.

Avallyn blickte zurück und schrie: »Schnell, beeilt euch!«

Die Dunkelheit hinter dem Kristallsiegel verzerrte sich erneut und lenkte Avallyns Aufmerksamkeit auf sich. In der nächsten Sekunde presste sie beide Hände flach gegen die Wand, und ihr Körper versteifte sich. Sie hat die Verlorenen Fünf gesehen, dachte Morgan. Nach zehn Jahren in der Gewalt der alles verschlingenden Finsternis konnten sie allesamt nur noch in einem grauenhaften Zustand sein.

Hinter ihm rang Madron keuchend nach Luft, und er konnte sich ungefähr vorstellen, wie lange es her war, seit die Druidin das letzte Mal um ihr Leben gerannt war. Morgan wirbelte herum, rannte ein Stück zurück und packte sie am Arm. Mychael musste den gleichen Gedanken gehabt haben, denn auch er lief wieder ein Stück zurück, und mit vereinten Kräften hoben sie Madron praktisch vom Boden hoch, während sie zu der Wand rannten.

Als sie Avallyn erreichten und durch das Siegel in den Krater blickten, stellte Morgan zu seinem großen Erstaunen fest, dass die Verlorenen Fünf noch alle unversehrt waren, scheinbar in der Zeit erstarrt, obwohl sie all die vielen Jahre über mit der verzehrenden Geißel der Erde eingesperrt waren. Ihre Züge waren klar, ihre Haltung unnachgiebig: Ailfinn, Rhuddlan, Wei, Varga und Owain, sie alle standen dicht um einen Ring aus Steinen, in dem regenbogenfarbene Flammen loderten.

»Das Feuer brennt noch immer«, flüsterte Madron atemlos.

Und das Buch ist auch noch da, fügte Morgan in Gedanken mit grimmiger Befriedigung hinzu. Es lag in Ailfinns Händen und wartete nur darauf, dass irgendein vertrottelter Kerl ohne jedes Gefühl für Selbsterhaltung kam, um es Dharkkum vor der Nase wegzuschnappen.

Er konnte einfach nicht fassen, dass er dieser Trottel sein sollte. Selbsterhaltung war immer sein und Ajas heiligster Grundsatz gewesen, und, bei Gott, sie waren gut damit gefahren.

»Rhuddlan?«, fragte die Druidin, als sie noch tiefer durch die Kristallwand starrte.

»Sie sind alle da, alle fünf«, versicherte Morgan ihr. »Wir werden –«

Ein plötzliches Zittern der Höhlenwände ließ ihn mitten im Satz innehalten. Dicke Felsbrocken lösten sich von der Decke hoch über ihnen und kamen in einem tödlichen Hagel herabgepoltert, der Morgan und seine Gefährten veranlasste, den dürftigen Schutz der Kristallwand zu suchen und sich flach dagegen zu pressen, um nicht von den Gesteinsbrocken erschlagen zu werden. Der Boden bebte heftig, und sie alle taumelten, als sie versuchten, den Halt unter den Füßen nicht zu verlieren. Weit drüben auf der anderen Seite der riesigen Höhle konnte Morgan noch für einen kurzen Moment den Schein des Feuers sehen, das Trig und Math hüteten. Dann schoss plötzlich eine Explosion von Rauch und Flammen aus dem Tunnel vom Schlangensee hervor und nahm die Sicht auf *Ceuil*. Der Boden erbebte abermals, in Schwingungen versetzt durch die Erschütterungen, die von irgendeinem gigantischen Wesen erzeugt wurden, das sich durch den Tunnel bewegte. Eine weitere Rauchwolke, vermischt mit Feuerfunken, wurde in die Höhle gespien und hinaus in die riesige überwölbte Kammer.

»Heilige Mutter!«, flüsterte Avallyn erschrocken, und Morgan konnte ihr nur beipflichten – der Herrgott stehe uns bei.

Dies waren die Drachen aus Tamisks Teich der Weissagung, wilde, heißblütige, von unbändigem Zorn erfüllte Geschöpfe, kampflustige Bestien mit zerstörerischen Kräften, die in einem Zauberkessel geboren worden waren, erschaffen für den Krieg. Erneut schossen Flammen in die Kammer, gefolgt von ohrenbetäubendem Gebrüll.

Morgan verstärkte seinen Griff um das Magia-Schwert, und das himmelblaue Kristallheft leuchtete auf, erhellt von einem violetten Blitz in seinem Inneren. Hitze raste seinen Arm hinauf, die Hitze der Macht, stark und drängend.

Ein schrilles, zorniges Kreischen folgte dem Gebrüll – Ddrei Glas –, und es quoll noch mehr Rauch in die Kammer, Rauch, der mit grünlich-blauen Flammen durchsetzt war. Hinter dem Rauchschleier kamen die Drachen zum Vorschein: Ddrei Gochs scharlachroter Körper, wie die Feuer der Hölle leuchtend, seine Schuppen glänzend vor Meerwasser, Ddrei Glas ein sich geschmeidig schlängelnder Leviathan, die ledrigen grünen Flügel weit ausgebreitet und bereit, sich in die Luft emporzuschwingen.

Sie brüllten abermals, und die grellen Flammen, die aus ihren Mäulern schossen, leckten an dem Spiegel des Kraters. Näher und immer näher kamen sie, während Dampf von ihren Körpern aufstieg, um sich mit den wogenden Rauchschwaden zu vermischen, die Hitze ihres feurigen Atems so groß, dass sie Morgan förmlich zu braten drohten. Ihre Klauen scharrten und kratzten über die Brocken von zerbrochenem Kristall, die rasiermesserscharfen Kanten des Gesteins waren nichts im Vergleich zu ihren zentimeterdicken Schuppen.

Sobald sie im Inneren der kuppelförmigen Kammer waren, hob Ddrei Goch seine Schwingen mit einem schrillen Kreischen.

Ströme von Meerwasser rannen an seinen Vorderbeinen herunter und ergossen sich mit der Wucht einer aufschäumenden Welle auf den Höhlenboden. Die Woge brach sich an der Wand und durchnässte Morgan und seine Gefährten bis auf die Haut.

Mörderisches Gezücht, dachte Morgan.

Die Drachen von Merioneth würden sie wahrscheinlich alle umbringen, noch bevor sie Dharkkum überhaupt bemerkten. Sie waren von ihrer Wesensart her nicht weniger zerstörerisch als ihr Feind.

Aber er konnte sie gefügig machen, und er wagte es nicht, noch länger damit zu warten, sie in die Knie zu zwingen.

»Ddreigiau!«, brüllte er über ihr schrilles Kreischen hinweg und hob das Magia-Schwert, fest entschlossen, die Drachen zu beherrschen. Denn keine Gewalt über sie zu haben bedeutete den sicheren Tod. *»Gorchmynnaf ichi ddyfod!«* Drachen, ich befehle euch herzukommen.

Er marschierte vorwärts, entfernte sich von den anderen, für den Fall, dass Walisisch nicht die Sprache von Drachen war.

Sie verstanden ihn.

Zwei riesige schuppige Köpfe schwangen in einer tödlichen Bewegung zu ihm herum, und zwei Paar leuchtender gelber Augen richteten sich auf ihn und starrten ihn so durchbohrend an, dass sich ihm die Nackenhaare sträubten. Flammenzungen schossen aus ihren Schnauzen, als sie Schritt für Schritt näher kamen, während sie Kristallbrocken unter ihren knochigen Füßen zerdrückten und Funken unter ihren scharrenden Klauen vom Boden aufstoben.

Morgan fühlte, wie Avallyn hinter ihm herkam und ihm eine Hand auf den Rücken legte.

»*Croesawaf*«, flüsterte sie – willkommen –, und Ddrei Glas hob den Kopf und brüllte, sandte weitere Flammen zu der in Dunkelheit gehüllten Decke der Kammer empor.

Ddrei Goch senkte den Kopf noch tiefer, sein elegant geschwungener Hals gebeugt, während seine steil aufragende Rückenflosse einen Schatten über die Hälfte seines Gesichts warf. Er schnaubte rebellisch, blies dunklen Rauch durch seine Nasenlöcher und nagelte Morgan mit seinem grimmigen Blick aus umschatteten goldenen Augen fest. Leuchtend orangefarbene Streifen durchzogen seine Iris und intensivierten die Farbe. Ein blass zitronengelber Kranz umrahmte seine schwarzen Pupillen und fügte eine weitere Schicht von Licht hinzu, ohne jedoch in irgendeiner Weise die Wildheit seines Blicks zu schmälern. Er war ein Urgeschöpf, durch und durch wild und niederträchtig, eine Tatsache, die zu vergessen äußerst riskant war.

Morgan fühlte den starren, durchbohrenden Blick des roten Drachen, als ob er von einer von Claerwens Priesterinnen mit Tiefenspürsinn erforscht würde – geschickt, suchend und äußerst zermürbend.

Ddrei Goch verengte die Augen zu Schlitzen, und sein Blick unter den halb geschlossenen, schuppigen Lidern bekam etwas ausgesprochen Berechnendes, ein Blick, der Morgans sämtliche Instinkte in Alarmbereitschaft versetzte. Das verdammte Biest überlegte, ob es ihn braten sollte oder nicht.

»Nein!«, sagte er leise und energisch und richtete das Magia-Schwert auf Ddrei Gochs mit Schnurrhaaren bewehrtes Maul. Er drückte die scharfe Schneide in die Haut des Drachen, drückte absichtlich so tief, bis die Wunde zu bluten begann. Ein kleines Rinnsal von Blut lief über die schuppige Haut der Bestie, in allen Farben des Regenbogens schillernd. Die goldenen Augen starrten ihn noch immer unverwandt an, dennoch veränderte sich etwas im Bewusstsein des Geschöpfs, ein kurzer Augenblick des Erkennens und Wissens, der seinen Widerhall in den Runen fand, die Morgans Haut markierten. Ddrei Goch wusste, wer Morgan war, und wie jedes wilde Tier, so sträubte sich auch Ddrei Goch erbittert dagegen, an die Kandare genommen zu werden. Ein Herr und Gebieter war leicht genug zu vernichten, besonders ein so kleiner Herr und Gebieter. Ein einziger Fußtritt des roten Drachen würde Morgan zerquetschen, ein einziger feuriger Atemhauch oder ein Peitschenschlag des langen, schlangenähnlichen Schwanzes würde ihn töten.

»Nein!«, wiederholte Morgan grimmig.

Mit ihrem nächsten Atemzug stieß die Bestie eine Rauchwolke aus, und Morgan hob sein Schwert.

Derart befreit, riss Ddrei Goch mit Furcht erregender Schnelligkeit den Kopf hoch und stieß ein ohrenbetäubendes Brüllen aus, ein Geräusch reinen, drachenhaften Zorns.

Morgan wich nicht von der Stelle, sein Schwert noch immer drohend erhoben, und er betete stumm, dass er die Oberhand gewinnen würde.

Ddrei Glas folgte dem Beispiel ihres Gefährten und stieß einen gellenden Schrei aus, und die Kakophonie der Drachenschreie hallte von den Wänden der Höhle wider und löste weitere Gesteinsbrocken von der Decke. Beide Geschöpfe schlugen kraftvoll mit ihren gewaltigen Schwingen und erzeugten einen brausenden Wind, der Morgan rückwärts gegen die Wand drängte.

»Ddreigiau!« Er riss das Magia-Schwert hoch, beide Hände fest um das Heft geschlungen, und drückte mit aller Kraft zu. Ein greller Lichtblitz explodierte im Inneren des

Kristallhefts, ein scharfkantiger Blitzstrahl mit einem violetten Herzen, der an der Schneide des Schwerts entlangraste und durch die Luft schoss, um in die Kristallwand des Kraters einzuschlagen. Ein Regen von Funken und Splittern hagelte von der Stelle herab, wo der Lichtstrahl die Wand getroffen hatte.

Mit dem ersten Riss in der Kristallwand war die Tat vollbracht und ihr Schicksal besiegelt. Ein Fetzen von Dharkkum quoll aus dem Riss heraus, ein hauchdünner Fetzen der tödlichen Finsternis, der spiralförmig in die Luft aufstieg. Unterhalb des Fetzens fiel ein weiterer Kristallbrocken aus der Wand, und die dünne schwarze Spirale wurde rasch dicker und wirbelte schneller.

Ddrei Glas witterte den Geruch des Feindes als Erste und stürmte mit einem zornerfüllten Schrei hinter der schwarzen Spirale her, während sie mit ihren Flügeln gegen die Wolken von Drachenrauch schlug und sich in die Luft emporschwang. Ddrei Goch konterte mit einer gewaltigen Feuergarbe aus seinem weit aufgerissenen Rachen, um noch mehr von der Wand zum Einsturz zu bringen und auf diese Weise noch mehr von seinem Todfeind freizusetzen – und damit war der Kampf eröffnet.

Ein gewaltiger Mahlstrom wurde im Inneren der kuppelförmigen Kammer geboren, angefacht durch Wind und Feuer und das vom Boden hoch gepeitschte Meerwasser. Mychael hatte dieses Chaos schon einmal erlebt, umzingelt von tobenden Drachen und von Dharkkum, das selbst die Luft mit seiner tödlichen Fäulnis zersetzte.

Geschmolzenes Kristall floss an der Wand herab und sammelte sich in Pfützen auf dem Höhlenboden. Dampf stieg in Schwaden vom Boden auf und machte die Kammer unerträglich heiß. Morgan lief der Schweiß in Strömen am Körper herunter, als der feurige Atem der Drachen den Krater zeichnete und seine Kleider versengte. Sie alle erlitten

Brandverletzungen durch umherfliegende Funken des Drachenfeuers. Die regenbogenfarbenen Flammen sprengten und schmolzen Kristall, sengten ihre Stiefel und Tuniken an und hinterließen Spuren von brennender Hitze auf ihrer Haut. Der Wind wurde von Sekunde zu Sekunde stärker und heißer und füllte sich mit dem Rauch der Drachen. Er peitschte sie mit seinen heftigen Böen und zerrte an ihren Kleidern, und Morgan erkannte zu seinem Schrecken, dass sie vollkommen machtlos waren. Dicke Kristallbrocken wurden von dem Wind hochgewirbelt und gegen die Höhlenwände geschleudert.

Avallyn stieß einen schmerzerfüllten Schrei aus, als sie von einer umherfliegenden Kristallscherbe am Schenkel getroffen wurde, die sich durch den Stoff ihrer Beinlinge und in die Haut grub.

Wir haben einen schrecklichen Fehler gemacht, dachte Morgan verzweifelt, während sein schraubstockähnlicher Griff um das Magia-Schwert seine Hände an das Heft schweißte. Sie würden die nächsten fünf Minuten nicht überleben, geschweige denn das vollbringen, was zu tun sie sich vorgenommen hatten.

Das Rote Buch des Schicksals hatte sich geirrt. Keiner hätte das Siegel am Kryscaven-Krater jemals erbrechen dürfen.

Ein gewaltiges Dröhnen ertönte über ihnen, und ein Hagel von Felsbrocken regnete herab.

Dharkkum strömte aus dem Loch in der Kristallwand heraus, brauste keine hundert Meter entfernt an ihnen vorbei, eine riesige wirbelnde, zuckende Masse von lichtfressender Finsternis. Morgan hatte die tödliche Finsternis geistlos genannt, und das war sie auch, aber er konnte nur denken, dass sie schon zu viele Male gegen die Drachen gekämpft hatte, um nicht zu wissen, wo die größte Gefahr lag. Zehn Jahre waren praktisch ein Nichts, noch weniger als eine

Nanosekunde, verglichen mit der Ewigkeit der kosmischen Einzigartigkeit von NGC 2300. Für Dharkkum unterschied sich dieser Kampf in keiner Weise von demjenigen, den es geführt hatte, als Mychael der Drache gewesen war, und es jagte jetzt seine Todfeinde zu dem kuppelförmigen Dach hinauf.

Rrrumms! Feuer flammte auf, und Morgan sah Ddrei Goch gegen die Kuppel krachen. *Rrrummms*! Die Höhlenwände erzitterten unter der Wucht des Aufpralls, und das Beben pflanzte sich weiter fort und erschütterte den Boden. Ein breiter Spalt öffnete sich zu ihren Füßen und zog sich in zickzackförmigen Linien durch das Gestein, zerriss den Höhlenboden in einzelne Stücke. Morgan und seine drei Gefährten verloren durch die gewaltige Erschütterung allesamt das Gleichgewicht, und Madron glitt mit einem panikerfüllten Aufschrei in den Abgrund, und nur Mychaels blitzschnelles Eingreifen rettete sie. Er packte sie am Arm, als sie über den Rand der Spalte rutschte, und half ihr, hastig in Sicherheit zu kriechen.

Plötzlich wölbte sich der Boden, und Morgan wurde von den Füßen gerissen und gewaltsam zur Seite geschleudert. *Allmächtiger!* Der Schmerz lähmte ihn regelrecht, sein Bein war durch den harten Aufprall fast aus seiner Gelenkpfanne herausgerissen, ausgerechnet sein verdammtes lahmes Bein.

»Morgan!« Avallyns entsetzter Aufschrei ließ ihn abrupt herumfahren.

Ein Fetzen der Finsternis hatte sich von der riesigen Masse gelöst und war inmitten des windgepeitschten Mahlstroms zum Halten gekommen, ein einzelner Faden der Stille, der drohend vor ihnen in der Luft schwebte.

Furcht raubte Morgan den Atem und brachte ihn blitzschnell auf die Füße, sein Schwert hielt er in der Hand.

Er stieß Avallyn zur Seite und holte zu einem mächtigen Schwerthieb aus, wohl wissend, dass dieser eine schwebende Rauchfetzen genügen würde, um ihn und Avallyn zu töten. Die magische Energie des Schwertes durchströmte ihn, schoss an den Runen auf seinem Arm hinauf und verstärkte sich mit jedem Schlag seines Herzens, um sich und ihn zu einem Wesen zu vereinen. Der Rauchfetzen verfügte über eine überraschende Widerstandskraft, dennoch war er dem Magia-Schwert nicht gewachsen. Die beiden trafen mit einem lauten Klirren und einem Zischen aufeinander, und der Fetzen löste sich auf.

Während mehr und mehr von Dharkkum aus dem inneren Krater entwich, wurde auch immer mehr von Ailfinns Feuer sichtbar und brannte sich einen regenbogenbunten Pfad in das Herz von Kryscaven. Als die Flammen das zerbrochene Siegel erreichten, stürmten Mychael und Madron durch die Lücke in der Wand in den hinteren Teil des Kraters.

»Khardeen!«, schrie Mychael, als er auf die Verlorenen Fünf zurannte, sein Schwert in der hoch erhobenen Hand. *»Asmen taline!«*

»Khardeen!«, schrie auch Avallyn, als sie den beiden folgte.

Morgan bildete die Nachhut. Sobald sie die Amethystwand passiert hatten, lag das größte Schlachtgetümmel hinter ihnen, da Dharkkum sich mit ihrer gesamten zerstörerischen Kraft auf die Drachen konzentrierte und nicht auf die schwachen Sterblichen in dem Krater.

Morgan nahm Rhuddlan, Owain, Wei oder Varga kaum wahr, als er auf das Feuer zurannte. Sie waren nicht mehr als verschwommene Flecken am Rand seines Gesichtsfelds, denn es war Ailfinn, die die Arena vollkommen dominierte.

Dharkkum strömte noch immer an ihnen vorbei, ein unaufhaltsamer Strom der Finsternis, der sich mit tödlicher Zielstrebigkeit auf die Drachen zubewegte, aber Ailfinn strahlte, ihre Wolke weißen Haares schimmernd und wie eine Strahlenkrone um ihren Kopf liegend, ihre smaragdgrünen Augen so leuchtend wie eh und je, obwohl sie so viele Jahre in der Dunkelheit verbracht hatte.

»Du!« Sie zeigte mit einer mageren Hand auf Avallyn. »Tu, was getan werden muss!«

Avallyn blieb vor dem Feuer stehen, und die Prydion-Magierin drückte ihr das *Elhion Bhaas Le* in die Hände.

»Bei den Mächten von Licht und Dunkelheit«, intonierte Ailfinn, während der Ausdruck ihrer Augen grimmig wurde. »Bei dem Blut der Drachen und dem Atem der Würmer, zögere nicht! *Ddrei Glas, gorchmynnaf ichi ddyfod!*«

Rrummms! Rrummms! Erneut hallte das ohrenbetäubende Krachen in der Kammer wider, während Felsbrocken von der Größe von Schafställen von der Kuppel herunterpolterten. Die Spalten im Höhlenboden verbreiterten sich überall um sie herum, und der gesamte Ort fiel in sich zusammen.

Der grüne Drache kam im Sturzflug in den Krater herabgeschossen, die Augen wild aufgerissen, während Ströme von Rauch zwischen den gewaltigen Fangzähnen hervorquollen. Sie riss das Maul auf und schrie, schlug heftig mit ihren riesigen Schwingen, durch eine starke Hand ihrer Pflicht entrissen.

»Geh!«, rief Ailfinn über das Brausen des Wirbelwindes hinweg, und Ddrei Glas machte einen Schritt auf Avallyn zu.

Morgan sprang mit einem Satz auf den Rücken des Drachen und streckte die Hand hinunter, um Avallyn beim Aufsteigen behilflich zu sein; er dachte nicht im Traum daran, dem wilden Geschöpf eine Gelegenheit zu geben, ihn in dem Krater zurückzulassen. Kaum war Avallyn auf die Flügel des Drachen geklettert, als Morgan eine plötzliche Veränderung des Winds spürte.

»Zum Hart!«, rief die Magierin, doch ihre Worte schienen bereits wie aus weiter Ferne zu kommen, als alles um Morgan und Avallyn herum in Nebel zu verschwimmen begann.

Er fühlte, wie Ddrei Glas sich in die Luft emporschwang, konnte die Kraft ihrer rhythmisch schlagenden Schwingen spüren. Er zog Avallyn näher an sich und umschlang sie fest mit beiden Armen. Wirbelnde Ströme von Rauch und Feuer und Dampf hüllten sie ein und machten jede Orientierung unmöglich, dennoch wusste er, dass sie noch weiter hinaufflogen, immer noch höher und höher hinauf. Weißes Feuer schoss in Strahlen an ihnen vorbei, um den Weg zu erschließen, Feuerstrahlen, die von Ddrei Goch kamen, der links neben ihnen herflog. Auf ihrer rechten Seite wogte Dharkkum in seiner ganzen unergründlichen Tiefe, und über ihnen war der Nachthimmel, schimmerte durch den klaffenden Spalt im Kuppeldach der Höhle, den die Bestien und die tödliche Finsternis aus dem Gestein herausgesprengt hatten.

Schneller und immer schneller flog Ddrei Glas und schoss auf das Sternenzelt zu, das sich über der zerbrochenen Kuppel spannte. Kaum waren sie durch die Öffnung geflogen, da hörte jedes Gefühl der Bewegung abrupt auf. Zwischen einem Flügelschlag und dem nächsten schwebten sie in völliger Lautlosigkeit dahin ... schwebten auf dem Rücken des Drachen schwerelos durch Zeit und Raum.

Auch die Große Mutter all der Zeit-Würmer, die jemals in einem Wehr herumgewirbelt waren, besaß ein spezielles Talent für Zeit-Magie, besonders wenn ihr die Aufgabe von einer Prydion-Magierin gestellt worden war.

Der Vollmond schien von oben auf sie herab, zeichnete mit seinem silbrigen Licht die Umrisse der Drachenschwingen nach und erleuchtete einen Weg durch die Dunkelheit, während er seine ewige Bahn am Nachthimmel beschrieb. Die Zeit schien stillzustehen, als der Drache flog. Einen Zeitsprung über zehntausend Jahre zu machen erschien simpel im Vergleich zu dem Geschick und der Feinfühligkeit, die für eine solch kurze Reise erforderlich waren. Über ihnen kreisten die Sterne, und irgendwo tief unter ihnen glitt Wales vorbei, und sowohl der Himmel als auch die Erde wiesen ihnen den Weg von Carn Merioneth nach Wydehaw Castle und zum Hart Tower des einst so mächtigen Nemeton.

27

Ein Drachenschrei und das laute Klatschen von Schwingen brachen schließlich den Zauberbann, als sie über den Zusammenfluss des River Wye und des Llynfi hinwegflogen. Sie erreichten den Hart Tower mitten in einem Unwetter. Donner grollte, Regen prasselte in Strömen herab, und das wundervolle Gefühl schwerelosen Schwebens verflüchtigte sich, verdrängt von dem Eindruck kraftvoll arbeitender Muskeln und dem Gefühl kalter, feuchter Luft, die über sie hinwegstrich. Tief unter ihnen wurden die von grellen Blitzen beleuchteten Mauern und Türme von Wydehaw Castle zwischen den Wolken sichtbar.

Ddrei Glas stieß einen schrillen Schrei aus, und ihre riesigen ledrigen Schwingen fingen eine Aufwindströmung ein und trugen sie höher und höher, bis sie einen großen Bogen beschrieb und dann in beängstigendem Tempo steil abwärts zu fliegen begann.

Avallyn fühlte, welch große Anstrengung es Morgan kostete, sich an dem Drachen festzuklammern, fühlte, wie die Muskeln in seinen Armen vor Anspannung steinhart wurden. Sie selbst konnte sich ebenfalls nur mit Mühe an ihm und an Ddrei Glas' Rücken festhalten, als sie im Sturzflug aus den Wolken herabschossen. Aber das Schlimmste war jetzt überstanden. Sie waren dem Chaos in Kryscaven entronnen, und sie hatten das Buch gerettet. Das Einzige, was sie jetzt noch tun mussten, war, es an seinen Platz zu stellen.

Ddrei Glas fing bei ihrem Anflug auf die Burg den Sturzflug ab und glitt horizontal durch die Wolken, und Avallyn blickte an sich herab, registrierte die Streifen von ihrem eigenen Blut, die ihre Tunika verdunkelten, die Brandblasen auf ihrer Haut und den zerfetzten Stoff ihrer Kleider. Während ihres Fluges über Wales hatte sie sich wie in einem Traum gefühlt, als ob sie in dem tröstlichen dunklen Meer des Nachthimmels schwebten, umgeben von einem Ozean aus glitzernden Sternen. Dieses Gefühl der Geborgenheit war inzwischen verschwunden, und ihre Verletzungen hatten sich wieder schmerzhaft bemerkbar gemacht.

Sie hatten Ddrei Goch und Dharkkum hinter sich gelassen, aber Avallyn befürchtete, dass es nicht für lange sein würde. Das Buch, das sie in den Armen hielt, war der Schlüssel. Sie mussten in den Hart und in Nemetons Sphäre hineinkommen, sonst würden alle diejenigen, die sie in Kryscaven zurückgelassen hatten, vernichtet werden, und womöglich würden auch alle diejenigen, die sie in Claerwen zurückgelassen hatten, sterben müssen.

Wieder zuckte ein Blitz über den Himmel, ein gewaltiger Blitzstrahl, der in unmittelbarer Nähe der Burgmauern einschlug. Im Westen ging ein Baum in Flammen auf, eine brennende Fackel gegen das in nächtliche Dunkelheit gehüllte Land. Ddrei Glas glitt durch die Wolken hinunter und landete mit einem schrillen, durch Mark und Bein gehenden Schrei auf dem Dach des Turmes.

Heilige Mutter, sie würde mit ihrem Gekreische noch die Toten aufwecken!

Avallyn glitt vom Rücken des Drachen und ließ sich auf das Dach des Hart fallen. Morgan sprang hinter ihr herunter.

Sie hörte sein schmerzvolles Aufkeuchen, als er auf dem Turmdach landete, und fuhr herum, um ihm zu helfen.

»Nein, lass nur«, sagte er und winkte sie fort. »Es wird schon gehen.«

Kaum war Ddrei Glas von ihrer Last befreit, da erhob sie sich wieder in den Himmel und flog in einem weiten Bogen in die dunklen Regenwolken hinauf.

Morgan ergriff Avallyns Hand, und nach einem schnellen Blick in die Runde, um sich zu orientieren, eilte er hinkend über das Dach. Rechts und links von ihnen gab es noch andere Türme, das Bollwerk der Burg gegen feindliche Invasionen, und genau wie Carn Merioneth, so war auch Wydehaw Castle auf allen Seiten von Wald umschlossen, von dichtem, undurchdringlichem und weit reichendem Wald, der nächste Sandstrand lag eine ganze Strecke weiter im Süden an den Ufern des Bristol Channel.

Bei jedem Schritt schoss ein stechender Schmerz durch sein Bein, aber Morgan wagte es nicht, stehen zu bleiben und wertvolle Zeit zu vergeuden. Kryscaven-Krater war im Begriff gewesen, in sich zusammenzubrechen, als sie mit Ddrei Glas davongeflogen waren, und außerdem gab es noch Aja in der Zukunft und das beunruhigende Bewusstsein, dass der Kriegshetzer noch immer die Knochenmauern von Claerwen attackierte.

Morgan erinnerte sich noch gut an den Hart, und er erinnerte sich auch daran, dass der Horst ganz oben im Turm der Raum war, in dem er sich immer am unwohlsten gefühlt hatte, noch unbehaglicher als in der nach Schwefel stinkenden Alchimiekammer im Erdgeschoss. Vielleicht eine ungute Vorahnung?, überlegte er.

Er fand die Falltür, die vom Dach in den Turm hinabführte, und sie stiegen die ausgetretenen Stufen hinunter. Es war dunkel im Inneren des Hart und beklemmend eng. Nicht unbedingt das, was er in der Behausung der Elfenmaid erwartet hätte, aber es war auch ein Ort starker Magie; und Magie, das hatte Morgan inzwischen gelernt, hinterließ immer ihre Spuren.

Große Veränderungen hatten in dem Turm stattgefunden, seit Dain Lavrans ihn bewohnt hatte. Llynyas Eiche war bereits durch den Fußboden des Horsts hindurchgestoßen, und alles war sogar mit noch mehr Apparaten und Utensilien voll gestopft, falls das überhaupt möglich war.

Das Wichtigste war jedoch, dass Nemetons Himmelskörpermodell noch genau dort war, wo es sein sollte, und noch immer seinen Platz in der Mitte der Turmkammer behauptete.

Erleichterung durchflutete Morgan.

»Den Göttern sei Dank«, murmelte Avallyn neben ihm.

Er drückte ihre Hand als Antwort. Der Sieg war so nahe, zum Greifen nahe.

Er ging zu der mit Traumstein überzogenen Sphäre und begann, die Metallstangen nach den acht Kupferkugeln zu durchsuchen, die das Sternbild des Drachen symbolisierten. Avallyn tat das Gleiche, und beide arbeiteten im Schein ihres Traumsteindolches. Das Licht des Dolches fiel auf die Traumsteine auf dem Podest, erwärmte sie, bis sie zu leuchten begannen, und bald war der Bereich um die Sphäre herum in sanftes blaues Licht getaucht. Der Rest des Horsts blieb in undurchdringliche schwarze Schatten gehüllt, so als ob die hohe Wölbung der Turmkuppel dem Licht beharrlich trotzte.

Das Unwetter draußen gewann immer mehr an Kraft, und mehr und mehr grelle Blitze zuckten über den Himmel, gefolgt von ohrenbetäubendem Donnerkrachen. Es war die Art von Unwetter, die schwache Herzen in Angst und Schrecken versetzt und sogar die Tapferen veranlasst, schleunigst irgendwo Schutz zu suchen, und es kam von Norden her, wo die Höhlen unterhalb von Carn Merioneth in Stücke gerissen wurden.

»Llagor, Rastaban.« Morgan fand die erste Kugel, das Auge des Drachen, und löste sie von ihrer Stange; und die Sphäre begann leise zu brummen.

»Llagor, Etamin.« Avallyn fand den zweiten Stern.

Die Kugeln waren von Nemeton gemacht worden, um in der Luft zu schweben, ein schwebender Schlüssel, der dazu diente, die Kulminationspunkte der Gestirne und ein breites Band von Elementarteilchen in einer geraden Linie auszurichten. Tamisk hatte Morgan und Avallyn gelehrt, wie man den spiralförmigen Luftstrom fand, der um die Sphäre kreiste, und wie man die Kugeln auf diesen Luftstrom legte.

»Llagor, Grumium«, flüsterte Avallyn, als sie die dritte Sternenkugel von ihrer Stange löste.

Morgan griff nach der vierten.

»Llagor, Rakis«, intonierte er, und die Energie, die von der Sphäre ausstrahlte, schnellte abrupt auf eine höhere Wertigkeitsebene hoch und wurde so stark, dass ihm die Haare zu Berge standen. Er war zwar auf diese Steigerung gefasst gewesen, war aber trotzdem überrascht über ihre Intensität.

Die Traumsteine auf dem Podest leuchteten noch heller, als sie von der Energie der Sphäre gespeist wurden.

Morgan blickte Avallyn an. Sie erwiderte seinen Blick, ihre Augen groß vor Überraschung, ihr Haar wie ein elektrisch aufgeladener Heiligenschein von ihrem Kopf abstehend.

»Die Energie ist sehr viel stärker als sonst«, rief sie über das laute Summen hinweg.

»Ja«, erwiderte Morgan, und er fragte sich, was sie wohl erwartete, wenn die achte und letzte Kugel gelöst wurde. Avallyns Gesichtsausdruck sagte ihm, dass sie sich die gleiche Frage stellte und dass sie genauso beunruhigt war wie er.

Er machte sich wieder an die Aufgabe, die restlichen Kugeln zu finden, und war so konzentriert, dass es einen Moment dauerte, bis ihm auffiel, dass sich die Dunkelheit im Turm trotz des immer heller werdenden Traumsteinlichts noch vertiefte und dass die erdrückende Enge des Ortes plötzlich von einem üblen und Unheil verkündenden Gestank erfüllt war.

Corvus beobachtete, wie das ach so hübsche Paar seine hübsche Magie betrieb, und er schäumte innerlich vor Wut. Er hatte seinen Ort der Macht gefunden. Der Ort hatte ihn in jener Nacht geradezu magnetisch angezogen, als er aus dem Erdinneren aufgestiegen war. Alles war stockfinster gewesen, bis auf ein strahlend helles Leuchtfeuer im Süden – ein Leuchtfeuer, das er das letzte Mal, als er in der Vergangenheit gewesen war, nicht gefunden hatte, weil er damals noch zu unreif gewesen war. Jetzt, in dem neuen vergeistigten Stadium seiner Existenz, hatte er den Ort als das erkannt, was er war, was er schon immer gewesen war – Nemetons Festung, der Turm, in dem der verschwundene Magier gewirkt hatte, der als Erster durch Zeit und Raum gereist und mit den Berichten vom unendlichen Kosmos zurückgekehrt war, der Mann, der als Letzter in das *Prydion Cal Le*, das Blaue Buch der Magier, geschrieben hatte.

Der Turm war gut für Corvus gewesen, hatte ihn bis zu einem gewissen Grade wiederhergestellt und seinem Körper ein bisschen mehr Form verliehen. Er konnte jetzt die Finger an seiner rechten Hand zählen, und die Sehkraft seines rechten Auges hatte etwas zugenommen. Er hatte wieder mehr Substanz von seinem rechten Bein und konnte sogar einen Puls an der Seite seines Halses schlagen fühlen. Er hatte endlich seine Rettung gefunden. Und sie war hier in Nemetons Turm, wo selbst die Steine von der erlösenden Kraft und der magischen Energie des großen Magiers durchdrungen waren.

Ich bin gerettet worden. Gerettet durch meine eigene Schläue und Schnelligkeit.

Und was machen die beiden da unten mit diesen kleinen Kupferkugeln?, fragte Corvus sich. Zu welchem Zweck lassen sie sie alle in der Luft schweben? Und was wäre die beste Methode, um die beiden zu töten?, überlegte er, obwohl es mittlerweile von gleichrangiger Bedeutung war, ob er sie jetzt tötete oder erst später. Sie hatten etwas in dem Himmelskörpermodell freigesetzt, eine Art Energie, die er durch sich hindurchströmen fühlte. Dass er überhaupt in der Lage war, etwas zu fühlen, war etwas ganz Neues und Ungewohntes für ihn; dass er sogar fähig war, ein körperliches Gefühl der Macht zu empfinden, erfüllte ihn mit grimmiger Befriedigung. Vielleicht konnte das saubere Pärchen da unten seine Heilung ja noch beschleunigen.

Dann ist es wohl am besten, ich lasse sie ihre Arbeit erst beenden, sagte er sich und fragte sich, ob es tatsächlich ein Herzschlag war, den er in seiner Brust zu hören begann.

Er wusste, wer die beiden waren. Sein Erinnerungsvermögen war kristallklar zurückgekehrt, und zusammen mit der Erinnerung war auch sein Hass zurückgekehrt – und das Entsetzen und die schmerzliche Fassungslosigkeit, als er Avallyn, *seine* Avallyn, Prinzessin des Weißen Palasts und Priesterin der Gebeine, die ranghöchste und kostbarste Weiße Frau des Todes aus den nördlichen Dünen, auf der Wehrplattform in Claerwen hatte stehen sehen, als er beobachtet hatte, wie ihr Blick *liebevoll* auf dem Mann ruhte, der sie entführen würde, ein Zeit-Reiter mit einer breiten weißen Strähne in seinem schwarzen Haar.

Und nicht nur irgendein Zeit-Reiter. Corvus fühlte, wie sich sein schattenhafter Körper vor Wut verzerrte und noch tiefer in die Ritze zwischen Stein und Mörtel ganz oben in der Turmwand glitt. Nein, nicht nur irgendein Zeit-Reiter, sondern der Hightech-Schrottdieb aus Pan-shei.

Sie hätte einen Kaiser haben können, und sie hatte sich stattdessen für einen trunksüchtigen Dieb entschieden, einen primitiven, verlotterten Bastard, der sich mit einer buntscheckigen Schar von anderen Hightech-Schrottrenegaten herumtrieb, ein Wahnsinniger, der es gewagt hatte, den Kriegshetzer der Wüste zu bestehlen.

Zur Strafe für alle diese Sünden würde der Mann des qualvollsten Todes sterben, den Corvus ersinnen konnte; und der qualvollste Tod, den er ersinnen konnte, schloss mit ein, dass er den Dieb dabei zuschauen lassen würde, wie Avallyn als Erste starb. Zu diesem Zweck löste Corvus sich von der Wand.

Sie war noch immer so schön, so bezaubernd schön. Es war fast ein Jammer, sie zu töten.

»*Avallynnnnn.*« Er hauchte ihren Namen in den Raum, raunte ihn mit der ganzen bösen, heimtückischen Absicht seiner tiefsten Sehnsüchte.

Morgan erstarrte, als er die Stimme hörte, und die letzte Kupferkugel erhob sich von seinen Fingerspitzen in die Luft. Sie waren nicht allein im Turm.

»*Avallynnnnnn.*« Wieder ertönte die körperlose Stimme, diesmal aus noch größerer Nähe, und sie versetzte ihm sogar einen noch größeren Schreck als die geballte Energie, die plötzlich knisternd und Funken sprühend von Nemetons Himmelskörpermodell ausstrahlte.

Morgan fühlte sich, als ob er von der ungeheuren Energie der Sphäre verbrannt würde, als ob seine Haut in hellen Flammen stünde; dennoch zog er das Magia-Schwert und hielt es fest umschlossen. Er wünschte nur, er hätte eine Laserkanone oder eine Sprengladung – und einen Drachen. Nur eine Person, wenn man ihn überhaupt als Person bezeichnen konnte, konnte mit solcher Bösartigkeit nach Avallyn rufen: Corvus Gei. Der Kriegshetzer war schließlich auch in Claerwen ziemlich schnell gewesen, und jetzt hatte er sie wirklich in der Falle gefangen. Selbst wenn sie es schaffen könnten, zu einer der Türen zu gelangen und zu fliehen, wagten sie es nicht, den Turm zu verlassen, nicht bevor das Indigoblaue Buch sicher an seinem Platz war.

Avallyn wich Schritt für Schritt weiter zu Morgan zurück, ihren Dolch gezogen, das Buch fest an ihre Brust gedrückt.

»Corvus«, rief sie dicht an seinem Ohr, und in ihrer Stimme schwang Angst mit.

»Ja.« Morgan durchsuchte die Turmkammer.

Eine verschwommene, schattenhafte Silhouette eines Mannes löste sich von der Turmwand, und Morgan griff mit einem mächtigen Schwerthieb an und schnitt doch nur durch Luft.

»Du Dummkopf.« Ein schwarzer Rauchfetzen ringelte sich von der Decke herab und schlang sich um Morgans Knöchel. Mit einer blitzschnellen Drehung und einem Ruck wurde er zu Boden geschleudert. »Bildest du dir etwa ein, du könntest mich bekämpfen?«

Der Aufprall war so hart, dass ihm der Atem aus den Lungen gepresst wurde, doch Morgan kämpfte sich mühsam und nach Luft schnappend wieder auf die Füße, heilfroh darüber, dass er noch zwei Füße hatte. Er wusste, was Corvus mit seiner rauchigen Finsternis anrichten konnte, und er fragte sich, warum der Kriegshetzer nicht einen Teil von ihm zerquetscht hatte.

»Corvus!«, brüllte er über den wachsenden Lärm des Unwetters und der Sphäre hinweg. »Du hast hier nichts zu suchen! Mach, dass du wegkommst!«

»Nichts zu *ssssuchen*?«, zischte der Kriegshetzer. »Du bist hier der Eindringling, Dieb. Dies ist *mein* Turm.«

Der Schattenmann bewegte sich erneut, ähnlich wie ein Vorhang, der sich leicht im Wind kräuselte, und Morgan holte instinktiv zu einem Schwerthieb aus, doch die scharfe Klinge schnitt abermals nur durch Luft und Leere.

»Du bist wirklich ein Schwachkopf, wenn du glaubst, du könntest mich mit einer Stahlklinge verletzen.« Wieder löste sich ein schwarzer Rauchfetzen von der Wand und schlug wie eine Peitsche quer durch den Raum, und der Schlag traf Morgan an der Brust, schnitt durch seine Tunika und schleuderte ihn rückwärts gegen das mit scharfkantigen Traumsteinkristallen besetzte Podest.

Schmerz explodierte in seinem Kopf, und mit einem Stöhnen brach er am Fuß der Sphäre zusammen. Grelles Licht tanzte hinter seinen geschlossenen Lidern. Sein Schädel fühlte sich an, als ob er gespalten wäre, und seinen Nacken entlang lief etwas Warmes und Feuchtes.

»Corvus!«, hörte er Avallyn durch den Nebel der Benommenheit und des Schmerzes schreien, und er befürchtete, dass sie tot sein würde oder dass ihr etwas noch Schlimmeres widerfahren würde, bevor er sich soweit erholt hatte, dass er sich aufrichten konnte.

»Nein!«, stieß er krächzend hervor, und zwang sich, die Augen zu einem schmalen Schlitz zu öffnen, und er sah Avallyn vor sich stehen, noch immer heil und unversehrt. Ihr Haar wand sich wie goldene Schlangen um ihren Kopf; Licht von den Traumsteinen der Sphäre zeichnete die Umrisse ihres Körpers nach. Ihre Schultern waren gestrafft, ihre Füße auf den Boden gestemmt, ihr Traumsteindolch mit der Geschicklichkeit einer Messerkämpferin in ihrer Hand ausbalanciert. Das Kristallheft strahlte reines, helles Licht aus, grünes Licht mit einem violetten Kern.

Der verfluchte Bastard hat Recht, dachte Morgan, als er versuchte, sich auf das Licht zu konzentrieren. Er konnte Corvus nicht mit Stahl bekämpfen. Es war nicht mehr genug von ihm da, als dass man ihn mit einem Schwerthieb hätte treffen können. Genau wie in Kryscaven war auch hier Licht das einzige Mittel, um die Finsternis zu besiegen. Nur das weiße Licht der Sieben Bücher könnte Dharkkum und ihre Brut besiegen, das teuflische, unmenschliche Halbwesen, in das Corvus sich verwandelt hatte.

Ich muss es irgendwie schaffen, die Kammer in der Sphäre zu öffnen, dachte Morgan. Wo sind diese verfluchten Kugeln?

Er blickte durch Llynyas Baum hinauf und wäre fast ohnmächtig geworden, als der Schmerz wie ein scharfkantiger Strahl durch seinen Schädel schnitt, aber die Kugeln waren da, umkreisten träge die Sphäre und wanderten gemächlich auf ihrem spiralförmigen Pfad durch die Luft, als ob sie alle Zeit der Welt hätten, um sich in einer Reihe auszurichten und subatomare Teilchen und weiß der Himmel was sonst noch alles abzuleiten. Tamisk hatte sich herablassend unklar über die Quantenphysik der ganzen verfluchten Operation ausgedrückt, was Morgan jedoch nicht im Geringsten gekümmert hatte. Er hatte gelernt, ein ebenso guter Laserkanonentechniker zu sein wie jeder Hightech-Schrottschmuggler in Pan-shei, und er wusste genug über Elektronik und elektronische Geräte, um es zu schaffen, dass sie ihn in einer Sekunde oder noch schneller ins Jenseits beförderten. Aber wenn die Technik die Grenze zur Physik überschritt, war er mit seinem Latein am Ende, und er wusste, Nemeton war im Hart sogar noch einen Schritt weiter gegangen, genauso wie Tamisk es getan hatte, und hatte die Grenze von der Physik zur Metaphysik und zur magischen Geheimkunst überschritten.

Was immer es war, was die Kugeln zuerst tun mussten, er wünschte inständig, sie würden sich, verdammt noch mal, beeilen und es endlich tun und ihren verfluchten Kreis bilden.

Die verschwommene Gestalt eines Mannes materialisierte sich aus den Schatten an der Turmwand und glitt auf Avallyn zu, oder vielmehr die halbe Gestalt eines Mannes mit einem halben gespenstischen Grinsen auf seinem halben

Gesicht. Der Rest von ihm bestand aus Rauch und Dunkelheit, einer wogenden, sich wellenförmig bewegenden Dunkelheit ohne wirkliche Form.

»*Avallynnnn*«, säuselte Corvus. In seiner Stimme schwang eine Drohung mit, eine unverkennbare Drohung, aber auch eine Spur Hoffnung, und es war die Hoffnung in seinem Tonfall, die Morgan das Blut in den Adern erstarren ließ.

Corvus wollte Avallyn haben, aber nicht nur, um seine Rachegelüste zu stillen, sondern auch all die Bedürfnisse eines Mannes, der eine Frau begehrte. Morgan hatte schon eine Menge seltsamer Dinge an einer Menge seltsamer Orte gesehen, aber nichts, was ihn mit noch größerem Ekel und Zorn erfüllt hätte als das, was der Kriegshetzer gerade hatte erkennen lassen.

Er verstärkte seinen Griff um das Magia-Schwert, drückte das Kristallheft mit aller Kraft, um Corvus mit Licht statt mit Stahl zu bekämpfen, und ein Blitz schoss zischend zwischen seinen Fingern hervor. Der blendend helle Lichtstrahl streifte den Rand von Corvus' Schatten, richtete jedoch nicht den erhofften Schaden an, sondern traf stattdessen einen Tisch neben der Wand, um Glasgefäße in tausend Scherben zersplittern zu lassen und Holz anzusengen.

Corvus reagierte augenblicklich, warf blitzschnell einen weiteren rauchigen Faden um Morgan und riss ihn mit einem Ruck von den Füßen. Morgan keuchte entsetzt auf, als sein Körper in die Luft gezogen und dann abrupt wieder losgelassen wurde, um mit einem harten Aufprall auf dem Fußboden zu landen. Das Magia-Schwert flog in hohem Bogen aus seiner Hand.

»Ein guter Trick, Dieb, aber Tricks werden dich nicht retten«, höhnte Corvus. »Hast du allen Ernstes geglaubt, du könntest sie mir wegnehmen?«

Das hatte Morgan keineswegs geglaubt. Er hatte den

Herrscher von Magh Dun niemals als harmlosen Nebenbuhler betrachtet, aber solange Corvus redete, griff er nicht an, und deshalb log Morgan.

»Ja.« Das Wort kam als ein schwaches Keuchen über seine Lippen. Er schlang einen Arm um seine schmerzende Brust und versuchte, sich aufzusetzen. »Du hast deine Chance schon vor langer Zeit gehabt.« Blut floss warm und klebrig über seine Hand.

Er musste an sein Schwert herankommen.

Irgendwo über seinem Kopf hörte Morgan zwei der Kugeln klickend aneinander stoßen, als sie den Kreis zu bilden begannen, der das Tor zu der Kammer öffnen würde.

Der Kriegshetzer lachte, ein seltsam hohl klingendes Lachen – und Morgan erkannte, dass es deshalb so hohl klang, weil Corvus keine Brust mehr hatte, um den notwendigen Atem für volltönendes Gelächter zu halten. Seine nächste Wahrnehmung sollte sich als die letzte flüchtige erweisen. Noch während er fassungslos zuschaute, materialisierten sich Corvus' Brust und Hüfte aus den Schatten, zuerst nur schwach und verschwommen, dann mit mehr Substanz, bis der Mann schließlich wieder eine vollständige rechte Körperseite hatte, vom Scheitel seines dunkelhaarigen Kopfes bis hinunter zu seinem gestiefelten Fuß.

»Und es sieht ganz danach aus, als würde ich auch noch eine zweite Chance bekommen. Dank dir und Nemetons sonderbarem Apparat.« Corvus lachte abermals, und diesmal war sein Lachen schon erheblich klangvoller als vorher. Er bewegte sich näher auf die Sphäre zu. »Sieh doch nur.«

Lieber Himmel! Die Energie, die von dem Himmelskörpermodell ausstrahlte, war dabei, auch den linken Fuß des Kriegshetzers und einen Teil seines linken Beins wiederherzustellen.

»Ja, mir scheint, ich werde meine Chance bekommen, wohingegen du keine haben wirst.«

Morgan blickte sich verzweifelt nach dem Magia-Schwert um und sah, dass es neben der Turmwand gelandet war, viel zu weit entfernt, als dass er danach hätte greifen können. Mit äußerster Anstrengung rappelte er sich vom Boden auf, obwohl jeder einzelne Muskel in seinem Körper gegen den Schmerz rebellierte, und machte zwei Schritte, bevor Corvus ihn mit einer einzigen Bewegung seiner schwarz verfärbten, linken Klaue aufhielt und einen rauchigen Faden schleuderte, der sich blitzschnell um Morgans Kehle schlang.

Morgan stürzte erneut zu Boden, zerrte verzweifelt mit beiden Händen an dem rauchigen Fetzen, der ihm die Luft abschnürte und ihn zu strangulieren drohte. Aber es gab nichts, was er hätte packen können, nur die ungeheure Kraft des Rauchgebildes, das sich immer enger um seinen Hals zusammenzog. Er rang keuchend nach Luft, während er stumm betete, dass das, was Corvus daran hinderte, ihn in seine Bestandteile aufzulösen, halten würde, was immer das auch sein mochte.

»Stehen bleiben!«, befahl Corvus scharf, als Avallyn Morgan zu Hilfe eilen wollte. »Bleib sofort stehen, oder ich töte ihn!«

Als ob er nicht schon längst dabei wäre, mich umzubringen, dachte Morgan. Über ihm stießen zwei weitere Kugeln leise klickend aneinander und nahmen ihren Platz ein, aber nicht annähernd schnell genug.

»Was verlangst du für seine Freilassung, Corvus?«, fragte Avallyn.

»Mehr.« Sein halbes Grinsen erschien wieder. »Noch mehr von dieser Energie, die ihr mit den Kupferkugeln und dem Himmelskörpermodell erzeugt habt. Sie tut mir gut, kannst du das nicht sehen? Mein Körper nimmt wieder feste Form an.«

»Dann lass ihn frei, denn er ist der Herrscher der Zeit,

und die Sphäre gehört ihm. Nemeton hat sie ihm vermacht.«

»Du weißt von Nemeton?« In der Frage des Kriegshetzers schwang eine Andeutung von Überraschung mit.

»Ja«, erwiderte sie, »und ich weiß auch über die Sphäre Bescheid.«

Im Inneren des Turms wehte kein Wind, aber die schattenhafte Hälfte von Corvus bewegte sich wellenförmig und faltete sich in sich selbst zusammen, um eine Säule aus Finsternis neben seiner menschlichen Hälfte zu bilden.

»Dann gib mir mehr.«

»Und wenn du wieder ganz bist?«, fragte sie. »Was dann, Kriegshetzer?«

»Dann sollst du bis in alle Ewigkeit die meine sein«, sagte Corvus, als ob es ein absolut vernünftiger – nein, der absolut wünschenswerte – Endzweck der ganzen Sache wäre.

Morgan war anderer Ansicht. Seine Angst verlieh ihm neue Kraft, und er stürzte sich auf das Magia-Schwert, indem er sich vom Boden abstieß und einen Sprung quer durch den Raum machte. Er rollte einmal herum und kam mit dem Schwert in den Händen wieder auf die Füße, schoss mit Licht auf den Rauchfetzen, der ihn umschlungen hielt, und holte gleichzeitig mit der rasiermesserscharfen Schwertklinge zu einem tödlichen Hieb aus. Wenn Corvus unbedingt wieder einen Körper haben wollte, dann würde er eben den Preis dafür bezahlen müssen.

Der Hieb traf sein Ziel und entlockte dem Kriegshetzer ein wutentbranntes Gebrüll, denn das Schwert hatte sogar noch weniger Mann aus ihm gemacht, als er vorher gewesen war.

Corvus und seine Dunkelheit wichen auf die gleiche Furcht erregende Art und Weise zurück, wie Morgan es Dharkkum in Tamisks Teich der Weissagung hatte tun sehen: Die Kreatur implodierte, zog sich mit blitzartiger Geschwindigkeit in sich selbst zurück; vor sich auf dem Fußboden hatte sie ihren rechten Arm zurückgelassen, die Finger ausgestreckt, um Avallyns Stiefel zu packen.

Morgan schoss abermals mit dem Lichtstrahl des Magia-Schwerts auf den Arm.

Wieder gellte ein wutentbranntes Heulen durch den Hart.

»Mein Aaarrrmm«, schrie Corvus. *»Mein Aaaaarrrrmmm!«*

Morgan wirbelte herum, als er die finstere Kreatur um die Sphäre herum rasen hörte, um ihn und Avallyn von der anderen Seite her anzugreifen. Die ungeheure Schnelligkeit und Wucht der Bewegung richtete verheerenden Schaden im Hart an, riss alles mit sich, was nicht angenagelt war, und schleuderte es in die Luft.

Eine Ratte wurde von einer Faust voll Finsternis vom Boden hochgerissen, ihr Körper länger und immer länger auseinander gezogen von der wutentbrannten Kraft von Corvus' schwarzer, rauchzerfetzter linker Hand.

»Todeshexe, sieh dein Schicksal!« Die Ratte wurde mit bösartiger Gewalt zur Seite geschleudert.

Morgan parierte Corvus' nächsten Angriff mit dem Licht des Magia-Schwerts, seiner einzigen Waffe gegen die alles vernichtende Finsternis. Wieder und wieder ging der Kriegshetzer auf ihn los und kämpfte mit aller Gewalt darum, Avallyn zu erreichen, sodass Mychaels Arbeitstisch von dem Wirbelwind seiner Bewegungen mitgerissen und über den Fußboden geschleift wurde. Phiolen und Glasgefäße wurden in Corvus' Sturm hineingesogen und krachend gegen die Wände geschleudert, um in einem Hagel von scharfkantigen Scherben auf die Kämpfenden niederzuregnen.

Fast im Unterbewusstsein hörte und fühlte Morgan, wie noch mehr von den Kupferkugeln zusammenkamen… *klick…klick… klick.*

Eine Holzbank fiel unter lautem Getöse gegen die Sphäre und zerschmetterte einen Brocken des Traumsteinkristalls. Die Turmkammer war ein äußerst gefährlicher Ort geworden.

»*Todeshexe*«, heulte Corvus, und sein wilder, unbändiger Zorn verzerrte die Worte zu schwachen Knoten. »*Ich will dich haaaaaben!*«

Morgan wich dem nächsten Angriff des finsteren Wesens mit einem Sprung aus und rollte sich wieder auf die Füße, um in Kauerstellung zu verharren, wachsam und bereit. Er sah sich suchend nach Avallyn um, und bei dem Anblick, der sich ihm bot, setzte sein Herz vor Schreck einen Schlag lang aus. Sie lag reglos auf dem Boden, während ihr Lebensblut ungehindert aus einer langen, klaffenden Wunde aus ihrem Kopf herausströmte. Zerbrochenes Glas und die Bruchstücke von Mychaels Destillierapparat lagen überall um sie herum. Das Indigoblaue Buch lag neben ihr, ihre Finger waren fest um den ledernen Einband geschlungen.

Sie lebte noch.

Die Runen auf Morgans Armen begannen zu brennen, entzündet von dem Feuer seines eigenen rasenden Zorns; und genau wie die Drachen, die Dharkkum verschlingen würden, brüllte er laut, ein furchtbares, ohrenbetäubendes Gebrüll, das wieder und wieder von den Turmwänden zurückgeworfen wurde und dem Kriegshetzer sagte, dass ihn sein Schicksal ereilt hatte.

Blind vor Zorn stürmte Morgan vorwärts zum Angriff, und sein Schwertarm wurde eins mit dem Magia-Schwert, denn sein Geblüt ging auf ein längst vergangenes Zeitalter zurück, als Stept Agah geherrscht und noch über den Tod hinaus gekämpft hatte, um den Sieg zu erringen, der errungen werden musste.

Er wurde zu einem wilden Tier, sein Zorn eine treibende Urkraft, die keine Gnade und keine menschlichen Grenzen kannte. Er war der Tod des Kriegshetzers, und er war der Tod Dharkkums.

Beide Enden des Schwerts dienten ihm als Waffe, um sie mit tödlicher Gewalt zu schwingen: das Licht des Traumsteinhefts, um Schatten zu zerschneiden, die rasiermesserscharfe Klinge, um Fleisch zu zerstückeln. Und er schnitt und hieb wie ein Besessener, zerhackte Corvus' Körper in tausend Stücke, noch während er sich durch die Energie der Sphäre neu formte.

Die schrillen, wilden Schreie des Kriegshetzers hallten als ein schauriges Echo durch den Horst, als er Vergeltung für jedes verlorene Pfund Fleisch schwor.

Das Unwetter draußen war nicht weniger heftig als das im Inneren des Hart. Krachende Donnerschläge erschütterten den Turm. Grelle Blitze zuckten über den Himmel.

Die letzte Kugel nahm ihren Platz ein, und der Kreis begann sich zu drehen, wirbelte schneller und immer schneller und öffnete das Tor zur Ewigkeit.

»Avallyn!«, schrie Morgan. Ihr Blut war überall – auf ihrem Gesicht, auf ihren Kleidern, auf dem Fußboden um sie herum … und in einer kleinen Phiole im Inneren des Portals. Er konnte das Glasfläschchen sehen und auch den Kristalltunnel, in den es hineingeschoben werden musste.

Er war der Herrscher der Zeit, Avallyns Beschützer, der einzige Mensch auf der Welt, der sie am Leben erhalten konnte, und er versagte kläglich.

»Avallyn!«

Sie rührte sich nicht.

Der Kugeln wirbelten unaufhörlich im Kreis. Das Tor zur Ewigkeit stand offen.

Mit einem erneuten ohrenbetäubenden Brüllen verdoppelte Morgan seine Anstrengungen und schlug Corvus zurück, trieb ihn tiefer und tiefer in den Turm, während sein Schwert das Sterbelied des Kriegshetzers sang.

Er hatte nur eine Chance, Avallyn zu retten, nur eine Chance, sie alle zu retten, Mychael und Aja, Llynya und Jons und Ferrar, Owain und Madron, alle in dieser Welt und in der Welt, die kommen würde. Nur eine einzige Chance – und er nutzte sie.

Mit einem letzten kraftvollen Schwerthieb und einem explosionsartigen Strom von Licht streckte Morgan Corvus nieder und rannte zu der Sphäre. Schneller, als er jemals zuvor gewesen war, packte er die Phiole und schob sie in den Kristalltunnel. Das Fenster ins Licht öffnete sich und gab den Blick auf die herumwirbelnde Kammer im Inneren des Sphäre frei.

Es war keine Zeit mehr, um darauf zu warten, dass die Kammer allmählich zum Stillstand kam, ein gravierender Konstruktionsfehler, über den Morgan sich zu gerne mal mit Nemeton unterhalten hätte. Was, zum Teufel, hatte sich der Magier eigentlich dabei gedacht? Dass Dharkkum geduldig warten würde, bis sein beschissener Apparat endlich zu trudeln aufhörte?

Stattdessen riss Morgan das Indigoblaue Buch vom Boden hoch und ließ es darauf ankommen, besonders da er sehen konnte, wie wieder rauchige Fäden von Finsternis über den Fußboden auf ihn zugeschlängelt kamen. Er wartete eine Nanosekunde, dann zwei und wagte es nicht, noch länger zu warten. Von Glaube und Schicksal geleitet, schob er das Buch hastig in die Kammer hinein.

Ein blendend heller Lichtblitz von reinstem Weiß erwachte explosionsartig zum Leben, versengte das Innere des Turms und ließ die Wände erzittern. Der Blitz hatte keine stoffliche Beschaffenheit und erzeugte kein Geräusch, und Morgan konnte ihn auch nicht riechen. Das Licht war ganz einfach da, erfüllte jedes Atom des Hart mit Helligkeit, und dann war es wieder verschwunden, und Corvus ebenfalls – und auch Avallyn.

Wie betäubt vor Schreck, konnte Morgan nur untätig dastehen, während sich seine Brust heftig hob und senkte und sein Verstand sich weigerte zu glauben, was er da sah.

Avallyn konnte nicht verschwunden sein.

Es konnte einfach nicht möglich sein.

Und dennoch war der Platz, wo sie gerade eben noch gelegen hatte, leer.

Die Bücher glitzerten vor ihm, allesamt in den leuchtenden Farbabstufungen eines Regenbogens aufgereiht, sieben funkelnde, schimmernde Bücher des Wissens, jedes Einzelne von ihnen von einem strahlenden inneren Licht erhellt. Es war, als hätte man alle Edelsteine der Welt poliert und aufgetürmt, um die hellsten Strahlen der Sonne einzufangen – und das Einzige, was Morgan sehen konnte, war der Tod.

Avallyns Tod.

Er sank kraftlos auf die Knie, unfähig, den Schock zu ertragen oder den entsetzlichen Schmerz auszuhalten.

Avallyn. Er konnte nicht mehr atmen.

Was war passiert? Hatte einer von Corvus' rauchigen Fäden genau in dem Bruchteil einer Sekunde nach ihr gegriffen, bevor er das Buch an seinen Platz gestellt hatte?

Er versuchte, Luft zu holen, aber seine Brust tat so unerträglich weh, dass er glaubte, auch für ihn sei der Tod gekommen. Er krümmte sich schmerzgepeinigt zusammen, aber er wandte nicht den Blick von den Büchern ab. Er würde niemals von den Büchern wegblicken.

Zeit, sagte er sich. Es muss doch eine Möglichkeit geben.

Er hatte sich in der irdischen Zeit verirrt, war hilflos durch die Zeit getrieben, wäre beinahe gestorben und war doch mit der Zeit geheilt worden. Und die Zeit hatte ihn wieder ins Leben zurückgerufen.

Er könnte die Bücher wieder herausziehen, sie aus Nemetons Kammer herausreißen, aber würde er damit die Zeit anhalten können? Oder sogar zurückdrehen?

Hat Corvus Avallyn in seiner Gewalt? Wird Corvus sie jetzt bis in alle Ewigkeit besitzen, obwohl sie doch mir hätte gehören sollen?

Ein schmerzerfülltes Stöhnen entrang sich seiner Kehle, ein dumpfer, schauriger Laut, absolut unmenschlich in seiner Seelenqual.

»*Avallyn!*« Ihr Name wurde ihm entrissen, kam aus dem tiefsten Grund seiner Seele.

Er würde sterben. Der mörderische, immer stärker werdende Schmerz in seinem Inneren riss ihn förmlich entzwei. Er wäre mit Freuden an Avallyns Stelle gestorben, hätte an ihrer Stelle sterben sollen.

Wo ist sie?

Die NGC-2300-Gruppe von Galaxien war Dharkkums Heimat und Zufluchtsort, und Morgan starrte auf die Himmelskarte, die einem sagte, wie man dorthin gelangte – die Sieben Bücher und der Weg ans Licht, den sie gebahnt hatten –, aber er konnte die Karte nicht lesen. Er wusste nicht, was mit Menschen passierte, die in ein schwarzes Loch hineingesogen wurden. Er kannte zwar die Theorien und hatte den schrecklichen Anblick gesehen, wie ihre Körper von der wirbelnden Finsternis länger und immer länger gestreckt wurden, bis sie zerrissen; aber das Universum war voller unerwarteter Dinge, und nichts war so unerwartet oder so zäh wie das Leben.

Mit qualvoller Anstrengung rappelte er sich vom Boden auf und zwang sich, sich aufzurichten. Wenn er Avallyn überhaupt helfen konnte, würde er ganz sicher nichts ausrichten, solange er auf den Knien liegen blieb. Er brauchte einen Magier, einen, der den Kurs der Sterne kartografisch auswerten und ihn mit der unfehlbaren Präzision einer lyranischen Spurenleserin durch Zeit und Raum schicken konnte.

Herrscher der Zeit? Ha! Er würde ein gottverdammter

Psilord der Zeit sein, noch bevor er mit seiner Suche nach Avallyn fertig war.

Ein plötzliches Geräusch am obersten Treppenabsatz ließ ihn herumwirbeln, das Magia-Schwert kampfbereit in der erhobenen Hand, die scharfe Klinge im Licht aufblitzend.

Wieder war das Geräusch zu hören, ein menschlich klingender Laut, und Morgan fühlte eine Aufwallung von Hoffnung, so intensiv, dass er sie abschütteln musste, bevor er sich bewegen konnte.

Er marschierte durch den Raum, während sein Herz in seiner Brust hämmerte.

»Mor–«

Er hörte ihre Stimme und stürmte vorwärts, rannte die Treppe hinauf, immer zwei Stufen auf einmal nehmend. Er fand Avallyn zusammengekauert auf dem obersten Treppenabsatz, ihr Gesicht gespenstisch bleich, ihre Kleider in Fetzen zerrissen. Sie war verletzt und blutete, aber sie lebte noch.

Er ließ sich neben ihr auf die Knie fallen und zog sie in seine Arme, und sein Puls raste, als er seine Hände über sie gleiten ließ, um sich zu vergewissern, dass sie kein Trugbild war, sondern Wirklichkeit.

Ein tiefer Seufzer erschütterte ihren Körper, und sie schmiegte sich noch fester in seine Arme. Ihre Hand packte sein Hemd und seine Tunika.

»Er konnte mich nicht festhalten«, sagte sie, ihre Stimme ein schwaches Krächzen. »Er hatte mich schon, aber als er von dem Licht getroffen wurde, hatte er nicht mehr die Kraft, mich festzuhalten. Es war nicht mehr genug von ihm übrig, um mich festzuhalten.«

Erleichterung, so überwältigend, dass sie ihm den letzten Rest seiner Kraft raubte, durchströmte ihn, und er musste sich gegen die Wand lehnen, während er Avallyn in seinen Armen wiegte. Aber er wusste – wusste es mit jedem Schlag seines Herzens –, dass er Stept Agahs Sohn war, mit Runen gebrandmarkt und durch Drachenfeuer getempert, und dass er, wenn die Gefahr abermals drohte, sich abermals erheben und Corvus von neuem abschlachten könnte.

28

Soren D'Arbois, Baron von Wydehaw, stand vor der Druidentür des Hart Tower, leicht zitternd vor Furcht, aber dennoch fest entschlossen, sich einen Weg in den Raum dahinter zu bahnen, selbst wenn er die verfluchte Tür mit den Zähnen aus den Angeln reißen musste. In der Nacht hatten Drachen um die Burg herum getobt, Drachen und ein fürchterliches Unwetter. In den Wäldern waren zahllose Bäume entwurzelt worden. Der River Wye war angeschwollen und in einer gewaltigen Woge über seine Ufer getreten und hatte Sorens halben Grundbesitz überflutet. Sogar in seinem Burghof zappelten Fische.

Es war jedoch nicht die Sorge wegen der Unwetterschäden, die ihn im ersten grauen Licht der Morgendämmerung eilig unter seinem Bett hatte hervorkriechen lassen, sondern seine Besorgnis um Lady Llynya. Sie erwartete wieder ein Kind, und er wollte nicht, dass ihr etwas passierte. Sie und Mychael waren vor über zwei Wochen nach Carn Merioneth aufgebrochen, aber es wäre ihnen durchaus zuzutrauen, dass sie ohne großes Trara mitten in der Nacht zurückgekehrt waren.

Und Drachen. *Großer Gott im Himmel!* Wenn tatsächlich Drachen in der Nähe waren, wollte Soren seinen *Sorcier* im Hause haben, wo er hingehörte. Selbst Drachen, davon war er überzeugt, würden Mychael ab Arawn nicht aus der Fassung bringen. Der Mann war ein wahrer Fels der

Selbstsicherheit, zwar eine ziemlich ästhetische und magische Art von Fels, aber durch und durch unerschütterlich. Lord Mychael wusste, was er tat, und das galt nicht nur für diese Welt, sondern wahrscheinlich auch – Soren bekreuzigte sich hastig – für das Jenseits.

Mit einem gemurmelten Gebet hob Soren die Hand und klopfte an die Tür, ein schwaches Geräusch, sogar in seinen eigenen Ohren.

Er konnte nicht beschwören, dass er selbst einen Drachen gesehen hätte, aber die Hälfte der Nachtwächter hatte *etwas* gesehen, und die genaueste Beschreibung, die der Seneschall aus den Männern hatte herausholen können, hatte Soren den deutlichen Eindruck vermittelt, dass es sich um Drachen gehandelt haben musste.

Er wollte gerade erneut an die Tür klopfen, als ein plötzlicher Lärm draußen seine Aufmerksamkeit auf den Burghof lenkte. Er trat zwei Treppenstufen hinunter und blickte durch das schießschartenähnliche Fenster, und sein Interesse war sofort geweckt. Ein Mann war unten im Hof erschienen, ein Mann auf einem hellgrau gescheckten Apfelschimmel mit wehender weißer Mähne, ein prachtvolles Tier, doch das einzige noch prachtvollere Geschöpf im ganzen Burghof war sein Reiter. Llynya hatte ihn einmal als Lord Shay von Liosalfar vorgestellt, obwohl Soren so seine Zweifel hatte, was den Titel »Lord« anbetraf. Er hatte jedenfalls noch nie von einem Gut namens Liosalfar gehört, weder diesseits noch jenseits der Mark.

Er beobachtete, wie sich der Reiter in einer einzigen fließenden, eleganten Bewegung aus dem Sattel schwang. Shay von Liosalfar war ein schöner Mann, o ja, schön genug, um Melkerinnen in helle Verzückung geraten zu lassen und Männer wie Soren auf lüsterne Gedanken zu bringen – aber eben nur auf Gedanken. Soren hatte seine wilderen Zeiten inzwischen hinter sich.

Er wandte sich wieder zu der Druidentür um, und wenig später hörte er den jungen Mann die Treppe heraufstürmen.

»Mylord«, sagte Shay atemlos und grüßte ihn mit einem flüchtigen Neigen des Kopfes, aber sein Blick schweifte dabei zu der Tür.

Soren konnte nicht anders, als über sein Interesse froh zu sein. In Liosalfar wimmelte es wahrscheinlich von Drachen, sodass der junge Mann sicherlich Erfahrung mit den Bestien hatte, und Soren war mehr als bereit, ihm die Führung zu überlassen.

»Lord Shay« murmelte er, sehr viel weniger zögerlich als sonst, was den Titel anging, obwohl der junge Mann nie etwas davon zu bemerken schien. Llynya betete ihn regelrecht an, und Soren hatte sich oft gefragt, ob er nicht doch mehr darüber pikiert war, als er freiwillig zugeben würde.

»Darf ich?« Shay zeigte auf die Tür. Er hatte grüne Augen von der Farbe eines Waldes bei Sonnenaufgang, dunkles, seidiges Haar und ein Gesicht von raffiniert ersonnener Vollkommenheit. Er wäre mädchenhaft hübsch gewesen, wenn er auch nur die geringste Spur von Unmännlichkeit an sich gehabt hätte. Hatte er aber nicht.

Umso schlimmer, dachte Soren.

»Nur zu«, sagte er und trat vorsichtshalber ein paar Schritte zurück.

Die Tür war verschlossen. Die Druidentür war immer verschlossen, aber Mychael hatte Shay offensichtlich beigebracht, wie man sie öffnete, denn der junge Mann strich ohne zu zögern mit den Händen über die Metallstangen, die in tierkreisförmiger Anordnung in die Holzverschalung eingelassen waren.

Innerhalb von Minuten waren sie in der Turmkammer, wobei Soren abermals zurücktrat und Shay die Führung überließ. Der Mann schien genau zu wissen, wohin er ging. Er durchquerte den Raum mit fünf schnellen Schritten und marschierte geradewegs zu einer anderen Tür, drückte sie auf und rannte die Treppe hinauf. Soren wartete vorsichtshalber eine Weile, bevor er Shay folgte, weil er nicht schnurstracks in den sperrangelweit aufgerissenen Schlund eines Drachen laufen wollte, falls dort oben einer auf der Lauer lag.

Als er dann endlich den Mut aufbrachte, den Horst zu betreten, stellte er zu seinem Schrecken fest, dass der Raum das reinste Schlachtfeld war. Lord Mychaels sämtliche Alchimie-Apparate waren zerstört, ihre Einzelteile in alle Richtungen verstreut, und die Tische und sogar die Wände wiesen Brandspuren auf. Lady Llynyas Eiche schien noch heil und in einem Stück zu sein, aber der Rest des Horsts war völlig zertrümmert, abgesehen von einem seltsamen Gebilde aus glitzernden Steinen und Metallstäben, das in der Mitte der Turmkammer thronte.

Soren machte einen großen Bogen um den eigenartigen Apparat. Das Ding hatte irgendetwas an sich, das ihm nicht geheuer war.

Als er sich vorsichtig einen Weg durch die Trümmer bahnte, fand er noch mehr Brandspuren und zerbrochenes Glas und eine merkwürdig lange, dünne tote Ratte. Er hörte Stimmen, mehr als eine, aber es war nicht Llynyas Stimme und auch nicht Mychaels, und deshalb blieb er vorsichtig und ging nur langsam und zögerlich weiter. Er hatte sich noch nicht so weit von der Tür entfernt, um eine Flucht unmöglich zu machen.

Schließlich blieb ihm nichts anderes übrig, als sich der Gruppe zu nähern, die in Sicht kam, als er um die Äste von Llynyas Baum herumging. Eine junge Frau unterhielt sich mit Shay, und sie trug – *Grundgütiger Himmel!* – eng anliegende Beinlinge und eine kurze Tunika. Soren konnte ihre schlanken Waden und Schenkel in ihrer vollen Länge sehen. Sie war bildhübsch, mit ungewöhnlich kurzem blondem

Haar, eigenartig spitzen Ohren wie die von Llynya, die zu bemerken Soren immer zu höflich war, und dem Gesicht eines Engels. Wenn sein Herz nicht schon seiner Ehefrau gehört hätte, hätte er es auf der Stelle verloren.

Sein Blick schweifte zu dem Mann, der einen Arm um den Engel geschlungen hatte, und ihm rutschte das Herz vor Schreck in die Hosen, bevor es sich als ein fester Kloß in seiner Kehle einnistete. Es war ein Mann, den er kannte und von dem er wusste, dass er tot war: ein Prinz von Wales namens Morgan ab Kynan, ein relativ unbedeutender Prinz, um genau zu sein – ein unbedeutender toter Prinz, der eng mit Sorens früherem *Sorcier*, Dain Lavrans, befreundet gewesen war.

Mehr denn je wünschte Soren, Mychael und Llynya wären zu Hause. Wenn Wydehaw von Drachen und wieder auferstandenen Toten überschwemmt wurde, würde er definitiv mehr Magie auf seiner Seite benötigen.

»Äh… ähem… Lord Morgan«, murmelte er zur Begrüßung, während er gehörigen Abstand von dem Mann hielt und sich den Anschein zu geben versuchte, als ob er es nicht täte. Angesichts all der seltsamen und unheimlichen Vorkommnisse konnte man gar nicht vorsichtig genug sein, besonders wenn man ein Lehnsherr war, dessen Verantwortung und Pflichten schier grenzenlos waren. Ja, um dieser einzelnen Seele in Wydehaw willen würde Soren auf Distanz bleiben.

Morgan blickte auf und runzelte verwirrt die Stirn, aber nur für einen Moment. Dann verzog sich sein Gesicht zu einem breiten Grinsen.

»D'Arbois«, sagte er. »Es ist wirklich eine Freude, Euch wiederzusehen, Baron.«

»Die Freude ist ganz meinerseits«, log Soren, wie es die Höflichkeit gebot. In Wirklichkeit sah der Mann schlimm aus. Er war übel zugerichtet und blutete aus zahlreichen

Wunden, und obwohl er es vielleicht vergessen hatte, waren er und Soren Feinde. Morgan ab Kynan war einer der rebellischen Waliser. Er hatte einst die ungeheure Kühnheit und Dreistigkeit besessen, in Cardiff Castle einzubrechen und einen Grafen des Königreichs aus seinem Bett zu entführen, und er hatte den Grafen so lange als Geisel gefangen gehalten, bis ein Teil der walisischen Ländereien wieder an ihre früheren Eigentümer zurückgegeben worden waren. Dieses Bravourstück hatte dem Prinzen den Beinamen »Der Dieb von Cardiff« eingebracht, und dadurch war er überall in der Mark bekannt geworden. Keiner der Barone in dem Grenzgebiet zwischen England und Wales hatte seinen Streich in Cardiff vergessen, und Soren konnte wahrscheinlich ein hübsches Sümmchen für seinen Kopf kassieren.

Morgan sah das plötzliche Aufblitzen der Habgier in den Augen des Barons, und die Absurdität dieser Regung hätte ihn beinahe aus dem Gleichgewicht gebracht. Er lachte einmal kurz auf, dann noch einmal, und wenn ihm das Lachen nicht so schrecklich wehgetan und Teile seines Körpers erschüttert hätte, die besser nicht erschüttert wurden, hätte er sich wahrscheinlich vor Lachen gebogen.

Es ist doch nicht zu fassen! Er hatte gerade die ganze verfluchte Welt gerettet, und Baron von Wydehaw wollte ihn für ein paar läppische Goldmark dem König ausliefern.

»Shay«, sagte Morgan zu dem Quicken-tree-Mann, ohne den Baron weiter zu beachten, »kannst du uns nach Hause bringen?«

»Ja, Morgan, dich und deine Lady.«

Dank Shays subtiler Überredungskünste ließ sich der Baron immerhin so weit umstimmen, dass er ihnen einen Pferdekarren zur Verfügung stellte. Dann, scheinbar aus einer Laune heraus, fügte er noch Decken und Wein hinzu, und kurz bevor sie aufbrachen, kehrte er mit zwei Küchenmägden zurück, beladen mit acht Brotlaiben, zwei gebratenen

Hühnern, einem ganzen Schinken, einem Korb voller Äpfel und einem Laib Käse. Zum Schluss fing er sie noch einmal am Tor ab und brachte einen Samtumhang für Avallyn, eine Geste, die es Morgan schwer machte, allzu geringschätzig über ihn zu denken.

Shay geleitete sie zurück nach Carn Merioneth, durch die Berge und grünen Täler, nach denen Morgan sich die vergangenen zehn Jahre über so schmerzlich gesehnt hatte. Die Luft in Wales war frischer als alles, was die Zukunft zu bieten gehabt hatte, frischer und sauberer und würziger, und sie stieg ihm wie Wein zu Kopf.

Mit natürlichem Charme und unbekümmertem Gelächter erfreute Shay ihn und Avallyn mit Geschichten und Liedern, Sorens nahrhaftem Essen und heiterer Gesellschaft. Morgan verbrachte einen Teil jedes einzelnen Tages damit, sich Sorgen zu machen, dass Avallyn schon halb in den jüngeren Mann vernarrt war, und er verbrachte jede Nacht damit, sie zu lieben und zu der seinen zu machen.

Jeden Tag schickte Mychael Boten aus, um ihnen zu versichern, dass kein Grund zur Eile bestand. Alle in Kryscaven-Krater hatten überlebt, die meisten ohne größere Blessuren, auch wenn sie noch nicht vollständig geheilt waren. Owain schwor, dass es ihm erst dann wieder richtig gut gehen würde, wenn er Morgan wieder sah. Für Rhuddlan war Yr Is-ddwfn das stärkende Tonikum, das er brauchte, und er und Madron würden die Reise gemeinsam machen. Sie wollten einer alten Liebe, die nie ganz erloschen war, eine zweite Chance geben.

Trig und Math hatten in *Ceiul* eine Niederlage erlitten, als sie bei Ddrei Gochs und Ddrei Glas' stürmischem Erscheinen von einer Flutwelle mitgerissen und aufs Meer hinausgeschwemmt worden waren. Trigs größte Angst war gewesen, dass das Feuer, das Madron geweiht hatte, erloschen war; und er hatte eine äußerst schwierige und strapaziöse Stunde damit verbracht, sich wieder einen Weg zurück in die Höhle zu erkämpfen – eine Heldentat, die noch jahrelang besungen werden sollte –, um mit seiner Traumsteinklinge in der hoch erhobenen Hand auf einem Felsvorsprung zu stehen, damit wenigstens ein Licht für die letzte Rune der Zuflucht brennen würde. Naas und Nia war es in *Ammon* weitaus besser ergangen.

»Richte ihnen aus, dass im Drachenschlund kaum mehr als ein leichtes Plätschern zu spüren war«, hatte Naas Mychaels Boten informiert. Nia hatte sich erlaubt, anderer Meinung zu sein, und hatte eine vierzig Fuß hohe Flutwelle und ein Erzittern der gesamten Höhle beschrieben.

Moira und Pwyll hatte in *Bes* ein bisschen mehr aushalten müssen, da die Erschütterungen von der Schlacht in Kryscaven beinahe die Wände um sie herum zum Einsturz gebracht hätten. Die eine Sache, über die sich alle einig waren, war das plötzliche Ende der Schlacht. Im einen Moment war noch alles ein einziges Chaos gewesen und die ganze Welt hatte zu beben begonnen – auch wenn Naas etwas anderes behauptete –, und dann hatte alles abrupt aufgehört, und es war vorbei gewesen, endgültig und für alle Zeit vorbei. Seit dem Zeitalter der Wunder hatte es keinen solchen Frieden mehr im Land gegeben.

Am fünften Tag ihrer Reise sahen sie endlich die Mauern von Carn Merioneth vor sich aufragen. Dain und Ceridwen würden dort sein, hatte Shay gesagt. Sie waren bereits auf dem Rückweg von Thule gewesen, als Mychael Shay hinter ihnen hergeschickt hatte. Er hatte die beiden im Süden Schottlands abgefangen. Das war der Grund gewesen, warum er so schnell den Hart hatte erreichen können.

Sämtliche Bewohner von Carn Merioneth kamen heraus, um Morgan und Avallyn zu begrüßen, als sie zu der Burg hinaufritten. Das Fallgitter war zu ihrem Empfang mit bunten Blumen geschmückt worden, und zu beiden Seiten des

Tores hingen Girlanden aus grünen Blättern herab. Es war wie eine lang ersehnte Heimkehr und ein Ritt ins Paradies zugleich, als sie von den Quicken-tree umringt wurden und die Luft von Willkommensliedern erfüllt war. Im Burghof war unter einem riesigen Kessel ein Feuer angezündet worden, und die Frauen hatten für die große Feier am Abend Berge von Essen zubereitet, bei der Rhuddlan und Madron die Erde und alle ihre Bewohner segnen würden.

Für Morgan gab es nur ein Gesicht, das er sehen wollte, und mit Avallyn an seiner Seite strebte er durch die Menge, auf der Suche nach einem Mann von natürlicher Anmut und zwangloser Art, einem Mann, der ihm – lange vor Tamisk – die Macht der Magie und die Tiefe selbstloser Liebe offenbart hatte.

Sie fanden ihn bei den Ställen, wo er beobachtete, wie Rhuddlans Stuten mit ihren neuen Fohlen über das grüne Gras liefen. Ceridwen und Kael waren bei ihm. Die Pferde waren entweder rein weiß oder grau gescheckt. Viele der Pferde hatten geflochtene Mähnen und Schweife, denn die Quicken-tree waren ganz groß, wenn es ums Flechten und Knoten und Verknüpfen ging, und sie taten ihr Bestes, um die Welt zusammenzubinden, und die Kinder übten eifrig die Kunst des Flechtens an jedem Tier, das gerade zur Hand war.

Ceridwens weiß-goldene Mähne wallte in weichen Locken und winzigen Zöpfen bis zu ihrer Taille herab. Kael blickte über seine Schulter, als Morgan und Avallyn sich näherten, und Morgan hätte schwören können, dass er einen Ausdruck des Wiedererkennens in den Augen des Jungen sah, aber seine Aufmerksamkeit war mehr auf den Vater des Jungen konzentriert. Dains Hand lag auf der Schulter des Jungen, eine starke Hand, die Morgan mehr als einmal in Sicherheit gebracht hatte. Er hob mit einem Ruck den Kopf, als Morgan von hinten auf ihn zukam, und da rief Morgan seinen Namen.

»Dain.«

Sein Freund zögerte einen flüchtigen Moment, dann fuhr er herum, und selbst diese kleine Bewegung war von geschmeidiger Anmut und Eleganz geprägt. Die Intensität seines Blickes hatte im Laufe der Zeit nicht nachgelassen, und Morgan fühlte ihn wie eine Berührung über sich gleiten, als Dain ihn prüfend von oben bis unten musterte, nach fehlenden Körperteilen und Anzeichen von erlittenem Schmerz und Leid suchte und mindestens eines fand – den Zeit-Reiter-Streifen in Morgans Haar, der von unzähligen Jahren und fremden, seltsamen Ländern zeugte, eine breite weiße Strähne, die derjenigen in Dains Haar entsprach.

Sein Lächeln – als es schließlich kam – war vertraut, so herrlich vertraut, sowohl leicht ironisch als auch freudig, und dennoch so viel leidgeprüfter und älter, als er den Jahren nach war.

»Morgan.« Dain eilte mit großen Schritten zu ihm, die Arme weit ausgebreitet, und in der innigen Umarmung seines alten Freundes wusste Morgan, dass er endlich wieder dorthin zurückgekehrt war, von wo er vor so vielen Jahrtausenden zu seiner Reise in die Zukunft aufgebrochen war.

29

Ein leichter Sommerregen fiel durch das Laub der Bäume, als Morgan und Avallyn einen bewaldeten Weg östlich von Wydehaw Castle entlangwanderten. Der Wald von Wroneu stand in voller Blüte; die Luft war von dem süßen Wohlgeruch des Waldmeisters parfümiert, und die Adlerfarne hatten ihre grünen Wedel entfaltet. Als sie den Fluss erreichten, nahm Morgan Avallyn bei der Hand und führte sie einen schmalen Pfad hinunter, der sich hinter einem in donnernden Kaskaden herabstürzenden Wasserfall entlangschlängelte. Zarte Nebelschleier, durchzogen von Sonnenstrahlen, sammelten sich in dem Sprühregen und bildeten Wolken aus Wasser und Licht.

Auf der anderen Seite des Wasserfalls, tief im Herzen der Wälder versteckt, lag Deri, das Lager der Quicken-tree, wo auch die Muttereiche stand, der Gegenstand von Morgans Suche. Ein hoher Sandsteinfelsen schützte das Lager im Westen. Im Norden und Osten hatten die Quicken-tree ein undurchdringliches Dickicht aus Dornenbüschen und Farngestrüpp geflochten, genannt The Bramble. Im Süden war das Lager durch den Fluss geschützt und somit nur auf dem Wasserweg erreichbar.

Es war ein stiller, friedlicher Ort, besonders in der nachmittäglichen Hitze. Morgan und Avallyn waren nach der Sommersonnenwende von Carn Merioneth aus nach Süden gereist, und auf Morgans Bitte hin hatte Llynya ihnen den Weg nach Deri beschrieben.

»Es ist wirklich ein wundervoller und schöner Ort, an den du mich geführt hast, Morgan«, sagte Avallyn.

»Weil du eine so wundervolle und schöne Frau bist.« Er blieb stehen und beugte den Kopf, um sie zu küssen. Nachdem er seine Lippen einen Moment sanft auf ihre gedrückt hatte, öffnete er den Mund und bat um mehr.

Er wollte jedes Mal mehr, und sie reagierte jedes Mal mit einer Wärme und Leidenschaft, die ihn entzückte. Oder vielleicht war »bezauberte« ein passenderer Ausdruck. Wenn sie sich küssten, vergaß er alles andere in der Welt. Das Einzige, was er dann noch wahrnahm, was noch für ihn zählte, war das Gefühl ihrer Lippen, der Geschmack ihres Mundes, der Druck ihres Körpers an seinem.

Es war die einfachste Sache der Welt, sie zu küssen, und gemeinsam erfreuten sie sich an den einfachen, unverfälschten Dingen des Lebens, an dem flüchtigen Duft von Veilchen, dem Geschmack von Honigkuchen, an Sonnenaufgängen, um den neuen Tag zu begrüßen, und an langen Liebesnächten, um die Seele zu beruhigen.

Morgan hob den Kopf, als ihr Kuss endete, und strich zart mit den Fingern über Avallyns Wange. Ihre Blicke verschmolzen miteinander, als er seine Hand in der seidigen Fülle ihres Haares vergrub.

»Wollen wir hier die Nacht verbringen?«, fragte er. »Ich habe Decken und Proviant in meinem Rucksack.«

»Ja«, erwiderte Avallyn, und ihre Lippen verzogen sich zu einem Lächeln. Sie wurde es nie überdrüssig, mit Morgan ihre Zeit in den Wäldern von Wales zu verbringen. Die verwilderten Wälder, so nannte sie sie, um sie von dem Vergessenen Wald der Einöde zu unterscheiden. Sie hatten sie allesamt erkundet, von Riverwood bis hin zum Wald von Wroneu, und sie würden bald mit Dain und Ceridwen zu dem Ort reisen, wo sich die beiden niedergelassen hatten, und diese Reise würde sie durch die wirklich verwilderten Wälder im fernen Norden führen.

Avallyn konnte es kaum erwarten. Morgan neigte zwar mehr dazu, an Ort und Stelle zu bleiben, bis ihr Baby zur Welt gekommen war, aber Avallyn hatte ihn anderweitig überzeugt.

Sie betraten die Waldlichtung, und Morgan nahm seinen Rucksack ab. Er brauchte nur einen Moment in dem Inhalt herumzukramen, um das kleine Päckchen zu finden, das er haben wollte.

Die Muttereiche in Deri war fünfmal so hoch und so breit wie Llynyas Eiche im Hart Tower. In ihren weit ausladenden Ästen hätte eine ganze Stammessippe wohnen können. Ihre gewaltigen Wurzeln ragten in alle Richtungen gute drei Fuß aus dem Boden auf. Es war ein Baum, für den die Bezeichnung »mächtige Eiche« geprägt worden war.

In Tamisks Hart Tower hatte Morgan Llynyas Eiche zugehört, hatte ihrer Geschichte von der Muttereiche in Deri gelauscht und wie sie einst gepflanzt worden und all die vielen Jahre über gewachsen war, bis schließlich die Sandstürme gekommen waren und die mächtige Eiche unter sich begraben und erstickt hatten. Für diesen Baum hatte er auf seiner Reise durch Zeit und Raum eine Hand voll Eicheln mitgebracht. Für sich selbst hatte er geschworen, dafür zu sorgen, dass sie in Deri eingepflanzt würden.

Sie verzehrten ihr Abendbrot neben einem kleinen Lagerfeuer, und als der Mond aufgegangen war, legten sie sich auf ihren Stapel Decken, hielten einander umschlungen und betrachteten die Sterne am Nachthimmel. Avallyn kannte viele Sterne bei ihrem Namen, wohingegen Morgan eher dazu neigte, sich nur an die Hauptwegweiser in der Galaxie und an die größeren Attraktionen der Milchstraße zu erinnern.

Sie hatten so viel erreicht. Er war zufrieden, zufriedener, als er je zuvor in seinem Leben gewesen war oder jemals zu sein gehofft hatte … und dennoch, als er jetzt zu all den Millionen von Sternen hinaufblickte und wusste, dass sie nicht wirklich unerreichbar waren, nun ja, da überkam ihn doch ein bisschen die Wanderlust.

»Glaubst du, wir werden jemals wieder zurückgehen?«, fragte Avallyn und schmiegte sich noch enger in die Wärme seiner Umarmung.

»Möchtest du das denn?«

»Es ist so schön hier«, sagte sie, und in ihrer Stimme schwang ein gewisses Zögern mit, »aber ich weiß, dass es dort draußen noch so viel mehr gibt.«

Er wusste es auch, und es ging ihm einfach nicht aus dem Kopf, wie viel mehr es dort draußen in der unendlichen Weite des Raumes noch gab.

»Na ja, wenn wir das Zeit-Wehr wieder in Gang bringen könnten …« Seine Stimme verlor sich.

»Mychael und Madron glauben, dass die Würmer bereits wieder aktiv sind und sich durch das Kontinuum bewegen.«

»Und wir würden Chrystaalt brauchen. Ich werde niemals wieder ohne Chrystaalt durch ein Zeit-Wehr gehen.« Der Unterschied zwischen seiner ersten und seiner zweiten Reise durch das Wehr war unglaublich gewesen.

»Ja, wir würden Chrystaalt brauchen«, pflichtete Avallyn ihm bei.

»Und eine Methode, um auszurechnen, wie wir genau dort hinkommen würden, wohin wir wollten, wenn wir an irgendeinen anderen Ort als nach Claerwen gehen wollten«, fügte er hinzu.

»Hast du dich nie mit Ferrar darüber unterhalten?«, fragte Avallyn. »Nach dem, was sie mir erzählte, hatte ich den Eindruck, dass sie und Jons ihr Reiseziel ziemlich exakt bestimmen konnten und dass sie auch dort ankamen, wo sie hinwollten.«

»Ja, das konnten sie, aber trotz all der Jahre, die ich in der Zukunft verbracht habe, war das Zeit-Wehr nicht unbedingt mein Lieblingsgesprächsthema.« Tatsächlich hätten ihn zu jener Zeit keine zehn Pferde dazu bringen können, sich einem Wurmloch auch nur zu nähern, nicht für alles Gold im Mittleren Königreich.

»Ich frage mich, wo die beiden jetzt sind. Wahrscheinlich nicht mehr in Claerwen.«

Morgan tendierte dazu, ihr zuzustimmen. Er konnte sich nicht vorstellen, dass Ferrar allzu viel Zeit mit der Hohepriesterin verbrachte, ohne sich Jons zu schnappen und kurzerhand in die Zeit zu springen.

»Sie erleben wahrscheinlich gerade ein großes Abenteuer«, sagte Avallyn, und Morgan glaubte, eine Veränderung in ihrer Stimme zu hören, eine gewisse Sehnsucht. »Wenn wir gehen würden, vielleicht zu der Sklavenjungenkolonie auf dem Orion, könnten wir auch ein großes Abenteuer erleben.«

Damit hatte sie seine volle Aufmerksamkeit.

Er rollte sich auf die Seite, um ihr Gesicht besser sehen zu können, und stellte fest, dass ein neckendes kleines Lächeln um ihre Mundwinkel spielte.

»Du hast alle Sklavenjungen, die du brauchst, du schamloses Frauenzimmer«, knurrte er und beugte sich über sie, um zart an ihrem Hals zu nagen.

Avallyn kicherte übermütig, und er gab nach. Die Schwangerschaft hatte sie entzückend kitzlig gemacht. Er küsste ihren Mund, zog sie wieder in seine Arme und hüllte sie beide fester in die Decken, um den Nachthimmel zu betrachten.

Saturn und Jupiter standen im Sternbild des Widders und leuchteten hell. Der Mars war bereits untergegangen, und die Venus würde erst im nächsten Monat wieder zu sehen sein. Hoch über ihnen schoss eine Sternschnuppe in weitem Bogen über das riesige Himmelsgewölbe, ein Meteor, der einen glitzernden Schweif aus Sternenstaub hinter sich herzog. Sie beobachteten ihn, bis er in der tintenschwarzen Finsternis des unendlichen Weltalls verschwunden war.

»Ich habe mir gerade etwas für uns gewünscht«, flüsterte Avallyn in sein Schweigen hinein.

Morgan drehte sich halb herum und drückte ihr einen Kuss auf den Mund.

»Ich auch«, sagte er, und dann küsste er sie abermals.

Epilog

»Nichts für ungut, Ferrar, aber das ist das ekelhafteste Zeug, das ich jemals gekostet habe.« Aja zog eine angewiderte Grimasse und reichte ihr den Becher zurück.

»Sei still, Aja«, schimpfte Ferrar. »Wenn du nicht wärst, würden wir jetzt nicht hier draußen stehen müssen und uns den Hintern abfrieren und um Würmer beten.«

Aja musste ihr beipflichten, jedenfalls was den Teil mit dem Allerwertesten anging. Es war wirklich verdammt kalt auf der Wehrplattform von Claerwen, aber es war nicht nur seine Schuld, dass sie aus dem Tempel hinausgeworfen worden waren. Ferrar hatte sich dauernd mit der Hohepriesterin gestritten, seit sie bei dem großen Knochenhaufen angekommen waren. Was mit Sachi in den Kreuzgängen passiert war, war dagegen eine Lappalie gewesen, wirklich gar nichts. Aja hatte sie ja kaum geküsst, und er hatte ganz sicherlich keine Zeit gehabt, noch irgendetwas anderes mit ihr zu tun. Er war zwar schnell, aber so schnell nun auch wieder nicht. Und er wollte es auch gar nicht sein, wenn es ums Küssen ging, eine Tatsache, die er der Hohepriesterin zu erklären versucht hatte; aber je mehr er geredet hatte, desto weniger hatte es ihr gefallen, bis sie praktisch explodiert war.

In dem Augenblick war er dann ziemlich schnell gewesen und auf der Wehrplattform gelandet, genau dort, wo er hatte sein wollen, mit Jons und Ferrar direkt neben ihm.

Der Tempelkomplex war noch immer relativ unbeschädigt, aber draußen in der Wüste gingen Gerüchte um, dass einige der Priesterinnen mehr als nur ein bisschen zornig über den Schaden waren, den der Kriegshetzer an der Nord- und der Ostmauer angerichtet hatte. Sie vermissten besonders ihren Glockenturm, und in den Dünen munkelte man, dass sie auf noch mehr Gebeine aus waren, um den Turm und die Mauern wieder aufzubauen – jedermanns Gebeine.

Nachdem er die Hohepriesterin kennen gelernt hatte, zweifelte Aja nicht eine Sekunde daran. Morgan hatte Glück gehabt, dass er es noch geschafft hatte, lebendig von dem Ort wegzukommen; und er war lebendig weggekommen. Ferrar und Jons hatten gesehen, wie die Zeit-Würmer ihn verschluckt hatten.

Jetzt, wo Vishab tot und der Kriegshetzer verschwunden war, würden Gebeine natürlich hoch im Kurs stehen. Wenn Aja vorgehabt hätte, hier zu bleiben, was er aber nicht wollte, wäre er mit Sicherheit ins Knochengeschäft eingestiegen.

»Ferrar«, sagte Jons und lenkte ihre Aufmerksamkeit auf den Himmel.

Aja blickte mit Ferrar hinauf und sah die dicken Wolken, die vom Horizont herübergezogen kamen, eine Menge dicker Wolken.

»Hier«, sagte sie und reichte Jons den aufgefüllten Becher.

Er trank das Zeug, als ob es Wasser wäre, und es war definitiv kein Wasser. Ferrar hatte Chrystaalt hineingerührt, um sie auf die Zeit-Würmer vorzubereiten.

Bei der Vorstellung, von einem Zeit-Wurm verschluckt zu werden, wurde Aja leicht übel. Da es jedoch ein Mittel zum Zweck war, war er bereit, die Übelkeit in Kauf zu nehmen.

Er bemerkte, dass Ferrar ihren Anteil an dem Chrystaalttrunk ebenso mühelos schluckte wie Jons. Vielleicht war es einfach eine Sache der Gewöhnung. Als Nächstes zerbrach

Ferrar einen angereicherten Kohlehydratriegel – Kirschen und Shampbeeren, Ajas Lieblingsriegel – in drei Teile. Er kaute die Portion, die sie ihm anbot, und beobachtete dabei weiter den Himmel. Die Wolkenungetüme waren noch dunkler geworden, und er glaubte, in der Ferne Blitze zu sehen.

Aja biss erneut von dem Riegel ab und hielt seinen Blick weiter auf den östlichen Horizont geheftet. Eindeutig ein Blitz, dachte er, als er einen gewaltigen Blitzstrahl die Wolken erhellen sah. Der Wind frischte auf und ließ ihn frösteln, und er fragte sich, ob es im Wales des dreizehnten Jahrhunderts wohl wärmer sein würde.

Ferrar beobachtete den Jungen lächelnd. Er war eine Nervensäge und ein seltenes Talent, aber trotz seines Talents hatte er nichts von der subtilen Zeitverschiebung bemerkt, die die Welt, in der sie jetzt waren, von der Welt unterschied, in der sie noch einen Moment zuvor gewesen waren. Dicke Büschel von Vegetation wuchsen jetzt in den Spalten der Felswand, Lichtnelken und Wicken. Hoch über ihnen konnte Ferrar gerade noch die Wipfel der Bäume in Claerwens Apfelbaumplantage ausmachen. Es war ein Ort der Obstgärten, die Tempel der Gebeine beschattet von ihren dicht belaubten Kronen. Unter ihnen wand sich ein Fluss durch die Schlucht und strömte in Richtung Meer.

Jons war die Zeitverschiebung aufgefallen. Er war schon zu lange mit Ferrar durch Zeit und Raum gereist, um sie nicht zu bemerken.

Es war nicht etwa so, dass die Einöde keine Wüste mehr gewesen wäre oder dass jetzt ein Ozean an ihrer östlichen Grenze gelegen hätte, wo vorher kein Ozean gewesen war. Für die Bewohner der Erde im 6247sten Jahr der Trelawnischen Rebellion war der Ozean niemals verschwunden, hatte die Wüste nie existiert. Die Kriege hatten allerdings stattgefunden, denn Krieg war ein menschliches Bestreben.

Aber die Geißel Dharkkums war in einem Zeitalter besiegt worden, das jetzt längst vergangen war, und der Schaden, den die Finsternis der Erde zugefügt hatte, war nie angerichtet worden.

Aber Ferrar kannte den Unterschied. Jeder Prydion-Psilord der Zeit hätte die Verschiebung im Raum-Zeit-Kontinuum gefühlt, die Morgan ab Kynans Sieg in der Vergangenheit ausgelöst hatte.

Irgendwo in Raum und Zeit würde auch Nemeton sie gefühlt haben. »Zuflucht«, so war er seit dem Anbruch des Dunklen Zeitalters genannt worden, und als genau das hatte er sich erwiesen – als eine Zuflucht für alle Geschöpfe des bewaldeten Planeten namens Erde.

Glossar

aes sídhe – Feen der Hügel
Ätherwesen – Abkömmling der Sternenlicht-Geborenen
Beltaine – keltisches Frühlingsfest am Vorabend des 1. Mai und 1. Mai
bia – giftiges Destillat aus dem Saft des bia, eines Wüstenbaums
Chrystaalt – universelles salz
Cymry – Bezeichnung für »Waliser, Waliserin« in der Landessprache
Dangoes – Eishöhlen in der unergründlichen Finsternis
Drei Goch, Ddrei Glas – die Drachen von Carn Merioneth
Deseillign – Wüstenstadt der Sha-shakrieg
Dharkkum – eine tödliche Finsternis, von den Prydion-Magiern in der Erde versiegelt
Dockalfar – Dunkel-Elben
druaight – etwas Verzaubertes
gwaed draig – Drachenblut
gwin draig – Drachenwein
hadyn draig – Drachensperma
Lanbarrdein – uralte Stätte der Dockalfar
Liosalfar – Krieger der Lichtelfen
Mor Sarff – der Schlangensee
Prydion-Magier – diejenigen der Sternenlicht-Geborenen, die die Zauberkünste erschufen
pryf – Drachenlarve, Wurm

rasca – medizinische Heilsalbe der Quicken-tree
Rastaban – das Auge des Drachen; uralter Stammsitz des Trollkönigs
Sha-shakrieg – Bewohner der Einöde
Sín – ein aufkommender Sturm
Skraeling – Tiermensch
thullein – ein Metall, benutzt für die Waffen der Sha-shakrieg
tua – blinde Eidechsen, die in der unergründlichen Finsternis leben
Tuan – verstorbener König der Dockalfar
tylwyth teg – walisische Feen
uffern – schrecklich, höllisch
Yr Is-ddwfn – Heiligtum und Zufluchtstätte der Prydion-Magier